letras mexicanas

ANTOLOGÍA DEL POEMA EN PROSA EN MÉXICO

Antología del poema en prosa en México

Estudio preliminar, selección y notas de
LUIS IGNACIO HELGUERA

letras mexicanas

FONDO DE CULTURA ECONÓMICA

Primera edición, 1993

ISBN 968-16-4110-8

Impreso en México

ESTUDIO PRELIMINAR

I. Poesía y prosa

La cuestión de la poesía y la prosa, de su relación, su deslinde, la legitimidad de su oposición, es una de las más antiguas y complejas. Literalmente lo había advertido Etienne Bonnot de Condillac: "La cuestión de la diferenciación entre la prosa y la poesía es de las más complicadas", y Percy Bysshe Shelley llegó a decir que la distinción entre escritores en prosa y en verso era vulgar.

Hablar de poesía y prosa equivale desde luego a remontarnos a las raíces mismas del lenguaje, a los orígenes del discurso, de la escritura, del habla y del pensamiento, y si se quiere llegar aún más lejos, hasta del ser humano como animal que produce poesía y prosa.

Felizmente para mí, la tarea de este estudio preliminar no es la de adentrarse en tan interesantes, espesos y obscuros bosques de la lingüística y la filosofía del lenguaje, sino tan sólo desbrozar un poco, muy poco, las cosas para acercarnos al poema en prosa como género literario y sus expresiones en México.

Ya tan sólo eso es arduo, y el campo de acción de las confusiones no es meramente el de las elevadas esferas teóricas sino el más inmediato y profano. Los oficios burocráticos o los editoriales y boletines de la prensa suelen estar escritos en prosa, aunque a veces su extraña redacción y coja sintaxis haga a uno dudarlo y creer, de algunas muestras, que aspiran al rango de poesía surrealista o escritura automática.

El lenguaje prosaico es el de todos los días y el poético, cosa excepcional, crema del lenguaje y la literatura, asunto de poetas, algo a lo que la gente común y corriente tiene acceso limitado. Pero, ¿siempre fue así? ¿Es así? ¿Y toda la poesía juglaresca, por ejemplo?

Tan vieja como el lenguaje es la poesía, algunos dicen que incluso más vieja que la prosa y, como escribe el sabio profesor Silvestre Lanza recordando la conocida distinción de Paul Valéry entre la prosa como marcha y la poesía como danza, "si, como afirman tantos investigadores de la literatura, la prosa es un arte posterior al de la poesía, la literatura sólo aprendió a caminar después de saber bailar".[1] Consideran otros, Roman Jakobson u Octavio Paz,[2] por ejemplo, que todo es poesía en el lenguaje, cada expresión, cada palabra, cada raíz, cada sílaba. Y se puede por supuesto ir más lejos, hasta el sentido griego de poesía como *poiesis*, como creación, cualquier acto de creación humana, y entonces todo lo que hacemos es poesía, y poetas, buenos o malos, somos todos. Este sentido vasto de la palabra "poesía" se fue estrechando hasta el extremo y errático que la identifica con el verso, con todo y que ya desde la *Poética* de Aristóteles se establecía —en pasaje comentado por Alfonso Reyes y Octavio Paz— que "nada hay de común entre Homero y Empédocles, excepto la métrica; por eso habría que llamar poeta al primero y, al segundo, más que poeta, fisiólogo", y que los mimos de Sofrón y Jenarco, y los diálogos de Platón, a pesar de estar escritos en prosa, quedaban más cerca de la poesía que los versos de Empédocles.[3]

Pocos prejuicios tan arraigados como esta identificación de la poesía con el verso y de la prosa con el dominio de las diferentes formas discursivas, desde el ensayo, el periodismo o la narrativa hasta el oficio burocrático, el documento legal o la receta de cocina; prejuicios que derivan en la oposición radical poesía-prosa, cuya acción mecánica impide en primera instancia comprender rectamente algo así como el poema en prosa.

Todos creemos poder diferenciar la poesía de la prosa, pero con paso menos firme entramos en las arenas movedizas de las definiciones y cuando menos lo pensamos, estamos hechos ya un lío, en que un conspirador, pero también una clave importante para aclararlo, es precisamente el poema en prosa.

La dificultad de comprensión de esta forma literaria no queda relegada a las imprentas o las publicaciones literarias donde un poema en prosa sale tercamente quebrado en versículos, ni al co-

[1] Silvestre Lanza, "La vidita literaria", en *El Semanario Cultural de Novedades*, núm. 525, México, domingo 10 de mayo de 1992, Año XI, Vol. XI.

[2] Octavio Paz, "Prólogo" a *Poesía en movimiento, México, 1915-1966*, en *México en la obra de Octavio Paz. II. Generaciones y semblanzas*, Fondo de Cultura Económica, Letras mexicanas: México, 1987; edición de Octavio Paz y Luis Mario Schneider; p. 156 (véase también *El arco y la lira* de Octavio Paz); Roman Jakobson, *Essais de linguistique générale*, París, 1963.

[3] Aristóteles, *Poética*, capítulo I; Alfonso Reyes, *El deslinde*, Fondo de Cultura Económica, Lengua y Estudios Literarios: México, 1983, pp. 26-27; Octavio Paz, *El arco y la lira*, Fondo de Cultura Económica, Lengua y Estudios Literarios: México, 1956 y 1967, p. 14.

mentario gentil del lector ordinario de qué bonito relato al referirse a un poema en prosa, sino que ha embargado incluso, y con frecuencia, al crítico literario de buen ojo.

En ese clima de confusión, no es rara la idea de que al poema en prosa lo envuelve un aura de diletantismo literario ni el comentario de que fue un híbrido experimental interesante, al que correspondió su época, pero ya actualmente superado y que sirve sólo para preservar la existencia de cierta gente de taller literario que como no sabe escribir poemas ni prosa, pues escribe poemas en prosa. Sólo que esta gente escribe peores "poemas en prosa" —las consabidas paginitas de diario con mariposas y flores y estrellas y corazones de recado telefónico— que poemas o prosa a secas.

Se agotan los estilos, no los géneros literarios. Ahora bien, ¿el poema en prosa es un género literario o un híbrido experimental? Bastaría que el experimento hubiera funcionado, dando paso a un nuevo género literario. Pero el poema en prosa no es un híbrido, como sí lo fue su génesis de prosa artística romántica de principios y casi mediados del siglo XIX, sino una forma literaria hasta cierto punto autónoma —hasta cierto punto porque finalmente es una posibilidad radical de la poesía—, ya desde el *Gaspard de la nuit. Fantasies a la manière de Rembrandt et Callot* (1842), único y póstumo libro de un extraño *Monsieur* tísico, un curioso adelantado que respondía al nombre Aloysius Bertrand (1807-1841).

II. BERTRAND, BAUDELAIRE Y EL ORIGEN DEL POEMA EN PROSA

"¿Quién de nosotros no soñó en sus días de ambición el milagro de una prosa poética, musical, sin ritmo y sin rima, lo bastante flexible y lo bastante contrastada para adaptarse a los movimientos líricos del alma, las ondulaciones de la ensoñación, los sobresaltos de la conciencia?", preguntaba Charles Baudelaire en el prólogo-dedicatoria "A Arsène Houssaye" de *Le Spleen de Paris. Petits Poèmes en Prose* (1869), del que me interesa entresacar estos otros párrafos:

Al hojear, por vigésima vez cuando menos, el famoso *Gaspard de la Nuit* de Aloysius Bertrand (un libro conocido por usted, por mí y por algunos de nuestros amigos, ¿no tiene todos los derechos de ser llamado *famoso?*), me vino la idea de intentar una cosa análoga, y de aplicar a la descripción de la vida moderna, o más bien de *una* vida moderna y más abstracta, el procedimiento que él aplicó a la pintura de la vida antigua, tan extrañamente pintoresca. (...) Pero, a decir la verdad por usted, temo que mi celo no me haya dado fortuna. Tan pronto como comencé el trabajo, me percaté de que no solamente quedaba bien lejos de mi misterioso y brillante modelo, sino además de que hacía una cosa (si esto puede llamarse *una cosa*) singularmente distinta, accidente de que otro se enorgullecería sin duda, pero que no puede sino humillar profundamente a un espíritu que mira como el más grande honor de poeta cumplir *justamente* lo que proyectó hacer.[4]

He leído y releído muchas veces las líneas antes citadas sin, humildemente, quedar de acuerdo con varias cosas que expresa Baudelaire. Me parece, en primer lugar, que el concepto de poema en prosa como balada, como composición dotada de ritmo, estrofas en prosa y estribillos, que subyace a *Gaspard de la nuit* no encaja bien en la idea baudelariana de "prosa poética, musical", "sin ritmo" —¿es posible algo musical sin ritmo?—. La prueba de esto quizás esté sencillamente en las maneras casi por completo distintas de tratar la poesía en prosa de *Le Spleen de Paris* y de *Gaspard de la nuit*. Desde luego, no puede reducirse el asunto a una diferencia de atmósferas temáticas —la pintura de Rembrandt y Callot, la imaginería medieval y la vida antigua en Bertrand, la vida de las grandes ciudades en Baudelaire— y se hace imprescindible la comparación y la consideración de dos temperamentos literarios fuertes y singulares —un artesano y viñetista insólito de la prosa, y de la poesía, pues aquí es lo mismo: Bertrand; y un *flanêur*, un crítico lírico y violento de la vida, la moral y la sociedad, y uno de los fundadores decisivos de la época moderna: Baudelaire—, y que entre ambos libros median 27 años. Por eso me desconciertan tanto las líneas arrepentidas, autosubestimativas y para mí nada irónicas, no sé si falsamente modestas, de Baudelaire, declarándose incompetente falsificador y adaptador del artista Bertrand. Lo que "proyectó hacer" Baudelaire con *Le Spleen de Paris* importa poco junto a lo que hizo y proyectó: nuevos cauces para el poema en prosa, para la poesía sin más. La crítica de la vida y la so-

[4] Charles Baudelaire, *Le Spleen de Paris* (1969), en *Oeuvres complétes*, Librairie Gallimard, Bibliothèque de la Pléiade: París, Francia, 1954; pp. 281-282. La traducción de los pasajes que aquí se ofrece es del antólogo. Hay una versión de Marco Antonio Campos: Charles Baudelaire, *Pequeños poemas en prosa*, Premiá Editora, La nave de los locos, núm. 97, México, 1985.

ciedad "modernas" corre en los poemas de Baudelaire al ritmo de su crítica implícita a la sujeción academicista al verso y las formas métricas tradicionales.

Acaso lo que produjo la insatisfacción de Baudelaire respecto de *Le Spleen* pueda verse como su gran aporte formal. A partir de las breves, concentradas composiciones, instantáneas, visiones nocturnas, románticas, impresionistas de Bertrand, Baudelaire practicó lo mismo, en línea parecida, el *petit poème en prose* que el poema en prosa extenso —"Retrato de amantes", por ejemplo, pasa de las cuatro cuartillas—, lo mismo el poema que a través de la reflexión y la crítica linda con el ensayo, que el poema que a través de la anécdota linda con el relato, o el poema que a través del tono personal linda con la carta —como "El tirso", dedicado y dirigido a Franz Liszt—. Lo que en Bertrand hay de pintura exquisita, de contemplación misteriosa alerta a todas las sorpresas del día como a las ensoñaciones macabras de la noche, lo hay en Baudelaire de crítica lúcida, violenta, y de reflexión notablemente entreverada con el lirismo. Al plasmar la desesperación de la vieja a la que es devuelta con horror por un niño la ternura que siente por él, al apalear a un limosnero para regresarle su dignidad humana y ser apaleado por él, al estampar un puerto, Baudelaire funde la crítica con el canto, la mirada precursora de la naciente modernidad con una forma poética y moderna de trabajar la prosa, ciertamente distante de la de Bertrand.

Ni siquiera los milagros surgen de la nada: *Ex nihilo nihil.* "El milagro de una prosa poética, musical" tiene su genealogía difusa en una tradición sobre todo francesa de prosa artística, sustentada en la depuración del estilo, la concisión del verbo, el perfeccionamiento de la forma, la explotación de imágenes y metáforas, el preciosismo.

La ascendencia natural del poema en prosa no es menos cierta que su ascendencia "accidental", o sea, las traducciones en prosa de *La Biblia*, de obras clásicas en verso, lo mismo italianas (Tasso, Ariosto) que inglesas (Milton, Walter Scott, Pope, "Ossian"), que sintieron el requerimiento de dar prioridad al ritmo y a la imagen sobre la métrica y la rima, aprovechando la mayor maleabilidad de la prosa. El origen, pues, del poema en prosa hay que rastrearlo en las versiones en prosa de estas obras escritas originalmente en verso, tanto como en la prosa artística de *Les Aventures de Télémaque. Fils d'Ulysses* de François Salignac de la Mothe Fénelon (1651-

1715),[5] de Jean-Jacques Rousseau (1721-1778) —quien confesaba su aspiración de llegar a ser "poeta en prosa"—,[6] Evariste-Desiré de Forges, vizconde de Parny (1753-1814),[7] François René de Chateaubriand (1768-1848), Charles Nodier (1780-1844),[8] Prosper Mimeé (1803-1870) —*La Guzla*—, Gérard de Nerval (1808-1855) —especialmente: *Les filles de feu*—, Maurice de Guérin (1810-1839),[9] Téophile Gautier (1811-1872), los hermanos Gouncort —Edmond (1822-1896) y Jules (1820-1870).

Los cauces abiertos por Baudelaire fueron aprovechados y renovados en Francia por una larga nómina de poetas simbolistas, cubistas, surrealistas: el Conde de Lautréamont con *Los cantos de Maldoror*, Rimbaud —quien exhortó ante el exceso estético de Baudelaire al "trastocamiento deliberado de los sentidos", que ensayó en *Las iluminaciones* y *Una temporada en el infierno*—, Catulle Mèndes, Stéphane Mallarmé, Paul Verlaine, Jules Renard, Marcel Schwob, Paul Claudel, Paul Valéry, Pierre Louÿs, Paul Fort, Léon-Paul Fargue, Max Jacob, Pierre Reverdy, André Breton, Paul Eluard, Jean Cocteau, Saint-John Perse, y más recientemente, Henri Michaux, Francis Ponge, René Char, Géo Norge, Jean L'Anselme, Yves Bonnefoy...[10]

[5] Existe una vieja edición bilingüe francés-español de esta obra: París, Librairie de Rosa, Bouret et C., 1859 (sin más datos), en dos tomos.

[6] "Rousseau —escribe Guillermo Díaz Plaja, siguiendo a Albert Cherel, *La prose poétique française*, París, "L'artisan du livre", 1940— llena su periodo de octosílabos y de alejandrinos; pero lo importante son las combinaciones de sonidos; las alternancias de ímpetu y de languidez, elementos de musicalidad que acompañan a la dulzura de las evoluciones. En esta línea —amplificándola— se mueve la prosa romántica con Chateaubriand a la cabeza." En el importante libro de Guillermo Díaz Plaja (n. 1909), *El poema en prosa en España. Estudio crítico y antología*, Editorial Gustavo Gili: Barcelona, 1956; p.9.

[7] Sobre Parny escribió recientemente José de la Colina en *El Semanario Cultural de Novedades*, México, domingo 8 de marzo de 1992, p. 5.

[8] El cuento-poema en prosa *Smarra* (1821) de Nodier evoca el clima vago e inconsecuente del sueño.

[9] Maurice de Guérin nació en 1810 y murió en 1839, hermano de la poetisa Eugénie Guérin (1805-1848). En el poema en prosa de M. de Guérin "El centauro", "se siente palpitar —escribe Enrique Díez-Canedo en una excelente antología— un mundo nuevo a través de una evocación de lo antiguo" (Enrique Díez-Canedo, *La poesía francesa del romanticismo al superrealismo*, Editorial Losada: Buenos Aires, 1945; p. 57). Por su parte, Benjamín Jarnés, en su notable *Enciclopedia*, informa que George Sand publicó este poema, inconcluso, en la *Revista de los dos mundos*, y escribe sobre "El centauro": "La vida misteriosa de la naturaleza en su aurora y la voluptuosidad que experimenta un alma fuerte y primitiva al sumergirse en ella están expresados en una forma precisa, llena de vigor" (Benjamín Jarnés, *Enciclopedia de la literatura*, recopilada bajo la dirección de B. J., Editora Central: México; tomo III, p. 201. No se registra el año de edición; por sus últimas noticias bibliográficas, puede inferirse que se publicó a principios de los cuarenta, quizá en 1941).

[10] Ya Albert Thibaudet en su clásica *Historia de la literatura francesa* (Editorial Losada: Buenos Aires, 1939; traducción: Luis Echávarri), después de advertir la creciente infil-

Si Francia fue cuna y foco de propagación del poema en prosa,[11] sería impensable el desarrollo del mismo sin tomar en cuenta, por ejemplo, su fundación en Alemania con la obra de Peter Altenberg (1859-1919);[12] en Inglaterra, a partir del ensayo irónico y a través de la obra de Lord Dunsany, Charles Lamb y Oscar Wilde; en España, a raíz de Ramón de Campoamor y Gustavo Adolfo Bécquer.[13]

III. BREVE APROXIMACIÓN TEÓRICA AL POEMA EN PROSA

Los teóricos y estudiosos del poema en prosa, Vista Clayton, Suzanne Bernard, Guillermo Díaz Plaja, entre otros, han concluido con razón que es muy difícil demarcar los límites formales precisos

tración de la poesía en la prosa y su ósmosis mutua en Fort, Rimbaud, Lautréamont, Fargue, Giraudoux, Cocteau, escribía: "Sería curioso y fructuoso establecer un mapa poético de la época contemporánea que mencionara los lugares de poesía, las corrientes de poesía, y también las corrientes y los lugares de la antipoesía (existen); en este mapa, las indicaciones de poesía no implicarían de ninguna manera, implicarían menos que nunca, las escrituras en verso" (p. 490).

[11] Octavio Paz ha propuesto una interesante explicación lingüística del hecho de que el poema en prosa se haya generado en Francia: "... una forma que sólo pudo inventarse en una lengua en la que la pobreza de los acentos tónicos limita considerablemente los recursos rítmicos del verso libre" (*Los hijos del limo. Del romanticismo a la vanguardia*, Seix Barral: Barcelona, 1974, p. 98).

[12] Pueden encontrarse algunas versiones al español de poemas de Altenberg, realizadas por Joel Peha, en la revista *Pauta*, Cuadernos de teoría y crítica musical, INBA, CENIDIM, UAM: México, núm. 29 (enero de 1989), pp. 60-61, y núm. 30 (abril de 1989), pp. 21-24.

[13] Michael Benedikt publicó una antología del poema en prosa mundial: *The Prose Poem. An International Anthology*, A Laurel Original, DELL. 7099: Nueva York, 1976 (500 selecciones de 70 autores; varios traductores). Lamentablemente, el resultado global no es bueno. Pretende ser "la primera antología que representa el poema en prosa alrededor del mundo", resaltando "la ubicuidad internacional del poema en prosa y no alguna insularidad" (p. 35), pero incluye dos españoles (Juan Ramón Jiménez y Luis Cernuda) y 11 norteamericanos. Octavio Paz está representado por dos poemas, mientras que el propio antólogo solamente por 15. De México están antologados, además de Octavio Paz, Juan José Arreola —15—, Augusto Monterroso —6—, Jaime Sabines —9—, Marco Antonio Montes de Oca —6— y Ulalume González de León —17 muy breves; por cierto, buen crítico de sí misma, Ulalume, insatisfecha con estos poemas, no quiso cederlos ahora a la presente antología—. La antología de Benedikt pretende ser omniabarcadora no sólo en el espacio sino también en el tiempo. Entonces, ¿dónde están Torri, Reyes y Owen, para sólo citar tres lagunas oceánicas? No es todo. En momentos, parece que tenemos en las manos una antología de cuentos, de epigramas, de lo que sea, menos de poemas en prosa: "Mi vida con la ola" de Paz, "Una reputación" y "Baby H. P." de Arreola, "El eclipse", "Paseos con el poeta", "Moscas" y "Fertilidad" —epigrama— de Monterroso; como si no tuvieran poemas en prosa. Pero falta la obra maestra de esta antología: "Una familia de árboles" de Jules Renard —quien *tampoco* figura en la antología—, traducido espléndidamente por Genaro Estrada y Juan José Arreola, es presentado como poema en prosa original de Arreola.

del poema en prosa como género o especie literaria.[14] Esta indefinición no equivale a que sea un género mixto, ni un híbrido de moda literaria, ni imposibilita su identificación, por ejemplo y como ahora, al emprender una antología del mismo.[15] Tampoco autoriza a emitir clasificaciones tan arbitrarias como las siguientes, de dos poemas en prosa de Jules Renard aparecidos en la *Revista Moderna:* " 'La lluvia', artículo-ensayo; 'El péndulo', cuento-novela".[16]

Y tampoco creo que sea cosa de desesperación sino al contrario: en eso le va al poema en prosa mucho de su poder seductor, que, al componerlo, reside en el desafío de disfrutar de su libertad de redacción procurando a la vez el rigor de la factura y la síntesis verbal.

El criterio de la brevedad, con frecuencia asociado a la definición del poema en prosa, no deja de ser cuestionable. Por un lado, hay excelentes ejemplos de poemas en prosa extensos, como *Los cantos de Maldoror* de Lautréamont; por otro, abunda la prosa breve que no es poesía en prosa. Que la concentración verbal característica del poema en prosa se lleve bien con la brevedad no hace de ésta un requisito irrecusable en su composición, pues ¿qué tan breve habría de ser el poema, de cuántas líneas o palabras?[17]

[14] Suzanne Bernard *(Le Poème en Prose. De Baudelaire Jusqu' à nos Jours,* París, Librairie Nizet, 1959), después de intentar precisar con rigor los fundamentos estéticos y formales del poema en prosa, concluye que sin embargo, "les limites sont... très difficiles a tracer" (pp. 8-9). (Véase también: Vista Clayton, *The Prose Poem in French Literature of Eighteenth Century,* Nueva York, Publications of the Institute of French Studies, 1936.) Guillermo Díaz Plaja advierte la dificultad del deslinde, pero propone una definición —creo que amplia hasta el peligro—: "Denominamos 'poema en prosa' toda entidad literaria que se proponga alcanzar el clima espiritual y la unidad estética del poema sin utilizar los procedimientos privativos del verso" *(op. cit.,* p. 3). Alfonso Ruiz Soto, en *Estructura del universo literario* (Universidad Nacional Autónoma de México, Material de lectura, Serie Ensayo, núm. 6: México, 1986), acepta el desafío teórico del poema en prosa y empieza a enfocar el problema desde una perspectiva estructuralista.

[15] Martín Heidegger: "Lo que sea el arte debe poderse inferir de la obra. Lo que sea la obra sólo podemos saberlo por la esencia del arte" *(El origen de la obra de arte).* O bien, cuando al profesor A. E. Housman se le pidió una definición de la poesía contestó que le era tan difícil definir la poesía como lo sería para un perro terrier definir una rata, pero que ambos, él y el terrier, por los síntomas que los objetos correspondientes produjeran en su percepción, los reconocerían inmediatamente y correrían tras ellos (véase conferencia suya traducida en *El Hijo Pródigo* por Octavio G. Barreda).

[16] Como hace Héctor Valdés en su, por lo demás, detallado y útil *Índice de la "Revista Moderna",* Universidad Nacional Autónoma de México, 1967, p. 240.

[17] Edmundo Valadés, por ejemplo, escribió en un artículo ("Ronda por el cuento brevísimo" publicado en el diario *Uno más uno,* en 1987) que el "cuento brevísimo" —al que él ha dado vigoroso impulso en la revista *El Cuento*— no debe constar de más de 17 líneas. Pero esto es pedirle a la estadística que haga las veces de estética.

Es natural, por otra parte, que a los autores de poemas en prosa suela molestarles que se considere sus composiciones de este tipo como prosas poéticas, pues de aquí a la confusión con diferentes clases de prosa narrativa —breve o extensa— hay un paso. Al comentario "Hablemos de su prosa poética", respondió Octavio Paz en una entrevista: "No me gusta eso de 'prosa poética'. He escrito prosa y poemas en prosa".[18]

El empleo de recursos poéticos en la prosa no conduce necesariamente al poema en prosa, el cual, si lo es de veras, implica una idea estricta de la composición y de la unidad estética del poema. *El Llano en llamas* y *Pedro Páramo* de Juan Rulfo, por ejemplo, están concebidos en una prosa poética a la que, sin embargo, subyace una intención narrativa; podría decirse que al *narrar*, Rulfo dio con una forma auténticamente poética de hacerlo.

En cierto sentido, la prosa poética es lo contrario del poema en prosa, pues si la prosa poética es una prosa en la que se recurre a procedimientos poéticos como la imagen, la metáfora, la estructura paralelística, etcétera, en el poema en prosa la poesía no se introduce en la prosa como un ingrediente sino que se expresa en prosa, se vuelve prosa sin dejar de ser poesía. Al romper con el verso, que puede convertirse en un corral para la intemperie lírica del poema, y fundarse en el ritmo de la prosa, el poema experimenta una libertad de escritura y de expansión radicales.

Entre los géneros literarios existen comunicaciones secretas cuya exploración no tiene por qué anular. Si el poema en prosa surge en cierto modo contra la rigidez de los géneros literarios, parece absurdo imponer una definición rígida del poema en prosa.

IV. Criterios de esta antología

Asumida cabalmente su incapacidad para definir con precisión al poema en prosa como género literario, que además evoluciona de autor en autor y de poética en poética, le queda a este antólogo su intuición frágil para seleccionar nombres y poemas en prosa de un vasto y abigarrado paisaje nacional.

[18] Octavio Paz, en la entrevista de Braulio Peralta, "Poesía: interrogación con multitud de respuestas", publicada en *La Jornada*, suplemento cultural, núm. del cuarto aniversario, 22 de septiembre de 1988.

Por tratarse, hasta dónde sé, de una primera antología del poema en prosa en México, opté por un criterio selectivo menos estricto y una visión más panorámica, topográfica, documental. En las redes de este libro convergen lo mismo escritores cuya procedencia es identificada comúnmente como la prosa narrativa, que poetas propiamente; lo mismo mexicanos que autores de otra nacionalidad con libros de poesía en prosa publicados en México; lo mismo escritores que han practicado el poema en prosa con deliberación que sin ella —y que a veces, sin proponérselo, escriben algo afín al género o que se deja leer como tal—. En la idea de que la poesía está en el aliento, en el aire, acoge asimismo esta antología algunos *ensayos*, crónicas o epigramas de temple poético que lindan muy de cerca con el poema en prosa, e incluye también una sección preliminar de "Antecedentes modernistas", que puede facilitar la persecución histórica de evoluciones formales previas hacia el poema en prosa en México.

Ni siquiera el criterio de la calidad extraordinaria ha regido aquí de modo absoluto: decidí atender también al interés o la curiosidad históricos que puedan tener, por ejemplo, los poemas en prosa de José Vasconcelos, que no han de contarse, pienso, entre lo mejor de sus obras ni, mucho menos, de la historia literaria nacional.

Inevitablemente campean en una antología el gusto, los intereses y las simpatías del antólogo y no sé hasta qué punto salió avante mi sentido de "imparcialidad literaria" —si existe tal cosa—. Algunas omisiones han sido, si no correctas, cuando menos razonadas; otras, debidas a mi ignorancia o desinformación, y de antemano pido disculpas a los ausentes que debieron figurar aquí. Otras exclusiones se han derivado de la idea que tiene este libro del poema en prosa como composición unitaria y autónoma estrictamente en prosa.[19]

La antología va de Manuel José Othón, nacido en 1858, a Carmen Leñero, nacida en 1959; es decir, cubre un siglo en promociones literarias (1858-1959) y un siglo (1881-1882, fecha de publicación original de los textos incluidos más viejos, los de Gutiérrez Nájera, a 1991) de producción literaria continua.

---

[19] Este criterio me impidió extraer muestras de interesantes poemas que alternan el verso y la prosa, como, por ejemplo, los del libro *Tierra nativa* de José Luis Rivas.

V. Antecedentes modernistas
del poema en prosa en México

La génesis del poema en prosa mexicano forma parte, desde luego, de un capítulo más amplio, que rebasa los límites de este estudio: la génesis del poema en prosa hispanoamericano, el poema en prosa en lengua española. Gustavo Adolfo Bécquer en España, Rubén Darío en Nicaragua, José Martí y Julián del Casal en Cuba, Juan Montalvo en Ecuador, Ricardo Palma y Manuel González Prada en Perú, José Asunción Silva en Colombia, Leopoldo Lugones en Argentina, Pedro Prado en Chile, se anticiparon a los autores mexicanos en la asimilación y el ejercicio del poema en prosa.

Los orígenes de la nueva forma literaria en México habría que rastrearlos no sólo ni principalmente en la fuerte influencia de la literatura francesa y, de manera más general, en el afrancesamiento de la sociedad y la sensibilidad mexicanas, sino en la filtración de esa literatura a través del modernismo sudamericano, en que la poesía en prosa surgía como una alternativa en la búsqueda de renovación expresiva: la profunda huella de Darío en Amado Nervo, las versiones de Baudelaire, Mendès y otros poetas franceses realizadas por Del Casal y el propio Darío que llegaron hasta nuestro país.

La prosa metafórica, elegante, con la pompa y el amaneramiento de la época, de Justo Sierra (1848-1912), buen lector de Victor Hugo, Musset, parnasianos franceses, Campoamor, Bécquer, es precursora en la gestación semiconsciente del poema en prosa mexicano, como consta en esta definición de sus *Cuentos románticos* —cuentos con resonancias becquerianas coleccionados en 1896—: "Poemillas en prosa impregnados de lirismo sentimental y delirante",[20] o en el fatigoso preámbulo de su cuento "Playera":

Mas os he engañado, lectoras mías, lo que vais a leer no es un cuento, ni es una leyenda siquiera; es un poemilla muy lírico, muy *subjetivo*, es decir, muy del alma para adentro, si se me permite decirlo así (y aunque no se me permita), que en lugar de estar escrito en verso, está compuesto en prosa lo más verso posible (si puede decirse así, que sí se puede).[21]

---

[20] Citado por Carlos González Peña, en su *Historia de la literatura mexicana. (Desde sus orígenes hasta nuestros días)*, Editorial Cvltvra/Polis: México, 1928 y 1940, p. 216.
[21] Justo Sierra, "Playera", en: *Prosas*, antología de Antonio Caso, Universidad Nacional Autónoma de México, Biblioteca del Estudiante Universitario núm. 10; México, 1939 y 1963, p. 2.

Quede en la duda si la expresión "poemilla en prosa" sea despectiva del género o de los propios intentos de Sierra de practicarlo, pero no, en cambio, que, contra lo que pensaba él, lo que a "Playera" y sus demás relatos les falta para dar en el blanco del género es precisamente "lirismo delirante" y dejar por la paz los preámbulos didácticos, extranarrativos y extrapoéticos. Como escribió Jesse Fernández, estudioso de los orígenes del poema en prosa en los inicios del modernismo hispanoamericano, a propósito de Sierra: "Un poco menos de escenografía y un poco más de esencia lírica, y se llega al poema en prosa modernista que, en Hispanoamérica, cultivaría sobre todo Rubén Darío".[22]

Prosa en que los momentos líricos tienden a jugar un papel ornamental, la de los *Cuentos románticos* alarga la descripción, retrasa la narración y nada más insinúa al poema en prosa, como en el fragmento siguiente de "Playera":

> Lila era más linda que ese celaje que veíamos flotar como un encaje de oro sobre el disco del sol poniente. Era blanca y el hálito del mar sólo aterciopeló un tanto sus facciones. Era alta y parecía haber estudiado en los datileros cierto delicioso vaivén que daba a su modo de andar la cadencia de una de esas canciones tristes que cantan los pescadores al salir para el mar...[23]

Con algo más de nitidez empieza a despuntar el poema en prosa en algunos cuentos breves, de prosa ágil y cuidada, deudora de autores como Catulle Mendès —de cuyo cuento "La vengéance de Milady" hizo una adaptación homónima en 1879—, del fugaz Manuel Gutiérrez Nájera. En "Una cita", fechado el 3 de septiembre de 1882, lo fundamental no es tanto la narración del incidente —por lo demás deliberadamente incompleta— como la forma en que se narra, en que se registra un momento doloroso y crucial

---

[22] Jesse Fernández, *El poema en prosa en la iniciación modernista hispanoamericana:* tesis de maestría en Letras Hispánicas presentada en la City University of New York, 1977; p. 90. Me ha sido de valiosa utilidad la consulta de este estudio, una de las poquísimas monografías sobre el tema. (Puede consultarse, en microfilm, en la Biblioteca Daniel Cosío Villegas de El Colegio de México.) Véase también la monografía, paralela, de Alfonso Ruiz Soto, *The Origins of the Prose Poem in Mexican Literature,* tesis doctoral presentada ante la Facultad de Lenguas Modernas y Literatura de la Universidad de Oxford en 1984. (Hay una copia en la biblioteca del Centro de Estudios Literarios del Instituto de Investigaciones Filológicas de la Universidad Nacional Autónoma de México.)

[23] Justo Sierra, "Playera", en *Prosas*, p. 3.

en la vida de dos personajes, así como el sentimiento del contemplador.

Aún más cerca del poema en prosa, a pesar de su extensión narrativa mayor, está "Historia de un dominó", construido enteramente, y rematado, sobre la base de la analogía poética "¡Pobre mujer! ¡Tu suerte es parecida a la de aquellos dominós...!"; recurso que se repite, por ejemplo, en "Pia di Tolomei", de 1878, en que la frase inicial "¡Pia! ¡Pia di Tolomei...! ¡Es raro! Yo he visto a esta mujer en otra parte",[24] se reitera con tensión ansiosa en el relato, como estribillo, dos veces más.

La redondez formal y el desarrollo rítmico alrededor de un núcleo lírico-exclamativo aproximan pues algunos cuentos de Gutiérrez Nájera al poema en prosa.

El mismo recurso de reciclamiento poético de frases-motivo en la prosa narrativa, a manera de fuerza centrífuga y compás que rige el ritmo de la composición se observa en varios cuentos de Carlos Díaz Dufoo I, lector de Victor Hugo, Dumas, Musset, Lamartine, Daudet, Flaubert, Balzac, Loti, Baudelaire, Mendès;[25] y cofundador, al lado de Gutiérrez Nájera, de la *Revista Azul:* la coda de "El centinela", el estribillo "¡Oh Italia!" de "El viejo maestro", etcétera. Sin escapar de los excesos y rebuscamientos verbales del modernismo, Díaz Dufoo se esmeró en una prosa artística —fuente y, también, como advierte Schulman, legado del movimiento—[26] que a veces se plasma más que en cuentos, en cuadros, cuadros de personajes, situaciones, estados de ánimo, relaciones de sucesos.

Del género modernista por excelencia, la crónica, pero la crónica que logra emanciparse lo más posible de su función noticiosa, periodística, para crear un clima imaginativo y emotivo, se engendra algo cercano al poema en prosa tanto en Gutiérrez Nájera —"La vida ferrocarrilera"—,[27] como en Díaz Dufoo —"La pereza"— o en Luis

---

[24] Manuel Gutiérrez Nájera, *Cuentos completos y otras narraciones,* Fondo de Cultura Económica: México, 1958; 1a. reimpresión, 1984; prólogo, edición y notas de E. K. Mapes y estudio preliminar de Francisco González Guerrero; "Pia di Tolomei", pp. 20-25.

[25] Según se desprende de sus propios artículos, crónicas y reseñas. *Cf.* Carlos Díaz Dufoo, *Textos nerviosos,* Premiá Editora, La Matraca, segunda serie, núm. 21: México, 1984. Nos lo confirma Carlos González Peña: "Andaba siempre a la caza de la novedad libresca; sobre todo, europea, y más que todo, francesa" (en: Carlos González Peña, *op. cit.,* p. 117).

[26] Schulman, "Reflexiones en torno a la definición del modernismo", citado en: Porfirio Martínez Peñaloza, "Introducción" a *Máscaras de la "Revista moderna",* Fondo de Cultura Económica, Tezontle: México, 1968; p. 25.

[27] Especie de crónica fantástica que urde una pequeña mitología del ferrocarril, en este interesante texto de Gutiérrez Nájera es posible apreciar la transición modernista de la crónica al poema en prosa, en virtud de su lenguaje deliberada y marcadamente metafórico

19

G. Urbina, autor de *Cuentos vividos y crónicas soñadas* (1915), libro sintomáticamente dedicado así: "En homenaje al recuerdo perenne en mí, de Justo Sierra, el poeta admirable de los *Cuentos románticos*". Al seguir el modelo del maestro, Urbina tampoco da en sus crónicas soñadas con la verdadera poesía en prosa, y sus pasajes líricos y descripciones poéticas suelen quedar al servicio de la actualidad social, el aleccionamiento moral o el requerimiento de llenar equis número de cuartillas para *El Imperial*, el periódico para el que redactaba diariamente sus crónicas.

De estos deberes logran liberarse algunas composiciones en prosa de *Bajo el sol y frente al mar*, marcadamente descriptivas y modernistas, y ciertamente abusivas de analogías y metonimias.

Entre las anotaciones de diario de Manuel José Othón también es posible encontrar páginas líricas que interesan a esta antología. De "Fragmentos de su cuaderno de apuntes" recojo pues dos prosas en que, a principios de siglo, en pleno triunfo modernista y poco después de la publicación de los *Poemas rústicos*, despunta una emoción poética ni romántica ni modernista, bien ponderada por esa suerte de frío y sobrio clasicismo de Othón que señalaba Antonio Castro Leal,[28] y en que tampoco predomina el tono reflexivo, el temple aforístico de otros apuntes —"Sobre la tierra", "Días de otoño", "Soberbia humana", "27 de abril"— de esa libreta.

El afrancesamiento y la afición a un exotismo algo artificial, filtrado por la propia influencia francesa, que marcó a la mayoría de estos autores, está presente también en las obras de Amado Nervo, Efrén Rebolledo y José Juan Tablada, que cierran este apartado, y sería interesante investigar si la propia poesía en prosa era en ellos una curiosidad exótica.

El ejercicio de la prosa breve en muy diversas formas —el artículo, la crónica, en colaboración con Urbina para *El Imperial*, el cuento— fue constante en Amado Nervo y tan copioso como su producción en verso. Amigo personal y admirador del Darío de *Azul*, "de la literatura simbolista y (...) de algunos místicos y

y sus estructuras paralelísticas. La crónica y sus funciones propias, contar y registrar algo, son sometidas aquí a un proceso de disolvencia en la fantasía y la ensoñación y sugestividad poéticas.

Alfonso Ruiz Soto, quien me habló por primera vez de "La vida ferrocarrilera", lleva a cabo un análisis del texto en su ya citada tesis doctoral, *The Origins of the Prose Poem in Mexican Literature*, pp. 118-125.

[28] Antonio Castro Leal, *La poesía mexicana moderna* (Antología, estudio preliminar y notas), Fondo de Cultura Económica, Letras Mexicanas: México, 1953, pp. xi y 36.

escritores esotéricos divulgados por las traducciones francesas",[29] Nervo conoció el poema en prosa, como lo prueba su referencia a "El extranjero" que ama las nubes y abre *Le Spleen de Paris* de Baudelaire, en la sexta prosa de *Ellos,* titulada "Las nubes", y ensayó algo semejante, en el tono y la intención de la exhortación espiritual, dentro de su ideal franciscano, agudizado con el tiempo, de desnudar la escritura hasta la sencillez, para conmover el fondo humilde del lector y probarle que la poesía anida incluso en lo más llano y pobre, la prosa. Escribir, decía, "sin retórica, sin procedimiento, sin técnica, sin literatura, con la única misión de consolar, llegando a la simplicidad de la idea y de la emoción". Sin duda lo consigue, por ejemplo, en su breviario *Plenitud* (1918), sólo que a quien no espera de la literatura consuelo sino literatura, Nervo no lo convence. Su pretensión de ahondamiento filosófico —socrático, estoico, cristiano— acaba casi siempre, por lo demás, en la superficialidad, la ingenuidad intelectual o el sofisma más burdo, como cuando invita a la despreocupación de los grandes enigmas metafísicos o al dogmatismo del que tiene que creer para no sufrir.[30]

Desde el punto de vista literario, el casticismo de su lenguaje no equivale siempre a la sobriedad de estilo y expresión que buscaba, y la simplicidad mística degenera a veces en la simpleza llana.

El Nervo de las prosas de *Plenitud* puso la literatura al servicio de la tediosa varita pedagógica y moralizante, y las metáforas y

[29] Francisco González Guerrero, en "Introducción" a *Obras completas* de Amado Nervo, Ed. Aguilar: Madrid, 1952; Tomo II, "Prosas", p. 30.

[30] Véase Amado Nervo, *Plenitud* (1918), XIV, XXV, XXXV. (Hay edición de Espasa Calpe, Colección Austral núm. 175: Buenos Aires, 1941.) Carlos Monsiváis enjuicia con dureza su "misticismo para modistas y su portentosa cursilería" ("Introducción" a *Poesía mexicana,* I; Promexa: México, 1979; p. xxi), y Octavio Paz escribe: "En su periodo modernista, Amado Nervo manipula sin gusto, pero con novedad y autenticidad, el repertorio del simbolismo. Después decide desnudarse. En realidad, se trata de un simple cambio de ropajes: el traje simbolista —que le iba bien— es substituido por el gabán de pensador religioso. La poesía perdió con el cambio, sin que ganara la religión o la moral" ("Introducción a la historia de la poesía mexicana" (1952), en *México en la obra de Octavio Paz,* II. *Generaciones y semblanzas,* pp. 29-30). Ya antes, en 1929, los Contemporáneos, bajo el nombre de Jorge Cuesta, en su *Antología de la poesía mexicana moderna,* habían enjuiciado a Nervo de manera semejante: "Distinguimos dos épocas en la poesía de Amado Nervo: la de su juventud, realizada en los límites de una inquietud artística, dicha en voz baja, íntima, musicalmente grata, y la de su madurez religiosa y moralista, ajena, las más de las veces, a la pureza del arte. El progreso de su poesía se termina en la desnudez; pero así que se ha desnudado por completo, tenemos que cerrar, púdicos, los ojos" (Jorge Cuesta, *Antología de la poesía mexicana moderna,* Contemporáneos, 1929; reeditada en Lecturas Mexicanas, Fondo de Cultura Económica/Secretaría de Educación Pública: México, 1985; Presentación de Guillermo Sheridan; p.78).

los motivos poéticos son meros instrumentos de la exhortación. Con todo, y más allá del interés histórico, importan sus composiciones por lo escueto de la expresión y el sentido rítmico de la prosa.

Curiosamente, encontramos otra referencia al mismo poema inicial de *Le Spleen de Paris*, "El extranjero", de Baudelaire, en *Estela* (1907) de Efrén Rebolledo, el primer libro en México que alterna composiciones en prosa y en verso. ¿Relatos? No precisamente. Aunque a Baudelaire le bastó una cuartilla para plasmar el amor por las nubes y, sin escapar a la retórica modernista, Rebolledo necesitó 17 —en "Más allá de las nubes"—, su intención es más claramente poética que narrativa. Mientras en los poemas en verso siempre rimado de *Estela*, Rebolledo muestra aspiraciones y logros de síntesis y rigor verbal, en las cinco prosas de *Estela* tiende al libre flujo de su estro, a largos desarrollos de los paralelismos poéticos.

Por todos conceptos, profundo es el contraste con Tablada. A diferencia de Rebolledo, que como él vivió un tiempo en Japón, Tablada sí consiguió mudar de piel poética, de la modernista a la vanguardista, y aprovechar en la renovación de su lenguaje varias lecciones vivas de la poesía japonesa, como el laconismo verbal o la imagen instantánea y sorpresiva.

A mi modo de ver, la aportación de Tablada al poema en prosa mexicano no reside tanto en sus incursiones incidentales en el género como en la estética del haikú y el poema sintético e ideográfico; estética de la brevedad, la concisión, la velocidad, el juego. Cada palabra *es* sustancia poética y con escasas palabras, y por medio del espíritu lúdico e imaginativo, debe lograrse el máximo de emoción y sugestividad poéticas. La factura del poema en prosa tendría principios semejantes: fluidez verbal sin prisiones métricas, pero a la vez economía, concisión, ritmo, sugestividad.

¿Cómo leer ciertos poemas ideográficos de Tablada —contemporáneos de los *Calligrammes* de Apollinaire? ¿Son poemas en verso o en prosa? ¿Es necesario desmontarlos del dibujo de palabras y disponerlos en versos? Yo creo que, atenidos a su disposición gráfica, pueden leerse muy bien como poemas en prosa.

Completa la selección de Tablada una composición poco conocida y llena de interés, "Los elefantes". Esta estampa no es una descripción sino una definición poética del elefante. Su ritmo juguetón y musical, sustentado en parte en el estribillo "Los elefantes son santos", y sus imágenes precisas y sorprendentes (como éstas: "hay un vasto flujo de marea en las pizarras palpitantes de su rugosa piel"; "¿o es acaso vuestro lento oscilar un movimiento de adoración, un baile sagrado que os arroba?"; "... a la luz de la luna en las aguas de Tunna, cuando tras estridente barriteo, las enhiestas trompas jugaban a empinar hacia la luna emperlados surtidores de cristal"), acompañados por una fina ironía aliada con la ternura, lo registran como un auténtico poema en prosa, digno precedente de los que escribiría tiempo después Juan José Arreola.[31]

La nueva estética de la síntesis poética, vanguardista y crítica de Tablada, introductor "entre nosotros —dijo Urbina— (d)el nuevo estremecimiento de Baudelaire",[32] o de "la estética amargura del ajenjo de Baudelaire y otros franceses posteriores a Víctor Hugo"[33] —según Jesús E. Valenzuela—, sería un legado fundamental a las generaciones inmediatas posteriores: la de El Ateneo de la Juventud y la de Contemporáneos.

VI. EL ATENEO DE LA JUVENTUD

Es la generación de El Ateneo de la Juventud la que por primera vez practica en México el poema en prosa con perfecta deliberación formal y profusión notable. Que incluso los novelistas del Ateneo hayan puesto sus rúbricas al nuevo género sea tal vez prueba expresiva de la predilección de que gozó. Mientras José Vasconcelos aprovecha el poema en prosa como vehículo de expresión de una experiencia interior trascendente, como liberación a través de la palabra de una vivencia mística, inefable casi, Martín Luis Guzmán se inclina a la historia poética, al poema en prosa narrativo, cercano —así "Poema de invierno"— a los cuentos cortos de Oscar Wilde.

Aproximadamente los diez años que corren de 1914 a 1924 en-

<hr>

[31] Es curioso cómo Tablada, Torri y Arreola coinciden en la percepción del elefante como ser bonachón y santo. Arreola: "...vámonos todos al circo y juguemos a ser nietos del elefante, ese abuelo pueril que ahora se bambolea al compás de una polka..." ("El elefante"); Torri: "Siempre me descubro reverente al paso de las mujeres elefantas, maternales, castísimas, perfectas" ("Mujeres"); Tablada: "Los elefantes son santos", y "Y sin embargo, es santo. Siendo sabio, poderoso, enorme y vetusto, parece tener un alma infantil". Abuelo tierno e infantil en Arreola, madre casta en Torri, santo con alma infantil en Tablada.

[32] *Máscaras de la "Revista Moderna"*, p. 85.

[33] Citados por Carlos González Peña, *op. cit.*, p. 236.

cierran el periodo de gran apogeo del poema en prosa en México: Vasconcelos escribe sus "Recuerdos de Lima" en 1916 y sus "Himnos breves" en 1920; Martín Luis Guzmán, *A orillas del Hudson* entre 1915 y 1920; Mariano Silva y Aceves publica en 1916 *Arquilla de marfil* —que Alfonso Reyes saludó desde España como un libro "para leído en un instante y recordado siempre"[34]—; Reyes escribe entre 1914 y 1917 sus *Cartones de Madrid*, recogidos hasta 1937 en *Vísperas de España*, y en 1915 su *Visión de Anáhuac;* Julio Torri publica sus *Ensayos y poemas* en 1917, aunque venía trabajándolos desde 1914 o poco antes;[35] Genaro Estrada da a luz su *Visionario de la Nueva España* en 1921; en 1923 aparecen reunidas en *El minutero* las prosas que Ramón López Velarde escribió entre 1916 y 1921; también en 1923 se publica *Gusanito,* "poemas en prosa dedicados a los niños de América", de Josefina Zendejas.

Y aunque obviamente no hay que ver en esto una especie de acuerdo de taller literario, sino mera circunstancia derivada de una cierta atmósfera de afinidades estéticas, lecturas comunes, búsquedas e ideales de renovación expresiva hasta cierto punto convergentes, no dejan de ser curiosas las coincidencias: mientras Torri le informa en carta fechada en enero de 1914 a Reyes: "Yo trabajo ahora géneros de esterilidad, como poemas en prosa, etc. Pronto te mandaré algunas composiciones",[36] su amigo empieza a concebir los *Cartones de Madrid,* que precisamente le enviaría a Torri para que los publicara en la Editorial Cvltvra, en que trabajaba. Y mientras Silva y Aceves y Genaro Estrada descubrían a Bertrand, Torri, a quien también lo desvelaba mucho por los mismos años y mismas noches,[37] se deleitaba además con Jules Laforgue, Villiers de l'Isle-Adam, Baudelaire, Rimbaud, Wilde, Lamb, Shaw, Stevenson, Kenneth Grahame, Heine; y López Velarde leía a Fran-

---

[34] Alfonso Reyes, "La 'Arquilla' de Mariano" (1916), en *Obras completas,* Fondo de Cultura Económica: México, 1958; tomo VII, p. 466.

[35] Según consta en este fragmento de una carta de Torri a Reyes, fechada en enero, 1914: "Yo, trabajo ahora géneros de esterilidad, como poemas en prosa, etc. Pronto te mandaré algunas composiciones". En: Julio Torri, *Diálogo de los libros,* Fondo de Cultura Económica, Letras Mexicanas: México, 1989; compilación y estudio preliminar de Serge I. Zaïtzeff; p. 185.

[36] *Ibid.*

[37] "*Le Gaspard de la nuit* me quita demasiado el sueño", en *ibid.* El libro de Bertrand inspiró también una de las obras maestras de la literatura pianística del siglo XX: *Gaspard de la Nuit* de Maurice Ravel. Sobre la relación de la música con el poema en prosa puede verse: Luis Ignacio Helguera, "El poema en prosa y la música", *Vuelta,* Año XVII, marzo de 1993, núm. 196, pp. 68-71.

cis Jammes o Anatole France; Reyes descubría *in situ* y hacía amistad con Azorín y, sobre todo, con Ramón Gómez de la Serna, que recomienda desde España a Torri, en la dedicatoria del ejemplar de *Greguerías* que le envía, como "el más original de los escritores de España",[38] y cuyos ensayos y greguerías, por cierto, son justamente parientes muy próximos del poema en prosa.

Es de tomarse en cuenta, en esta ampliación de horizontes literarios, estéticos, estilísticos que permitió el contacto ya directo con la mejor poesía en prosa francesa, inglesa, española, la actitud de apertura cosmopolita, universalista del Ateneo.[39]

Mariano Silva y Aceves fue el primero en lanzar en México un libro de poemas en prosa, pero su idea del género es más bien la de la instantánea, la viñeta, la estampa, y Juan José Arreola ha dicho de él que "no dio con la fórmula del poema en prosa, pero (…) en momentos se acercó a resultados verdaderamente extraordinarios".[40] Ciertamente, lo que elabora Silva y Aceves es la estampa, el cuadro de costumbres, el retrato tipológico-psicológico, sin el vuelo lírico, musical, puro, de "A Circe" de Torri, por ejemplo. En su línea, el cuento breve, el retazo poético de una historia, el cuadrito

[38] Tomo la cita de un artículo en que copié dedicatorias escritas en los libros de la biblioteca de Julio Torri, junto con algunos textos inéditos suyos: L. I. H., "Un día en la biblioteca de Julio Torri" (y "Julio Torri y el poema en prosa en México"), *La Gaceta del Fondo de Cultura Económica*, núm. 225, México, septiembre de 1989; pp. 15-22.

[39] Capítulo interesante de esta actitud y difusión cultural ateneístas, así como de la propia historia editorial del poema en prosa en México, es la ya mencionada Editorial Cvltvra, que en 1916 fundó Julio Torri, en calidad de coordinador y director de la colección literaria, con los excelentes impresores Agustín y Rafael Loera y Chávez. Torri fungió en labores hasta 1919 y lo relevaron en su puesto José Gorostiza y, después, Xavier Villaurrutia. Durante sus periodos se publicaron importantes títulos de poemas en prosa y prosa artística: si Torri publicó los *Cartones de Madrid* de Reyes, *Mimos* y *Vidas imaginarias* de Marcel Schwob —en versiones vigentes de Rafael Cabrera—, *La linterna sorda* de Jules Renard —muy bien traducida por Genaro Estrada— y difundió a Goethe, Heine, Maeterlinck, Stevenson o Shaw, por su parte, Gorostiza publicó los *Poemas en prosa* de Pedro Prado, *Campanitas de plata* de Silva y Aceves, *La canción del halcón*, *La canción del albatros* de Maximo Gorki, y divulgó a Francis Jammes o André Gide —precozmente traducidos por Salvador Novo y Jaime Torres Bodet: tenían 18 años—, y Villaurrutia a Benjamín Jarnés o, traducidos por él mismo, a Nerval, Valéry o Paul Morand. Títulos y autores a partir de los cuales podemos delinear el mapa de algunos de los intereses y preferencias estéticos de las dos generaciones fundadoras de la modernidad crítica en las letras mexicanas: El Ateneo y Contemporáneos.

Agradezco mucho a Verónica Loera y Chávez, que ha continuado los esfuerzos de la Editorial Cvltvra, el libre acceso que me dio a su bodega y archivos durante la redacción de este estudio.

[40] Juan José Arreola entrevistado por Emmanuel Carballo, *Protagonistas de la literatura mexicana* (1965), reeditado en Lecturas Mexicanas de la Secretaría de Educación Pública, México, 1986; p. 473.

impresionista, instantáneo y estático en que, al acercarnos a verlo, cobra vida un mundo de bullicios y movimientos cotidianos, Silva y Aceves consigue miniaturas notables como "Doña Sofía de Aguayo", "La hija del tapicero", "Mi tío el armero", "El componedor de cuentos". Entusiasmado, Reyes le escribió desde España:

> ¡Con qué acierto ha interpretado Ud. aquella tradición fina y sensitiva, sin necesidad de hablar del pulque y los huaraches, ni vestirse los pringosos trapos de la plebe! "La grande escuela de la imitación" que decía Stevenson: France (et la France aussi), y lo mejor de lo castizo y nativo.[41]

En la asimilación de la tradición francesa traspuesta a rasgos mexicanos de las viñetas —que no postales turísticas— de Silva y Aceves se encuentran ciertamente "imitaciones", adaptaciones, variaciones inconfesadas de poemas en prosa de autores extranjeros. Por ejemplo, la idea de "Las hojas secas", penúltima de las *Leyendas* de Bécquer, reaparece en "Tres hojas de árbol" del mexicano, y "El albañil", segunda página del *Gaspard* de Bertrand, da pie a una prosa homónima en que Silva y Aceves simplemente muda de época y ambientación.

Acaso la característica literaria más sobresaliente de las estampas de Silva y Aceves sea estilística, y rasgo generacional distintivo, pues lo encontramos también en Torri, Díaz Dufoo II, Genaro Estrada, a la vez que operación sobre el lenguaje que posibilita el poema en prosa: la concisión expresiva, la economía verbal, la extracción de quintaesencias poéticas. Un estilo, por lo demás, hecho a la medida de los géneros cortos y compactos que Silva y Aceves trabaja. "Su ideal —escribió Genaro Estrada sin duda refiriéndose a él— sería escribir una novela sobre el breve tema de una miniatura del siglo XVII o del pañuelo de encajes de una virreina".[42] Y en efecto, el fuerte de su prosa no es la narrativa: su "novelilla", como él mismo la llamó, *Cara de virgen*, fracasa como novela por la ausencia notoria de tensión argumental. Y la misma insuficiencia se advierte en sus cuentos, pobres en acción como consecuencia del preciosismo estilístico, aunque frecuentemente

---

[41] Alfonso Reyes, carta a Mariano Silva y Aceves fechada en Madrid, oct. 17 de 1916; en "Epistolario Mariano Silva y Aceves-Alfonso Reyes", en Mariano Silva y Aceves, *Un reino lejano*, Fondo de Cultura Económica, Letras Mexicanas: México, 1987, compilación y estudio preliminar de Serge I. Zaïtzeff; p. 225.

[42] Genaro Estrada, *Visionario de la Nueva España*, "Dilucidaciones", en *Obras*, Fondo de Cultura Económica, Letras Mexicanas: México, 1983; edición de Luis Mario Schneider; p. 161.

afortunados como percepciones de momentos en la vida de los personajes —tan bien caracterizados— y como confección escritural de épocas, ambientes, recintos; ésta es la verdadera facultad literaria de Silva y Aceves, cuya obra rinde tributo apasionado y religioso al México virreinal y colonial, y celebra la candidez innata de los niños —que implica la posibilidad de una visión del mundo fresca, sensible y profunda: *Animula*, ensayo-poemario en prosa— y los privilegios de la imaginación.

Nacido y muerto los mismos años (1887-1937) que Silva y Aceves, Genaro Estrada no sólo comparte con su amigo —y con otros escritores contemporáneos suyos como Artemio de Valle Arizpe, Ermilo Abreu Gómez, Julio Jiménez Rueda y Francisco Monterde— la admiración por el México virreinal, que se deja ver en su libro de crónicas, estampas, prosas breves anecdóticas y poemas en prosa, *Visionario de la Nueva España*, de admirable poder evocativo-impresionista, inspirado en el *Gaspard de la nuit* de Bertrand, sino también la vocación pictórico-pintoresquista, la afición a coleccionar piezas y miniaturas coloniales, la tendencia a espiar los salones virreinales y dejar documento de un instante significativo acontecido en ellos. Cuando el detallismo no pierde a su prosa en la descripción decorativa, en los pliegues de un vestido, un pañuelo o un abanico, Estrada entrega finas instantáneas, atildadas con su afable toque de ironía.

Hay que mencionar también la cuidadosa versión al español que hizo Estrada de *La linterna sorda* —incluye *El viñador en su viña*, *Pamplinas*, *Historias naturales*— de Jules Renard, maestro del poema en prosa, en 1920, por encargo de Torri, para Editorial Cvltvra.

En la línea de Silva y Aceves y Estrada se encuentra Francisco Monterde, por su tratamiento del poema en prosa como viñeta y la recreación ambiental e incluso idiomática del mundo colonial. Su oda a Sor Juana es interesante por su ritmo y su logrado juego entre la ilusión amorosa, el infortunio y la ironía, que algo recuerda "A Circe" de Julio Torri,[43] con quien en definitiva alcanza el poe-

---

[43] Francisco Monterde declaró: "Creo que de alguna manera influyó en mí. Cuando escribí prosas que podrían calificarse dentro de la literatura colonialista, Julio (Torri) había publicado las suyas, aunque confieso que mis influencias más notables fueron Tagore —a través de las versiones de Zenaida y Juan Ramón Jiménez— y mi tío Joaquín García Icazbalceta, a quien incluso me parezco físicamente. Debo también señalar que Julio y yo incurrimos en el mismo género gracias a lecturas comunes: escritores ingleses de moda entre los lectores de *Revista Moderna*, como Walter Pater; o autores franceses como Aloysius Bertrand, que contagia a Julio hasta la marcada preocupación por el epígrafe. Sentíamos amor por la palabra bien dicha, por el buen castellano; ello constituye una marcada tenden-

ma en prosa mexicano carta de naturalización, realización cabal y un modelo en punto a perfección formal, variedad de recursos expresivos, perturbación semántica.

Es obligada la comparación de la prosa de Torri con la de los posrománticos y modernistas de principios de siglo para poder aquilatar su modernidad insólita: *Plenitud* de Nervo es de 1919 y el ensayo "De fusilamientos" de Torri está fechado en 1915 —*Ensayos y poemas* es de 1917—, pero parece varias décadas más joven que las inocentes prosas de Nervo y aún hoy se lee como una obra maestra de humor macabro de la literatura contemporánea. Asimismo necesario es comparar a Torri con Silva y Aceves, Estrada o Monterde para medir la innovación y las direcciones inéditas que abrió para el poema en prosa mexicano. Pues ciertamente no restringió Torri el tratamiento del género a la estampa o viñeta, paradigmáticamente de tema colonial —aunque haya cedido a la tentación en composiciones como "Fantasías mexicanas" o "Vieja estampa"—, y desde el inicio de *Ensayos y poemas*, desde el musical y alado "A Circe", se ve que el autor va más allá de los aspectos puramente pintoresquistas y plásticos del poema en prosa para explorar una serie diversificada de registros: el lirismo, la reflexión y la inteligencia lúdicas, la ironía como recurso estético y como arma predilecta de la crítica moral.

Los poemas de Torri realizan respecto de los de Estrada y Silva y Aceves un viraje expresivo análogo al de Baudelaire respecto de Bertrand, desde el pintoresquismo e impresionismo de la vida antigua, y la gracia y el humor suaves, a la fantasía febril, la ironía punzante y el humor corrosivo como armas mortales de la crítica moral, como vehículos de la crítica oblicua de la realidad y de la búsqueda de valores más hondos que los que ofrece la superficie de la sociedad moderna.

La ampliación que dio Torri al ejercicio del poema en prosa deriva entre otras cosas de una asimilación concienzuda de lecturas y, en especial, de la fusión de dos tradiciones literarias a las que fue particularmente sensible y espiritualmente afín: la tradición francesa del poema en prosa (Bertrand, Baudelaire, Rimbaud, Laforgue, Schwob, Renard) y la tradición inglesa del ensayo irónico (Swift, Lamb, Wilde, Shaw, Stevenson, Kenneth Grahame), con un eco del humor romántico alemán (Heine). El refinamiento de la prosa ar-

cia de profesor de literatura y de académico". En: Beatriz Espejo, *Julio Torri, voyerista desencantado*, UNAM: México, 1986; p. 85.

tística francesa y el estilo inglés, agudo y despojado, campean en la prosa torriana: prosa de sustantivación y adjetivación precisas y sugerentes, prosa de español castizo y de una economía verbal asqueada de cualquier rebuscamiento, amaneramiento, barroquismo o efusividad; prosa ceñida, tensa, perfecta.

En una de sus prosas ("El ensayo corto"), el mismo Torri define su estética: "El horror por las explicaciones y amplificaciones me parece la más preciosa de las virtudes literarias. Prefiero el enfatismo de las quintas esencias al aserrín insustancial con que se empaquetan usualmente los delicados vasos y las ánforas". Y en una carta temprana le confía su método a Reyes: "Yo trabajo ahora géneros de esterilidad, como poemas en prosa, etc. Pronto te mandaré algunas composiciones. Las escribo de la siguiente manera: tomo un buen epígrafe de mi rica colección, lo estampo en el papel, y a continuación escribo lo que me parece casi siempre un desarrollo musical del epígrafe mismo".[44] El desarrollo nunca debe ser exhaustivo, sólo parcial y sugerente: "El ensayo corto ahuyenta de nosotros la tentación de agotar el tema, de decirlo desatentadamente todo de una vez. Nada más lejos de las formas puras de arte que el anhelo inmoderado de perfección lógica";[45] "¡Qué fuerza la del pensador que no llega ávidamente a colegir la última conclusión posible de su verdad, esterilizándola; sino que se complace en mostrarnos que es ante todo un descubridor de filones y no mísero barretero al servicio de codiciosos accionistas!" ("El descubridor").[46] La elaboración del desarrollo debe ser paciente y concienzuda, y el final, contundente: "Dos peligros del poema en prosa: ser una simpleza o un chascarrillo de almanaque. Elabóralo pacientemente con trabajo concienzudo y pónle un feliz remate a modo de aguijón".[47]

En resumen, queda el siguiente procedimiento torriano de elaboración del poema en prosa: elección del tema a partir de un epígrafe (o de otro poema, como en el caso de "A Circe", inspirado muy probablemente en "El maestro" de Oscar Wilde),[48] desarrollo laborioso

[44] En la carta de enero de 1914 citada en la nota 35 de este estudio.

[45] "El ensayo corto", Ensayos y poemas, en: Julio Torri, Tres libros, Fondo de Cultura Económica, Letras Mexicanas: México, 1964; p. 33.

[46] "El descubridor", De fusilamientos, en Tres libros, p. 57.

[47] Julio Torri, El ladrón de ataúdes, Fondo de Cultura Económica, Cuadernos de La Gaceta núm. 44: México, 1987; Prólogo de Jaime García Terrés; recopilación y estudio preliminar de Serge I. Zaïtzeff; p. 39.

[48] Una de las lecturas predilectas del joven Torri era Oscar Wilde, a quien le dedica un artículo en Revista de revistas del 27 de abril de 1913 que lo venera como uno de los apóstoles del individualismo y la dignidad humana. A Carmen Galindo le dijo Torri: "Antes sí,

y perfeccionista del tema sin agotarlo, hasta conducirlo a un "feliz remate" que redondee la composición. Procedimiento que funde ciertamente al poema en prosa con el ensayo breve, cuyos pasos son el planteamiento del tema, el desarrollo no exhaustivo del mismo y la conclusión. La fusión inextricable poema-ensayo es particularmente clara en "De fusilamientos" o "Mujeres". Nadie, a mi modo de ver, ha logrado la excelencia de Torri en este tipo de poema en prosa-ensayo lúdico que podría denominarse poema en prosa temático o motivista.

pero ahora no me influye Wilde. Pero me influye otro inglés que es Charles Lamb. Tal vez porque es más sustancial que Wilde" (Carmen Galindo, "Julio Torri con sus propias palabras", en: Serge I. Zaïtzeff, *Julio Torri y la crítica*, UNAM: México, 1981, p. 39). Reyes presenta a su amigo como "nuestro hermano el diablo, duende que apaga las luces, íncubo en huelga, humorista que procede de Wilde y Heine y que promete ser uno de los primeros de América". Y Torri le cuenta a Reyes en una carta que a raíz de *Ensayos y poemas*, Pedro Henríquez Ureña ha sido "tan bueno" que no sólo lo ha "elogiado muy 'negativamente' a su manera, sino que me ha señalado las palabras mal empleadas en mi libro, las citas expresas de Wilde, *und so weiter*". ¿Cuáles son estas "citas expresas de Wilde"? En "El maestro", segunda prosa del libro, Torri recuerda un poema en prosa de Wilde, "la parábola (...) del varón que perdió el conocimiento de Dios y obtuvo en cambio el amor de Dios". Este espíritu paradójico de los ensayos-poemas de Wilde influye claramente en el joven Torri; en el mismo lugar le dice a Carmen Galindo, a propósito de Lamb: "Lo descubrí hace varios años en una antología. Después ya leí toda su obra, sus ensayos, que no son muy paradójicos y que por eso no cansan. Los de Wilde, sabiendo del título y el espíritu del autor, la curiosidad es mínima. Es una mecánica intelectual especial, pero que aburre al lector". Una página antes de "El maestro" encontramos en *Ensayos y poemas* otra composición de temple paradójico, "A Circe", cuyo tema general y esquema argumental son muy afines a los de "El maestro", poema en prosa no de Torri esta vez, sino de Wilde, en que se canta la desgracia de un hombre que ha imitado las acciones de Jesucristo sin ser crucificado; cuando José de Arimatea le dice: "No me asombra que tu dolor sea tan grande, pues en verdad Él era un hombre justo", el hombre responde: "No lloro por Él, sino por mí mismo. Yo también he cambiado el agua en vino, y he curado al leproso y he devuelto la vista al ciego. Yo he paseado sobre las aguas y he arrojado a los demonios que habitan las tumbas. Yo he alimentado a los hambrientos en el desierto donde no había alimento alguno, y he hecho levantarse a los muertos de sus fosas, y a mi orden, y ante una gran multitud, una higuera estéril se ha secado. Todo lo que ese hombre ha hecho, yo también lo he hecho. Y, sin embargo, no me han crucificado". En "A Circe", un hombre (¿Julio Torri?) le dice a la "diosa venerable": "He seguido puntualmente tus avisos. Mas no me hice amarrar al mástil cuando divisamos la isla de las sirenas, porque iba resuelto a perderme". Y finaliza: "Mi destino es cruel. Como iba resuelto a perderme, las sirenas no cantaron para mí". El tema general y el desarrollo argumental son los mismos: la perseverancia obstinada en un deseo ideal y la aniquilación implacable, fatal, del mismo a cargo del destino. Ambos poemas son paisajes espirituales de delicado lirismo, impactante y dramático; ambos se resuelven en una invocación trágica a las fuerzas del destino desde el infortunio.

Torri desprendió el tema, el desarrollo argumental y el espíritu paradójico y trágico del poema de Wilde, cambió el escenario (desde la tradición cristiana se remontó a la mitología griega), introdujo un matiz importante (el hombre de Wilde sigue todos los pasos de Jesucristo; el de Torri sigue las señales de Circe y los pasos de Ulises sólo hasta el mástil) y compuso un poema de significado y valor independientes.

Próximos a la línea del ensayo-poema en prosa quedan páginas evocativas de Alfredo Maillefert y algunos epigramas de Carlos Díaz Dufoo II —muy amigo de Torri— en que no predomina el sesgo reflexivo o es subsumido en el lirismo, como en su memorable "Epitafio".

Visionario de la Vieja España hubiera sido otro título, como réplica al *Visionario de la Nueva España* de Genaro Estrada, para *Las Vísperas de España* de Alfonso Reyes, bitácora de viaje poético que revela un oído fino y nómada a la caza del bullicio y el habla populares hispanos, un ojo privilegiado para retener el colorido local y lo pintoresco, una penetrante inteligencia para percibir la esencia, el alma del carácter español por debajo de las costumbres, y una capacidad insólita para adaptar el idioma a cualquier capricho literario, cualquier cabriola estilística, cualquier pirueta poética. Mientras Torri afila la pluma, saca punta a cada frase, bruñe avara, incansable y exquisitamente sus gemas, Reyes escribe al rodar por una posada, en la página del aire, una prosa que no es ceñida como la de su amigo, sino como andada, libre, excursionista. "Cartones", poemas, las páginas de *Las vísperas* —de redacción paralela a la *Visión de Anáhuac*, largo canto en prosa entre la crónica histórica y el fresco poético— son también apuntes, ensayos traviesos, "opúsculos", que en virtud del tono preciso para amalgamar lo popular con el sabor clásico y enciclopédico a la manera del Arcipreste de Hita, nos ahorran esa fatiga que a veces produce el afán erudito y libresco de Reyes.

Para envidia de tanto costumbrismo ramplón y superficial, unas risas roncas de rudas comadres sirven a Reyes para ofrecer toda una tipología de carácter; un deforme le sirve para construir en miniatura una curiosa teoría de la monstruosidad en Goya y Velázquez; un banal diálogo de café es motivo suficiente para una consideración sutil sobre el vagoroso e incierto estar de los hombres; una simple descripción de golondrinas en el Ventanillo de Toledo se vuelve, en su palabra, verdadera práctica de vuelo y concierto acrobático.

Si Reyes es tan dotado prosista que fácilmente vuelve poesía en prosa lo que escribe, Ramón López Velarde —solitario ante El Ateneo— es un poeta nato que vuelve poesía todo lo que toca, y su prosa no es la excepción. Aunque influido por figuras importantes del poema en prosa como Baudelaire, Rubén Darío o Francis Jammes,[49]

[49] Pronto apreció López Velarde la calidad poética de las prosas de Torri como consta en estas líneas del 26 de febrero de 1916, es decir, antes de la publicación de *Ensayos y poe-*

no creo que la lira de López Velarde, reactiva a preceptos, se propusiera producir poemas en prosa al redactar las crónicas y páginas líricas reunidas en *Don de febrero* o las prosas de *El minutero,* pero ya "Aquel día", cuya primera versión es de 1909 y la segunda, retocada como "renglón lírico", de 1913, prefigura algunos verdaderos poemas en prosa de *El minutero,* siempre personales y característicos por su elevada temperatura lírica y su misteriosa complejidad espiritual. Xavier Villaurrutia llamó la atención sobre las calidades líricas de las prosas de López Velarde y sus estrechas relaciones con su obra en verso:

> Pocas veces existe entre la poesía y la prosa de un mismo autor una relación tan preciosa y una lírica correspondencia como en el caso del autor de *El minutero.* (…) La prosa de *El minutero* es una prosa de poeta. Con ello quiero decir que conserva el desinterés, la gratuidad y aun la música que son más propias del terreno de la poesía que del campo de la prosa. (…) No es una prosa que camina, sino una prosa que danza.[50]

Más recientemente, en un breve estudio, Alfonso Ruiz Soto sostuvo que: "Ciertos de los recursos formales más revolucionarios en la obra de López Velarde se encuentran en la muy diestra poetización de su prosa, que va desarticulando los elementos narrativos y analíticos del todo, creando textos de una marcada inestabilidad semántica y estructural".[51]

Finalmente, en una línea próxima a Nervo, a Ada Negri, a Rabindranath Tagore, al Juan Ramón Jiménez de *Platero y yo,* al Silva y Aceves de *Campanitas de plata,* se encuentran Josefina Zendejas —saludada por Juana de Ibarborou y Gabriela Mistral—, autora de poemas en prosa para niños, que cuando no confunden la sencillez poética con la simpleza prosaica resultan delicados, sen-

---

mas (1917): "Tampoco he querido, al hablar de 'La dama en el campo', zurcir un ensayo, pariente (de lejos siquiera) de los que debemos a la maestría de Julio Torri" (en: Ramón López Velarde, *Obras,* Fondo de Cultura Económica: México, 1971; edición de José Luis Martínez; p. 386). Por su parte, Torri emitió muy pronto también un juicio profético: "López Velarde es nuestro poeta de mañana, como lo es González Martínez de hoy, y como lo fue de ayer, Manuel José Othón". (En: *La Nave,* México, mayo de 1916, número único, p. 125.)

[50] Xavier Villaurrutia, "Prólogo a *El minutero* de Ramón López Velarde", en *Rueca,* núm. 20, pp. 6-7, México, 1951-1952; hay reedición del Fondo de Cultura Económica: México, 1984; tomo III, pp. 464-467.

[51] Alfonso Ruiz Soto, "Los poemas en prosa de López Velarde", sobretiro de *Cuadernos Americanos,* Nueva Época, núm. 12, vol. 6, UNAM: México, noviembre-diciembre, 1988, pp. 204-205.

sibles y sabiamente ingenuos, y la propia Gabriela Mistral, quien por encargo de José Vasconcelos como director de la Secretaría de Educación Pública, publicó en México *Lecturas para mujeres* (1924), interesante compendio de poemas en verso y en prosa, textos históricos, etcétera, y especie de manual "todológico" preparado para alumnas de un colegio industrial. Libro temprano en la producción de la escritora chilena, incluye poemas en prosa de su propia cosecha, muy probablemente publicados por primera vez ahí, que al mismo tiempo que revelan su fino arte lírico, expresan un idealismo idílico y una ternura hacia la maternidad, la mujer y la tierra madre que linda a veces con la cursilería.

VII. CONTEMPORÁNEOS Y LOS EXILIADOS ESPAÑOLES

Con excepción de Bernardo Ortiz de Montellano y, sobre todo, de Gilberto Owen, la generación de Contemporáneos no cultivó el poema en prosa con la profusión y la constancia de El Ateneo de la Juventud. Sin embargo, de 1925 a 1930, es decir, inmediatamente después de la década de apogeo del poema en prosa de El Ateneo (1914-1924), se dio alguna continuidad del género en los Contemporáneos: en 1925 Salvador Novo publicó sus precoces *Ensayos;* Owen empezó a dar a conocer los poemas de *Línea* desde 1927;[52] en 1928 aparecieron *Red* de Ortiz de Montellano y algunas prosas poemáticas de Octavio G. Barreda.[53]

Influidos por Proust, Nerval, Giradoux y Jarnés en la distensión poética de la temporalidad en la prosa, Xavier Villaurrutia, Jaime Torres Bodet, Enrique González Rojo y Gilberto Owen se aplicaron a una escritura poética en prosa narrativa que, según decía Torres Bodet a propósito de su *Margarita de niebla,* se acercara "más al poema en prosa que a la novela",[54] pero con la excepción nuevamente de Owen, que practicó este tipo de escritura en el relato *La llama fría* (1925) y en *Novela como nube* (1928), estas tentativas narrativo-poéticas de Contemporáneos no desembocaron en el poema en prosa como tal.

---

[52] En *Ulises,* núm. 5, pp. 5-7, México, diciembre, 1927. Reedición del Fondo de Cultura Económica: México, 1980, pp. 185-187.

[53] En el núm. 1, junio de 1928, de *Contemporáneos* se publicaron ocho poemas en prosa de Ortiz de Montellano y en el núm. 3, agosto del mismo año, "Trompos" y otras prosas de Barreda: reedición del Fondo de Cultura Económica, México, 1981; pp. 38-42, 253-260.

[54] Jaime Torres Bodet, *Tiempo de arena,* en *Obras escogidas,* Fondo de Cultura Económica: México, 1961 y 1983; p. 319.

Aunque la cronología colocaría a Benjamín Jarnés en el capítulo anterior, la introducción en México que llevó a cabo de la llamada en España "novela lírica" —y en México, recientemente, por Alberto Ruy Sánchez, "prosa de intensidades"—, la amistad que sostuvo con varios de los Contemporáneos, la influencia que ejerció sobre ellos y la innovación y el dinamismo de una prosa que creo insuficientemente valorada y estudiada en México y en España, me decidió a ubicarlo aquí.

Como la prosa ensayística de Jarnés, la no menos espléndida de José Bergamín es a tal grado audaz, versátil, creadora y metafórica en sus formulaciones conceptuales, que es irresistible incluir en esta antología alguna de sus páginas, escrita en México e impresa por la Editorial Séneca, que Bergamín mismo fundó y dirigió.

Concebido sobre una metáfora sugerente, "Trompos" de Barreda —que juega, en la reconstrucción de la memoria, con las paradojas que irradian hechos peculiares, obsesión del autor, como se ve por su curioso cuento "El Dr. Fung-Chang Li"— constituye un poema disfrazado de relato, una anécdota que se resuelve en analogía poética y en estado de ánimo, una evolución espiral de trompos desde la narración hacia la evocación e impresión poéticas.

Si se incluyen también aquí muestras de Salvador Novo no es porque haya trabajado propiamente el poema en prosa como por las direcciones innovadoras, de veras excepcionales, y emparentadas con el género, que aportan sus múltiples incursiones en el ensayo. Desenfado, sentido del humor, ánimo lúdico, malicia, explotación de lo coloquial, emancipación de la sintaxis, sensualidad del ritmo, versatilidad temática son algunas de las notas que hacen de la prosa de Novo una de las más modernas y sorprendentes de la literatura mexicana.

Con Torri comparte Novo la incorporación a nuestras letras del ensayo inglés, la anglofilia —Lamb, Wilde, Shaw—, la inteligencia implacable y no mucho más. Lo que es contención en Torri es soltura en Novo, el cuentagotas del primero se convierte, en el segundo, en pistola de tinta, la ironía en sarcasmo, la distancia en atropellamiento, "el gozo irresistible de perderse, de no ser conocido, de huir" en el de exhibirse y ser famoso y burlonamente comparecer, y aunque los dos fueran personajes muy curiosos, Torri dejó la bicicleta en el garage y procuró borrar al suyo de la página, y Novo, ostentarlo, enjoyarle las manos, depilarle las cejas e intercambiarle pelucas.

Por lo demás, los ensayos de Novo sobre las barbas, la leche o el pan, largos y de refrito enciclopédico y técnica *collage* animados en todo momento por su enorme talento creativo, rozan el poema en prosa, no se confunden con él como sí los de Torri.

Guillermo Sheridan ha desmontado el procedimiento escritural de estos ensayos de Novo, que, escribe Carlos Monsiváis, revelan "a un prosista dedicado a la *redención* de la trivialidad y a la experiencia erótica de la prosa":[55]

Novo los escribe de una sentada y los cobra a diez pesos la cuartilla. Esto le impone un *modus operandi* veloz y, por tanto, reacio al cuidado habitual. Si Torri redactaba una cuartilla en una semana, Novo redactaba siete en una hora: los *ensayos* son el estilo en *velocidad*, esa palabra paradigmática de los años veintes; son el estilo natural, el resultado más del azar periodístico que de la voluntad de estilo. Como modo de producción, los *Ensayos* son la exigencia de la ironía, la cruza de fuentes informativas, la variedad de ingredientes pero echados a andar a la primera y ya.[56]

No menos espontáneos y venenosos, pero más concisos, los cuadritos "Confesiones de pequeños filósofos", reducción traviesa a la caricatura de la plasticidad de las *Vidas imaginarias* de Marcel Schwob, pueden leerse como una suerte de poemas en prosa satíricos.

La vaguedad y a la vez riqueza del rótulo *surrealismo* se comprueba en la diversidad de poéticas y formas de ejercicio de la poesía en prosa en los tres autores siguientes de este apartado: Ortiz de Montellano, Owen, Cardoza y Aragón.

Con todo y su temple surrealista, por ejemplo, los poemas en prosa de *Red* de Ortiz de Montellano no dan un paso adelante sino atrás, hacia Bertrand, Tablada, Genaro Estrada o Silva y Aceves, más que Torri. Sus poemas sobre el campo y la fiesta popular, el mar y el cielo, la tecnología y los sueños definen desde el título su tema y lo desarrollan en variaciones metafóricas y asociaciones plásticas, buscando siempre dejar la impresión de una instantánea o una acuarela. La vistosa imaginación se despliega a su gusto en la prosa pero suele perderse en un colorismo surrealista algo ingenuo y sólo en ocasiones logra forjar, como siempre Tablada en sus haikús,

---

[55] Citado por Guillermo Sheridan, *Los contemporáneos ayer*, Fondo de Cultura Económica: México, 1985; p. 213.
[56] Guillermo Sheridan, *op. cit.*, p. 215.

imágenes que sustentan mundos autónomos o en que el motivo de arranque alcanza una transfiguración semántica sustantiva.

En los pasadizos entre el mundo onírico y el de la intervención quirúrgica y los efectos anestésicos recogió Ortiz de Montellano, algo tardíamente, su voz poética más profunda. La recreación del viaje a la muerte que intenta *Sueños* produce una intensidad verbal delirante que resquebraja sintaxis y lógica comunes e imprime a vuelapluma en la prosa de los "Argumentos" —transcripciones conscientes de las borrascas— un lirismo onírico que los vuelve caso interesante de "escritura automática", más bien rara en el poema en prosa mexicano.[57]

Escribí *Desvelo* (1925), poemas a la sombra de Juan Ramón; *La llama fría*, relato de 1925 que ya no recuerdo, agotada la edición de entonces; *Novela como nube* (1928), fuente modesta de algunas novelas de mis contemporáneos, y *Línea* (1930), poemas en prosa que perdí en 1928, que mis amigos recobraron no sé cómo y que Alfonso Reyes publicó no sé para qué.[58]

Habla Gilberto Owen, *enfant terrible*, hermano literario de Villaurrutia y admirador como él de Jean Cocteau, Max Jacob, André Gide, Paul Valéry, Jean Giradoux.

Parece haber una coherencia estética que perfila *Línea* desde los tres títulos anteriores. En *Desvelo*, que acusa intenso recibo de la poesía pura y —como Owen declara— de Juan Ramón Jiménez, el poema se muestra despojado de toda ornamentación y de interferencias anecdóticas, y prefiere urdirse —como después en *Línea*— en los juegos de palabras ingeniosos (mar-amargo; niñas-años) y las asociaciones sorpresivas (mar-tinta-escritura; caracol-grito) para expresar el misterio de la belleza:

[57] La conexión atmosférica entre el poema en prosa y el sueño es "ancestral": está en los orígenes mismos del género, en Nodier (véase nota 8), en Nerval (véase: Albert Béguin, *El alma romántica y el sueño*, Fondo de Cultura Económica: México, 1954 y 1981; traducción de Mario Monteforte Toledo revisada por Antonio Alatorre y Margit Frenk). Después se da una relación importante entre el sueño, la escritura automática y la poesía en prosa: André Breton. "En prosa —escribe Thibaudet, *op. cit.*, p. 490— es como fluye el surrealismo." En México, además de Ortiz de Montellano, cabe citar el caso de Jaime García Terrés, *Carne de Dios* (1964).

[58] "Nota autobiográfica", en: Gilberto Owen, *Obras*, Fondo de Cultura Económica, Letras Mexicanas: México, 1979; edición de Josefina Procopio y prólogo de Alí Chumacero; p. 198.

EL RECUERDO

Con ser tan gigantesco, el mar, y amargo,
qué delicadamente dejó escrito
—con qué línea tan dulce
y qué pensamiento tan fino,
como las olas niñas de tus años—,
en este caracol, breve, su grito.

Y en las incursiones narrativas en prosa poética de *La llama fría* y *Novela como nube*, muy atentas a Giradoux —Owen: "Un día del siglo XX la novela se enamoró del poema y la literatura pareció que iba a descarrilarse sin remedio, pero ya Giradoux había inventado unos neumáticos que hacen inútil la vía"—,[59] se advierten procedimientos aprovechados en *Línea*, por ejemplo, la codificación metafórica del mundo narrado o sentido, la metáfora no como recurso sino como sustancia de la prosa, o como lo expresa Sheridan: "La importancia de la máquina metafórica ya no como un ingrediente sino como la energía impulsiva misma del texto".[60]

Línea consuma la primera inflexión formal considerable en el poema en prosa mexicano desde la fundación del mismo por Torri y Reyes. Crítico y renovador como buen Contemporáneo, Owen no sigue ya los modelos de Bertrand, Baudelaire, Wilde, Torri o Reyes, sino que desarrolla posibilidades cercanas a Jean Cocteau y, sobre todo, a Max Jacob. Sustenta sus composiciones en los juegos verbales, las asociaciones extrañas e imprevistas entre ideas y cosas, la imagen pura que brota de la frase rota y de la ruptura con "la antigua lógica poética" (Monsiváis),[61] a través de una imaginación audaz que no teme a la ambigüedad o el hermetismo, sino que se complace en celebrar en ellos la complejidad y la riqueza de pasar por el mundo.

El rigor que impone Owen en la composición de sus poemas parece obedecer los postulados que fijó Max Jacob para ella:

[59] Citado por Guillermo Sheridan, *Monólogos en espiral. Antología de narrativa (de Contemporáneos)*, Instituto Nacional de Bellas Artes/CulturaSep: México, 1982; p. 9.
Veamos dos ejemplos tomados de *La escuela de los indiferentes* (Colección Contemporánea Calpe: Madrid, 1921; traducción de Tomás Borrás; pp. 47 y 89) de Giradoux: "Acabo de abrir los ojos. El alba es gris, agua donde fue lavado el día"; "La luna va a levantarse. Miss Spotiswood camina silenciosa al lado de la noche. Es la traducción junto al texto". Procedimiento metafórico que puede fatigar en una novela, no en la poesía en prosa.
[60] Guillermo Sheridan, *Los contemporáneos ayer*, p. 250.
[61] Carlos Monsiváis, *op. cit.*, p. xxxiii.

La poesía moderna —escribe Jacob— se salta toda explicación. (…) Viajes, nombres de calles y muestras, recuerdo de lecturas, jerga de la conversación, lo que ocurre del lado de allá del ecuador, los brincos inesperados, el aspecto soñador, las conclusiones imprevistas, las asociaciones de palabras e ideas, ahí está el espíritu nuevo. (…) La significación no es la presencia de una idea. (…) El poema en prosa, tal como yo lo concebí en el *Cubilete de los dados* y tal como lo han imitado después, difiere de las fantasías de Aloysius Bertrand en que el asunto no tiene importancia y lo pintoresco tampoco. Nada preocupa en él sino el poema mismo, es decir, la concordancia de las palabras, de las imágenes, de su relación mutua y constante: 1º No cambia el tono de una línea a otra, como en Bertrand; 2º Si una palabra o una frase convienen para el conjunto no importa que la frase o la palabra sean pintorescas, convengan o no a la historieta del poema. Precisamente por esto me han tildado de incomprensible. No podría ponerse tal reparo a Bertrand, que es sólo un cuentista en prosa, un pintor violento y romántico.[62]

La lealtad estética de Owen y los Contemporáneos a Jacob llevó a Jorge Cuesta —o a alguno de sus colaboradores— a redactar la siguiente presentación, desmesurada e injusta a mi modo de ver, en su polémica *Antología de la poesía mexicana moderna:* "Antes de Gilberto Owen, nuestra literatura podía contar con los miniaturistas de la prosa corta, trabajada exquisitamente algunas veces pero sin la idea que sostiene el poema en prosa definido y practicado por Max Jacob".[63] Las presentaciones de Contemporáneos en esa *Antología* tienden a convertirla, más allá de sus apuestas estéticas, en un club de elogios mutuos. Al erigir la teoría y la práctica del poema en prosa de Jacob en monopolio estético y paradigma platónico, Cuesta comete el error de reducir genuinos exponentes del poema en prosa como Julio Torri a meros "miniaturistas de la prosa corta". En realidad, la idea de la poesía en prosa de Jacob rompe radicalmente con el poema en prosa que pone mayor énfasis en lo pictórico y lo pintoresquista para abrir paso en su lugar al poema en prosa que traslada el énfasis a lo musical, lo verbal y la imaginación pura. Torri es un orfebre del poema en prosa temático, el que se desarrolla en torno a un motivo prefijado sin agotar sus posibilidades de explotación; en Owen —de tono más personal y apasionado que Torri—, el tema es lo de menos, un pretexto fugaz

[62] Max Jacob, citado por Enrique Díez-Canedo, *La poesía francesa del romanticismo al superrealismo*, pp. 609-610.
[63] Jorge Cuesta, *Antología de la poesía mexicana moderna*, p. 233.

a partir del cual la imaginación y la inteligencia, mediante asociaciones de palabras, ideas y cosas, van diseñando estados misteriosos, celebraciones de la complejidad de la experiencia vivida en el mundo como en el umbral del sueño y la irrealidad.[64] "El surrealismo —escribe Octavio Paz sobre Owen—, el mundo del sueño, despunta en su obra (...). En sus poemas en prosa el idioma español habla como un sonámbulo, sin tropezar jamás con las palabras."[65] Galerías de sueños, vértigos de viajes, vientos de una soledad que no se ostenta sino se canta en voz baja, se murmura en palabras cifradas y en alas de palabras conduce a climas irreales. Línea diagonal de luz que ilumina las cosas sólo para revelar su misteriosa obscuridad esencial.

Alrededor de los Contemporáneos, un testigo y de nuevo, como López Velarde ante El Ateneo, un creador solitario: Luis Cardoza y Aragón, "joven sagitario, armado de agudas, certeras flechas que lanzaba al cielo de lo imposible para herir en lo inexplorado", como lo describió Villaurrutia. Figura central de la vanguardia hispanoamericana y la experiencia surrealista, Cardoza y Aragón llega de París a México con su segundo libro, *Maelstrom, films telescopiados* (1925), prologado por Gómez de la Serna, y con el que, para decirlo con José Emilio Pacheco, "había hecho estallar los géneros con un radicalismo que no se encuentra en ninguno de los que hasta 1926 habían escrito en español prosa de vanguardia".[66] No reconciliación de la prosa con la poesía, como en el poema en prosa artesanal, sino estallido de la poesía en la prosa. Como recuerda Pacheco: "Cardoza y Aragón gusta de repetir con Shelley que 'es

[64] En otros planos podrían señalarse semejanzas cuando menos curiosas entre Torri y Owen: el ejercicio de una aguda ironía; las facultades extraordinarias para el género epistolar, dentro del cual dejaron ambos obritas maestras; "el gozo irresistible de perderse, de no ser conocido, de huir" en Torri, y en Owen su "íntimo deseo —escribe Alí Chumacero en la edición de las *Obras* de Owen— que consistió en saberse conocido solamente después de no existir entre los mortales. No sin cierto sarcasmo, él señalaba un día, un martes 13, 'en que sabrán mi vida por mi muerte'".

Ahora bien, desprender de que Torri y Owen escribieran poemas en prosa y del hecho de una precedencia cronológica, como parece hacer Roberto Vallarino en uno de los pocos artículos sobre el poema en prosa en México, que Owen "recibe la influencia torriana", me parece muy apresurado. Vallarino se limita a citar como prueba un fragmento, el final, del tercer "Viento" de *Línea*, con lo que sólo prueba cuán diferentes son los estilos, alientos y texturas poéticos de Torri y Owen. (*Cf.* Roberto Vallarino, "El origen del poema en prosa en México", 1976, en Serge I. Zaïtzeff, *Julio Torri y la crítica* (antología), Universidad Nacional Autónoma de México, 1981, p. 80.)

[65] Octavio Paz, "Prólogo" a *Poesía en movimiento*, en *Generaciones y semblanzas*, p. 156.

[66] José Emilio Pacheco, "Prólogo" a: Luis Cardoza y Aragón, *Poesías completas y algunas prosas*, Fondo de Cultura Económica, Tezontle: México, 1977; p. 12.

39

un error vulgar la distinción entre poetas y escritores en prosa'".[67] La experiencia de la prosa de vanguardia, surrealista, exhibe a todas luces este "error".

Con la intensidad lírica sostenida de su *Pequeña sinfonía del nuevo mundo* (1929-1932), en sus admirables *Dibujos de ciego* (1969), Cardoza consuma un trasvase entre los territorios de una locura ("El Absurdo me ha dado más voluptuosidad que la mujer", *Maelstrom)* y la inteligencia, de la realidad y el sueño, a través de una escritura lírica en cuya dimensión se reconcilian ("Realidad metáfora del lenguaje —llamo a la luna sol y es de día"). La magia poética, la exuberancia onírica hace de estos *Dibujos* un aposento en que se ha caído el biombo que separaba convencionalmente la razón y la locura, la realidad y el sueño, la noche y el día, la vida y la muerte.

De la poesía en prosa surrealista —y la entrega a los impulsos oníricos e irracionales que conlleva su experiencia—, que había practicado en *Los placeres prohibidos,* se apartó Luis Cernuda en *Ocnos* y *Variaciones sobre tema mexicano,* libros de poemas en prosa que publicó y parcialmente escribió en México. En la evocación de la infancia española de *Ocnos* como en el descubrimiento de encantos y peculiaridades mexicanos de *Variaciones sobre tema mexicano,* asistimos a una puesta en juego simultáneo de la meditación —en tintes melancólicos con frecuencia—, la contemplación embelesada de la naturaleza, el ennoblecimiento espiritual de las vivencias sensibles y sensuales, la memoria confiada a la imaginación. La memoria es un eje también, en *Variaciones,* que no es un libro de poesía en prosa impresionista, al estilo de *Gaspard de la nuit* de Bertrand y su rica tradición, sino de ahondamiento interior. Como bien escribe James Valender, que ha estudiado los poemas en prosa de Cernuda en detalle y con penetración, "en el libro *(Variaciones)* el gozo estético tiende a supeditarse a la preocupación ética del autor, ya que al proyectarse sobre el mundo mexicano lo que hace Cernuda, en realidad, es buscar su propia identidad moral".[68]

Exploran y cantan estos poemas la edad de la infancia como un presente eterno, un Edén[69] del que somos expulsados brutalmente en la madurez y en cuyo exilio fatalmente se comprueba la existencia del tiempo y el sufrimiento que surge del choque de *la rea-*

[67] *Ibid*, p. 13.

[68] James Valender, *Cernuda y el poema en prosa*, Tamesis Books Limited: Londres, 1984.

[69] Sobre el tema de la infancia y el Edén pueden consultarse las interpretaciones de Philip Silver y James Valender en el libro citado de este último, pp. 30-33.

lidad y el deseo —título que acoge la obra poética completa de Cernuda.

Sin duda, poemas en prosa más de la expansión y el lento despliegue de la experiencia poética que de la concisión, cerca a veces, por la morosidad descriptiva de la gran prosa de Valle-Inclán, se mueven en registros muy diversos: desde el anecdótico-narrativo hasta el propiamente lírico o el reflexivo, que de pronto sugiere la comunión con los ensayos de *Cornucopia de México* de José Moreno Villa; aunque, como concluye Valender, "es una poesía no de ideas sino de experiencia: una poesía que trata no de nociones preconcebidas sino del intento de un hombre de llegar a conocerse a través de la realidad de sus nuevas circunstancias".[70]

VIII. Octavio Paz y los poetas

Es convicción de esta antología que el poema en prosa puede ser trabajado lo mismo por poetas que por prosistas natos o narradores. Esto no quita que las formas de abordarlo y cultivarlo de unos y otros presente diferencias notorias y sintomáticas. Incurriendo en una generalización, podría decirse que el poeta que ensaya esta forma tiende a experimentar una emancipación verbal aún mayor que la del verso libre y que puede llevarlo a la expansión y el delirio de *otro* lenguaje, un idioma poético de mayor velocidad, mientras que el prosista tiende a la depuración estilística, la purificación del mismo lenguaje. La experiencia es, en cierto modo, inversa: el poeta experimenta una mayor flexibilidad expresiva que la que experimenta con el verso; el prosista experimenta un constreñimiento, una exigencia de concisión expresiva mayor que la que experimenta con la prosa narrativa o ensayística. Ante la tradición del poema en prosa temático que pule su objeto y su lenguaje hasta la perfección —Aloysius Bertrand, Baudelaire, Jules Renard, Torri, Juan José Arreola—, el poema en prosa para el que el tema es lo de menos y que rompe el bloque del lenguaje con el mazo de la palabra originaria en busca de otro lenguaje —Rimbaud, Max Jacob, Henri Michaux, Owen, Octavio Paz.

La aparición, en 1940, del apenas segundo libro de Torri, *De fusilamientos*, y la muerte prematura de Owen, en 1952, encierran un

[70] James Valender, *op. cit.*, p. 121.

41

periodo de actividad febril alrededor del poema en prosa, comparable al de 1914-1930 de El Ateneo y Contemporáneos, y que señalará nuevos derroteros para el género: Álvaro Mutis escribe sus *Primeros poemas* (1947-1948) —todavía en Colombia; llegaría a México en 1956—, Ernesto Mejía Sánchez su *Carne contigua* (1948), Octavio Paz su *¿Águila o sol?* (1949-1951), Juan José Arreola su *Bestiario* (de 1959, pero cuyos primeros textos ya aparecen desde la "Prosodia" del *Confabulario,* de 1952), Luis Cernuda sus *Variaciones sobre tema mexicano* (1952), Jaime Sabines su *Adán y Eva* (1952), Tomás Segovia su "Sismo" de *Luz de aquí* (1951-1952)...

Momento clave del poema en prosa mexicano y de la propia obra de Octavio Paz es *¿Águila o sol?*, cuya primera sección "Trabajos forzados" o —en otras ediciones— "Trabajos del poeta", constituye uno de los primeros libros de poemas en prosa comunicados por un tema y su desarrollo publicados en México. Su tema, el lenguaje, las palabras en su relación esencial con nuestro ser, se extiende de algún modo a las dos secciones restantes del libro: "Arenas movedizas", serie de cuentos poéticos graciosos en su eficaz violencia, y "¿Águila o sol?", poemas que, en buen número, a partir de la toma lúcida e inalienable de conciencia de individualidad y soledad, se proponen, como ya el ensayo *El laberinto de la soledad,* de la misma época (1951), calar en el subsuelo psíquico, mítico y lingüístico-semántico de México. Cierra la tercera y última parte un conjunto de aforismos-poemas que rematan la autorreflexión poética, la fusión moderna de creación y crítica heredera de Baudelaire o Eliot.

En oposición a la tradición del poema en prosa de preciosismo estilístico y de un mayor énfasis en los temas y las cosas que en las palabras —de la que en México es modelo Torri y continuador Arreola—, *¿Águila o sol?* da un giro, en la línea de Lautréamont y Rimbaud,[71] en el sentido de una violencia verbal delirante y una crítica del lenguaje a través del lenguaje en busca de la liberación de la palabra originaria y fundadora de la libertad humana, la *Libertad bajo palabra* —título de poemas en verso de Paz de esta misma época, 1949, cuyo "Proemio" es un poema en prosa—. Si Torri y Arreola depuran sus objetos y su lenguaje hasta la perfección, Paz sacude, golpea, tortura, mutila, mastica, encabalga las palabras en busca de *otro* lenguaje, el idioma poético que nos restituya nuestra libertad. ¿Por qué es necesaria tanta violencia?,

[71] Octavio Paz mismo indica esta afinidad: *Generaciones y semblanzas,* p. 156.

se preguntará alguien. Porque el lenguaje cotidiano, como el lenguaje técnico, tiende, por la fuerza de la costumbre y el desgaste del uso, la comodidad y la reducción pragmática, a un endurecimiento, un estatismo que limita y estrecha a un mínimo las posibilidades de expresión, de libertad verbal, de *ser*.

El hombre se diferencia de los animales por el uso de la palabra, y más rica será su humanidad mientras más rica sea su relación con la palabra. La poesía se opone al uso mecánico del lenguaje, redescubre y reinventa la palabra. Pero antes es necesaria la violencia, la tortura de ese lenguaje mecánico para desentumecer las palabras y liberar su verdadera significación.

Esta es la tarea de los talleres poéticos, los "Trabajos forzados" o los "Trabajos del poeta" de *¿Águila o sol?*: "No bastan los sapos y culebras que pronuncian las bocas de albañal. Vómito de palabras, purgación del idioma infecto, comido y recomido por unos dientes cariados, basca donde nadan trozos de todos los alimentos que nos dieron en la escuela y de todo lo que, solos o en compañía, hemos masticado desde hace siglos. Devuelvo todas las palabras, todas las creencias, toda esa comida fría con que desde el principio nos atragantan". (x) Y más adelante: "He pasado la segunda parte de mi vida rompiendo las piedras, perforando las murallas, taladrando las puertas y apartando los obstáculos que interpuse entre la luz y yo durante la primera parte de mi vida". (XIV)

Un ejemplo de violencia verbal: "Jadeo, viscoso aleteo. Buceo, voceo, clamoreo por el descampado. Vaya malachanza. Esta vez te vacío la panza, te tuerzo, te retuerzo, te volteo y voltibocabajeo, te rompo el pico, te refriego el hocico, te arranco el pito, te hundo el esternón. Broncabroncabrón. Doña campamocha se come en escamocho el miembro mocho de don campamocho". (v) Violencia o violación de las palabras, que ya venía desde *Puerta condenada* (1948) —"Las palabras": "Dales la vuelta,/cógelas del rabo (chillen, putas)...", en verso, y que en la poesía en prosa encuentra una distensión horizontal favorable, un cómodo potro de tortura.

Pero la tortura de las palabras es también tortura del poeta en manos de las palabras, porque el hombre es un animal con *logos* (Aristóteles), con verbo, que, por tanto, al torturar su lengua se tortura a sí mismo en lo más esencial.

De ahí el dolor profundo de las primeras páginas del libro. ¿Termina todo en la destrucción, la demolición del lenguaje? No, después de "cortar el cordón umbilical" del lenguaje, "luego de haber olvidado mi nombre y el nombre de mi lugar natal y el nombre de mi estirpe", toca a la puerta *la primavera*. (XIII) Y el poeta, como el primer día del mundo, tendrá que nombrarla. "Nombrar es crear, e imaginar, nacer." Después de desprenderse de las costras del lenguaje impuesto de todos los días, el poeta y el hombre sensible a la poesía renacen bajo una nueva piel, la piel fresca de la libertad bajo palabra, que es libertad de la imaginación. Nunca dejamos de ser lenguaje: "Palabras, ganancias de un cuarto de hora arrancado al árbol calcinado del lenguaje" ("Hacia el poema"); "Déjame contar mis palabras, una a una: arrancadas al insomnio y ceguera, a ira y desgano, son todo lo que tengo, todo lo que tenemos" ("Himno futuro"). Más aún: Paz insinúa que *somos* de las palabras, tanto en su excelente relato "El ramo azul":

> Pensé que el universo era un vasto sistema de señales, una conversación entre seres inmensos. Mis actos, el serrucho del grillo, el parpadeo de la estrella, no eran sino pausas y sílabas, frases dispersas de aquel diálogo. ¿Cuál sería esa palabra de la cual yo era una sílaba? ¿Quién dice esa palabra y a quién se la dice?

como, después, en "Hermandad (Homenaje a Claudio Ptolomeo)" de *Árbol adentro* (1987): "...también soy escritura/ y en este mismo momento/ alguien me deletrea".

En pocos escritores y poetas es posible encontrar, como en Paz, tal pasión crítica por las palabras, tal fe en el poder creador de la palabra: "Ah, un simple monosílabo bastaría para hacer saltar el mundo. Pero esta noche no hay sitio para una sola palabra más".

La libertad bajo palabra, libertad de la imaginación que crea un nuevo mundo, es también destino, destino elegido de ser para las palabras, volado de la palabra poética en que nos jugamos nuestro destino: ¿Águila o sol?

En poetas como Mejía Sánchez, Mutis, Segovia, Sabines, Montes de Oca, Gutiérrez Vega, Pacheco o Aridjis, la incursión en el poema en prosa no tiene el carácter de una experimentación incidental sino el de una recurrencia sistemática que responde a profundas exigencias formales. Algunos de ellos, incluso, han seguido el ejemplo de Rimbaud, René Char o Francis Ponge de preferir como forma expresiva el poema en prosa sobre el verso. "El poema en prosa, más que la poesía en verso, tiende a la palabra en libertad como medio de rebeldía y liberación."[72] Son palabras de Ernesto Mejía Sánchez, que, nacido en Nicaragua, escribió la mayor parte de su obra poética en México,[73] y en la cual el poema en prosa ocupa un lugar preponderante ya desde *La carne contigua* (1948) y cada vez más desde fines de los años cincuenta hasta los ochenta.

La etiqueta de filólogo, profesor y editor de las obras de Alfonso Reyes, Rubén Darío, Manuel Gutiérrez Nájera o Amado Nervo (buen admirador de Borges, Neruda y Torri), ha opacado cómodamente su obra creativa. Y sin embargo, Mejía Sánchez, cuando va más allá de sus poemas circunstanciales y de temple político, por lo general desafortunados, es un excelente poeta y uno de los autores de "prosemas", como los llama él, más interesantes y significativos de Latinoamérica.

La carne contigua, ya desde su título, es una revelación: poesía en prosa anecdótica, narración en metáforas de la vida cotidiana de una familia campesina en unos cuantos trazos y gestos verbales intensos, la tragedia del incesto contada con lirismo doloroso que la vuelve bella, como pasa con las grandes tragedias griegas. Después de este largo canto en prosa, Mejía Sánchez no abandona la anécdota ni la evocación de la vida transcurrida, pero se atiene a un estilo de composición más breve y conciso, ya que no compacto o cerrado, porque sus líneas transpiran vida, viaje, tiempo, historias, alegrías rancias y celebraciones incansables con la poesía en los muelles que va dejando atrás la existencia. Escribe pequeñas crónicas, homenajes y retratos de amigos escritores y pintores, descripciones de botánica regional, postales y teorías de la postal, "ensayos". Convierte evocaciones familiares, sueños, experiencias y reflexiones de viaje en rigurosos poemas en prosa, cercanos quizás a los de César Vallejo. Impresiona la velocidad y fluidez verbal de estos poemas; velocidad y fluidez de palabra sensual y profana, nostálgica e irónica, como en este raudo "Epitafio": "Joaquín Pasos se murió. /¡Dios lo haya perdonado!/ Nosotros no".

---

[72] Ernesto Mejía Sánchez, "Los comienzos del poema en prosa en Hispanoamérica", *Revista de Letras,* IV, núm. 13, marzo, 1972; p. 87.

[73] "No sabemos si el ánima de Mejía Sánchez está aquí, donde vivió cuarenta años, o allá, en Nicaragua, donde nació y vivió sólo veinte. Él optó por partir en dos su último libro de poesía, *Recolección a mediodía* (1980), y dedicar una parte a Nicaragua y otra a México. Lo bueno de ser ánima es que puede irse y quedarse al mismo tiempo"; Jaime G. Velázquez, "Irse y quedarse al mismo tiempo. Ernesto Mejía Sánchez (1923-1985)", *Vuelta,* núm. 112, marzo, 1986; p. 60.

45

Como Mejía Sánchez, de quien es exacto contemporáneo, el colombiano Álvaro Mutis cultiva la prosa narrativa lírica y el poema en prosa desde edad muy temprana, y por los mismos años que el nicaragüense, con felicidad e innovación: *Primeros poemas*, 1947-1948, incluye ya algunas espléndidas composiciones, como "El viaje", aquí antologado. Tal vez sean Mejía Sánchez y Mutis quienes mejor asimilaron y prolongaron la lección de la prosa lírico-narrativa de Cardoza y Aragón. La prosa narrativa de Mutis y su poesía, tan rica como certera en imágenes, se conjugan, en feliz equilibrio formal, en sus poemas en prosa. Aventuras, relaciones de cosas sin nudo narrativo, encomendadas al simple y estricto flujo de la memoria, la evocación, la nostalgia, la imaginación desbordante. Aventuras, también, del lenguaje poético: lenguaje de voluptuosidad, exuberancia y fascinación tropicales; lenguaje en busca de una lectura del misterio de la naturaleza y de la propia existencia humana que a ella se enfrenta. Y afín a Dino Buzzatti en el inventario delirante y sucesivo de símbolos —los siete mensajeros y los siete pisos de los cuentos de Buzzatti; los cuatro cuadros de carreta, los cuatro vagones, las seis terrazas de los poemas de Mutis— del fatigoso itinerario de la existencia.

La experiencia del viaje destaca en estos poetas, y no puede ser de otro modo, pues han visto y encontrado en México una segunda patria, desde la que cultivan la añoranza de la primera. Autor del inspirado *Cuaderno del nómada*, Tomás Segovia, poeta del rigor y la pulcritud formales, explora a través de la poesía en prosa —por si hiciera falta todavía alguna prueba de que ésta exige rigor y pulcritud formales— la vivencia del exilio, del tiempo, el amor, el erotismo y la soledad, consiguiendo algunos ejemplos notables de pureza lírica. Los textos de *Historias y poemas* de Segovia evolucionan acaso alrededor de la línea formal del cuento-poema de Juan Ramón Jiménez y quedan cerca aquí de los "Poemas novelescos" de Gabriel Zaid, que a diferencia de sus poemas en verso, insertos en una lírica de la concentración y la brevedad casi epigramática, se toman un espacio anchuroso para plasmar encuentros y desencuentros con el prójimo o con lo otro (la mujer, un extraño, un personaje literario, el infinito, Dios), acontecimientos peculiares novelados por la poesía: ni prosaísmo ni novelización del poema. La trama de estos poemas novelescos es invariablemente abstracta, metafísica: se trata de juegos complejos de oposiciones entre uno mismo y el otro, entre la contingencia y la necesidad, la finitud y el infinito, la libertad y los contornos espaciales fijos y las sogas cotidianas. Representan uno de los pocos casos de poesía en prosa filosófica de México. Otro caso en este sentido es el de Jaime García Terrés, traductor de poemas en prosa sueltos de Lautréamont, Laforgue, Supervielle, Claudel, Michaux, Saint-John Perse, Odysséas Elytis y Heinrich Suso, y autor de *Carne de Dios*, integrado por dos poemas en prosa de ambición filosófica, o mejor, místico-cosmológica de corte panteísta; poemas, más que del rigor, de la exaltación y de una especie de escritura automática inspirada en la experimentación con enervantes.

Desde el magnífico *Adán y Eva* (1952) y a lo largo de sus títulos siguientes, pasando por *Diario semanario y poemas en prosa*, ha sido el poema en prosa una opción formal de Jaime Sabines en el desafío felizmente asumido por él de recrear con violento lirismo lo coloquial y lo cotidiano en medio de un mundo trivial y tedioso ("A estas horas aquí").

El riesgo de Sabines —dice muy bien Carlos Monsiváis— ha sido su inmenso logro: el tono autobiográfico, la capacidad de construir un personaje a base de reacciones, andanadas románticas, transfiguraciones de la impotencia, recuerdo de tardes inertes y asfixiantes y noches de oprobio y de tedio.[74]

Y Sabines mismo ha definido el tipo de poeta que es y prefiere:

Hay dos clases de poetas modernos: aquellos, sutiles y profundos, que adivinan la esencia de las cosas y escriben: "Lucero, luz cero, luz Eros, la garganta de la luz pare colores coleros", etcétera, y aquellos que se tropiezan con una piedra y dicen "pinche piedra". (...) Te dicen descuidado porque están acostumbrados a los jardines, no a la selva. (...) La prudencia es una puta vieja y flaca que baila, tentadora, delante de los ciegos. Cautiva a los ancianos, comodidad, seduce a los cansados y a los enfermos. Mi corazón sólo ama el riesgo. *(Maltiempo)*

El riesgo, que apunta Monsiváis y confirma Sabines, se comprueba en el conjunto de sus poemas en prosa, pues si en algunos el poema en prosa meticulosamente elaborado da un vuelco violento y renovador hacia la poesía directa de la calle, en otros, como a veces en *Diario semanario* y en bastantes de los *Poemas sueltos*

---

[74] Carlos Monsiváis, *Poesía mexicana*, II, p. xliii.

(1973-1977), no queda más que la anotación prosaica en el diario o el lugar común en que ha sido desvirtuada la poesía.

El mismo peligro, al intentar explotar lo coloquial desembocar en el prosaísmo ramplón, al que es expedito el poema en prosa mal entendido, se advierte en recientes tentativas en el género de José Emilio Pacheco y Homero Aridjis. A las "Prosas" de Pacheco, modesta y oportunamente llamadas a secas así, suele estorbarles un afán impertinente desde el punto de vista estético de crítica social o ecológica: especie de ecologismo poético que a fuerza de proteger el ambiente contamina la poesía. Traductor de poemas en prosa de Jules Renard, Carl Sandburg y Jorge Luis Borges —*Dos poemas ingleses*, en colaboración con Emilio Carballido— y autor de varias páginas sobre *¿Águila o sol?* de Paz,[75] Pacheco había compuesto ya en su primer libro, *Los elementos de la noche*, poemas en prosa sencillos, precisos y hermosos.

Cuando no ha sucumbido también al ecologismo y profetismo poéticos ni a la llaneza, Aridjis ha sabido expresar, lo mismo en el canto en prosa extenso y narrativo como en la composición breve, una sensibilidad seguidora de Max Jacob y próxima a Owen y Montes de Oca, alerta al mundo onírico y también a asuntos terrestres como la senilidad, en cuyas arrugas lee con ironía piadosa los pormenores de una condición dulce y lamentable.

La lujosa, lujuriosa imaginación metafórica de Marco Antonio Montes de Oca ha encontrado cómoda y a menudo feliz morada en el poema en prosa, ya desde *Las fuentes legendarias* (1966), que abre con los "Consejos a una niña tímida o en defensa de un estilo", uno de los momentos memorables del poema en prosa mexicano. ¿Cuál es ese "estilo"? Cito en respuesta dos pasajes del inicio del poema:

Me gusta andarme por las ramas. No hay mejor camino para llegar a la punta del árbol. Por si no bastara, me da náuseas la línea recta, prefiero al buscapiés, y su febril zigzag enflorado de luces. (...) ¡Al diablo con las ornamentaciones exiguas y las normas de severidad con que las academias podan el esplendor del mundo!

Poesía, pues, de laberintos metafóricos, de frondosidad verbal casi siempre antirretórica, empeñada en alcanzar por vías oblicuas

---

[75] José Emilio Pacheco, "Arenas movedizas", en *Proceso* núm. 648, 3 de abril, 1989; pp. 56-57. Cinco años antes, también en *Proceso*, se publicó la primera parte.

la punta del árbol. No imaginación evasiva de la pobre y cruda realidad sino crítica viva e imaginativa de esa realidad.

Como en Max Jacob, como en Gilberto Owen, como en Luis Cardoza y Aragón, como en Octavio Paz, importa en Montes de Oca descubrir, a través de una imaginación vegetal, atenta y rigurosa, las relaciones y asociaciones secretas —a menudo opuestas— de las cosas, de las cosas y las palabras, de las palabras y las imágenes, de las imágenes y las cosas. En un mecanismo regresivo fecundo, el mundo imaginado transforma por vía oblicua la realidad, retorna a ella con tesoros conquistados en otras tierras que la cuestionan y superan. Y como escribe Rubén Bonifaz Nuño, en un ensayo sobre la poesía de Montes de Oca, "nos percataremos entonces de que en la hora cotidiana está íntegra la gloria del universo, y de que la vida es el único bien, hecho patente por el acto poético, que es acto de pasión, de conciencia y de voluntad".[76]

Al lado de Eduardo Lizalde coinciden Gabriel Zaid, Gerardo Deniz y Hugo Gutiérrez Vega a principios de los años 70, y cada uno por cuenta propia, en un movimiento diversificado de ironía y sarcasmo al servicio de la inteligencia crítica y la desacralización general del tono de la poesía mexicana y en la ruptura dialógica con la tradición.

Juegos, viajes, integración coloquial de referencias culturales, "uso crítico de los elementos cotidianos" y "el autoescarnio" como "manera de suspender los juicios —escribe Monsiváis— para dejarle libre juego a la añoranza, al fluir de las imágenes, a la serenidad de la desesperación",[77] confluyen en la poesía de Gutiérrez Vega. En sus mejores poemas en prosa se leen con voz irónica y lúdica libretos sentimentales o las últimas noticias de un mundo en fuga hacia el desastre. Cambia ágilmente de registros: son incisivas y divertidas algunas de sus crónicas anacrónicas de "Sociales" —por ejemplo, "Una temporada en el viejo hotel. Notas sociales"— o sus homenajes a los gatos, así como hermosos "Por el camino de Juan Ramón, 3" o la carta a José Carlos Becerra después de su muerte, paralela, por cierto, a la "Relación de los hechos" de Zaid, poema en prosa sobre el mismo motivo de circunstancia trágica.

De reciente primera edición, en México, es *Ha vuelto la Diosa Ambarina*, delgado volumen de poemas en prosa del peruano Emi-

---

[76] Rubén Bonifaz Nuño, "Presentación", texto adjunto al disco "Marco Antonio Montes de Oca" de "Voz viva de México", Universidad Nacional Autónoma de México: México, 1968; p. 2.
[77] Carlos Monsiváis, *Poesía mexicana*, II, p. xlvii.

lio Adolfo Westphalen convocado por este capítulo para clausurarlo y regresarnos al inicio, firmado por su contemporáneo Octavio Paz, con quien comparte la temprana experiencia surrealista, la devoción por la libertad verbal y la idea de la poesía mirándose en el espejo crítico, pero casi nada más, porque en Westphalen todo tiende a radicalizarse a un grado extremo de fragmentación vanguardista, excéntrica y anárquica. Escribe Anderson-Imbert sobre Westphalen:

> Parece que sólo nos entregara los añicos de poesías que se han roto en el camino mismo de escribirlas. Mientras miramos cada añico todavía nos dura en el oído el gran estrépito con que las poesías estallaron. En *Las ínsulas extrañas* (1933), menos aún que añicos: polvo, sólo polvo. No ha quedado, no digamos la estructura del verso, pero ni siquiera la estructura de una simple frase. Sin puntuación, sin sintaxis, sin figuras retóricas. Polvo de palabras arrastradas por la emoción.[78]

Poseída por un odio a la coma que conduce a su aniquilación, la Diosa ambarina baila la lírica sintaxis sobre el colgante guión-puente en arabescos exóticos, luminosos, con una voluptuosidad y sensualidad seguras de no agotarse ni siquiera dentro del molde aforístico.

IX. JUAN JOSÉ ARREOLA Y LOS PROSISTAS POETAS

A este salón de la excentricidad han venido a parar tanto los poetas cuya forma de incursionar en la poesía en prosa se acerca más a la narrativa —Roberto Cabral del Hoyo, cuya *Potra de nácar* es una historia bucólica en cuadros poéticos a la manera de *Platero y yo* de Juan Ramón Jiménez, Guadalupe Amor en algunos textos breves de *Galería de títeres*, o Eduardo Lizalde, cuyo *Manual de flora fantástica* está más próximo a Borges o Arreola que a Paz—, como estilistas de la prosa que sin salir de ella desembocan en el poema en línea ascendente a Juan José Arreola —Augusto Monterroso, Salvador Elizondo, Hugo Hiriart—, los narradores natos cuyo trabajo peculiar con la prosa los acerca también al poema —los anteriores y Francisco Tario, José Revueltas, Juan Vicente Melo, José de la Colina, Pedro F. Miret— y algunos escritores de difícil clasificación —De la Colina y Miret mismos, Gerardo Deniz.

---

[78] Enrique Anderson-Imbert, *Historia de la literatura latinoamericana*, Fondo de Cultura Económica: México, 1961 y 1987; Breviarios núm. 156, vol. II, p. 184.

Sonetista tan rigurosa y tan injustamente excluida como Cabral del Hoyo, Pita Amor ha dado el paso, demasiado común entre nosotros, del mito en vida al perfecto olvido. Si su obra lírica no ha sido considerada por la mayoría de las antologías de la poesía mexicana, menos atención aún, de parte de la crítica de narrativa —incluyendo la importante antología de mi colega Christopher Domínguez— ha recibido su raro y notable libro de cuentos *Galería de títeres* (1959). La brevedad, la escritura de poeta y la neutralización de la anécdota vuelven poemas en prosa algunos de estos cuentos, tan agudamente sensibles al mundo de la decadencia como al de la ternura.

Los mejores cuentos de Francisco Tario sorprenden tanto por su fantasía macabra como por su espontaneidad para las intensidades líricas, evidente en su desigual cuaderno de aforística poética y anotaciones veloces, *Equinoccio* (1946), alineado en la veta espiritual de los *Epigramas* de Díaz Dufoo II, aunque menos afín a Nietzsche que a los rumano-franceses E. M. Cioran y Eugène Ionesco.

Pero es Juan José Arreola la figura central de la artesanía poética en talleres de la prosa a partir de los años 50. "Prosodia" aparece en 1952 en *Confabulario* como apartado de composiciones breves y muy elaboradas en que el relato se ha desintegrado en haz de imágenes poéticas sorprendentes, los personajes son los sentimientos y las emociones, y la voluntad de estilo y de trabajo con el lenguaje se intensifican hasta el poema. "El *Bestiario* —escribe Arreola en la edición de sus obras— tendrá *Prosodia* de complemento, porque se trata de textos breves en ambos casos: prosa poética y poesía prosaica. (No me asustan los términos.)"[79] Ni prosa poética ni poesía prosaica: verdaderos poemas en prosa.

Ni por el espíritu ni por el lenguaje —explica Paz— esos textos revelan afinidades con las tendencias más recientes del poema en prosa (desde Owen hasta los más jóvenes). Más bien son un regreso a Torri, aunque sean más tensos y violentos. La corriente que transmiten esas transparentes paradojas es de alto voltaje.[80]

Con Torri tiene Arreola muchas afinidades estéticas: el arte de la concisión, el cultivo exquisito del estilo y del lenguaje, la combinación de la fantasía con la ironía y el humor, el cosmopolitismo

[79] Juan José Arreola, "De memoria y olvido", en *Confabulario*, Ed. Joaquín Mortiz: México, 1971; p. 11.
[80] Octavio Paz, *Generaciones y semblanzas*, p. 163.

que asimila con naturalidad esencias nacionales, la estética de las quintaesencias. Compárense estos pasajes:

> ¡Qué fuerza la del pensador que no llega ávidamente hasta colegir la última conclusión posible de su verdad, esterilizándola; sino que se complace en mostrarnos que es ante todo un descubridor de filones y no mísero barretero al servicio de codiciosos accionistas! (Torri);[81]
>
> El horror por las explicaciones y las amplificaciones me parece la más preciosa de las virtudes literarias. Prefiero el enfatismo de las quintaesencias al aserrín insustancial con que se empaquetan usualmente los delicados vasos y las ánforas (Torri);[82]
>
> Prefiero los gérmenes a los desarrollos voluminosos, agotados por su propio exceso verbal. (En ese sentido, el "Homenaje a Otto Weininger" me parece uno de mis textos más conseguidos.) El árbol que desarrolla todas sus hojas, hasta la última, es un árbol donde la savia está vencida por su propia plenitud (Arreola).[83]

Y hay algunos pasajes en la obra de Arreola que parecen remitir directamente a Torri.[84] Pero el regreso de Arreola al poema en prosa temático de Torri no deja de ser innovador y personal: sus textos intensifican algunos rasgos torrianos, se vuelven "más tensos y violentos" y también, sobre todo en "Cantos de mal dolor", más subjetivos, apasionados y desolados. Juglar, trapecista y actor

[81] Julio Torri, *Tres libros*, p. 57.
[82] *Ibid.*, pp. 33-34.
[83] Juan José Arreola en entrevista de Emmanuel Carballo, *19 protagonistas de la literatura mexicana*, p. 472.
[84] Por ejemplo: "... Y ama a la prójima que de pronto se transforma a tu lado, y con piyama de vaca se pone a rumiar interminablemente los bolos pastosos de la rutina doméstica" (Arreola, final del "Prólogo" de *Bestiario)* que remite a: "... Y tú, a quien las acompasadas dichas del matrimonio han metamorfoseado en lucia vaca que rumia deberes y faenas, y que miras con tus grandes ojos el amanerado paisaje donde paces, cesa de mugir amenazadora al incauto que se acerca a tu vida, no como el tábano de la fábula antigua, sino llevado por veleidades de naturalista curioso" (Torri, final de "Mujeres", en *Tres libros)*. O bien, la perra que "iba dejando, aquí y allá, sus perfumadas tarjetas de visita" (Arreola, "Homenaje a Otto Weninger", *Bestiario)*, recuerda "Esas hojitas secas que se adhieren a la cola del gato, y que él reparte por todos los rincones de la casa, son sus tarjetas de visita" (Torri, "Lucubraciones de medianoche", *Tres libros)*. Y las admirables voces que Arreola recrea en su novela *La feria* están prefiguradas, como simple posibilidad, en "La feria" de Torri. Arreola confiesa a Carballo —entrevista citada, p. 473— su admiración por el poema "La balada de las hojas más altas" de Torri, que leyó en *Lecturas para mujeres* de Gabriela Mistral, libro ya comentado que contiene poemas en prosa de Baudelaire, Renard, Schwob, Francis Jammes, Tagore, Ada Negri, Juarros, Montalvo, Pedro Prado, la propia Mistral, Nervo, Genaro Estrada, Silva y Aceves, Monterde, Mediz Bolio, entre otros, y en el que, como en otro libro de Abel Gámiz, "se encuentran —dice Arreola— las bases de mi cultura literaria". (Entrevista citada de Carballo, p. 473.)

de la palabra, Arreola interpreta el libreto de su propia vida, su drama existencial: el delirio de persecución de "Autrui", el hondo sentido del mal y la culpa, las colisiones de la fe devota y las dudas metódicas, la mujer como bella trampa para el hombre, el tedio doméstico en que irónicamente se disuelve el amor más exaltado, el absurdo del mundo transcrito en finas humoradas, la fantasía como arma crítica —mordaz e inquietante— de la tecnologizada vida moderna y su patológico afán de traslado ("El guardagujas", "Baby H. P."). Nunca pierde Arreola las riendas de sus máquinas enloquecidas: lleva a cabo cálculos verbales perfectos, malabarismos exactos con granadas y dinamita pura.

En su "Bestiario", heredero de la mejor tradición en el género —Jules Renard, Guillaume Apollinaire, Jorge Luis Borges, José Juan Tablada—, Arreola practica la estampa zoológica pero no como descripción sino como definición poética, traducción de rasgos y actitudes animales en símbolos fantásticos y espejo de los modos de ser del hombre. Escritos para comentar unos dibujos de Héctor Xavier, los poemas de "Bestiario" son tan intensos y autónomos que más bien las ilustraciones parecerían comentarios suyos.

No menos admirable es la faceta poco reconocida de Arreola como traductor laborioso. En *Bestiario* aparecen versiones muy puras de poemas en prosa de Renard —"El sapo", en que se inspira un poema homónimo de Arreola, y el excepcional "Una familia de árboles"—,[85] Claudel, Milosz, Michaux, Jouve, Thompson.

Aunque Arreola dio a leer cosas de Torri a Augusto Monterroso por los años 40 o 50[86] y las afinidades espirituales y estéticas de Monterroso con esos dos escritores son factibles, proviene más bien el autor guatemalteco de lecturas clásicas muy detenidas: escritores latinos, Cervantes, Quevedo, Swift, Lamb, Kafka, que coinciden con algunas de los dos mexicanos. Libro ceñido, de concisión admirable es *La oveja negra y demás fábulas*, cuyas composiciones asombran no sólo por su secreta cadencia lírica, por el ritmo y la sonoridad precisos de la prosa, sino por el tratamiento innovador y revitalizador de un viejo género literario que parecía momificado, monopolizado por la antigüedad.

La operación que llevó a cabo Monterroso sobre la fábula es

---

[85] Tal vez "Una reputación" del *Confabulario* se inspira también en un texto paralelo de Renard (*El viñador en su viña*, "Avellanas huecas", núm. 17), de asombroso parecido de idea y situación, aunque desenlace distinto y hasta opuesto.

[86] Confesión de Monterroso a este antólogo, 1989.

análoga a la de Torri respecto del ensayo: rescatar el género, revitalizarlo, incorporarlo con un sentido nuevo a nuestras letras. Las fábulas de Monterroso no tienen prácticamente nada que ver con las tradicionales, en que la moraleja es un eje. No es raro que con frecuencia las piezas de *La oveja negra* se dejen leer como poemas en prosa: la fábula es un género poético, y no sólo porque las antiguas se redactaran en verso, sino porque el animal es una metáfora del hombre y el contenido narrativo es una metáfora moral. Esta metáfora moral o "moraleja" poética, intención didáctica, mensaje optimista y edificante, es sustituido en las fábulas monterroseanas por la parodia, la crítica moral en boca de la sátira y un pesimismo violento redimido por el humor. La intención moral nunca es preceptiva y queda a lo más como aspiración nostálgica. Atento y agudo zoólogo de la especie humana, Monterroso no pretende transformar ésta a través de bellos ejemplos sino tan sólo retratarla, revelarla, aceptarla con amargura y humor.

La poesía y el tratamiento del lenguaje son en estas fábulas tan importantes o más que la elaboración de la anécdota, el desarrollo narrativo o la sugestividad de sus circuitos semánticos. En este último sentido sí que hay moralejas en las fábulas de *La oveja negra*.

> Como se ha visto en otros textos, no son las carniceras, que acostumbran florecer en las fábulas de Monterroso comiéndose, saboreándose y condimentándose aberrantemente unas a otras, las mayores criminales del reino animal.

Son líneas del *Manual de flora fantástica* de Eduardo Lizalde, contrapartida del *Manual de zoología fantástica* de Jorge Luis Borges y Margarita Guerrero, que prolonga la línea Borges-Torri-Arreola-Monterroso del poema en prosa. Apenas se asoma el lector a las páginas-jardines de Lizalde, es destazado en sus carnes y chupado en su sangre y su música por una rica variedad de plantas carnívoras, vampirescas y operómanas.

Si lo que nos horroriza no es tanto que los hombres se parezcan a las bestias, espectáculo cotidiano a fin de cuentas, como al revés, que los animales recuerden a los hombres, pues nuestra inteligencia y sus operaciones teórico-prácticas nos vuelven entes mucho más siniestros, este *Manual* muestra que la invasión de nuestra criminalidad e hipocresías alarga dominio y espejo hasta el reino vegetal. Botánicos de buena fe, políticos cándidos y corruptos, mujeres, viejos y niños y poetas cursis quedan alertados aquí contra las seducciones engañosas y los peligros letales de la esplendorosa belleza de unas rosas o unos lirios.

De una violencia atemperada en todo momento por el humor, este *Manual* guarda afinidades no de tono pero sí de tema y repertorio de obsesiones con *El tigre en la casa* y otros libros de Lizalde: del amor nadie sale ileso, lo bello y lo monstruoso se amasan en uno, ejercemos la muerte en las experiencias sublimes como en las abyectas.

Otro "manual" de este tipo es la *Disertación sobre las telarañas* de Hugo Hiriart, libro de divertimentos heredero de la tradición más depurada del ensayo sobre hondas nimiedades: Lichtenberg-Lamb-Chesterton-Gómez de la Serna-Borges-Reyes-Torri-Novo-Arreola. Si Novo ilumina nuestra idea de la cotidianidad con unas páginas acerca "Del placer infinito de matar muchas moscas", Hiriart lo hace extrayendo implicaciones deportivas y morales del matamoscas. La capacidad de Hiriart para forjar imágenes poéticas de sorprendente transparencia (la telaraña, "ingeniería de aire y cristal"; "Puesto que trampa, la telaraña es esqueleto de espadas"; "Su salto asombroso es un ardid: persistente milagro de multiplicación, un solo ciervo puebla el bosque entero") y urdir poemas en prosa imaginativos y ágiles con temas mínimos —la alfombra, la aguja—, lo pone en esa línea del poema-cosa de Francis Ponge que intuye que no hay objeto insignificante en el universo para quien sabe mirarlo bien, o que, como decía el poeta japonés Shiki, "las cosas pequeñas también pueden ser grandes si se les ve de cerca".

> Hugo —escribió José de la Colina al saludar la *Disertación sobre las telarañas*— es un miniaturista *enorme* que nos da la mayor imagen del mundo, es decir: la que deshace el mundo. Mediante el perversamente polimórfico arte del inventario minucioso y discontinuo, llegará a producir el perfecto objeto filosófico: el cuchillo sin mango al que le falta la hoja. La cuidadísima prosa hiriartística y su desarrollada cultura no son más que la telaraña que hipotéticamente impedirá al Elefante caer en el, a final de cuentas, no tan aterrador Vacío.[87]

Heredero de un estilo de prosa cuyo rigor verbal y precisión conceptual están aunados admirablemente al lirismo y la fantasía (Borges, Torri, Rulfo, Arreola, Carlos Fuentes), Salvador Elizondo, fiel a sus búsquedas expresivas y a su obsesión misma de la escri-

---

[87] José de la Colina, "*Disertación sobre las telarañas* de Hugo Hiriart", en *Vuelta*, núm. 62: México, enero, 1982, p. 31.

tura como acto central lleno de implicaciones, se ha esforzado "en suprimir la noción restrictiva de género literario —explica— para dejar la escritura en libertad".[88] Muchos de sus textos cortos, en efecto, parecen resistirse a la clasificación unívoca. Prosas lúdicas y a la vez analíticas como "El grafógrafo", prosas líricas como "Diálogo en el puente", poemas en prosa como "Aviso" o "El perfil del estípite", todo ello a la vez como "La mariposa", en que el delicado lirismo de las imágenes se engarza de forma magistral al tono mañosamente ingenuo de "composición escolar" o ensayo lúdico-fantástico. El ahondamiento laberíntico y exploratorio del lenguaje, la realidad, el sueño y la memoria; el desciframiento misterioso que hacemos de nosotros mismos, lectores y escritores, a través de la escritura y la lectura; la alianza de la decepción y la ironía que rinde homenaje a Julio Torri, campean en las composiciones aquí recogidas.

En otros narradores de esta misma generación como Juan Vicente Melo o José de la Colina, la experiencia de la sensualidad, la discontinuidad temporal, la soltura sintáctica y el ritmo lírico de la prosa conduce a formas hermanas del poema. En Melo, la narración se sustenta en procedimientos recurrentes en la *noveau roman* (Claude Simon, Alain Robbe-Grillet) como el reciclamiento obsesivo de núcleos y cláusulas —frases-párrafos-situaciones—, que producen un efecto rítmico-poético en la narración, y por ejemplo, en "Música de cámara" —dedicado "A José de la Colina"— vuelven el texto ficción ficticia, flujo de sensaciones e imágenes como eje mismo del relato, poesía en prosa disfrazada de narración.

En De la Colina el impulso lúdico y sensual de la prosa lleva en sus retratos express —más en la línea formal de los *Españoles de tres mundos* de Juan Ramón Jiménez que de los *Retratos* de su admirado Gómez de la Serna— a piezas poéticas en que unos cuantos trazos revelan al retratado a una en su entorno y con su obra. No es una prosa que en persecución del personaje se detenga a cada cuadra a tomar aire y notas: discurre libre, caudalosa, nómada, juguetona, sensual, lírica, burlando hábilmente el punto y demás restricciones gramaticales como dibujo de un solo trazo, dibujo que es metáfora pura, poesía en prosa que logra el milagro de sugerir a la persona más viva que en la fotografía.

Más difíciles de ubicar aquí son Gerardo Deniz y Pedro F. Miret.

---

[88] Salvador Elizondo, *Antología personal*, Fondo de Cultura Económica, Archivo del Fondo, núm. 17: México, 1974; p. 9.

Las dos prosas inéditas de Deniz incluidas son composiciones de fina pureza verbal y lírica cuya edad y escritura las coloca en la etapa de ciertos poemas muy nítidos de *Adrede*, *Gatuperio* y *Enroque*, en que no priva aún el clima de jeroglífico conceptual-cultural que ha caracterizado después a la poesía deniciana. Estos poemas en prosa enfrentan la belleza del misterio y el misterio de la belleza con pulso sereno e inquietante y no sin un toque de humor tierno. "Azul", que sustenta su ritmo poético en reiteraciones del motivo central —"Todo azul", "Muy azul". "Todo", "Todo era azul", "Azul", "Azul. Todo."—, plasma una experiencia onírica de éxtasis, a la vez maravilloso y angustioso, algo afín no en el estilo sino en el clima a los relatos de Miret —"Narrador de noche", por ejemplo—. "Estrigiforme" captura de modo tangible a un animal fantástico, en jaula aledaña al zoológico de Borges.

Miret, narrador insólito, prosista despeinado y salvaje, es todo lo inverso de un cultor de la escritura artística. Esta peculiaridad vuelve más interesante que extraña, creo, su inclusión en la presente antología, pues es ya demasiado común la idea del poema en prosa como planta exótica trabajada en un invernadero exquisito. Los textos miretianos están más cerca de la progresión del dibujo de tema libre que de la construcción de una casa a partir de un plano arquitectónico. Manejando la prosa en sentido contrario, Miret choca en "Niño", página que expresa bellamente su fina sensibilidad infantil, con el auténtico poema en prosa.

Habría sido él la última persona en saberlo.

X. Las últimas generaciones

Entre las diversas tentaciones y tentativas de las últimas generaciones poéticas mexicanas (de fines de los años 40 a fines de los 50) se encuentra —junto al regreso a formas métricas tradicionales como el soneto, la apuesta por el poema de gran aliento en la línea Eliot-Valéry-Perse-Gorostiza-Paz o el ejercicio de la llamada "escritura fragmentaria" como forma crítica en época crítica—, el cultivo bastante recurrente del poema en prosa según una compleja pluralidad de sensibilidades y temperamentos.

De la década de los 40 tardíos algunos empiezan apenas a explorar el poema en prosa en su obra más última, como Elva Macías, en quien la imagen vuelve a ser fuerza centrífuga del poema, y otros, en cambio, sólo lo han practicado en su primer libro, como Elsa Cross, Antonio Deltoro y David Huerta.

Los de Elsa Cross, publicados precozmente en 1964, cuando su autora no alcanzaba aún los 20 años, cantan con sorprendente soltura lírica y en un clima con frecuencia —como en su obra posterior— exótico, sensual y meditativo, la derrota y la melancolía, el amor y la añoranza, la vida en miniatura de un artesano o una serpiente.

También precoces, los únicos dos de David Huerta aúnan la contemplación a la reflexión, la limpidez verbal a la inspiración metafórica, y sea a través de la vaguedad de las imágenes o de la diáfana concentración de impresiones, expresan con igual intensidad el descubrimiento de la belleza que el de la fealdad goyesca.

A través de un motivo obsesivo y emblemático, la gallina, Antonio Deltoro explora de modo perturbador reversos angustiosos, siniestros de la condición humana. Con viejas y ridículas gallinas, Deltoro supo hacer un caldo en que estamos forzados a probar y reconocer la cobardía, el rencor, el sadismo, la mezquindad terrestre, la miseria moral.

Es recurrente el poema en prosa, en cambio, en la obra de Francisco Hernández, que cultiva con fortuna el género en homenajes a escritores lo mismo que en textos cuyo tono y tratamiento de lenguaje recuerda los "Talleres forzados" de Octavio Paz, y también en la de Guillermo Samperio, prosista lúdico y fantástico que proviene de autores como Julio Cortazar, Macedonio Fernández o Gómez de la Serna, y ha logrado fabulaciones urbanas y transfiguraciones poéticas a menudo ingeniosas e imaginativas.

En este mapa del poema en prosa reciente, forzosamente apretado por razones de espacio y de insuficiente perspectiva temporal, hay que consignar el mayor impulso que toma la recurrencia al género en la promoción de los años 50, como se ve por las propuestas de 12 de sus mejores representantes: Alberto Blanco, Adolfo Castañón, Héctor Carreto, Samuel Walter Medina, Vicente Quirarte, Fabio Morábito, Jaime Moreno Villarreal, Luis Miguel Aguilar, Jorge Esquinca, Francisco Segovia, Víctor Hugo Piña Williams, Carmen Leñero.

El trabajo depurado con el lenguaje al que es familiar el de los poemas en prosa del venezolano José Antonio Ramos Sucre (1890-1930), la exploración idiomática que rinde homenaje a Alfonso Reyes, la ironía afilada fraternal a Alejandro Rossi, el abanico semántico, el espionaje satírico de flaquezas y pasiones secretas, confluyen en las mejores composiciones de Adolfo Castañón para suscitar climas inquietantes.

De las rápidas metamorfosis oníricas de *Pequeñas historias de misterio ilustradas,* en las mejores de las cuales el mundo infantil cobra para el adulto un aspecto desconcertante y hasta aterrador, a *El largo camino hacia ti,* Alberto Blanco dio el paso de la viñeta poética a una poesía en prosa delirante, cercana a Paz, en que la plasticidad no reside ya en las situaciones sino en el lenguaje mismo.

Exploraciones verbales análogas a las de Blanco de *El largo camino hacia ti* son las que llevan a cabo poetas de la alquimia verbal y de fina pureza lírica como Jorge Esquinca —la palabra cavando tierra adentro de la cosa, cerca también de Paz, y de Carlos Pellicer y Saint-John Perse—, Vicente Quirarte —en quien el erotismo de la palabra es recreación a la vez que esclarecimiento de la experiencia erótica misma— o Víctor Hugo Piña Williams —poeta de la voluptuosidad, el conceptismo, la parodia y el juego verbales.

Entre los desacralizadores del lenguaje hay que registrar a Luis Miguel Aguilar, quien representa una peculiar conjugación de la familiaridad con la poesía en lengua inglesa y el acento coloquial y violento de Sabines, y, sobre todo, a Samuel Walter Medina. Extraño, original, violento en su lenguaje como en su reactividad a encasillamientos taxonómicos es su libro *Sastrerías,* al que no le son ajenos ni los trastocamientos irracionales de Rimbaud ni la vanguardia de Vallejo ni las permutaciones fantásticas y alucinadas de Borges, Arreola o Elizondo, pero cuya tesitura se conserva siempre propia, agresiva, estridente. Relatos, ensayos lúdicos, poemínimos que saludan a Efraín Huerta, poemas en verso y en prosa, epígrafes cultos y prosaicos, precedidos por la secuencia fotográfica de un suicidio frustrado y amalgamados bajo el descomprometido subtítulo "Textos", estos retazos descosidos de una sastrería pesadillesca superan la apariencia miscelánea gracias a la unidad del tono irreverente y doloroso, y al lenguaje coloquial desinhibido y radicalizado en la injuria hasta la subversión, la rebeldía de la amargura y la lucidez.

Como la de Medina, encuentro también más próximas a experimentaciones con la prosa que derivan en el poema las tentativas de Héctor Carreto, Fabio Morábito, Jaime Moreno Villarreal, Carmen Leñero y Francisco Segovia.

Los poemas en prosa y ensayos poéticos de Héctor Carreto dan un giro convencido desde Perse hacia Kafka o Gómez de la Serna y desde la alquimia del verbo hacia el lenguaje coloquial, los climas oníricos y los ambientes burocráticos reducidos en la contraparodia a la caricatura mitológica —los empleados y las secretarias como Sísifos y Penélopes contemporáneos— y el deshielo de la cotidianidad inerte a través del humor, el juego y la irreverencia.

Muy otra es la manera de fundir ensayo y poema en *Caja de herramientas* de Fabio Morábito, pues difiere de los de Torri, Novo, Arreola, Hiriart, Samperio, Medina o Carreto, como de los de Francis Ponge, por su mayor extensión, síntoma de una diferencia más sustantiva: poemas-cosas en que la prosa lírica y sensual se despreocupa del tiempo, ensayos lúdicos en que la disertación traviesa se despliega a sus anchas, como esos juegos que inventan los niños y duran lo que dure su placer; prosa desatada por la poesía como en una improvisación en espiral, inspirada y cadenciosa, que rehúye los moldes preciosistas de la brevedad y la redondez, y no teme ni a la reiteración retórica ni a las contradicciones, con tal de acceder lentamente, como en una indagación, a finos hallazgos poéticos. Manipulando lijas, martillos, esponjas o trapos, Morábito construye y pule ventanas hacia un mundo estético, psicológico y moral que restituye extraña funcionalidad a lo cotidiano.

Como la de Morábito, la escritura de Jaime Moreno Villarreal, reacia a las fronteras estrictas de los géneros literarios, prefiere las ondulaciones en espiral de la inteligencia y la imaginación antes que la contundencia del círculo; el riesgo de las veredas sinuosas antes que la apacible y digestiva vuelta a la glorieta. A través de aforismos, divagaciones, ensoñaciones, prosas, poemas, Moreno Villarreal percibe, perfila, canta, reinventa nuestro ser en vilo.

El aforismo también se vuelve centro de expansión hacia el poema en Vicente Quirarte (*El cuaderno de Aníbal Egea*) y en Carmen Leñero, cuyo *Birlibirloque* sorprende por la espontaneidad con que el aforismo —sensual e inteligente, irónico y con frecuencia amargo— es despliegue sereno o alucinado del sentido poético, viaje de la reflexión a la imagen, captura del instante luminoso a partir del cual es posible reconstruir el tiempo íntegro de la existencia.

Francisco Segovia ha publicado poemas en prosa dispersos que destacan por un aliento lírico aliado al pulso irónico, falsos relatos que exploran los laberintos del amor y sus reversos, y más recientemente ha echado a volar unos vampiros, lectores acaso de Lamb y Torri, que dictan conferencia erudita y sutil sobre las relaciones ancestrales de la sangre y el corazón con las pasiones y el espíritu.

Por último, quiero consignar la vitalidad del poema en prosa en las generaciones más jóvenes. Ávido al inicio de esta investigación de coleccionar poemas en prosa, debo confesar que al final rogaba que no apareciera *un solo poeta en prosa más*, pues amenazaba el trabajo con volverse infinito.

Felizmente, han seguido apareciendo interesantes exponentes, en número mayor al que la justicia de este libro podría ya no digamos albergar, siquiera mencionar. En todo caso, esto es síntoma de que el poema en prosa sigue ofreciéndose no como opción marginal y secundaria sino como fecunda posibilidad formal y expresiva de la poesía.

NOTA: La información bibliográfica de esta antología se centra en los títulos que contienen poemas en prosa.

AGRADECIMIENTOS

La historia de este libro es ya larga y hasta accidentada. Voy a ahorrársela en sus detalles más particulares al lector. Sólo quiero expresar mi agradecimiento a Jaime García Terrés, quien firmó el contrato del proyecto de la antología en octubre de 1988, durante su periodo como director del Fondo de Cultura Económica. Entregué la primera versión del libro hace tres años, pero al leer pruebas quedé completamente insatisfecho. Puse el libro a dormir una buena siesta. Al retomarlo, refundirlo y ofrecer esta nueva versión, que cuando menos ha actualizado mis insuficiencias, quiero agradecer muy especialmente la paciencia, la impaciencia, las valiosas sugerencias y críticas a la primera versión del infatigable Adolfo Castañón, y agradecer asimismo una beca para "Jóvenes creadores" del Fondo Nacional para la Cultura y las Artes durante 1991-1992, y el apoyo que de una u otra forma me brindaron diferentes personas, escritores y amigos para que fuera posible este libro.

LUIS IGNACIO HELGUERA

Ciudad de México, 31 de julio de 1992

PRIMERA PARTE

ANTECEDENTES MODERNISTAS

MANUEL JOSÉ OTHÓN (1858-1906)

NACIÓ en la ciudad de San Luis Potosí, donde se recibió de abogado en 1881. Fue juez en Cerritos (1884-1886), profesor de literatura en el Instituto Científico y Literario, donde él mismo había estudiado, agente del Ministerio Público en San Luis Potosí (1891-1894) y juez de primera instancia en Santa María del Río, (1894-1897), En 1900 fue diputado suplente al Congreso de la Unión y, en 1905, diputado al Congreso Local de San Luis Potosí. En 1884 hizo su primer viaje a la capital y se puso en contacto con los escritores de la época. Desde muy joven empezó a escribir, pero su evolución literaria fue lenta y autocrítica: no reconoció sus primeros dos libros. Con él, la poesía mexicana alcanza serenidad clásica y el paisaje y la naturaleza ya no son "sólo un espectáculo sino un modo de existencia, una atmósfera religiosa y dramática" (Antonio Castro Leal). Murió en su ciudad natal.

Obra: "Fragmentos tomados de su libro de apuntes", en *Obras*, II; Publicaciones de la Secretaría de Educación Pública: México, 1928.

Cuando se ha llegado a la cumbre de las montañas se ven sus dos laderas, la que acabamos de recorrer ascendiendo y la que nos apercibimos a bajar ¡ah! con no adivinada rapidez. La que atrás dejamos nos deja ver ya cerca, ya lejos, pero con la claridad con que se ven las cosas a través de buen lente, los valles, los oasis, los desiertos, los riscos, las arboledas... Vemos allí una por una las huellas de nuestros pies y de nuestro paso; ya la señal de nuestro cuerpo reposando sobre el césped o sobre la arena, ya el hundimiento del talón firme; ya una desgarradura de nuestro vestido o de nuestra carne que quedó pendiente en el filo de una roca o en las zarzas de un espino; o bien las gotas de sangre que nuestros pies dejaron en las piedras del camino; y todo esto regado por lágrimas dulces o quemantes; o por pétalos y frondas que hemos ido deshojando de la corona de nuestras frentes o de aquella otra con que las ilusiones y las esperanzas ciñeron nuestro corazón, como un ardiente y perfumado cíngulo.

Nos sentamos a la cumbre a descansar y a ver para ambos lados, porque sabemos que tenemos que subir el camino y bajar, bajar; y al dar los primeros pasos para la ladera opuesta, habremos para siempre perdido de vista la otra, que hemos recorrido ya envueltos en nieblas y en rosas o ya cargados con un fardo o una cruz.

Pero siempre ¡qué amado ha sido ese camino! ¡cuán adorada esa divina jornada!...

(De: *Fragmentos tomados de su libro de apuntes*)

ROSALINDA

Enamorados todos los hombres del primer ideal que los rechaza, luego encuentran a Julieta y viene tarde o temprano, la escala, las espadas, la alondra, pero sobre todo, el ruiseñor que canta con el corazón como en un nido, hasta que el nido se enfría, porque el árbol cae.

12 de agosto de 1904

(De: *Fragmentos tomados de su libro de apuntes*)

MANUEL GUTIÉRREZ NÁJERA (1859-1895)

NACIÓ en la ciudad de México. Poseedor de una admirable precocidad, a pesar de su breve vida, fue prolífico, variado e innovador: fundador por excelencia del modernismo mexicano y de la poesía moderna mexicana, abordó la crónica, la crítica literaria y política, el cuento, la poesía. En sus textos se alternan siempre con refinamiento la gracia y el dolor. Un año antes de morir fundó y dirigió la importante *Revista Azul*, que dio a conocer por toda América a autores franceses e hispanoamericanos que representaban las últimas tendencias literarias.

Obra: *Cuentos completos y otras narraciones*, Fondo de Cultura Económica: México, 1958 y 1984; Boyd G. Carter, *Divagaciones y fantasías. Crónicas de Manuel Gutiérrez Nájera*, Sep-setentas: México, 1974.

UNA CITA

Acostumbro en las mañanas pasearme por las calzadas de los alrededores y por el bosque de Chapultepec, el sitio predilecto de los enamorados.

Esto me ha proporcionado ser testigo involuntario de más de una cita amorosa. Hace tres días vi llegar en un elegante coche a una bella dama desconocida, morena, de negros ojos de fuego, de talle esbelto y elegante. Un joven, un adolescente, casi un niño, la aguardaba a la entrada del bosque. Apeóse ella del carruaje que el cochero alejó discretamente, acercóse el joven temblando, respetuoso, encarnado como una amapola, demostrando en su aspecto todo que era su primera cita, y fue necesario que la dama tomara su brazo que él no se atrevía a ofrecerle. Echaron a andar ambos enamorados por una calle apartada y sola. Interesóme la pareja y seguílos yo a discreta distancia. Lloraba la dama, la emoción del niño subía de punto a medida que se animaba la conversación que entre sí tenían. Algunas frases llegaron a mi oído: no eran dos enamorados: eran madre e hijo. Sin quererlo supe toda una historia, una verdadera novela que me interesó extraordinariamente, que

69

me hizo ser no sólo indiscreto, sino desleal, porque venciendo mi curiosidad a mis escrúpulos me hizo acercar más y más a la pareja que abstraída en la relación de sus desdichas, no me apercibía, no oía mis pisadas sobre las hojas secas de los árboles derramadas por el suelo. Aquella mujer era un ángel, una mártir; aquel niño un ser digno de respeto, de interés y de compasión, que se sacrificaba al reposo y al respeto de la sociedad por su madre. Había en aquella historia dos infames que merecen estar marcados con el hierro del verdugo: dos hombres que han sacrificado a aquellos dos seres desgraciados y dignos de mejor suerte.

3 de septiembre de 1882

(De: *Cuentos completos y otras narraciones*)

HISTORIA DE UN DOMINÓ

¡Pobre mujer! Tu suerte es parecida a la de aquellos dominós rotos y desteñidos que ves bailar en medio de la sala. Primero, cuando el raso estaba virgen, atraía las miradas codiciosas en el aparador resplandeciente de una peluquería. ¡Qué terso y qué lustroso era su cutis! La luz resbalaba por él haciéndole espejear suntuosamente. Un hombre lo tomó, cubrió con él su levita negra y se fue al baile. A cada paso, el dominó, perfectamente nuevo, producía un ruido cadencioso, así: frú-frú-frú-frú. Era rojo... ¡como el pudor! Aquella noche cayó en el raso púrpura la primera gota de Borgoña. Ya no era nuevo, ya tenía una mancha, ya no estaba en el aparador, ya valía menos.

¡Cuántos carnavales han pasado por él! Durante los primeros años, el dominó, merced a la bencina y los remiendos, estuvo en las peluquerías de primera clase. No cubría más que levitas negras, cuerpos varoniles que salían del baño, cabezas suavizadas con ungüentos aromosos. Al cabo de sus mangas aparecía el guante. Pero luego, a fuerza de gotas de Borgoña y gotas de Champagne, el dominó perdió su lustre virginal, su color fue palideciendo. Los descosidos y los remiendos eran más notables. Los clientes de la peluquería no le quisieron ya y el peluquero lo vendió a una barbería. Su precio bajó: entre los artesanos y los pobres, pasaba siempre por un traje de lujo. Todavía entonces siguió yendo a los grandes bailes; pero ya no rozaba vestidos de seda ni desnudos brazos blancos. Las gotas que llovían sobre él a la hora de la cena ya no eran de Borgoña: de cognac.

El descenso fue más acelerado. De barbería en barbería, recorrió todos los barrios. Dejó de ir a los suntuosos bailes de teatro, y fue a las bacanales sucias y asquerosas de los cafés y los salones vergonzantes. Ya estaba desteñido. Algunos opinaban que había sido rojo, pero nadie lo aseguraba. El pobre dominó se alquilaba con dificultad, a dos pesetas por la noche. Ya no cubría levitas negras abrochadas, sino raídas chaquetas y camisas sucias. Los cabellos que ocultaba con su capucha olían mal y eran ásperos. Al cabo de sus mangas aparecían dos manos casi negras. El pobre dominó ya estaba encanallado. Olía a gente ordinaria. Ya no rozaba al bailar trajes de seda, sino rebozos y percal almidonado. Ya no le caían gotas de Champagne ni de Borgoña, ni siquiera de cognac; le caían gotas de aguardiente. Una noche sintió un desgarrón de la hoja aguda y larga de un cuchillo, penetrando hasta el corazón que latía abajo. En esa vez la mancha fue de sangre. El pobre dominó estuvo largas horas en la cárcel, y pasó luego al hospital. Allí le desgarraron para vender la herida del enfermo. Sus compañeros, que se aburrían, colgando de los grasientos y carbonizados clavos de una obscura barbería, oliendo aguas sucias y pomadas rancias, no rezaron por él. Los dominós no rezan.

¡Pobre mujer! ¡Tu suerte es parecida a la de esos brillantes dominós! Tú no lo puedes comprender ahora: ¡las ideas tristes resbalan por tu cerebro, como resbala el agua llovediza por la seda de una sombrilla japonesa!

28 de enero de 1883

(De: *Cuentos completos y otras narraciones*)

LA VIDA FERROCARRILERA

El único héroe posible para los dramas de esta edad, es el vapor.

Como si estuviéramos asistiendo a la representación de la "Princesa de Bagdad", por todas partes escuchamos, real o imaginariamente, un coro de silbatos.

Eads alcanza del gobierno la concesión de ese ferrocarril maravilloso, que parece una novela de Julio Verne hecha hierro.

Grant contrata con el Ministerio de Fomento la vía férrea que dentro de diez años ha de llevaros a la frontera de Guatemala.

La señora Moriones puede extasiar a los viejos solteros, atraer la curiosidad de las señoras y entusiasmar a las modistas, con el precioso traje azul, ceñido a la Vallot, que con tanto donaire vistió en noches pasadas.

Lorca puede anunciar con grandes cartelones ese "Mar sin orillas", agitado por fuertes tempestades, pero grandioso siempre como toda creación de Echegaray.

El casino puede abrir sus puertas y las cantinas a los consumidores.

Nada de esto preocupa grandemente al público, que sólo tiene oídos para escuchar el chirrido agrio de los rieles, el silbo de las locomotoras y el convulsivo sacudimiento de los trenes.

Si yo tratase de escribir un drama, escogería como protagonista al fogonero.

Es el único personaje que puede despertar el interés de los espectadores en estos tiempos esencialmente ferrocarrileros.

¡Cosa rara!, a nadie ha ocurrido pintar en el holgado lienzo de la novela contemporánea, la vida de esos pobres seres que forman el grande ejército de los ferrocarriles, desde el maquinista que lleva el timón y enfrena al monstruo, hasta el deshilachado garrotero que atraviesa sereno sobre los wagones, como Blondín atravesaba sobre la cuerda floja.

La marinería inspiró a Victor Hugo, la voz cantante de este siglo, una admirable obra maestra.

¿Por qué la vida ferrocarrilera no ha encontrado su Homero todavía?

La gran serpiente de hierro lleva y arrastra porción de desvalidos cuya vida, perennemente igual, es un suplicio.

Para ellos el mundo se encuentra en los anillos de esa víbora gigante, que se nutre de carbón y que respira fuego.

Tienen que domar todas las rebeldías de la materia: ésta es su *Ilíada*.

Tienen que vivir constantemente ausentes de la mujer que alegra el hogar y de los niños que sonríen en la cuna: ésta es su *Odisea*.

A solas con el peligro, van poco a poco dominando las rebeldías del miedo.

Para ellos guardan las estaciones todas sus crudezas: el sol de mayo su plomo derretido, y las estrellas de diciembre su convulsión de frío.

Linterna en mano, atraviesan tranquilos, por la noche, del techo de un wagón a otro.

Los barrancos abren a sus pies esas profundidades que dan vértigo, y las montañas se abren a su paso para devorarlos.

Poco a poco, la frecuencia del peligro va formando la corteza de su sensibilidad.

Y en una noche oscura, en la atrevida línea de algún puente o el recodo de una curva, si desriela el tren, se precipita en la barranca, y aquellos infelices entre los fuertes sacudimientos del terrible monstruo, el crujir de las ruedas y el ruido seco de la madera que se desquebraja, mueren de cara al cielo, pensando en el hogar que ya no verán nunca, en la esposa que entretiene su ausencia con los quehaceres de la casa, y baja a la cocina provista de su blanco delantal y con los brazos desnudos; en la vieja abuela que hila automáticamente en un rincón, y en los niños de cabecita rubia y ojos azules, que asoman a la ventana para espiar cuando regresa el padre, si les trae una nueva golosina.

Y todavía estas muertes trágicas tienen cierta solemnidad terrible y prestigiosa.

La muerte oscura, fría y vulgar, es la espantosa.

El pie vacila, gira la cabeza, y un hombre cae a plomo entre las ruedas de la fiera.

Un pequeño brinco del tren, que tritura los huesos de la víctima, es lo único que observa el pasajero.

La viajera, de tez pulida, cubierta por un velo, continúa acurrucada bajo su espesa piel.

El viejo, de gran montera y gafas de oro, no interrumpe la lectura de su periódico.

El americano apura gravemente su botella de whisky, y la lámpara, colgada en la mitad del departamento, continúa esparciendo su luz filtrada por la gran capa de polvo que cubre la bombilla y el tafetán azul que cubre el polvo.

Pero entre todas estas vidas agitadas, hay una que es casi virgiliana: la del guarda-camino.

La mujer adereza la comida en el humilde brasero, los hijos corretean junto a la casa, y el hombre, con su bandera en la mano, recorre sosegadamente las líneas geométricas de la vía.

Por las noches el tren toma las vagas proporciones de un fantasma.

Primero, rasga la oscuridad lejana como un gran meteoro, y el aire, como los quejidos de un gigante.

Después se escucha el ruido de sus ruedas, el estremecimiento de sus carros, y se mira su gran pupila roja, reverberando en las tinieblas.

La campana comienza su repique agudo y el tren pasa, mientras el infeliz guarda-camino, como un esclavo antiguo, saluda a su señor con la bandera blanca.

El monstruo entre dos caudas de chispas se aleja en las profundidades del horizonte oscuro.

Si el guarda-camino hubiera leído a Núñez de Arce, diría para sus adentros:

> *A lo lejos silba y pasa*
> *la rauda locomotora.*

1881

(De: *Divagaciones y fantasías*)

CARLOS DÍAZ DUFOO I (1861-1941)

NACIÓ en Veracruz, hijo de un español nacionalizado mexicano y una veracruzana. A los seis años se trasladó con su familia a Europa y se inició después en España en el periodismo, en *El Globo* dirigido por Emilio Castelar. En 1884 regresó a México y en 1887 dirigió *El Ferrocarril Veracruzano* en Veracruz y más tarde *La Bandera* en Jalapa. "Un duelo —según nos informa Margarita Millet—, al que lo empujaría y apadrinaría Salvador Díaz Mirón, lo hizo regresar a la ciudad de México; se dice que ésta fue una íntima amargura en su vida." En 1894 fundó con Manuel Gutiérrez Nájera la *Revista Azul,* que dirigió tras la pronta muerte del Duque Job. "Fue diputado —continúa Margarita Millet— en diversas ocasiones y llegó a ser considerado como el primer economista de su tiempo." En 1901 aparecieron sus *Cuentos nerviosos.* Fuerte y optimista, como nos lo pinta Nervo, pudo sobrevivir a su hijo, del mismo nombre.

Obra: *Textos nerviosos,* Premiá Editora/Instituto Nacional de Bellas Artes/ Secretaría de Educación Pública: México, 1984.

BOULEVARDIERE

Mediodía: el sol besando con su beso rojizo el pulimentado asfalto de la avenida; atmósfera de embriaguez de colores, de perfumes, de carne palpitante, taconeo de botitas, roce de sedas; en las cantinas las notas sueltas de las carcajadas y las cristalinas, de las copas que chocan; los reflejos de los coches que ruedan apresuradamente; grupos de "flâneurs" ante los aparadores, un requiebro lanzado al azar; y saludos y apretones de manos y sonrisas; oleada insustancial que se repliega, se esparce, culebrea, se desparrama, como adormecida por el opio de las miradas, por el vaivén de los transeúntes que se dejan invadir por la pereza, mareados, como en un buque, amodorrados, en un abandono de los sentidos.

Y allí, en medio del grupo, a ocasiones, hojeando en la casa de Budín una revista nueva, el libro que *acaba de aparecer,* o apurando a pequeños sorbos el ámbar de un oporto blanco, en el *Salón Bach,* la he visto uno y otro mediodía pasar rápida con vuelo de golondrinas, con ondulaciones rítmicas, aspirando el aire de la vía pública, el sombrerito en lo alto de la alborotada cabellera rubia, bien marcado el paso, y una sonrisa de colegial; y así todos los días, todas las semanas, los meses, los años. —¿Quién es? No me interesa saber su nombre: es para mí una buena camarada de esta media hora de somnolencia mundana, una amiga a quien no conozco, ni saludo, ni jamás he sido presentado. No; mis amigos, no me digáis cómo se llama; se rompería el encanto: yo quiero conservar esta impresión, un poco convencional tal vez, pero que me es agradable, porque me pertenece por completo.

¿Por qué habéis de arrojarme siempre una historia, cuando la imaginación no os la pide? Prefiero que siga siendo la misma excelente amiga que ignora mi existencia, al rozar conmigo, dejándome entrever su alegre dicha del boulevard, su habitual paseo, impregnándose de este ambiente, a trechos irónico, a trechos sensual, cargado de fuertes emanaciones, sonriente y frívola.

La pasión no se clava en ella, ni los grandes dramas que la vida arroja a la calle la hacen presa. ¿Ama? ¿Es amada? No, en aquel cuerpecito ágil, movedizo, no cabe otro amor que el del *boulevard*, su galán de todos los días, el que dice al oído no sé qué frases apasionadas, el que la hace palpitar gozosa, el que la arrastra en su hervidora corriente.

Y entonces sus miradas se posan como besos en cada transeúnte y sus labios acarician y en la cadencia de su paso hay cierto deleite incitante, un abandono de todo su cuerpo, la dicha de ser poseída por aquella multitud inconsciente, en medio de los rayos del sol, a plena luz, envuelta en aquella atmósfera de esencias, de licores, de humo de tabaco; allí, entregarse a ese amante multiforme que la embriaga y la enerva.

(De: *Textos nerviosos*)

LUIS G. URBINA (1867-1934)

Nació en la ciudad de México. Fue secretario particular de Justo Sierra, cuando éste fungió como ministro de Instrucción Pública; profesor de literatura en la Escuela Nacional Preparatoria y, en 1913, director de la Biblioteca Nacional. Se exilió en 1915, para regresar tras la muerte de Carranza, después de viajar por Europa y América y de desplegar una abundante labor periodística. Su poesía y sus crónicas poéticas suelen expresar, a través de las puestas de sol y el espectáculo de la naturaleza, un temple romántico tardío. Murió en Madrid.

Obra: *Cuentos vividos y crónicas soñadas*, editado por Eusebio Gómez de la Puente: México, 1915; *Bajo el sol y frente al mar*.

AIRE Y POLVO

El aire, como pillín de barrio, gusta de jugar con la tierra. Hace cosas inauditas con la basura de las calles; equilibrios de acróbatas, juegos de salón, contorsiones y saltos imposibles.

Y, a todo correr, riendo y silbando por rendijas y rejas, levanta el polvo con su soplo travieso, y lo arremolina, en largos embudos grises y giratorios, o lo pliega y despliega por el espacio, a modo de flámulas inquietas y banderolas ondeantes, o lo enrolla en aros pirotécnicos que voltejean hasta deshacerse en la atmósfera, o lo avienta, en fin, a puñados locos, sin ton ni son, a esta ventana, a aquella maceta, a la cortina de esos balcones, al huevo de cristal cuajado de la luz eléctrica, y más alto, al tejido de alambres donde se pasan la vida haciendo sus ejercicios gimnásticos, golondrinas y gorriones.

En estas calientes tardes de abril y mayo, es de verse cómo a pleno sol, fabrica el viento, en el azul dorado del aire, sus efímeros y transparentes gobelinos, sus cortinajes color de perla, sus telas diáfanas franjeadas de luz, sus humaredas llenas de chispas y fulgores, sus remotos vahos y neblinas, sus gasas flotantes que envuelven las lejanías, los últimos términos, los horizontes, en una indecisión de ensueño. Pero el aire, muchacho perverso, no finge todas estas decoraciones teatrales por el simple gusto de recrearse con ellas y de ser admirado de las gentes. Es alegre, parlanchín y gracioso; pero es también grosero, y mal intencionado y astuto.

Va por esas calles, muy paso a paso, abanicando los rostros sudorosos, besando mejillas, rizando plumas, arrebatando aquí y allá, de los jardines públicos, de este árbol, de la otra planta, una fragancia que diluir; soplando sin fuerza, sin estrépito, para que el pedazo de papel vuele y finja una mariposa blanca, o la brizna de hierba brinque como un insecto sobre el agua aceitosa del charco, y salten y rueden y se arrastren por el suelo, una hilacha roja como el ala de un colibrí, una colilla de cigarro, no apagada aún, como una luciérnaga herida, una hoja seca como un escarabajo, un corcho de botella, como un carro de combate en miniatura, un pedazo de vidrio, una cinta, la cáscara de una fruta mondada, todo ese ejército minúsculo de las cosas inútiles, que el aire mueve a su antojo y pone en marcha caprichosa.

¡Oh, qué buenas y delicadas caricias que nos hace! Le sonreímos, no nos quejamos de él, se nos olvidan por largos ratos sus malas pasadas y sus inconsecuencias. ¡Mirad qué manso está!

No juega con las veletas, no con los rehiletes de los tubos ventiladores, ni siquiera se pone a sacudir, como mozo mal humorado, las banderas. Sólo muy arriba, muy arriba, sobre aquel cerro violeta, se distingue que está escardando y desflecando nubes, con mucha lentitud y mucho juicio. Pero eso que hace allí en el cielo, no es una diversión, es un trabajo.

Y repentinamente, como chiquitín nervioso que se cansa de estarse quieto, acelera el paso, trota, tira los juguetes que movía a compás, los rompe, los estruja, los arroja muy lejos, y en seguida, emprende la carrera desatentado y ciego, arrebatando sombreros, echando tierra a los ojos, levantando faldas, con cínica grosería, cerrando y abriendo con brusquedad vidrieras y puertas para que se rompan los cristales, entrando y saliendo por todas partes como *ratero* perseguido, y moviendo de su sitio las cosas que halla a mano: de aquí; un mueble; de allá, un cuadro; de la mesa, una copa; de la cama, un cojín; en los corredores, quiebra las guías de las enredaderas, y en las azotehuelas… ¡oh! allí infla la ropa tendida, la arranca de los cordeles, se la lleva a la calle, la eleva, y hace de ella cometas de nieve y pájaros de fantásticas formas. Cobra bríos, casi se enfurece con el ruido y la algazara que produce: las gentes que gritan, las cosas que caen, los perros que ladran, las hojalatas que rechinan, el estrépito de los vidrios rotos, el crujido de las maderas, toda la alharaca que provoca, es para el viento, como una diana, como un canto guerrero que lo anima y lo entusiasma en sus audaces y desordenados retozos.

Bien es cierto que la ciudad sirve ahora a este locuelo, como nunca, para sus burlas y correrías: muros y ciudadelas de adoquines, cordilleras de cascajos, volcanes de grava, serranías de arena, abismos de lodo, grutas con estalactitas de fango, lagos artificiales, cavernas; la vía pública quebrada hasta lo inverosímil, por quién sabe cuántos diabólicos trabajos del progreso. Tiene el aire, por lo mismo, un precioso campo de operaciones; vericuetos, escondites, salidas falsas, y pertrechos de guerra como no se los hubiera soñado.

Los buenos habitantes de la ciudad sufrimos las travesuras de este jocoso cantante de madrigales, que, a cambio de sus puñados de polvo, de sus intempestivos arrebatos, de sus desagradables fechorías, nos trae bocanadas de primavera que aspiramos a grandes sorbos, como rejuvenecidos también por el cálido aliento de vida que lleva el polen de flor en flor, el germen de grano en grano, y la alegría de corazón en corazón.

¡Cuán distinto es este viento de abril y mayo, este hálito de amor, este insufrible y mañoso chiquitín de barrio, que juega con tierra y basuras a pleno sol, ardoroso y desenfrenado, al otro, al frío y melancólico viento de noviembre y diciembre, al que arrastra hojas muertas por jardines y caminos, al canta-baladas tristes en las ramas desnudas, al viajero invernal que recorre las calles por las noches, quejándose lúgubremente y dejando lágrimas en los cristales de las vidrieras!

Ese, ni alza polvo, ni sacude cortinas, ni tiene alientos para abrir puertas, levantar faldas y arrebatar sombreros. Es débil y está enfermo; no juega, no sonríe, no fabrica efímeros gobelinos, ni finge humaredas cuajadas de chispas y fulgores; pasa, pasa tosiendo, con su cascada tos de tuberculoso, friolento, entrapajado, quejumbroso, hablándonos al oído de cosas amargas y de sueños desvanecidos, del amigo ingrato, de la mujer infiel, de la novia muerta, de los muros ruinosos, de las enredaderas que el hielo quemó; en el alma, de las ilusiones extinguidas, y en el camposanto, de las tumbas olvidadas...

Escrito poco después de 1895

(De: *Cuentos vividos y crónicas soñadas*)

CUADROS DE PRIMAVERA

IV
CUCHICHEOS DEL JARDÍN

Empieza a calentarse la tierra. Desde muy temprano el sol enciende las fraguas del Oriente y se pone a majar el hierro encendido del día sobre el yunque azul de las montañas. Martillea, con su gran martillo de oro, las ascuas luminosas, y a cada golpe, una explosión de chispas inunda el cielo de brillos deslumbrantes. Conforme pasan las horas crece el incendio de los aires, hasta que ya muy entrada la mañana, tórnase ígnea la placa de esmalte del cenit.

Los jardines entonces, alzan en señal de protesta sus árboles amodorrados y secos, y las flores entrecerradas y soñolientas, atisban, por entre la maraña de las frondas, la llegada del viento, como tristes enamoradas que salen a la ventana a la hora de la cita, inquietas y desesperadas por la tardanza del amante.

Pero el viento suele ser un novio informal. No acude cuando lo llaman; sabe lo que son las mujeres y por eso se deja rogar tanto de las flores. Desde su enhiesto varillaje se inclinan las rosas aristocráticamente, seguras de que a ellas, que son las más lindas y las más elegantes, va a ir primero el galán desdeñoso.

Por entre la hierba, como por entre los barrotes de una reja, se asoman, en actitud humilde, las violetas, porque aunque pobres y modestas, saben bien lo mucho que valen. Las margaritas enarcan sus estrellas de nieve, impacientes y contrariadas de que quizás porque carecen de fragancia, no les haga caso el ingrato. Las azucenas están furiosas: ¿Cómo? ¿Será cierto que el viento desdeña su limpia y perfumada blancura? Entretanto llueve sol, un sol rabioso que parece malhumorado y que gusta de quemar pétalos, resquebrajar ramas, secar el jugo de las hojas y beber, en las copas de las campánulas, las heces del rocío.

No, no saldréis del sopor, pobrecillas mártires del sol y desdeñadas de los céfiros, hasta que las nubes, que también tienen mucha sed, acaben de llenar sus toneles en los lagos del Valle, para apagar la fragua de los cielos antes de que llegue la Noche.

Pero... ¿no veis cómo se realiza el milagro? Se oyen risas y cuchicheos. Baja por la escalinata, saltando y atropellándose, una bandada de muchachas bonitas.

Vienen en busca de vosotras, para llevaros primero a sus labios, luego a sus búcaros, en seguida a su seno y más tarde a la mano

trémula de algún soñador que os guardará ya secas, como una reli-
quia, en la caja de *palisandro,* entre listones, guantes, y bucles per-
fumados.

El amor os libertará del sol y de la lluvia, de caer tostadas en la
arena humeante o de naufragar en la charca fangosa.

El amor es divino para realizar estos milagros. Y suele hacer
con el corazón lo que con vosotras, flores de Abril, anunciadoras y
heraldos de la primavera.

1898

(De: *Bajo el sol y frente al mar*)

AMADO NERVO (1870-1919)

NACIÓ en Tepic, Nayarit, y estudió ciencias, filosofía y un año de Leyes en el Seminario de Zamora. En Mazatlán inició su carrera periodística y en 1894 se trasladó a México, donde colaboró en la *Revista Azul* y dirigió con Jesús Valenzuela la *Revista Moderna*. En 1900 *El Imparcial* lo envió a la Exposición Universal de París, donde conoció, entre otros, a Rubén Darío. Fue profesor de castellano en la Escuela Nacional Preparatoria e inspector de las clases de literatura, en México. A partir de 1906 desempeñó diversas funciones diplomáticas y la muerte lo sorprendió en Montevideo. En su primer periodo se revela como un poeta modernista auténtico y personal. En el segundo, los elementos místicos se acentúan en su obra hasta disolver, deliberadamente, la literatura en la consolación y la exhortación espiritual.

Obras: *Ellos* (1912), *Plenitud* (1918), *La amada inmóvil* (1920); véanse sus *Obras completas*, Ed. Aguilar: Madrid, 1952; tomo II: Prosas.

COMO EL MOLINO

Hermano: sé como el molino de mi huerta: los pies en la tierra y la cabeza en el cielo.

Álzate jubiloso en la mañana llena de luz; tranquilo bajo la severa mansedumbre de la tarde; impávido cuando en la noche pasen sobre ti las nubes de tormenta.

Tu rueda debe girar siempre sacando afanosa el agua. Llena tu vaso, y dale de beber al hermano sediento; y cuando colmes tu represa, deja correr las aguas por la campiña para que beban también los corderos y las palomas, las flores y las hormigas.

Sea tu fuente manantial divino que apague la sed de los hombres, que fecunde la tierra de las almas resecas, y linfa cristalina donde la luz de los cielos se mire orgullosa.

Hermano: ¡sé como el molino de mi huerta! Que tu vida valdrá según lo que riegues...

Sin fecha

(De: *De mi breviario íntimo*)

XLII
LOS PASOS

Muchas veces, en los breves intervalos en que se apacigua tu trá-
fago interior, te acontece oír unos pasos: unos pasos furtivos a lo
largo de tu puerta.

Como los de un amante que ronda la casa de la amada.

Son los pasos de la Dicha.

Son los pasos de una dicha modesta, tímida, discreta, que
desearía entrar.

Hay muchas dichas así.

Son como novicias temerosas.

Son como corzas, como graciosas corzas blancas. Todo las ame-
drenta.

Si escuchas estos pasos, abre, inmediatamente, tu puerta de par
en par.

Abre también tu rostro con la más acogedora de tus sonrisas... y
aguarda.

Verás cómo entonces los pasos tímidos se acercan, verás cómo
la pequeña dicha entra con los ojos bajos, ruborosa, sonriente, y te
perfuma la casa y te encanta un día en la vida, y se va... mas para
volver.

Desgraciadamente, muy a menudo, tus descontentos, tus deseos
y aun alguna alegría efímera y soflamera, hacen tanto ruido, que la
corza blanca se asusta, y los leves pasos se alejan para siempre
jamás.

(De: *Plenitud*)

VII
7 DE NOVIEMBRE (1912)

La noche en que estaba tendida —hoy hace diez meses— era la
noche última que iba a pasar en su casa, bajo nuestro techo acoge-
dor. ¡En su casa, donde siempre había sido el alma y la luz y todo!
¡En su casa, donde la adorábamos con la más vieja, noble y mere-
cida ternura; donde cuanto la rodeaba era suyo, afectuosamente
suyo!

...¡Y habría que echarla fuera al día siguiente! Fuera, como a
una intrusa... Fuera en pleno invierno, entre el trágico sollozar de

los cierzos. Y habría que alejarla de nosotros como a una cosa impura, nefanda; ¡que esconderla en un cajón enlutado y hermético!, y llevarla lejos, por el campo llovido, por los barrizales infectos, para meterla en un agujero sucio y glacial. ¡A ella, que había disfrutado por más de diez años la blancura tibia de la mitad de mi lecho! ¡A ella, que había tenido mi hombro viril y seguro como almohada de su cabecita luminosa! ¡A ella, que vio mi solicitud tutelar encendida siempre como una lámpara sobre su existencia!

¡Oh Dios, dime si sabes de una más despiadada angustia, y si no merezco ya que brille para mí tu misericordia!...

(De: *La amada inmóvil*)

JOSÉ JUAN TABLADA (1871-1945)

José Juan de Aguilar Acuña Tablada y Osuna nació en la ciudad de México. Fue periodista prolífico en múltiples diarios; practicó la sátira política en su columna "Tiros al blanco" de *El Imparcial;* dirigió la revista *Mexican Art and Life* y fundó la *Revista Moderna,* que lo envió a su admirado Japón en 1900. Regresó en 1901 al periodismo nacional y desempeñó después diversas actividades diplomáticas. Fue miembro de la Academia Mexicana de la Lengua. Difundió el arte mexicano en Nueva York, donde murió.

Su acento satírico, su poder de concentración verbal, su introducción en nuestro país del haikú y el poema ideográfico renovaron la poesía mexicana moderna.

Obra: *Li Po y otros poemas* (1920), *El arca de Noé* (1926) (nueva edición: Premiá Editora: México, 1982).

LA PERLA DE LA LUNA

Los Cormoranes de la idea
en las ribe- ras de la
meditaci on de los
rios azu les y Alma-
rillos quieren
con ansia que aletea
pescar de la luna
los bri llos.. pero
nada cojen sus
picos que rompen el
reflejo del astro en aro
gudos amicos de nacar
y alabastro Y Li-Po mira
inmovil como en la laca
bruma el silencio restaura

(De *Li Po y otros poemas*)

LOS ELEFANTES

Los enormes elefantes indiferentes, mueven su cuerpo con rítmico vaivén de oleaje y hay un vasto flujo de marea en las pizarras palpitantes de su rugosa piel.

Viejos elefantes de la India, que así os movéis durante horas y días... ¿es acaso vuestro lento oscilar un movimiento de adoración, un baile sagrado que os arroba?...

¡De tal modo sugiere aquella danza con que, según el poeta Kabir, se mueven los mundos ante la faz de Brahma!

Los elefantes son santos. Comen heno seco y beben agua clara. Soportan su cautiverio como viejos emperadores enclaustrados. Su enormidad prehistórica, su omnipotencia antediluviana tienen un hábito gris como el asno, rugoso como el sapo.

Su enorme cráneo esconde un cerebro donde las lunas de los siglos rielan sobre la nieve del Himalaya y el sol de los milenios derrite fuego sobre el Ganges; también duermen allí las albórbolas del pájaro Chakor y tiéndese la sombra de la higuera que amparó los arrobos de Budha. Y de la maciza sabiduría de su cerebro, el humilde elefante no deja pasar más que dos gotas de inteligencia por sus ojillos indistintos, apenas perceptibles como dos cuentas de azabache medio enterradas en un surco.

Los elefantes son santos. Han renunciado a la libertad, a las gregarias alegrías, a las siestas bajo las baobas, a los baños a la luz de la luna en las aguas del Tunna, cuando tras estridente barriteo, las enhiestas trompas jugaban a empinar hacia la luna emperlados surtidores de cristal.

Los elefantes son santos. Han renunciado a la cólera. ¡Pensad en la rabia posible de esos colosos adormecidos!... Esa montaña color de tierra se cambiaría en un terremoto; la trompa en catapulta, en ariete el broquel frontal; los colmillos en rayos y en martillos ciclópeos los cuatro troncos de árbol, los cuatro pilares de granito de las patas poderosas.

Y más estridente que los caracoles de guerra y a la vez sordo como los ruidos subterráneos precursores del sismo y vasto como el cóncavo rodar del trueno sería su pavoroso clamor de ira, que rara vez se oye: pero que hace temblar a los corazones de los hombres como a las hojas de los árboles.

Y sin embargo, es santo. Siendo sabio poderoso, enorme y vetusto, parece tener un alma infantil.

¡Oh elefante que llevas sobre tus fuertes lomos a esa miseria que se llama hombre, y la soportas y la sufres con la desdeñosa indiferencia con que yo, sobre mi alma, llevo al Dolor! ¡Oh elefante que oscilas durante horas y días en misterioso y vasto vaivén de adoración, como los mundos ante la faz de Brahma!

¡Yo quisiera consagrarte en un poema que fuera, como tú, vasto, arbóreo, terráqueo, humilde, santo, poderoso y crisoelefantino!

(De: *El arca de Noé*)

EFRÉN REBOLLEDO (1877-1929)

NACIÓ en Actopan, Hidalgo. Abogado, desempeñó diversos puestos diplomáticos en Guatemala, Chile, Cuba y Japón. Inició su carrera literaria en la *Revista Moderna* y fue catedrático en la Escuela Nacional Preparatoria. Tradujo a Wilde, Kipling y Maeterlinck. En su poesía son temas centrales el amor y el erotismo, del que fue introductor en la poesía mexicana moderna.

Obra: *Estela,* Imprenta de Ignacio Escalante: México, 1907.

ENVÍO

Y como esa ola, la más grande, la más impetuosa de todas que se acerca dando saltos precipitados, un deseo infinito golpea mi pecho que por ti late: el de ser como el mar, tan fuerte y poderoso como lo es el mar, y que todos mis anhelos, y todos mis pensamientos, y todos mis sueños que acuden desde lo más remoto de mi existencia, y surgen desde lo más hondo de mi corazón como las olas vienen desde las más largas lejanías del horizonte, y se levantan de las más hondas simas, se acercaran hacia ti empujándose presurosos, y te dieran todas mis ilusiones, todos mis respetos, todos mis ruegos, como las olas regalan a la tierra todas sus espumas, todos sus frágiles cristales y todas sus conchas color de rosa; y que a semejanza de las olas que arriban en sus carros de esmeralda tirados por blancos caballos árabes de largas crines de armiño, corriendo en tumultuoso tropel por llegar a la orilla, todas mis ansias galoparan hacia ti como briosos bridones que corren empapados de espuma los nobles encuentros; y que lo mismo que las olas se acercan con musitaciones de plegarias, con rumores de besos, con explosiones de sollozos, siempre precipitándose hacia la playa, y siempre alejándose para volver de nuevo sin desmayar nunca, así mi amor fuera hacia ti, a enternecerte con mis súplicas, y se retirara porque te encontrase indiferente, y retornara otra vez con nuevos ruegos, y retrocediera llorando porque te hallara desdeñosa, y eterno como el vaivén armonioso de las olas, nunca dejara de acariciarte y de besarte, y de ceñirte y de cantarte, tendiendo hacia ti sus brazos, y ofreciéndote el presente inagotable de mis adoraciones, de mis esperanzas, de mis suspiros y mis lágrimas.

(De: *Estela)*

EL HORROR DEL OLVIDO

Otros sienten el horror de la sombra, el horror de la muerte... Desde la hora aciaga en que recibí la noticia de tu partida, yo experimento un horror insensato, invencible, un horror de loco: tengo el horror del olvido.

Le tengo miedo al olvido; isla triste de destierro de la que no se vuelve más; tumba maldita donde no brota ninguna flor; cárcel obscura donde no entra nunca un rayo de luz. Porque Dios los ha olvidado, sufren sin esperanza los réprobos en el infierno.

Yo no temería a la ausencia si estuviera seguro de perdurar en tu memoria. Si así fuera, yo pasaría esa melancólica noche en la que los besos que me diste esplenderían como luceros, y las miradas con que me fascinaste titilarían como luciérnagas, y resonarían como el canto del ruiseñor las palabras amorosas con que me cautivaste, esperando sin tristeza que apuntara el amanecer de nuestro encuentro, que saludarían jubilosamente todas las alondras de mi espíritu.

Pero después de mi despedida, que te envolverá de amargura como una salobre onda del océano, yo permaneceré aquí, mirando en todas partes el hueco que quedará con tu partida, teniendo sin cesar ante los ojos la estela cintilante de recuerdos que dejarás en mi existencia, y tú te marcharás a tu país, donde no habrá ningún sitio que te hable de nuestros idílicos transportes, y donde no podré evitar que a mansalva me roben tu corazón, donde cada día depositaba tembloroso los rubíes ensangrentados de mis anhelos y las perlas irisadas de mis ternuras.

Yo te echaré de menos siempre, rayo de luz que disipaste mi fastidio; yo te recordaré de continuo, repique de cascabeles que me regocijaste en mi soledad; yo acariciaré sin tregua, con el exquisito deleite con que se palpa un suave manto de seda, la añoranza de estos raudos meses de mi monótona vida que recamaste

con el oro de tus amores, y tú... ¡oh! cómo me acomete el espanto
y tiemblo de pavor, al figurarme que muy pronto el tiempo cavará
una profunda fosa en tu memoria, donde sepultará mi recuerdo,
cubriéndolo con negras y frías paletadas de olvido.

(De: *Estela)*

Segunda Parte

EL ATENEO DE LA JUVENTUD

JOSÉ VASCONCELOS (1882-1959)

NACIÓ en Oaxaca y estudió en la Escuela Nacional Preparatoria y en la de Jurisprudencia, donde se recibió de abogado en 1907. Tomó parte activa en la Revolución de 1910, dentro del maderismo. Fue rector de la Universidad (1920-1921) y secretario de Educación Pública (1921-1924), y desarrolló como tal un programa educativo y cultural notable. Al ocupar la presidencia de la República Plutarco Elías Calles, renunció a la Secretaría de Educación Pública y después de fracasar su propia candidatura a la presidencia en 1928 se exilió, viajando por Europa, Asia y América del Sur. Regresó a México en 1940 y se le nombró director de la Biblioteca de México y, después, miembro de la Academia Mexicana de la Lengua y doctor *honoris causa* por las universidades de México, Puerto Rico, Chile, Guatemala y El Salvador. Los poemas en prosa de Vasconcelos aquí seleccionados traslucen preocupaciones y exploraciones de carácter filosófico y místico, raras en México en el género que nos ocupa, y que permean toda la obra ensayística y novelística de este autor.

Obra: *Recuerdos de Lima* (1915), *Himnos breves* (1920); en *Obras completas*, Libreros Mexicanos Unidos, Colección Laurel: México, 1957. (Y también: *México moderno*, núm. 1, 1 de agosto de 1920; reedición del Fondo de Cultura Económica: México, 1979.)

EL TORMENTO

Cinco años duró el monstruo, mitad pulpo, mitad serpiente, enroscado en mi corazón... Por fin lo vi alejarse, agitando ruidosamente el cascabel... En su voz de parlar confuso hubo ecos de amenaza y ruego; advertí presagios de muy hondas agonías... dejóme en el alma una ponzoña que provoca fiebre y alucinaciones en que se me acerca uno como reptil astuto, con ojos centellantes, rostro y caderas voluptuosas de mujer... extiendo la mano iracundo y noto que tiembla como de pavor... Mas no, ¿por qué pavor, si un solo puñetazo bastaría para aplastar la cabeza impía? Pavor no, conmiseración... y también ansia vehemente de besar una vez más la boca maldita, donde está el narcótico: el narcótico que alivia el ardor de las mordeduras.

(De: *Recuerdos de Lima*)

Me sonrió la fortuna; me atormentó el dolor. Sé mucho, me siento muy sabio. En el pecho una gran herida y en la frente un fanal. Señor, he comprendido tu ciencia y me explico el simbolismo de los siete puñales de la Dolorosa, y la corona de luz en la frente. Y me digo: Benditas las lanzas si abren heridas, que derraman gracia.

(De: *Himnos breves*)

Interrogo, Señor, a mi alma, pero mi alma es muda, como la montaña, y como ella pesada y sola.

Mi alma es un peso y ya no intenta volar porque ha visto desde su cumbre y sabe lo poco que vale el vuelo de las aves. Ni siquiera traspasa la región de las nieves. Sube más la nieve que el ala. ¡Oh doloroso fracaso del ala!

Yo he subido más alto, mucho más alto que la montaña, y sé que arriba se está solo y frío; en el Infinito; ¡mi desierta morada!

Nadie responde, y sin embargo, si no fuese por la montaña y si no fuese por el vasto espacio sin fin, no entendería la grandeza.

Dentro de mí, en vano la habría buscado. Yo he visto, Señor, dentro de mí, y no he hallado más que un torvo apetito, y alrededor las cien murallas de lo imposible. ¡No hay nada en mí mismo!

Es blasfemia decir: busca en ti mismo. No hay más que un solo recurso: Salir de nosotros mismos. No ser nosotros, ¡ser Tú!

(De: *Himnos breves*)

ANTONIO MEDIZ BOLIO (1884-1957)

NACIÓ en Mérida, Yucatán. Estudió en el Seminario Conciliar, en el Colegio Católico de San Ildefonso y cursó la carrera de Leyes en el Instituto del Estado. Partidario de Madero, sufrió persecuciones y durante el periodo de Victoriano Huerta se exilió en La Habana. Desempeñó diversos cargos políticos y diplomáticos y fue miembro de la Academia de la Lengua desde 1930. Escribió poesía y teatro (comedias, operetas, zarzuelas). En su libro *La tierra del faisán y el venado* —traducido a varios idiomas; la versión en inglés, de Enid E. Perkins, ilustrada por Diego Rivera, la publicó Editorial Cvltvra en 1935—, colección de estampas poéticas, se revela como profundo conocedor y fino intérprete de las tradiciones mayas.

Obra: *La tierra del faisán y el venado* (1922); Gabriela Mistral incluye varios de sus textos en su ya citada antología *Lecturas para mujeres* (1924).

LA TORTUGA

Hay en el Mayab la pequeña tortuga que anda por la tierra y nada por el agua.

A veces, el leñador siente que algo se mueve bajo sus pies, y mira, y ve a la tortuga que huye prudentemente. No hace ruido y va a todas partes. Lo mismo sale de entre las piedras ardientes por el sol que de la arcilla húmeda, y pasa por debajo de los montones de hojas secas, y, cuando encuentra una pared, hace un agujero, atraviesa y sigue.

Se incendia el monte para sembrar el maíz, y todo se quema, y los animales de la sierra mueren, lo mismo el venado, que se enreda los cuernos en las ramas, que el conejo que se esconde en su madriguera. Pero la tortuga no, porque se queda quieta y mete la cabeza y pies en su carapacho, y así no sufre sino un poco de calor.

Ni el aire, ni el agua, ni la tierra, ni el fuego la dañan; porque es humilde y prudente. Así es la pequeña tortuga brillante del Mayab, señal de la constancia y de la pureza.

Tiene cuatro patas con uñas blancas y finas. Con ellas se agarra del suelo para caminar y con ellas nada para cruzar las lagunas. Va de un lugar a otro lugar y lleva muy lejos mensajes silenciosos.

Cuando algo malo va a pasar en la tierra, la tortuga entra en el agua de los pozos, y queda allí muchos días, hasta que lo que tiene que suceder arriba ha sucedido. Sale entonces lavada y bonita y se pasea bajo el sol, resplandeciendo y levantando la cabeza roja, con sus dos ojillos redondos, apacibles y brillantes.

Como los antiguos hombres buenos, la tortuga, errante y callada, vive cien años y más de ciento. Toda su vida y después de muerta, enseña cosas dulces y elevadas.

Quien la mata de intento, hace gran daño y comete delito ante el Espíritu de arriba. Cuando ella muere de sí misma, está bien fabricar adornos de su preciosa concha vacía y poner en ella una cuerda tensa, para hacer música santa.

En los grandes tiempos del Mayab la tortuga fue esculpida en las cornisas y en las puertas de los Templos. Era como una palabra de los dioses, que los hombres sabían entender.

(De: *La tierra del faisán y el venado*)

EL GIRASOL

Hay en el campo del Mayab, entre todas las flores sencillas y las hierbas buenas, esa flor alegre, el girasol, que es redonda y amarilla y que parece que alumbra en el monte.

Aquella flor que parece que te está mirando, no es ti a quien mira, sino al divino Sol. Pero si ella no mira lo de abajo, tú miras lo de arriba. Para eso te ha sido dada. Para que te acuerdes de la luz, que no puedes mirar sin deslumbrarte.

Apenas la boca del día se abre para tragarse la noche, el girasol levanta su frente y se pone a mirar la luz de arriba. Fija en ella está, y la sigue contemplando en todo su camino. Parece que esa flor humilde ha llegado a tener la figura del sol. Porque no mira más que él, a él se le parece.

Siéntate delante de ella y levanta tu espíritu a pensar, mientras la estás mirando. Ve cómo la flor se abre y se pone a recibir el amor caliente y claro que baja sobre ella. Y parece que no está para otra cosa, en medio de todo lo que hay sobre el mundo.

Verás cómo se dobla y da la vuelta, poco a poco, para estar mirando al sol que resplandece. Verás cómo luego, cuando se acuesta el día y entra en el aire la obscuridad, ella se cierra y se recoge para guardar la luz que ha recibido.

Míralo bien y apréndelo. Y cuando encuentres esta flor dichosa, no la arranques, sino acaríciala con amor y suspira lleno de ternura. Y si algo quieres procurar, procura ser dentro de ti como es ella, y proponte hacer en tu corazón, lo que ella hace.

(De: *La tierra del faisán y el venado*)

RICARDO GÓMEZ ROBELO (1884-1924)

NACIÓ y murió en la ciudad de México. Fue filósofo empeñado en la lucha contra el positivismo, jurisconsulto, poeta, prosista, periodista, pero escribió muy poco. Entre 1901 y 1914 —en que es desterrado a Estados Unidos por haber ocupado el cargo de procurador general de la nación durante el gobierno de Huerta— colaboró en las revistas mexicanas más importantes del momento: *El Mundo Ilustrado, Revista Moderna, Savia Moderna, El Diario, Arte y Letras, El Imparcial.* En la *Revista Mexicana,* dirigida por Nemesio García Naranjo, desde San Antonio, Texas, atacó al régimen carrancista. A su regreso se entregó a labores culturales, pero murió pronto. Tradujo "El cuervo" de Poe en prosa, a Wilde y a Mallarmé. En el texto aquí incluido, crónica que busca el aliento poético, se advierte la influencia de Gutiérrez Nájera.

Obra: "Prosa", en *Obras,* Fondo de Cultura Económica: México, 1981; recopilación y prólogo de Serge I. Zaïtzeff.

EN TRANVÍA

Subí al tranvía y esperé la hora de partida. Salimos: sonó el timbre bruscamente, y momentos después entraba una maravilla de suavidad y gracia. Al vernos, íbamos a saludarnos; *recordamos* que era la primera vez que nos encontrábamos y permanecimos quietos. Fue un instante inadvertido para los demás.

Tomó asiento en el lado opuesto al que yo ocupaba, un poco adelante, de manera que, al hablar con el que la acompañaba, me veía, y una fuerza invencible me hacía fijar en ella los ojos, la misma quizá que a ella la hacía mirarme con frecuencia.

Era la nuestra una mirada extraña, sin inquietud, sin curiosidad; confiada, profunda y serena; como se mira un gran campo, o la luna; como se mira cuando se cambia un pensamiento.

A instantes, mi vida, suspensa, contemplaba a la niña (tendría 18 años), a instantes, se agitaba el corazón como por un gran cuidado.

Paró el tranvía, y al levantarse mi vieja amiga, al detenerse junto a mí para recoger la falda, inclinando el busto y alargando el

98

brazo, me hubiera llevado las manos al pecho, en el embelesamiento de admirarla y aquietando la angustia de perderla.

Pasó sin mirarme: la seguí ávidamente con los ojos, y la vi bajar, la vi subir a la acera, la vi que se volvió a mirarme, mientras yo, con la cabeza fuera de la ventanilla, conteniendo un llamamiento, desfallecía de tristeza...

Y el tranvía continuó su viaje.

(*Savia Moderna,* abril de 1906; *El Imparcial,* octubre de 1910)

MARTÍN LUIS GUZMÁN (1887-1976)

NACIÓ en Chihuahua. En 1908 ingresó a la redacción de *El Imparcial* y en 1913 fundó *El Honor Nacional,* periódico antihuertista. Fue secretario de Villa y a causa de dificultades con Carranza fue encarcelado. Al triunfo de Carranza se exilió en España en 1915 y después en Estados Unidos (1916-1920); durante este periodo incursionó, como Vasconcelos, en el poema en prosa. Ejerció algunos puestos públicos a su regreso, pero nuevas dificultades políticas lo enviaron otra vez a España hasta 1936. Presidente de la Comisión del Libro de Texto Gratuito (1959-1976), obtuvo el Premio Nacional de Literatura y el Premio Manuel Ávila Camacho. Después de haber sobrevivido a todos sus contemporáneos ("La edad y la muerte son parte de la vida, y quienes no lo comprenden o sienten así, .envejecen más y mueren antes", dijo una vez), murió en la ciudad de México.

Obra: "Poemas y ensayos" en *A orillas del Hudson* (1920); en *Obras completas,* Fondo de Cultura Económica: México, 1984, tomo I.

POEMA DE INVIERNO

El Loco decía: Amo la nieve, flor del invierno, tanto como a las rosas de las mañanas tibias y a las espigas de las tardes doradas; amo de ella, en la ciudad, la blancura efímera de sus primeras horas, cuando el manto cándido hace mate la luz del sol, y también cuando convierte en morados misterios la negrura de la noche; la amo en el campo, allí eterna su pureza irreprochable.

Si miro desde mi ventana cómo bajan los copos a lo largo de invisibles hilos temblorosos, o cómo los arrastra el viento a remolinos sin sentido, el alma se me cuaja de tristeza. Pero si hundo en la nieve los pies, si dejo que ella me azote cara y manos y no evito que resbale a veces entre el vestido y la piel hasta derretírseme en el cuello, en el pecho, en la espalda, la sangre se me rejuvenece entonces y vuelve a mí la alegría de las locas carreras infantiles.

Nevado estaba el parque ayer: pequeñas colinas albas subían desde los diminutos albos valles. Nevado estaba y solitario. Y en el corazón de tanto silencio, sobre la blanca sábana de nieve, las líneas quebradas de los árboles daban toda su música a los ojos. Uno que otro grito se oía de súbito, también preciso y rápido como raya negra.

Con pies y manos aventé la nieve. Hice bolas para tirar a los árboles. Me senté sobre la nieve amontonada en los bancos. Esculpí figuras rudimentarias. Construí castillos y fuentes fantásticos. Levanté trincheras. Me escondí en cuevas. Echéme a rodar por las pendientes. Abrí la boca para que en ella entrara la nieve y se derritiera.

Una bandada de muchachos pasó haciendo cabriolas. Los desafié, y llenos de júbilo guerreamos largo rato. Hubo arrojo y temor; hubo saltos, carreras, encuentros, caídas, sorpresas. Al principio fingieron huir de mí; mas, envalentonados después, acabaron por cercarme y vencerme. Me ahogaban durante la lucha la risa y la fatiga, y reían ellos también a medida que arreciaban sus golpes, más y más certeros. Cuando al fin echaron a correr, tenía yo nieve en los ojos, en las orejas, en la boca, y la sangre me cosquilleaba por todo el cuerpo. ¡Cuánta felicidad!

Decían los muchachos: El Loco estaba ayer en el parque mordiendo la nieve y arremetiendo contra los árboles. (Cuentan que lleva largas las barbas y la cabellera, porque con ellas ata a los niños cuando los coge para clavarles las uñas y chuparles la sangre.) Juan nos decía: "Presto hemos de pasar, porque la noche llega".

Y escondidos detrás de un recodo, veíamos al Loco patear de rabia. Tan pronto apilaba la nieve, como la esparcía y aplanaba; o la echaba al viento con pies y manos; o se cubría con ella hasta la cintura... Sin quitar de él los ojos, nos consultamos y nos dimos valor:

—Volvamos a la Puerta Grande y sigamos el borde del río.

—No. Esperar será mejor.

—Pronto ha de rendirse y pasaremos.

—Si nos persigue, lo atacamos todos.

El Loco cavaba hoyos e iba formando con la nieve un gran montón. (Cuentan que en esos hoyos esconde a los niños que mata.) Del montón hizo una cueva, en donde se metió luego. Buen rato estuvimos mirándole la punta de los pies, que dejó afuera; pero de pronto rascó con ellos en la nieve y desaparecieron también. Esperamos... Esperamos...

"¡Ahora!" —dijo Juan, y corrimos todos.

Pero el Loco nos espiaba; surgió de nuevo y se abalanzó a nosotros. Sus barbas eran tan grandes que cerraban todo el camino. La cabellera le nevaba y con la mano libre de la capa nos disparaba enormes bolas de nieve. (Cuentan que bajo la nieve los guardas del parque hallaron tres niños muertos el otro invierno.) Sobrecogidos de pavor, quisimos correr. Juan gritó: "Todos contra él", y nos defendimos.

A cada golpe certero que le dábamos saltaba furioso y lanzaba alaridos horribles. Si quien acertaba era él, rompía en una risa espantable que todavía nos llena de terror. Lo vencimos al cabo de muchas horas: lo obligamos a refugiarse cerca de un árbol, y allí lo golpeamos con furia cada vez mayor. Él bufaba y gruñía. Doblóse al fin por la cintura y clavó la cabeza en la nieve. Entonces huimos...

(Cuentan que en las noches de luna el Loco anda por el parque escarbando la nieve; cuentan que busca los cuerpecitos de los niños cuya sangre ha chupado.)

(De: *A orillas del Hudson*)

DEL VERANO Y EL INVIERNO

Yo nací en un país donde la luz y las tinieblas, el calor y el frío viven en un concierto eterno. En mi patria se conoce la nieve porque se la ve brillar a lo lejos en las montañas, y se sabe de los ardores del sol porque con sólo tender la mano vienen hasta ella los frutos, ricos y sápidos, de la zona tropical. Pero no encendemos allí chimeneas ni nos hacen falta los ventiladores. El fresco de la noche hace más amable la intimidad de la casa; el de la mañana invita al movimiento y a la vida. Y esto lo mismo en los meses del verano que en los del invierno. ¡Bello clima de una sola estación: primavera eterna, otoño que no acaba!

Aquí, en cambio, el clima es rudo y lleno de desazones. No se goza de las alegres ternuras de la primavera ni del reposo melancólico del otoño. El resurgimiento primaveral, que todo lo renueva —y hace más bellas a las mujeres—, es aquí un momento fugaz. Del otoño, uno que otro día recuerda el soberbio otoño español, las tardes otoñales de Madrid, de azul y oro, con bandadas de pájaros que pintan sobre el cielo juegos de luz. Las postrimerías vacilantes de un verano ardoroso se tocan aquí con el invierno que llega... y "unos hados malos nos traspasan a otros peores".

Cierto que todo tiene compensación o desquite. Durante los días del tránsito, alternativamente frescos y calurosos, un espectáculo de medias tintas, un concierto de tonos menores llega hasta los ojos y los oídos de quienes están atentos. Si es un día cálido, con los primeros rayos del sol entra en mi alcoba todo linaje de ruidos lejanos. Adivino a los hombres de la vecindad entregados a inesperadas labores domésticas; los veo en mangas de camisa, en el corral de su casa, juntando y separando tablas, clavando, rompiendo, golpeando. La charla interminable de las mujeres sale por todas las ventanas y llega hasta mí, mezclada con el canto del agua al correr de los grifos e interrumpida por las voces de los que pasan. Parlotean los niños. A veces se vislumbra, a través de los visillos tenues, la silueta quebrada —vagamente rosa o marfil— de dos brazos que se anudan en lo alto con una cabellera de oro. Suenan campanas a lo lejos y resuena la casa bajo el golpe constante de pasos menudos. La mañana se despierta poblada de rumores... Es el calor, es la vida; es un eco de los clamores del verano, un eco de la estación fecunda en tempestades sonoras.

Si es un día frío todo se torna recogimiento. Tarda la luz en llegar; las ventanas no se abren; los corrales permanecen desiertos, a solas con sus tablas, que ahora nadie junta ni aparta ni golpea. Todo es silencio; nadie llama a los teléfonos; nadie toca los timbres ni las campanas. Las mujeres no charlan, ni parlotean los niños, ni canta el agua, ni se dibujan vagamente las formas detrás de las cortinillas. Parece que una alfombra cubre la tierra y que en ella se apagan todos los pasos... Es el frío. Es el anuncio del invierno; el anuncio de la estación enemiga de los relieves y los contornos; la que quiere cubrirlo todo y hacerlo todo interior; la que esconde en torres y casas la voz de sus vientos; la que extiende un manto sordo sobre la tierra; la que trae las tempestades silenciosas.

(De: *A orillas del Hudson*)

GENARO ESTRADA (1887-1937)

NACIÓ en Mazatlán, Sinaloa. Participó desde joven en el periodismo y en 1912 fundó con Enrique González Martínez la revista *Argos*. A su regreso de un viaje a Nueva York, Milán, París, Roma, Madrid, Barcelona y otras ciudades, en 1921, publicó su *Visionario de la Nueva España (fantasías mexicanas)*. Desempeñó importantes puestos diplomáticos: subsecretario de Relaciones Exteriores (1923), primer delegado de México ante la Sociedad de las Naciones (1930), embajador en España (1932), etc. Aunque su obra diplomática e histórica es más abundante que su obra literaria, es un poeta distinguido y un prosista refinado y sutil. En 1920 vertió por primera vez al español a Jules Renard. Murió en la ciudad de México.

Obra: *Visionario de la Nueva España* (1921), "Letras minúsculas" (en *México Moderno*, núm. 4, 1923), en *Obras,* Fondo de Cultura Económica: México, 1983, edición de Luis Mario Schneider.

LA ALMOHADILLA

Por la tarde, cuando la siesta termina y la anchurosa casa es un poema de silencio que apenas el chorrito de la fuente de azulejos va glosando en tono menor, so los arcos escudados del patio que enverjan los hierros de Vizcaya, la familia va a reunirse en la pequeña sala de "asistencia".

El padre, quien saca su caja de rapé, con temblorosa mano se introduce los polvillos con menudos y rápidos golpecitos. Cruza las piernas, lanza un sordo quejido habitual, hunde los chanclos en el galoneado cojín y se queda mirando las figuras pastoriles que adornan la caja de rapé. Asaltan su mente los asuntos que esta mañana lo llevaron al Tribunal del Consulado; luego desfilan por su memoria, apenas dibujados, cosas y paisajes de su vieja Galicia; otra vez llévase a la nariz los polvos de rapé y cabeceando, cabeceando, como si en toda su vida hubiera echado un sueño, vuelve a reanudar la siesta de hace pocos momentos.

La madre, la señora piadosa que enantes brillara en las fiestas del de Mancera, quien ahora lleva con sombría dignidad un traje de negra tafeta, en donde sólo brilla una cruz de oro, saca un cuaderno en donde va leyendo la vida de Santa Elena de Roma y, con el índice, señala imperiosamente a su marido y a su hija los rasgos principales, las mejores máximas, los crueles martirios de la reina santa. Lee por costumbre y cuando se fatiga salta dos, cuatro páginas y sigue moviendo el índice con indiscutible autoridad. Nadie ha advertido que la lectora saltó algunas páginas y de cuando en cuando la hija inclina la cabeza, aprobando, y el padre aprueba también con su cabeceo, que leves ronquidos ritman a veces.

Y la señorita, la señorita que ha abierto su almohadilla de costura, con pequeñas ornamentaciones de axe incrustadas en madera de Michoacán, y la tapa interior forrada de seda, en donde se prenden las agujas, las madejas, los trozos de rútilas telas; la señorita que finge escuchar con atenta devoción y que, la aguja en la mano, enhebra los hilos en una delicada manteleta o busca con punzantes dedos, en cuyas yemas apenas se enciende y tiembla una oculta emoción, algo que debe encontrarse entre los cajillos secretos en donde giran los carretes de la almohadilla.

Y mientras que la madre sigue señalando los pasajes eminentes de Santa Elena, la señorita ha tirado de una tablilla disimulada en el fondo de su caja, y extrae de allí la miniatura en donde un caballero joven parece sonreírle sobre la firma que casi imperceptiblemente dice: Pacheco.

(De: Visionario de la Nueva España)

EL BIOMBO

A aquel árbol, que mueve la foxa,
algo se le antoxa.

D. Hurtado de Mendoza, "Cossante"

Ardía la fiesta en la casa del oidor don Francisco de Ceynos. Ya habían llegado el virrey y su consorte, el visitador y la Real Audiencia, y ya doña Leonor Carreto, la virreina, terminaba su segunda contradanza.

La hija del oidor estaba encendida con las emociones de aquella noche. Había cambiado con su galán breves palabras que nadie advirtió con el ruido de la fiesta. Apenas iniciado un momento de reposo, la señorita de Ceynos dijo en voz alta a su acompañante:

—Os digo que vayáis a aquel aposento a buscar mi abanico.

Y como el caballero no regresara al punto, agregó:

—Yo misma iré a buscarlo.

—No está aquí el abanico —dijo el caballero en cuanto vio entrar a la dama.

Y ella, más encendida todavía, repuso:

—En efecto... perdonad... está detrás de ese biombo.

Y al punto ambos se dirigieron a aquel sitio.

Era un biombo chinesco, en cuyas hojas de seda negra, hilos multicolores habían bordado escenas de la corte de España, con anacrónicos trajes del Asia.

Los músicos preludiaban la pieza siguiente cuando la pareja abandonaba la dulce intimidad del aposento.

Sin embargo, el abanico había quedado olvidado, de nuevo, detrás del biombo.

(De: Visionario...)

NOCTURNO DE SAN JERÓNIMO

> *Voici le soir; la terre a fait un towr de plus, et les choses vont passer avec lenteur sous le tunnel de la nuit.*
>
> J. RENARD, "Le Vigneron dans sa Vigne"

En la Plaza de San Jerónimo ni un ruido altera la dulce calma de la noche, y los arbolillos que bordean el arroyo se han dormido, arrebujándose en la tenue claridad de la luna que ahora asoma un segmento detrás de la iglesia conventual.

Ya la vieja que reza todo el día en aquel chiribitil del rincón, corrió la tranca, más pesada que la puerta que asegura, para que el diablo no vaya a meter el rabo, y mató la luz de su vela para rezar el último rosario desde la oscuridad de su camaranchón; el perro vagabundo se ha echado como una rosca, en un ángulo del muro, para dar al olvido la paliza que le atizaron los léperos de las Atarazanas.

Desde aquel balcón una maceta desborda las ramas de una madreselva y la planta exhala sus aromas que van difundiéndose en

106

la noche silente. Un grillo se ha puesto a cantar allá arriba, en la torre, y su nota monocorde hace más grave la soledad de la hora.

Sólo en aquel alto ventanuco del convento se distingue una pálida luz rojiza, de una celda en donde a estas horas alguna monja jerónima debe componer suaves endechas por el amor de Jesús.

La luna va rodando por el cielo y se entretiene en el viejo juego de la gallina ciega, escondiéndose entre las nubes para dejar la plaza a oscuras y apurar el canto desolado del grillo.

(De: Visionario…)

LOS LIBROS PROHIBIDOS

Frente a la mesa en donde un velón chisporroteaba con el ruido de un tábano, el fraile agustino abstraído y con las manos en las sienes pasaba lentamente hoja a hoja de libro en cuya lectura había gastado ya más de tres horas.

Así fue como no sintió la llegada del padre vigilante, que se entró quedo en la celda y lo miraba con sonriente reproche.

—Hermano —le dijo—, parece que no pensáis dormir esta noche. Hace ya mucho tiempo que la comunidad está recogida. Sin duda vuestros profundos estudios os alejan del sueño y os ocultan la hora… Ya imagino que preparáis un nuevo libro para larga fama vuestra y de la regla de nuestro Santo Padre Agustín. Hermano, ¿y qué leéis esta noche con tal devoción? ¿Acaso ha caído en vuestras manos ese luminar del *Sermonario* que fray Alonso de la Veracruz acaba de publicar?

Con rápido ademán el fraile cerró el libro y moviendo la cabeza en señal afirmativa, contestó:

—En efecto, padre, es el *Sermonario* de fray Alonso. Tenéis razón, es ya muy tarde y ahora mismo voy a hacer las oraciones de la noche.

Y cuando el padre vigilante hubo salido fue a ocultar debajo del duro lecho aquel libro, en cuyo lomo en donde amarilleaba el pergamino había un rótulo que en las letras de Tortis decía: *Adagios de Erasmo*.

Y ya llegaban las primeras luces del alba y todavía el fraile revolvíase en su lecho, sin haber descabezado ni un sueño, fatigado y sudoroso, como si allí debajo tuviera una parrilla que le asara las carnes y le chamuscara los cabellos.

(De: *Visionario…*)

EL APARECIDO

Aquella noche el marqués de Branciforte tuvo un horrible sueño. Soñó que el propio Carlos V, armado como en la pintura del Ticiano, llegaba a la Plaza Mayor e iba con paso resuelto y ademán airado en derechura de la magnífica estatua de bronce de Carlos IV que el día anterior había sido descubierta con grandes fiestas y popular estrépito.

Y que el César invicto abría de un puntapié la puerta de la verja de hierro, y que se llegaba al pedestal para treparse y arrojar con ira la corona de laurel que adornaba las sienes del estúpido monarca.

Y que en su lugar colocaba una cabeza de ciervo cuya cornamenta crecía a cada momento, y sobrepasaba las azoteas de la Diputación, las torres de la catedral y se perdía en las nubes.

Y que de un tirón arrancó el manto romano de la estatua para sustituirlo con el miriñaque de doña Luisa de Parma y con el levitón de don Manuel de Godoy.

Y que después, con grave paso, encaminábase a Palacio, en donde urgido preguntaba por el virrey, conminando a la guardia de entregarlo sin dilación.

A la mañana siguiente el marqués despertó mucho más temprano que de costumbre. Al punto llamó a un criado y le dijo:

—Abrid ese balcón y ved qué hay de nuevo en la plaza.

—A estas horas, Excelencia, no hay nada nuevo. Sólo distingo la estatua ecuestre de Su Majestad Carlos IV, que eleva al cielo la gloria del laurel de Marte…

Don Miguel la Grúa Talamanca y Branciforte suspiró largamente, como si se despojara de un gran peso, y volviéndose de un lado entre las revueltas ropas del lecho, dijo al camarista:

—¡Cerrad el balcón… y no me despertéis hoy hasta las diez!

(De: *Visionario…*)

LAS DOCE

Las doce. Han dado las doce en el monasterio de las capuchinas. Como la letanía de los muertos que cantaran sucesivamente doce monjas; como si doce losas tombales cayeran, una después de otra, en la cuenca sonora y lúgubre de doce sepulturas en un cementerio abandonado hace muchos siglos; como si doce gritos trágicos desgarraran las sombras pobladas de fantasmas y de presagios; como si la voz lejana de los doce apóstoles le hablara al mundo en esta hora de silencio y de angustia; como si los doce signos del zodíaco cayeran a la tierra en augurio pavoroso.

Han dado las doce en el monasterio de las capuchinas. ¡Las doce! La hora en que en los cubículos de la Inquisición se oye arrastrar cadenas; la hora en que en el cementerio del convento de San Francisco aparece una procesión de monjes grises que repasan las cuentas de sus rosarios entre los dedos descarnados; la hora en que la horca que está en la Plaza despide llamas azules; la hora en que se escuchan palabras de espanto y llamadas de socorro en el quemadero de San Diego, y en el coro de la catedral cantan las letanías las almas de los canónigos impenitentes, y las campanas de la torre de San Pablo tocan solas, y en un rincón de la Calle de la Celada se dibuja la sombra del caballero de Solórzano, y un viento inexplicable apaga las lámparas de aceite de las hornacinas...

¡Dios mío! ¿Qué es esto que me ahoga, que no deja salir de mi garganta el grito horroroso que me sugiere este silencio mortal y lúgubre en que está sumido el mundo después de la última campanada de las doce?...

(De: *Visionario...*)

EL PAJE

¡Ah, el paje, rosado y lánguido, rubio y grácil, como un querubín de los que adornan el arco plateresco del camarín de Nuestra Señora!

Sí, lo ha visto cerca, en la misa de las once; allí estaba como en otros días, con los ojos puestos en la Virgen, toda de azul con estrellas de plata, o bien escuchando, sin pestañear, el sermón del padre Larios, quien habla de la maravillosa peregrinación de los niños en la Santa Cruzada.

Lo ha visto envolverse en la capa y dejar la iglesia, para volver a la casa de sus señores; quizás para llevar el quitasol a esa horrible condesa que recorre diariamente, de arriba abajo, la Calle de Millán, para disipar el reúma; quizás para ir al lado de la litera cuando la vieja se dirige a llevar su limosna al beaterio de San Lorenzo.

Pero él no ha advertido nada y pasa indiferente ante la beldad de la señorita, quien debajo de su velo de blonda negra de Valencia se ha encendido súbitamente y está a punto de tirarle del balandrán y llevarlo hasta el patiecillo de la sacristía, que ella se sabe, para declararle su amor.

¡Ah, si no fuera la hija del visorrey; si no estuviera comprometida al bergante, ese a quien no conoce y que la espera allá en Sevilla, cargado de oro y de títulos!

(De: *Visionario…*)

INTERIOR

Mi cigarro es un cigarro sencillo y elegante. Su papel blanco está hecho con pasta de arroz del Japón; tiene una suave boquilla de oro mate y lleva un monograma con mis iniciales en tinta azul.

Mi cigarro es un compañero delicioso que ilustra mis aburrimientos con láminas encantadoras.

Cuando enciendo mi cigarro, la habitación se llena de un tibio humo azulino y yo sigo por los sillones, los libreros y los cortinajes extrañas figuras que se forman y se deforman y me quedo semidormido, viendo cómo un dragón chino enrosca su cola punzante y enciende los fanales dorados, violetas, rojos y amarillos de su piel magnificente.

(De: "Letras minúsculas")

LA CAJA DE CERILLAS

Yo me siento orgulloso con mi caja de cerillas, que guardo celosamente en un bolsillo de mi chaqueta.

Cuando saco mi caja de cerillas, siento que soy un minúsculo Jehová, a cuya voluntad se hace la luz en toda mi alcoba, que un minuto antes estaba en tinieblas, como el mismo mundo hace muchísimos años.

(De: "Letras minúsculas")

LA FUENTE A MEDIANOCHE

A medianoche la fuente se duerme bajo las ramas de un tilo que moja sus puntas en el agua estancada.

Cuando aparece la luna, el tilo alarga sus brazos como si quisiera atrapar una moneda; pero la luna se esconde entre las nubes que se deshacen en la lluvia. Y la lluvia moja el jardín, ahuyenta los pájaros y pone suaves murmullos entre las hojas del árbol, que recuerda a estas horas el paraguas verde de aquella muchacha que vino a descansar bajo su copa una tarde calurosa.

(De: "Letras minúsculas")

MARIANO SILVA Y ACEVES (1887-1937)

NACIÓ en La Piedad de Cabadas, Michoacán. Inició sus estudios humanísticos en Morelia y en 1907 llegó a la ciudad de México, donde se hizo muy amigo de Julio Torri. Fue filólogo, director de la Facultad de Filosofía y Letras y rector de la Universidad Nacional de México, fundador de la Escuela de Verano para Extranjeros (1921) y del Instituto de Investigaciones Lingüísticas de la Universidad (1933). Murió en la ciudad de México, dos meses después de Genaro Estrada, con quien comparte la pasión por los temas virreinales.

Obra: *Arquilla de marfil* (1916), *Animula* (1920); *Campanitas de plata* (1925); en *Obras,* Fondo de Cultura Económica: México, 1987; estudio preliminar y recopilación de Serge I. Zaïtzeff.

DOÑA SOFÍA DE AGUAYO

Doña Sofía de Aguayo, la víspera de sus segundas bodas, buscaba con ansiedad en la arquilla de marfil calado que le servía de joyero, y sobre su lecho caían rosas de diamantes, perlas desgranadas, pesados aretes, cadenas de oro y cintillos con mil adornos produciendo un alegre sonido. Allí creía tener guardada una prenda de su primer amor, que su confesor le pedía con exigencia, so pena de impedir el matrimonio.

Fue vana la tarea. El interior de raso azul quedó vacío y doña Sofía, después de remirarlo, arrojó el arca como cosa inútil. Buscó afanosamente por todas partes sin mejor fortuna, y acabó por ver en ese contratiempo la señal de su desdicha en las futuras bodas.

Su apellido y su riqueza, para las gentes de su tiempo, en toda la Nueva España, eran títulos que obligaban a los mayores miramientos; pero su hermosura daba confianza a los corazones más castigados y ella gustaba de los martirios de amor.

Con esos pensamientos, aquella misma tarde escribió al que iba a ser su esposo su resolución de romper los pactos otorgados, en bien de su alma. Y todavía sonaba el rasgueo de la pluma de ave en la amarillenta cartulina, cuando del rico encaje de la manga cayó sobre el billete un pequeño camafeo con bordes de oro, en cuyo centro, con aire de malicia, tocaba la doble flauta una sirena.

(De: *Arquilla de marfil*)

UNA PARTIDA

Los jinetes mozos revolvían sus cabalgaduras al montar en el gran patio de la casa y cambiaban entre sí propósitos alegres. Otros ayudaban a montar a las damas prestándoles de escabel sus propias manos, mientras algunas de ellas, teniendo recogido el espeso terciopelo de sus vestiduras, pedían a los criados los caballos más fogosos.

En el fondo del patio, a los lados de la gran fuente decorada de azulejos, dos carrozas, tiradas por pacientes mulas, esperaban a las gentes de mayor edad.

Por la escalera principal bajaban damas y caballeros haciendo compañía y honor a un varón como de cincuenta años, vigoroso y galante, de sonrisa burlona, ojos azules y amplia frente libre de cualquier preocupación, y de ademán ligero que mal se avenía con la hermosa barba gris que le cerraba el rostro. Se hablaba de la mejor distribución en las carrozas y aun hubo todavía órdenes últimas que dar, desde abajo, a los sirvientes de la casa que de los corredores del piso alto presenciaban la partida.

La gran puerta se abrió de par en par y los cascos de los caballos, al resonar en el amplio cubo del zaguán, hicieron detener a los pocos transeúntes que en aquella hora de la madrugada pasaban por allí. En medio de una fría niebla la cabalgata partió calle arriba.

Era el señor conde de Xaral, don Lorenzo de Moncada, Caballero de Santiago, privado de su Católica Majestad Carlos III, que salía de la ciudad de México a visitar sus tierras en compañía de amigos y familiares.

(De: *Arquilla de marfil*)

EL ALBAÑIL

Se terminaba el año de mil ochocientos..., bajo la dirección de Tolsá, la cúpula de la iglesia catedral de México, que sobresale airo-

113

samente del edificio y deja ver el poniente despejado con un fondo de montañas.

Al pie, los grandes trozos de piedra eran labrados por millares. de hombres que hacían sonar sus martillos contra el hierro del cincel acompasadamente, y en torno se levantaba en el aire un polvo fino que se doraba al sol de la tarde. Las canteras labradas eran ascendidas penosamente por grandes grupos de hombres, mediante cuerdas y máquinas, a lo alto de la iglesia.

En los últimos andamios, un obscuro albañil descansado miraba hacia abajo un gran trozo de piedra, suspendido en el aire, que subía pesadamente y al parecer estaba destinado a una cornisa.

Las campanas más graves de las iglesias hicieron sonar en aquel momento sobre la ciudad el toque de oración. Todos los golpes y los murmullos de abajo se contuvieron al instante. El obscuro albañil se incorporó y, descubriendo una fina cabeza, paseó rápidamente su vista alrededor mientras rezaba. Debajo de un crepúsculo grandioso, la ciudad colonial parecía muerta. Una luz rojiza tocaba los perfiles de las casas señoriales más altas, iluminaba el bronce de la estatua ecuestre de Carlos IV en el centro de la plaza majestuosa y venía a recogerse en las almenas del palacio de los virreyes.

(De: *Arquilla de marfil*)

PASTELES SIN FORTUNA

Tarde o temprano, desde que comenzamos a hablar, distinguimos claramente las cosas unas de otras y, apenas las adquirimos, exageran su significación notablemente. Esto explica todo el derecho privado de un país, pero deja sin explicar por qué cuando sufren nuestras cosas no lo advertimos. Lo que se renueva y se abrillanta es porque sale al mercado a buscar un dueño que lo sepa guardar: lo mismo las ideas que las cosas más torpes. El esclavo en la Antigüedad seguramente tuvo su momento más doloroso cuando se quedó sin ser vendido en medio de una plaza desierta y llena de sol. Las golosinas que, en medio de la vitrina, en vano han enviado hacia los hombres sus mejores perfumes y llamado a las pupilas con los colores más ricos y los adornos más nuevos que el arte noble de la glotonería les ha enseñado, y que acaban por encontrarse

114

intactas al cabo de tres días, como vírgenes invioladas después de un saqueo cruento, al niño vagabundo y pobre que las ve desde la calle y las entiende, le parecen hijas del infortunio, a quienes nadie habrá que consuele de un fracaso definitivo y cierto.

(De: *Animula*)

LA HIJA DEL TAPICERO

Siempre sentada en el umbroso rincón de la tienda, silenciosa y mirando a la calle, con los ojos perdidos en una lejanía misteriosa. Era pálida, rubia y delicada. Su padre era un tapicero pobre que trabajaba afanosamente, allí junto a ella, hasta que le corría el sudor por la rugosa frente. A los lados de aquella niña frágil y pensativa, se veían hacinamientos de toda clase de muebles envejecidos; en el suelo, recortes de telas vivas y muertas de muchos colores, entre mechones de crin o briznas de paja; y hacia arriba, un techo muy alto desvanecido en la obscuridad.

(De: *Campanitas de plata*)

CORRAL CON ESTRELLAS

Xavier, ¿no has sorprendido nunca en la noche la dulce quietud de un amplio corral lleno de estrellas, donde el ganado manso, que rumia en la obscuridad, nos envía su cálido aliento?

(De: *Campanitas de plata*)

MI TÍO EL ARMERO

Mientras sus pequeños nietos gritan asomados a una gran pila redonda, en el patio humilde que decora un añoso limonero; mientras dos palomas blancas se persiguen con amor entre las macetas que lucen al sol las anchas hojas y las flores vivas de sus malvas;

en tanto que la cabeza noble de *la Estrella*, su yegua favorita, aparece por encima de la carcomida puerta del corral, mi tío el armero, enamorado eterno de las pistolas finas, bajo el ancho por- talón, levanta a contraluz, con elegancia, el cañón de un rifle que está limpiandc devotamente, y mete por allí el ojo sagaz.

(De: *Campanitas de plata*)

EL REY Y SU GLOBO

Éste era un rey que salía en las noches de luna llevando de una hebra un globo blanco que flotaba en el aire y a través se podían ver pasar las nubes. El rey estaba grande rato viendo su globo y midiendo con él el tamaño de las nubes. Después lo llevaba a otra parte y hacía lo mismo. Cuando la luna se metía, el rey recogía la hebra de su globo blanco y se iba a dormir.

(De: *Campanitas de plata*)

TRES HOJAS DE ÁRBOL

Un golpe de viento las desprendió de sus ramas y las hizo caer juntas en mitad del camino. Las tres eran amarillentas, pero su tez era todavía sedosa y suave.

Una, había nacido en las últimas ramas y sabía del aire que azo- ta, de las pesadas gotas de lluvia, de la mudanza de las nubes, del parpadeo de las estrellas. La segunda, vivió en el abrigo interior de la copa del árbol y sólo supo del arrullo de los pájaros y de los movibles rayitos de sol. La tercera, era de las ramas más bajas; escuchó a los amantes y se recreó en el espejo de la fuente.

Al verse juntas quisieron contarse sus historias, pero un golpe de viento volvió a separar sus destinos.

(De: *Campanitas de plata*)

EL COMPONEDOR DE CUENTOS

Los que echaban a perder un cuento bueno o escribían uno malo lo enviaban al componedor de cuentos. Éste era un viejecito calvo, de ojos vivos, que usaba unos anteojos pasados de moda, montados casi en la punta de la nariz, y estaba detrás de un mostrador bajito, lleno de polvosos libros de cuentos de todas las edades y de todos los países.

Su tienda tenía una sola puerta hacia la calle y él estaba siempre muy ocupado. De sus grandes libros sacaba inagotablemente palabras bellas y aun frases enteras, o bien cabos de aventuras o hechos prodigiosos que anotaba en un papel blanco y luego, con paciencia y cuidado, iba engarzando esos materiales en el cuento roto. Cuando terminaba la compostura se leía el cuento tan bien que parecía otro.

(De: Campanitas de plata)

CARLOS DÍAZ DUFOO II (1888-1932)

NACIÓ en la ciudad de México. Su padre guió su formación literaria. Se graduó como abogado en la Universidad Nacional y fue profesor de filosofía en la Escuela Nacional Preparatoria y en la Facultad de Derecho, donde entabló amistad con Torri y otros ateneístas. Fue un ferviente admirador de Nietzsche. En París publicó su único libro: *Epigramas*. Escribió también un inteligente *Ensayo sobre una estética de lo cursi*. Pesimista y escéptico, se suicidó en la ciudad de México.

Obra: *Epigramas* (1927), Fondo de Cultura Económica: México, 1981.

Un camino infinito que hemos recorrido eternamente. Al caminar, con ritmo invariable, vuelven, en sucesión necesaria, las mismas ideas, los mismos paisajes, las mismas tragedias. Automáticamente, los mismos problemas se resuelven de la misma manera. En un momento, mil veces repetido, renace una vieja sorpresa que conduce a una vieja desilusión. La carne es de piedra y el hombre se acerca a Dios. —Nunca entraremos en un río nuevo.

*

Vida magnífica, brillante como colada, sonora como un peán. Abundante gloria y recuerdo glorioso. Al doblar el cabo de la muerte, el Fundidor de Botones.

*

Cumple un año más. En otra época eso pudo tener importancia. Pero ahora ¿qué importa un año más en el tiempo de un muerto?

INMORTALIDAD

Sin apetitos, sin deseos, sin dudas, sin esperanzas, sin amor y sin odio, tirado a un lado del camino, mira pasar, eternamente, las horas vacías.

118

PARÉNTESIS DE UNA TRAGEDIA

"Yo quisiera ser un diminuto personaje de dos dimensiones, y seguir alegremente, como puede hacerlo un personaje de dos dimensiones, los dibujos simétricos de un tapiz, viajar en el río amanerado de una estampa y deslizar mi cuerpo sobre las vetas oscuras de una mesa pulida. Gustaría, sobre todo, de hacer el periplo de la curva que traza en el techo una impasible lámpara de alcoba."

—¿No habéis sentido la necesidad de escribir en un río?
—Fuera mejor el hacer música.

*

Sysipho era, en tiempos mayores, un personaje mayor. Su trabajo inútil lo ennoblecía el castigo. Su vida era absoluta porque era personal. Era rebelde sin trascendencia social. La inutilidad tomaba en él la significación de una actitud —infinito momentáneo—, y una razón humana de ser. —En los tiempos modernos, Sysipho es un concepto que justiprecia el lector desinteresado de economía política, el de la actividad dolorosa. Sysipho no tiene ya el orgullo del réprobo. El correr de los años —razón de inercia— lavó su pecado. Por movimiento ajeno sigue trabajando inútilmente sin objeto y sin castigo. —En los tiempos futuros, trabajará sin pena.

EL VENDEDOR DE INQUIETUDES

(En la feria de las novedades psicológicas. Mil años después de Freud.)

—Venid, fabricados científicamente, perfeccionados por prácticas centenarias de laboratorio, os ofrezco procedimientos increíbles, capaces de cambiar vuestro pacífico orden por inquietudes sutiles, tormentosas o crueles; inquietudes que llenan no más un instante de la vida y que son luego un recuerdo melancólico de cosas que tal vez no fueron; inquietudes que llenan una vida y la sujetan al yugo de la dura necesidad; inquietudes que hacen cambiar un mundo e inquietudes que rizan levemente un espíritu con la magia de lo inútil. Yo puedo daros el regalo de lo imprevisto y poner en vuestra sencillez el fermento de la divinidad. Tengo aquí para vosotros un poco de dolor y un poco de gracia.

EPITAFIO

Extranjero, yo no tuve un nombre glorioso. Mis abuelos no combatieron en Troya. Quizá en los demos rústicos del Ática, durante los festivales dionisiacos, vendieron a los viñadores lámparas de pico corto, negras y brillantes, y pintados con las heces del vino siguieron alegres la procesión de Eleuterio, hijo de Semele. Mi voz no resonó en la asamblea para señalar los destinos de la república, ni en los symposia para crear mundos nuevos y sutiles. Mis acciones fueron oscuras y mis palabras insignificantes. Imítame, huye de Mnemosina, enemiga de los hombres, y mientras la hoja cae vivirás la vida de los dioses.

(De: *Epigramas)*

RAMÓN LÓPEZ VELARDE (1888-1921)

NACIÓ en Jerez, Zacatecas, bajo el nombre de José Ramón Modesto López Velarde Berumen, primero de nueve hermanos. Estudió Humanidades en el Seminario Conciliar de Zacatecas (1900-1902), en el Seminario Conciliar de Santa María de Guadalupe de Aguascalientes (1902-1905), en el Instituto de Ciencias de Aguascalientes (1905-1907) —donde lo reprobó en literatura José María González— y Derecho en el Instituto Científico y Literario de San Luis Potosí (1908-1911). A partir de 1908-1909 empieza a escribir y publicar, además de versos, artículos y unas crónicas-prosas líricas, prefiguradoras de *El minutero*. Colaborador de numerosas revistas importantes, mantuvo siempre su independencia frente a las tertulias literarias. Murió en la ciudad de México a causa de neumonía y pleuresía.

Obra: *Don de febrero y otras crónicas* (1900-1917), *El minutero* (1916-1921; 1923); en *Obras*, Fondo de Cultura Económica, Biblioteca Americana núm. 45: México, 1971 y 1979, edición de José Luis Martínez.

AQUEL DÍA...

Aquella mañana salimos al campo, en los corceles domésticos bajo la gloria del sol. En la excursión hípica semejabas el retrato viviente de esas nobles figuras femeninas que con agilidades de Diana cabalgadora se miran representadas en los cuadros cinegéticos. Una epicena bandada de gorriones atravesó frente a nosotros con rumbo al sur, y tú sonreíste a la faz del sol que llevábamos delante y que proyectaba sobre la llanura nuestras dos sombras y la de las ocho patas de los caballos, con proyección interminable, como la interminable languidez de tu sonrisa. ¿Por qué tan desconsolada tu sonrisa? Y mi pregunta se heló en tu silencio, más inclemente que el frío del amanecer; se heló en la sonrisa con que me respondiste, más desconsolada sonrisa que todas las otras tuyas; se heló en el galope que imprimiste a las cabalgaduras, como si fuéramos persiguiendo una fuga de ilusiones o de esperanzas pérfidas que nos huyeran con dirección al abismo infranqueable, o de nuestros corazones que se nos hubieran escapado.

¡Oh el contagio de tu sonrisa! Aquel mohín de tus labios, encerrador de todos los hastíos, me hizo pensar en la casa vista en sueños, en la fundación de una casa a que daríamos el nombre huraño de una Orden de religiosos pesimistas, acaso la Venerable Orden Tercera de Nuestra Madre la Melancolía: ahí desgranaría sus arenas invariables la clepsidra de nuestra vida monótona, y la mansión podría llenarse con tu sonrisa desconsolada, y el hueco de mi corazón prófugo con algo de tu fe salvada del naufragio y con un poco de piedad amorosa que escondieras en las entrañas.

Aquella mañana salimos a cabalgar al campo, bajo la naciente gloria del sol...

Por la tarde salimos a coger rosas de la Pasión y lirios pálidos. Y tu sonrisa permanecía inexorable. Era como si te burlaras de lo sensual, por indigno, y de lo platónico, por soso. Y tuve miedo de ti y me asomé, temblando, al abismo de mi sentimiento. Y estabas ahí, dueña de mi luz y de mi sombra, acurrucada en el más hondo seno de mi emoción con tu cetro místico y con tu blanca túnica de doncella pronta al martirio y que tiene, como sola arma, una perenne sonrisa. Y me embriagué de tu tristeza sonriente, y regresamos, bajo los ojos fiscales de las primeras estrellas, con nuestra cosecha florida.

Lirios pálidos y rosas de la Pasión: nosotros os cogimos aquella tarde que fuimos al valle...

En la noche enlunada vagamos a campo traviesa, por mieses y arboledas. Tu sonrisa, a la luz lunar, era como la mueca doliente de una novia de ultratumba. Presa de susto me llevé al sitio del corazón ambas manos, temeroso de un ataque de hipertrofia. Pero no pulsé latido alguno... me había olvidado de que en la mañana fuimos al campo a cabalgar tras de los corazones prófugos. Las constelaciones tuvieron para mi olvido una sonrisa fúlgida. Pero la tuya me venía de más lejos que la de los astros. Y juzgué irremediable mi destino de ir soportando la sonrisa de tu amor muerto, sin lograr, como el Duque de Gandía, la suerte de mirar en descomposición a la amada. Tú eres una preciosa carga para siempre fragante.

Aquella noche enlutada volví del campo al amparo de tu sonrisa y de las fúlgidas constelaciones.

El Regional, Guadalajara, 10 de octubre de 1909

(De: *Don de febrero y otras crónicas*)

OBRA MAESTRA

El tigre medirá un metro. Su jaula algo más de un metro cuadrado. La fiera no se da punto de reposo. Judío errante sobre sí mismo, describe el signo del infinito con tan maquinal fatalidad, que su cola, a fuerza de golpear contra los barrotes, sangra de un solo sitio.

El soltero es el tigre que escribe ochos en el piso de la soledad. No retrocede ni avanza.

Para avanzar, necesita ser padre. Y la paternidad asusta porque sus responsabilidades son eternas.

Con un hijo, yo perdería la paz para siempre. No es que yo quiera dirimir esta cuestión con orgullos o necias pretensiones. ¿Quién enmendará la plana de la fecundidad? Al tomar el lápiz me ha hecho temblar el riesgo del sacrilegio, por más que mis conclusiones se derivan, precisamente, de lo que en mí pueda haber de clemencia, de justicia, de vocación al ideal y hasta de cobardía.

Espero que mi humildad no sea ficticia, como no lo es mi miedo al dar a la vida un solo calificativo: el de formidable.

En acatamiento a la bondad que lucha con el mal, quisiera ponerme de rodillas para seguir trazando estos renglones temerarios. Dentro de mi temperamento, echar a rodar nuevos corazones sólo se concibe por una fe continua y sin sombras o por un amor extremo.

Somos reyes, porque con las tijeras previas de la noble sinceridad podemos salvar de la pesadilla terrestre a los millones de hombres que cuelgan de un beso. La ley de la vida diaria parece ley de mendicidad y de asfixia; pero el albedrío de negar la vida es casi divino.

Quizá mientras me recreo con tamaña potestad, reflexiona en mí la mujer destinada a darme el hijo que valga más que yo. A las señoritas les es concedido de lo Alto repetir, sin irreverencia, las palabras de la Señora Única: "He aquí la esclava"... Y mi voluntad, en definitiva, capitula a un golpe de pestaña.

Pero mi hijo negativo lleva tiempo de existir. Existe en la gloria trascendental de que ni sus hombros ni su frente se agobien con las pesas del horror, de la santidad, de la belleza y del asco. Aunque es inferior a los vertebrados, en cuanto que carece de la dignidad del sufrimiento, vive dentro del mío como el ángel absoluto, prójimo de la especie humana. Hecho de rectitud, de angustia, de intransigencia, de furor de gozar y de abnegación, el hijo que no he tenido es mi verdadera obra maestra.

(De: *El minutero*)

123

La flota azul de fantasmas que navegan entre la vigilia y el sueño, esta mañana, en el despertar de mi cerebro, tuvo por fondo los álamos y los fresnos de mi tierra. ¡Álamos en que tiembla una planta asustadiza y fresnos en que reside un ancho vigor! ¿Tan lejos están de mí la Plaza de Armas, el jardín Brilanti y la Alameda, que me parecen oasis de un planeta en que viví ochocientos años ha?

Cuando yo versificaba y gemía infantilmente bajo aquellas frondas, todavía no sospechaba que había de escribir la confesión que más o menos reza así: "Mi vida es una sorda batalla entre el criterio pesimista y la gracia de Eva. Una batalla silenciosa y sin cuartel entre las unidades del ejército femenino y las conclusiones de esterilidad. De una parte, la tesis reseca. De otra, las cabelleras vertiginosas, dignas de que nos ahorcásemos en ellas en esos momentos en que la intensidad de la vida coincide con la intensidad de la muerte; los pechos que avanzan y retroceden, retroceden y avanzan como las olas inexorables de una playa metódica; las bocas de frágil apariencia y cruel designio; las rodillas que se estrechan en una premeditación estratégica; los pies que se cruzan y que torturan, como torturaría a un marino con urgencia de desembarcar, el cabo trigueño o rosado de un continente prohibido".

No, yo no sospechaba llegar a decir tal cosa. Mi tristeza, aunque tumultuaria, era simple como la conciencia de las vírgenes que comulgan al alba y después de comulgar rezan dos horas; y después de rezar dos horas, al volver a su casa, beben agua por un laudable escrúpulo. Mi primer soneto no miró venir el cortejo vívido de los goces materiales, ni mi primera lágrima vio dibujarse en lontananza la confortante silueta de Epicuro. ¿Qué pensarían álamos y fresnos si descubriesen, en el rostro de su habitual visitante de aquella época, las huellas del placer?

Hoy mi tristeza no es tumulto, sino profundidad. No tormenta cuyos riesgos puedan eludirse, sino despojo inviolable y permanente del naufragio.

Pocas emociones habrá más voluptuosas que la altanería del alma, que se nutre de su propio acíbar y rechaza cualquier alivio exterior. Llevo dentro de mí la rancia soberbia de aquella casa de altos de mi pueblo —esquina de las calles de la Parroquia y del Espejo— que se conserva deshabitada y cerrada desde tiempo inmemorial y que guarda su arreglo interior como lo tenía en el momento de fallecer el ama. No se ha tocado ni una silla, ni un candelabro, ni la imagen de ningún santo. La cama en que expiró la antigua señora se halla deshecha aún. Yo soy como esa casa. Pero he abierto una de mis ventanas para que entre por ella el caudal hirviente del sol. Y la lumbre sensual quema mi desamparo, y la sonrisa cálida del astro incendia las sábanas mortuorias, y el rayo fiel calienta la intimidad de mi ruina.

¡Oh fresnos y álamos que oísteis mi imploración en versos titubeantes! Fresnos y álamos: ¡ya nada imploro! Estoy sereno como en aquellas siestas de otoño en que me llevaban de la mano a contemplar cómo ardían vuestras hojas en montículos a que prendía fuego el jardinero. Recuerdo con una exactitud prolija el humo compacto y el crujido de la hojarasca que se retorcía, confesora y mártir. Sólo que, a mi serenidad, se han agregado dos elementos que me eran ajenos cuando estudiaba el silabario: el dolor y la carne. Voy respirando, fresnos y álamos, no vuestra fragancia, sino el ambiente absurdo de una habitación de la que acaban de sacar un cadáver y exhibe los cirios no consumidos y la oleada del sol como un aliento femenino.

Oigo el eco de mis pasos con la resonancia de los de un trasnochador que camina por el cementerio...

1921, póstuma

(De: El minutero)

VIERNES SANTO

Hemos dado el *Pésame* a la Virgen en San Fernando. He sido feliz noventa minutos. Con la felicidad de la ternura niña, más experta hoy. Una ternura parlante que multiplica las alegorías del predicador y magnifica a la Jerusalem virginal, circunvalada por todos los dolores. Voces de mujer subrayan los *Misterios*, y las gorjas cantantes sugiérenme señoritas cuyos nombres concuerdan la benevolencia de la melodía con la autoridad del arcángel: Micaela o Gabriela... Invítanme y me pregunto si ha venido el instante de consagrarme a las atrofias cristianas. Quisiera decidirme en esta misma fecha y en este mismo lugar; pero temo a mi vigor, pues las líneas del mundo todavía me persuaden y aún me embargan las bienhechoras sinfonías corporales. ¿Qué hacer?... Ninguna respuesta pediré a mi dicha papista, a mi fe romana. Me basta sentirme la última oveja en la penumbra de un Gólgota que ensalman las señoritas de voz de arcángel.

(De: El minutero)

EL BAILARÍN

Hombre perfecto, el bailarín. Yo envidio sus laureles anónimos y agradezco el bienestar que transmite con la embriaguez cantante de su persona. El bailarín comienza en sí mismo y concluye en sí mismo, con la autonomía de una moneda o de un dado. Su alma es paralela de su cuerpo, y cuando el bailarín se flexiona, eludiendo los sórdidos picos del mal gusto, convence de que entrará al Empíreo en caudalosas posturas coreográficas.

La sordidez, resumen de nuestras desdichas, no le alcanza. Él es pulcro y abundante. Al embestir a su pareja, se encabrita y se acicala. Sus pies van trenzando la parsimonia y el rijo. El pecho de la paloma, jactándose de ser estéril, rebota como la rosa de los vientos. El bailarín está endiosado en su propia infecundidad.

Y a pesar de ello, la modestia de su arrebato excede a la de las llamas infinitesimales que devoran, en brincos de gnomo, una esquela vergonzante.

No hay desinterés igual al suyo. Danza sobre lo utilitario con un despego del principio y del fin. Los desvaríos de la conciencia y de la voluntad humanas le sirven de tramoya. En medio de las pesadillas de sus prójimos, el bailarín impulsa su corazón, como el columpio en que se asientan la Gracia y la Fuerza.

El bailarín, corrector honorario de lo contrahecho y de lo superfluo, esmaltará los frisos de ultratumba con sus móviles figuras de ayuntamiento y de plegaria.

Mas la chanza terrestre impide que este elogio acabe con solemnidad. Las larvas somos incapaces de vivir en serio, porque pertenecemos al melodrama. Y mi ditirambo, ¡oh bailarín!, es el fervor de un lego que no sabe bailar.

(De: El minutero)

JOSÉ DE ARIMATEA

En la simultaneidad sagrada y diabólica del universo, hay ocasiones en que la carne se hipnotiza entre sábanas estériles. Ocurra el fenómeno en cualquiera de las veinticuatro horas, nos penetran el silencio y la soledad, vasos comunicantes en que la naturaleza se pone al nivel del alma.

Una amiga innominada, una amiga de bautizo incierto, yace desnuda, contra la desnudez del varón. Mas un desplome paulatino de las potencias de ambos les impide una vida balsámica de momias. En la cabecera, cabecea un halcón. En la mecedora sobre las ropas revueltas de la pareja, el gato se sacude, con el sobresalto humano de quien va a hundirse en las antesalas soñolientas de la Muerte. Nada se encarniza, nada actúa siquiera. La respiración de ella, que casi no es suya, altérnase con la nuestra, que casi no es nuestra. Dentro de la alcoba, un clima de perla de éter, un esfumarse de algo en ciernes o de algo en fuga. De súbito, al definirse el aguijón vital, brincamos cien leguas, para no vulnerar a la virgen privilegiada con semejante ejecutoria narcótica, a la amiga ungida por José de Arimatea.

(De: *El minutero*)

LA CIGÜEÑA

En la crudeza del Adviento, la fotografía, menos que una buhardilla, menos que un palomar, es traspasada por cierzos esquimales. El fotógrafo, en mangas de camisa, enseña sus tarjetas a la gentil señora nariguda. La señora —cigüeña costosa al marido— publica sus brazos de pelele, fustigados por el frío, a despecho del tul que los condimenta, y dice: "Queremos pronto los del nene". Luego, con su gracia picante añade, husmeando su propio retrato: "Mucho perfil, mucha nariz"... Y nos guiña el ojo, aderezando con bromas la nariz, como quien enflora un anzuelo.

Señora que turbáis a los clientes del tejaván con vuestra delgadez de ráfaga, he descubierto vuestro juego: coqueta alrededor de vuestro defecto, lo esgrimís como el sabor de la plegadiza persona. Sois cazurra y simpática, porque de vuestra imagen, un poco espantapájaros, hacéis la olfativa espiral en que se laminan los

127

deseos. Vuestra nariz es vuestro gancho, lo sabéis de sobra. Por ella tenéis como el espíritu de la mostaza. Sin ella, seríais correctamente insulsa, como un académico. Pero esta fruslería, esta quisicosa nasal...

Cigüeña astuta: sabéis al dedillo que la nariz redondea vuestros brazos de pelele, y que insinúa, desde el fondo que se asoma sobre los chapines, toda una holanda subrepticia y salutífera. En la nariz de fascinación y de trapisonda, que os libra de la intachable sandez, se toma el pulso de vuestra vida, mejor que en la dúctil muñeca.

La sorna de la cigüeña desata en la fotografía, a las cinco de la tarde esquimal, una ecuatorial llovizna de caniculares granos de granada.

c. 1921

(De: *El minutero*)

EVA

Porque tu pecado sirve a maravilla para explicar el horror de la Tierra, mi amor, creciente cada año, se desboca hacia ti, Madre de las víctimas. Tu corazón, consanguíneo del de la pantera y de el del ruiseñor, enloqueciéndose ante la ira de Jehová, que te produjo falible y condenable, se desenfrenó con la congoja sumada de los siglos. La espada fiamígera te impidió mirar el laicismo pedestre que habría de convertir al verdugo de Abel en símbolo de la energía y de la perseverancia. Pon mi desnudez al amparo de la tuya, con el candor aciago con que ceñiste el filial cadáver cruento. Mi amor te circuye con tal estilo, que cuando te sentiste desnuda, en vez de apelar al follaje de la vid, pudieras haber curvado tu brazo por encima de los milenios para pescar mi corazón. Yo te conjuro, a fin de que vengas, desde la intemperie de la expulsión, a agasajar la inocencia de mis ojos con el arquetipo de tu carne. Puedo merecerlo, por haber llevado la vergüenza alícuota que me viene de ti, con la ufanía de los pigmeos que, en la fábula de nieve, conducen el cadáver cuyas blancas encías envenenó la fruta falaz.

(De: *El minutero*)

ALFONSO REYES (1889-1959)

NACIÓ en Monterrey, Nuevo León. Estudió Leyes en México y se recibió en 1913, año en que Bernardo Reyes, su padre, es asesinado y Alfonso escapa de las turbulencias políticas de la Decena Trágica a España. Periodo madrileño fecundo (1914-1924) en que escribe *Visión de Anáhuac*, *Las vísperas de España* y *Calendario*, entre otras cosas. Su prosa creativa es tan importante como su prosa ensayística, y muchas veces se entreveran felizmente. Además de ocupar la cabecera de El Ateneo de la Juventud, fundó la cátedra de historia de la lengua y literatura españolas en la Facultad de Altos Estudios de la Universidad Nacional Autónoma de México, fue miembro de la Academia Mexicana de la Lengua, cofundador de la Casa de España en México y de El Colegio de México y Premio Nacional de Literatura (1945). Murió en la ciudad de México.

Obra: *Las vísperas de España* (1914-1926;1937) —comprende: "Cartones de Madrid", "En el ventanillo de Toledo", "Horas de Burgos", "La saeta", "Fuga de navidad", "Fronteras", "De servicio en Burdeos", "Huelga"—, *Calendario* (1924) —comprende: "Tiempo de Madrid", "Teatro y museo", "En la guerra", "Desconcierto", "Todos nosotros", "Yo solo"— y prosas dispersas en los 23 tomos de sus *Obras*. Véase en especial el tomo II; Fondo de Cultura Económica: México, 1956.

III. TEORÍA DE LOS MONSTRUOS

Ya se sabe que Goya pintó monstruos y que antes los había pintado Velázquez. Este hombre de fuerte razón se conformó con las monstruosidades anómalas (si vale el pleonasmo), de esas que se ven de tarde en tarde, y las relató tan a conciencia como si fueran dechados de belleza. El otro, calenturiento, descubrió la monstruosidad cotidiana y la trató a golpes nerviosos, como a verdadera aberración. Mientras para Velázquez resultaba un juego de la naturaleza, el absurdo fue para Goya el procedimiento constante, más o menos disimulado, de la naturaleza.

En efecto, este género de humorismo blasfemo y cruel es tardío: no viene del Renacimiento. Entre un pintor y otro pintor hay todo un latido filosófico.

El paseante de los barrios bajos tropieza, acaso, con una teoría de deformes. Comienza por contemplar, a lo Velázquez, con aristocrática atención, un monstruo, dos monstruos, tres. Ve pasar enanos; hombres con brazos diminutos o con piernas abstractas, caras que recuerdan pajarracos y pupilas color de nube. Al cabo, la frecuencia de la impresión se dilata en estado de ánimo. Ya no cree haber visto algunos monstruos, sino una vida monstruosa. Ahonda de Velázquez hacia Goya. La existencia misma va cobrando entonces aspecto de fracaso, la línea recta gesticula, el mundo está mal acabado. Y nace así un pesimismo hueco y sin dogma: un pesimismo de los ojos, del tacto, de todo el sentido muscular.

Hay pueblos que tienen fortaleza de Rey: ríen de los deformes y les hacen representar escenas de travesura. Pasan junto al mal sin dolerse. Sienten la herida y la equivocan por cosquilleo. Cualidad infantil es ésta; porque el amor de lo absurdo forma parte del apetito destructor, y todos los niños son como Goethe niño, que arroja por el balcón de su casa toda una alfarería de cocina. Despedazar el juguete y reír de la negación, he aquí la conciencia infantil. Ni la roja sensación del infierno despierta esos perezosos sentidos. La mula de Rabelais destroza al monje que la cabalga, y ríe el pueblo como príncipe que ignora el dolor. Los yangüeses aporrean al hidalgo... ¡Oh Guignol, Guignol! Nadie quiere tomar en serio a Polichinela.

(De: "Cartones de Madrid", en *Las vísperas de España*)

XII. LAS RONCAS

Blusas rojas, pañuelos verdes al cuello; la falda, como quiera.

Esas hembras de voz tan ronca, de fáciles cóleras, son todas hembras, todas conscientes de la maldición. Andan con un ritmo animal, pisan el suelo de verdad, usan unas alpargatas planas. De allí que la cadera, siempre en juego, sepa quebrarse graciosamente; pero casi siempre se desarrolla en exceso con los años, y esas mocitas terribles de quince se pierden al crecer.

Mujeres trompos, mujeres ánforas. Siempre van a la fuente: qué sé yo si quiebran el cántaro. El botijo les es natural, como el espejo o la manzana a la diosa. Lo han criado en sus curvas, lo han brotado de sus cinturas; lo abrazan al pecho y se balancean, mirando fosco, como si abrazaran a un amante. Cuando van a llenarlo a la fuente, todo el mundo puede pedírselo y echar un trago al aire. Entonces hacen corro para comadrear, hablan de tarabilla, carcomiendo todas las palabras, a pie quebrado, transformando las consonantes para tropezar menos en ellas, con instinto y con natural majeza.

Y hablan ronco, ronco, echando del busto una voz tan brava que nos desconcierta y nos turba. Y aguantan, si las miramos, y hasta gritan algo: acuden al reclamo siempre. Y contestan el requiebro, prestas, en una lengua hueca y convencional que las defiende mejor que los pudores.

¿Qué quieren? Quieren que nos maten. ¿No es eso amor? Quisieran devorar al macho, apropiárselo íntegro, como la hembra del alacrán. Cercenarle la cabeza, como la araña, al tiempo de estarlo embriagando: mascullarlo, desgarrarlo, echarlo a la calle a puntapiés, tembloroso todavía de caricias.

(De: "Cartones...", en *Las vísperas...*)

II. LAS DOS GOLONDRINAS

Benedictine y Poussecafé —las dos golondrinas del Ventanillo— están, desde el amanecer, con casaca negra y peto blanco. A veces, se lanzan —diminutas anclas del aire— y reproducen sobre el cielo, con la punta del ala, el contorno quebrado, la cara angulosa de la ciudad.

Benedictine vuelve la primera, y se pone a llamar a su enamorado. Dispara una ruedecita de música que lleva en el buche. La ruedecita gira vertiginosamente, y acaba soltando unas chispas —como las del afilador— que le queman toda la garganta. Por eso abre el pico y tiembla toda, víctima de su propia canción, buen poeta al cabo.

Al fin, vuelve Poussecafé a su lado. Salta como un clown en el alambre, salta, salta. Salta sobre Benedictine; vuelve al aire. Y Benedictine sacude las plumas, y dispara otra vez la ruedecita musical que tiene en el buche.

Toledo, 1917

(De: "En el ventanillo de Toledo", en *Las vísperas...*)

131

VII. EL TRATO

La vendedora de hoces nos mira con sorna, nos examina.

—Estos señores —concluye— tienen cara de segadores, sí que me van a comprar hoces.

Y después se disculpa:

—Como una está aquí sola en la calle, no tiene más diversión que hablar con la gente que pasa.

Burgos no es una ciudad museo, de esas que viven del visitante. Burgos es un gran centro agrícola. Los implementos de labranza y de siega se venden por las calles. —Queríamos, a toda costa, comprarle algo. Pero ¿cómo comprar una hoz y guardarla en un maletín de viaje, escarnio a la degollación natural de las camisas? Salvo cuando abraza el haz de espigas como una mano cariñosa, o cuando, enlazada con el martillo, es un grave símbolo civil, una hoz es algo terrible: no hay arma de más ferocidad: se encorva de malas intenciones y tiene la geometría del crimen. De aquí que sean incompatibles el Creciente y la Cruz. Al fin compramos una pizarra de afilar la hoz, y una "zoqueta" de esas que protegen la mano del segador, en traza de zueco diminuto.

Despachábamos, en el estanco, una correspondencia abundante: a Madrid, a San Sebastián, a París, a Costa Rica, a La Habana, a Lima, a México, a Nueva York, a Minneápolis. Mientras escribíamos sobre el mostrador nuestras docenas de tarjetas postales, la estanquera y su madre discutían con dos vecinos a propósito de un tiesto de flores. Uno de los hombres, tipo del pueblo, ponderaba las bellezas de su jardín en unos términos de poesía natural, sangrienta, turbadora, que nos hacían levantar la cabeza de tiempo en tiempo. Y de pronto, aquella mujer:

—Callemos, que estamos interrumpiendo a estos señores.

Y callan todos. ¡Si nos interesaba mucho más oírlos a ustedes! ¡Siga usted hablando de esas rosas como para senos de mujer nueva! ¡Qué aguarden los amigos de Minneápolis, de París, de Lima, de Madrid, de México, de Nueva York, de San Sebastián, de La Habana, de Costa Rica! ¡De veras que esta gente tiene la hospitalidad risueña y gozosa, a flor de labio la cortesía, y la parla en oro!

(De: "Horas de Burgos", en *Las vísperas...*)

XI. LAS CIGÜEÑAS

Las cigüeñas telegráficas, luciendo y bañándose en el sol de la tarde, hacen signos de una torre a otra, de una a otra ciudad. Les contesta desde el lejano Escorial la cigüeña de Théophile Gautier; les contestan las cigüeñas de Ávila, las de Segovia y Santiago, las de Cáceres y Plasencia —todas las cigüeñas que practiqué en España. Ellas forman, por sobre la vida de los pueblos, una diadema de aleteos que suenan más hondo que las campanas. Flechadas en las agujas de las torres o extáticas como figuras de piedra, abren de súbito el ángulo de las alas o calcan, sobre el horizonte de la tarde, su cruz de ceniza. Góngora diría que escriben letras japonesas. Castañetean con el pico, repiquetean los crótalos, sueltan su estridor de carracas. De tanto vivir a la intemperie se han quedado afónicas. Se quieren caer. De tal modo las arrastran las alas, de tal modo les vienen grandes, que aterrizan siempre, bamboleándose, más allá de donde calculan, y todavía dan unos saltitos para matar la inercia del vuelo. A veces se juntan en parejas; se "empuñan" una a otra el pico con el pico; la una dobla el cuello hacia arriba como la interrogación cuando empieza, la otra dobla el cuello hacia abajo como la interrogación cuando acaba; y así, en vasos comunicantes y en suerte de estrangulación, oímos caer como un chorro de piedras, volcado de ánfora a ánfora: —El himno de amor de las cigüeñas rueda como un motor por el aire.

(De: "Horas de Burgos", en *Las vísperas...*)

XIV. EN EL HOTEL

Tocan Albéniz al piano. En el cuarto vecino, un padre le repasa a su hijo la lección de física, explicándole por centésima vez lo que es la energía potencial. Abro la ventana: ya es de noche. Se oye ahora el jugueteo de una flauta. El subir y bajar, el corretear pirotécnico de las notas me recuerdan al clown inglés de tantos circos. Es don Luis, huésped antiguo y admirado, que divierte a la servidumbre y a la gente de casa, sentado a la puerta, tocando en la flauta de su bastón, un bastón de sorpresa traído especialmente de Londres. Don Luis es cazador y humorista; recuerda sus aventuras del campo, cuenta la inevitable hazaña cinegética. Habla de las ranas, de los quinclones, que por la noche tejen así sus diálogos sustanciosos:

—¡Juan!

—¿Qué?

—¿Ya cenaste?

—No.

—¿Ni tú?

—Ni yo.

—¿Ni tú?

—Ni yo.

(De: "Horas de Burgos", en *Las vísperas...*)

FUGA DE NAVIDAD

I

Hace días que el frío labra las facetas del aire, y vivimos alojados en un diamante puro. No tarda la nieve. La quiere el campo para su misterioso calor germinativo. La solicita la ciudad para alfombra de la Noche Buena. Resbala el humo por los tejados: la atmósfera, con ser clara, es densa. Los fondos de la calle truenan de nubes negras, pero en lo alto hay una borrachera azul vértigo. De día, suben las miradas. De noche, bajan las estrellas. Nada hay mejor que el cielo, de donde cuelgan ángeles y juguetes para los niños.

VI

Ese hombre ha salido por la mañana, envuelto en un gabán ligero que baña y penetra el viento de Castilla. Lleva los codos raídos, los zapatos rotos. Como es Navidad, los mendigos se acercan a pedirle limosna, y él pide perdón y sigue andando. Encorvado de frío, bajo la ráfaga que lo estruja y quiere desvestirlo, busca en el bolsillo el pañuelo, todavía tibio de la plancha casera. No posee nada, y tuvo casa grande con jardines y fuentes, y salones con cabezas de ciervos. ¿Lo habrán olvidado ya en su tierra? Tal vez apresura el paso, y tal vez se para sin objeto. Ha gastado sus últimos céntimos en juguetes para su hijo. Nadie está exento; no sabemos dónde pisamos. Acaso un leve cambio en la luz del día nos deja perdidos, extraviados. Ese hombre ha olvidado dónde está. Y se queda, de pronto, desamparado, aturdido de esperanza y memoria, repleto de Navidad por dentro, tembloroso en el ventarrón de nieve, y náufrago de la media calle. ¡Ay, amigos! ¿Quién era ese hombre?

Madrid, Navidad de 1923

(De: *Las vísperas...*)

VIII. SENTIMIENTO ESPECTACULAR

Los periódicos y la gente hablan de algunos muertos y heridos. Es que, teniendo un arma en la mano, la tentación es grande. Y apedrear tranvías es un instinto como el de apedrear conejos. Aparte de que el vidrio y la piedra son enemigos de suyo. Todos los cantos están clamando por caer sobre todos los tejados de vidrio.

Salvo en el crimen pasional, los demás delitos no tienen relación con la ética; son amorales, inocentes,.casi extraños a la noción del bien y del mal. Yo tengo un cañón: frente a mí se yergue una torre. ¿Cómo desistir de hacer blanco? Yo tengo unos buenos puños que Dios me dio: hacia mí adelanta un guardia, etc.

Muchos desmanes se cometen por el puro gusto de hacer blanco. La prueba es que se siente alegría al oír un disparo: ¿Le dio? ¿No le dio?

Y es lástima que la gente sufra cuando la hieren o se muera cuando la matan. Porque sería agradable ensayar...

(De: "Huelga", en *Las vísperas...*)

XV. LOS RELINCHOS

Se han poblado de relinchos las calles, el campo y los desmontes vecinos. ¡Gran fiesta para los caballos! Casi ni les ha faltado la alegría de los dioses: comer carne humana.

Los relinchos.

135

¡Potros piafantes de la vida! En la mitología y la pintura, el mar y la luz y los vientos y los santos vienen a caballo.

¡Potros piafantes de la muerte! En la superstición y la pintura, la guerra y la peste y el diablo y las cosas fatídicas vienen a caballo pisando cráneos.

Los relinchos.

Hay relinchos que van al paso, de·gran parada; otros, incómodos, que trotan; relinchos ligeros, que galopan; y relinchos desgarrados que huelen a viento y a pólvora. Dejan regueros de chispas en el aire. Hay relinchos extáticos, de estatua de bronce que canta con el sol.

Los relinchos suben desde la calle burguesa, como llamaradas de selva virgen. O como recuerdos del vivac. (La tienda, la noche, los dados sobre el tambor.) Suben, y rompen con sus pezuñas las vidrieras, y se andan por toda la casa. Nos abren el corazón con sus tajos metálicos.

Cohetes del alma del caballo, unos corren por el suelo como buscapiés. Otros suben, rectos, y estallan como una palmera momentánea de oro.

Los relinchos.

Madrid, 13-VII-1917

(De: "Huelga", en *Las vísperas...*)

TÓPICOS DE CAFÉ

Dos tipos de charlas de café: todo Madrid en ellas, por la playa seca de Alcalá:

—¡Hola!
—¡Hola!
—¿Y qué?
—Pues na.
—¿Y aquello?
—¡Toma! Pues aquello... Así, así, nada más.
—¡Hombre!
—¡Pues claro!
—Pero ¿y la cosa esa?
—¡Vamos! ¡Quita allá!

—Es que…
—¡Quiá, hombre!
—¡Anda! ¿Y éste? ¿Qué se ha figurao?
—¡Bueno, hombre, bueno!
—¡Pues hombre!
(Da capo.)
Así, a veces, durante varias horas: vagas ilusiones en torno a una realidad que escapa a la mente misma de los que quisieran asirla. Una tenuísima corriente de evocaciones pasa cosquilleando el espíritu. No se define nada. Precisar, duele. —¡Oh, voluptuosidad! Rueda, por las terrazas de Alcalá —calle arriba, calle abajo—, un vago rumor de almas en limbo.

(De: "Tiempo de Madrid", en *Calendario*)

DIÓGENES

Diógenes, viejo, puso su casa y tuvo un hijo. Lo educaba para cazador. Primero lo hacía ensayarse con animales disecados, dentro de casa. Después comenzó a sacarlo al campo.

Y lo reprendía cuando no acertaba.

—Ya te he dicho que veas dónde pones los ojos, y dónde pones las manos. El buen cazador hace presa con la mirada.

Y el hijo aprendía poco a poco. A veces volvían a casa cargados, que no podían más: entre el tornasol de las plumas, se veían los sanguinolentos hocicos y las flores secas de las patas.

Así fueron dando caza a toda la Fábula: al Unicornio de las vírgenes imprudentes, como al contagioso Basilisco; el Pelícano disciplinante y a la misma Fénix, duende de los aromas.

Pero cierta noche que acampaban, y Diógenes proyectaba al azar la luz de su linterna, el muchacho le dijo al oído:

—¡Apaga, apaga tu linterna, padre! ¡Que viene la mejor de las presas, y ésta se caza a oscuras! Apaga, no se ahuyente. ¡Porque ya oigo, ya oigo las pisadas iguales, y hoy sí que hemos dado con el Hombre!

(De: "Desconcierto", en *Calendario*)

EL COCINERO

Un gran letrero: —"Cocina"— llamaba la atención del transeúnte. Junto a la puerta, los sabios hacían cola, como en los estancos la gente el día del tabaco. Cada uno llevaba una bandeja, con toda pulcritud y el mayor cuidado. Sobre la bandeja, un capelo de cristal. Y bajo el cristal, una palabra recién fabricada en el gabinete, mediante la yuxtaposición de raíces y desinencias de distintos tiempos y lugares.

El cocinero —hombre gordo y de buen humor— iba cociendo aquellos bollos crudos, aquellas palabras a medio hacer, con mucha paciencia y comedimiento.

Metía al horno una palabra hechiza, y un rato después la sacaba, humeante y apetitosa, convertida en algo mejor. La espolvoreaba un poco, con polvo de acentos locales, y la devolvía a su inventor, que se iba tan alegre, comiéndosela por la calle y repartiendo pedazos a todo el que encontraba.

Un día entró al horno la palabra "artículo", y salió del horno hecha "artejo". "Fingir" se metamorfoseó en "heñir"; "sexta", en "siesta"; "cátedra", en "cadera". Pero cuando un sabio —que pretendía reformar las instituciones sociales con grandes remedios— hizo meter al horno la palabra "huelga" y se vio que resultaba "juerga", hubo protesta popular estruendosa, que paró en un levantamiento, un motín.

El cocinero, impertérrito, espumó —sobre las cabezas de los amotinados— la palabra flotante: "motín"; y mediante una leve cocción, la hizo digerible, convirtiéndola y "civilizándola" en "mitin". Esto se consideró como un gran adelanto, y el cocinero recibió, en premio, el cordón azul.

Entusiasmados, los sabios quisieron aclarar el enigma de los enigmas, y hacerlo deglutible mediante la acción metafísica del fuego. Y una mañana —hace mucho tiempo— se presentaron en la cocina con un vocablo enorme, como una inmensa tortuga, que apenas cabía en el horno. Y echaron el vocablo al fuego. Este vocablo era "Dios". ...Y no sabemos lo que saldrá, porque todavía sigue cociendo.

(De: "Desconcierto", en *Calendario*)

EL PROBLEMA

Hace años, mi hijo, que estaba muy tierno, empezaba a distinguir las realidades y a expresarlas a su manera.

Una tarde, una de esas tardes de Madrid de todos colores —que en otras tierras no se dan sino con eclipses de sol, y aquí, a veces, se repiten durante un mes—, contemplábamos, desde un descampado, el cielo trémulo.

Por donde termina la ciudad, un gran perro, en un terraplén, callaba, como nosotros, tratando de entender aquello. El cielo no se estaba quieto un instante y el perro —y nosotros— teníamos un vago anhelo de ladrar a las nubes.

Nubes negras y nubes blancas, como dos principios enemigos, se combatían en las alturas del aire.

El perro y el hombre, en vaga comunión de terror cósmico, no hablaron. Pero el niño dijo de pronto:

—Papá —y señalaba aquel caos—. ¿Y Dios "echa" lo blanco y lo negro?

El perro se volvió a mirarme, como si quisiera comprender mi respuesta.

—¿Lo negro y lo blanco? ¿O sólo lo blanco, o sólo lo negro? Hijo mío, te diré: Los persas imaginaban...

Pero descubrí que el niño y el perro se habían alejado ya, jugando; y me sentí abandonado ante el crepúsculo.

(De: "Yo solo", en *Calendario*)

¡Ay, amapola de mi tierra! Cuando yo no había sufrido todavía ¿cómo quieres tú que apreciara yo lo que me dabas?

(Tan, tan, tan, tan... ¡Señor! ¡Las cuatro, y ya es de noche!)

(De: "Yo solo", en *Calendario*)

ROMANCE VIEJO

Yo salí de mi tierra, hará tantos años, para ir a servir a Dios. Desde que salí de mi tierra me gustan los recuerdos.

En la última inundación, el río se llevó la mitad de nuestra huerta y las caballerizas del fondo. Después se deshizo la casa y se dispersó la familia. Después vino la revolución. Después, nos lo mataron...

Después, pasé el mar, a cuestas con mi fortuna, y con una estrella (la mía) en este bolsillo del chaleco.

Un día, de mi tierra me cortaron los alimentos. Y acá, se desató la guerra de los cuatro años. Derivando siempre hacia el sur, he venido a dar aquí, entre vosotros.

Y hoy, entre el fragor de la vida, yendo y viniendo —a rastras con la mujer, el hijo, los libros—, ¿qué es esto que me punza y brota, y unas veces sale en alegrías sin causa y otras en cóleras tan justas?

Yo me sé muy bien lo que es: que ya me apuntan, que van a nacerme en el corazón las primeras espinas.

(De: "Yo solo", en *Calendario*)

JULIO TORRI (1889-1970)

Nació en Saltillo, Coahuila. En 1908 emigró a la ciudad de México, donde conoció a los que serían sus amigos ateneístas, en la Escuela Nacional de Jurisprudencia. Se recibió en 1913 con una tesis sobre el juicio verbal. Pero no ejerció su carrera oficial prácticamente y careció por completo, durante toda su vida, de ambición pública: se dedicó a la cátedra, a la bibliofilia y a la literatura. Durante 1916-1923 dirigió con Agustín Loera y Chávez la Editorial Cvltvra, que difundió con calidad artística a autores nacionales y extranjeros. José Vasconcelos, como rector de la Universidad, lo nombró su secretario particular (1920) y poco después (1921), como secretario de Educación Pública, director del Departamento Editorial de la Secretaría. En este puesto hizo circular los clásicos literarios universales a precio popular. Fue miembro de la Academia Mexicana de la Lengua y profesor emérito de la Universidad Nacional Autónoma de México. Murió en la ciudad de México.

Obra: *Ensayos y poemas* (1917), *De fusilamientos* (1940) —con "Prosas dispersas", estos libros forman *Tres libros,* Fondo de Cultura Económica: México, 1964—; *El ladrón de ataúdes* (1987), Fondo de Cultura Económica: México, 1987, prólogo de Jaime García Terrés, estudio preliminar y recopilación póstuma de Serge I. Zaïtzeff.

A CIRCE

¡Circe, diosa venerable! He seguido puntualmente tus avisos. Mas no me hice amarrar al mástil cuando divisamos la isla de las sirenas, porque iba resuelto a perderme. En medio del mar silencioso estaba la pradera fatal. Parecía un cargamento de violetas errante por las aguas.

¡Circe, noble diosa de los hermosos cabellos! Mi destino es cruel. Como iba resuelto a perderme, las sirenas no cantaron para mí.

(De: *Ensayos y poemas*)

EL MAL ACTOR DE SUS EMOCIONES

Y llegó a la montaña donde moraba el anciano. Sus pies estaban ensangrentados de los guijarros del camino, y empañado el fulgor de sus ojos por el desaliento y el cansancio.

—Señor, siete años ha que vine a pedirte consejo. Los varones de los más remotos países alababan tu santidad y tu sabiduría. Lleno de fe escuché tus palabras: "Oye tu propio corazón, y el amor que tengas a tus hermanos no lo celes." Y desde entonces no encubría mis pasiones a los hombres. Mi corazón fue para ellos como guija en agua clara. Mas la gracia de Dios no descendió sobre mí. Las muestras de amor que hice a mis hermanos las tuvieron por fingimiento. Y he aquí que la soledad obscureció mi camino.

El ermitaño le besó tres veces en la frente; una leve sonrisa alumbró su semblante, y dijo:

—Encubre a tus hermanos el amor que les tengas y disimula tus pasiones ante los hombres, porque eres, hijo mío, un mal actor de tus emociones.

(De: *Ensayos y poemas*)

LA CONQUISTA DE LA LUNA

> ...*Luna,*
> *Tú nos das el ejemplo*
> *De la actitud mejor...*

Después de establecer un servicio de viajes de ida y vuelta a la Luna, de aprovechar las excelencias de su clima para la curación de los sanguíneos, y de publicar bajo el patronato de la Smithsonian Institution la poesía popular de los lunáticos (*Les Complaintes* de Laforgue, tal vez) los habitantes de la Tierra emprendieron la conquista del satélite, polo de las más nobles y vagas displicencias.

La guerra fue breve. Los lunáticos, seres los más suaves, no opusieron resistencia. Sin discusiones en cafés, sin ediciones extraordinarias de *El matiz imperceptible*, se dejaron gobernar de los terrestres. Los cuales, a fuer de vencedores, padecieron la ilusión óptica de rigor —clásica en los tratados de Físico-Historia— y se pusieron a imitar las modas y usanzas de los vencidos. Por Francia comenzó tal imitación, como adivinaréis.

Todo el mundo se dio a las elegancias opacas y silenciosas. Los tísicos eran muy solicitados en sociedad, y los moribundos decían frases excelentes. Hasta las señoras conversaban intrincadamente, y los reglamentos de policía y buen gobierno estaban escritos en estilo tan elaborado y sutil que eran incomprensibles de todo punto aun para los delincuentes más ilustrados.

Los literatos vivían en la séptima esfera de la insinuación vaga, de la imagen torturada. Anunciaron los críticos el retorno a Mallarmé, pero pronto salieron de su error. Pronto se dejó también de escribir porque la literatura no había sido una imperfección terrestre anterior a la conquista de la Luna.

(De: *Ensayos y poemas*)

LA VIDA DEL CAMPO

Est-ce que l'âme des violoncelles est emportée dans le cri d'une corde qui se brise?

VILLIERS DE L'ISLE-ADAM: "VÉRA"

Va el cortejo fúnebre por la calle abajo, con el muerto a la cabeza. La mañana es alegre y el sol ríe con su buen humor de viejo. Precisamente del sol conversan el muerto y un pobrete —acaso algún borracho impenitente— que va en el mismo sentido que el entierro.

—Deploro que no te calientes ya a este buen sol, y no cantes tus más alegres canciones en esta luminosa mañana.

—¡Bah! La tierra es también alegre y su alegría, un poco húmeda, es contagiosa.

—Siento lástima por ti, que no volverás a ver el sol; ahora fuma plácidamente su pipa como el burgués que a la puerta de su tienda ve juguetear a sus hijos.

—También amanece en los cementerios, y desde las musgosas tapias cantan los pinzones.

—¿Y los amigos que abandonas?

—En los camposantos se adquieren buenos camaradas. En la pertinaz llovizna de diciembre charlan agudamente los muertos. El resto del año atisban desde sus derruidas fosas a los nuevos huéspedes.

143

—Pero…

—Algo poltrones, es verdad. Rara vez abandonan sus lechos que han ablandado la humedad y los conejos.

—Sin embargo…

—La vida del campo tiene también sus atractivos.

(De: *Ensayos y poemas*)

J'avais en effet, en toute sincerité d'esprit, pris l'engagement de le rendre à son état primitif de fils du soleil, et nous errions, nourris du vin des Palermes et du biscuit de la route, moi pressé de trouver le lieu et la formule.

RIMBAUD

Caminaba por la calle silenciosa de arrabal, llena de frescos presentimientos de campo. En un ambiente extraterrestre de madrugada polar, la cúpula de azulejos de Nuestra Señora del Olvido brillaba a la luna con serenidad extraña y misteriosa. No sé en qué pensaba, ni siquiera si pensaba. Las inquietudes se habían adormecido piadosamente en mi corazón.

En los tiestos las flores parecían como alucinadas en el extrañísimo matiz de la Luna, y recibían las caricias del rocío, amante tímido y casto. ¡Madrugada sin revuelos de pájaros blancos, sin alucinaciones, sin música de órgano!

¿Por qué no me evadí entonces de la Realidad? ¡Hubiera sido tan fácil! ¡Ningún ojo sofisticado me acechaba! ¡Ninguna de las once mil leyes naturales se hubiera ofendido! ¡Mr. David Hume dormía profundamente desde hacía cien años!

(De: *Ensayos y poemas*)

LA BALADA DE LAS HOJAS MÁS ALTAS

A Enrique González Martínez

Nos mecemos suavemente en lo alto de los tilos de la carretera blanca. Nos mecemos levemente por sobre la caravana de los que parten y los que retornan. Unos van riendo y festejando, otros caminan en silencio. Peregrinos y mercaderes, juglares y leprosos, judíos y hombres de guerra: pasan con presura y hasta nosotros llega a veces su canción.

Hablan de sus cuitas de todos los días, y sus cuitas podrían acabarse con sólo un puñado de doblones o un milagro de Nuestra Señora de Rocamador. No son bellas sus desventuras. Nada saben, afanosos, de las matinales sinfonías en rosa y perla; del sedante añil del cielo, en el mediodía; de las tonalidades sorprendentes de las puestas del sol, cuando los lujuriosos carmesíes y los cinabrios opulentos se disuelven en cobaltos desvaídos y en el verde ultraterrestre en que se hastían los monstruos marinos de Böcklin.

En la región superior, por sobre sus trabajos y anhelos, el viento de la tarde nos mece levemente.

(De: *Ensayos y poemas*)

FANTASÍAS MEXICANAS

…al moro Búcar y a aquel noble Marqués
de Mantua, teníalos por de su linaje

Por el angosto callejón de la Condesa, dos carrozas se han encontrado. Ninguna retrocede para que pase la otra.

—¡Paso al noble señor don Juan de Padilla y Guzmán, Marqués de Santa Fe de Guardiola, Oidor de la Real Audiencia de México!

—¡Paso a don Agustín de Echeverz y Subiza, Marqués de la Villa de San Miguel de Aguayo, cuyos antepasados guerrearon por su majestad Cesárea en Hungría, Transilvania y Perpiñán!

—¡Por bisabuelo me lo hube a don Manuel Ponce de León, el que sacó de la leonera el guante de doña Ana!

—¡Mi tatarabuelo Garcilaso de la Vega rescató el Ave María del moro que la llevaba atada a la cola de su bridón!

Tres días con sus noches se suceden y aún están allí los linajudos magnates, sin que ninguno ceda el paso al otro. Al cabo de estos tres días —y para que no sufriera mancilla ninguno de ambos linajes— mandó el Virrey que retrocedieran las carrozas al mismo tiempo, y la una volvióse hacia San Andrés, y la otra fuese por la calle del Puente de San Francisco.

(De: *Ensayos y poemas*)

145

EL RAPTOR

Amigos míos, ayudadme a robar una novia que tengo en el Real de Pozos. Tendremos que sacarla de su casa a viva fuerza. Por eso os pido ayuda, que si ella tuviera voluntad en seguirme... Iremos al galope de nuestros caballos por el camino real, en medio de la noche como almas en pena. Os pagaré con esplendidez. Os daré caballos, rifles, sillas de montar labradas con plata y oro. ¿Por qué vaciláis? ¿Para cuándo son los amigos? Estoy enamorado locamente de ella. Apenas sé si no desvarío. Tiene los ojos llenos de asombro, sus senos palpitantes perderían a cualquier santo. Cuando me ve se echa a temblar y si no fuera porque la amenazo con matarla si no me espera en la ventana a la noche siguiente, jamás la volvería a ver. Al hablarle se me enronquece la voz, y a ella le entra tanto miedo que no atina a decirme sino que me vaya y que la deje; que no me ha hecho mal ninguno; que lo haga por la Virgen Santísima... Sé bien que no me quiere; pero ¿qué importa? Ya me irá perdiendo el temor. Por ella me dejaría fusilar. Ayudadme, mis amigos. Tened compasión de un hombre enamorado, y mañana haced de mí lo que gustéis. Os obedeceré como un perro. Y si algo os pasa por ayudarme, la Sierra Madre no está lejos, y mi cinturón de cuero se halla repleto de oro.

(De: *Ensayos y poemas*)

DE FUSILAMIENTOS

El fusilamiento es una institución que adolece de algunos inconvenientes en la actualidad.

Desde luego, se practica a las primeras horas de la mañana. "Hasta para morir precisa madrugar", me decía lúgubremente en el patíbulo un condiscípulo mío que llegó a destacarse como uno de los asesinos más notables de nuestro tiempo.

El rocío de las yerbas moja lamentablemente nuestros zapatos, y el frescor del ambiente nos arromadiza. Los encantos de nuestra diáfana campiña desaparecen con las neblinas matinales.

La mala educación de los jefes de escolta arrebata a los fusilamientos muchos de sus mejores partidarios. Se han ido definitivamente de entre nosotros las buenas maneras que antaño volvían dulce y noble el vivir, poniendo en el comercio diario gracia y decoro. Rudas experiencias se delatan en la cortesía peculiar de los soldados. Aun los hombres de temple más firme se sienten empequeñecidos, humillados por el trato de quienes difícilmente se contienen un instante en la áspera ocupación de mandar y castigar.

Los soldados rasos presentan a veces deplorable aspecto: los vestidos, viejos; crecidas las barbas; los zapatones cubiertos de polvo; y el mayor desaseo en las personas. Aunque sean breves instantes los que estáis ante ellos, no podéis sino sufrir atrozmente con su vista. Se explica que muchos reos sentenciados a la última pena soliciten que les venden los ojos.

Por otra parte, cuando se pide como postrera gracia un tabaco, lo suministrarán de pésima calidad piadosas damas que poseen un celo admirable y una ignorancia candorosa en materia de malos hábitos. Acontece otro tanto con el vasito de aguardiente, que previene el ceremonial. La palidez de muchos en el postrer trance no procede de otra cosa sino de la baja calidad de licor que les desgarra las entrañas.

El público a esta clase de diversiones es siempre numeroso; lo constituyen gentes de humilde extracción, de tosca sensibilidad y de pésimo gusto en artes. Nada tan odioso como hallarse delante de tales mirones. En balde asumiréis una actitud sobria, un ademán noble y sin artificio. Nadie os estimará. Insensiblemente os veréis compelidos a las burdas frases de los embaucadores.

Y luego, la carencia de especialistas de fusilamientos en la prensa periódica. Quien escribe de teatros y deportes tratará acerca de fusilamientos e incendios. ¡Perniciosa confusión de conceptos! Un fusilamiento y un incendio no son ni un deporte ni un espectáculo teatral. De aquí proviene ese estilo ampuloso que aflige al *connaisseur*, esas expresiones de tan penosa lectura como "visiblemente conmovido", "su rostro denotaba la contrición", "el terrible castigo", etcétera.

Si el Estado quiere evitar eficazmente las evasiones de los condenados a la última pena, que no redoble las guardias, ni eleve los muros de las prisiones. Que purifique solamente de pormenores enfadosos y de aparato ridículo un acto que a los ojos de algunos conserva todavía cierta importancia.

1915

(De: *De fusilamientos*)

PARA AUMENTAR LA CIFRA DE ACCIDENTES

Un hombre va a subir al tren en marcha. Pasan los escaloncillos del primer coche y el viajero no tiene bastante resolución para arrojarse y saltar. Su capa revuela movida por el viento. Afirma el sombrero en la cabeza. Va a pasar otro coche. De nuevo falta la osadía. Triunfan el instinto de conservación, el temor, la prudencia, el coro venerable de las virtudes antiheroicas. El tren pasa y el inepto se queda. El tren está pasando siempre delante de nosotros. El anhelar agita nuestras almas, y ¡ay de aquel a quien retiene el miedo de la muerte! Pero si nos alienta un impulso divino y la pequeña razón naufraga, sobreviene en nuestra existencia un instante decisivo. Y de él saldremos a la muerte o a una nueva vida, ¡pésele al Destino, nuestro ceñudo príncipe!

(De: *De fusilamientos*)

LA HUMILDAD PREMIADA

En una Universidad poco renombrada había un profesor pequeño de cuerpo, rubicundo, tartamudo, que como carecía por completo de ideas propias era muy estimado en sociedad y tenía ante sí brillante porvenir en la crítica literaria.

Lo que leía en los libros lo ofrecía trasnochado a sus discípulos la mañana siguiente. Tan inaudita facultad de repetir con exactitud constituía la desesperación de los más consumados constructores de máquinas parlantes.

Y así transcurrieron largos años hasta que un día, a fuerza de repetir ideas ajenas, nuestro profesor tuvo una propia, una pequeña idea propia luciente y bella como pececito rojo tras el irisado cristal de una pecera.

(De: *De fusilamientos*)

MUJERES

Siempre me descubro reverente al paso de las mujeres elefantas, maternales, castísimas, perfectas.

148

Sé del sortilegio de las mujeres reptiles —los labios fríos, los ojos zarcos— que nos miran sin curiosidad ni comprensión desde otra especie zoológica.

Convulso, no recuerdo si de espanto o atracción, he conocido un raro ejemplar de mujeres tarántulas. Por misteriosa adivinación de su verdadera naturaleza vestía siempre de terciopelo negro. Tenía las pestañas largas y pesadas, y sus ojillos de bestezuela cándida me miraban con simpatía casi humana.

Las mujeres asnas son la perdición de los hombres superiores. Y los cenobitas secretamente piden que el diablo no revista tan terrible apariencia en la hora mortecina de las tentaciones.

Y tú, a quien las acompasadas dichas del matrimonio han metamorfoseado en lucia vaca que rumia deberes y faenas, y que miras con tus grandes ojos el amanerado paisaje donde paces, cesa de mugir amenazadora al incauto que se acerca a tu vida, no como el tábano de la fábula antigua, sino llevado por veleidades de naturalista curioso.

(De: *De fusilamientos*)

LA FERIA

Y estando a—
Y estando amarrando un gallo
Se me re—
Se me reventó el cordón.
Yo no sé
Si será mi muerte un rayo...

Los mecheros iluminan con su luz roja y vacilante rimeros de frutas, y a contraluz proyectan negras las siluetas de los vendedores y transeúntes.

—¡Pasen al ruido de uñas, son centavos de cacahuates!

—¡El setenta y siete, los dos jorobados!

—¡Las naranjas de Jacona, linda, son medios!

Periquillo y Januario están en un círculo de mirones, en el cual se despluma a un incauto.

—¡Don Ferruco en la Alameda!

—¡Niña, guayabate legítimo de Morelia!

—¡Por cinco centavos entren a ver a la mujer que se volvió sirena por no guardar el Viernes Santo!

Dos criadas conversan:

—En México no saben hacer *prucesiones*. Me voy pues a pasar la Semana Santa a Huehuetoca...

Una muchacha a un lépero que la pellizca:

—¡No soy diversión de nadie, roto tal!

—¡El que le cantó a San Pedro!

—¡El sabroso de las bodas!

—¡El coco de las mujeres!

—¡Pasen al panorama, señoritas, a conocer la gran ciudad del Cairo!

Una india a otra con quien pasea:

—Yo sabía leer, pero con la Revolución se me ha olvidado.

En la plaza de gallos les *humedecen* la garganta a las cantadoras; y los de Guanaceví se aprestan a jugar contra San Juan de los Lagos.

En mitad del bullicio —¡oh tibia noche mexicana en azul profundo de esmalte!—, acompañado de tosco guitarrón, sigue cantando el ciego, con su voz aguda y lastimera:

O me ma—
O me matará un cabrón
Desos que an—
Desos que andan a caballo
Validos
Validos de la ocasión.
Y ha de ser pos cuándo no.

(De: *De fusilamientos*)

A los cincuenta años. La vida se va quedando atrás como el paisaje que se contempla desde la plataforma trasera de un coche de ferrocarril en marcha, paisaje del cual va uno saliendo. Algún elemento del primer término pasa al fondo; el árbol airoso cuyo follaje recortaba las nubes va reduciendo su tamaño a toda prisa; el caserío, en el recuesto del valle, con su iglesita de empinada torre comienza a borrarse al trasponer la ladera; el inmenso acueducto huye de nosotros a grandes zancadas.

Un paisaje del cual se sale, en que todo se empequeñece y se pierde. Eso es la vida

150

La vida presente está compuesta como de muchas notas. Nos corresponde sin embargo escoger de ellas la que sea dominante en este acorde, que tiene a veces disonancias tan extrañas y desapacibles.

(De: "Almanaque de las horas", en *De fusilamientos*)

ORACIÓN POR UN NIÑO QUE JUEGA EN EL PARQUE

¡Infantilidad, secreto de la vida, no le abandones nunca! ¡Tú que viertes el olvido y el descuido, no le abandones nunca! ¡Ten piedad de sus futuros cuidados!

¡Fantasía, suma benevolencia! que transformas el sórdido jardincillo de arrabal en selva encantada: ¡encanta su camino!

¡Paz interior, la de sonrisas puras y ojos lucientes y asombrados, mana siempre para él asombro y luz!

¡Infantilidad, embriaguez de almas claras! ¡Apártalo del fastidio, del análisis que conduce a las riberas de la nada, del desfallecimiento y del recuerdo!

(De: *Prosas dispersas*)

SIGLO XIX

Bajo siniestro crucifijo, en la Sacristía, conspiran contra el gobierno liberal el arzobispo, los jesuitas y varios generales de la República.

Todo súbitas cóleras y centelleo de despecho, un padre de la Compañía impugna las Leyes de Reforma, aniquila los derechos del hombre y maldice a los constituyentes del 57.

El obeso arzobispo se repantiga y frota las manos con delicia bestial.

Suenan las dos de la mañana en los relojes públicos. A la temblona luz de los cirios se ha operado singular transformación.

En el sitial del arzobispo está un cerdo monstruoso. Los jesuitas han perdido sus lívidos semblantes y ostentan ahora cabezas de lobo llenas de ferocidad. Por los generales hay asnos terribles con los hocicos ensangrentados.

El Cristo, entre las sombras del muro, se debate en un ansia de huir.

(De: *El ladrón de ataúdes*)

ESTAMPA ANTIGUA

No cantaré tus costados, pálidos y divinos que descubres con elegancia; ni ese seno que en los azares del amor se liberta de los velos tenues; ni los ojos, grises o zarcos, que entornas, púdicos; sino el enlazar tu brazo al mío, por la calle, cuando los astros en el barrio nos miran con picardía, a ti linda ramera, y a mí, viejo libertino.

(De: *El ladrón de ataúdes*)

ALFREDO MAILLEFERT (1889-1941)

NACIÓ en Taretán, Michoacán, y estudió en Morelia. En 1919 vino a México, donde "cuidó por muchos años con esmero los libros de la Imprenta Universitaria —según nos informa José Luis Martínez—. Enseñó, además, francés y literatura hispanoamericana en la Escuela Nacional Preparatoria". Preparó una antología de la prosa de Gutiérrez Nájera. Falleció en la ciudad de México.

Obra: *Laudanza de Michoacán. Morelia, Pátzcuaro, Uruapan*, Ediciones de la Universidad Nacional de México, México, 1937.

LAS DESTILADERAS

Iglesias... casonas; enlosados patios... enlosados atrios; aceras de quebradas losas, todavía en muchas callejas. Y además... además, una cosa que no debemos olvidar: las destiladeras. Las destiladeras —también de cantería— son otra de las características de la ciudad. En todas las casas de Morelia hemos de encontrarlas; no faltan en ninguna. Las colocan generalmente en los pasillos que van para los segundos patios, o a un lado de la puerta de la cocina. Cuidadosamente labradas; dentro de un tosco banco o armazón, de madera blanca de pino; con tapaderas también de pino.

La gota de agua va rezumando lentamente a través de estas piedras que son filtros morelianos, como en las grutas las estalactitas. La gota acaba por caer. Abajo está la olla, la ancha olla de barro vidriado. La gota cae y cae, y en la olla nacen ondas límpidas y frescas —como en las grutas de los cuentos.

Todos los morelianos hemos oído el caer de esta gota en la destiladera de la casa, años y años. Con este tintinear de agua que cae —clepsidra de agua— está ligada la vida de Morelia... No lo sabemos, pero probablemente desde los tiempos del primer obispo, don Vasco de Quiroga.

Las destiladeras han de labrarse en piedra blanca y porosa, que es la que se extrae de las canteras del Zapote, al oriente de la ciudad, sobre el camino por donde salía todas las mañanas la diligencia para México.

Los canteros tienen ya un lugar tradicional para venderlas; no en el mercado de San Agustín, ni en el de San Francisco: los portales que están frente a la Catedral.

Siempre el ama de casa regatea al comprarlas, aunque no haya leído a Fray Luis, y aunque la piedra, de tan perfecta como es, ha de durar hasta los nietos.

Las destiladeras... el día lleno de sol; el agua estremecida en la tinaja; pasar de golondrinas... Jueves Santo... Viernes Santo.

Chascan, resuenan las gotas en el grato silencio de la casa, hasta el cuarto en que estamos. Con este gotear —clepsidra de agua— está ligada nuestra vida. De tanto sonar, ya dejábamos de oírlas muchos días. Años y años. Pero volvíamos a oírlas... Y era un día como todos. O la noche —estrellada— en que moría alguno de la familia. ¡O en que nacía alguno de nuestros hijos!...

(De: *Laudanza de Michoacán*)

JOSEFINA ZENDEJAS (18??-19??)

NACIÓ en Pénjamo, Guanajuato. Carezco lamentablemente de información suficiente sobre esta escritora mexicana. Juana de Ibarbourou la llama en 1923 "Mi pequeña Tagore", y Gabriela Mistral incluye el poema en prosa "Artista indígena" de la autora mexicana en sus *Lecturas para mujeres* (1924). Agustín Loera y Chávez escribe en sus *Viñetas ilustres* (Ed. Cvltvra: México, 1951, p. 38) que era integrante del grupo de Margarita Quijano, como, algo mayor, María Luisa Ross. Ha sido colocada en este apartado por ser contemporáneo su *Gusanito* de libros de poemas en prosa de los autores que lo integran.

Obra: *Gusanito. Poemas en prosa dedicados a los niños de América.* Ed. Cvltvra: México, 1923 (Con una carta-prólogo de Juana de Ibarbourou); *Vidas mínimas; Lecturas espirituales; El caminito dorado; Los poemas de la vida humilde; Glosario vegetal* (1941).

GUSANITO

Gusanito, también has estrenado hoy tu vestido café.

También tú debes tener, como yo, una madrina rica que te regala vestidos de seda.

LA MUÑECA DE CUATRO CARAS

Yo no tuve juguetes de niña, mis juguetes los creó mi fantasía y, a pesar de mis exigencias, los tuve como los más costosos.

Tuve una muñeca de cuatro caras, de asombroso manubrio, una maravillosa muñeca que reía a voluntad, que lloraba o estaba seria con sólo que mi mano apretase un determinado botón.

El defecto de ésta mi muñeca era su invisibilidad. Era tan linda y tan cara, que mamá la guardaba en el fondo del baúl por temor de que yo la tomase y la rompiese.

155

Ahora me doy cuenta de que aquella muñeca creada en mi fantasía y con cuya existencia embobaba a mis amiguitas de escuela, era mi propia vida; mi propia vida, muñeca cara que reposaba en el fondo del baúl de mi madre.

PREFERENCIAS

A mí me gustan mucho los cuentos, todo mi dinero de los domingos lo gasto en cuadernos diminutos, que acaricio como el más apasionado bibliómano. Mis hermanitos se ríen de mí porque no compro un globo, una banderola o un par de caramelos.

Y es que no saben que yo con un cuento lo tengo todo: el más grande de los globos, la más ondulante de las banderolas y aun los caramelos más deliciosos.

Padre nada me dice ni se ríe de mí, pero me mira extrañamente.

POEMAS

Todos hemos aprovechado hoy la mañana: Padre ha escrito un poema, madre ha planchado los manteles y yo he hecho una plana de palotes. Abuela dice que todos hicimos un poema.

¿Qué será un poema, Dios mío?

II

Me explicó abuelita que un poema es un trabajo. Pienso entonces que todos los hombres hacen poemas, puesto que todos trabajan.

Yo me he derramado hoy la tinta en los dedos, y madre ha trabajado lo indecible para dejármelos limpios otra vez. Madre ha dejado, así, un poema entre mis dedos, y dejará otro en el mantel que empapé con jugo de fresas.

¡Señor, los poemas que me dedica a mí mi madre! Toda la tarde de ayer la vi remendando mis pantalones, hoy desmanchará mi delantal, esta noche tejerá el abriguito de estambre para uno de mis hermanitos gemelos, y los días todos, y la vida toda de mi madre, serán poemas para mis hermanos y para mí.

HOY VERÉ A MI ABUELITA

Ya no tengo abuelita, pero me he encontrado en la calle unos anteojos, y pienso que es ella la que me los ha enviado desde el cielo.

Ahora, cuando juegue con mamá, vendrá a verme abuelita, bastará con que le ponga a madre los anteojos que me he hallado hoy, y que la envuelva en el chal color de rata que dejó mamá grande a los pies de mi cama, para que me arroparan por la noche, y que yo diga: ¡"ven, abuelita"! Ella vendrá luego, me abrazará riendo, y llorará arrepentida por haberse ido sin permiso de su muchachita.

ARTISTA INDÍGENA

Un hombre color de tierra trabaja; hace grecas y flores sobre una ánfora de barro cocido. Trabaja grave como si cumpliese un rito. Salen de sus manos maravillosas figuras creadas, no se sabe cómo, en el interior de aquella cabezota hirsuta y negra como un cacto quemado. Brotan flores delicadas que aquellas manos rudas no saben ajar.

Me creo ante un milagro; y pienso que es la tierra misma, a través de este montoncito de polvo que es el hombre, la creadora de las flores del jarrón.

(De: *Gusanito*)

GABRIELA MISTRAL (1889-1957)

NACIÓ en Elqui Vicuña, Chile, bajo el nombre Lucila Godoy Alcayaga. Distinguida maestra y escritora, fue invitada a México en 1922 por José Vasconcelos para que colaborara en la reforma educativa de Álvaro Obregón. Producto de esta labor fue *Lecturas para mujeres*. Publicado este libro, marchó a Estados Unidos y después a Europa. Recibió el Premio Nobel de Literatura en 1945. Murió en Nueva York.

Obra: *Lecturas para mujeres*, Departamento Editorial de la Secretaría de Educación: México, 1924.

RECUERDO DE LA MADRE AUSENTE

Madre, en el fondo de tu vientre se hicieron en silencio mis ojos, mi boca, mis manos. Con tu sangre más rica me regabas como el agua a las papillas del jacinto, escondidas bajo la tierra. Mis sentidos son tuyos y con este como préstamo de tu carne, ando por el mundo. Alabada seas por todo el esplendor de la tierra que entra en mí y se enreda a mi corazón.

Madre, yo he crecido como un fruto en la rama espesa, sobre tus rodillas. Ellas llevan todavía la forma de mi cuerpo: otro hijo no te la ha borrado. Tanto te habituaste a mecerme, que cuando yo corría por los caminos, quedabas allí en el corredor de la casa, como triste de no sentir mi peso.

No hay ritmo más suave, entre los cien ritmos derramados por el primer músico, que ese de tu mecedura, madre, y las cosas plácidas que hay en mi alma se cuajaron con ese vaivén de tus brazos y tus rodillas.

Y a la par que mecías, me ibas cantando, y los versos no eran sino palabras juguetonas, pretextos para tus *mimos*. En esas canciones, tú me nombrabas las cosas de la tierra: los cerros, los frutos, los pueblos, las bestiecitas del campo, como para domiciliar a tu hija en el mundo, como para enumerarle los seres de la familia ¡tan extraña! en que la habían puesto a existir.

Y así, yo iba conociendo tu duro y suave universo: no hay palabrita nombradora de las criaturas que no aprendiera de ti. Las maestras sólo usaron después de los nombres hermosos que tú ya habías entregado.

Tú ibas acercándome, madre, las cosas inocentes que podía coger sin herirme: una yerba-buena del huerto, una piedrecita de color, y yo palpaba en ellas la amistad de las criaturas. Tú a veces me comprabas, y otras me hacías, los juguetes: una muñeca de ojos muy grandes como los míos, la casita que se desbarataba a poca costa... Pero los juguetes muertos yo no los amaba, tú te acuerdas; el más lindo era para mí tu propio cuerpo.

Yo jugaba con tus cabellos como con hilillos de agua escurridizos, con tu barbilla redonda, con tus dedos que trenzaba y destrenzaba. Tu rostro inclinado era para tu hija todo el espectáculo del mundo. Con curiosidad miraba tu parpadear rápido y el juego de la luz que se hacía dentro de tus ojos verdes: ¡y aquello tan extraño que solía pasar sobre tu cara cuando eras desgraciada, madre!

Sí, todito mi mundo era tu semblante: tus mejillas como la loma color de miel y los surcos que la pena cavaba hacia los extremos de la boca, dos pequeños vallecitos tiernos. Aprendí las formas mirando tu cabeza: el temblor de las hierbecitas en tus pestañas y el tallo de las plantas en tu cuello, que al doblarse hacia mí, hacía un pliegue lleno de intimidad.

Y cuando ya supe caminar de la mano tuya, apegadita cual un pliegue vivo de tu falda, salí a conocer nuestro valle.

Los padres están demasiado llenos de afanes para que puedan llevarnos de la mano por un camino o subirnos las cuestas. Somos más hijos tuyos; seguimos ceñidos contigo, como la almendra está ceñida en su vainita cerrada. Y el cielo más amado por nosotros no es aquél de las estrellas límpidas y frías, sino el otro de los ojos vuestros, tan próximo que se puede besar sobre su llanto...

El padre anda en la locura heroica de la vida y no sabemos lo que es su día. Sólo vemos que por las tardes vuelve y suele dejar en la mesa una parvita de frutos, y vemos que os entrega a vosotras, para el ropero familiar, los lienzos y las franelas con que nos vestís. Pero la que monda los frutos para la boca del niño y los exprime en la siesta calurosa, eres tú, madre. Y la que corta la franela y el lienzo en piececitas y las vuelve un traje amoroso que se apega bien a los costados friolentos del niño, eres tú, madre pobre, *¡la ternísima!*

Ya el niño sabe andar y también junta palabritas como vidrios de colores. Entonces tú le pones una oración leve en medio de la lengua, y allí se nos queda hasta el último día. Esta oración es tan sencilla como la espadaña del lirio. Con ella ¡tan breve! pedimos cuanto se necesita para vivir con suavidad y transparencia sobre el mundo: se pide el pan cotidiano, se dice que los hombres son hermanos nuestros y se alaba la voluntad vigorosa del Señor.

Y de este modo, la que nos mostró la tierra como un lienzo extendido, lleno de formas y colores, nos hace conocer también al Dios escondido.

Yo era una niña triste, madre, una niña huraña como son los grillos oscuros en el día, como es el lagarto verde, bebedor del sol. Y tú sufrías de que tu niña no jugara como las otras, y solías decir que tenía fiebre cuando en la viña de la casa la encontrabas conversando con las cepas retorcidas y con un almendro esbelto y fino que parecía un niño embelesado.

Ahora está hablando así también contigo, que no le contestas, y si tú la vieses le pondrías la mano en la frente, diciendo como entonces: "Hija tú tienes fiebre".

Todos los que vienen después de ti, madre, enseñan sobre lo que tú enseñaste, y dicen con muchas palabras cosas que tú decías con poquitas; cansan nuestros oídos y nos empañan el gozo de oír *contar.* Se aprendían las cosas con más levedad estando tu niñita bien acomodada sobre tu pecho. Tú ponías la enseñanza sobre esa como cera dorada del cariño; no hablabas por obligación, y así no te apresurabas, sino por necesidad de derramarte hacia tu hijita. Y nunca le pediste que estuviese quieta y tiesa en una banca dura, escuchándote. Mientras te oía, jugaba con la vuelta de tu blusa o con el botón de concha de perla de tu manga. Y este es el único aprender deleitoso que yo he conocido.

Después, yo he sido una joven, y después una mujer. He caminado sola, sin el arrimo de tu cuerpo, y sé que eso que llaman la libertad es una cosa sin belleza. He visto mi sombra caer, fea y triste, sobre los campos sin la tuya, chiquitita, al lado. He hablado también sin necesitar de tu ayuda. Y yo hubiera querido que como antes, en cada frase mía estuvieran tus palabras ayudadoras, para que lo que iba diciendo fuese como una guirnalda de las dos.

Ahora yo te hablo con los ojos cerrados, olvidándome de donde estoy, para no saber que estoy tan lejos; con los ojos apretados, para no mirar que hay un mar tan ancho entre tu pecho y mi semblante. Te converso cual si estuviera tocando tus vestidos, tengo las manos un poco entreabiertas y creo que la tuya está cogida.

Ya te lo dije: llevo el préstamo de tu carne, hablo con los labios que me hiciste y miro con tus ojos las tierras extrañas. Tú ves por ellos también las frutas del trópico —la piña grávida y exhalante y la naranja de luz— tú gozas con mis pupilas el contorno de estas otras montañas ¡tan distintas de la montaña desollada bajo la cual tú me criaste! Tú escuchas por mis oídos el habla de estas gentes, que tienen el acento más dulce que el nuestro, y las comprendes y las amas; y también te laceras en mí cuando la nostalgia en algún momento es como una quemadura y se me quedan los ojos abiertos y sin ver sobre el paisaje mexicano.

Gracias en este día y en todos los días por la capacidad que me diste de recoger la belleza de la tierra, como un agua que se recoge con los labios, y también por la riqueza de dolor que puedo llevar en la hondura de mi corazón, sin morir.

Para creer que me oyes he bajado los párpados y arrojo de mí la mañana, pensando que a esta hora tú tienes la tarde sobre ti. Y para decirte lo demás, que se quiebra en las palabras, voy quedándome en silencio...

(De: *Lecturas para mujeres*)

POEMAS DE LA MADRE

La dulzura

Por el niño dormido que llevo, mi paso se ha vuelto sigiloso. Y es religioso todo mi corazón desde que va en mí el misterio.

Mi voz es suave, como por una sordina de amor, y es que temo despertarlo.

Con mis ojos busco ahora en los rostros el dolor de las entrañas. Así los demás miren y comprendan el por qué de mi mejilla empalidecida.

Hurgo con miedo de ternura en las hierbas donde anidan las codornices. Y voy por el campo silenciosa, cautelosamente. Creo ahora que árboles y cosas tienen hijos dormidos sobre los que velan inclinados.

Imagen de la Tierra

No había visto antes la verdadera imagen de la Tierra. La Tierra tiene la actitud de una mujer con un hijo en los brazos, con sus criaturas (seres y frutos) en los anchos brazos.

Voy conociendo el sentido maternal de todo. La montaña que me mira también es madre y por las tardes la neblina juega como un niño en sus hombros y sus rodillas...

Recuerdo ahora una quebrada del valle. Por su lecho profundo iba cantando una corriente, que las breñas hacían todavía invisible. Ya soy como la quebrada; siento cantar en mi hondura este pequeño arroyo, y le he dado mi carne por breña hasta que suba hacia la luz.

(De: *Lecturas para mujeres*)

CROQUIS MEXICANOS

II

El maguey

El maguey parece una exhalación de la tierra, un ancho suspiro, basto como un surco. Todo él está hecho de fuerza, en la reciedumbre de las hojas inmensas y de las puntas zarpadas.

Suelo sentir las plantas como emociones de la tierra: las margaritas son sus sueños de inocencia; los jazmines tienen lo agudo de un deseo de perfección. Los magueyes son versos de fortaleza, estrofas heroicas.

Nacen y viven a flor de tierra, mejilla contra mejilla con el surco; no se elevan rectos, como el cirio del órgano; caen hacia los lados para acariciar la gleba con una caricia filial.

Carece el maguey de ese tallo inferior, espiritualización de la planta, que la hace más criatura del aire que del suelo y que le da la idealidad que pone el largo cuello en la mujer. ¡Es toda la planta como una copa dura y potente, donde puede caber el rocío que baja sobre toda la llanura en una noche!

El ardor no le deja cuajarse aquel verde joven, matiz de enternecimiento, que tienen las hierbas. Su color es un verde amoratado, que en los atardeceres se adensa. Dominan entonces en el paisaje mexicano esta mancha morada de los plantíos de magueyes y ese como derramamiento de violetas de las montañas lejanas.

El maguey es para el indio, como la palmera para el árabe, fuente de dones innumerables. Sus hojas inmensas pueden hacer la techumbre de su casa; sus fibras le dan dos formas de servicio: el hilo duro con que teje esa red de color de miel que el indio lleva sobre la espalda y que entrega las jarcias más recias, y esa otra hebra delicada que es la seda artificial.

Da, además, con la herida que puede hacerse en su corazón, el agua-miel, que cuaja en un azúcar cándida. Pero el indio es desgraciado, y como dice del hombre Pascal, "necesita el olvido de su desventura". Y por esto vuelve aquel líquido inocente en la bebida demoníaca que le da la falsa alegría, que fermenta en sus entrañas la locura, haciéndole amar y matar en un mismo ímpetu.

Maguey mexicano: da al pobre indio azteca y maya, en vez del delirio que tienes oculto en tu corazón, cien hojas para el alero maternal de su casa; dale los cables y las velas de los navíos, sobre los cuales ha de llevar los frutos de su tierra que enriquecen a los extraños.

Y mientras los hombres van por el Pacífico en conquista de los mercados del mundo, entrega a la mujer la dulzura de tu fibra más exquisita para que teja por su mano el traje de su boda. No lleve más por los caminos el dejo de pesadumbre que le dieron sus quinientos años esclavos y que pesa en los extremos vencidos de su boca.

(De: *Lecturas para mujeres*)

163

EL CANTO

Una mujer está cantando en el valle. La sombra que llega la borra; pero su canción la yergue sobre el campo.

Su corazón está hendido, como su vaso que se trizó esta tarde en las guijas del arroyo. Mas ella canta; por la escondida llaga se aguza pasando la hebra del canto, se hace delgada y firme. En una modulación la voz se moja de sangre.

En el campo ya callan por la muerte cotidiana las demás voces, y se apagó hace un instante el canto del pájaro más rezagado. Y su corazón sin muerte, su corazón vivo de dolor, recoge las voces que callan, en su voz, aguda ahora, pero siempre dulce.

¿Canta para un esposo que la mira calladamente en el atardecer, o para un niño al que su canto endulza? ¿O canta para su propio corazón, más desvalido que un niño solo al anochecer?

La noche que viene se materniza por esa canción que sale a su encuentro; las estrellas se van abriendo con humana dulzura; el cielo estrellado se humaniza y entiende el dolor de la Tierra.

El canto puro como una agua con luz, limpia el llano, lava la atmósfera del día innoble en el que los hombres se odiaron. De la garganta de la mujer, que sigue cantando, se exhala y sube el día, ennoblecido, hacia las estrellas.

(De: *Lecturas para mujeres*)

FRANCISCO MONTERDE GARCÍA ICAZBALCETA
(1894-1985)

NACIÓ en la ciudad de México. Ejerció el periodismo, la docencia (tanto en nuestro país como en el extranjero), fue director del Centro Mexicano de Escritores y autor de numerosos ensayos sobre literatura en lengua española. También escribió poesía, cuento, novela, teatro.

Obra: "Prosas", en *México Moderno* núm. 4, 1920 (edición del Fondo de Cultura Económica).

LAS NUBES

En el claustro espacioso del Colegio de las Vizcaínas, cuatro alumnas pequeñas, sentadas juntas en una banca de hechura monacal, juegan a los alfileres. La más niña es morena, las demás son rubias: cuando alguna de las rubias habla, la morena escucha con atención, abriendo sus ojos sombríos; mas si ella quiere decir algo, las otras la interrumpen y no escuchan lo que dice.

Casi siempre, al jugar, pierde por su timidez y recibe resignada los alfilerazos con que la castigan, en las yemas de los dedos morenos y finos.

Las tres niñas rubias pertenecen a familias vascongadas; la niña morena ignora si tiene familia: Su Ilustrísima el Señor Arzobispo la envió a la Cofradía hace mucho tiempo, y desde entonces vive en las Vizcaínas.

Por encima del patio se extiende el cielo, manchado con una que otra nube blanca, como un rebozo de seda azul en que se hubieran adherido copos de algodón.

Fatigadas del juego, las cuatro niñas levantan los ojos y contemplan las nubes; viéndolas, sus imaginaciones forjan fantasías:

—Esa es como un borreguito del Nacimiento.

—A mí me parece más bien un perro blanco; igual al del Padre confesor.

—Aquella se me figura una paloma volando; mira su pico.

165

La niña morena, contemplando las nubes, calla y sonríe, porque en una de ellas ha visto un rostro blanco, suave y triste, que un día vio muy pálido y que no ha vuelto a ver...

(De: *México Moderno*, 1920)

EL ENAMORADO

"Para ella hice construir una casa de piedra labrada, y mandé colocar en el nicho de la esquina la imagen de San Juan que era su patrono;

"Para ella hice revestir el piso de los aposentos con alfombras suaves, y mandé poner espejos venecianos en los muros para que se contemplara al pasar;

"Para ella torneó finamente un ebanista las columnas salomónicas del lecho y sabias manos monjiles bordaron sus cortinas de seda obscura, con alamares de seda clara;

"Para ella busqué las arcas de más rico tallado, y las llené con sayas y basquiñas y puños de encaje tramado con hilo de oro;

"Para ella compré joyas raras: las más raras joyas que hubo en la calle de la Platería; pudo cubrir su cuello con las sartas de perlas que reuní para ella, y todavía esperaba ansioso los tesoros de porcelana y de marfil traídos en la nao de China...

"Mas ella prefirió acariciar con sus dedos las cuentas negras de un rosario, en lugar de las sartas de perlas que yo le ofrecía; cubrió su cuerpo con el hábito burdo, desdeñando las ropas de lino y de seda; quiso vivir entre las paredes ásperas y las frías losas de una celda, olvidando los espejos y las alfombras de mi casa.

"Entró para siempre a un convento ella, Juana de Asbaje, a quien por mi mal no supe convencer para que fuera mi esposa."

(De: *México Moderno*, 1920)

TERCERA PARTE

CONTEMPORÁNEOS
Y LOS EXILIADOS ESPAÑOLES

BENJAMÍN JARNÉS (1888-1949)

NACIÓ en Codo, Zaragoza. Llegó a México en 1939 con el gran grupo de refugiados políticos españoles y colaboró en periódicos y revistas diversos. Prosista prolífico y versátil, escribió numerosos libros de ensayos, biografías, una excelente *Enciclopedia de la literatura* en seis volúmenes, novelas, teatro; una obra extensa e importante que nadie se ha preocupado de reeditar. Murió en Madrid.

Obra: *Cartas al Ebro*, La Casa de España en México: México, 1940. (Biografía y crítica.)

A LA INTEMPERIE

Ayer, Carlota, me sentí un poco aventurero y me lancé por estos montes en busca de una flor o de un pájaro o de una pastorcilla de esas de Millet... Quise verla rezar el Angelus tan deliciosamente, mientras el rebaño se agrupa en silencioso coro, cuidando de que, por unos instantes, no tintinee ninguna esquila. Yo estoy seguro de que los dóciles corderillos perciben la solemnidad del momento y no interrumpen la paz de esa plegaria tan dulce. Lo más bello de ese cuadro —del cual mis camaradas se sonreirían con su poco de pedantismo "suficiente"— es el silencio en que está envuelto, la bruma quieta que acaba de vibrar con las lentas campanadas.

El campo no tiene pastorcillas de Millet; pero —como en el método Ollendorf— tenía un sarmentoso ermitaño que me hizo pasar buen rato. Cuida de un Santuario, creo que de la Virgen del Mar, distante unos cuantos kilómetros del pueblo, y suele recorrer éste y los del contorno con su capillita al pecho y su buena alforja que, poco a poco, se va llenando de relieves de cocina. Le prometí ir al Santuario, y le di una peseta. Me pareció un hábil truhán que va recogiendo céntimo a céntimo la herencia de fe que aún les queda a estos buenos campesinos.

No frunzas el ceño, Carlota. Yo sé que estas herencias, como todas, van agotándose lentamente. Ya ves qué sucedió en la familia ilustre de los Aznar, de la que yo soy el último y más indigno vástago;

algo así como un seco apéndice, sin estilo y sin emoción alguna, de una magnífica novela por entregas, empapadas de honor y de toda clase de fervores divinos y humanos, hoy ya cenizas... A menos que tú, milagrosa Carlota, soples en mi alma y halles una chispita de calor. Yo no siento en mí, rescoldo alguno; pero, ya ves que, por fin, me reconozco un alma: Algo te costó convencerme de eso. Ignoré siempre que tuviésemos dentro una cosa de tanta responsabilidad... En fin, puesto que la tengo y tú quieres operar sobre ella, ahí la tienes, desnuda y limpia de moho, libre de todas las trepadoras del pasado y del presente. Es muro blanco y liso, donde puedes escribir lo que quieras.

Ahora pides que en el muro grabe —¿por qué no contentarse con pintar?— estos "saludables ejemplos" de santidad. Yo no puedo grabarlos en mi alma, porque desconozco toda suerte de buriles espirituales. Si el alma es la memoria —yo no sé a punto fijo dónde tengo el alma— no nos cansemos en grabar ahí nada, porque conozco bien mi memoria: no conserva ni un verso, ni las señas de un amigo, ni la hora de una cita. Apenas, por singular excepción, conserva un nombre: Carlota.

Así es que decido escribir la impresión de estas "vidas ejemplares" no en la superficie de mi alma, sino en la superficie de unas cuartillas, más definida ahora para mí, mejor localizada. A la vuelta de mi excursión por el monte —donde apenas hallé un ermitaño ladino y muchos guijarros que me hirieron cruelmente los zapatos— he saludado a una enorme pecadora, María de Egipto, tan difícil de imitar en la primera etapa de su vida como en la segunda. ¡Gran viciosa y gran asceta! Parece ser que estos prodigios de contrición y penitencia necesitan del milagro. Esta chispita oculta sólo puede ser reavivada por una brasa celeste. Así, Carlota, yo desconfío mucho de resucitar. Nadie, fuera de ti, quiso nunca cuidar este fuego interior aquí en la tierra. ¿Cómo exigir eso de arriba, donde tan pocas simpatías debo de tener? Pedir para mí uno de esos pocos milagros escritos en el programa divino, sería una locura.

Y, ahora, mientras el día se me desliza de entre las manos, quisiera, Carlota, describirte el paisaje delicioso en que apenas soy una raquítica figura. Quisiera hablarte de esta cadena de redondas colinas, suave contorno voluptuoso, que me ciñe y me ahoga en una dulce agonía. Graciosos alcores, rudas sierras, más lejanas, límite —allá, en la bruma— para mis ojos cansados, valla que golpean las miradas errantes, muros que sólo puede salvar la fantasía, se cogen ahora de las manos, girando en torno mío. Recios bordes de una copa donde se va posando el vino del ocio soñador... ¡Pero a veces se hunden en la copa unas graves campanadas!

Vibran los cristales del aire heridos por el hondo tañido del Angelus. Flotan las campanadas en la copa, dejando en la tarde un temblor infinito. Allá, en la torre, quedó muda la campana, pero los ecos últimos aún rebotan en las sierras. Y la oración sube, débil nubecilla de incienso. Luego, paso lentamente las cuentas de este vivo rosario, los robustos eslabones de esta cadena. Montañas blancas, vivas, sonoras, cuajadas de rebaños. Colinas ondulantes que el pastor desnuda con un grito. Sierras grises, plomizas, rayadas de senderitos innumerables por donde resbalan los rebaños hacia la fresca hondonada.

Verdes montañas hirvientes de semillas, de bulliciosos gérmenes, que harán pronto de cada ladera un amplio y crujiente tapiz de oro. Colinas de mayo, granadas de promesas, vestidas de finas llamaradas verdes... Altozanos ceñidos de chopos, erizados de juncos, coronados de álamos. Cimas fecundas, cuyos pies humedece la rambla, tan acariciadas por los ojos del labriego.

Montañas dormidas. Rojas vertientes, cansadas de brotar espigas en el pasado estío. Suaves laderas, que ya fueron tableros rubios, donde rebrillaba la hoz, serpiente de plata. Montañas color de sangre... El corazón del campo las empapó de la suya. Brotó a borbotones de la herida abierta por el hondo surco que rasgaba la reja. Montañas rojas, tan cansadas de nutrir graneros.

Montañas ocres, laderas pizarrosas, barrancas estériles y amarillas de aliagas, quebraduras donde crecen las margaritas que huellan los rebaños. Colinas desnudas, calvas, donde reluce un limpio guijarro. Montañas grises aromadas de tomillo. Montañas negras, sierras vestidas de pinos de verdor sombrío.

Montañas azules, surcadas por caminos de ensueño, donde acaso se desmorona una ermita olvidada y se resquebraja un cuadro, en otro tiempo ceñido de rosas. Cimas del último confín. Vagas cumbres en una brumosa lejanía. Grupas gigantescas de centauros, desnudos hombros de cíclopes que rozan las nubes.

Montañas violeta, piras del crepúsculo. Colinas de fuego donde se funden esas otras colinas tan efímeras —carmín y naranja— que flotan en el azul. Montañas para el poeta y el visionario, de las que sólo queda un verso también efímero. Montañas irreales, sobre las que se alzan todos los alcázares de la esperanza.

Cierro los ojos y el curvo contorno se espesa y se cierra. Gira la cadena, entre una blanda música de trinos y de viento. Las ágiles montañas, cogidas de las manos, danzan alegremente en torno mío... Cuando despierto, la cadena es ya sólo una informe y negra valla, por donde las estrellas se asoman. Entre la masa sombría que me rodea se yergue la borrosa silueta del campanario, lanza clavada en el corazón de la noche, plegaria muda que asciende desde el templo a la mansión constelada y radiante.

(1924)

(De: *Cartas al Ebro*)

JOSÉ BERGAMÍN (1895-1983)

NACIÓ en Madrid. Licenciado en Derecho, católico, antifascista y partidario de la República, dirigió la revista Cruz y Raya (1933-1936) de literatura, ideas y política. Llegó a México en 1940 y ese mismo año fundó la revista España peregrina y poco después la Editorial Séneca, que dirigió. Fue catedrático de la Universidad Nacional Autónoma de México y, escritor caudaloso como Gómez de la Serna o Jarnés, publicó parte de su extensísima obra en verso y prosa en nuestro país. Regresó a España en 1951, pero se vio forzado a abandonarla de nuevo en 1964 por protestar contra actos represivos franquistas. Volvió en 1970 a Madrid, donde falleció.

Obra: *Disparadero español. El alma en un hilo, 3,* Editorial Séneca: México, 1940. (Libro de ensayos.)

A CIERRA OJOS

Voy andando en la oscuridad. Me lleva el empuje suave de otro cuerpo que siento junto al mío, detrás del mío, a mis espaldas; apretado contra mi cuerpo para adentrarlo en la oscuridad en que le guía, mientras dos manos me oprimen blandamente el rostro, sobre los ojos, para impedirme abrirlos. El cuerpo que se apoya sobre el mío, al andar, me conduce entre las tinieblas, enroscando laberintos de sombra con sus pasos, que dirigen los míos; me conduce y enreda o enmaraña, a la vez, laberínticamente, en lo oscuro: me entraña en su misterio. La mano que me ciega, me guía. Las manos que vendan tibiamente mis ojos. Unas manos de niña. Me llevan lentamente, levemente, con cauto andar, por entre tinieblas conocidas, familiares, caseras.

A veces, un olor, un ruido, un fugaz destello luminoso, entreverado o entrevisto por la rosada sombra, bastan para hacérmelas reconocer, desnudándome su secreto. Aquí sospecho una habitación. Allí otra. Esta es una alcoba que adivino por el ámbito claro de su silencio. Aquélla es otra que reconozco por su tibieza o su perfume. De pronto, es el roce inesperado de un cortinón, delator de un pasillo. Cuando no, es una sensación más vaga de humedad, de calor o de frío... Es difícil perderse. Seguimos la marcha, sin embargo, tejiendo cada vez con más empeño el laberinto de perdición querida. Una vuelta atrás repentina, un brusco detenerse, puede romper el hilo, orientador aún por el recuerdo, de lo conocido. ¡Qué honda, voluptuosa sensación entonces! —Surge espontáneo el: ¿dónde estoy? ¿Será posible que empiece a dudarlo de veras? ¿Que empiece, de veras, a perderme?— Seguimos avanzando y retrocediendo, enredando el ovillo, intrincándonos más y más en el laberinto del juego. Queriendo que la perdición entrañable pueda sucederse de veras.

Así quieren perderse los dos niños que, juntos, andan en este juego toda la casa: deseoso, el uno, de que la oscuridad le trague por completo, como un sueño; y, el otro, deseoso de poder despertarle de repente con su "¿dónde estás?" definitivo, quitándole las manos de los ojos para que, abiertos a la sorpresa, resulten momentáneamente engañados. Y a medida que esto sucede, a medida que pueden sentirse perdidos como en un bosque inmenso en la maraña turbulenta y tenebrosa con que fingidamente, caprichosamente, envuelven alcobas y pasillos: a medida que este pueril y tan profundamente humano afán de perdición les tienta, algo misterioso y secreto late en el corazón de su niñez que presiente ya toda su vida. Por eso, así estrechados oscuramente en tan claro juego, han podido sentirse unidos por el juego mismo como por el amor o por la muerte: y se ha precipitado el latir de sus corazones golpeándoles el pecho. El niño lo ha sentido a sus espaldas, guardadas como por el apoyo firme y tierno de un seno materno; la niña lo siente entre sus manos, en los ojos que ciega, como el tacto filial, brutal y dulce, de un cuerpo de pájaro asustado.

Engaño y desengaño a los ojos. Engaño y desengaño al corazón.

(De: *Disparadero español*)

OCTAVIO G. BARREDA (1897-1964)

NACIÓ en México. Fundó algunas revistas, como *Gladios* (1916), *San-evank* (1918) y *La falange* (1922), en que colaboraron miembros del grupo inicial de Contemporáneos. Desempeñó algunos puestos diplomáticos en Nueva York, Londres, Lisboa, Montreal, Gotenburgo y Copenhague (1923-1934) y después regresó a México a continuar su labor editorial, en su etapa más importante: fundó *Letras de México* (1937-1946) y *El Hijo Pródigo* (1943-1947). "Poeta, crítico, gran traductor y cuentista, Barreda —escribe Guillermo Sheridan— escapa a su habitual definición de 'promotor' (de *literato sin libros*) con una obra inconstante pero llena de curiosidad, eficaz y sorpresiva." Entre otras cosas tradujo "Mañanas en México" de D. H. Lawrence *(Contemporáneos,* año 3, núm. 34, 1931) y "Prosas" de William Saroyan *(El hijo pródigo,* 1, 5, 1943). Falleció en Guadalajara, donde vivió sus últimos años.

Obra: "Trompos" (y otras prosas), *Contemporáneos*, I, 3; agosto, 1928; reedición del Fondo de Cultura Económica: tomo I, pp. 253-260.

TROMPOS

Todavía se me iza al reconocer sus dos labios carnudos, paraditos, prendidos a los míos, el día de la despedida en el incuboso cubo negro de un zaguán, el de su casa.

No siete días se contaban de nuestro encuentro en el lugar exacto en donde nunca nos habíamos encontrado, pero en donde sin conocernos nos citamos, y en donde conociéndonos nunca nos volvimos a encontrar porque citándonos no nos encontrábamos en ese lugar sino en el que no nos encontrábamos.

En el abrazo aquel se nos cayeron, descuidados, nuestros ángeles, a los dos, los cuatro, los ojos, y quedamos como los trompos, dormidos, sobre nosotros mismos, en rotación de miles de vueltas por segundo.

(En: *Contemporáneos*, I, 3; agosto, 1928)

BERNARDO ORTIZ DE MONTELLANO (1899-1949)

Nació en la ciudad de México, donde también murió. Colaboró en todas las revistas juveniles del grupo y fue director de *Contemporáneos* (1928-1931). Su vida transcurrió dedicada por entero a las letras mexicanas: no viajó al extranjero —sus únicos viajes son los de la literatura, el sueño y los efectos anestésicos— ni desempeñó cargos públicos de importancia. Desde un embelesamiento colorista y surrealista a veces ingenuo, la poesía de Ortiz de Montellano se desplaza favorablemente hacia un ahondamiento interior relacionado con las premoniciones del sueño y la experiencia anticipada de la muerte.

Obra: *Red (Contemporáneos:* México, 1928), *Sueños* (1933; reedición de la Universidad Nacional Autónoma de México: México, 1983; edición y prólogo de Lourdes Franco Bagnouls). Pueden verse también algunos fragmentos de su *Diario de mis sueños* (1952).

PESCA

En tierra, tirando por los dos cabos de la red del aire, globo cautivo de las estaciones, tirando hasta echarnos encima el asfalto de los aviadores; tirando hasta hacer salir las cabezas por la lona agujereada —¡qué oscura noche!— para alcanzar, con las manos, las estrellas de escarcha —arañas suspensas de su hilo— y las banderolas en fiesta de las nubes y el reloj primitivo del sol.

Tirando por los dos cabos de la red del aire haríamos maravillosa pesca de pájaros en el otro fondo del mar.

(De: *Red*)

EL AEROPLANO

Para que las nubes no le desconozcan, permitiéndole andar entre ellas, fue vestido de pájaro. Para que pudiera volar, en giros ele-

176

gantes y atrevidos, le dieron forma de caballito del diablo. Para que supiéramos que trabaja y es inteligente, le colocaron en el abdomen la máquina y en la cabeza una hélice que zumba como abeja sin panal.

Manchado de azul y desgranando la rubia mazorca del día va el aeroplano, sujeto a la mano del piloto y a la voluntad de las cataratas del viento, dibujando el paisaje —magueyes, torres de iglesia, indios cargados como hormigas— en su cuaderno de notas cuadriculado.

(De: Red)

PÁJAROS ADIVINADORES

La luz de los foquillos que iluminan las casetas de diversión o de vendimia instala, en las cometas de los cohetes ascensores, el anuncio luminoso de las fiestas del pueblo. Confeti de músicas, de gritos, de estrellas imprevistas, cae sobre la multitud.

¡Por cinco centavos —anuncia el hombre de los pájaros sabios— conocerá su suerte! ¡Pasado y porvenir al alcance de todas las fortunas! ¡Cinco! ¡Cinco centavos!

Rodeado de blusas agraristas y rebozos inocentes hace salir de la jaula a los pájaros adivinadores que, con el pico de cera, arrancan de una cesta los papelillos de color de la buena fortuna. Ávidamente lee, el jugador, en tres líneas de imprenta, el oscuro sentido de la vida...

¡Por cinco centavos!...

¡Pájaros adivinadores, decidme el secreto de la golondrina; más me interesa su destino —viajera, libre— que el mío propio!

(De: Red)

AGRARISMO

Trota por los caminos el aroma de las hierbas de olor que curan el mal de las palabras, pequeñas hojas verdes puestas sobre la sien de la mañana para evitarle vértigo de vuelo.

Bajan de las montañas el agua y el fuego amigos y enemigos al borde de la sed entre el jarro y los labios.

177

Sólo la tierra se reparte apenas en la medida del hueco que llenamos, en el aire de la noche, para siempre adornado con las hierbas de olor que curan el mal de las palabras...

(De: Red)

DIBUJO

Entre las hojas color de montaña gris, morado, el maíz aprieta los dientes de sus granos exactos: sonrisa de la mazorca inmóvil. Envuelto en la montaña del sarape gris, morado, encima la nieve del sombrero de palma descubre, el indio, los granos de maíz cuando sonríe —sonrisa de la mazorca inmóvil— y el cinturón de balas cuando defiende su sonrisa.

(De: Red)

EL LORO

Vivía feliz en una selva verde. Eran suyos los árboles, la tierra y el arroyo de aguas transparentes donde metía el pico, corvo, para beber.

Celebraban sus gritos, casi humanos, sus compañeros de selva y de tanto volar al sol tenía manchas doradas sobre el verde esmeralda de las plumas.

Ignoraba las virtudes de su lengua negra hasta que le trajeron a la ciudad y le cambiaron los platanares, de anchas hojas, por una estaca y al sol por un pedacito de cielo azul: ¡Le enseñaron a hablar; se hizo hombre y se volvió triste!

El único recuerdo de su infancia lo tenía cuando, feliz, tocaba la corneta que Dios le dio.

(De: Red)

LOTERÍA

El poeta en la noche de feria, abre su mirador en el tablado de la lotería. Las flores, los frutos, los seres del mundo se acomodan, a sus anchas, en los cartones coloridos de la imaginación.

—¡El pino angosto de pena y el sanguinario pirú!

178

Comienzan las canciones a saltar la cuerda y el poeta a deshacer el puzzle del paisaje arrojando, a los vientos, el color de las metáforas:

—¡Si llueve con sol, se pintan las plumas del cardenal!

las astillas del ingenio:

—¡Aves de rapiña; las tunas sobre el nopal!

en los cartones, índices, del jugador que escucha las voces de la suerte:

—¡Si el picaflor conociera a lo que tu boca sabe!

Cuando el poeta afortunado señala en los cartones la huella de una imagen precisa, preciosa, grita:

¡LOTERÍA!

mientras en el plano oblicuo de la noche resbala una luna de colores.

(De: *Red)*

ESPEJISMO

Niño feliz, el viento marinero infla el acordeón de las colinas para que, sobre cubierta, en el S.S. *Otoño* dance la nube más ligera a la vista del puerto juglar que, en la bahía, juega con antorchas y cuchillos luminosos.

Cuando el viento marinero desembarque, pasará por las avenidas atropellando a las muchachas con su balanceo; niño feliz, llamará a todas las puertas, golpeará los cristales de todas las ventanas, para huir después, con la risa pueril de la maldad, a la vista de tantos iracundos rostros de porteros, engañados.

(¡Tan-tan!

—¿Quién es?

—El viento marinero)

Al amanecer, con la blusa desgarrada y perdidas las estrellas de la pechera celeste, volverá a bordo y será castigado, puesto a pintar ¡él solo! el casco azul de la mañana.

(De: *Red)*

BARAJA

Los árboles, las nubes cosmopolitas y la sombra concéntrica del humo entrado en años, anclaron en la orilla. El paisaje, detenido sobre la punta de los pies para no caer al agua, se contempla inmóvil.

Para mí, afortunado mirador, testigo de la forma y de su imagen invertida, es, el paisaje doble, el signo de baraja —rey de espadas reflejas— que esperaba mi juego.

(De: *Red*)

JUEGO DE MANOS

Bahía natural abierta entre el pulgar y el índice en donde atracan los saludos y los furtivos telegramas, dedos trabajadores que sostienen la torre inalámbrica del lápiz o descargan el peso redondo de las monedas.

A la vista del inútil meñique y de sus hermanos el mayor y el de los anillos, capitalista odioso y sentimental, el índice señala el litoral inexplorado, misterioso, de la isla de la palma de la mano.

(De: *Red*)

VIERNES

Venus

Se refugian las palomas en el rincón más oscuro del cine de la noche.

(De: *Red*)

DOMINGO

Fiesta y fonógrafos...

Quedó girando el disco de la noche, negro, profundo. La aguja sensible del sueño recogerá su música en mi oído.

(De: *Red*)

180

ÚLTIMO SUEÑO

...entonces yo tenía los años que me faltaban para morir. Caminando de puntillas pasé del cuadro negro, sin despertar, al cuadro blanco en donde se aprenden los límites del arte y lo ilimitado del deseo. Las siete cabezas me seguían, cortadas, por todos los rincones del juego y, obstinadamente, me rodeaban con los brazos de sus miradas y las brasas de sus bocas.

(Voluptuosidad. Licor en la copa. Seno en la mano curva, hueca, que enciende la noche con su tacto.)

Pasaron los días y las noches —cuadro blanco, cuadro negro en el jardín de los ajedreces— renovados e iguales, amando a la dama, odiando al rey, hasta que las siete cabezas de horrible medida me vencieron con los brazos de sus miradas y las brasas de sus bocas.

Encontré la muerte en un cuadrito negro... negro...de noche... de ajedrez.

(De: *Red*)

ARGUMENTO

Una máscara de cloroformo, verde y olorosa a éter, cae sobre mi cuerpo angustiado, horizontal, sobre la mesa de operaciones erizada de signos como un barco empavesado. Sobre mi cabeza Saturno, con su anillo de espejos, lentamente voltea y se mueve. Batas blancas y enormes manos enguantadas de sangre me persiguen. Pasos de goma van y vienen en silencio como ratones.

Grito. Veo mis gritos que no se oyen, que no los oigo, que se alejan y se pierden. Última imagen mi boca. Minero de mí mismo estoy dentro de mi propio cuerpo. Angustia y soledad. Ejercicios de profundo sueño. El cuerpo vive. ¿Alma? ¿Cuerpo? Fuera de la conciencia, del subconsciente y la memoria, el profundo silencio y el "no sé".

Y un retorno alegre, vital, a los sentidos que se beben la hirviente luz de la mañana y el aire fresco, impregnado de codicia, con toda la sed de la ventana.

Lo último que se pierde es el oído. Una voz nos lleva y un voz —la misma— nos trae desde muy lejos, desde otro túnel maternal en ascenso del fantasma a la carne y del silencio al rumor.

(Apuntes después de la anestesia.)

(De: *Sueños*)

181

LUIS CERNUDA (1902-1963)

NACIÓ en Sevilla, España. Abogado en su ciudad natal, radicó en Madrid de 1929 a 1938 y a raíz de la Guerra Civil se exilió a Inglaterra, Estados Unidos y México, donde vivió desde 1951 hasta su muerte. Fue profesor en la Universidad Nacional Autónoma de México. Reunió su obra poética, de un lirismo puro, melancólico y doloroso, bajo el título *La realidad y el deseo,* pero sus dos libros de poemas en prosa han quedado dispersos.

Obra: *Variaciones sobre tema mexicano,* Porrúa y Obregón S.A., México y lo mexicano: México, 1952; *Ocnos,* Universidad Veracruzana: Xalapa, México, 1963.

MIRAVALLE

Tiene este ala del palacio que fue virreinal un piso único, y sobre él todo son terrazas. Desde su risco levantado, a cualquier parte que mires, aparecen frondas allá abajo: primero las del parque, luego las de las avenidas. Al fondo, de un azul acerado y nevado, están los montes. Encima el cielo, el cielo profundo y luminoso.

Siendo todo esto tan nuevo para ti, nada sin embargo te resulta extraño. El mundo tendrá lugares aún más bellos, pero ninguno que así se entre en el alma de quien lo mira. Míralo, míralo bien; acoge entera dentro de ti tanta hermosura, que su contemplación es un regalo del destino. cuando de él ya ninguno esperabas.

Estas terrazas, estas galerías, sólo son un marco del paisaje admirable, limitándolo apenas para hacerlo accesible al ser humano, humanizándolo de modo imperceptible. Tendido bajo la mirada del hombre, le sonríe compasivo, casi tiernamente. Porque en él la grandeza no excluye la sonrisa, ni lo dramático lo delicado, siendo como es paisaje de conciliaciones, no de extremosidades.

Los ecos trágicos de leyenda y de historia que vienen de esas frondas y galerías nada pueden contra el viejo deseo de gozo, de permanencia, que una vez más en ti nace de esta contemplación. Acodado en las balaustradas, deambulando bajo los arcos, parece imposible, si te fuera dado quedarte aquí, que llegaras un día a sentir saciedad, y con ella la maldición antigua del hombre: el deseo de cambiar de sitio.

(De: *Variaciones sobre tema mexicano*)

LA ACERA

De anochecida te llevaban unos amigos por la acera de aquella calle, donde pulquerías y teatrillos orillaban un lado, y el otro tenderetes en que se vendían fritangas. En medio iba el fluir agolpado de los cuerpos, muchos aguardando propicios una seña para reunirse al deseo de más íntimo contacto. Por bocacalles oscuras, que surgían de vez en vez, se adivinaban también, con más baja calidad, las mismas tentaciones y los mismos riesgos.

Entre el alumbrado suficiente de la calle te sorprendió la portada *a giorno* de una tienda, todavía abierta a aquella hora, sin parecer de lejos casa de comida ni taberna. Llegado a su altura, tras el portal deslumbrante, viste de pronto pilas de ataúdes, sin forrar aún sus costados metálicos, a espera, ellos también, de consumidores.

Como un son de trompa final entre la turbamulta de los cuerpos, no podías decidir de aquella contigüidad extraña, que una ironía más que humana parecía acordar con la vitalidad circundante. Más tarde, al ver entre los juguetes infantiles allí acostumbrados, y como uno de tantos, una muerte a caballo, delicado trabajo que denotaba en su artífice anónimo el instinto de una tradición, comenzaste a comprender.

El niño entre cuyas manos la representación de la muerte fue un juguete, debe crecer con una mejor aceptación de ella, estoico ante su costumbre inevitable, buen hijo de una tierra más viva acaso que otra ninguna, pero tras de cuya vida la muerte no está escondida ni indignamente disfrazada, sino reconocida ella también como parte de la vida, o la vida, más certeramente quizá, como parte indistinta de ella.

(De: *Variaciones...*)

EL MIRADOR

A este rincón del convento, suelo desigual de ladrillos rosáceos, apenas más ocre su color que el de las paredes, los dos arcos de su esquinazo abierto sobre el paisaje te atraen, te llaman desde el corredor del claustro. Acodado luego en el muro, miras el paisaje, te dejas invadir por él, de tus ojos a tu imaginación y su memoria, adonde algo anterior, no sabes qué, imagen venida cómo o por dónde, parecía haberte preparado para esta simpatía profunda, este conocimiento entrañable que a su vista en ti despierta.

En lo que ves, cierto, hay mucho que fue y es tuyo, por nacimiento, desde siempre: el fondo religioso y sensual de tu país está aquí; el sosiego remansado de las cosas es el mismo; la tierra, labrada igual, se tiende en iguales retazos tornasolados; los cuerpos esparcidos por ella, cada uno con dignidad de ser único, apenas son más oscuros que muchos de tu raza, acaso más misteriosos, con un misterio que incita a ser penetrado.

Pero con todo eso hay otra cosa, algo exótico sutilmente aliado a cuanto es tuyo, que parecías presentir y se adueña de ti. Así debió también adueñarse de los viejos conquistadores, con el mismo dominio interior, como si ellos hubieran sido entonces, como tú lo eres hoy, los subyugados. Algo diferente de tu mundo mediterráneo y atlántico, que se asoma ya al otro lado de este continente, al otro mar por donde Asia se vislumbra, y tan admirablemente se empareja contigo y con lo tuyo, como si sólo ahora se completara al fin tu existencia.

(De: *Variaciones...*)

PERDIENDO EL TIEMPO

La plaza, hay que reconocerlo, es informe; la fuente, hay que reconocerlo, es absurda. Pero la noche, el aire, los árboles, son benévolos e inclinan tu ánimo a la benevolencia. Así que, sentado, pasas el tiempo, aunque el que queda es poco. Una dejadez, contagio del calor, de la oscuridad, de los cuerpos que rondan en torno, te invade sin resistencia de tu parte.

Cerca hay dos chamacos; uno sentado, como tú, pero leyendo o haciendo que lee un periódico; otro tendido, su cabeza descansando entre los muslos de su camarada. El lector, cuya camisa desabrochada cuelga a la espalda, deja el periódico para estirarse, acariciando su torso desnudo. El dormido sigue durmiendo o pretende seguir durmiendo.

El soplo nocturno del trópico descansa sobre la piel, oreándola. Te sientes flotar, ligero, inconsistente. Sólo los sentidos velan, y con ellos el cuerpo; pero éste vela sin insistencia, no con el entrometimiento acostumbrado, queriendo y exigiendo. Y aunque tú, que le conoces de antiguo, sospeches irónicamente de su templanza, él pretende que con un beso se daría por contento esta noche.

(De: *Variaciones...*)

UN JARDÍN

Al cruzar el cancel, aun antes de cruzarlo, desde la entrada al patio, ya sientes ese brinco, ese trémolo de la sangre, que te advierte de una simpatía que nace. Otra vez un rincón. ¿En cuántos lugares, por extraños que algunos fueran para ti, no has hallado ese rincón donde te sentías vivo en lo que es tuyo? ¿Tuyo? Bueno. Di: en lo que es de tu casta, y no tanto por paisanaje, aunque lo que de tierra nativa hay en ti entra por mucho en la afinidad instintiva, como por temperamento. Y este rincón es de los más hermosos que has visto.

No, no —te dices, contra tu misma posible objeción: en la predilección pronta no tiene parte el que éste es el rincón que ahora miras, y los otros a que puedes compararlo sólo son recuerdo. Aunque al primer golpe de vista, abarcando los terrados, las escalinatas, las glorietas del jardín, algo te trae a la memoria aquel otro cuya imagen llevas siempre en el fondo de tu alma. Pero es loco comparar: lo que existe plenamente, lo que está, es por eso único, y nada puede desalojarlo ni reemplazarlo.

Flores no hay, o apenas, excepto esa bouganvillea pomposa, cascada de espuma morada que cae a lo largo de una tapia. Los árboles, aunque robustos, parecen fatigados, envejecidos. En las sendas, el piso es desigual. Muchos peldaños están rotos. Las fuentes, secas. Por los paredones bostezan marcos vacíos, sin vidrieras ni postigos, abiertos a salas destechadas, en cuyo pavimento crece la hierba. Qué desolación. Y al mismo tiempo, qué encanto secreto viene de todo esto.

Porque la desolación no supone aquí abandono. Al contrario, todo indica manos cuidadosas que atienden, que reparan en lo posible, con medios escasos, los ultrajes del tiempo. De ahí el encanto peculiar de este jardín, como el de un cuerpo hermoso, en el cual se adivina que la voluntad quiere, si no luchar con el tiempo, aplacarlo, demorarlo. Si en alguna ocasión la idea de madurez excesiva te ha parecido menos triste, es aquí: en este lugar lo pasado, aunque en todo se deja sentir, sin quitarle gracia, le da hondura, lo penetra de sosiego.

Pasado y presente se reconcilian, se confunden, insidiosamente, para recrear un tiempo ya vivido, y no por ti, en el cual, al pasar bajo estas ramas, entras, respiras, te mueves, un poco inhábilmente, como quien va distraído, dejando que su pie caiga sobre las mismas huellas de alguien que le precediera por el mismo camino. Sentado al borde de la alberca, bajo los arcos, piensas como tuya una historia que no fue tuya.

Este aire que mueve las ramas es el mismo que otra vez, a esta hora, las moviera un día. Esta nostalgia no es tuya, sino de alguno que la sintió antaño en este sitio. Esta espera no eres tú quien la haces, sino otro que aquí esperó una tarde a la criatura deseada. Abandonado así a la influencia letal del paraje, de pronto te sobrecoge el miedo, la atracción de vivir, desear, expiar los actos de un ser ya muerto, de quedar perdido para siempre, como fantasma, en una intersección del tiempo.

(De: *Variaciones...*)

EL MERCADO

Hacia oriente, camino del mar, pasásteis un día de mercado por aquel pueblecillo. En la plaza, bajo las ramas, entre unos y otros vendedores, unos que exponían sus mercancías en tenderetes y otros que menos favorecidos las exponían por el suelo, hombres y mujeres desfilaban. ¿Desfilaban? En grupos quietos por la mayor parte, silenciosos también, más que escena real te parecieron pintura de una muchedumbre. No era sólo su inmovilidad lo que te los hacía mirar como juego de apariencia ilusoria, sino la concertada maravilla de sus atavíos y de sus actitudes.

Ellas, arropadas en sus rebozos oscuros, negro, azul o marrón, por los que sólo asomaban, arriba, el lustre sombrío de las crenchas, y abajo, el ocre de los pies desnudos. Ellos, con camisa y pantalón claros, rosa, crema o celeste, en los hombros esa prenda graciosa que tiene un nombre más gracioso aún, el jorongo, sobre cuyo fondo apagado aparecían otra vez los matices vívidos. Igual que ocurre en ciertas aves, mientras el neutro plumaje de la hembra apenas la destacaba, era el macho quien ostentaba la gratuidad del ornato y del color.

¿Quién compraba? ¿Quién vendía? Bajo la luz nublada de la mañana, esta escena, donde ni los tonos gritaban ni los gestos exageraban, te parecía sin otro motivo que el componer para la contemplación una pura imagen plástica. Como en el lienzo de algún pintor sevillano clásico, el aire era allí el único actor; actor, y al mismo tiempo artífice sutil, coloreando y modelando cuanto veías con ese tacto mágico, que la realidad y la pintura nórdica desconocen, en el cual la fuerza no excluye delicadeza ni la gracia severidad.

Sintiéndote intruso, y nostálgico de abandonar tan pronto el lugar, te dirigiste con una pregunta a una de aquellas figuras. Mas era un pretexto; un pretexto para entrar, para quedar sutilmente en el cuadro con ella. Lo mismo que el personaje ausente, que sólo está en el lienzo, esfumado y circunstancial, al fondo de él, en un espejo, así quedaste tú allí, actor elusivo y testigo invisible, reflejado en unos ojos.

(De: *Variaciones...*)

EL PATIO

Es media tarde, y al salir a esta galería del convento, tras los arcos blancos, con su fuente al centro y naranjos en torno, ves el patio. Medio cortesano y medio rústico, está lleno de sol y de calma; de calma filtrada por los siglos, de vida apaciguada. Sentado en un poyo, miras y miras embebido, con el gozo de quien largo tiempo privado de un bien, lo encuentra al fin, e incrédulo aún, lo posee.

En tierra bien distante, pasados los mares, hallas trazado aquí, con piedra, árbol y agua, un rinconcillo de la tuya, un rinconcillo andaluz. El aire dejoso y sutil que orea tu alma, ¿no es el aire de allá, no viene de allá? Mas la intromisión de una atmósfera lejana, en medio de la presente, no significa para ésta olvido ni desdén, sino coincidencia y amistad raras.

Viendo este rincón, respirando este aire, hallas que lo que afuera ves y respiras también está dentro de ti; que allá en el fondo de tu alma, en su círculo oscuro, como luna reflejada en agua profunda, está la imagen misma de lo que en torno tienes: y que desde tu infancia se alza, intacta y límpida, esa imagen fundamental, sosteniendo, ella tan leve, el peso de tu vida y de su afán secreto.

(De: *Variaciones...*)

LA CONCHA VACÍA

Este aire, esta tonada que inconscientemente te encuentras de pronto tarareando entre dientes, la oíste allá y allá inconscientemente la aprendiste. Pero ahora, al decírtela, se transmuta, y ya no es su melodía lo que únicamente te viene con ella, sino la realidad misma de los días cuando la aprendiste. Ante ti está aquella ventana, en tu cuarto del hotel; la copa de aquella palmera, que sube desde un jardinillo; el perfil de aquellas terrazas, contra el cielo por el cual unas nubes claras pasan. A esto que ves, como al hueso dentro del fruto, le rodea aquella ciudad, el mundo aquél, de que tu habitación era el centro; la escena de aquella jornada, siempre igual, siempre distinta, que allí acostumbras a vivir, vertido fuera de ti, descuidado, divertido, deambulante, iluminada por tu modo, tu humor de entonces, que no era sino consonante respuesta al de aquel ambiente.

Cuando allí oías distraído este aire, no pensabas que en él hallarías más tarde, tú doblemente distante, en el espacio y en el tiempo, todo eso mismo, y con ello tu ser estival; que iba a rescatar uno de los raros momentos de tu vida cuyo recuerdo no es amargo. Porque este aire contiene tu vida de unas semanas, aquella vida tuya es ya este aire, y siempre que te lo digas verás surgir, como ahora, el mismo cielo, la misma ciudad, el mismo ambiente, redivivos en el aire trivial y efímero, el cual, por serlo, puede así prestar apariencia a esa vida tuya también trivial y efímera, que como espíritu en pena, buscando cuerpo para volver, se ha encarnado en la vacante espiral de la tonada.

El verso, el lienzo, la escultura, otras formas corpóreas del arte, al ser recordadas, no podrían devolverte en ellas unos momentos de tu vida, porque su materia está ocupada por su propia existencia, es su propia existencia, y no ofrecen resquicio por donde la tuya pudiera infiltrarse. La música, en cambio, hecha de sonido, de lo más desencarnado que existe para nosotros, seres de carne y hueso, es incorpórea, fluida toda. Así podemos entrar en ella, revestir con ella nuestras acciones, nuestros pensamientos, nuestros deseos, apropiarla como expresión de nuestra existencia. Por alta y noble que sea, aún es posible domarla, esclavizarla a nuestra persona, imponerle nuestro peso humano de criatura cuyo existir flota a merced del olvido.

Pero si esta tonada guarda y te devuelve la silueta de los días cuando a ella se asomó tu vida, de lo que sin ella sería abstracción, afán sin cuerpo, deseo sin objeto, amor sin amante; sólo es también por un momento, como el espejo guarda y devuelve por un momento la imagen que a él se confía. Porque esa supervivencia de tu existir, ido tú, ¿quién podrá hallarla en ella, descifrando ese eco tuyo, esas horas, ese pasado que tú le confiaste? Todo caerá contigo, como oropel de la fiesta una vez terminada, hasta la sombra de unos días a los que diste morada en la música, y nadie podrá ya evocar para el mundo lo que en el mundo termina contigo.

¿Lastimoso? Para ti, quizá. Pero tú no eres sino una carta más en el juego, y éste, aunque el reconocerlo así te desazone, no se juega sin ti ni para ti, sino contigo y por un instante.

(De: *Variaciones...*)

EL HUERTO

Alguna vez íbamos a comprar una latania o un rosal para el patio de casa. Como el huerto estaba lejos había que ir en coche; y al llegar aparecían tras el portalón los senderos de tierra oscura, los arriates bordeados de geranios, el gran jazminero cubriendo uno de los muros encalados.

Acudía sonriente Francisco el jardinero, y luego su mujer. No tenían hijos, y cuidaban de su huerto y hablaban de él tal si fuera una criatura. A veces hasta bajaban la voz al señalar una planta enfermiza, para que no oyese, ¡la pobre!, cómo se inquietaban por ella.

189

Al fondo del huerto estaba el invernadero, túnel de cristales ciegos en cuyo extremo se abría una puertecilla verde. Dentro era un olor cálido, oscuro, que se subía a la cabeza: el olor de la tierra húmeda mezclado al perfume de las hojas. La piel sentía el roce del aire, apoyándose insistente sobre ella, denso y húmedo. Allí crecían las palmas, los bananeros, los helechos, a cuyo pie aparecían las orquídeas, con sus pétalos como escamas irisadas, cruce imposible de la flor con la serpiente.

La opresión del aire iba traduciéndose en una íntima inquietud, y me figuraba con sobresalto y con delicia que entre las hojas, en una revuelta solitaria del invernadero, se escondía una graciosa criatura, distinta de las demás que yo conocía, y que súbitamente y sólo para mí iba acaso a aparecer ante mis ojos.

¿Era dicha creencia lo que revestía de tanto encanto aquel lugar? Hoy creo comprender lo que entonces no comprendía: cómo aquel reducido espacio del invernadero, atmósfera lacustre y dudosa donde acaso habitaban criaturas invisibles, era para mí imagen perfecta de un edén, sugerido en aroma, en penumbra y en agua, como en el verso del poeta gongorino: "Verde calle, luz tierna, cristal frío".

(De: *Ocnos*)

EL TIEMPO

Llega un momento en la vida cuando el tiempo nos alcanza. (No sé si expreso esto bien.) Quiero decir que a partir de tal edad nos vemos sujetos al tiempo y obligados a contar con él, como si alguna colérica visión con espada centelleante nos arrojara del paraíso primero, donde todo hombre una vez ha vivido libre del aguijón de la muerte. ¡Años de niñez en que el tiempo no existe! Un día, unas horas son entonces cifra de la eternidad. ¿Cuántos siglos caben en las horas de un niño?

Recuerdo aquel rincón del patio en la casa natal, yo a solas y sentado en el primer peldaño de la escalera de mármol. La vela estaba echada, sumiendo el ambiente en una fresca penumbra, y sobre la lona, por donde se filtraba tamizada la luz del mediodía, una estrella destacaba sus seis puntas de paño rojo. Subían hasta los balcones abiertos, por el hueco del patio, las hojas anchas de las latanias, de un verde oscuro y brillante, y abajo, en torno de la fuente, estaban agrupadas las matas floridas de adelfas y azaleas. Sonaba el agua al caer con un ritmo igual, adormecedor, y allá en el fondo del agua unos peces escarlata nadaban con inquieto movimiento, centelleando sus escamas en un relámpago de oro. Disuelta en el ambiente había una languidez que lentamente iba invadiendo mi cuerpo.

Allí, en el absoluto silencio estival, subrayado por el rumor del agua, los ojos abiertos a una clara penumbra que realzaba la vida misteriosa de las cosas, he visto cómo las horas quedaban inmóviles, suspensas en el aire, tal la nube que oculta un dios, puras y aéreas, sin pasar.

(De: *Ocnos*)

PANTERA

Su esbelta negrura aterciopelada, que semeja no tener otro peso sino el suficiente para oponerse al aire con resistencia autónoma, va y viene monótonamente tras de los hierros, ante quienes seducidos por tal hermosura maléfica allá se detienen a contemplarla. La fuerza material se sutiliza ahí en gracia dominadora, y la voluntad construye, como en el bailarín, un equilibrio corporal perfecto, ordenado cada músculo exacta y aladamente, según la pauta matemática y musical que informa sus movimientos.

No, ni basalto ni granito podrían figurarla, y sí sólo un pedazo de noche. Aérea y ligera lo mismo que la noche, vasta y tenebrosa lo mismo que el todo de donde algún cataclismo la precipitó sobre la tierra, esa negrura está iluminada por la luz glauca de los ojos, a los que asoma a veces el afán de rasgar y de triturar, idea única entre la masa mental de su aburrimiento. ¿Qué poeta o qué demonio odió tanto y tan bien la vulgaridad humana circundante?

Y cuando aquel relámpago se apaga, atenta entonces a otra realidad que los sentidos no vislumbran, su mirada queda indiferente ante la exterior fantasmagoría ofensiva. Aherrojada así, su potencia destructora se refugia más allá de la apariencia, y esa apariencia que sus ojos no ven, o no quieren ver, inmediata aunque inaccesible a la zarpa, el pensamiento animal la destruye ahora sin sangre, mejor y más enteramente.

(De: *Ocnos*)

191

EL PARQUE

Sobre la hierba, donde orillan la avenida bancos sin nadie, pequeños en la distancia al pie de los grandes árboles, la luz matinal cae
en haces alternados con otros de sombra. Los troncos, componien-
do la perspectiva, parecen desde lejos demasiado frágiles para
sostener, aunque aligerada por el otoño, la masa de sus frondas, a
través de las cuales se trasparenta el celeste tan leve del cielo, indeciso aquí y allá entre el rosado y el gris. Un viso de oro lo envuelve todo, armonizando los diferentes verdores, más que como obra
de la luz, como obra del tiempo sedimentado en atmósferas sucesi-
vas. La naturaleza a solas recoge en su seno tanta calma y tanta
hermosura, originadas y sostenidas una por una, igual que sonido
y sentido en un verso afortunado.

A la tarde, el viento se lleva por la alameda algo que en su alada
rapidez no se sabe si son hojas secas o doradas aves migratorias.
Tibia la hora, algún grupo de árboles manteniendo su verdor intacto, las palomas revuelan tocadas de ímpetu vernal, y los niños vienen con sus triciclos, con sus cometas, con sus veleros. Si bajo el
pie no crujiesen las hojas, nadie diría que fuese otoño, ni siquiera
ese perro valetudinario que, encelado y envidioso, ronda los juegos
de sus congéneres jóvenes. La luminosidad de un verano de San
Martín llena la tarde de promesas engañosas: el buen tiempo presenta un futuro dilatorio, de momentos tan plenos como los días
largos de toda una primavera que comienza. Allá entre los troncos
más lejanos, donde un vapor ofusca la trasparencia del aire, por la
llama de esa hoguera se diría que arde, en pira de sacrificio, buscando transustanciación, el otoño mismo.

Esta glorieta hacia la cual convergen ascendentes las avenidas,
parece a la madrugada extinta cavidad de un cráter, en cuyo centro delata a las aguas negras del gran estanque, con un iris rojo,
extrañamente cercana y encendida, la luna. Cómo llega a los huesos la frialdad húmeda de la noche, desencarnando al transeúnte y
libertando su fantasma. En tal paisaje de trasmundo, sólo la fuerza
del deseo retiene sobre el esqueleto los cuerpos abrazados de esa
pareja en un banco, a salvo con otra forma de anonadamiento del que
infligen las fuerzas maléficas de la noche roja y negra, sorbiendo
de las venas la sangre y filtrando en su lugar la sombra.

(De: *Ocnos*)

JUAN GIL-ALBERT (1902)

NACIÓ en Alicante, España. Durante la Guerra Civil residió en México y Argentina. Más tarde volvió a Valencia, donde reside. Fue secretario de redacción de las revistas *Hora de España* y *Taller*. Con Emilio Prados, Xavier Villaurrutia y Octavio Paz preparó *Laurel. Antología de la poesía moderna en lengua española* (1941).

Obra: "Los lirios". Este curioso poema en prosa fue escrito en México en 1946. Figura en primer borrador manuscrito en el archivo de Salvador Moreno, fino compositor veracruzano de canciones nacido en 1916.

LOS LIRIOS

*A Salvador,
que fraterniza con ellos,*
JUAN
1947

Regresé una noche con un gran manojo de lirios. Me los dieron en un jardín, y tuve que venir desde los arrabales, sentado en la penumbra de un autobús, llevando sobre mis rodillas aquel fragante cuerpo estival al que los pasajeros lanzaban acuciantes miradas furtivas y funestas por ese desconcierto ante todo lo natural y bondadoso que va siendo característica del hombre moderno. Yo mismo viajaba como en peligro de algún percance molesto, como infringiendo alguna de esas leyes oscuras que por todas partes nos acechan y que, cuando nos señalan con el dedo, nos convierten en apretada estatua de sal. La clandestinidad inalienable de mi gozo, me colocaba, sin embargo, a millas de distancia de aquellos desconocidos compañeros urbanos.

Sería la media noche cuando encendí la luz de mi cuarto y, a poco, colocados los lirios en una copa de cristal, la habitación que era de casa de huéspedes se engalanó con una esplendidez que sólo las flores saben dar o la presencia de la persona amada. La amarillenta bombilla tensó las profundidades del color y una suavísima fragancia invadió al instante las cuatro paredes de la alcoba; estaban sobre una mesa, junto a mi cama. Contemplándolos, con deleite y extrañeza, me pregunté: ¿Dónde residirá para mí, su atracción singular, el por qué de mi preferencia, entre tantas otras formas que la naturaleza me mostraba? Traté de encontrar una respuesta; acaso podría resumirla así: Eran como reyes silvestres; había en ellos algo de principesco, pero unido a su vez a un eco montañoso; no eran flores de jardín, sino de montaña, y poseían lo frágil inimitable de las floraciones campestres; un misterio parecía envolverlos, de ociosidad inmemorial, perdidos en la frescura virgen de las serranías... Y protegidos por su círculo de espadas, señoreábanse del collado y de su ensimismamiento. Viril era la lozanía de su sencillez, como casta y erguida su hermosura, y así unas cuantas rosas que habían quedado enredadas por sus espinas entre los lisos tallos verdes, mostraban, bien a las claras, en su aparente descuido y en su carnal voracidad, ser los lirios de otro sostenido pudor y de más enigmática distancia; mirarlos era como adentrarse en la noche y vacilar.

Varios días esplendieron allí como un regalo único. Un aroma flotaba sobre los muebles como las nubes sobre la parda sierra. En los amaneceres, veía yo la cernida luz del cielo en torno a sus oscuras corolas y me parecía entreabrir los ojos en las profundidades de un bosque, hundiéndome la mirada en aquella matinal semipenumbra. Cada mañana había que sacrificar dos o tres capullos arrugados, súbitamente envejecidos en el corazón de la noche. Dos escasos días duraron las rosas, dobladas sobre sus espinosos tallos y deshojándose con deliciosa afectación; los lirios, por el contrario, desvanecíanse como un sueño, recogidos sobre un cáliz como un papel vinoso; mas también cada día esclataban nuevos pimpollos y había que ver la maravilla de aquellos apretados botones de la noche anterior que parecían por un fuego contenido, pequeñas antorchas, abiertas en la mañana como juglares de tan natural dejadez y elegancia, y a los que con polvillo de oro entre sus nazarenas vestiduras brillábanles los juveniles órganos del amor.

Mas el tiempo fue segando tanta gracia y las noches sumiendo en su confín aquel misterioso cogollo. Un día quedó en las copas, consumada la poda general, una flor única, y sentado en la cama, como era mi costumbre, acerqué mis papeles y me dispuse a escribir. Y apenas la voluntad comenzaba a ser reabsorbida por el trabajo, cuando sentí que hasta mí llegaba estremeciéndome una dulce saeta; era un aroma, una emanación apremiante que en línea recta y agudísima vibración hacíame llegar aquel último huésped, postrera criatura de la foresta. Volví la cabeza para mirarlo y, ridículo será que lo confiese, sonreí como hace tiempo que un ser humano no había provocado en mí una sonrisa. Sí, era la llamada de alguien que respiraba aún con lozano candor el enigma de la existencia. Sus compañeros desaparecidos habían volcado sobre mis ojos el apogeo de su juventud y un flotante aroma rosa como una tienda real, inaprensible como el viento; únicamente ahora, cuando tan sólo quedaba uno de ellos, asomado en la copa de la cima de su soledad, su esencia se convertía en voz, en voz individual, de criatura, y con ella me llamaba, comunicándome lo que tan sólo la soledad sabe decir, mezcla de besos y lágrimas en la expectante concordia del amor. Lo recuerdo: brotado el último, aquel zumo era en sus pétalos apenas malva; toda la jornada estuvo allí, prendido a la luz de los días y lanzándome a trechos el fulgor de su dardo. La noche, como era su ley, le consumió la savia.

Tardé mucho en sustituir, por compañía alguna, ausencia tan delicada.

SALVADOR NOVO (1904-1974)

NACIÓ y murió en la ciudad de México, hijo de un comerciante español y una capitalina. En la escuela conoció a Xavier Villaurrutia, a quien lo ligaría desde entonces una estrecha amistad. Su precocidad fue proverbial: en 1922 tradujo para Editorial Cvltvra *Manzana de anís, Almaida de Etremont y otros cuentos* de Francis Jammes, con prólogo y selección de Xavier Villaurrutia; en 1925 publicó los innovadores *XX poemas* y sus encantadores *Ensayos*. Como promotor cultural, lo mismo que como Cronista de la ciudad, *chef de cuisine, dandy,* impulsor del teatro, periodista, locutor de radio, personaje de la televisión, ejerció un exhibicionismo inteligente de talante satírico. Su prosa rezuma un ingenio excepcional y una malicia peligrosísima, y de su poesía él destacó estas notas: "la circunstancia, el humorismo y la desolación". Esperamos con impaciencia la edición de sus obras completas.

Obra: "Confesiones de pequeños filósofos" (once prosas), en: *Ensayos* (1925), en: *Toda la prosa,* Empresas Editoriales: México, 1964.

LA VENUS DE MILO

¿Que cómo, en fin, tenía yo los brazos? Verá usted; yo vivía en una casa de dos piezas. En una me vestía y en la otra me desnudaba. Y siempre ha habido curiosos que se interesen en ver y en suponer. Ahora me querían ver los brazos. Entonces ellos querrían verme lo que usted ve. Y yo, en ese momento, trataba de cerrar la ventana.

DON QUIJOTE

En el donoso escrutinio que hicieron en mi librería barbero y cura, no lograron dar con la clave y secreto de mis dislates. Llámase el tal *Santa* y se les pareció sin discusión; es libro escrito por un Indiano y culpable de mis hazañas pro-doncellez. Antes de hojearlo cierto que me placía jugar a los caballitos, con dolor de mi madre viuda y peligro bronquial de mi esbeltez. No había conocido más mujer que María virgen, madre de Dios, y ya veis en qué condiciones. Creía que los niños nacen siempre entre paja; al saber lo de Santa hice mis salidas con la mejor intención.

Sólo que al regresar a casa morí de pena. Todo estaba ya claro para mí, aun mi propia vida. El correo me había traído grueso libro de un alemán. Llámese este Foroed o Freud, si hase de escribir a la alemana usanza. ¿Por qué me engañaste, madre viuda, si un Indiano y un Alemán desencantan siempre?

CLEOPATRA

Sabéis que me bañaba en leche de burra, con jabón de tortuga y un ala de pelícano por esponja. Cosas nuestras, un poco raras; pero indispensables para los retratos en los magazines. Desde la prohibición empezaron a chocarme los States. Cuando antes filmaba, solía disolver perlas en vino ácido. Ahora tendría que beber Welch's. ¡Triste papel para una reina escénica! Además, Marco Antonio empezó a preferir a sus mansas compatriotas y, con la competencia de vampiresas, mis contratos ya eran indignos. Wally y yo empezamos juntos. Sólo que él prefería la nieve. Se nos pasó la mano un día; pero no comprendo cómo esos reporteros, o historiadores, o lo que sean, confunden los áspides con las jeringas hipodérmicas.

NOÉ

Hijo desnaturalizado que reías viendo a tu autor en apurado trance, sabe que no eran uvas la causa de mi malestar.

¿Parécente pocos los días aciagos que pasé en aquel flotante Soviet, entre tanto recién casado de todas las esferas? Días que no conté porque Jehová sólo se refirió a los animales y no mencionó a los almanaques ni, imprevisor de mi débil cabeza, los limones para el mareo! ¡Y luego compadecen a Cristóbal por su tripulación! Siquiera él traía tres barcos para sus semejantes...

197

SALOMÉ

Judith, Dalila y yo. Pero las aficiones de Dalila eran tan tristemente figáricas que aceptaba propinas. Yo quise la cabeza de Juan porque estaba llena de bellas ideas y porque sus abundantes rizos eran del color de mis escasos Kisme-quicks. Podía retratarme con ella sobre un libro, ya monda, para los anuncios de mi Hamlet. Por otro lado, si usted come rábanos ya sabrá que no hay para qué tomarlos por las hojas.

CUAUHTÉMOC

Con los fríos que pasa uno en Klondike. Se hielan los pies... Gracias a Cortés que me enseñó esto de los calentadores.

Y el pobre no pudo dar con mi tesoro. ¿De qué sirven los cheques, los giros, pues? Mi dinero llegó antes que yo acá, donde hay tanto que nadie por él sospecha mi rango. Dicen los periódicos que me yergo altivo en el Paseo de la Reforma y en Río de Janeiro. ¡Qué herencia del Santo Tribunal de la Inquisición! ¿Acaso estoy en un lecho de rosas?

LE PENSEUR

Yo que estoy la barba en la mano... meditabundo... Todos ustedes son también un poco pensadores... A cierta hora del día... o de la noche... todos ustedes toman mi postura...

JOB

Thousands Without Job
The Times

Y tornó Job a tomar su parábola y dijo:

¿Se secará el viento o se mojará? ¿Y en la boca del insensato molares no faltarán?

Porque naciéronme en la tierra siete hijas y siete hijos. Y fui poseedor de quinientas asnas y de tres mil camellos, y taquígrafas y taquígrafos: y fui jefe de Departamento.

Y un día vinieron los hijos de Dios delante del ministro. Y entre ellos vino Satanás.

Y dijo a Jehová Satanás: quítale a Job el empleo. Porque en pobreza aun el recto se torcerá, y el perfecto te hará política.

Y mis asnas y mis camellos abandonáronme. Y el pelo crecía sobre mis orejas. Y yo vagaba por los parques y esperaba en las antesalas.

(De: "Confesiones de pequeños filósofos", en *Ensayos)*

ACERCA DE LOS BARBEROS-DIGRESIÓN

El hoy oficio de barbero alcanzó en tiempos no remotos el digno título de profesión y participaba de la cirugía su ejercicio. En Francia, los barberos-cirujanos eran diversos de los peluqueros y fueron incorporados a gremio diferente bajo Luis XIV. Enrique VIII de Inglaterra, que nunca los usaba mucho, pensó que se dedicaran a rasurar y a las nimias tareas de sacar dientes y hacer sangrías, prohibiendo a los cirujanos el ejercicio de la navaja de barba.

Las peluquerías, en que hoy se cortan pelo y barba indiferentemente y en que no se saca ya siempre sangre —cosa que, de pasar, se detiene con el París Cristal—, han sido siempre refugio de gente perezosa. Además del natural atractivo que ofrece con sus perfumes y del incentivo que es para visitarlas el enterarse a poco costo de toda novedad citadina mientras se libra uno de barbas, se acostumbraba antaño el tener una vihuela o una mandolina para que los pacientes lo fueran mientras les llegaba su turno. En nuestros pueblos, y aún en nuestros barrios, puede observarlo cualquiera. No es raro hallar, junto al letrero Barbería, otro que diga Música para Bailes. El ukelele, novedad para los norteamericanos, no lo fue seguramente para nuestros barberos, hechos a "tañer la vihuela", como a pelear gallos bien preparados por largos plazos en la puerta del establecimiento.

Achivarrarse y hacer el angelito son dos expresiones barberiles, que ya no se usan, pero que tuvieron grande importancia. Achivarrarse consiste en ponerse en cuclillas y a merced del experto. Y se hace el angelito introduciéndose una bola en la boca, por la mejilla, para abultarse y desencañonarla mejor.

Los presidentes de Francia, casi sin interrupción, han tenido bigotes. Así los de México, de los cuales los ha habido también con toda la barba. La de Maximiliano, bella y cuidada, ¿no habrá continuado en Carranza? Ambos tuvieron trágico fin, y todos recordamos el corrido que dice: "Si vas a Tlaxcalantongo, tienes que ponerte chango, porque allí a Barbastenango le sacaron el mondongo."

Encuentro que la razón de que los reyes de la Europa antigua dejaran sus barbas mejor que hacerlas rasurar, era, aparte la dignidad de la apariencia bíblica, el miedo a la navaja por el cuello.

Gómez de la Serna lo nota: "No hay miedo comparable al de una navaja de rasurar".

La aparición de la Gillete marca una etapa nueva en la humanidad. Si antaño los plebeyos eran lampiños y los eunucos eran rapados, hoy el ideal de todo ciudadano que sufre cada tercer día, o a diario, con la perspectiva matinal del jabón, del agua caliente y del alcohol criminal, es que en su piel no se produzcan las barbas, aunque parezca eunuco o se le tome por indígena.

Nos preocupan las barbas hoy más que nunca. Son —dice José Gorostiza en uno de sus poemas— un estado espiritual. Por nada del mundo nos atreveríamos a presentarnos ante ella sin rasurar, ni asistiríamos con la picazón a una fiesta o a un entierro, o a una entrega de diplomas. Y lo triste, lector, es que tú, y yo, y todos, tenemos barbas.

(De: *Ensayos*)

GILBERTO OWEN (1904-1952)

Nació en El Rosario, Sinaloa, hijo de irlandés y michoacana de sangre indígena. Vivió en Toluca de 1919 a 1923, hasta que Obregón lo trajo a la capital a trabajar en la Secretaría de la Presidencia y a continuar sus estudios. Así conoció a Novo, a Cuesta y, sobre todo, a Villaurrutia: encuentro crucial que acabará de perfilar la inclinación y el talento de Owen hacia la literatura. Muy joven empezó a publicar poemas y prosa en revistas. Desempeñó cargos diplomáticos en Filadelfia, donde vivió finalmente más tiempo que en su México añorado. Y en Filadelfia, destruido apenas a los 47 años de edad, cumplió con su fatal destino de *enfant terrible*.

Obra: *Línea* (1930), "Otros poemas", en *Obras*, Fondo de Cultura Económica: México, 1979; edición de Josefina Procopio; prólogo de Alí Chumacero; recopilación de Josefina Procopio, Miguel Capistrán, Luis Mario Schneider e Inés Arredondo.

SOMBRA

Mi estrella —óyela correr— se apagó hace años. Nadie sabría ya de dónde llega su luz, entre los dedos de la distancia. Te he hablado ya, Natanael, de los cuerpos sin sombra. Mira, ahora, mi sombra sin cuerpo. Y el eco de una voz que no suena. Y el agua de ese río que, arriba, está ya seco, como al cerrarle de pronto la llave al surtidor, el chorro mutilado sube un instante todavía. Como este libro entre tus manos, Natanael.

(De: *Línea*)

EL HERMANO DEL HIJO PRÓDIGO

Todo está a punto de partir. Una cruz alada persigna al cielo. Los militares cortan la últimas estrellas para abotonarse el uniforme. Los árboles están ya formados, el menor tan lejano. Los corderos hacen el oleaje. Una casita enana se sube a una peña, para espiar sobre el hombro de sus hermanas, y se pone, roja, a llorar, agitando en la mano o en la chimenea su pañuelo de humo.

Detrás de los párpados está esperando este paisaje. ¿Le abriré? En la sala hay nubes o cortinas. A esta hora se encienden las luces, pero las mujeres no se han puesto de acuerdo sobre el tiempo, y el viajero va a extraviarse. —¿Por qué llegas tan tarde?, le dirán. Y como ya todas se habrán casado, él, que es mi hermano mayor, no podrá aconsejarme la huida.

Y en la oscuridad acariciaré su voz herida. Pero yo no asistiré al banquete de mañana, porque todo está a punto de partir y, arrojándose desde aquí, se llega ya muerto al cielo.

(De: *Línea*)

VIENTO

Llega, no se sabe de dónde, a todas partes. Sólo ignora el juego del orden, maestro en todos. Paso la mano por su espalda y se alarga como un gato. —Su araña es el rincón; le acecha, disfrazado de nada, de abstracción geométrica. Parece que no es nada su arrecife al revés. Y llega el viento y en él se estrella, ráfaga a ráfaga, deshojado. Queda un montón de palabras secas en los rincones de los libros.

Me salí a la tarde, a donde todas las mujeres posaban para Victorias de Samotracia. Las casas cantaban *La trapera*, precisamente. Las norias de viento ensayaban su código de señales, que sólo yo entendía. Por eso todos me preguntaban la hora. Llevaba atada de mi muñeca la cometa del sol.

En aquel paseo conocí también a la Hermana Ana, conserje de un hotel, encargada de abrir todas las puertas, incansablemente, para ser guillotinada por la última. A Barba Azul ya lo llamaban cielo.

(De: *Línea*)

ANTI-ORFEO

Pasa el ciclista pedaleando la pianola de la lluvia. Mi máquina empieza a escribir sola y los tejados tartamudean telegrafía. Alargamos

202

al arpa dedos de miradas. La luz pasa de incógnito, y ni dentro ya de la sala nos permite alzarle el velo. Nuestras manos contra la ventana chorrean sangre. El crimen fue romper los violines de nuestras corbatas; la mía lo mereció: quería tocar marchas triunfales, y ya sabes que en esta casa no se disimulan desórdenes. Pero la tuya, Orfeo, no, que era sólo una corbata de toses.

Al cielo le gritaremos que el buen juez por su azul empieza el aseo, que coja esa espuma y que se seque los ojos. Está encerrado, llora y llora, castellana cacariza, en el torreón al revés del pozo.

Esos hombres están enamorados de la noche; abren el paraguas para llevar consigo, sobre sus cabezas, un trozo de cielo nocturno. ¿Linneo no era tan lince? Olvidó esos árboles transeúntes.

Cerramos los ojos, para reconocernos. Pero nos duelen recuerdos imaginarios. Una forma se precisa. El aire se hace más y más delgado, conmovido, para entrar por la cerradura a la pieza vecina, donde alguien llora, Nuestra forma aprende caricias de consuelo. Entonces yo, para no recordar a Verlaine, dije tu nombre. Un murciélago echó a volar en pleno día, bajo tu tos —quise decir, bajo la lluvia.

(De: *Línea*)

VIENTO

Cuando quise volver, no había ya nadie más que aquel frío seco, en cuclillas, fakir famélico. Cogí un rincón de mi recámara y me lo eché sobre los hombros. La noche me quitaba esta sábana para el hijo mimado. La pared se alejaba jugando con él.

Me puse a mirar el Niágara que habrá, detrás y arriba, y la instalación de turbinas necesaria para alimentar alfa voltios de soles y de estrellas. Le pregunté a Esopo a qué hora llegaría: "Anda", me dijo, pues quería calcular la velocidad de mi marcha y la fuerza de mis ideas generales. Pero ahí estaba el viento, para contar mis versos con los dedos. Deshojaba unas margaritas negras, y el último pétalo decía que no invariablemente. En vano denuncié a gritos la trampa. Todas las casas estaban ciegas y sordas como tapias. Hasta las paredes. Hasta los que usan monoclo habrían llorado.

Llamé tan fuerte, que se cayó una estrella. "Formula un deseo", me dijo mi ángel. Entonces abrí el estuche de terciopelo negro y fui sacando las cosas del mundo, poco a poco, ordenándolas. Alguien, sin despertar, dejaba de dormir y lloraba. El sol espiaba cauto entre los demás si ya lo había arreglado yo todo, como los cómicos que miran por un agujerito del telón el estado del público.

Sonó el cencerro, al cuello de la iglesia, y las casas echaron a andar rumbo al campo y llegaron a mí, que no podía ir a ellas.

(De: *Línea*)

ALEGORÍA

Hemos perdido el tren.¡Qué gusto! ¿Qué pena? Abrimos las maletas; cada recuerdo vuelve a su sitio. Nos leen libros sin importancia. Nos miman, nos gradúan paulatinamente en gastronomía.

Luego salimos a la calle, y al gritar que nos han robado —¡pero si no acusamos a nadie!— hay un señor patético que ofrece: —Que se me registre.

Es un vendedor de almanaques. Vocea *El más antiguo Galván*. Se tiñe de cristal las barbas y parece lampiño. Es posible que no tenga, en efecto, nuestro reloj. ¿Vamos haciendo el inventario? Una guadaña cortaplumas, en la muñeca un reloj de arena. Alguna bolsa secreta, sin embargo, nos faltará por registrar. Nuestros compañeros no saben zoología, pero ya hemos advertido en él cosas de canguro.

Lo desnudamos al fin y lo sacamos a él mismo, todo de oro, de su bolsa de marsupial. Luego la cosa es muy aburrida, porque tiene él otra bolsa, en la que también está él, que a su vez tiene una bolsa...

¿Cuándo acabaremos de leer a Proust?

(De: *Línea*)

POÉTICA

Esta forma, la más bella que los vicios, me hiere y escapa por el techo. Nunca lo hubiera sospechado de una forma que se llama María. Y es que no pensé en que jamás tomaba el ascensor, temía las escaleras como grave cardíaca y, sin embargo, subía a menudo hasta mi cuarto.

Nos conocimos en el jardín de una postal. A mí, bigotes de miel y mejillas comestibles, los chicos del pueblo me encargaban substituirlos en la memoria de sus novias. Y llegué a ella paloma para ella de un mensaje que cantaba: "Siempre estarás oliendo en mí".

Esta forma no les creía. Me prestaba sus orejas para que oyera el mar en un caracol, o su torso para que tocara la guitarra. Abría su mano como un abanico y todos los termómetros bajaban al cero. Para reírse de mí me dio a morder su seno, y el cristal me cortó la boca. Siempre andaba desnuda, pues las telas se hacían aire sobre su cuerpo, y tenía esa grupa exagerada de los desnudos de Kisling, sólo corregida su voluptuosidad por llamarse María.

A veces la mataba y sólo me reprochaba mi gusto por la vida: "¡Qué truculento tu realismo, hijo!" —Pero no la creáis, no era mi madre. Y hoy que quise enseñarle la retórica, me hirió en el rostro y huyó por el techo.

(De: Línea)

VIENTO

Recuerdo el paraje del aire donde se guardan las cartas perdidas, las palabras que decimos, cuando pasa un tren, seguros de no ser oídos, y los globos de colores que el cielo va deshaciendo —bolas de caramelo—, cada vez más pequeños hasta ser sólo un punto en su boca azul, y luego nada, sino el llanto, abajo, de los niños a quienes se escaparon.

Alí Babá llega todas las mañanas a guardar ahí su botín; por la noche, cuando baja a la tierra y al mar, vigila su retrato, que es sólo un espantador eléctrico. Sin el espantapájaros este las cosas echarían a volar.

También recuerdo una gruta submarina en cuyo hueco se había quedado prisionero, para siempre, un poco de viento. Con los años había enmudecido y estaba paralítico. Entre las rejas de algas se asomaban los peces chicos, enseñándole la lengua, y cuando el viento jugaba, afuera, a la tormenta, el agua se vengaba oprimiéndolo para ahogarlo; crujía tremendamente su carne inasible, y en vano se defendía hundiéndole al agua balas de burbujas.

Y recuerdo también esa hora del sueño donde se esconden los hechos que la vida desdeña. Yo pasaba todas las noches, y arrancaba a hurtadillas algunas imágenes. Como el sol me las borraba, empecé a guardarlas en un libro de versos. Pero ahí estaban más muertas todavía.

(De: *Línea*)

TEOLOGÍAS

Como caía la tarde, el techo se levantaba. poco a poco, hasta perderse de vista. Y como las paredes huían también, agazapándose, pronto la sala dejó de serlo, ilimitada. Al fondo estaba el hombre grueso y vehemente a quien mal llamábamos Chesterton. Entre sus dedos sólo Milhaud respiraba.

Y como apenas íbamos al final, no había sucedido sino la música. No, no. También había sucedido, un poco, la pintura.

Mientras sus hermanas destrozaban al músico, Eurídice se lamentaba, bisbiseando, a mi lado. Parecía una feminista, pero eras tú: —Sacamos siempre la peor parte. Si es una la que vuelve, ya se sabe, estatua de sal. Y, si Orfeo vuelve el rostro, es a una y no a él a quien de nuevo encierran en el infierno. No es justo, pero es divino.

Yo quería advertirte que en griego se dice de otro modo, pero por aquel tiempo empecé a tener la misma edad de los personajes de mis sueños, para enseñarte a morir sin ruido. Me interesaban dos fichas o fechas equivocadas y, si te hablaba, era sólo de ausencias, de manera que las palabras se resignaran a hacer tan poco, tan casi nada, tan nada de ruido como el silencio. Y nos sentíamos llenos de algo que por comodidad llamamos simplemente Dios. Pero era otra, otra cosa.

(De: *Línea*)

NOVELA

En el país donde los hombres se quitan la corbata y el paladar para comer, anocheció una vez un frac, complicado a la derecha por una gran sombra blanca. Había mujeres que salían a la ventana y abandonaban la mejilla sobre cojines de carne. Los domingos, el sol hacía impresionismo, incapaz de dibujar nada; los árboles eran una sola mancha verdinegra; pasaron los atletas de la gran carrera, y se deshacían entre la niebla como los radios de una rueda que gira; las casas, olvidando su vital geometría de verticales y horizontales, se retorcían de humo en un gótico, o un mudéjar, no recuerdo, insufrible. Nuestra Señora de la Aviación estaba al pie de todas las figuras, soplándolas hacia arriba.

Después, un hijo del Greco me dio la noticia de que mi cuerpo iba en aquel frac excéntrico. Desde entonces era ya demasiado joven para no asombrarme de nada. Además, mi sombra blanca se llamaba muy lindo: Beginning, Maybe, quién sabe cómo. Si le brillaban los ojos, era por sombra niña; pues no tenía pasado. Yo sí, pero lo cambié por un libro.

Cuando las seis hijas de Orlamunda —la menor está muerta— hallaron la salida, se dieron cuenta de que continuaban adentro. Eran el cortejo de bodas, y lo echaron a perder todo con sus lamentos. "Tendrás que trabajar", me lloraba mi madre. Entonces le pedí a Nuestra Señora de la Aviación que me soplara hacia arriba, pero los milagros estaban prohibidos. La sombra blanca pesaba ya de mármol a mi diestra, y me creí vestido para la inauguración de una estatua memorial. Mi discurso era correcto: —"Mármol en que doña Inés…"— y, sin embargo, tampoco este año voy a veranear a una estrella.

(De: Línea)

PARTÍA Y MORÍA

La casa sale por la ventana, arrojada por la lámpara. Los espejos —despilfarrados, gastan su sueldo el día de pago— lo aprueban.

En ese cuadro en que estoy muerto, se mueve tu mano, pero no puedes impedir que me vea, traslúcida. Acabo de ganar la eternidad de esa postura, y me molesta que me hayan recibido tan fríamente. No me atrevo a dejar el sombrero; le doy vueltas entre mis dedos de atmósfera. Los tres ángulos del rincón me oprimen cerrándose hasta la asfixia, y no puedo valerme. Ese marco rosado no le conviene al asunto. Déjame mirarme en tus dientes, para ponerle uno del rojo más rojo.

Los números me amenazan. Si los oigo, sabré todo lo de tu vida, tus años, tus pestañas, tus dedos, todo lo que ahora cae, inmóvil, como en las grutas —espacio de sólo tres dimensiones.

Nada. Vivimos en fotografía. Si los que duermen nos soñaran, creerían estar soñando. ¿Qué negro ha gritado? Vamos a salir desenfocados, y se desesperará el que está detrás de la luna, retratándonos. El viento empuja el cielo, pero tú dices que ha bajado el telón de la ventana. Duérmete ya, vámonos.

(De: *Línea*)

INTERIOR

Las cosas que entran por el silencio empiezan a llegar al cuarto. Lo sabemos, porque nos dejamos olvidados allá adentro los ojos. La soledad llega por los espejos vacíos; la muerte baja de los cuadros, rompiendo sus vitrinas de museo; los rincones se abren como granadas para que entre el grillo con sus alfileres; y, aunque nos olvidemos de apagar la luz, la oscuridad da una luz negra más potente que eclipsa a la otra.

Pero no son éstas las cosas que entran por el silencio, sino otras más sutiles aún; si nos hubiéramos dejado olvidada también la boca, sabríamos nombrarlas. Para sugerirlas, los preceptistas aconsejan hablar de paralelas que, sin dejar de serlo, se encuentran y se besan. Pero los niños que resuelven ecuaciones de segundo grado se suicidan siempre en cuanto llegan a los ochenta años, y preferimos por eso mirar sin nombres lo que entra por el silencio, y dejar que todos sigan afirmando que dos y dos son cuatro.

(De: *Línea*)

HISTORIA SAGRADA

Se habla de un desfile de camellos bajo el arco del triunfo del ojo de las agujas. De remolcadores como tortugas, bajo el puente de Brooklyn. Un niño levantaba en su diábolo ese paisaje en el que Cristo araba el mar. Sembraba amor, pero los periódicos se obstinaban en hablar sólo de tempestades. Lo demás sucedía, todo y siempre, submarino, subterráneo y subconsciente. Un ciego cogía el arcoiris e improvisaba solos de violín en el horizonte. Pasaban los aeroplanos sobre el alambre de su estela, tendiendo ropa a secar. Las nubes no se cuidaban de merecer nada. El cielo marinero fumaba echando el humo por los ojos. Y como era el día del juicio, todos los gallos tocaban sus cornetas, anunciando la noche.

Después del Diluvio, el camino cojeaba un poco; le dieron las muletas de un puente. Unas mujeres le prendían sobre la espalda banderillas de lujo. También yo cojeaba, herido en el tendón del muslo por el ángel nono, en la escalera de la noche. La cerca de piedra se reflejaba exacta en el camino. La sierpe de piedra tenía en su boca la manzana. De cerca parecía un árbol redondo, pues estaba verde. Por eso la mujer no se la comía toda. Adán lloraba con la frente: "¿Tú crees aún en las cigüeñas?", le interrumpía su pérfida esposa. Y todos estábamos tristes, porque ya por entonces sólo era el Verbo solo.

Pero, en realidad, yo había empezado el libro por el índice.

(De: *Línea*)

MARAVILLAS DE LA VOLUNTAD

Oh, Miss Hannah, ¿quién tuvo la culpa? —Tú, atada al mármol, ¿no lo eras también, helada y virgen? Oh, Miss Hannah, Capicúa: lo sajón te lo leía yo en el rostro, pero en el pie mis amigas, que te lo veían inmenso, todo el Oriente en los suyos tapatíos. Capicúa. —Ay, tu sajona voluntad sin empleo.

Una luna rival cortó afilada el candado de los leones verdaderos. Miss Hannah, atada al mármol, para devorada de mentirijillas, y el Director que huía, y las armas inútiles por sus balas de salva, y sálvese el que pueda, y Miss Hannah no podía, y el héroe no lo era tanto, y ella era la Ingenua en aquella película, pero aún no la escena en que tenía que llorar y no lo había ensayado.

La elegancia, decía Brummel, es pasar inadvertido. ¿Qué más la vida, en aquel trance? Pero desaparecer era imposible, y su terror, creciente voluntad de salvarse, y deseó y logró convertirse en maniquí. Los leones no pierden el tiempo devorando paja, pues ignoran las ventajas de ser vegetariano. Si husmean carne cerca, la respetan.

Pero ya maniquí, ¡adiós voluntad!, jamás serás la Ingenua. El

Director dice que sí, y te adapta un curioso mecanismo para terminar la película. La empresa sale ganando tu sueldo fabuloso y yo este sueño capicúa.

(De: *Línea*)

ESCENA DE MELODRAMA

La miro perderse, nacida de mi mano, por un paisaje urbano que mis ojos sacuden para limpiarlo de nubes o de polvo. Es que la recuerdo olvidada. Dura, sale virgen del día, pero ya no del todo blanca. Su hermana, gris, va marcando como una señal imperceptible las casas en que habrá, al día siguiente, escenas desgarradoras. Me encantaría que vivieran en la casa de enfrente. Acaso tienen secretos.

Mi sombra encuentra fácil saltar por el balcón, silenciosa. El código no es muy severo en este punto. ¿El primer electricista lo sabía? Se hubiera ahorrado tantas escenas de celos el Olimpo. Una lluvia de oro es demasiado rastacuera, se llama el sistema capitalista y todos los saben. Los cisnes hacen demasiado ruido golpeando el agua retórica. Los toros se prestan a alusiones demasiado fáciles. Pero una sombra... Más sabia su esposa, que se daba vestida de nube.

Como no quedan huellas, casi no es pecado. Y mis palabras tienden del mío a su balcón un puente. Tan frágil, que sólo se aventuran por él pensamientos sonreídos, como niños. Por él llega hasta mi cuarto su hermana, que no existe. Se recarga, gris, en el muro. Inmensa y gris. Y cantamos la misma voz. Cantamos alargando desesperadamente, como sombra en el muro, las palabras. Porque nos parece que enfrente hay alguien que sólo espera el desenlace de nuestra canción para suicidarse. Y queremos salvarle la vida, pues ¿por qué lo hace, si una sombra no deja, casi, huellas?

(De: *Línea*)

REPETICIONES

A veces teme que todavía es demasiado tarde, que aún hay sol en las bardas. Conoce, en que puede recordar, la posibilidad aún del regreso, es decir, de salvarse, es decir, de morir en gracia, es decir,

210

de morir. Recuerda, por ejemplo, con precisión, aquel aludido juego de sombras sutiles, barajadas por un azar muy estudiado, que luego empezaban a tener, feas a su vez, una sombra, una voz fina también, en palabras agudas, pero más imprecisas cuanto más lejos del aire. Swinburne aludía a este juego, pocos días después de la salida —"Play then and sing; we too have played. We likewise in that subtle shade"—, cuando en la huida se puso a envolver en él apresuradamente —¡Vedle, con ser amigo vuestro, llamarse el pío Goeneas!— las cenizas del hombre que trabaja y que juega.

Como caía, pues, de pies y manos a la acción, empezó a oír a un Poincaré matemático que le llevaba con muy suaves modales a que el fin de la vida era la contemplación. Se asía a él, se hacía a él. Dios, qué viejo era mi amigo ya para Manhattan, y cómo su anterior frecuente comercio con los más terribles ángeles occidentales no le salvaba de aquel pudor, de aquella repugnancia hindú a la carrera —a lo histórico—, ya inferior e innoble. Qué bien iba aprendiendo, cayendo hasta los casi-ya-no-románticos, el odio al movimiento *qui déplace la ligne*.

(De: *Otros poemas*)

Y FECHA:

Luego tenemos, más al Norte aún, la mano de un lago. Los buquecitos quirománticos, regando sus cargas de alcohol contrabandista, se empeñan en trazar, una y otra vez, las mismas líneas de ardua fortuna. De uno de los dedos pende, en descuido notorio, en real rigidez sin gracia, un cordón oscuro, apenas si con el brillo del aceite, llamado río. Este cordón se ata a un abanico abierto, nuevo y ya muy gastado, que sopla a todos los vientos su tempestad de ruidos automóviles. En el eje del abanico suceden unos rascacielos "menores de edad". De uno de ellos veo caer a vuestro amigo. Por las varillas se mueven unas cosas que antes, allá en Polonia, o en México, o en Italia, o en todas partes, se llamaban hombres. Aquí tienen un nombre muy largo: los que trabajan en la Ford. En maquinismo voluntario, pero maquinismo también, vuestro amigo se mueve entre ellos. Toma notas, apresuradamente, en unos cuadernitos minúsculos que luego va almacenando, y que ya son innúmero, para cuando termine la temporada en el infierno.

211

Como al regreso pondrá buen cuidado de volver el rostro, varias veces, es seguro que llegará solo. Amazónicas eurídices vestidas de *slang;* hay tantos estanques en Michigan (digamos mil) que dan ganas de vestirlas de ofelias. Es el mes de julio y es el clima del séptimo círculo. Miradle derretirse en humo epistolar. Decidle que ya no hay sol en las bardas.

(De: *Otros poemas)*

LUIS CARDOZA Y ARAGÓN (1904-1992)

NACIÓ en Antigua, Guatemala. En 1917 vivió el catastrófico terremoto de ese año y el derrocamiento del tirano Manuel Estrada Cabrera, y ya en 1921 se establece en París, donde se compenetrará de las vanguardias artísticas y literarias y conocerá a Picasso, Tzara, Breton, Eluard, Artaud, Vallejo, Huidobro, Gómez de la Serna, Reyes, entre otros. En 1929 hizo un primer viaje a México y fue acogido con entusiasmo por Xavier Villaurrutia y Salvador Novo; en 1932 se instaló definitivamente en nuestro país, donde escribió la mayor parte de su obra —en que la crítica de arte ocupa un lugar central— sin dejar por eso de preocuparse activamente por los problemas políticos de Guatemala. En 1979 recibió la condecoración del Águila Azteca. Murió en México.

Obra: *Maelstrom, Films telescopiados* (1925), *Pequeña sinfonía del nuevo mundo* (1929-1932), *Elogio de la embriaguez* (1931), *Rafael Landívar. Homenajes* (1950-1964), *Arte poética* (1960-1973), *Dibujos de ciego* (1969); en *Poesías completas y algunas prosas*, Fondo de Cultura Económica, Tezontle: México, 1977; prólogos de José Emilio Pacheco y Fernando Charry Lara.

UNA MANDARINA DE LUIS GARCÍA GUERRERO

Pintar una mandarina: restituirle su absoluto.

Minuciosamente adentrándose en su materia dormida hasta más allá del desvelo de las raíces, el pintor la descifra en su espejo sin fatiga, en donde las cosas se desnudan ensimismándose: ha creado, nomás, una vibrante, breve, rugosa llama trémula y la ha izado inagotablemente en su imperio sin límites.

Para hundirme en las mil y una noches de las pulsiones que la esculpieron, en la luz primera que la recobra exacta, contemplo —redimido árbol poeta— su condición universal de joya estallada en todas las fases del interminable poliedro.

Preñada de sueño, con más ternura que la luz mental que la revela en su pasión estricta y sin medida, su forma solar canta en su inmensa pequeñez desaforada que danzando la acendra extática.

213

Toda hecha de vocales, la pasión del hechicero la erige delicadamente en la cúspide del ser.

El material primor intocable, desbordando todas mis palabras, es un himno detenido en una suerte de apogeo propio.

En su sistema planetario, más ella que ella misma, su gravitación rige a la realidad que acude excedida de presencia en su colmo.

No ha sustituido al modelo imposible: su alucinante imagen está en el árbol de la vida, incendiada de vehemencia que tributa en su concreta forma sin dudas.

Escucho su fervor extrañado. Sus borborigmos áureos de pequeño vientre que me digiere y enclaustra hasta que ardo enaltecido en su fuego redondo y mínimo. En su incauto paraíso de planeta manual.

Es un copo de eternidad.

1964

(De: *Rafael Landívar*)

JORGE GAITÁN DURÁN

Me acuerdo de ti casi adolescente en Bogotá, a mi llegada en 1946, con tus grandes ojos de agua con sombra de árboles muy altos, tímida aún tu dulce dinamita. En tu voz había una ceniza en que no se apagaba una brasa penúltima. Te recuerdo en París, tú ya más cerca de ti, más abierta tu herida, aún con las atrocidades de tu inocencia, casi odiando a la poesía. Y hablamos del suicida y del marihuano, a quienes sentías muy lejos. Como muy lejos también sentías las barbas moradas del vikingo arponeador de ballenas en la sabana bogotana. Sencillamente, eras ya un partero de sueños. Un pétalo del día rumiando fuego. En tu obra, intensa y breve, queda el fulgor de tu torre truncada. Recuerdo a Jules el montevideano, y me digo: ¡ah! que la muerte es cotidiana. Lo había olvidado. Y me es difícil recordarlo al recordarte. Eras tan caudaloso y, además, siempre iba por tus riberas una invisible muchacha desnuda muy hermosa, semicubierta de trébol, hija de alguna divinidad solar. Cuando vaya a Cúcuta te llevaré flores silvestres amarillas, caracolas, vino tinto. ¿Qué hacías tú, marinero, en el altiplano? ¿Qué hacías tú en la mar, Ícaro hermano? Trigo en el trigo.

1964

(De: *Rafael Landívar*)

DIBUJOS DE CIEGO

X

Para la fiesta cívica, en la plaza principal, frente a la municipalidad, han construido un cercado que improvisa la plaza de toros. No hay graderías para el público que se agolpa sobre las maderas. El torito vibra en el ruedo, alerta y nervioso. Tres o cuatro campesinos irrumpen al mismo tiempo y échanse a correr al menor indicio de embestida y caen detrás de la palizada. Un borrachín, con una colcha en las manos, enfrenta y burla al torito que se vuelve y lo arroja a lo alto. Un golpe fofo al caer de cabeza. El hombre ni se estremece. Está muerto. El torito lo corna sin ímpetu.

Un año después, en la capital, rondas la plaza de toros sin decidirte a entrar. Por fin te decides. Con el sol de la tarde los toreros fulgen como peces. El toro se lanza contra un caballo y le parte el vientre. Embrollándose con sus vísceras, descompasado apagándose, flaquean las rodillas, se derrumba pesadamente. Otro picador se acerca para librar al caído. El toro lo embiste y hunde el cuerno en el pecho del caballo. Un manantial de sangre lo desploma. Del centro de la tierra te agobia la náusea de la montaña. El machete abre el cráneo de la monita. Semejan quetzales los toreros. A zancadas desciendes las graderías para vomitar y vaciarte como el caballo.

XI

El tarro de confitura y la muerte de la abuelita. Mientras yacía entre cuatro cirios disputabas a las primas la confitura. Con la cara chorreando miel, la más pequeña irrumpió gritando en la estancia mortuoria. Una de las tías la sacó de la mano y los encontró de pielesrojas, embadurnados de frambuesas. Cuando comes frambuesas quisieras jugar a los pielesrojas con tus preciosas primas. Sepultaste a la abuelita en el tarro de confitura.

¿La recordarías sin las frambuesas?

XV

En torno a los puestos de comida en el mercado, bajo el hocico, la cola entre las piernas, circulan husmeando los vagabundos perros famélicos. Sus desplazamientos son regulares: no ignoran su cami-

215

no, a qué perros habrán de ver para divertirse en tertulias, escándalos o pleitos, dormir y soñar, yendo a su eternidad.

El cerco de la jauría es igual al del enjambre a la reina. Ninguno se impacienta ni se aleja del grupo sometido a la órbita del acoso. Defendiéndose, da mordiscos la perrita, gruñe y avanza, regresa y avanza, sin lograr romper el asedio. Los perros, olvidados de su hambre, las inquietas colas en alto, inatentos a lo que los rodea, la siguen, giran en torno suyo por las mismas razones del girasol.

Horas más tarde, acezaba un bicéfalo monstruo bicolor en la esquina, húmedos los ojos de felicidad. Los dos perros, casi inmóviles, sufrían las pedradas como si fueran insensibles. La crueldad de los niños evocaba la de los centuriones tachonando la impávida noche de San Sebastián con indolentes dardos simétricos.

XXVII

Todo está noche y fénix olvidado del fuego. Pero en su vértice arde la zarza que no se consume. Todo está cerrado y hay que romper los límites del mundo sin puertas. Como una horda mineral victoriosa, te arrojas en su sonrisa que anhela asir el insomnio del cielo. Eres el ahogado recordando litorales que jamás ha visto. La pones contra el oído, y el mar sin orillas quisiera asomar por sus ojos aún sin lágrimas. Te abandonas a la yerta voluntad de ese mar que te acuna, mar prisionero en su cuerpo salido de tu costado como una puñalada. Eres tú mismo, el náufrago y el mar y su cuerpo. La zarza que no se consume. Ella es certeza en este mundo que no necesita de la esperanza. Si todo es plenitud ¿para qué la esperanza? Toda tu carne es falo. Te sumerges y desgarras aleluyando hasta la herida devorante de tu costado; penetras por ella y te vuelves del revés; nace ella de ti y naces de ella, y caen a pique los dos juntos, uno los dos, ardiendo en la misma llama que no se consume, cosquilleando con sílabas de sombra los pies del Infinito colgado del Árbol.

XXVIII

Con cara de feto senil en la que resbala un júbilo furioso, estrábicos los acartonados ojos cocidos por la luz que no articulaban mirada alguna, huérfano de siempre y siempre recién viudo, farfullando, rechinando, aullando en tu salmuera, asiéndote del aire y de tus cabellos, ascendiendo en el mar la escalera sin fin que te baja un

216

peldaño cada vez que lo subes, fijo en tu inerte deflagración, desasido y distante en la realidad sin cuerpo, absorto de lobreguez y de relámpago, te relamías desesperadamente esperanzado en lo inmediato y tangible, dabas grandes bandazos con la caja de cerveza contra el pecho, apretándola con amor, Sísifo triunfal en vértigo lento, manso géiser de convicción remota, fervorosamente, antes de caer, bruta piedra gemebunda:

—¡Tiznen a su madre Santa Claus y los Santos Reyes!

XXX

Por falta de totalidad se erigen monumentos con médanos de la voz, se sale del espacio cuya sombra es el tiempo en el no man's land de los espantapájaros que se exacerba entre las cosas y su nombre. Allí vives con tus palabras que no son cifras ni símbolos, jadeos de lava corrosiva con los cuales (únicamente) puedes intentar, siquiera, acordarte de la Quinta Estación en donde no se precisa nombrar: todo contesta con la sola presencia, siendo nomás con su infinita carga de enigmas simultáneamente revelados y velados de nuevo, en el pasmo que te empuña por las entrañas, y tú, tumulto de cristales, no agonizas porque eres el deslumbramiento mismo.

XXXI

Sin comprender el estupor lleno de júbilo exaltado de quienes te rodeaban, cuando por fin pudiste entreabrir los ojos, bostezaste como para tragarte el mundo. Con la luz se apretujó tu carne flácida, chorreando tiempo y tierra oscura. Repentina lasitud total se apoderó de ti, yacente aún al borde de la fosa, piedra profunda viendo el cielo. Te alzaron por los brazos, y al pisar la tierra sentiste que el sol te atropellaba. Vi odio, espanto y distancia en tus ojos heridos por el aire al volver, sin desearlo, al mundo que te daba de nuevo un sorbo de su necio licor dulzón y sobado.

Ya en el lecho, infinitamente atónito y tranquilo, como una flor de hielo sobre un piano, tus entrañas echáronse a gemir silenciosamente, porque tu desolación excedía a las lágrimas.

Soñando con despertar jamás, dormido a toda velocidad, recorriste los Tres Reinos y los Cuatro Elementos, geológica nostalgia de cal y de fosfatos, gozoso por la florecilla probable entre tus disueltos dedos amarillos.

217

XXXII

En la jaula del parque zoológico de Amberes, al zopilote —ceniza y carbón—, apenas si le temblaban las yertas alas descoloridas.

El pajarraco, ayuno de carroña y materias fecales, parecía un arcángel condenado.

Pedazos de carne sanguinolenta como brasas aliviaban la sin fin y ubicua pizarra invernal.

Recordaste los trópicos. Los zopilotes con alas inmóviles deslizándose sobre los campos ahítos de sol innumerable.

La nostalgia del zopilote subrayaba la aterida sordera del ámbito bajo y plomizo.

Largo tiempo lo contemplaste.

Al día siguiente insistió el desterrado en volver al zoológico.

Tú querías volver a los Rubens de la catedral.

Fueron a la gran jaula del zopilote.

El desterrado sacó del gabán un paquetito cuidadosamente dispuesto. Lo entreabrió y arrojó sus heces al ave miserable.

Solemnemente avanzó el zopilote. Con cadencia inmemorial, asintiendo como un catedrático, de tres picotazos devoró el tesoro.

El desterrado volvió al otro día, subyugado por la fascinación mágica del rito.

Es lo más tierno que has visto en tu vida.

XXXIV

Sentada sobre el lecho, se inclinó hacia ti etruscamente. De pronto, como en los sarcófagos, inmóvil roja arcilla quemada. Tus muslos aprisionaban su cauda de sirena, bullente de hormigas y escarabajos. Estuvieron siempre otro instante entrelazados, en perpetua resurrección, exhumándose de las sábanas hasta el nivel del aire.

¿Querían recostarse sobre el otro lado?

¿Iban a nacer?

¿Qué habían recordado?

Sin darse cuenta de nada sonreía semiyacente como un monumento a los pájaros. En la playa distante del mundo sin evidencia escurríase la arena entre vuestros dedos. Una bandada de gaviotas revoló en la cima del tiempo pespunteado por el tictac del reloj listo para repicar al día siguiente. Algunos milenios, como posando para el fotógrafo, en torno a su cintura pasaste el brazo. Así, reclinados, siguieron soñando el mismo sueño común. Las sábanas se olvidaron en espumas y los batieron las olas una vez y otra vez. Siguieron inmóviles, siempre otro instante, incorporándose en roja arcilla quemada.

(Nunca llegó el fotógrafo.)

XXXVII

Abandona tu anzuelo a la corriente mansa en la pesca milagrosa. El humo de la pipa comprueba tu vida, ardiendo con tu respiración. Entrecerrados los ojos, sientes tu anzuelo en el humo. Prolongación de tu cuerpo fugitivo es el río. El humo y el río dialogando te inventan. Repentinamente, por la espalda, dos manos delicadas te cubren los ojos y una voz suave te pregunta: "¿quién soy?" Respondes: "la felicidad".

No hay nadie. En tu caña distante a la deriva se sacude un soberbio pez ígneo.

XXXVIII

Estaba sentado en lo más alto de su montaña de oro. De oro eran sus excrementos, así que sus sueños, calzoncillos y palacios. La maquinaria funcionaba exacta, pareja y prodigiosamente. Cualquier pensamiento o material impropio disolvíalo aquella abrasadora digestión, con la tersura de sus mecanismos lubricados y flamantes. Su omnipotencia sólo se astillaba ante la terquedad de las moscas. En centurias habíase creado el delirio de la vida eterna, repartido desde la montaña áurea igual a una monedita de cobre y estupor. Las multitudes la recibían arrodilladas y pudríanse plácidamente en la tierra que las acogía. Al bajar de su trono de oro, los restos hediondos del taumaturgo, envueltos en oro, los sepultaron en bóvedas de oro de las reliquias. Así, se libró de las moscas. En la nada no hay moscas. Nada hay.

XLII

Sentados frente al mar, sobre tu muslo tu mano, marítima también, como su muslo infinito y nocturno. Érais la aurora inmensa de sus lágrimas: enamorados flotabais en los celestes lugares como del mar que ya no pudo, no pudo recordar las desnudas palabras que acaso lograrían balbucir la inmensidad que colmaba el cielo sin estrellas: vuestra pasión absorta de sí, de noche y de silencio.

(El mar eterno, idiota y hermoso.)

XLIII

Frondas de varios verdes más allá del blanco muro con dos tinacos azules. Las jacarandas son surtidores de amatistas. El altoparlante de la iglesia mezcla latines con la campana del vendedor de nieve y la radio que vomita maravillosas canciones vulgares. Naranjas de oro morado son las verdes horas amarillas. Sonríen muchachas que modulan médanos, delicias de bosques profundos, soledades y axilas húmedas y ojerosas de verano. Un estremecimiento de liquen recorre el espinazo del día. Pulsos de ese liquen en los ojos de niños que ven pasar un sepelio. Te sientas a la máquina para decir el sol que aturde a tu jardín. El gato, que quisiera ser pájaro, persigue la mariposa de cobre que quisiera ser fuente. Tú persigues el día redondo que quisiera ser pólvora, con menos posibilidad que el gato de ser pájaro y la fuente de ser nube. Tú no sabes qué quisieras ser, y si la nube se volviera pájaro ¿qué perseguirías?

XLVII

Entre la pluma y el papel hay espacio sideral recorrido por ángeles, astros y nubes, en donde la gravitación pierde toda esperanza de quebrantar la caída de lo imprevisto.

La pluma es un meteoro o un cometa de cielos y milenios apretujados, guiando tu mano que escucha la identidad ignorada y secreta de las cosas: una estalactita goteando luz, constante y triste, que ya taladra el pórfido perpetuo de las hormigas.

Te tiras de cabeza en la hoja en blanco y nadas hacia las playas maravillosas.

Nombras.

Tu bautismo vulnera a la muerte y los cinturones de castidad, y Orfeo se salva de la fieras como el sonido del eco.

(De: *Dibujos de ciego*)

CUARTA PARTE

OCTAVIO PAZ Y LOS POETAS

EMILIO ADOLFO WESTPHALEN (1911)

Nació en Perú y ha desempeñado diversos puestos en el cuerpo diplomático de su país. Influido por el surrealismo, es heredero en su obra, crítica y viva, de la tradición vanguardista de César Vallejo, César Moro, José María Eguren y Carlos Oquendo de Amat.

Obra: *Ha vuelto la Diosa ambarina*, Cuadernos Autógrafos, núm. 1: Tijuana, México, 1988; Universidad Autónoma Metropolitana, Molinos de viento, núm. 63, Serie Poesía: México, 1989.

Concebir pensamientos de piedra —que se echen al agua y formen ondas— que se arrojen al vidrio y lo destrocen.

Los sentidos captan —la memoria retiene (lección elemental). Dados el exceso y lo descomunal ofrecidos (insistentes e inagotables por añadidura) no queda sino seleccionar y adaptar —transfigurando (por necesidad) apartando reduciendo disolviendo. ¿Será el recuerdo —en consecuencia— mera acumulación de olvidos transferencias y deslices?

"Yo soy lo efímero —díjose— me cubriré con el poema para ocultarlo."
Invernó así por siglos y no lo despertaron ni las indiscretas trompetas convocando a desacreditadas resurrecciones.

Las palabras lo escogen a uno para sus zarabandas (o sus autos de fe).
En la Poesía —es sabido— el "médium" está sujeto enteramente a los dictados y caprichos de la Palabra.

Aun en la vida corriente —¿quién no se ha sentido arrastrado a donde él mismo no hubiera osado o no había previsto? Nos extralimitaríamos empero si confundiéramos Poesía con Hado— el Verbo entreoído (a veces encarnado) con semejanzas del Destino.

Al revés del vestido invisible del rey de la historieta —la Poesía es la tela visible— (o más bien audible) desprovista de consistencia alguna (rayo que marca y subraya el vacío).

En el Gran Teatro del Mundo se ha dado fin a la enésima representación del Gran Teatro del Mundo.
Una tibia y terrosa niebla se ha apropiado esta vez de todos los rincones de todos los humores de todos los horizontes. Asfixia y ceguera paralizan a actores y espectadores que son todos espectadores y actores. Alguien acude al alarma —que no funciona. Otro tira de un telón desaparecido. El Gran Teatro del Mundo ha dejado de ser Mundo de ser Teatro de ser Grande.
Visible resta apenas diminuto boliche oscuro —que cuervo u otra ave de mal agüero se zampará por equívoco.

Qué infortunio descubrir que la sonrisa suele utilizarse también para incumplir el precepto— que la benevolencia aparente no se entiende destinada a congraciarse con el prójimo— a abrir vías a la cordialidad. Se procura con ella proteger el enclaustramiento íntimo —asegurar el cerrojo de la morada afectiva. Los puentes se cortan —los pasajes se obstruyen— se veda el acceso mediante la plaza fuerte de la sonrisa.
El sentenciado intruso es mantenido a buen (o mal) recaudo (desterrado a la distancia de una sonrisa).

Cuando brama el incendio brotan músicas por doquier.
Del fuego viene y en él acaba toda música. Las columnas del sonido concluyen en llamas— borbotean en el fuego las músicas. Un

224

magma ardiente danza y se arrebata. Descuartícenme sobre parrilla en ascuas de la música —entiérrenme bajo rescoldos de música. Retiemple aire y ánimo la ígnea la terrífica la invadiente música.

Tuve una vez en la mano pie ancho pequeño (no excedía el contorno de mi palma) sucio perfecto de doncella complaciente —y fue alarmante sentirlo gravitar como compacto trozo de basalto. Turbaba más —no obstante— la delicada piel especialmente permeable a la caricia.
Enervante conjunción de calidades opuestas —armónicas y excitantes. El pie de una ninfa o bacante u otra encarnación mítica (antigua o moderna —la Garbo por ejemplo) de nuestras imaginaciones concupiscentes— ¿tendría semejante peso específico e induciría tanto como éste a la lujuria?

(De: *Ha vuelto la Diosa ambarina*)

OCTAVIO PAZ (1914)

NACIÓ en Mixcoac, ciudad de México. Como poeta, ensayista y director de revistas literarias de primera línea internacional —*Plural, Vuelta*—, Paz ha sido el eslabón por excelencia, por una parte, entre las generaciones de El Ateneo y de Contemporáneos —con cuyos miembros tuvo fecundo contacto personal— y las promociones literarias posteriores a la suya, y por otra, entre la literatura mexicana y la mejor literatura de otros países. Ha recibido la mayoría de los premios literarios nacionales e internacionales más importantes incluido el Premio Nobel de Literatura 1990.

Obra: *Libertad bajo palabra* (Proemio, 1949), *¿Águila o sol?* (1951; éste y el título anterior están recogidos en el volumen *Libertad bajo palabra (1935-1958)*, Fondo de Cultura Económica: México, 1960), *El mono gramático* (Seix Barral: México, 1974).

LIBERTAD BAJO PALABRA

Allá, donde las fronteras, los caminos se borran. Donde empieza el silencio. Avanzo lentamente y pueblo la noche de estrellas, de palabras, de la respiración de un agua remota que me espera donde comienza el alba.

Invento la víspera, la noche, el día siguiente que se levanta en su lecho de piedra y recorre con ojos límpidos un mundo penosamente soñado. Sostengo al árbol, a la nube, a la roca, al mar, presentimiento de dicha, invenciones que desfallecen y vacilan frente a la luz que disgrega.

Y luego la sierra árida, el caserío de adobe, la minuciosa realidad de un charco y un pirú estólido, de unos niños idiotas que me apedrean, de un pueblo rencoroso que me señala. Invento el terror, la esperanza, el mediodía —padre de los delirios solares, de las falacias espejeantes, de las mujeres que castran a sus amantes de una hora.

Invento la quemadura y el aullido, la masturbación en las letrinas, las visiones en el muladar, la prisión, el piojo y el chancro, la pelea por la sopa, la delación, los animales viscosos, los contactos innobles, los interrogatorios nocturnos, el examen de conciencia, el juez, la víctima, el testigo. Tú eres esos tres. ¿A quién apelar ahora y con qué argucias destruir al que te acusa? Inútiles los memoriales, los ayes y los alegatos. Inútil tocar a puertas condenadas. No hay puertas, hay espejos. Inútil cerrar los ojos o volver entre los hombres: esta lucidez ya no me abandona. Romperé los espejos, haré trizas mi imagen —que cada mañana rehace piadosamente mi cómplice, mi delator—. La soledad de la conciencia y la conciencia de la soledad, el día a pan y agua y la noche sin agua. Sequía, campo arrasado por un sol sin párpados, ojo atroz, oh conciencia, presente puro donde pasado y porvenir arden sin fulgor ni esperanza. Todo desemboca en esta eternidad que no desemboca.

Allá, donde los caminos se borran, donde acaba el silencio, invento la desesperación, la mente que me concibe, la mano que me dibuja, el ojo que me descubre. Invento al amigo que me inventa, mi semejante; y a la mujer, mi contrario: torre que corono de banderas, muralla que escalan mis espumas, ciudad devastada que renace lentamente bajo la denominación de mis ojos.

Contra el silencio y el bullicio invento la Palabra, libertad que se inventa y me inventa cada día.

(De: *Libertad bajo palabra*)

TRABAJOS FORZADOS

I

A las tres y veinte como a las nueve y cuarenta y cuatro, desgreñados al alba y pálidos a medianoche, pero siempre puntualmente inesperados, sin trompetas, calzados de silencio, en general de negro, dientes feroces, voces roncas, todos ojos de bocaza, se presentan Tedevoro y Tevomito, Tli, Mundoinmundo, Carnaza, Carroña y Escarnio. Ninguno y los otros, que son mil y nadie, un minuto y jamás. Finjo no verlos y sigo mi trabajo, la conversación un instante

227

suspendida, las sumas y las restas, la vida cotidiana. Secreta y activamente me ocupo de ellos. La nube preñada de palabras viene,. dócil y sombría, a suspenderse sobre mi cabeza, balanceándose, mugiendo como un animal herido. Hundo la mano en ese saco caliginoso y extraigo lo que encuentro: un cuerno astillado, un rayo enmohecido, un hueso mondo. Con esos trastos me defiendo, apaleo a los visitantes, corto orejas, combato a brazo partido largas horas de silencio al raso. Crujir de dientes, huesos rotos, un miembro de menos, uno de más, en suma un juego —si logro tener los ojos bien abiertos y la cabeza fría—. Pero no hay que mostrar demasiada habilidad; una superioridad manifiesta los desanima. Y tampoco excesiva confianza; podrían aprovecharse, y entonces ¿quién responde de las consecuencias?

IV

Echado en la cama, pido el sueño bruto, el sueño de la momia. Cierro los ojos y procuro no oír el tam-tam que suena en no sé qué rincón de la pieza. "El silencio está lleno de ruidos —me digo— y lo que oyes, no lo oyes de verdad. Oyes al silencio." Y el tam-tam continúa, cada vez más fuerte: es un ruido de cascos de caballo galopando en un campo de piedra; es un hacha que no acaba de derribar un árbol gigante; una prensa de imprenta imprimiendo un solo verso inmenso, hecho nada más de una sílaba, que rima con el golpe de mi corazón; es mi corazón que golpea la roca y la cubre con una andrajosa túnica de espuma; es el mar, la resaca del mar encadenado, que cae y se levanta, que se levanta y cae, que cae y se levanta; son las grandes paletadas del silencio cayendo en el silencio.

V

Jadeo, viscoso aleteo. Buceo, voceo, clamoreo por el descampado. Vaya malachanza. Esta vez te vacío la panza, te tuerzo, te retuerzo, te volteo y voltibocabajeo, te rompo el pico, te refriego el hocico, te arranco el pito, te hundo el esternón. Broncabroncabrón. Doña campamocha se come en escamocho el miembro mocho de don campamocho. Tli, saltarín cojo, baila sobre mi ojo. Ninguno a la vista. Todos de mil modos, todos vestidos de inmundos apodos, todos y uno: Ninguno. Te desfondo a fondo, te desfundo de tu fundamento. Traquetea tráquea aquea. El carrascaloso se rasca la costra de caspa. Doña campamocha se atasca, tarasca. El sinuoso, el silbante babeante, al pozo con el gozo. Al pozo de ceniza. El erizo se irisa, se eriza, se riza de risa. Sopa de sapos, cepo de pedos, todos a una, bola de sílabas de estropajo, bola de gargajo, bola de vísceras de sílabas sibilas, badajo, sordo badajo. Jadeo, penduleo desguanguilado, jadeo.

VII

Escribo sobre la mesa crepuscular, apoyando fuerte la pluma sobre su pecho casi vivo, que gime y recuerda al bosque natal. La tinta negra abre sus grandes alas. Pero la lámpara estalla y cubre mis palabras una capa de cristales rotos. Un fragmento afilado de luz me corta la mano derecha. Continúo escribiendo con ese muñón que mana sombra. La noche entra al cuarto, el muro de enfrente adelanta su cara de piedra, grandes témpanos de aire se interponen entre la pluma y el papel. Ah, un simple monosílabo bastaría para hacer saltar al mundo. Pero esta noche no hay sitio para una sola palabra más.

VIII

Salgo poco. De vez en cuando encuentro a mis amigos. Todos exclaman al verme: "¿Qué le pasa? Está muy pálido. Debería ir al campo una temporada". ¿Cómo explicarles que esa fatiga se la debo a un sueño que desde hace tiempo me visita, noche tras noche?

Me tiendo en la cama, pero no puedo dormir. Mis ojos giran en el centro de un cuarto negro, en donde todo duerme con ese dormir final y desamparado con que duermen los objetos cuyos dueños han muerto o se han ido de pronto y para siempre, sueño obtuso de objeto entregado a su propia pesadez inanimada, sin calor de mano que lo acaricie o lo pula, sin presión de pulso que interrumpa su bruto dormir a pierna suelta o, más exactamente, a pierna muerta, arrancada de un tronco todavía vivo que se retuerce mientras ella ronca, ahíta de silencio y de reposo, materia satisfecha y anestesiada por su propia satisfacción, mineralizada por la ausencia del cuerpo que la obligaba a vivir y condolerse. Mis ojos palpan inútilmente el ropero, la silla, la mesa, objetos que me deben la vida pero que se niegan a reconocerme y compartir conmigo estas horas. Me quedo quieto en medio de la gran explanada egipcia. Pirámides y conos de sombra me fingen una inmortalidad de momia. Nunca podré levantarme. Nunca será otro día. Estoy muerto. Estoy vivo. No estoy aquí. Nunca me he movido de este lecho. Jamás podré levantarme. Soy una plaza donde embisto capas ilusorias que me tienden toreros enlutados. Don Tancredo se yergue al centro, relámpago de yeso. Lo ataco, mas cuando estoy a punto de derribarlo siempre hay alguien que llega al quite. Embisto de nuevo, bajo la rechifla de mis labios inmensos, que ocupan todos los tendidos. Ah, nunca acabo de matar al toro, nunca acabo de ser arrastrado por esas mulas tristes que dan vueltas y vueltas al ruedo, bajo el ala fría de ese silbido que decapita la tarde como una navaja inexorable. Me incorporo: apenas es la una. Me estiro, mis pies salen de mi cuarto, mi cabeza horada las paredes. Me extiendo por lo inmenso como las raíces de un árbol sagrado, como la música, como el mar. La noche se llena de patas, dientes, garras, ventosas. ¿Cómo defender este cuerpo demasiado grande? ¿Qué harán, a kilómetros de distancia, los dedos de mis pies, los de mis manos, mis orejas? Me encojo lentamente. Cruje la cama, cruje mi esqueleto, rechinan los goznes del mundo. Muros, excavaciones, marchas forzadas sobre la inmensidad de un espejo, velas nocturnas, altos y jadeos a la orilla de un pozo cegado. Zumba el enjambre de engendros. Copulan coplas cojas. ¡Tambores en mi vientre y un rumor apagado de caballos que se hunden en la arena de mi pecho! Me repliego. Entro en mí por mi oreja izquierda. Mis pasos retumban en el abandono de mi cráneo, alumbrado sólo por una constelación granate. Recorro a tientas el enorme salón desmantelado. Puertas tapiadas, ventanas ciegas. Penosamente, a rastras, salgo por mi oreja derecha a la luz engañosa de las cuatro y media de la mañana. Oigo los pasos quedos de la madrugada que se insinúa por las rendijas, muchacha flaca y perversa que arroja una carta llena de insidias y calumnias. Luego se aleja, sigilosa. Las cuatro y treinta, las cuatro y treinta, las cuatro y treinta. El día se me echa encima con su sentencia. Habrá que levantarse y afrontar el trabajo diario, los saludos matinales, las sonrisas torcidas, los amores en lechos de agujas, las penas y las diversiones que dejan cicatrices imborrables. Y todo sin haber reposado un instante, pues ahora que estoy muerto de sueño y cierro los ojos pesadamente, el reloj me llama: son las ocho, ya es hora.

¿Cómo explicarles esto, cómo decirles que todas las noches sueño que estoy despierto y que me duermo precisamente cuando me despierto?

Lo más fácil es quebrar una palabra en dos. A veces los fragmentos siguen viviendo, con vida frenética, feroz, monosilábica. Es delicioso echar ese puñado de recién nacidos al circo: saltan, danzan, botan y rebotan, gritan incansablemente, levantando sus coloridos estandartes. Pero cuando salen los leones hay un gran silencio, interrumpido sólo por las incansables, majestuosas mandíbulas...

Los injertos ofrecen ciertas dificultades. Resultan casi siempre monstruos débiles: dos cabezas rivales que se mordisquean y extraen toda la sangre a un medio-cuerpo; águilas con picos de paloma, que se destrozan cada vez que atacan; palomas con picos de águila, que desgarran cada vez que besan; mariposas paralíticas. El incesto es ley común. Nada les gusta tanto como las uniones en el seno de una misma familia. Pero es una superstición sin fundamento atribuir a esta circunstancia la pobreza de sus resultados.

Llevado por el entusiasmo de los experimentos abro en canal a una, saco los ojos a otra, corto piernas, agrego brazos, picos, cuerpos. Colecciono manadas, que someto a un régimen de colegio, de cuartel, de cuadra, de convento. Adulo instintos, corto y recorto tendencias y alas. Hago picudo lo redondo, espinoso lo blando, reblandezco huesos, osifico vísceras. Pongo diques a las inclinaciones naturales. Y así creo seres graciosos y de poca vida.

A la palabra torre le abro un agujero rojo en la frente. A la palabra odio la alimento con basuras durante años, hasta que estalla en una hermosa explosión purulenta, que infecta por un siglo el lenguaje. Mato de hambre al amor, para que devore lo que encuentre. A la hermosura le sale una joroba en la u. Y la palabra talón, al fin en libertad, aplasta cabezas con una alegría regular, mecánica. Lleno de arena la boca de las exclamaciones. Suelto a las remilgadas en la cueva donde gruñen los pedos. En suma, en mi sótano se corta, se despedaza, se degüella, se pega, se cose y recose. Hay tantas combinaciones como gustos.

Pero esos juegos acaban por cansar. Y entonces no queda sino el Gran Recurso: de una manotada aplastas seis o siete —o diez o mil millones— y con esa masa blanda haces una bola, que dejas a la intemperie hasta que se endurezca y brille como una partícula de astro. Una vez que esté bien fría, arrójala con fuerza contra esos ojos fijos que te contemplan desde que naciste. Si tienes tino, fuerza y suerte, quizá destroces algo, quizá le rompas la cara al mundo, quizá tu proyectil estalle contra el muro y le arranque unas breves chispas que iluminen un instante el silencio.

X

No bastan los sapos y culebras que pronuncian las bocas de albañal. Vómito de palabras, purgación del idioma infecto, comido y recomido por unos dientes cariados, basca donde nadan trozos de todos los alimentos que nos dieron en la escuela y de todos los que, solos o en compañía, hemos masticado desde hace siglos. Devuelvo todas las palabras, todas las creencias, toda esa comida fría con que desde el principio nos atragantan.

Hubo un tiempo en que me preguntaba: ¿dónde está el mal? ¿dónde empezó la infección, en la palabra o en la cosa? Hoy sueño un lenguaje de cuchillos y picos, de ácidos y llamas. Un lenguaje de látigos. Para execrar, exasperar, excomulgar, expulsar, exheredar, expeler, exturbar, excorpiar, expurgar, excoriar, expilar, exprimir, expectorar, exulcerar, excrementar (los sacramentos), extorsionar, extenuar (el silencio), expiar.

Un lenguaje que corte el resuello. Rasante, tajante, cortante. Un ejército de sables. Un lenguaje de aceros exactos, de relámpagos afilados, de esdrújulos y agudos, incansables, relucientes, metódicas navajas. Un lenguaje guillotina. Una dentadura trituradora, que haga una masa de yotúélnosotrosvosotrosellos. Un viento de cuchillos que desgarre y desarraige y descuaje y deshonre las casas, los comercios, los templos, las bibliotecas, los periódicos, las familias, las cárceles, los burdeles, los colegios, los manicomios, las fábricas, las academias, los juzgados, los bancos, los amores, las amistades, las tabernas, la esperanza, la revolución, la caridad, la justicia, las ideas, las creencias, las pesadillas, las verdades, la fe.

XII

Luego de haber cortado todos los brazos que se tendían hacia mí; luego de haber tapiado todas las ventanas y puertas; luego de haber inundado de agua envenenada los fosos; luego de haber edificado mi casa en la roca de un No inaccesible a los halagos y al miedo; luego de haberme cortado la lengua y luego de haberla devorado; luego de haber arrojado puñados de silencio y monosílabos de desprecio a mis amores; luego de haber olvidado mi nombre y el nombre de mi lugar natal y el nombre de mi estirpe; luego de haberme juzgado y haberme sentenciado a perpetua espera y a soledad perpetua, oí contra las piedras de mi calabozo de silogismos la embestida húmeda, tierna, insistente, de la primavera.

XIV

Difícilmente, avanzando milímetros por año, me hago un camino entre la roca. Desde hace milenios mis dientes se gastan y mis uñas se rompen para llegar allá, al otro lado, a la luz y el aire libre. Y ahora que mis manos sangran y mis dientes tiemblan, inseguros, en una cavidad rajada por la sed y el polvo, me detengo y contemplo mi obra: he pasado la segunda parte de mi vida rompiendo las piedras, perforando las murallas, taladrando las puertas y apartando los obstáculos que interpuse entre la luz y yo durante la primera parte de mi vida.

(De: ¿Águila o sol?)

MEDIODÍA

El hormiguero hace erupción. La herida abierta borbotea, espumea, se expande, se contrae. El sol a estas horas no deja nunca de bombear sangre, con las sienes hinchadas, la cara roja. Un niño —ignorante de que en un recodo de la pubertad lo esperan unas fiebres y un problema de conciencia— coloca con cuidado una piedrecita en la boca despellejada del hormiguero. El sol hunde sus picas en las jorobas del llano, humilla promontorios de basura. Resplandor desenvainado, los reflejos de una lata vacía erguida sobre una pirámide de piltrafas acuchillan todos los puntos del espacio. Los niños buscadores de tesoros y los perros sin dueño escarban en el amarillo esplendor del pudridero. A trescientos metros la iglesia de San Lorenzo llama a misa de doce. Adentro, en el altar de la derecha, hay un santo pintado de azul y rosa. De su ojo izquierdo brota un enjambre de insectos de alas grises, que vuelan en línea recta hacia la cúpula y caen, hechos polvo, silencioso derrumbe de armaduras tocadas por la mano del sol. Silban las sirenas de las torres de las fábricas. Un pájaro vestido de negro vuela en círculos y se posa en el único árbol vivo del llano. Después... No hay después. Avanzo, perforo grandes rocas de años, grandes masas de luz compacta, desciendo galerías de minas de arena, atravieso corredores que se cierran como dos labios de granito. Y vuelvo al llano, al llano donde siempre es mediodía, donde un sol idéntico cae fijamente sobre un paisaje detenido. Y no acaban de caer las doce campanadas, ni de zumbar las moscas, ni de estallar en astillas este minuto que no pasa, que sólo arde y no pasa. No, no acaba de cerrarse esta herida.

(De: *¿Águila o sol?*)

EXECRACIÓN

Esta noche he invocado a todas las potencias. Nadie acudió. Caminé calles, recorrí plazas, interrogué puertas, estrujé espejos. Desertó mi sombra, me abandonaron los recuerdos.

(La memoria no es lo que recordamos, sino lo que nos recuerda. La memoria es un presente que nunca acaba de pasar. Acecha, nos coge de improviso entre sus manos de humo que no sueltan, se desliza en nuestra sangre: el que fuimos se instala en nosotros y nos echa afuera. Hace mil años, una tarde, al salir de la escuela, escupí sobre mi alma; y ahora mi alma es el lugar infame, la plazuela, los fresnos, el muro ocre, la tarde interminable en que escupo sobre mi alma. Nos vive un presente inextinguible e irreparable. Ese niño apedreado, ese sexo femenino como una grieta que fascina, ese adolescente que acaudilla un ejército de pájaros al asalto del sol, esa grúa esbelta de fina cabeza de dinosaurio inclinándose para devorar un transeúnte, a ciertas horas me expulsan de mí, viven en mí, me viven. No esta noche.)

¿A qué grabar con un cuchillo mohoso signos y nombres sobre la piel reluciente de la noche? Las primeras olas de la mañana borran todas esas ilusorias estelas. ¿A quién invocar a estas horas y contra quién pronunciar exorcismos? No hay nadie arriba, ni abajo; no hay nadie detrás de la puerta, ni en el cuarto vecino, ni fuera de la casa. No hay nadie, nunca ha habido nadie, nunca habrá nadie. No hay yo. Y el otro, el que piensa, no me piensa esta noche. Piensa otro, se piensa. Me rodea un mar de arena y de miedo, me cubre una vegetación de arañas, me paseo en mí mismo como un reptil ente piedras rotas, masa de escombros y ladrillos sin historia. El agua del tiempo escurre lentamente en esta oquedad agrietada, cueva donde se pudren todas las palabras ateridas.

(De: *¿Águila o sol?*)

MAYÚSCULA

Flamea el desgañicresterío del alba. ¡Primer huevo, primer picoteo, degollina y alborozo! Vuelan plumas, despliegan alas, hinchan velas, hunden remos en la madrugada. Ah, luz sin brida, encabritada luz primera. Derrumbes de cristales irrumpen del monte, témpanos rompetímpanos se quiebran en mi frente.

No sabe a nada, no huele a nada la alborada, la niña ciega a tientas por las calles, la niña todavía sin nombre, todavía sin rostro. Llega, avanza, titubea, se va por las afueras. Deja una cola de rumores que abren los ojos. Se pierde en ella misma. Y el día aplasta con su gran pie colérico una estrella pequeña.

(De: *¿Águila sol?*)

MARIPOSA DE OBSIDIANA*

Mataron a mis hermanos, a mis hijos, a mis tíos. A la orilla del lago de Texcoco me eché a llorar. Del Peñón subían remolinos de salitre. Me cogieron suavemente y me depositaron en el atrio de la Catedral. Me hice tan pequeña y tan gris que muchos me confundieron con un montoncito de polvo. Sí, yo misma, la madre del pedernal y de la estrella, yo, encinta del rayo, soy ahora pluma azul que abandona el pájaro en la zarza. Bailaba, los pechos en alto y girando, girando, girando hasta quedarme quieta; entonces empezaba a echar hojas, flores, frutos. En mi vientre latía el águila. Yo era la montaña que engendra cuando sueña, la casa del fuego, la olla primordial donde el hombre se cuece y se hace hombre. En

---

* Mariposa de Obsidiana: *Itzpapalotl,* diosa mexicana a veces confundida con *Teteoinnan,* nuestra madre, y *Tonatzin.* Todas estas divinidades se han fundido en el culto que desde el siglo XVI se profesa a la virgen de Guadalupe.

la noche de las palabras degolladas mis hermanas y yo, cogidas de la mano, saltamos y cantamos alrededor de la l, única torre en pie del alfabeto arrasado. Aún recuerdo mis canciones:

Canta en la verde espesura
La luz de garganta dorada,
La luz, la luz decapitada.

Nos dijeron: una vereda derecha nunca conduce al invierno. Y ahora las manos me tiemblan, las palabras me cuelgan de la boca. Dame una sillita y un poco de sol.

En otros tiempos cada hora nacía del vaho de mi aliento, bailaba un instante sobre la punta de mi puñal y desaparecía por la puerta resplandeciente de mi espejito. Yo era el mediodía tatuado y la medianoche desnuda, el pequeño insecto de jade que canta entre las yerbas del amanecer y el zenzontle de barro que convoca a los muertos. Me bañaba en la cascada solar, me bañaba en mí misma, anegada en mi propio resplandor. Yo era el pedernal que rasga la cerrazón nocturna y abre las puertas del chubasco. En el cielo del Sur planté jardines de fuego, jardines de sangre. Sus ramas de coral todavía rozan la frente de los enamorados. Allá el amor es el encuentro en mitad del espacio de dos aerolitos y no esta obstinación de piedras frotándose para arrancarse un beso que chisporrotea.

Cada noche es un párpado que no acaban de atravesar las espinas. Y el día no acaba nunca, no acaba nunca de contarse a sí mismo, roto en monedas de cobre. Estoy cansada de tantas cuentas de piedra desparramadas en el polvo. Estoy cansada de este solitario trunco. Dichoso el alacrán madre, devorado por sus alacrancitos. Dichosa la serpiente, que muda de camisa. Dichosa el agua que se bebe a sí misma. ¿Cuándo acabarán de devorarme estas imágenes? ¿Cuándo acabaré de caer en esos ojos desiertos?

Estoy sola y caída, grano de maíz desprendido de la mazorca del tiempo. Siémbrame entre los fusilados. Naceré del ojo del capitán. Lluéveme, asoléame. Mi cuerpo arado por el tuyo ha de volverse un campo donde se siembra uno y se cosecha ciento. Espérame al otro lado del año: me encontrarás como un relámpago tendido a la orilla del otoño. Toca mis pechos de yerba. Besa mi vientre, piedra de sacrificios. En mi ombligo el remolino se aquieta: yo soy el centro fijo que mueve la danza. Arde, cae en mí: soy la fosa de cal viva que cura los huesos de su pesadumbre. Muere en mis labios. Nace en mis ojos. De mi cuerpo brotan imágenes: bebe en esas aguas y recuerda lo que olvidaste al nacer. Yo soy la herida que no cicatriza, la pequeña piedra solar: si me rozas, el mundo se incendia.

Toma mi collar de lágrimas. Te espero en ese lado del tiempo en donde la luz inaugura un reinado dichoso: el pacto de los gemelos enemigos, el agua que escapa entre los dedos y el hielo, petrificado como un rey en su orgullo. Allí abrirás mi cuerpo en dos, para leer las letras de tu destino.

(De: *¿Águila o sol?*)

DAMA HUASTECA

Ronda por las orillas, desnuda, saludable, recién salida del baño, recién nacida de la noche. En su pecho arden joyas arrancadas al verano. Cubre su sexo la yerba lacia, la yerba azul, casi negra, que crece en los bordes del volcán. En su vientre un águila despliega sus alas, dos banderas enemigas se enlazan, reposa el agua. Viene de lejos, del país húmedo. Pocos la han visto. Diré su secreto: de día, es una piedra al lado del camino; de noche, un río que fluye al costado del hombre.

(De: *¿Águila o sol?*)

HACIA EL POEMA
(Puntos de partida)

I

Palabras, ganancias de un cuarto de hora arrancado al árbol calcinado del lenguaje, entre los buenos días y las buenas noches, puertas de entrada y salida y entrada de un corredor que va de ningunaparte a ningunlado.

Damos vueltas y vueltas en el vientre animal, en el vientre mineral, en el vientre temporal. Encontrar la *salida:* el poema.

237

Arrancar las máscaras de la fantasía, clavar una pica en el centro sensible: provocar la erupción.

Cortar el cordón umbilical, matar bien a la Madre: crimen que el poeta moderno cometió por todos, en nombre de todos. Toca al nuevo poeta descubrir a la Mujer.

Hablar por hablar, arrancar sones a la desesperada, escribir al dictado lo que dice el vuelo de la mosca, ennegrecer. El tiempo se abre en dos: hora del salto mortal.

(De: *¿Águila o sol?*)

6

Manchas: malezas: borrones. Tachaduras. Preso entre las líneas, las lianas de las letras. Ahogado por los trazos, los lazos de las vocales. Mordido, picoteado por las pinzas, los garfios de las consonantes. Maleza de signos: negación de los signos. Gesticulación estúpida, grotesca ceremonia. Plétora termina en extinción: los signos se comen a los signos. Maleza se convierte en desierto, algarabía en silencio: arenales de letras. Alfabetos podridos, escrituras quemadas, detritos verbales. Cenizas. Idiomas nacientes, larvas, fetos, abortos. Maleza: pululación homicida: erial. Repeticiones, andas perdido entre las repeticiones, eres una repetición entre las repeticiones. Artista de las repeticiones, gran maestro de las desfiguraciones, artista de las demoliciones. Los árboles repiten a los árboles, las arenas, a las arenas, la jungla de letras es repetición, el arenal es repetición, la plétora es vacío, el vacío es plétora, repito las repeticiones, perdido en la maleza de signos, errante por el arenal sin signos, manchas en la pared bajo este sol de Galta, manchas en esta tarde de Cambridge, maleza y arenal, manchas sobre mi frente que congrega y disgrega paisajes inciertos. Eres (soy) es una repetición entre las repeticiones. Es eres soy: soy es eres: eres es soy. Demoliciones: me tiendo sobre mis trituraciones, yo habito mis demoliciones.

(De: *El mono gramático*)

ERNESTO MEJÍA SÁNCHEZ (1923-1985)

NACIÓ en Masaya, Nicaragua. Fue cabeza de la llamada Generación del 40 (Monterroso, José Durand, Carlos Illescas, entre otros). Produjo la mayor parte de su obra en su exilio mexicano. Su etiqueta de filólogo, catedrático universitario y editor de las obras de Alfonso Reyes —de quien estuvo cerca personalmente—, Rubén Darío, Manuel Gutiérrez Nájera o Amado Nervo, ha opacado injustamente su excelente obra creativa, en el seno de la cual se encuentra el poema en prosa como una constante fundamental. Tal vez sean Mejía Sánchez y Álvaro Mutis los que mejor asimilaron y prolongaron la lección de la prosa lírica-narrativa de Cardoza y Aragón. No deja de alarmar la ausencia de estudios dedicados a la poesía de Mejía Sánchez.

Obra: *La carne contigua* (1948), *Vela de la espada* (1951-1960), *Poemas familiares* (1955-1973), *Disposición de viaje* (1956-1972), *Poemas temporales* (1952-1973), *Historia natural* (1968-1975), *Estelas/homenajes* (1947-1979), *Poemas dialectales* (1977-1980). Recogidos en: *Recolección a mediodía*, Ed. Joaquín Mortiz: México, 1980.

> *Y aconteció después de esto, que teniendo Absalón hijo de David una hermana hermosa que se llamaba Thamar, enamoróse de ella Amnón hijo de David.*

SAMUEL 2, 13

LA CARNE CONTIGUA

I

Mi hermana, dijo Amnón, está desnuda. Dijo que, por más que esté cubierta con espesa y blanca túnica de lana, de largos pliegues amplios, ella está siempre desnuda.

Esto decía Amnón hace mucho tiempo, antes de su desesperada fuga sin sentido que nos ha dejado muertos, especialmente a

239

Thamar, mi deliciosa hermana gemela, que ahora está llorando, y a mí, que me parezco a ella casi en todo, y a mi madre, que dice que todo esto es un castigo del cielo. Mi padre, una gran fuerza viva sobre la tierra, eternamente incólume, y lleno de la más sana alegría, también ha sufrido mucho con esto; pero, acaso para darnos valor o fe o una cosa parecida, suele decirnos con cierta ingenuidad, tal vez un poco objetable a sus años, que no ha pasado nada.

Comienzo con estas palabras de Amnón: Mi hermana está desnuda. Me parece que han tenido mucho significado. Se han grabado fuertemente en mi alma.

Amnón pronunció estas palabras en el comedor, hace tres años, aproximadamente. Las dijo como la cosa más natural del mundo. Es cierto que estaba como sin decirlas cuando las dijo. Pero es cierto que las dijo; yo no pude inventarlas.

Amnón era un buen muchacho, apasionado por las yeguas; tenía una soberbia, que le obsequió mi padre cuando cumplió quince años; y nunca faltaban en su lecho, a la orilla, saludables rosas rojas encendidas, que él mismo cortaba.

O yo, o mi hermana, porque nos complacía verlo olerlas con deleite, minutos antes de entregarse al sueño, ya envuelto en su frazada a cuadros.

Thamar tiene unos ojos grandes, casi negros, y cuando duerme con su hijita al lado, parece que afirmara que no hay nada más allá, después del sueño o de la vigilia; ella nunca lo ha dicho; es tan sólo una suposición.

Despierta, tiene seguridad en cada paso, y un gesto especial para cada palabra. Esto no es alabanza, digo la verdad siempre que puedo; y su pelo, es negro; ese sí que es negro, de un negro obstinadamente violento.

Amnón se había acostumbrado a los libros y a los doctores: su sabiduría y su salud hacían de él un tipo hermoso, casi perfecto: creo que con una mayor amplitud en su espíritu, hubiera sido profeta.

Thamar no reconocía límites para sus deseos: si ella quería una flor, debía ser la más hermosa flor. Alguien dijo que le pedía demasiado al mundo, que nunca se iba a conformar con poco, esto es, con lo bueno; que iba a ser feliz.

Esta actitud la empujaba a hacer todo lo mejor que podía. Si ella hilaba, hilaba lo mejor que podía; si sonreía, lo hacía de la mejor manera posible; por eso yo creía que tenía perfecto derecho a esperar que le aconteciera siempre lo mejor, y esto, yo lo juzgaba limpio.

Mi madre pensaba dedicarla al templo; pero a ella, a Thamar, le gustan demasiado las uvas maduras, y nunca ha consentido.

He dicho que también le gustan las rosas; mas ahora no se encuentran en este país las de su gusto. Cuando ella lo dice, corre los ojos grandes por toda la casa, y se entristece. Es posible que quiera decir algo más con esas mismas palabras.

Cuando iba al templo, éste se hacía pequeño para su cuerpo. No quiero decir con esto que nuestro templo sea en realidad pequeño, ni que la hermosura de Thamar sea tan abundante que llame locamente la atención, sino que el templo y Thamar no estaban precisamente de acuerdo.

Ella hubiera querido una gran extensión. El reino de este mundo, todo. (El mismo reino que yo decía estaba hecho para su boca.) Me daba la impresión de que ya lo tenía en los labios.

En nuestro templo se goza de mucha libertad, relativamente; pero ella necesitaba de más libertad aún.

Y Amnón estaba siempre discutiendo. Tenía una hermosa voz para eso. Opinábamos con toda confianza delante de mi padre.

Mi madre traía algo de comer, y agregaba algunas palabras. Ella ponía empeño en que fueran siempre razonables las que decía; empero tenían suficiente peso, sólo por el hecho de salir de sus labios.

Amnón, como un profeta joven, encendía su rostro. Algunas veces su espíritu se tornaba hierático. Su voz resonaba en los muros. Se apegaba a la letra con frecuencia.

Una vez mi padre dijo que Amnón era muy joven, para que sus palabras no estuvieran en pugna con sus apetitos.

Sin embargo (y por eso), no creo que Amnón fuera a dejarse vencer por algo que él creyera malo. Sus apetitos y sus palabras estaban en pugna, es cierto, pero él, quizá, no lo sabía. Tal vez mi padre no le permitió todos los libros.

Yo pongo mi cabeza: Amnón es una persona decente. Hay que recordar que él dijo: Mi hermana está desnuda, de la manera más natural del mundo, y no quiso insinuar nada malo con eso.

Las palabras de Amnón, después de una de tantas y prolongadas discusiones en el comedor, fueron finales: Thamar, que casi nunca hablaba, se atrevió, con palabras oscuras, a objetar a Amnón, sobre un punto esencial.

No quiero entrar en detalles. Lo que Thamar decía, salía solamente de su corazón. Se lo estaba revelando la carne.

Amnón permanecía callado. No encontraba palabras que oponer al apasionado discurso de Thamar.

Era visible que ella había perdido algo. Algo más valioso que la túnica. Con unas cuantas palabras quebraba la más alta esperanza.

Había abierto los ojos más de lo necesario. Ya estaba viendo lo que no estaba viendo; esto es, veía lo que veía que no veía, más lo que no debía ver. Y eso, ya no estaba del todo bien.

Mi hermana está desnuda (o ciega o deslumbrada, fue lo que quiso decir, o lo que) dijo Amnón para de una vez terminar.

Pero en la noche, sus palabras ya lo estaban quemando; no podía dormir. El Maligno las martilló sobre su corazón y su cabeza: una blanca luna de carne se paseaba en sus ojos.

II

Mi padre entonces, era comerciante en especias. Algunas escobas estaban llenas de ellas. Recuerdo sus olores magníficos; pero sus nombres, por una desconocida razón, casi los he olvidado.

La casa es algo chica, y el aposento de los hijos fue común a Thamar (y a mi madre). No pudo ser entonces.

La verdad es que Thamar, y las especies fragantes, establecieron una armonía deslumbradora en nuestra casa. Por una parte, mi madre podía proveernos de alimentos más ricos a nuestro paladar; decía Amnón, que es el mayor, que algunos de esos alimentos eran nuevos para nuestros padres también.

Siempre hemos sido sobrios, y nuestra vida era por demás morigerada; mas la abundancia del vino hizo a mi padre decir cosas que, sin ella, estoy seguro no hubiera dicho delante de nosotros. Cosas que dice mi madre no se pueden decir ni sostener.

Nuestra pobreza anterior, nuestra falta de medios por mucho tiempo sufrida, nos hacía experimentar una felicidad particular en cada cosa que nuestra joven curiosidad inauguraba.

Hemos sufrido mucho: nuestro linaje cuenta con historias suficientemente lloradas para hoy recordarlas. Una vez mi padre fue echado del templo. Mi madre fue cautiva. Y Amnón tiene una marca de fuego en la espalda.

Por eso aquellos días, a pesar de que nos entregamos con delicia a ellos, parecían de mentira a nuestros ojos. Sentíamos que alguien nos bendecía, pero una corriente de llanto iba tras de nosotros, nos seguía los pasos.

Fueron días llenos de vida, de verdadera fragancia corporal; llamaría paradisíacos esos días, si no fuera pecado hacer tamaña comparación.

Se diría que éramos felices (¡se diría!), porque nuestra parcela fue aumentada en diez veces su tamaño, y la descendencia de nuestros animales fue prodigiosa en el primer solsticio; y por otras cosas más.

Thamar fue aquellos días la reina de nuestra alegría. Nos reíamos de nada, más de tres veces al día. Recorríamos la heredad tres veces por semana: la servidumbre nos proveía con abundancia para nuestro recorrido. Siempre íbamos los tres: los gemelos y Amnón. ¡No pudo ser entonces!

Thamar adquirió bajo el sol de junio una resistencia admirable, cortaba las manzanas elevadas de un salto, salvaba las acequias. Se tornó su rostro mejor que una ciruela.

Yo creía que, si la tierra fuera redonda, ella hubiera podido sostenerla en sus manos, como una manzana; pero creer esto era pecado, decía mi madre; así lo aseguraban los libros y los doctores respetables.

Sin embargo, mi corazón me decía que esto no era cierto, que Thamar poseía una fuerza maravillosa para hacerla redonda y sostenerla.

No puedo decir sin dolor que Thamar comenzó a preferir los regalos de Amnón ese verano; y las uvas que ella misma, y con cuidado, ponía en nuestros labios, fueron sólo para los de Amnón, desde entonces.

Pero ahí estaba el gemelo, ahí estaba Absalón, el hermano menor, sin saberlo y como que sabía, en guardia por su carne, siempre cerca. ¡No pudo ser entonces!

Nadie vaya a decir que en las piscinas, que en el huerto cerrado, que en el sombreado paseo de los álamos. ¡No pudo ser ahí!

Sin embargo el Maligno construyó un tiempo y un espacio especial para ellos. ¡Un instante y un sitio para confundirlos!

Amnón huyó en su yegua una mañana de abril. La noche anterior mi madre, en su aposento, lloró a lágrima viva con Thamar.

Y ahí estaba el gemelo, ahí estaba también Absalón sin explicarse y como queriendo proteger ahora una nueva carne todavía invisible, en medio de las lágrimas.

Mi padre, eternamente incólume, sospechándolo, y sin poder evitarlo, tomó vino, y dijo que la cosa no valía la pena. (¡Creo que para consolarnos!)

En la madrugada, Amnón, lo tengo presente, hizo un lío con sus cosas, me dio un beso en la frente, amargo sello, y me dijo: Voy a otros países. Toma esta moneda de plata. Traten de no recordar mi nombre.

Nuestra vida no podía seguir lo mismo. La corriente de llanto inundó nuestras plantas. Por eso no digamos: Somos felices. Porque cuando menos se piensa viene el Maligno a probar lo contrario.

Thamar pedía para su palidez uvas verdes y ciruelas y duraznos sin sazonar. En la casa circulaba como sangre un aire sordo: un niño lo iba a romper.

III

Thamar, en la primavera, parió una niña de una sola abuela. Estaba Thamar como toda madre orgullosa de ella. Mi madre la ocultó al vecindario. Mi padre la besaba todos los días, al amanecer. Le llevaba frutas, liebres, mariposas brillantes para regocijarla. La mostraba sin cuidado a las visitas.

Con sus risas parecía que iba a entrar en la casa una nueva alegría. Pero la ausencia de Amnón era muy dura. Acostumbrarse a no acostumbrarse a ella ha sido nuestro ejercicio diario. Ausencia más dura sin su nombre, porque Amnón es el innominado. ¡Amnón, cuyo nombre no podemos mentar!

En los primeros días todos, aunque llorando, creímos que iba a regresar. Su ausencia estaba mitigada por esta falsa esperanza. ¡Pero Amnón no regresa!

A la hora del beso o de la cena, al abrir el libro o al cerrarlo, Amnón está llamando a la puerta. Hacia allí cuando golpean, todos los ojos vivos de la casa se vuelven. ¡Pero Amnón no regresa! Entonces nos miramos: no podemos hablar.

Cuando llega la noche y hay que cerrar la puerta, estamos convencidos de que dejamos a alguien en la calle. ¡A alguien, cuyo nombre no podemos mentar! Veo, vemos las rosas rojas, las encendidas rosas, en su cuarto, marchitas. Su lecho denso y doloroso como un nido vacío. Todo lo que él iluminaba con su cuerpo o con su palabra ha quedado en la sombra.

Pero después, ahora, cuando un llanto de niño o unos primeros pasos confirman la falta de una fuerza primera, anterior a su sangre, la ausencia de Amnón nos hiere como un clavo.

Pero aquí estaba su hermano, Absalón, el gemelo, el que nada sabía, el que en su corazón confiaba demasiado: y Absalón dijo a su madre:

Madre mía, si Amnón, como cualquiera, nos ha abandonado, deja que el que le sigue cubra su falta ahora. Deja que la niña tenga en Absalón su padre y que Thamar no llore más y no esté sola.

Fueron palabras claras, pero mi madre, suficientemente escarmentada, tiñó su rostro en rojo más que encendido y dijo:

¡Maldigo la hora en que mis hijos se encarnaron en mi vientre! ¡Sean borrados los meses que los llevé en mi carne! ¡Leche de los demonios les di con estos pechos! ¿Por qué no los ahogué entre mis piernas en el momento de parirlos?

Apoyó sus gritos en todos los libros. Todavía oigo sus gritos, y estas palabras del Levítico salidas de su boca hace pocos momentos:

La desnudez de tu hermana, hija de tu padre o hija de tu madre, nacida en casa o nacida fuera, su desnudez no descubrirás.

Por otra parte, nunca creía que mis palabras, dichas con la mejor intención de mi corazón, produjeran tal efecto en mi madre. Pero lo que ni siquiera había sospechado era que mis palabras insinuaran semejante pecado.

Por eso, hemos llorado todos: Thamar todavía está llorando en su cuarto. ¡Mi deliciosa hermana está afeando su rostro!

Pero mi madre tenía razón, ella, da la casualidad, siempre tiene la razón: ¡y un poco más que eso!

Hasta entonces no comprendí el pecado de Amnón y la imprudencia de mis palabras. El amargo sello de mi hermano, sin darme cuenta, ya me estaba quemando. Mas mi madre, siempre previsora, con unas pocas palabras, me salvó de la muerte.

Ella que me dice: Hijo de mi corazón, no podía engañarme; y me lo ha dicho todo. Me lo ha explicado todo. Por eso, aquí lo escribo: Me arrepiento de ese anhelo maligno.

Hasta ahora conozco en su verdadero significado la fuga de mi hermano. Recordemos a Amnón: el hijo, de quien todo lo bueno podía perfectamente esperarse, como un demonio derramó su saliva.

El hijo bueno, el fuerte, el que decía: El señor está conmigo siempre y me protege; ¡el mismo Amnón, mi hermano, el mismo Amnón, como un ángel caído!

Recordamos su voz, su voz maciza resonando en los cuartos. Su voz, ahora ausente, visible como un hueco, dolorosa como si a cada uno de nosotros nos la hubieran amputado. Porque, para decir verdad, la voz de Amnón era muy nuestra: cada uno de nosotros la reclama en los oídos como una cosa propia. ¡Su voz, donde nació su pecado! Su voz, que no regresa.

Porque Amnón ha puesto tierra, sangre, carne, y lo que es peor, carne contigua entre su planta y la nuestra.

Y Thamar, la mariposa que quemó sus alas en el fuego cercano, la que lo quiso todo, la que tenía el mundo en los labios y hubiera podido levantar la tierra con sus manos, Thamar está llorando en su cuarto. Su niña está jugando, su niña dice solamente: mamá.

Desde el cuarto vecino, con su llanto, Thamar me dice que escriba estas memorias; y Amnón, desde lejos, no sólo me lo dice, sino que me lo ruega.

Por eso he querido, aunque en desorden, hacer el fiel relato de los hechos. El que esto lea, sin duda, ya ha oído todo lo que ha dicho el vecindario y los amigos de la casa (aquellos que venían).

Y todo lo que dicen esos libros maledicentes (Yo fui la esclava de Thamar, Lo que me dijo Amnón, etcétera) además de poemas y de tratados: gente que busca fama, gente que ha encontrado gozo en la desgracia ajena.

Se ha llegado a decir que Absalón vengó a Thamar, dando muerte a su hermano.

No por mí me duelen esas palabras. Sino porque he soñado que una noche Amnón vendrá (otra vez limpio y equilibrado como un ángel) a besar a su hijita, a vivir otra vez con nosotros; y no se podría realizar mi sueño si eso que dicen fuera cierto.

En la puerta dirá Amnón: El Señor me ha perdonado y otra vez me protege. Madre mía, dame un beso en la frente. Con su misma antigua voz, hasta ahora delgada y pequeña como un niño; y ya entrando en confianza: Buenas noches, papá, ¿cómo están los viñedos?

Thamar está peinando a la niña. Yo estoy cerca de Thamar. Amnón nos dice: Hermanos míos ¿quién llora, ahora, y por quién, y a qué hora? Y ha tomado a la niña en sus brazos; la besa, le dice: Hijita mía, te está besando tu padre.

Pero Thamar está llorando otra vez, está mi hermana afeando su rostro. Su hijita ya conoce la palabra: papá; se oyen sus risas mezcladas con el llanto. Así es el mundo: una confusa mezcla; nadie sabe la hora de reír, o llorar.

ESPERA DE LA CRIATURA

Con qué afán golpea el vientre sordo, a media noche, trabajosamente dormido, sin saberse ya humano por el tesón o sólo animal que quiere salir a mejor vida, ignorante de que ha sido forjado en minuto casual de no esferas previstas —y que por el contrario apenas hecho ya está todo previsto. No podrá elegir ni la cuchara —y el solo sometimiento es premio de seguridad. Querrá un poco de entendimiento —¡mientras él lo tenga, como todo, de nosotros mismos! lo tendrá. Clemencia y benignidad —todo lo que es orgullo y ostentación, pero dirigido por corriente de afectuosa solicitud: destino alzado en unas cuantas gotas, unos lunares que ya tuvieron mis abuelos, una mirada penetrante como caricia, una mano hábil para el amor y la letra, o la confusión de mis rasgos con mi espejo viviente.

(De: Poemas familiares)

RETRATO FAMILIAR

A don J. Raúl Marenco

La bisabuela de la mujer —digamos, casi Eva— tan limpiamente pintada por ese anónimo Vermeer nicaragüense del siglo diecinueve, disimula con pena una sonrisa apenas contenida con suave severidad. ¿Concedida al pintor, como aquella de la duquesa de Ferrara, en el poema de Browning? ¿Concedida a sus hijos, a sus nietos, a los hijos de ellos, a los nietos de aquellos, etcétera? Porque yo la veo en la carne viva de mis hijos, en la de Myriam y de sus hermanas, como débil arroyo dulce bajo la piel del rostro, llegando desmayada a la comisura de la boca, para luego frenarse, hundirse, consumirse en el vértigo de los labios.

(De: *Poemas familiares*)

EL TIGRE DEL JARDÍN

Sueño con mi casa de Masaya, con la quinta que malbarató mi padre, donde pasé la infancia. Estamos a la mesa, en el pequeño comedor rodeado de vidrieras. Comemos carne asada sangrante, todavía metida en el fierro. Su fragancia esparce cierta familiaridad animal. Hay visitas de seguro, amigos y parientes, pero no veo sus rostros. En una esquina de la mesa, yo como lentamente. De improviso vuelvo la cabeza hacia el jardín y veo al tigre, a cinco o seis pasos de nosotros, tras la vidriera. Tomo la escopeta del rincón, rompo un vidrio y le disparo enseguida. Yerro el tiro mortal y la bestia cobarde y mal herida huye de tumbo en tumbo bajo los naranjales. Mi padre saca una botella de etiqueta muy pintada, con las medallas de oro de las exposiciones, y leo varias letras que dicen Torino. Salen a relucir unos vasitos floreadísimos, azules, magenta, ámbar, violeta. Todos beben y alaban mi rapidez y agilidad, no así la imprudencia de disparar sin percatarme si el arma estaba cargada. Unos dicen que cuando la bala iba en el aire, la fiera impertinente movió el cuello y ya no le di en el corazón sino en la paletilla. Yo como lentamente. Debe ser día de San Juan, día de mi madre, solsticio de verano. La mente ardida sigue dando vueltas al tigre. En un descuido lo persigo hasta verlo caer como un tapiz humillado a los pies de mi cama. Todos siguen bebiendo. Ahora felicitan a Myriam, pero la mujer consigna sin reproche que son cosas mías, cosas de mi sola imaginación.

(De: *Poemas familiares*)

SITIO DE LA CIUDAD

A Roberto Esquenazi-Mayo

Recompongo los planos de la ciudad, uno tras otro, tengo uno en verde, del tiempo de la Exposición, sin fecha, Garnier Frères, 6 rue de Saints-Pères, para enseñanza del extranjero. No se mira mi callecita, oculta por la planta de Cluny. Se necesita la juventud alguna vez, pudor y desamparo, soledad y sobre todo desprendimiento de sí mismo para enamorarse perdidamente del mundo. Yo te quise antes de conocerte, te amé conociéndote, te olvido mucho como a quien se quiere despacio y ya sin secreto. Recorrí tus calles y tus puentes, tus puertas y tus plazas, torres, muros y criptas, el altar del blasfemo, el burdel del adolescente iluminado, con el corazón en los zapatos, porque sabía que iba a perderte. Nadie me acompañó sino el hambre, algún vino ruin y el iris de la Santa Capilla. Dejé los museos y los libros como cosa de crápula. Me eché en tus calles como en la sangre que uno busca saciar. Piedra por piedra, baldosas, focos escurridizos, ostentación de mármol y pizarra, masas verdes del bosque y del paseo, la aguja exótica y el jardín del escultor, el río que borra la imagen de mi señora, fueron para el mendigo ingrato sacros lugares. Me he despertado a veces —escándalo de mis testigos adormilados— recitando los nombres de tus puertas como poniendo sitio al cuerpo de mi desvelo. Me he oído decir, en voz alta y pastosa: Porte d'Ivry, Porte d'Italie, Porte de Clignancourt, Porte de Neuilly, con la fe del desesperado que repite mágicamente las letanías de la Virgen.

(De: *Disposición de viaje*)

EL VIAJE

Por carta y telegrama me obligan a organizar el futuro. Fechas de un año atrás para después me inclinan al silencio y la inacción. ¿Puedo contar con un día más, con un mes o un siglo? ¿Y si firmo el contrato y lo cumple un cadáver, o no lo cumple y me lleno de remordimientos póstumos? Así tendrá que ser —no le encuentro remedio. Hoy firmo para estar dentro de año y medio a orillas del Hudson, al lado de Florit y los amigos de Columbia. Y si no firmo no voy ni no no voy —porque sólo puede no ir quien estuvo a punto de ir.

Así la vida se va pasando, se va cumpliendo u omitiendo, mientras voy meditando, ya de viaje —y escribiendo— hacia el Hudson. El viaje es lento, lentísimo, entre firma y llegada, pero el ser rápidamente imanta su destino conforme al presente y el pasado, eriza las limaduras de la vida, pone polo a cielo y tierra —como cualquiera profecía.

(De: Disposición de viaje)

INQUIETUDES DE LA POSTAL

I

La postal es breve, lacónica, superficial o mejor no es. ¿Enviarías un pensamiento rico o delicado al dorso de la Cibeles o de las manoseadas palomas de San Marcos? No y no. Sin embargo, hallamos del repente, al lado de la feria, una ojiva de Chartres o un pétalo del rosetón, que no se encuentran en los puestos especializados ni en los catálogos de Ruskin, y surge el destinatario, la frase trivial que ha de llevar nuestra golosa presunción: a alguien que tal vez ha variado de aficiones o cambió ya de domicilio o hace poco que ha muerto. Las mejores postales las hemos perdido para siempre. Y conservamos las estólidas reproducciones del Generalife o del David porque nuestros amigos se han fotografiado ahí en traje de moros o fingiendo una admiración que realmente sentían y no vale la pena recordarles su desfachatez o debilidad. No tenemos perdón, en cambio, por haber derrochado nuestros pobres hallazgos, dirigiendo al azar de un sentimiento las más queridas observaciones.

Pero no, no es el caso. La postal verdadera es inocua, impersonal, corriente, desinteresada: al reverso de la Catedral o del Acueducto hemos escrito de prisa sin pensar: "Estoy bien, ¿cuándo nos veremos? Comienza el otoño y tú no estás. Si vienes, no preguntes. Me iré cuando menos lo pienses. Y claro, como no piensas, me habré ido". Esto es, que la postal no quiere contestación, no lleva remitente ni dirección, quizá un solo rasgo que sólo el destinatario reconocerá o creemos, en un rapto de optimismo, que reconocerá. La postal perfecta es inesperada, no tiene esperanzas, es desesperada. Pero la mejor postal, La Postal, esa no se envía ni se escribe, a veces ni se compra. Y si se compra, se arrumba entre las cosas íntimas, inútiles y ruines, sin saber para qué.

(De: *Disposición de viaje*)

FIESTA EN LA TERRAZA

Voy por la Avenida Oaxaca de una ciudad desconocida. Posiblemente no me conozco, porque la he visto arriba y no quiero identificarla. Pasan siglos de un segundo, me alcanza con los ojos de hace veinte años y entonces ya sé quién soy. Hay fiesta en la terraza y me hacen pasar. Todo está preparado, soy el recién llegado, el esperado de mucho tiempo. Me atienden varios jóvenes indolentes con solicitud no acostumbrada. Encienden mi cigarro pero me queman las pestañas. Me acercan una copa y la vierten con cuidado en mi corbata. De pronto sé que son ellos, y ellos, que yo no soy. Cortés, voy al elevador y a medio descenso queda la jaula suspendida. Oigo risas. Ella al fin se compadece, me llama cariñosamente con un nombre equivocado y me deja caer.

(De: *Poemas temporales*)

INTERROGACIONES/IGNORANCIAS

Nadie conoce a nadie ni sabe cuándo ni dónde morirá, si es que uno muere. Optimista, dirás. Te diré. Por diez años traté a Balbuena casi constantemente, como quien dice un instante del mundo. Calculo, de haber grabado nuestras charlas, una cinta magnetofónica o cinematográfica de cien kilómetros. Y ahora que dicen que ha muerto, siento que no sé nada de él y que acaso él no supo de mí gran cosa que se diga. Reviso sus apuntes y autorretratos, cartas, fotografías, las obras preferidas y recuerdos huidizos, ¿dónde está? ¿En lo temporal? ¿En lo intemporal? ¿En los limones de ácido amarillo, en los bruscos cielos de Toledo, en el mar levantino, en el intenso azul de Chiapas, perfeccionados por su mano, o en la anécdota fúlgida, en las convicciones tan sufridas, en los silencios entre taza y taza de café? No lo sabemos. La pintura es anécdota, milagro detenido, un instante lentísimo. La anécdota es pintura fluyente, suspiro colorido y fragante. Después viene el silencio, el recuerdo, la composición de lugar, con fantasías y olvidos, aquí una luz, aquí una mancha, un color nunca visto, algo que no es de aquí, que es de allá, donde crece Balbuena bajo el chorro de segundos vertiginosos.

(De: *Poemas temporales*)

EL INGRATO

A mis amigos colombianos

Desde hace años recibo dos o tres cartas por semana que no contesto nunca. Los movimientos de un corazón son tan complicados como el baile del conde de Orgel. ¿Orgullo? ¿Abandono de sí? ¿Falta de amor o caridad? Nunca he amado más en la vida. Nunca me he querido menos yo mismo… Alguien reclama saber de mí por si cuento con vida. Otros me envían libros y retratos, saludos y recuerdos. Recuerdos, ¿recuerdas? El amado, el deseado, el querido, para ustedes ya no es más que el ingrato. Los movimientos de un corazón son tan complicados como el baile del conde de Orgel. Alguna vez reapareceré ante la vida. Por ahora no me verán, si es que logro vivir. Y si después no vivo, siempre me verán. Porque yo les prometo no desaparecer, por lo menos no del todo. ¡Ahora aunque me oculte no me olvidarán! Hoy quiero que sepan que sólo la insistencia de diez años de cartas ha hecho posible que no me olvide de mi nombre.

(De: *Poemas temporales*)

IV. SOY SOLAR

Al grito azul del cielo recién nacido, entre el verde follaje todavía oscuro de vida nocturna y animal, responde el desolado fulgor de quien fue rey lunático, de azarosos, azogados, tardos pasos. El ancho disco discurre en su alegría milenaria, después de correr cimas nevadas, arenas derretidas, ocasos de llamas furiosas, insolente escarlata del ocaso. Seguir, seguirlo, a ojos vista, y que duerma un rayo poderoso en la mano magnánima, para entibiar siquiera el débil corazón escarchado de luna fugitiva y penosa. Dónde estarás doce horas más tarde, vistiendo en luz qué tierras, mares, selvas o ríos, con la reverberación de tu poder genital. Soy solar, dios nocturno, cuando el párpado agotado y goloso del día entra con pie seguro en las aguas lentas y tupidas del sueño, no duermo, sueño no más que duermo, por descansar el don luminoso y ardido que me hace menos yo, cuando ya deslumbrado me asombro. Soy solar, de mucho sol al descubierto viene la carne untada al hueso virgen. Soy solar, de mucho mundo al sol, veranos, playas, islas, procede el cuerpo que te entrego esta noche. Soy solar, por más que busque en brazos morenos más ternura que el fuego atesorado, soy solar. Aires nocturnos quieren embalsamar la furia del que duerme; no hay descanso, soy solar. No hay remedio, a mediodía, a medianoche, soy solar.

(De: *Historia natural*)

ÁLVARO MUTIS (1923)

NACIÓ en Bogotá, Colombia. Realizó sus primeros estudios en Bruselas. A su regreso a Bogotá, cuenta, "El billar y la poesía pudieron más y jamás alcancé el ansiado cartón de bachiller. Asistí a las inolvidables clases de literatura que dictaba Eduardo Carranza; a él debo mi devoción por la poesía y por la poesía española en particular". Publicó sus dos primeros libros en su país y viajó a México en 1956, donde reside desde entonces. "En 1974 —continúa Mutis— recibí el Premio Nacional de Letras de Colombia. Nunca he participado en política, no he votado jamás y el último hecho político que me preocupa de veras es la caída de Bizancio en manos de los infieles en 1453." Ha recibido importantes reconocimientos internacionales.

Obra: *Primeros poemas* (1947), *Los elementos del desastre* (1953), *Los trabajos perdidos* (1964), *Summa de Maqroll el Gaviero* (Seix Barral: Barcelona, 1973), *Caravansary* (Fondo de Cultura Económica, Tierra Firme: México, 1981).

EL VIAJE

No sé si en otro lugar he hablado del tren del que fui conductor. De todas maneras, es tan interesante este aspecto de mi vida, que me propongo referir ahora cuáles eran algunas de mis obligaciones en ese oficio y de qué manera las cumplía.

El tren en cuestión salía del páramo el 20 de febrero de cada año y llegaba al lugar de su destino, una pequeña estación de verano situada en tierra caliente, entre el 8 y el 12 de noviembre. El recorrido total del tren era de 122 kilómetros, la mayor parte de los cuales los invertía descendiendo por entre brumosas montañas sembradas íntegramente de eucaliptos. (Siempre me ha extrañado que no se construyan violines con la madera de ese perfumado árbol de tan hermosa presencia. Quince años permanecí como conductor del tren y cada vez me sorprendía deliciosamente la riquísima gama de sonidos que despertaba la pequeña locomotora de color rosado, al cruzar los bosques de eucaliptos.)

Cuando llegábamos a la tierra templada y comenzaban a aparecer las primeras matas de plátano y los primeros cafetales, el tren aceleraba su marcha y cruzábamos veloces los vastos potreros donde pacían hermosas reses de largos cuernos. El perfume del pasto "yaraguá" nos perseguía entonces hasta llegar al lugarejo donde terminaba la carrilera.

Constaba el tren de cuatro vagones y un furgón, pintados todos de color amarillo canario. No había diferencia alguna de clases entre un vagón y otro, pero cada uno era invariablemente ocupado por determinadas gentes. En el primero iban los ancianos y los ciegos; en el segundo los gitanos, los jóvenes de dudosas costumbres y, de vez en cuando, una viuda de furiosa y postrera adolescencia; en el tercero viajaban los matrimonios burgueses, los sacerdotes y los tratantes de caballos; el cuarto y último había sido escogido por las parejas de enamorados, ya fueran recién casados o se tratara de alocados muchachos que habían huido de sus hogares. Ya para terminar el viaje, comenzaban a oírse en este último coche los tiernos lloriqueos de más de una criatura y, por la noche, acompañadas por el traqueteo adormecedor de los rieles, las madres arrullaban a sus pequeños mientras los jóvenes padres salían a la plataforma para fumar un cigarrillo y comentar las excelencias de sus respectivas compañeras.

La música del cuarto vagón se confunde en mi recuerdo con el ardiente clima de una tierra sembrada de jugosas guanábanas, en donde hermosas mujeres de mirada fija y lento paso escanciaban el guarapo en las noches de fiesta.

Con frecuencia actuaba de sepulturero. Ya fuera un anciano fallecido en forma repentina o se tratara de un celoso joven del segundo vagón envenenado por sus compañeros, una vez sepultado el cadáver permanecíamos allí tres días vigilando el túmulo y orando ante la imagen de Cristóbal Colón, Santo Patrono del tren.

Cuando estallaba un violento drama de celos entre los viajeros del segundo coche o entre los enamorados del cuarto, ordenaba detener el tren y dirimía la disputa. Los amantes reconciliados, o separados para siempre, sufrían los amargos y duros reproches de todos los demás viajeros. No es cualquier cosa permanecer en medio de un páramo helado o de una ardiente llanura donde el sol reverbera hasta agotar los ojos, oyendo las peores indecencias, enterándose de las más vulgares intimidades y descubriendo, como en un espejo de dos caras, tragedias que en nosotros transcurrieron soterradas y silenciosas, denunciando apenas su paso con un temblor en las rodillas o una febril ternura en el pecho.

Los viajes nunca fueron anunciados previamente. Quienes conocían la existencia del tren, se pasaban a vivir a los coches uno o dos meses antes de partir, de tal manera que a finales de febrero se completaba el pasaje con alguna ruborosa pareja que llegaba acezante o con un gitano de ojos de escupitajo y voz pastosa.

En ocasiones sufríamos, ya en camino, demoras hasta de varias semanas debido a la caída de un viaducto. Días y noches nos atontaba la voz del torrente, en donde se bañaban los viajeros más arriesgados. Una vez reconstruido el paso, continuaba el viaje. Todos dejábamos un ángel feliz de nuestra memoria rondando por la fecunda cascada, cuyo ruido permanecía intacto y, de repente, pasados los años, nos despertaba sobresaltados, en medio de la noche.

Cierto día me enamoré perdidamente de una hermosa muchacha que había quedado viuda durante el viaje. Llegado que hubo el tren a la estación terminal del trayecto me fugué con ella. Después de un penoso viaje nos establecimos a orillas del Gran Río, en donde ejercí por muchos años el oficio de colector de impuestos sobre la pesca del pez púrpura que abunda en esas aguas.

Respecto al tren, supe que había sido abandonado definitivamente y que servía a los ardientes propósitos de los veraneantes. Una tupida maraña de enredaderas y bejucos invade ahora completamente los vagones y los azulejos han fabricado su nido en la locomotora y el furgón.

(1948)

(De: *Primeros Poemas*)

LOS ELEMENTOS DEL DESASTRE

2

No espera a que estemos completamente despiertos. Entre el ruido de dos camiones que cruzan veloces el pueblo, pasada la medianoche, fluye la música lejana de una humilde vitrola que lenta e insistente nos lleva hasta los años de imprevistos sudores y agrio aliento, al tiempo de los baños de todo el día en el río torrentoso y helado que corre entre el alto muro de los montes. De repente calla la música para dejar únicamente el bordoneo de un grueso y tibio insecto que se debate en su ronca agonía, hasta cuando el alba lo derriba de un golpe traicionero.

5

El zumbido de una charla de hombres que descansaban sobre los bultos de café y mercancías, su poderosa risa al evocar mujeres poseídas hace años, el recuento minucioso y pausado de extraños accidentes y crímenes memorables, el torpe silencio que se extendía sobre las voces, como un tapete gris de hastío, como un manoseado territorio de aventura... todo ello fue causa de una vigilia inolvidable.

7

Un hidroavión de juguete tallado en blanda y pálida madera sin peso, baja por el ancho río de corriente tranquila, barrosa. Ni se mece siquiera, conservando esa gracia blanca y sólida que adquieren los aviones al llegar a las grandes selvas tropicales. Qué vasto silencio impone su terso navegar sin estela. Va sin miedo a morir entre la marejada rencorosa de un océano de aguas frías y violentas.

(De: Los elementos del desastre)

LA MUERTE DEL CAPITÁN COOK

Cuando le preguntaron cómo era Grecia, habló de una larga fila de casas de salud levantadas a orillas de un mar cuyas aguas emponzoñadas llegaban hasta las angostas playas de agudos guijarros, en olas lentas como el aceite.

Cuando le preguntaron cómo era Francia, recordó un breve pasillo entre dos oficinas públicas en donde unos guardias tiñosos registraban a una mujer que sonreía avergonzada, mientras del patio subía un chapoteo de cables en el agua.

Cuando le preguntaron cómo era Roma, descubrió una fresca cicatriz en la ingle que dijo ser una herida recibida al intentar romper los cristales de un tranvía abandonado en las afueras y en el cual unas mujeres embalsamaban a sus muertos.

Cuando le preguntaron si había visto el desierto, explicó con detalle las costumbres eróticas y el calendario migratorio de los insectos que anidan en las porosidades de los mármoles comidos por el salitre de las radas y gastados por el manoseo de los comerciantes del litoral.

Cuando le preguntaron cómo era Bélgica, estableció la relación entre el debilitamiento del deseo ante una mujer desnuda que, tendida de espaldas, sonríe torpemente y la oxidación intermitente y progresiva de ciertas armas de fuego.

Cuando le preguntaron por un puerto del Estrecho, mostró el ojo disecado de un ave de rapiña dentro del cual danzaban las sombras del canto.

Cuando le preguntaron hasta dónde había ido, respondió que un carguero lo había dejado en Valparaíso para cuidar de una ciega que cantaba en las plazas y decía haber sido deslumbrada por la luz de la Anunciación.

(De: *Los trabajos perdidos*)

MORADA

Se internaba por entre altos acantilados cuyas lisas paredes verticales penetraban mansamente en un agua dormida.

Navegaba en silencio. Una palabra, el golpe de los remos, el ruido de una cadena en el fondo de la embarcación, retumbaban largamente e inquietaban la fresca sombra que iba espesándose a medida que penetraba en la isla.

En el atracadero, una escalinata ascendía suavemente hasta el promontorio más alto sobre el que flotaba un amplio cielo en desorden.

Pero antes de llegar allí y a tiempo que subía las escaleras, fue descubriendo, a distinta altura y en orientación diferente, amplias terrazas que debieron servir antaño para reunir la asamblea de oficios o ritos de una fe ya olvidada. No las protegía techo alguno y el suelo de piedra rocosa devolvía durante la noche el calor almacenado en el día, cuando el sol daba de lleno sobre la pulida superficie.

Eran seis terrazas en total. En la primera se detuvo a descansar y olvidó el viaje, sus incidentes y miserias.

En la segunda olvidó la razón que lo moviera a venir y sintió en su cuerpo la mina secreta de los años.

En la tercera recordó esa mujer alta, de grandes ojos oscuros y piel grave, que se le ofreció a cambio de un delicado teorema de afectos y sacrificios.

Sobre la cuarta rodaba el viento sin descanso y barría hasta la última huella del pasado.

En la quinta unos lienzos tendidos a secar le dificultaron el paso. Parecían esconder algo que, al final, se disolvió en una vaga inquietud semejante a la de ciertos días de la infancia.

En la sexta terraza creyó reconocer el lugar y cuando se percató que era el mismo sitio frecuentado años antes con el ruido de otros días, rodó por las anchas losas con los estertores de la asfixia...

A la mañana siguiente el practicante de turno lo encontró aferrado a los barrotes de la cama, las ropas en desorden y manando aún por la boca atónita la fatigada y oscura sangre de los muertos.

(De: *Summa de Maqroll el Gaviero*)

SOLEDAD

En mitad de la selva, en la más oscura noche de los grandes árboles, rodeado del húmedo silencio esparcido por las hojas del banano silvestre, conoció el Gaviero el miedo de sus miserias más secretas, el pavor de un gran vacío que le acechaba tras sus años llenos de historias y de paisajes. Toda la noche permaneció el Gaviero en dolorosa vigilia, esperando, temiendo el derrumbe de su ser, su naufragio en las girantes aguas de la demencia. De estas amargas horas de insomnio le quedó al Gaviero una secreta herida de la que manaba en ocasiones la tenue linfa de un miedo secreto e innombrable. La algarabía de las cacatúas que cruzaban en bandadas la rosada extensión del alba, lo devolvió al mundo de sus semejantes y tornó a poner en sus manos las usuales herramientas del hombre. Ni el amor, ni la desdicha, ni la esperanza, ni la ira volvieron a ser los mismos para él después de su aterradora vigilia en la mojada y nocturna soledad de la selva.

(De: *Summa...*)

LA CARRETA

Se la entregaron para que la llevara hasta los abandonados socavones de la mina. Él mismo tuvo que empujarla hasta los páramos sin ayuda de bestia alguna. Estaba cargada de lámparas y de herramientas en desuso.

Fue al día siguiente de comenzar el viaje cuando, en un descanso en el camino, advirtió en los costados del vehículo la ilustrada secuencia de una historia imposible.

En el primer cuadro una mujer daba el pecho a un guerrero herido en cuya abollada armadura se leían sentencias militares escritas en latín. La hembra sonreía con malicia mientras el hombre se desangraba mansamente.

En el segundo cuadro una familia de saltimbanquis cruzaba las torrentosas aguas de un río, saltando por sobre grandes piedras lisas que obstruían la corriente. En la otra orilla la misma mujer del cuadro anterior les daba la bienvenida con anticipado júbilo en sus ademanes.

En el otro costado de la carretera la historia continuaba: en el primer cuadro, un tren ascendía con dificultad una pendiente, mientras un jinete se adelantaba a la locomotora meciendo un estandarte con la efigie de Cristóbal Colón. Bajo las plateadas ramas de un eucalipto la misma hembra de las ilustraciones anteriores mostraba a los atónitos viajeros la rotundez de sus muslos mientras espulgaba concienzudamente su sexo.

El segundo cuadro mostraba un combate entre guerrilleros vestidos de harapos y soldados con vistosos uniformes y cascos de acero. Al fondo, sobre una colina, la misma mujer escribía apaciblemente una carta de amor, recostada contra una roca color malva.

Olvidó el Gaviero el cansancio de su tarea, olvidó las miserias sufridas y el porvenir que le deparaba el camino, dejó de sentir el frío de los páramos y recorría los detalles de cada cuadro con la alucinada certeza de que escondían una ardua enseñanza, una útil y fecunda moraleja que nunca le sería dado desentrañar.

(De: *Summa...*)

CARAVANSARY

Para Octavio y Mari Jo

5

Mi labor consiste en limpiar cuidadosamente las lámparas de hojalata con las cuales los señores del lugar salen de noche a cazar el zorro en los cafetales. Lo deslumbran al enfrentarle súbitamente estos complejos artefactos, hediondos a petróleo y a hollín, que se oscurecen en seguida por obra de la llama que, en un instante, enceguece los amarillos ojos de la bestia. Nunca he oído quejarse a estos animales. Mueren siempre presas del atónito espanto que les causa esta luz inesperada y gratuita. Miran por última vez a sus verdugos como quien se encuentra con los dioses al doblar una esquina. Mi tarea, mi destino, es mantener siempre brillante y listo este grotesco latón para su nocturna y breve función venatoria. ¡Y yo que soñaba ser algún día laborioso viajero por tierras de fiebre y aventura!

6

Cada vez que sale el rey de copas hay que tornar a los hornos, para alimentarlos con el bagazo que mantiene constante el calor de las pailas. Cada vez que sale el as de oros, la miel comienza a danzar a borbotones y a despedir un aroma inconfundible que reúne, en su dulcísima materia, las más secretas esencias del monte y el fresco y tranquilo vapor de las acequias. ¡La miel está lista! El milagro de su alegre presencia se anuncia con el as de espadas. Pero si es el as de bastos el que sale, entonces uno de los paileros ha de morir cubierto por la miel que lo consume, como un bronce líquido y voraz vertido en la blanda cera del espanto. En la madrugada de los cañaverales, se reparten las cartas en medio del alto canto de los grillos y el escándalo de las aguas que caen sobre la rueda que mueve el trapiche.

7

Cruzaba los precipicios de la cordillera gracias a un ingenioso juego de poleas y cuerdas que él mismo manejaba, avanzando lentamente sobre el abismo. Un día, las aves lo devoraron a medias y lo convirtieron en un pingajo sanguinolento que se balanceaba al impulso del viento helado de los páramos. Había robado una hembra de los constructores del ferrocarril. Gozó con ella una breve noche de inagotable deseo y huyó cuando ya le daban alcance los machos ofendidos. Se dice que la mujer lo había impregnado en una substancia nacida de sus vísceras más secretas y cuyo aroma enloqueció a las grandes aves de las tierras altas. El despojo terminó por secarse al sol y tremolaba como una bandera de escarnio sobre el silencio de los precipicios.

(De: *Caravansary*)

CINCO IMÁGENES

1

El otoño es la estación preferida de los conversos. Detrás del cobrizo manto de las hojas, bajo el oro que comienzan a taladrar invisibles gusanos, mensajeros del invierno y el olvido, es más fácil sobrevivir a las nuevas obligaciones que agobian a los recién llegados a una fresca teología. Hay que desconfiar de la serenidad con que estas hojas esperan su inevitable caída, su vocación de polvo y nada. Ellas pueden permanecer aún unos instantes para testimoniar la inconmovible condición del tiempo: la derrota final de los más altos destinos de verdura y sazón.

2

Hay objetos que no viajan nunca. Permanecen así, inmunes al olvido y a las más arduas labores que imponen el uso y el tiempo. Se detienen en una eternidad hecha de instantes paralelos que entretejen la nada y la costumbre. Esta condición singular los coloca al margen de la marea y la fiebre de la vida. No los visita la duda ni el espanto y la vegetación que los vigila es apenas una tenue huella de su vana duración.

3

El sueño de los insectos está hecho de metales desconocidos que penetran en delgados taladros hasta el reino más oscuro de la geología. Nadie levante la mano para alcanzar los breves astros que nacen, a la hora de la siesta, con el roce sostenido de los élitros. El sueño de los insectos está hecho de metales que sólo conoce la noche en sus grandes fiestas silenciosas. Cuidado. Un ave desciende y, tras ella, baja también la mañana para instalar sus tiendas, los altos lienzos del día.

4

Nadie invitó a este personaje para que nos recitara la parte que le corresponde en el tablado que, en otra parte, levantan como un patíbulo para inocentes. No le serán cargados a su favor ni el obsecuente inclinarse de mendigo sorprendido, ni la falsa modestia que anuncian sus facciones de soplón manifiesto. Los asesinos lo buscan para ahogarlo en un baño de menta y plomo derretido. Ya le llega la hora, a pesar de su paso sigiloso y de su aire de "yo aquí no cuento para nada".

5

En el fondo del mar se cumplen lentas ceremonias presididas por la quietud de las materias que la tierra relegó hace millones de años al opalino olvido de las profundidades. La coraza calcárea conoció un día el sol y los densos alcoholes del alba. Por eso reina en su quietud con la certeza de los nomeolvides. Florece en gestos desmayados el despertar de las medusas. Como si la vida inaugurara el nuevo rostro de la tierra.

(De: *Caravansary*)

CITA EN SAMBURÁN

Acogidos en la alta y tibia noche de Samburán, dos hombres inician un diálogo banal. Las palabras van tejiendo la gastada y cotidiana substancia de la muerte.

Para Axel Heyst el asunto no es nuevo. Desde el suicidio de su padre, ocurrido cuando él era aún adolescente, su familiaridad con el tema había crecido con los años. Aprendió a ver la muerte en cada paso de sus semejantes, tras cada palabra, tras cada lugar frecuentado por los seres que cruzaron en su camino.

264

Para Mister Jones la familiaridad había sido la misma, pero él prefirió participar de lleno en los designios de la muerte, ayudarla en su tarea, ser su mensajero, su hábil y sinuoso cómplice.

En el diálogo que se inicia en la tiniebla sin brisa de Samburán, un nuevo elemento comienza a destilar su presencia por entre las palabras familiares: es el hastío. Cada uno ha sorprendido ya, en la voz del otro, el insoportable cansancio de haber sobrevivido tanto tiempo a la total desesperanza.

Es ahora, cuando el que va a morir, dice para sí: "Entonces, ¿esto era? Cómo no lo supe antes, si es lo mismo de siempre. Cómo pude pensar por un momento que fuera a ser distinto."

La muerte del hombre es una sola, siempre la misma. Ni la lúcida frecuentación que le dedicara Heyst, ni la vana complicidad que le ofreciera Mister Jones, hubieran podido cambiar un ápice el monótono final de los hombres. En la alta noche sin estrellas de Samburán, la vieja perra cumple su oficio hecho de rutina y pesadumbre.

(De: Caravansary)

JAIME GARCÍA TERRÉS (1924)

Nació en la ciudad de México. Se graduó de abogado y en Francia hizo estudios especiales de estética y filosofía medieval. Ha sido subdirector del Instituto Nacional de Bellas Artes, director de Difusión Cultural de la Universidad Nacional Autónoma de México, director del Archivo de Relaciones Exteriores, embajador de México en Grecia, director de la *Revista de la Universidad,* director de *La Gaceta del Fondo de Cultura Económica,* director del Fondo de Cultura Económica, y actualmente es miembro del Colegio Nacional y director de la Biblioteca Pública de México y de la revista *Biblioteca de México.*

Obra: *Carne de Dios* (1964), en *Todo lo más por decir,* Editorial Joaquín Mortiz: México, 1971.

TEONANÁCATL

El cuarto en donde estoy es una gruta.
Soy yo mismo.
Fulguran los tejidos, la plural arquitectura de las células. La energía colorida de la materia orgánica chisporrotea sin cesar.

Todos los elementos se manifiestan de golpe: los distintos niveles, las curvas que avanzan o se retraen.
Percibo con lucidez monstruosa la diversidad efímera y la subyacente unidad del cosmos.
Nada es aquí fortuito. El accidente se enlaza de inmediato al contexto sustancial, necesario, dentro de un mismo vértigo totalizador.
Mi mente lucha contra las fronteras que la limitan. ¡Oh, hacerlas desaparecer y fundirse en el todo! Que los linderos acaben.
Quiébrese la individualidad. Romper la prisión. Asesinar el sólido fantasma habitual.
Fantasma, sí, o sólo una faceta de la realidad absoluta.

Me disuelvo en la comunicación con los demás. Presentes y ausentes. Lo vivo y lo muerto-vivo.

Muerte y vida se reconcilian. Lo inerte se anima. Las contradicciones se superan en un discernible enriquecimiento irrefrenablemente acelerado.

El tiempo no es sucesivo. Los instantes coexisten y forman una masa solidaria, unificándose más y más a medida que se aproximan al fondo.

El Fondo: la exaltación absoluta. La unidad en sí, como tal. Luz en acto puro. Siento que allí está; no me adentro en ella.

Todo permanece y todo se muda, negándose a sí mismo, desplegando vivas esencias que se involucran recíprocamente en un estallido sin principio ni fin.

La realidad manifiesta su inagotable tesoro. Quiero expresarla. Reinventar el lenguaje. Incendiar las sílabas.

Vislumbro los conjuros que abren las puertas de la verdad; cielo platónico, paraíso hegeliano, flagrante erupción de lo que existe.

Soy una parte del todo. Pero sigo siendo yo. Para llegar al fondo es preciso quemar las naves.

Dentro de la conjunción absoluta no hay objeto ni conducta que no adquiera un sentido integral. Uno con lo Uno.

La carne se diviniza. Divinízase el Eros. Y también la procacidad conduce al Absoluto.

Un coito, la invocación de los muertos, un crimen, una meditación, un flato, vuélvense místicas vías a la identificación con el todo.

Éste es el Camino. Allá afuera lo comprenden así los iniciados. Nosotros lo sospechamos en algún momento, de algún modo, sin entenderlo.

¡Oh Brahma! Cursemos los atajos a su seno.

¿Cómo encontrar a los iniciados? Los que poseen el secreto de las orgías purificadoras y de la contemplación final. Los que descifran los meandros y surcan la marejada. Los que han descubierto la brújula esotérica. Los que forjan la llave del infinito.

¿Cómo conocerlos? ¿Cómo saber quiénes son? ¿Hay medios de comunicación con ellos?

Busquemos los ritos. Busquemos cómplices.

La realidad, sueño vivo y concreto.

El tiempo vuelca un brillo rotundo, y se fusiona con el espacio. Los minutos ostentan su corazón eterno.

No hay cosas ni hechos que valgan más que otros. Todo es necesario. Cuanto es debe ser. Sólo hay etapas en el Camino. Estadios en la continua trayectoria.

Conocerlos. Saber. Aproximarse al FONDO.

Mañana, cuando despierte, continuaré escribiendo mi libro. Proseguiré mis faenas particulares.

En definitiva, nada de eso importa. El único esfuerzo digno es el que nos mantiene en el Camino: la jornada en espiral que nos lleva hasta el fondo.

Importa el infinito real. Compartirlo viviendo la inmediata evidencia de su profundidad sinuosa y múltiple.

Advertir con categórica nitidez la identidad entre materia y energía, entre la superficie y el meollo.

El todo es un movimiento unitario. El todo ilumina las partes. El centro incluye la periferia.

Confluyen aquí la poesía, la ciencia y la vida. Se desvanecen sus distinciones específicas, inconcebibles dentro de la totalidad.

Ensanchar la conciencia. No fijarla en un segundo. Dejar que tome su sitio en el torbellino de vasos comunicantes e intercambiables.

Lo abstracto se concreta. El mal filtra el bien. Las piedras son luz y la luz encarna en cuerpos que son ramas del mismo árbol de fuego.

El sueño ES la vida.

Dinámica serenidad. Rompimiento.

En este universo subterráneo, de raíces, de centelleante comunión, el alba inicia la noche y la noche alberga millares de soles.

El FONDO, cifra básica del cosmos.

Mañana cuando despierte, miraré y analizaré fríamente el delirio. La locura. He aquí, sin embargo, la verdad. Estoy viviéndola. Me rehúso a perderla. No quiero que la lucidez se desvanezca.

Que subsista al menos la mágica y favorecedora complicidad de los iniciados. ¿Quién es quién?

La sociedad determina el tótem y el tabú. Pero también el mundo normal, el mundo de afuera, en el que la ley social predomina, viene a ser fatalmente una parte del todo. Una parte que ignora su carácter fragmentario.

No será tan temible el despertar si conservo la sabiduría vivida, si en mí se mantiene la opulenta certeza de lo real.

La genuina sabiduría se vive fuera de los conceptos; con los sentidos inflamados. Con el armónico reventar del intelecto y de la carne. Es la violenta voz aunada de los ojos, la inteligencia, el sexo y la naturaleza entera. El vértigo radiante de la verdad.

Ensanchar la conciencia. Dividir entre cero los destellos del prisma sensual.

Consideremos, devotos, los mínimos procesos fisiológicos.

Bebamos una y otra vez del arriesgado manantial de la risa.

Ansío perforar la coraza neutra bajo la cual palpitan las raíces del día. Restaurar la comunicación entre lo contingente y lo necesario, que se halla interrumpida por el suelo macizo de las convenciones fosilizadas. La disolvencia heroica y concreta.

Promuevo la palidez de las cosas para que no estorben el acceso al ser total ni abroguen la experiencia profunda. Apetezco el ácido minucioso que corroe las cadenas y ocasiona el escándalo de la burocracia decente.

¡Oh, gran carcajada universal! ¡Oh, pasadizos infernales de pronto santificados!

Sublimes son las ganas de comer y la urgencia de orinar. Y la unión carnal que se consagra en el éxtasis y pone en marcha el motor de la vida.

Sublime es contemplar el mundo con los ojos de las entrañas.

Soy una gota de lava en las vísceras del universo. Desciendo por laberintos subvertidos hasta el círculo de los más sabios, cuyo arrobamiento se propaga por el claro silencio de la sima. En un punto abismal arde imperturbable el origen.

Indiferente por igual a mi resistencia y a mi docilidad, el fuego me doblega, me atrae, me contagia su poderío. ¿A qué descifrar los misterios del fuego? Los respiro. Constituyen mi esencia vital. Soy por ellos. Soy el fuego. Mis llamas flamean su propia explicación, su propia razón de ser. Lo demás son meras palabras, lastre que no tardo en sacudirme. Recorro en un instante las diversas etapas en la evolución de la materia viva; desde el primer virus al último homo sapiens.

Experimento lo que ha sido y lo que será; pasado y porvenir se hermanan frente a mis ojos y en el interior de mi cuerpo.

Atisbo la grandeza —o la justificación— de una lombriz. No cabe el desprecio. No cabe el rencor.

La tontería de Pedro, las ofensas de T. H., obedecen al ritmo del equilibrio universal. A la propia ley del universo, necesaria por única y por una; necesaria porque ES. Entretanto, se ha desprendido de mí el otro yo, el Jaime cotidiano. En el mundo de todos los días, regido por la ciega normalidad, me fatigo, me quejo de mi estómago, leo a Freud, me pongo una corbata, doy brillo a mis zapatos, menosprecio al obstinado y al romo. Aquí, ahora, prevalece la luz. No busco; encuentro. Cada gesto revela su virtud fundamental. Conozco, sin intermediario, las ideas que fluyen por los ríos cerebrales que me circundan. La divinidad que comparto me limpia de cualquier neblina vanidosa.

Aquí soy. Aquí vivo.

Quiero romper los estáticos anuncios del mundo de afuera. ¡Romperlos con voluptuosidad precisa! Hallo un periódico viejo. Lo hago pedazos. Llevo a mi boca el papel; lo mastico, y acabo por tragármelo sin esfuerzo. He triunfado.

De pronto, me doy cuenta de que existo en varios planos a la vez.

El yo iluminado reconoce al yo incoloro y cotidiano.

Pero Jaime-de-todos-los-días me reproduce como la llana imagen cautiva en un espejo. Cuando yo levanto el brazo derecho el otro yo levanta el brazo izquierdo. Cuando aquí voy allá vengo. Son movimientos correlativos, sincrónicos, que ocurren en ámbitos y circunstancias radicalmente diversos.

Estos planos se multiplican cual reflejos de reflejos. Innúmera proyección en un enjambre de cubos y esferas. El ego a la n potencia. Incontables personificaciones y un solo yo verdadero: Yo.

Cada imagen cobra cierto grado de autonomía, sin perder su relación con las demás. Mi conciencia —mi yo más intenso— va saltando de una a otra, trasladándose de un plano al otro. Tan pronto me encuentro arriba como abajo, en la tierra, en un planeta ignorado. Mi conciencia opera alternativamente más acá o más allá del invisible espejo. Miro ya el anverso, ya el reverso de los objetos. Aparezco y desaparezco. En un momento dado pregunto: ¿en cuál plano estoy? ¿Dónde es 'aquí'?

Sé que existo a la vez en todas las dimensiones posibles. Pero en mi-Yo-más-intenso decrece la aptitud para asumir con lucidez todas las caras del superpoliedro, de modo simultáneo. Por eso mis distintas existencias transcurren en mutuo desconocimiento. Sólo por un breve instante ha logrado establecerse un chispazo de comunicación entre ellas, la conciencia infinita de una cantidad infinita de vidas. La chispa, sin embargo, ha sido suficiente. La señal requema, fertilizando mis sensaciones. Adentro de un Yo de nuevo compacto, que parece haber clausurado aquella milagrosa ubicuidad, que ha cesado de percibir aquella progresión inexhausta del vivir, queda una estela perdurable, la ígnea certidumbre de ser uno con el Ser, uno con el Todo.

Allá en las honduras, fuera de la estrechez temporal y conceptual, trascendidos los teoremas y los relojes, corroídas las supersticiones de la sedicente vigilia, se me impuso el prodigio de una realidad jamás prevista, que las brumas habituales encubren y condenan.

Bajé por la escalera de caracol de mi propio volumen hasta llegar al punto en que convergen los cauces del movimiento universal. Me ayunté con lujuriosas hembras, cuyos ojos entornados despedían eléctricos aluviones. La embriaguez de los sentidos me arrastró a los umbrales del Origen. Experimenté la realidad con la plenitud de un orgasmo que en sí y para sí se justifica y hace superflua cualquier tentativa de verificación. La Vida ES.

Abre, mendigo, las ventanas.

JAIME SABINES (1926)

Nació en Tuxtla Gutiérrez, Chiapas, donde reside actualmente. Fue becario del Centro Mexicano de Escritores de 1964 a 1965. Recibió el Premio Chiapas en 1959, el Premio Nacional de Literatura en 1983 y un año antes el Premio Elías Sourasky. En 1986 se le rindió un homenaje nacional para celebrar sus 60 años. (Puede verse: *La poesía en el corazón del hombre. Jaime Sabines en sus sesenta años*, Universidad Nacional Autónoma de México/Instituto Nacional de Bellas Artes: México, 1987; Mónica Mansour, *Uno es el poeta. Jaime Sabines y sus críticos*, Secretaría de Educación Pública: México, 1988.)

Obra: *Adán y Eva* (1952), *Diario semanario y poemas en prosa* (1961), *Poemas sueltos* (1951-1961), *Yuria* (1969), *Maltiempo* (1972), *Poemas sueltos* (1973-1977); en: *Nuevo recuento de poemas*, Ed. Joaquín Mortiz: México, 1977; Secretaría de Educación Pública, Lecturas Mexicanas núm. 27: México, 1986.

ADÁN Y EVA

(IV)

—Ayer estuve observando a los animales y me puse a pensar en ti. Las hembras son más tersas, más suaves y más dañinas. Antes de entregarse maltratan al macho, o huyen, se defienden. ¿Por qué? Te he visto a ti también, como las palomas, enardeciéndote cuando yo estoy tranquilo. ¿Es que tu sangre y la mía se encienden a diferentes horas?

Ahora que estás dormida debías responderme. Tu respiración es tranquila y tienes el rostro desatado y los labios abiertos. Podrías decirlo todo sin aflicción, sin risas.

¿Es que somos distintos? ¿No te hicieron, pues, de mi costado, no me dueles?

Cuando estoy en ti, cuando me hago pequeño y me abrazas y me envuelves y te cierras como la flor con el insecto, sé algo, sabemos algo. La hembra es siempre más grande, de algún modo.

Nosotros nos salvamos de la muerte. ¿Por qué? Todas las noches nos salvamos. Quedamos juntos, en nuestros brazos, y yo empiezo a crecer como el día.

Algo he de andar buscando en ti, algo mío que tú eres y que no has de darme nunca.

¿Por qué nos separaron? Me haces falta para andar, para ver, como un tercer ojo, como otro pie que sólo yo sé que tuve.

(VII)

—¿Qué es el canto de los pájaros, Adán?

—Son los pájaros mismos que se hacen aire. Cantar es derramarse en gotas de aire, en hilos de aire, temblar.

—Entonces los pájaros están maduros y se les cae la garganta en hojas, y sus hojas son suaves, penetrantes, a veces rápidas. ¿Por qué?, ¿por qué no estoy madura yo?

—Cuando estés madura te vas a desprender de ti misma, y lo que seas de fruta se alegrará, y lo que seas de rama quedará temblando. Entonces lo sabrás. El sol no te ha penetrado como al día, estás amaneciendo.

—Yo quiero cantar. Tengo un aire apretado, un aire de pájaro y de mí. Yo voy a cantar.

—Tú estás cantando siempre sin darte cuenta. Eres igual que el agua. Tampoco las piedras se dan cuenta, y su cal silenciosa se reúne y canta silenciosamente.

(XII)

Es una enorme piedra negra, más dura que las otras, caliente. Parece una madriguera de rayos. Tumbó varios árboles y sacudió la tierra. Es de ésas que hemos visto caer lejos, iluminadas. Se desprenden del cielo como las naranjas maduras y son veloces y duran más en los ojos que en el aire. Todavía tiene el color frío del cielo y está raspada, ardiendo.

—Me gusta verlas caer tan rápidas, más rápidas que los pájaros que tiras. Allá arriba ha de haber un lugar donde mueren y de donde caen. Algunas han de estar cayendo siempre; parece que se van muy lejos, ¿a dónde?

—Ésta vino aquí. Pero la llevaré a otro sitio. La voy a echar rodando hasta los bambúes, los va a hacer tronar. Quiero que se enfríe para abrirla.

—¡Abrirla! ¿Qué tal si sale una bandada de estrellas, si se nos van? Han de salir con ruido, como las codornices.

Te quiero a las diez de la mañana, y a las once, y a las doce del día. Te quiero con toda mi alma y con todo mi cuerpo, a veces, en las tardes de lluvia. Pero a las dos de la tarde, o a las tres, cuando me pongo a pensar en nosotros dos, y tú piensas en la comida o en el trabajo diario, o en las diversiones que no tienes, me pongo a odiarte sordamente, con la mitad del odio que guardo para mí.

Luego vuelvo a quererte, cuando nos acostamos y siento que estás hecha para mí, que de algún modo me lo dicen tu rodilla y tu vientre, que mis manos me convencen de ello, y que no hay otro lugar en donde yo me venga, a donde yo vaya, mejor que tu cuerpo. Tú vienes toda entera a mi encuentro, y los dos desaparecemos un instante, nos metemos en la boca de Dios, hasta que yo te digo que tengo hambre o sueño.

Todos los días te quiero y te odio irremediablemente. Y hay días también, hay horas, en que no te conozco, en que me eres ajena como la mujer de otro. Me preocupan los hombres, me preocupo yo, me distraen mis penas. Es probable que no piense en ti durante mucho tiempo. Ya ves. ¿Quién podría quererte menos que yo, amor mío?

(De: *Diario semanario y poemas en prosa*)

Soy mi cuerpo. Y mi cuerpo está triste y está cansado. Me dispongo a dormir una semana, un mes; no me hablen.

Que cuando abra los ojos hayan crecido los niños y todas las cosas sonrían.

Quiero dejar de pisar con los pies desnudos el frío. Échenme encima todo lo que tenga calor, las sábanas, las mantas, algunos papeles y recuerdos, y cierren todas las puertas para que no se vaya mi soledad.

Quiero dormir un mes, un año, dormirme. Y si hablo dormido no me hagan caso, si digo algún nombre, si me quejo. Quiero que hagan de cuenta que estoy enterrado. Y que ustedes no pueden hacer nada hasta el día de la resurrección.

Ahora quiero dormir un año, nada más dormir.

(De: Diario semanario…)

¡Si uno pudiera encontrar lo que hay que decir, cuando todas las palabras se han levantado del campo como palomas asustadas! ¡Si uno pudiera decir algo, con sólo lo que encuentra, una piedra, un cigarro, una varita seca, un zapato! ¡Y si este decir algo fuera una confirmación de lo que sucede: por ejemplo: agarro una silla: estoy dando un durazno! ¡Si con sólo decir "madera", entendieras tú que florezco; si con decir calle, o con tocar la pata de la cama, supieras que me muero!

No enumerar, ni descifrar. Alcanzar a la vida en esa recóndita sencillez de lo simultáneo. He aquí el rayo asomándose por la persiana, el trueno caminando en el techo, la luz eléctrica impasible, la lluvia sonando, los carros, el televisor, las gentes, todo lo que hace ruido, y la piel de la cama, y esta libreta y mi estómago que me duele, y lo que me alegra y lo que me entristece y lo que pienso, y este café caliente bajando de mi boca adentro, en el mismo instante en que siento frío en los pies y fumo. Para decir todo esto, escojo: "estoy solo", pero me da tos y te deseo, y cierro los ojos a propósito.

Lo más profundo y completo que puede expresar el hombre no lo hace con palabras sino con un acto: el suicidio. Es la única manera de decirlo todo simultáneamente como lo hace la vida. Mientras tanto, hay que conformarse con decir: esta línea es recta, o es curva, y en esta esquina pasa esto, bajo el alero hay una golondrina muerta. Ni siquiera es cierto que sean las seis de la tarde.

(De: Diario semanario…)

A medianoche, a punto de terminar agosto, pienso con tristeza en las hojas que caen de los calendarios incesantemente. Me siento el árbol de los calendarios.

Cada día, hijo mío, que se va para siempre, me deja preguntándome: si es huérfano el que pierde un padre, si es viudo el que ha perdido la esposa, ¿cómo se llama el que pierde un hijo? ¿cómo, el que pierde el tiempo? Y si yo mismo soy el tiempo, ¿cómo he de llamarme, si me pierdo a mí mismo?

El día y la noche, no el lunes ni el martes, ni agosto ni septiembre; el día y la noche son la única medida de nuestra duración. Existir es durar, abrir los ojos y cerrarlos.

A estas horas, todas las noches, para siempre, yo soy el que ha perdido el día. (Aunque sienta que, igual que sube la fruta por las ramas del durazno, está subiendo, en el corazón de estas horas, el amanecer.)

(De: *Diario semanario…*)

Dentro de poco vas a ofrecer estas páginas a los desconocidos como si extendieras en la mano un manojo de yerbas que tú cortaste.

Ufano y acongojado de tu proeza, regresarás a echarte al rincón preferido.

Dices que eres poeta porque no tienes el pudor necesario del silencio.

¡Bien te vaya, ladrón, con lo que le robas a tu dolor y a tus amores! ¡A ver qué imagen haces de ti mismo con los pedazos que recoges de tu sombra!

(De: *Diario semanario…*)

Con la flor del domingo ensartada en el pelo, pasean en la alameda antigua. La ropa limpia, el baño reciente, peinadas y planchadas, caminan, por entre los niños y los globos, y charlan y hacen amistades, y hasta escuchan la música que en el quiosco de la Alameda de Santa María reúne a los sobrevivientes de la semana.

Las gatitas, las criadas, las muchachas de la servidumbre contemporánea, se conforman con esto. En tanto llegan a la prostitución, o regresan al seno de la familia miserable, ellas tienen el descanso del domingo, la posibilidad de un noviazgo, la ocasión del sueño. Bastan dos o tres horas de este paseo en blanco para olvidar las fatigas, y para enfrentarse risueñamente a la amenaza de los platos sucios, de la ropa pendiente y de los mandados que no acaban.

Al lado de los viejos, que andan en busca de su memoria, y de las señoras pensando en el próximo embarazo, ellas disfrutan su libertad provisional y poseen el mundo, orgullosas de sus zapatos, de su vestido bonito, y de su cabellera que brilla más que otras veces.

(De: *Diario semanario...*)

JULITO

(VII)

—Mira la luna. La Luna es tuya, nadie te la puede quitar. La has atado con los besos de tu mano y con la alegre mirada de tu corazón. Sólo es una gota de luz, una palabra hermosa. Luna es la distante, la soñada, tan irreal como el cielo y como los puntos de las estrellas. La tienes en las manos, hijo, y en tu sonrisa se extiende su luz como una mancha de oro, como un beso derramado. Aceite de los ojos, su claridad se posa como un ave. Descansa en las hojas, en el suelo, en tu mejilla, en las paredes blancas, y se acurruca al pie de los árboles como un fantasma fatigado. Leche de luna, ungüento de luna tienen las cosas, y su rostro velado sonríe.

Te la regalo, como te regalo mi corazón y mis días. Te la regalo para que la tires.

(De: *Poemas sueltos, 1951-1961*)

Espero curarme de ti en unos días. Debo dejar de fumarte, de beberte, de pensarte. Es posible. Siguiendo las prescripciones de la moral en turno. Me receto tiempo, abstinencia, soledad.

¿Te parece bien que te quiera nada más una semana? No es mucho, ni es poco, es bastante. En una semana se puede reunir todas las palabras de amor que se han pronunciado sobre la tierra y se les puede prender fuego. Te voy a calentar con esa hoguera del amor quemado. Y también el silencio. Porque las mejores palabras del amor están entre dos gentes que no se dicen nada.

Hay que quemar también ese otro lenguaje lateral y subversivo del que ama. (Tú sabes cómo te digo que te quiero cuando te digo: qué calor hace, dame agua, ¿sabes manejar?, se hizo de noche... Entre las gentes, a un lado de tus gentes y las mías, te he dicho ya es tarde, y tú sabías que te decía te quiero.)

Una semana más para reunir todo el amor del tiempo. Para dártelo. Para que hagas con él lo que tú quieras: guardarlo, acariciarlo, tirarlo a la basura. No sirve, es cierto. Sólo quiero una semana para entender las cosas. Porque esto es muy parecido a estar saliendo de un manicomio para entrar a un panteón.

(De: *Yuria*)

¡Qué costumbre tan salvaje esta de enterrar a los muertos! ¡De matarlos, de aniquilarlos, de borrarlos de la faz de la tierra! Es tratarlos alevosamente, es negarles la posibilidad de revivir.

Yo siempre estoy esperando que los muertos se levanten, que rompan el ataúd y digan alegremente: ¿por qué lloras?

Por eso me sobrecoge el entierro. Aseguran las tapas de la caja, la introducen, le ponen lajas encima, y luego tierra, tras, tras, tras, paletada tras paletada, terrones, polvo, piedras, apisonando, amacizando, ahí te quedas, de aquí ya no sales.

Me dan risa, luego, las coronas, las flores, el llanto, los besos derramados. Es una burla: ¿para qué lo enterraron?, ¿por qué no lo dejaron fuera hasta secarse, hasta que nos hablaran sus huesos de su muerte? ¿O por qué no quemarlo, o darlo a los animales, o tirarlo a un río?

Habría que tener una casa de reposo para los muertos, ventilada, limpia, con música y con agua corriente. Lo menos dos o tres, cada día, se levantarían a vivir.

(De: *Yuria*)

Canonicemos a las putas. Santoral del sábado: Bety, Lola, Margot, vírgenes perpetuas, reconstruidas, mártires provisorias llenas de gracia, manantiales de generosidad.

Das el placer, oh puta redentora del mundo, y nada pides a cambio sino unas monedas miserables. No exiges ser amada, respetada, atendida, ni imitas a las esposas con los lloriqueos, las reconvenciones y los celos. No obligas a nadie a la despedida ni a la reconciliación; no chupas la sangre ni el tiempo; eres limpia de culpa; recibes en tu seno a los pecadores, escuchas las palabras y los sueños, sonríes y besas. Eres paciente, experta, atribulada, sabia, sin rencor.

No engañas a nadie, eres honesta, íntegra, perfecta; anticipas tu precio, te enseñas; no discriminas a los viejos, a los criminales, a los tontos, a los de otro color; soportas las agresiones del orgullo, las acechanzas de los enfermos; alivias a los impotentes, estimulas a los tímidos, complaces a los hartos, encuentras la fórmula de los desencantados. Eres la confidente del borracho, el refugio del perseguido, el lecho del que no tiene reposo.

Has educado tu boca y tus manos, tus músculos y tu piel, tus vísceras y tu alma. Sabes vestir y desvestirte, acostarte, moverte. Eres precisa en el ritmo, exacta en el gemido, dócil a las maneras del amor.

Eres la libertad y el equilibrio: no sujetas ni detienes a nadie; no sometes a los recuerdos ni a la espera. Eres pura presencia, fluidez, perpetuidad.

En el lugar en que oficias a la verdad y a la belleza de la vida, ya sea el burdel elegante, la casa discreta o el camastro de la pobreza, eres lo mismo que una lámpara y un vaso de agua y un pan.

Oh puta amiga, amante, amada, recodo de este día de siempre, te reconozco, te canonizo a un lado de los hipócritas y los perversos, te doy todo mi dinero, te corono con hojas de yerba y me dispongo a aprender de ti todo el tiempo.

(De: *Yuria*)

I. DOÑA LUZ

I

Acabo de desenterrar a mi madre, muerta hace tiempo. Y lo que desenterré fue una caja de rosas: frescas, fragantes, como si hubiesen estado en un invernadero.

¡Qué raro es todo esto!

II

Es muy raro también que yo tuviese una madre. A veces pienso que la soñé demasiado, la soñé tanto que la hice. Casi todas las madres son criaturas de nuestros sueños.

III

En la fotografía conserva para siempre el mismo rostro. Las fotografías son injustas, terriblemente limitadas, esclavas de un instante perpetuamente quieto. Una fotografía es como una estatua: copia del engaño, consuelo del tiempo.

Cada vez que veo la fotografía me digo: no es ella. Ella es mucho más.

Así, todas las cosas me la recuerdan para decirme que ella es muchas cosas más.

IV

Creo que estuvo en la tierra algunos años. Creo que yo también estuve en la tierra. ¿Cuál es esa frontera?, ¿qué es lo que ahora nos separa?, ¿nos separa realmente?

A veces creo escucharla: tú eres el fantasma, tú la sombra. Sueña que vives, hijo, porque es hermoso el sueño de la vida.

V

En un principio, con el rencor de su agonía, no podía dormir. Tercas, dolorosas imágenes repetían su muerte noche a noche. Eran mis ojos sucios, lastimados de verla; el tiempo del sobresalto y de la angustia. ¡Qué infinitas caídas agarrado a la almohada, la oscuridad girando, la boca seca, el espanto!

Pero un vez, amaneciendo, la luz indecisa en las ventanas, pasó su mano sobre mi rostro, cerró mis ojos. ¡Qué confortablemente ciego estoy de ella! ¡Qué bien me alcanza su ternura! ¡Qué grande ha de ser su amor que me da su olvido!

XV

Estoy cansado, profundamente cansado hasta los huesos. No tengo nada más que el reloj al que doy cuerda todos los días como me doy cuerda a mí.

Este desierto no es árido ni tremendo. En él hay gente, árboles, edificios, automóviles, trenes, banderas y jardines. ¡Y qué desolación! ¿Qué estamos haciendo tú y el Viejo y yo? Caminar sobre la tierra o subterráneamente hacia el sol, hacia la boca del fuego redondo, hacia el hoyo que se abre en el cielo entre las constelaciones.

El espasmo del día, el corazón detenido en la noche, todo es igual, ay, todo es la muerte, la gran serpiente ciega arrastrándose interminablemente.

XXII

¿Es que el Viejo está muerto y tú apenas recién morida? (¿Recién parida?, ¿palpitante en el seno de la muerte?, ¿aprendiendo a no ser?, ¿deslatiendo? ¿Cómo decir del que empieza a contar al revés una cuenta infinita?)

¿Es que hay flores frescas y flores marchitas en el rosal oscuro de la muerte?

¿Por qué me aflijo por ti, como si el Viejo ya fuese un experto en estas cuestiones y tú apenas una aprendiz?

¿Es que han de pasar los años para que los muertos saquen de su corazón a los intrusos? ¿Cuándo me arrojarás, tú también, de tu tumba?

(De: *Maltiempo*)

COMO PÁJAROS PERDIDOS

IX

En la tarde quieta las sombras de los árboles juegan a esconderse. En mi corazón juegan las penas, los sueños, los deseos.

281

Con el calor han reventado las moscas. Hay un zumbido de pétalos negros, insistentes picaduras al aire, pieles enmeladas, horas lentas y torpes en el mismo lugar. Las moscas dan calor, gotas quietas y negras de calor. Entre miles de patas revienta el calor.

XXXI

Debí haberte encontrado diez años antes o diez años después. Pero llegaste a tiempo.

(De: *Maltiempo*)

Venías de muy lejos hacia la tierra prometida. Y hallaste que la tierra prometida eran dos metros en el cementerio.

Es mejor estar en la tierra que nadie promete. En esta humilde, llana tierra simple. No te alegres ni te entristezcas. Vive parsimoniosamente, todo lo quieto que puedas en la cuerda floja.

(De: *Maltiempo*)

AL CUMPLIR SESENTA AÑOS

Cuando uno se ha pasado la vida pensando sólo en la mujer, el cumplir sesenta años es casi una tragedia.

No es posible encontrar sucedáneos a la mujer. Ni la contemplación, ni la sabiduría, ni Dios, te inyectarán lo mismo el deseo de vivir.

Camina junto al mar, si quieres. Respira el mar, bébete el mar. Sube, si te place, a la montaña, recorre la vereda de los árboles, el sendero del viento. Sigue las huellas de la luna, los escondrijos del sol, la ruta secreta de los aromas. Nunca te sentirás mejor que en el viejo camino de la mujer.

(De: *La poesía en el corazón del hombre. Jaime Sabines en sus sesenta años*)

TOMÁS SEGOVIA (1927)

Nació en Valencia, España. Llegó a México en 1940, donde ha escrito casi toda su obra. Fue becario del Centro Mexicano de Escritores durante 1954-1955 y 1955-1956. Editó con otros la *Revista Mexicana de Literatura*. Ha sido investigador de El Colegio de México y es un excelente traductor del italiano, francés e inglés. Ha vertido también con excelencia algunos poemas en prosa de Rimbaud (Marco Antonio Montes de Oca incluye dos en su antología *El surco y la brasa. Traductores mexicanos*, Fondo de Cultura Económica: 1974). Actualmente reside en París.

Obra: "Sismo", en *Luz de aquí* (1951-1955), *Historias y poemas* (1958-1967), *Anagnórisis* (1964-1967), *Figura y secuencias* (1973-1976), *Cuaderno del nómada* (1976); en *Poesía, 1943-1976*, Fondo de Cultura Económica: México, 1982.

DIME TU NOMBRE

Dime cuál es tu nombre, dime cuál es el nombre de tus ojos, cuál el bronce de tu voz, la quemadura de tu caricia, dime cómo es la brutal dulzura de quererte. Dime, dime, estoy ciego, mi amor se abre como una ancha rosa en las tinieblas; le oigo manar oculto como una fuente en la entraña de la roca. Ante mis ojos brillas como una constelación, y huyes como la música. Como la música me anegas y destruyes, como ella me pierdes y me esparces, lleno de tus reflejos, por el aire lleno de tus reflejos. Te amo, no sé quién eres.

(26.12.51)

(De: *Luz de aquí*)

COMO EN SUEÑO

Al final de cada día me espera el muro de tu nombre. Se me cierran los ojos pero no las heridas. Al final de cada día desemboco en un puerto más cruel que la vida, y es preciso descargarse, descargarse de la carga agobiante de amarte. Amor, trémulo amor centro del día, el peso de mi cuerpo es sólo el peso de llevarte. Los vientos, las olas, los gestos mueren a mis orillas, como en el flanco de un barco o de una mujer encinta, porque peso con la dulce gravedad de llevarte. Mira mis torpes pasos, mira en mi mirada el cansancio de llevarte, mira el fulgor de mi fiebre: sólo tú le das vida a mi vida, sólo tú le das alma o dolor a mi alma. Eres mi peso, sólo por ti dejo huella.

(26.12.51)

(De: *Luz de aquí*)

ÁNGEL

Vino, y lloró sobre mi hombro. Había bajado hasta mí con un gran aleteo derrotado, cuyo viento me inmutó como un cataclismo. Cuando se posó, agitada, y nos miramos de muy cerca, vi que sus ojos estaban arrasados y sus alas se encogían convulsivamente. Entonces se colgó de mi cuello y dejó correr las lágrimas. Lloraba sin control, sin límite —sin un motivo humano; lloraba por todo y para nadie; el río de su llanto pasaba por la Nada y volvía, abrasador, resurgiendo en el fondo de aquel oscuro momento sobre el que estábamos de pie ella y yo, solemnes y sin futuro.

Qué escena. Su amargura de ángel me partía el alma, y me avergonzaba de todo el dolor terrenal que he conocido, creyéndome incapaz de elevarme hasta el suyo. Sabía cómo estaba mordido su corazón por el pecado del mundo, qué desgarradora piedad la ahogaba por la dicha y la pureza, cómo el Mal quemaba sus entrañas. Sentía en mi propio fondo su humillación de existir y su renunciación a toda esperanza, y era como si yo mismo soportara aquel peso enorme, que la doblaba sobre el consuelo de un hombro débil, conmovedor —tan dulcemente impuro y *mortal*.

Así, no tuve el valor de decirle que la comprendía; la dejé partir, moviendo con fatiga sus alas trémulas, sin que hubiera descubierto las plumas ensangrentadas de las mías.

(*Para Gustavo Sáinz*)

(De: *Historias y poemas*)

HISTORIA

Un día al fin no pudo seguirse engañando. Tuvo que reconocer que aquella alegría helada que se obstinaba en seguir arropando era sólo y para siempre un cadáver. Entonces se irguió sin ninguna emoción y saltó fuera de su reducto.

El horizonte negreaba. Como había esperado tanto, el Tiempo había ido acumulando en un futuro ahora inminente sus bandadas de buitres, en número incalculable.

Así, cuando avanzó en el alba insípida, lo devoraron mucho más lindamente.

(Para Martí Soler, que ama las historias)

(De: *Historias y poemas*)

EN LA OSCURIDAD

Sofocada de amor, en la oscuridad, su cuerpo sin sosiego se agitaba en el lecho, y suspiraba por el ausente, presa de un doloroso estupor.

Detrás de las delgadas tablas, sus quejas mantenían el desvelo tenso de otro hombre.

Y ella lo sabía.

(17.1.60)

(Para Augusto Monterroso, aprendiendo)

(De: *Historias y poemas*)

EL INSOLADO

Hacía tiempo que soñaba con ello, creyéndolo imposible en el fondo y sonriendo de mí mismo; pero un día lo vi tan cerca que alargué la mano, acaso sin mucha fe. Así fue como toqué el sol. Es mucho más tierno de lo que yo pensaba, no es verdad que sea seco y que

285

hiera. Durante largas horas lo tuve en mis brazos, y acaricié interminablemente la melena finísima de sus rayos. No acababa de asombrarme de que fuera tanta su tibieza, su molicie incluso; de que estuviera allí contra mi pecho, mirándome, él también, a los ojos, con una insondable piedad de mí. Antes, yo también hubiera pensado, como todo el mundo, que devoraría; error: no hace más que beber, de manera profunda y ávida, es cierto, pero sin agostar, porque él mismo es manantial para la mejor sed.

Si supierais cuánta frescura, cuánta sombra encierra. Podría enseñaros mi cuerpo: veríais que no estoy quemado —la fiebre que desde entonces me ilumina es una dulzura muy distinta. Pero ¿cómo podríais entender? Todos pensáis en la hondura nocturna y no sospecháis que el sol es un pozo de luz —un pozo sobrecogedor, atravesado de relampagueantes cegueras, que bien valen la oscuridad más cerrada. Cómo explicaros que cuando os levantáis frente a la noche ilimitada sólo estáis escudriñando una de sus cavernas, uno de los intocables misterios que forman su entraña —y que allí también late escondido el casi mortal deslumbramiento de su amor prodigioso.

(*Para José Miguel Oviedo*)

(De: *Historias y poemas*)

6

RECITATIVO DISPERATO

Aquí estás bien, memoria, vieja y medrosa, en estos lugares raídos como viejas alfombras por tu insistencia obtusa. Sacas de tu talega de avara las mismas imágenes descoloridas, las vas poniendo cada una sobre su cosa, y así te sientes segura y reconfortada, después de tapar minuciosamente el mundo, sin temor ya de que vaya a atropellarte la violencia de su desnudez. Acurrucada, cobijada, temblona, no te quieres mover más, quieres pasarte la vida y la muerte contando y recontando tus míseras monedas manoseadas.

¿Y yo? ¿No te vas a entregar nunca? ¿No vas a ser nunca mía en la oscuridad y en el olvido; no te vas a revolcar conmigo en la locura, en el derroche, en la pura pérdida? ¿Qué ganamos tú y yo con guardar todo? Tus monedas sumidas en tu fétida bolsa se apagan,

286

tus verdades se apagan, todos tus tesoros son cuentas y baratijas y mentira ensordecida. Memoria, ahorradora de harapos, disecadora de pájaros, ¿qué vale ahora lo de antes? ¿Mentías entonces?, ¿estás mintiendo ahora? ¡Ah, despanzurra tus arcas, dame nuestro tesoro para que lo arroje al viento a manos llenas, quítate esos ropajes de viuda, grita!

Pero no, nada, no te mueves. Está bien, tú ganas otra vez. Pero piensa, memoria, vieja avara, esposa remilgada (¡la obscena eres tú!), piensa que yo también te puedo dar la espalda; que puedo morir viudo, célibe, desmemoriado; que se te va a pudrir en las entrañas todo lo que me has quitado si un día me decido a entrar sin ti en la noche, a hundirme solo en la profundidad de la amante inmensa, la gran amante indiferente y ávida, y estéril como tú, pero que ella sí va a devorarme sin asco ni avaricia —¡la hambrienta!—, y no pensando en nada...

(11.10.62)

(De: Anagnórisis)

MATERIALISMO

Llega a su punto de frialdad el aire, la luz filtrada ya de todo fuego enceguece sin rastro, de su velo azul limpio hace su propia desnudez el cielo. Todo concurre, todo va precisando su lugar, va esclareciéndose un ordenamiento, sin cambiar de tamaño el mundo se recoge. La realidad entra en foco.

Y las cosas se instalan en la profundidad, abiertas como las flores, recatadas, abandonándose, mostrando el grano insospechable de sus graves texturas, el cemento su incoloro y extenso corazón acribillado, la indolente lana su bondad zalamera, su nobleza cordial la madera moralizadora y su aliento la hierba delicadamente envenenado. —¡Y habrá también la piel, la piel, para las manos de tacto insomne!

Sobre esta hora puedo descansar, pesar, dormir, las amadas materias en inmóvil combustión reconfortan la atmósfera, y convivimos, basta que yo no huya, y somos de una misma estirpe, basta que se repose la mirada entre los límites de esta región donde nos mostramos, pues es cierto que otra vez todo es mi casa, interminablemente pertenezco.

Pero una trama, detrás, lejos, no sé si incorporada, a medias o del todo visible o presupuesta, no se deja fijar, se obstina en ser borrosa porque ¿dónde pues, dónde está ocurriendo todo esto?

(París, 1966)

(Para Emir Rodríguez Monegal, que me veía esos días)

(De: *Anagnórisis*)

HEREDERO

Afables hábitos, qué espantosa gravedad nacer, venir, sin tentativa, a un aire, agitar la manos sin apoyo en una libertad desierta, y al fin saber que siempre lo abierto es hueco, que el aire que nos cede también nos evapora y el ámbito de la respiración es el de las descarnadas erosiones. Tuve que ser forzado, ¿por qué lo negaría?, llegué sin mi concurso, el aire es seco y pálido y sus brazos no estrechan. Me resistí, fui peso muerto, nunca pedí que me trajeran.

¿Quién sabrá cuánto duró la convulsión renovada? Yo recaía, me arrojaba hacia atrás enloquecido, volvía y volvía a envolverme en lo mismo espesamente. Así rechacé por gratuita, extraña, inmerecida mil veces la alegría y puse enigmas al amor para hacerlo culpable. ¿De qué extrañarme? El nacido proviene de grutas inundadas, el aire le sofoca, y sólo por la espléndida mirada, tarde, después de los boqueos, se justifica todo nacimiento.

Ahora sé abrir mis ojos anegados en aire, mirar desde su fondo distancias luminosas, y hasta reconocer, allá, tranquilas y arraigadas, las belicosas costas desde donde vine. Desnudos horizontes, ni fueron esas hondas playas las primeras, ni era el norte del nuevo derrotero un río remontado. Fui puesto, debatiéndome, en marcha hacia un retorno, y era a perderlo adonde navegaba. No era de allí mi origen y de él era la misma pérdida lo que perdía. Ahora avanzo, he extendido por fin a todas partes el suelo que sostienen padre y madre con huesos confundidos, y sé bien qué camino me espera, cómo he de recorrer la festiva paciencia que me irá haciendo el familiar del mundo.

(París, 1966)

(De: *Anagnórisis*)

FIGURA Y SECUENCIAS

3

Subyugadas, asiduas, con aplicación, una mano tuya y una mía se acarician, fanáticas de un mundo de manos excluyente. No quieren saber que tú y yo mientras tanto nos miramos, abolidos, sin común lenguaje, en las orillas de un lugar de sombra que han creado en su torno para sumirse en él, donde sus tercos roces se vuelven trazos de chispas, donde en su lenguaje de sordez crepitan. Las miramos hacer el amor en otro orden, pero sabremos esperar a que en el límite de su placer sucumban a un dormir dichoso. Lo que estarán soñando entonces será aquí la vigilia de nuestra exaltación.

6

Todo lo que arrojamos junto con la ropa a nuestros pies cuando nos desnudamos, ¿diremos que sabríamos nombrarlo en su inmensidad y su incertidumbre? Algo se arranca de nosotros que en su desprendimiento al fin se dejaría ver, mas para eso no tenemos ya mirada. Quedan solos los cuerpos bajo el ardor de la noche incomprensible y estrellada, nada más entre ellos ha quedado del mundo. Contigo se desnuda tu belleza y a la vez se desnuda una ceguera. Sólo sabemos que en nuestro abrazo la noche nos interroga y en ti y en mí desde muy lejos en la noche la especie se interroga. El don que nos es dado arrasa en el uno y en el otro a aquel que podría recibirlo, es en otra mirada donde somos coronados de esplendor.

(De: *Figura y secuencias*)

CUADERNO DEL NÓMADA

5

¿Qué podrá evocar el Nómada que no sea desnudez y no esté a la intemperie? La fuerza que ha abrazado es tener siempre sus casas recorridas por el viento, su lecho siempre en alta mar, su corazón distante siempre entre lluvias y neblinas. Y sin partidas, en una sucesión interminable de llegadas, pues ha visto en el río de los días que ninguna jornada pudo ser la primera, y sabe que no existe para él reposo, que todo descanso apoya sobre alguna raíz su peso. Nacido en los caminos, su destello es saber que todos han venido sin saberlo de otro sitio, que donde ponen su origen es allá donde empieza su ignorancia, que se hermanan de otro modo que el que creen. Su tiniebla, el terror de no sembrar por fin en la tierra sus huesos.

(Para J. M. García Ascot)

8

¿Qué madre te retuvo, qué tierra te dio nombre, qué tarea para ti abrió un surco? Nómada. Y no hubiste de hacer en las casas tu morada, sino alzar tu tienda donde el aire es luminoso, porque más que las ciudades durará la luz en la que son visibles. Para que acampara el esplendor donde acampas tú, pues lo que es extranjero es la mirada, el viento que arrebata es un lenguaje infiel y de tormenta. Una tienda hecha del día, y no de desarraigo, que quiso fincar siempre en la visión y que sea cada etapa una clara jornada de un mismo trazo audaz. Porque no has habitado el mundo si se ofusca el cielo y son opacas las ciudades.

(Para Julio Ortega)

11

Mi tienda siempre fuera de los muros. Mi lengua aprendida siempre en otro sitio. Mi bandera perpetuamente blanca. Mi nostalgia vasta y caprichosa. Mi amor ingenuo y mi fidelidad irónica. Mis manos graves y en ellas un incesante rumor de pensamientos. Mi porvenir sin nombre. Mi memoria deslumbrada en el amor incurable del olvido. Lastrada en el desierto de mi palabra. Y siempre desnudo el rostro donde sopla el tiempo.

(De: *Cuaderno del nómada*)

MARCO ANTONIO MONTES DE OCA (1932)

CON Eduardo Lizalde y Enrique González Rojo II perteneció al grupo poeticista en sus mocedades literarias. Ha recibido el Premio Villaurrutia y el Premio Nacional de Literatura. Ya en 1966 leemos en *Poesía en movimiento:* "Afín a las comarcas del surrealismo y a los dominios de Vicente Huidobro, su poder metafórico, su capacidad de encontrar el vínculo insólito entre los elementos contrarios, y hallar sus materiales poéticos así en la altura como en el subsuelo, es sólo comparable a Octavio Paz. Como él, como Pellicer, Montes de Oca se sitúa en el primer día de la Creación y emprende la tarea de dar nombre a las cosas".

Obra: *Las fuentes legendarias* (1966), *Lugares donde cicatriza el viento* (1947), *Sistemas de buceo* (1980), *Vaivén* (1986); en: *Pedir el fuego, Poesía, 1953-1987,* Ed. Joaquín Mortiz: México, 1987.

CONSEJOS A UNA NIÑA TÍMIDA
O EN DEFENSA DE UN ESTILO

Man be my metaphor

DYLAN THOMAS

Me gusta andarme por las ramas. No hay mejor camino para llegar a la punta del árbol. Por si no bastara, me da náuseas la línea recta, prefiero al buscapiés y su febril zigzag enflorado de luces. Y cuando sueño, veo frontones apretujados de joyas donde vegetaciones de relámpagos duran hasta que enhebro en ellos conchas tornasoladas en el más profundo gozo. ¡Al diablo con las ornamentaciones exiguas y las normas de severidad con que las academias podan el esplendor del mundo!

Y tú, niña mía, no vengas a lo de ahora en la noche con un frugal listoncito en el corpiño y las manos desnudas. Quiero ver sobre la parva cascada de tu pelo, esa tiara de ojos verdes que hurté para ti cuando el saqueo y la sinrazón tiranizaron mis sentidos e irguieron en el osario las clarinadas del escándalo. Atrévete a venir vestida de exultación y de verano. Y si al pensar en los riesgos te inquietas, no hagas caso, piérdete en cavilaciones sobre la estructura íntima de Andrómeda. Levanta el cuello de tu abrigo. Mira de arriba abajo como una estrella desdeñosa. Y cuando estemos lejos de este mitin de notarios castrados, cuando tu cauda de vajillas rotas les haya perforado los delicados tímpanos, tú y yo nos complaceremos como nadie en un ramo de flores rústicas.

(De: *Las fuentes legendarias*)

LAS MANOS

Para mi hija Gabriela

Amo estas manos. Destinadas por Dios para concluir mis muñecas, también son las privilegiadas que te acarician y tañen. Ante unos ojos las desperezo. Elevo el dedo meñique, tallo para la luna, espiga rematada en coraza de cal. Elevo otro dedo, el cordial y, ya con ambos en movimiento, diseño para mis hijos, en un muro de pronto habitado, animales de vívida sombra. Los niños se asombran de que existan burritos negros capaces de correr por llanuras verticales, por la escoriada pared donde hasta hoy sólo moscas han reinado. Ellos están contentos de ver unas manos que contienen tantos animales como el Arca de Noé. Con esas manos entreabro el higo más dulce; cojo al pez en la curva de su rizo relampagueante. A veces mis manos llegan a juntarse tanto que entre ellas el cadáver de una plegaria apenas cabe. A veces las arrojo al espacio con tal ira o alegría que no me explico por qué se quedan enclaustradas en el ademán. No me explico muy bien por qué no vuelan.

(De: *Las fuentes legendarias*)

EL REPOSO MATA AL CENTELLEO

Uno mete en camisa de once varas a sus dioses preferidos. Uno estalla con alegría de volcán que estrena calzones de lava nueva o

292

inicia derrumbes de plantas venenosas cuyo penacho repentino fustiga a los fantasmas del agua. Harto de veras, uno arroja su espíritu antepasado en letanías de relampagueante punzadura: "Abajo los ladrones de moscas, las sombrillas verdes, el caracol en cuyo útero helado la tempestad pugna por adquirir su forma decisiva. Sí, abajo el guerrero, el hombre de paz, la prostituta que exorciza al orgasmo con abanicos sangrientos. Abajo el alfil de hielo que se licua en el momento de la victoria. Viva yo y mi séquito de calaveras azucaradas. Yo y el cactus en que ensarto a mis enemigos. Yo y quienes se anudan el aire tras la nuca y afirman no traer ninguna máscara." Una vez dicha esta letanía, se entra a zonas de plácido desgano. El reposo asesina al centelleo. La ira se congela, pausa de turquesa en medio de una calma todavía más grande y más azul. Después sólo resta anudarse bien la corbata, tomar el portafolios y ya en la calle, cumplir apariencias en que la humanidad ha creído encontrar las raíces de la salud.

(De: *Las fuentes legendarias*)

LIRÓN EMPEDERNIDO

Despierta ya, ángel de baba y salitre, bagazo de ti mismo. Despierta porque ya se te hizo tarde, ya se te hizo nunca. Lluvias y premoniciones te han dejado las extremidades completas no sin antes cercenarles el mundo, ese animal ligeramente lento, aperaltado, fácil de amar si uno elude a sus huestes tan verdes como bien disimuladas.

No quiero decir más sobre ese animal tan rico en metamorfosis. Sólo aclaro que apenas pasa, te dispones a olvidarlo como a un pequeño drama en tecnicolor que al principio estrujan en ti subsuelos sentimentales y luego te horroriza por su fragilidad. Dime, ¿nunca encuentras suficiente razón para permanecer despierto? ¿Abandonas la tumba cuando el ajetreo de quienes pasan encima no te deja dormir? ¿No respondes? Yo que tú diría algo aunque la canícula aciaga me hiciera tropezar con las paredes del averno.

Naciste donde la naranja estalla antes de ser oprimida. Naciste donde la blancura puesta a punto siega a su cosechador. Mas en tu desmedro ya puede el azar contar hasta tres; puede una joven de agua dormida izarse en el brocal del pozo para bautizar a diestra y siniestra a los siglos que van a celebrarla. Ni siquiera así despiertas, querido lector, lirón empedernido.

(De: Las fuentes legendarias)

LA ZORRA Y SU VIGILIA

Coronadas por la pancarta de su precio, las pirámides de manzanas se dejan esculpir por el frutero y su trajín madrugador. Se inflama el viento. Habla a solas en la plaza y te mece, racimo que brillas para mí solamente. Vanos, difíciles de sobrellevar, los solsticios se acumulan al agitarse en esa alberca de sollozos en que tu lejanía me ahoga. Me pareciera necesario decir que soy la zorra más infeliz del mundo si antes no tuviera que gritar mi esperanza, mi deseo que te recorre a velocidades memorables. Alguien me dice: "hay que esperar sentado para no cansarse". ¿Y adónde —digo yo— adónde encontraré la encina rota que acceda a ser mi silla? Mira mi sangre que canta, oscuro champán encabritado. Oye la cascada de la noche fluir como una vena rota en la inmensidad. Toca la realidad y con ligeros masajes aparta la ceniza de mi corazón. Huele el perfume cifrado y persistente con que el pico del cisne participa en sacrificios humanos y bebe en tu zapato, negra copa llena de tu ser en actitud de abrazar al sol.

Tus ojos están verdes como las uvas y en general toda tú maduras con lentitud. Es cierto, hay un antes y un después, una edad que te corta parcialmente. Oh fruto unido por tu base, relicario que se abre y cierra exhalando presencias tan suaves como roscas de humo. Desnuda hasta la raíz pesas igual que cuando estabas vestida. Desnuda hasta la raiz, cuelgas en el rojizo delta matinal frente a esta ávida zorra que desde hace tanto espera tu hora de caer.

(De: Las fuentes legendarias)

FUEGO Y DANZA

Te despetalo y gritas, hoguera multifolia, juez parcial que vas a decidir si el fuego apaga a la danza o viceversa. Primero exaltas el ceño pungente del fuego, en seguida, el torso enmetalado de la danza. Haces cálculos; parpadeas, puta joven, margarita indecisa. Mas antes de elegir a tu preferido nutres al evento con brazadas de azufre clamoroso. En realidad te da lo mismo el pinto que el colorado. Lo importante para ti es correr entre escombros ardientes, destapar botellas de sangre fresca cuando tus pechos se bañan en olas de ecos negros y un dejo de romero pisoteado fluye a través del viento. La pugna te ha encendido de entusiasmo. Vas y te vuelves azuzando a los contrarios que respiran por sus heridas acezantes. El fuego escupe ráfagas encarnadas, mas su enemiga le asesta un puntapié en la rota mandíbula de oro. ¿A quién preferir, si el fuego danza y la danza quema? ¿Los polos opuestos no están hechos de nieve? Así lo entiendes y por eso arbitras con la razón el duelo que tus instintos concertaron. Al movimiento sucede el reposo. La figura de tensión se esfuma en su consecuencia dialéctica y tú, provocadora, declaras un empate, tornas a ser gracia indiferente que no piensa, haz de trigo atado con el lazo de tu propia cintura. Por lo demás, nunca ha de saberse quién camina a mi lado: ¿Es una danzarina con mallas color naranja o la llama que se desprende del leño con un perfecto *pas de deux?*

(De: *Las fuentes legendarias*)

LAPSUS MEMORIAE

Los recuerdos regresan como bumerangs incendiados. Hace ocho años una concha rota me produjo heridas en el talón izquierdo. Hace nueve, con estos ojos que no se ha de comer la tierra, vi, entre impares rarezas de un museo, la mejilla de un momia. Parecía lodo seco, quizá un pardo esparadrapo en la osamenta rojo indio. Hace quince años, tendido de bruces frente a una espita entreabierta, contemplaba cómo alternaban su caída gotas negras y azules, siempre en ordenada sucesión, pues no ocurrió nunca en aquella mañana que dos gotas seguidas fueran del mismo color. Hace veinte años —lo rememoro con impecable certidumbre— un puño de resplandores translúcidos fue limado a nivel del dedo cordial por el ala de una mariposa que no dejó de moverse hasta conseguir su libertad. Hace veinticinco años, debéis perdonarme por ello, no recuerdo en absoluto qué sucedía. Algún borroso conjuro, cierta fatalidad no prevista me impiden ver en ese recodo temporal. Casi a punto de mostrar su encadenamiento armonioso, el collar de los recuerdos se interrumpe cuando faltaban dos o tres cuentas para cumplir el engarce final. Aun así me gusta el resultado. Me placen los acontecimientos capaces de quebrantar un orgullo, un monumento con demasiada apariencia de solidez.

(De: *Las fuentes legendarias*)

NUEVA ELOÍSA

Cuando cayó al abismo, Eloísa no tenía entrenamiento alguno para afrontar vuelcos vertiginosos. Condenada a vivir de cabeza, encontraba demasiadas dificultades al proteger el fuego tras el biombo tibio de sus manos. Por la mañana perdía un tiempo precioso atando la ropa a sus tobillos para no quedar cegada entre el vuelo de sus faldas. Al fin la niña se avino a su nueva manera de vivir. Ya no se impacientó más cuando no cazaba rápidas manzanas que pasaban cerca de sus brazos. A los ocho años de cautividad y descenso, Eloísa encontró un compañero de caída cuyas ojeras de fósforo le ayudaban a ver en aquellas profundidades. Prendada en parte por esta ventaja, consintió en desposarse con el recién llegado. El joven era flexible en las pequeñas discusiones diarias. Su voluntad, a toda prueba, era como un hierro al rojo sobre las grupas de la enorme negrura que viajaba delante. Cierta vez la joven atrapó una tarima que descendía en rápidas volteretas. Con aptitud cuidadosa el marido se avocó a pegarle aquel trozo de madera en los zapatos. Desde entonces la nostalgia de suelo que ambos padecían volvióse ligera hasta casi no existir. Pronto concluyeron una casita aprovechando materiales que llovían desde la superficie. Ataban tablones con rayos luminosos. Las rojas prendas del amor iluminaban su caída eterna. Y la pareja experta en la domesticación de abismos navegó incontables desmesuras. Los dos pensaron al hombre como un ser en creciente aptitud de capturar lo insólito. Ágiles como el pelícano que retiene el bocado tránsfuga, llegaron a una filosofía adecuada. Ilusos o realistas, habitaron por mucho tiempo la extravagante arquitectura de una vida totalmente dominada por el azar.

(De: *Las fuentes legendarias*)

AUGE Y DESTRUCCIÓN DE UN HECHIZO

Por un momento el tiempo suspende su peregrinaje, se libera, abre una tregua, funda cabezas de playa en el silencio y ya no lo fustigan más las ruinas enamoradas del presente.

Es tan unitaria la visión, de tal modo se ha trabado lo que existe con sus picos, ruedas, garfios; de tal modo la centelleante esfera subsume en su seno la variedad de los seres que, si en este momento el quetzal se desprendiera de esa rama desde la cual su esplendor pontifica, se llevarías tras de sí, atado a su más larga y recia pluma, el aire entero.

Inmóvil como un huevo en su ceñida copa, la realidad encalla en los párpados de una adolescente. Entre el marco de su caperuza de lino, el rostro se le vuelve pantalla donde un joven dios narra sus desvelos mientras escancia luz en los vasos que el cemento ha dejado libres.

Mas de pronto se rompe la tregua. Se inicia el deshielo de toda esta inmovilidad magnífica. La historia, adormilada aún, entra en escena, pregunta por su papel, azota con cables de alta tensión a los personajes que no se mueven con la requerida viveza. El hada y su séquito de campánulas, a querer o no sufren exilios parecidos al definitivo de la muerte.

Y en este éxodo de las sustancias milagrosas yo quisiera ser un factor recuperativo, un dique eventual; mas la marea sacude el frágil promontorio y se levanta y me sobrepasa y rompe el espejismo en miles de cristales sangrientos. Con impotente paso la realidad entra en acción.

(De: *Las fuentes legendarias*)

•

CIERTO PAÍS

En cierto país, conocido por mí desde su edad larvaria, cuando apenas era en el mapa un punto rojo y vehemente, los habitantes una vez al año viajan en forma masiva hacia las estribaciones del monte Zeta. Al frente van niños muy fuertes conduciendo a los hombres en vistosos palanquines. Las mujeres, protegidas por sus cascos de seda, limándose las uñas siempre más largas que un cuchillo de caza, van hasta atrás con objeto de construir la retaguardia por si alguna pantera intrusa pretende apoderarse de los hombres, elementos demasiado pasivos y, por ende, los más débiles de la expedición. En realidad ya no se confía en ellos. Su temperamento muelle los releva de toda tarea fatigosa. Son tolerados porque aún cumplen funciones reproductoras, indispensables —como a primera vista se entiende— para la sobrevivencia del pueblo expedicionario.

Una vez al año el pueblo conduce su ristra de hombres intensamente debilitados hacia oscuros altares que ni la misma divinidad ha hollado. Tan absolutamente vírgenes son estos altares que no hay dios alguno instalado en ellos. De esa suerte, los expedicionarios veneran a un no dios, a un ser que no los protege; pero se conserva impune ante la blasfemia porque nunca ha existido.

Cada cinco de marzo la extraña caravana cruza de ida y vuelta al universo. Por el camino cuecen alimentos sobre flores amarillas pues ahí no se conoce el fuego natural. El verano, un prodigioso verano que se sigue de frente y devora las estaciones restantes, abandona el valle apenas un minuto por cada veinte siglos transcurridos. Cuando esto sucede, monarcas hembras sufren su menstruo de estrellas mientras sus cabellos tórnanse agitadas sierpes; el descontento de piedras cósmicas pone a las fuerzas soterradas a punto de erupción.

Como antes digo, el caos dura apenas un minuto y el temblor universal es tan leve que los cuadros de las paredes ni siquiera violan el mandato de la simetría.

Yo conozco ese país. No es irreal ni verdadero. No tiene ubicación ni deja de tenerla. Pero mis dedos, severamente desyemados y ardidos, son la constancia de que existe.

(De: *Las fuentes legendarias*)

La comarca jadea con intenciones de expandirse pero apenas logra ser espasmo petrificado. Cada círculo centrípeto o centrífugo permanece inmutable ante la vista de un cazador que retrocede ante el lince que lo observa. En el TIRO AL BLANCO lo que importa es acertar. Las pasiones dependen del ánima que las anima, pero el pulso y la puntería aspiran a una destreza inhumana. El azar dicta a gran velocidad ese temblor de los trenes celestiales que nunca vamos a volver a ver. Hay que dar en el blanco, un blanco móvil que nos rodea como una bahía sagrada cuyo centro no va a ser encontrado nunca si permanecemos en la zona ruidosa de los dimes y diretes, lejos de la muerte y su oasis afirmado a la orilla de un precipicio. Yo aspiro a la inmensa violencia que se necesita para construir una cadena que enlace tres unidades: mi brazo, el arco y el blanco. Debo adquirir rapidez suficiente y asegurarme de que mis elementos de tracción sean tan buenos en el lodo como en el asfalto. Sin embargo hay algo que me asombra: el pulso victimario tiembla. En cambio, el blanco, objetivo final de la sentencia, no se inmuta.

(De: *Lugares donde el espacio cicatriza*)

A veces nos posee el imperio táctil de los ciegos: se sale de un laberinto a condición de no apartar la mano un instante del muro curvo, cifrado y enemigo. El ombligo, el ojo clausurado, nos une con la matriz del aire abierto. No saldremos. EL ANCLA se abisma en distancia solapada y arena insidiosa. Bastaría un solo caballo del diablo para matarnos de estupor. ¿Cuál es la base de la realidad? ¿Qué especie de disparate cósmico somos? ¿Hacia dónde puede ir una nave que es su propio puerto? La realidad no tiene base. Ésa es la base de la realidad.

(De: *Lugares...*)

PROSA DEL MENTIROSO AMONESTADO

Si no tienes testigos mejor corres para lo oscuro y te salvas como puedas. Te apresarán donde sea, en comunión con tu soledad o cuando tu carne crepite por efectos de alguna pesadilla. Dices que viste la metamorfosis canicular y circular. Según tú, alzaste a la piedra por su nuca entre lloriqueantes hebras de verdín. Afirmas haber oído flores que se inclinan sobre otras al pasarles, con su santo y seña, el contrabando supremo del secreto. Vuelves a repetir que existen libélulas enormes que agitan sus batas transparentes. Según tú, la rotación del ovillo secuestra a la telaraña vidriosa y desteje al ojo oscuro del huracán. Yo te digo que ver no es convencer. Lo que cuentas del ciempiés orando con un cirio en cada extremidad, no ha de ser cierto ni en las jugueterías remotas de la meditación. Lo mismo pasa con el trueno amordazado que destroza al tabernáculo sin que nadie advierta conflagración alguna. Déjame seguirte diciendo: ésta es la aldea de la astronomía a horcajadas, aquí la prudencia funda a como dé lugar su voluntad de sosiego. Lo que aseguras con tanto descaro no prueba que las contorsiones de la santa se hayan grabado en al alto tizón enraizado y sólo puede traerte males y persecuciones, correctivos para una lengua tan así como la tuya.

Di lo que quieras pero yo no voy a ser tu testigo: no me consta que la hendedura superior del corazón sea gemela de aquella que une las mitades de una mariposa.

No nos vengas con semejantes historias. Di tus cosas difíciles de creer frente a testigos que de veras hayan visto la orquídea que se hincha como tarántula de colores. Necesitas gente que haya conocido contigo el espasmo capaz de suscitar la retracción de las aguas. Envía personas de fiar y entonces sí nos encerrarás a todos en empalizadas de cartílagos de pájaro y nos tendrás cogidos dentro, con el sudor de la sorpresa pegado al cuerpo, leyendo tu ciudad de cantos dorados, hojeando tu floresta de algodonosas tapas. Ensueños de tu mollera. Pavor mío de la belleza. Piedras imán que también son piedras de repulsión trituradas por la sombra de un albatros que todavía no nace … Oigo un ruiseñor. Se afila el pico en una hoza de brezo. Se alborota y se refuta a sí mismo. Apaga lo que dice con un soplo de alas y estira su pecho inexplicable… ¿Es éste tu testigo?

(De: *Sistemas de buceo*)

LAS GRADACIONES DE MONET

1

Cuando sea el primero en levantarme hablaré sobre el amanecer.

2

Semejanza sin semejante, viuda entre todas, la luz matinal recaptura con vigor astringente la pelusa evadida y el confín despilfarrado. Los botones vuelven al saco. La llave a la gaveta. La pantalla arrojadiza a la lámpara demacrada. Escribir *sobre y con* esta luz conforta mi sonrisa leporina. Me hace decir: "No estoy ni para mí mismo". Una verdad así me desaparece sin exorcizarme, blancura embebecida donde asoleo memorias de mi vida prenatal sobre techos de lámina que no crujen con mi peso. No estoy aquí sino más arriba: nido de barro en la arquitectura eremita.

3

A mediodía otra horda de luz nos invade a rajatabla. Remacha huellas con su pulgar entintado en el horno cenital y derrite frontispicios con su vacuidad fulgurante. Invasión vertical. Presencia del gong de cobre que nos estampa en el suelo con su eco militarizado. Ni yo ni nadie estamos para nadie.

4

La tarde pinta de otro modo. Barniza baldosas, empareja el revoque, abrillanta ángulos y vértices. Su lenta albañilería trasiega el aura del jardín, se cerciora de que es su pulsación luminosa lo que nos hace estar y no estar con un ojo al gato y otro al garabato, al balanceo de los azahares, a la penumbra que atenúa su corporeidad o devuelve al rostro el velo de algún vuelo que rompe al mismo tiempo con la somnolencia y la vivacidad. Si me buscan diré: "En un minuto estaré visible". Todas las horas son una constante, graduada pugna contra la invisibilidad.

(De: *Sistemas de buceo*)

EL ARQUEO DEL PRESTAMISTA

Tras el follaje me incorporo, pesado de leyendas, medio ciego por el chubasco de plumas que surge de cierta fronda volcada como una copa obscura. En seguida llego a conclusiones hostiles, a calabozos de lóbregas premisas donde inicio el arqueo de mi fortuna y examino la lista en que gotean los ceros de mi desfalco insondable. Zonas atigradas se desprenden del cuerpo ya que en este oficio se deja piel en la alambrada. Se deja rastro, polvo de sombras en la tornasolada grieta donde el viento raspa vestigios del esplendor encenizado. ¿Cuánto más se habrá extraviado para siempre? Una carta en la mesa de noche. Una celosía de espuma bajo la estrella desfondada. Estas líneas que emborrono y libero entre olas de mariposas monarcas que disputan su precedencia a la resurrección de la carne. Sobre el taburete del alba olvido la colmena boreal, mas no mi capa ni mis guantes anacrónicos y entrañables. Tampoco olvido los años de escrutinio en la niebla. A ella me aferro como se aferran las quijadas del ataúd a la mortaja, para confirmar su crapulosa adhesión a la vida presente. De mí sólo queda una pista confusa: el llanto de los girasoles secos.

(De: *Vaivén*)

CARRETERAS Y ATAJOS

Me asiste el color de un apretón de manos, la estela argentada que me envuelve como resultado de una canción que pasa. También está a mi lado el espesor violáceo de viajes que destronan al alba, el tinte de la nostalgia que me da brisa y eco, seda y luna, formas como toldos para ponerse a salvo del instante y sus aspas que pueden volarme la cabeza con su mandoble insondable. Tu ausencia es mejor que volverte a ver. ¡Tantas veces se ha dicho que la belleza es una bestia asesina! Y aunque haya viudez herrumbrosa en mi sangre, aunque un epílogo de tordos trasponga la verja del cementerio y destruya coronas de gloria amarilla, procurándome así la serenidad, siembro distancia entre mis pies y tus huellas, me alejo cuanto puedo entre atajos que han evitado con diligencia oportuna carreteras de oro trazadas por tus ojos.

(De: *Vaivén*)

HUGO GUTIÉRREZ VEGA (1934)

NACIÓ en Guadalajara. Licenciado en Derecho, fue rector de la Universidad de Querétaro (1965-1967), consejero cultural de la embajada de México en Roma y Londres, director de la Casa del Lago y de Difusión Cultural de la Universidad Nacional Autónoma de México. Recibió el Premio Nacional de Poesía en 1976.

Obra: *Desde Inglaterra* (1971), *Resistencia de particulares* (1972), *Cuando el placer termine* (1977), *Meridiano* (1982); en: *Las peregrinaciones del deseo. Poesía, 1965-1986,* Fondo de Cultura Económica: México, 1987.

CARTA AL POETA JOSÉ CARLOS BECERRA
MUERTO EN LA CARRETERA DE BRINDISI

Al escribirla pienso en la muerte de amor que danza en el sueño de Quevedo.

Era el momento de la conjuración de todas las piedras del camino.

Lo oportuno era dar marcha atrás y regresar a la ciudad de ámbar.

Sin embargo yo sé que no podías dejar el viaje y sé también que la llegada no era el objeto del camino.

Lo que buscabas era llevarte en los ojos todos los árboles, los ríos, los pájaros que pasaban al lado de tu viejo automóvil y que formaban parte de tu cuerpo.

Ahora sé por qué preguntabas los nombres de los árboles y por qué querías aprender a conocer el canto de los pájaros.

Estabas lleno de ceibas, de tulipanes, de todas las creaturas del reino vegetal. Tú, como Pellicer, nacido en esa tierra-agua de Tabasco escuchabas el silencio de la creación.

Te conocimos ya muy tarde, pero pronto te conocimos y aprendimos con gozo a amar los ojos con que veías el mundo.

Todos los días regresabas de tu casa de un día con un asombro nuevo, con un nuevo motivo para mantener abiertos los ojos. Ibas siempre a decir algo: el cuadro de Turner en la Tate Gallery, un fragmento de sueño de Quevedo, la noche dedicada a Bogart en el

National Film Theatre. —Casablanca a las 4:30 a.m., café y galletas a las 6 a.m.

Otra noche hablaste de Quiroga hasta que las ocho de la mañana se desprendieron de los edificios de Park Lane.

Como tu compromiso era con la pureza extemporánea, con la más arriesgada de tus honestidades, hablabas con asombrado amor de la flor amarilla, de todos tus amigos, de tu infancia, de los seres vivos en tus mitos tabasqueños, de las mujeres en que te habías ido quedando, de las cosas de México que tanto de dolían...

Ahora, con tu muerte, el río de las palabras ha disminuido su caudal.

No exagero, poeta. No hago tu elogio fúnebre. (La oratoria te daba desconfianza, bien lo sé.) Digo todo esto dando una cabriola de cine mudo, saludándote con mi vieja corbata.

La vida sigue sin ti, hermano, pero ya no es la misma ni lo será ya nunca para los que te amamos.

Nos hemos quedado con lo que nos dijiste. Gracias por tus asombros, por esa diminuta certeza de alegría que a todos repartiste.

Hablaremos de ti como se habla de esos ausentes dones que un día nos da la tierra y que nos quita con su inocente furia al día siguiente.

Londres, mayo de 1970

(De: *Resistencia de particulares*)

UNA TEMPORADA EN EL VIEJO HOTEL
NOTAS SOCIALES

> *A Stan Hardy, viajante de comercio,*
> *vendedor de corbatas,*
> *sombra sonriente*
> *y destructor de pianos,*
> *con el agradecimiento de su alumno*
> *que mucho lo quiere y verlo desea.*

I

El día gris es perfecto. Anuncia nieve el diario y en el hall las viejas señoras revolotean con los ojos inquietos, llevando en las manos pastillas para el resfriado y el reumatismo. El coronel Maugham arregla su bigote, y Henry James prepara el equipaje para regresar a la casa de campo. Peter Quint y Miss Jessel esperarán en la terraza jugando con la tortuga, mientras Flora hace el amor en el parque sin que sus faldas se arruguen, sin que Miles se entere, sin que la nueva institutriz pueda mostrar las mejillas del escándalo. Pasa Noel Coward; diríase que baila con aquella señora de la espalda desnuda. Groucho Marx será el orador de la cena anual. T. S. Eliot informó que no podía asistir; pretextó gripa, pero todo el mundo sabe que está paseando en trineo con su primo el archiduque, y que muy pronto partirá hacia el sur.

Corre el año de 1930
hoy, diciembre de 1975,
en el viejo hotel
asomado al río.

VI

En Roma el sol de invierno destruyó la obra del hielo en los charcos de Piazza Novona. *Il Paese Sera* consignó este hecho con lenguaje metereológico rechazando el misterio, cerrando la puerta a la tentación del milagro. El año santo también cerró sus puertas, y en San Pedro los ojos de los peregrinos se abrieron al temor de años menos santos. Apunto estas cosas la madrugada del 25 de diciembre, en mi cuarto de un hotelito de Porta Pinciana. Hace diez años este lugar era habitado por turistas alemanes, y alguna Katherine Mansfield que veía la tarde desde su cama enferma. Ahora damas de "costumbres sospechosas", con los abrigos de cuero y las bocas púrpura del pecado para petroleros árabes, políticos tamaulipecos y juniors venezolanos, recorren los pasillos y entorpecen el tránsito con sus culos enormes. La inminencia de 1976 me da un poco de miedo, pero se desvanece cuando escucho el crujido del lecho en el cuarto vecino; los jadeos se unen, y de pronto recuerdo que su habitante es el joven Bruno Petronio (22 años, lo acompaña su esposa). Entonces siento que este país arruinado y el mundo, entran con paso seguro en el nuevo año. Entran jadeando y haciendo que crujan los camastros. Pero el periódico... y la muerte danzando en las colinas...

(De: *Cuando el placer termine*)

305

3

Me cuentan que tu lectora limeña nunca existió. Unos amigos fraguaron el engaño para entregarte a la mujer fantasma y mandarte sus cartas. Esos mismos amigos te mataron el sueño y el final te entregó un poema alto como la tarde desolada. En el precioso engaño lucharon las palabras con el viento que pasa desgajando los ramos. Poe y Bécquer te acompañan a la tumba vacía. El fantasma, enraizado en tu memoria, allí adquiría su forma, se movía, fundaba su morada.

(De: "Varias admiraciones", en *Meridiano*)

HABLAN COPELIA, NINA Y GRILLO

Para Lucinda, Fuensanta y Mónica

Caminamos por la casa nocturna con una precavida lentitud. Lo vemos todo y sentimos que una presencia impalpable, incógnita, se mueve entre las cortinas y amenaza con nada, pero no nos inquieta, pues sabemos que el mundo va más allá del espejo, los muros y los muebles de la casa. Por esto se habla de nuestra inexplicable sabiduría. Algunos nos temen y nos asocian con recónditas amenazas, misteriosos abismos, oscuros maleficios; un señor nos busca tres pies, y muchos se quejan de nuestra manera de dar un meditado afecto y de afirmar siempre nuestra total independencia, aunque concedamos derechos a los humanos y los alegremos con nuestra forma de ser.

Un sabio gato español, ante la pregunta de una señora, nos definió de esta tajante manera: "un gato es un gato", y se fue tan orondo a tomar el sol, a lamerse la cola y a recordar los homenajes de Eliot, aquel señor monárquico, clásico y anglo-católico, que alcanzó por méritos poéticos una aproximación al preclaro estado de gaticidad.

Río de Janeiro, lluvias de 88

(En: *Vuelta* 144, noviembre de 1988)

GABRIEL ZAID (1934)

Nació en Monterrey. Ingeniero industrial y curiosa conjugación de esta-
dista y escritor, ha sido feroz crítico de anomalías culturales y políticas
en revistas como *Vuelta* o *Contenido*, y es también un delicado artífice de
la lírica de la brevedad.

Obra: "Poemas novelescos", en: *Cuestionario. Poemas, 1951-1976*, Fondo de Cultura Económica: México, 1976.

DIFÍCIL EPOJÉ

Hace unos mil millones de años no existía el cálculo de proba-
bilidades ni, probablemente, tampoco un joven físico amigo mío,
atraído, y quizá obsesionado, por todo lo probable y lo posible.
Existía sin embargo un árbol majestuoso, que había sobresalido en
un inmenso bosque para mirar de cara al cielo, y que de haber
sido soberbio se hubiera declarado capaz de superar el Diluvio.
No llegó a superarlo, naturalmente, ni fue arrancado en el oleaje
como para flotar, sino que, simplemente, desapareció inundado, y
unos siglos después era sólo una veta en un manto carbonífero.
  ¿Podré excusarme de contar las concatenaciones de siglos y las
innumerables circunstancias que llevaron la más pura intención
de aquel árbol a ser una viviente luz, un sereno diamante en la vidriera de una joyería que está en la gran calzada de castaños donde
mi amigo y yo solíamos pasear? Yo vi toda la historia en un instante, nunca he sabido cómo ni por qué. Supe que todo estaba preparado, desde hacía miles de millones de años, para que aquella
tarde, justamente, una jovencita hermosísima, de ojos profundos e
iguales, se detuviera unos instantes, nada más, atraída por el diamante, para que al levantar los ojos, los de él encontraran los de ella,
que llevarían aún, y desde miles de millones de años, el cielo pro-
metido y la purísima intención de hacerles ver que ella era ella.
  Apenas pude contener mi espanto cuando vi que, en efecto, una
silueta frágil, leve y sin sombra, apareció viniendo en dirección

307

contraria a la nuestra, y que al parar ahí por un instante sería ahí justamente nuestro encuentro. Sentí un escalofrío y una alarma, que iba a comunicar a mi amigo, pero me contuve. Quise decirle que era ella, pero pensé que no sería debido —respetuoso al destino— intervenir.

Él no se daba cuenta. Hablaba, seguía hablando, del ser de lo probable y lo posible, y de la limitada posibilidad de calcular exactamente lo probable. "Este mundo" —decía— es solamente un caso posible. Y en estricto rigor, no hay por qué suponer que sea el más, o el menos, probable." Yo hice tiempo diciendo que, tal vez, éste, probablemente, fuera el único, aunque de andar por él y de mirarlo se imaginaran muchos mundos posibles.

No escuché su respuesta. El momento llegó. Ella paró un instante ante el cristal, como una niña alucinada, y luego, recobrándose, y al parecer de prisa, se dispuso a seguir, alzó los ojos y encontró los de él...

Éste, siguiendo la conversación, continuó: ¿Por qué ir a suponer, por ejemplo, que este encuentro, ya que se nos presenta un caso ilustrativo, es algo más que un caso posible? ¿Nunca has pensado en todos los encuentros posibles de la mecánica celeste? Claro que ahí se trata de una mecánica más simple, donde pueden incluso hacerse predicciones. ¡Le diera yo a un astrónomo la mecánica cuántica para que las hiciera!

Calló por largo rato, caminando. Yo ya estaba callado antes que él. Y sintiéndome inútil, como deteriorado, de haber visto y previsto aquel desastre, sin poder impedirlo. Después rompió el silencio que marcaban los pasos, se apoyó en un castaño como si un gran mareo hiciera de su tronco una tabla de náufrago y, ya casi llorando, me dijo: "Te debo confesar que me aterra el mareo de lo posible, y me angustia su inmensidad, que igual me llama y me devora". Iba a llorar, estaba a punto de llorar, mas sólo dijo, irguiéndose para seguir: "Eso quizá te explique mi vocación científica".

EL LUGAR DEL ENCUENTRO

Fuese un hombre a buscar la luz para sus semejantes, y tras años de angustia, soledad y tinieblas, alcanzó un resplandor que lo llamaba, que entendió ser de Dios, y que le dijo: Vuélvete con los tuyos, donde hallarás la luz de verse siendo otros, y por lo mismo únicos, y por lo mismo semejantes, en la comunidad abierta al encontrarse, unos a otros y todos a sí mismos.

Lloró tan largamente de alegría, corriendo y tropezando, cayendo y levantándose para correr de nuevo, sin parar, tan sin parar, que llegó a los suburbios de la ciudad exánime. Allí nunca se supo bien quién era, ni de dónde venía, ni qué lo había llevado, ni cómo había muerto.

ESPEJISMO NOÉTICO

Años pasó buscando un gran astrónomo la pista de un problema intrincadísimo. Yendo un día por la calle, tuvo una idea tan clara, luminosa y feliz, que cayó de rodillas en medio de la gente, dando gracias a Dios. Cuando se levantó, la había olvidado.

Desde entonces se dijo que había perdido la razón, si bien le permitieron seguir investigando, y él no cejaba, fiel y pacientísimo, aunque estaba a punto de creerlo también.

Ya tenía barba blanca, y en los ojos vivaces un destello de niño, cuando soñó que un ángel lo llevaba al Encuentro. Y descargó su pecho de anidadas zozobras, viendo que todo había sido una alucinación, permitida por Dios para probarlo en humildad, gratitud y paciencia.

NOCHE TRANSFIGURADA

Tan diáfana era la música, tan viva, tan verdadera, que ya no supo más si era el director o un músico, si estaba oyendo o tocando, si era un instrumento en manos de la música o era sólo un oyente en el jardín nocturno, por el ámbito abierto. No había distancias. Sí, sí las había. Era uno y no otro, sin confusión. Había esto y aquello. Pero de esto a aquello el espacio era un trance, un dilatado vuelo sin tiempo y sin prisa, en figuras de amor todas perfectas, todas perennes y de paso.

Tan libre se sintió que dejó su instrumento. ¿Era su instrumento? Sí. Eran las Tablas de la Ley. Empezó a transitar arrebatado, por esto y por aquello, seguro de acordarse, sin temor de perderse, seguro del retorno yendo ya siempre en él, en su pasión, que era un acto de gracias, viéndose tan de acuerdo. Ya no quiso hacer nada más que ver, escuchar, seguir la noche iluminada en el misterio de su ser y de su música. Todo era penetrable. La música se dejaba mirar, y él, amorosamente, se dejaba llevar de su anhelo. Tan libre se sintió que no cuidó de ver que salía del concierto. Traspasado de música, iba henchido, anhelante. ¡Música, nada más que música! También la noche de neón, también el piterío y la prisa inocente de los coches en sus torpes afanes. ¡Pobres desamparados de la música!

Anduvo así kilómetros y kilómetros, sin cansancio. Estuvo a punto de ser atropellado mil veces. No llegó a darse cuenta. Lo protegía el milagro. Estaba aligerado, clarísimo, y sentía claramente que todo era ligero. Veía los edificios hechos de luz, de espacio. Todo estaba aliviado de su peso. ¡Música!, ¡nada más que música! Podía cruzar los muros, atravesar paredes, aunque usaba las puertas por respeto a la música.

Y sin embargo el desacuerdo existe, el ruido existe, y el roto entendimiento, hecho pedacería, cosas sordas, aisladas, sueltas, impenetrables, sin rostro, también existe. ¿Cómo era que no ponía su música en el mundo, la música, sino que el mundo, sordo, la apagaba? Un rumor miserable, tanto sordo barullo, estrujó poco a poco su corazón. Le faltó el aire. Le pesaron los pasos. Estaba fatigado. Estaba... ¿Dónde estaba? Murió desconcertado.

(De: "Poemas novelescos", en *Cuestionario*)

JOSÉ EMILIO PACHECO (1939)

NACIÓ en la ciudad de México. Realizó sus estudios en la Facultad de Filosofía y Letras de la Universidad Nacional Autónoma de México. Ha dictado cátedras en universidades de Estados Unidos de Norteamérica, Inglaterra y Canadá. Es investigador del Departamento de Investigaciones Históricas del Instituto Nacional de Antropología e Historia. Obtuvo el Premio Nacional de Poesía en 1969 y el Premio Nacional de Literatura en 1992. Ha ejercido intensamente el periodismo cultural en la revista *Proceso*.

Obra: *Los elementos de la noche* (1958-1962), *Desde entonces* (1975-1978); en: *Tarde o temprano*, Fondo de Cultura Económica, México, 1980 y 1986.

DE ALGÚN TIEMPO A ESTA PARTE

> *What can I hold you with?*
> BORGES, *Two English Poems*

1

Aquí está el sol con su único ojo, la boca escupefuego que no se hastía de calcinar la eternidad. Aquí está como un rey derrotado que mira desde el trono la dispersión de sus vasallos. A veces impregnaba de luz el cuerpo de aquella que has perdido para siempre. Hoy se limita a entrar por la ventana y te avisa que ya han dado las siete y tienes por delante la expiación de tu condena.

2

El día en que cumpliste nueve años levantaste en la playa un castillo de arena. Sus fosos recibían agua del mar, sus patios hospedaban la reverberación del sol, sus almenas eran incrustaciones de reflejos. Los extraños se acercaron para admirar tu obra. Saciado de escuchar que tu castillo era perfecto, volviste a casa lleno de vanidad. Pasaron ya doce años desde entonces. A menudo regresas a

311

la playa e intentas encontrar restos de aquel castillo. Acusan al flujo y al reflujo de su demolición. Pero no son culpables las mareas: bien sabes que alguien lo abolió a patadas —y alguna vez el mar volverá a edificarlo.

3

En el último día del mundo dirás su nombre alto y purísimo como ese instante que la trajo a tu lado.

4

Suena el mar. El alba enciende las oscuras islas. Zozobra el buque anegado de soledad. En la escollera herida por las horas se dilata la noche.

5

De algún tiempo a esta parte las cosas tienen para ti el sabor acre de lo que muere y de lo que comienza. Áspero triunfo de tu misma derrota, viviste cada día en la madeja de la irrealidad. El año enfermo te dejó en rehenes algunas fechas que te cercan y humillan, algunas horas que no volverán pero viven su confusión en la memoria. Comenzaste a morir y a darte cuenta de que el misterio no va a extenuarse nunca. El despertar es el bosque donde se recupera lo perdido y se destruye lo ganado. Y el día futuro, una miseria que te encuentra a solas con tus pobres palabras. Caminas y prosigues y atraviesas tu historia. Mírate extraño y solo, de algún tiempo a esta parte.

(De: *Los elementos de la noche*)

CRECIMIENTO DEL DÍA

1

Letras, incisiones en la arena, en el vaho. Signos que borrará el agua o el viento. Símbolos aferrados a la hora que se cumple dentro de mí, al silencio. ¿Para qué hendir esta remota soledad de las cosas?, ¿por qué llenarlas de trazos o invocaciones? Porque así las murallas de esta cárcel de azogue que yo mismo he erigido no prevalecerán contra mi nada.

2

He inventado la selva pero me falta un árbol que la pueble. El mediodía se inunda de escalas luminosas. En los abismos de una gota de agua el pez creciente sueña con detenerse, encadenado. Y como de la enfermedad nace la fiebre, la combustión del tiempo engendra al sol. En los pasadizos de una hoja de sauce, en la urna de polvo que suspende la luz, en las cordilleras de un grano de sal, nace y se hace lo indecible. Todo principio gira. La ceniza siente nostalgia del incendio. Se levanta y te arrasa, selva que no conocerás mi último día.

3

Distancias, llanuras, escarpaciones: años incorporados a mi sangre que no esperan volver porque están vivos. Me hablan de la batalla que perdí sin librarla. Fui centinela que no estuvo en su sitio para correr la voz de alarma cuando se sucedían los desastres y las devastaciones. Como aquel de Judea, me he lavado las manos ante la multitud que, desdeñando esos recursos, dicta implacable mi condena.

4

La palabra despierta, abre los ojos, dice apenas que existe, se dibuja...

5

Olvidada del mar, una ola naufraga en la bahía desierta. Nadie pregunta a la cambiante nube de qué fuente alzó el vuelo. Se va a pique el otoño, rota generación de hojas baldías. Tenemos que gastarnos, como ese lápiz sordo contra el muro.

(De: *Los elementos de la noche*)

OBRA MAESTRA

Cuántos adjetivos podría acumular mi orgullo ante la obra maestra recién salida de mis manos: *tersa irisada plena perfecta incomparable,* avanza por el aire hasta chocar con invisibles arrecifes y hacerse nada, añicos de nada. Tal es la historia crítica, el génesis y el apocalipsis de la pompa de jabón que, tras varias décadas de intento y error, fue mi única e irrepetible obra maestra.

(De: "Prosas", en *Desde entonces*)

LA MÁQUINA DE MATAR

La araña coloniza lo que abandonas. Alza su tienda o su palacio en ruinas. Lo que llamas polvo y tinieblas para la araña es un jardín radiante. Gastándose, erige con la materia de su ser reinos que nada pueden contra la mano. Como los vegetales, crecen sus tejidos nocturnos: morada, ciudadela, campo de ejecuciones.

Cuando te abres paso entre lo que cediste a su dominio encuentras el fruto de su acecho: el cuerpo de un insecto, su cáscara suspendida en la red como una joya. La araña le sorbió su existencia y ofrece el despojo para atemorizar a sus vasallos. También los señores de horca y cuchillo exhibían en la plaza los restos del insumiso. Y los nuevos verdugos propagan al amanecer, en las calles o en las aguas envenenadas de un río, el cadáver desecho de los torturados.

(De: "Prosas", en: *Desde entonces*)

HOMERO ARIDJIS (1940)

Nació en Contepec, Michoacán. Ha sido catedrático en universidades norteamericanas y embajador de México en varios países europeos. Recibió la Beca Guggenheim en dos ocasiones y el Premio Villaurrutia en 1964. Ha organizado festivales internacionales de poesía en México. Es miembro del grupo ecologista "De los cien".

Obra: *Ajedrez-navegaciones* (1966), *El poeta niño* (1971), *Vivir para ver* (1977), *Construir la muerte* (1982); *Imágenes para el fin del milenio* (1986); en: *Obra poética* (1960-1986), Ed. Joaquín Mortiz/Secretaría de Educación Pública: México, 1987.

AL VIEJO

lo sacan al sol temblando como un bebé arrugado sobre la silla y
hablan las sirvientas sobre su cabeza mientras salen a la luz su cara
y sus manos flacas del calor en el que están guardadas   y cuando
ríe parece que se estuviera quebrando y tienen miedo del esfuerzo
que hace y cuando llora lo protegen de su excitación —a su edad
—dicen— nada de emociones sólo estando ni triste ni contento
está seguro   grítenle a la oreja   dénle su alimento   pónganlo a
dormir   que se distraiga de algún modo   tenemos que hacer que
llegue vivo a su próximo cumpleaños

(De: *Ajedrez-navegaciones*)

Él tenía un cuarto de silencio   sin techo ni suelo ni paredes   al
que sólo su mirada entraba   pues su pensamiento en·él hacía
demasiado ruido

(De: *Ajedrez-navegaciones*)

No acababa de dormirme cuando ¡plaf! el tipejo se me dejaba caer tan violentamente sobre el estómago que sentía que pesaba una tonelada y por un buen rato infaliblemente me dejaba maltrecho y cuando me reponía y lo buscaba con perplejidad y furia ya se había perdido por las callejuelas sombrías de mí mismo

y cada noche bajaba de más alto

así que cansado de sus irrupciones me puse a acecharlo haciéndome el dormido y lo atrapé del cuello desde la primera noche y arrastrándolo con dificultad lo saqué fuera de mí mismo y me puse a observarlo y lo que más me maravilló fue ver cómo este abusivo ser se redujo en mis manos al tamaño de un hongo con patas que desesperadamente huyó por el desagüe del baño al prender la luz como una sombra

(De: *Ajedrez-navegaciones*)

CONOCIMIENTO DEL VIEJO

me mostraron al viejo de la casa y me dijeron —no quiere hablar—
bañado y sacudido
me indicaron que estaba muy flaco y muy pequeño y me dijeron
—no quiere comer— y de pálido ya había pasado a color tierra
y señalaron el sitio donde estaba cerca de la ventana y luego lo
llevaron al segundo piso y lo pusieron en su silla en frente de
un muro rosa y me dijeron —lo hacemos para que no se deprima cuando está nublado pues se pone a llorar porque recuerda que está viudo y dando manotadas al aire confunde a las visitas con la abuela y ésta es seguramente una de sus peores manías de viejo

(De: *Ajedrez-navegaciones*)

EL VIEJO

más que arrugarse se ha vuelto a plegar a doblar   de tal modo que
para estirar el brazo primero debe desplegar los diferentes pliegues que se le han hecho entre la mano y el hombro   si quiere

morir bien necesita salir antes del laberinto de pliegues y dobleces en los que está metido y caminar sin ayuda de nadie fuera de sí mismo

(De: Ajedrez-navegaciones)

LOS HUÉRFANOS DE SETENTA AÑOS

Con sus pertenencias en una bolsa apañuscada, los viejos están sentados en un banco del Bosque, frente al lago donde nadan los patos. Sus ropas hablan de su condición y su silencio tiene lenguas. Descosidos y rotos, con ojos largos ven a los que pasan, mientras el aire enfría a su alrededor y la oscuridad empieza a envolverlos. Quemadas las caras por el sol, con la mirada dicen que no han comido y con los vestidos terrosos que duermen a la intemperie. El viejo, con labios resecos y con un cuchillo de cocina en la mano, le cuenta algo a su mujer, con palabras que de ahogadas no se oyen y la vieja atentamente se va quedando dormida. Un pichón pica en la basura y los patos nadan en las ondas del presente. Luego llega la noche.

(De: El poeta niño)

SOBRE LA SEMEJANZA

Amaba tanto existir, que su alma habitó para seguir viviendo existencias más humildes que la humana. Así, por mucho tiempo la presentía en todas partes y la veía venir hacia mí, para estar un momento juntos, en un pollo, en una ardilla, en un gato, en una abeja. Sucedía también, que a la sombra del árbol bajo el que me sentaba, un extraño saber me hacía oír en el rumor de las hojas el ruido de sus pasos. Y aun en los utensilios deshechos por el tiempo encontraba algo de ella, un sentimiento de la corrupción y del olvido que ella sufría. En los canastos destejidos, en las mesas apolilladas y en las pantallas rotas de las lámparas había algo de su presencia que me hablaba, un estar mudo saltándome a los ojos. No era raro sentirla, detrás o como un aura, en el martillo abandonado sobre la arena, o en el perro, que a la orilla del mar bebía reflejan-

317

do en el agua su sombra amarilla, como helada por el frío. Aun en el aire entendía rasgos de su carácter yéndose entre las ramas de los fresnos. Los seres fortuitos que hallaba en la calle estaban llenos de ella, entre la confusión de voces apresuradas sonaba su voz única, o se distinguía llamándome con pena. Todo me era sagrado, desde el árbol más despojado hasta el mozalbete más hostil, y el insecto más desapercibido atravesando el tiempo. Una especie de humildad por ser hombre me colmaba de asombro por lo vivo y lo muerto a cada instante. Todo se sacralizaba por su ausencia, pues ya sin fin, ella podía estar en cada ser y en cada cosa del mundo visible e invisible.

(De: *El poeta niño*)

HAY VIEJOS

que llevan en sus caras una especie de tristeza terrestre, parecida a la que a veces flota como un aura sobre una colina o un valle por cierto efecto de la luz, por una nublazón de la tarde o por una melancolía de la materia. Sus ojos revelan un humor misterioso, y si se les pregunta qué les pasa o qué sienten, contestan que están un poco nostálgicos por los achaques de su edad o por su condición de viejos, pero se asustarían si se les mostrara en un espejo el tamaño de su desolación.

Otros ancianos mantienen en sus rostros una expresión de limbo, y las palabras y los actos parecen no perturbarlos, habiendo olvidado ya los nombres de sus padres, sus propios nombres y sus edades, como si por una relajada languidez dejaran su ser borrarse en una entrega gradual de su vida a la muerte.

(De: *El poeta niño*)

DE UN ELEFANTE Y DE UN VIEJO

Como un elefante en su jaula, porque la comida se demora se lleva la punta de la trompa a la boca igual que si comiera, y descubriéndola vacía vuelve a pasearse de un lado a otro, repitiendo poco después el movimiento vano: así el viejo, que olvidado en su cuarto no tiene otra ocupación que la de esperar a su hijo, abre la puerta al menor ruido, pensando que es domingo y que él viene a visitarlo; pero al descubrir que es una señora que se dirige a otro cuarto, le pregunta: "¿No es hoy domingo?" Y al contestarle ella que es martes, cierra la puerta, dubitativo. Aunque poco después, ociosamente vuelve a su esperanza; y al poco rato, al oír pasos en el corredor piensa que es domingo y que su hijo viene a visitarlo. Pero es la misma señora que sale de aquel cuarto, y reconociéndola se decepciona, aunque pregunta: "¿No es hoy domingo?"

(De: *Vivir para ver*)

REGLAS PARA ROMPECABEZAS

1

Al hacer el rompecabezas no seguir otro rompecabezas que se mezcla al de uno, pues, en la urdimbre de las interrelaciones hay un momento en que un jugador puede estar haciendo el rompecabezas de otro.

(De: *Vivir para ver*)

BORRACHOS EN EL BAR

Por la cerveza, el ron y el tequila escapan al nudo conyugal, atraviesan la jaula de los días, se libran de la camisa de fuerza de su piel, rompen el candado de sus deseos secretos, evaden el martillo, la soga y el puñal de su propia existencia, que, en la forma del prójimo enemigo, les sale al paso a cada instante por doquier..., pero acompañados de caras y de ruido, inevitablemente solos, de pronto caen sobre la mesa, de bruces sobre sí mismos.

(De: *Vivir para ver*)

JUAN DE PAREJA POR DIEGO VELÁZQUEZ

Aquí estoy. Mi maestro me ha pintado. Seré más duradero que mi cara. Más durable que el rey y la realeza. Esta mirada ciega sobrevivirá a mis ojos. Estas cejas arqueadas serán más que esos puentes. Esta nostalgia mía será más que todos mis días juntos.

¿Cuánto dura un momento? ¿Cuánto mide el asombro? El tiempo necesario para que un hombre se encuentre con su rostro, halle su destino en cualquier callejón. Mi hado está sellado. No sé si soy la carne o soy la imagen. No sé si soy el cuerpo o soy el lienzo. El retrato o el modelo. Alguno de los dos debe existir ahora. Ignoro a quién debo dirigirme, de quién viene la respuesta, el frenesí amoroso, el gesto en la hora de la muerte.

Trescientos años han pasado. Despierto ahora de un sueño de barro. ¿Es hoy, ayer, mañana? ¿Estoy afuera o adentro del cuadro? ¿A quién miran ustedes? ¿A él, a mí? Soy Juan de Pareja, mi maestro me ha mandado a decirles a ustedes que ha sido hecho un retrato. Es fácil comprender que soy el otro.

Soy de un material perecedero. Carne, sangre, huesos y colores componen mi figura. El gris del fondo creó aire y espacio. El volumen fue dado por las sombras. El pelo negro concentró la luz en mi mirada. Yo soy el mulato Juan de Pareja. Mi maestro me ha pintado.

(De: *Construir la muerte*)

QUINTA PARTE

JUAN JOSÉ ARREOLA
Y LOS PROSISTAS POETAS

FRANCISCO TARIO (1911-1977)

NACIÓ en la ciudad de México, bajo el nombre de Francisco Peláez, hermano del pintor Antonio Peláez. "De alguna de las lenguas michoacanas —escribe Esther Seligson— Francisco Peláez tomó el seudónimo de su apellido como escritor: *Tario,* que significa 'lugar de ídolos'. Vivió parte de su infancia y adolescencia en un pueblo de la costa atlántica asturiana, Llanes; regresó a México, fue futbolista, estudió piano, se hizo copropietario de un cine en el Acapulco de los años cuarenta, se casó, viajó en trasatlánticos, publicó sus primeros siete libros entre 1943 y 1952. En 1957 dejó México, recorrió Europa con su mujer, sus dos hijos y la nana Raquel; se instaló definitivamente en Madrid en 1960 donde murió del corazón." Hasta ahora empieza a reeditarse y revalorarse su obra, la obra de uno de los autores mexicanos más originales de la literatura fantástica y del misterio cotidiano.

Obra: *Equinoccio* (sin pie de imprenta, 1946), *Breve diario de un amor perdido* (1951; hay reedición de Instituto Nacional de Bellas Artes/Universidad Autónoma Metropolitana; México, 1988, en el volumen *Entre tus dedos helados*), *Tapioca Inn. (Mansión para fantasmas)* (Tezontle, Talleres Cvltvra: México, 1952).

No hay tal silencio, fijaos bien. Es un constante rumor de astros, de aguas, de respiraciones heladas, de alas de pájaros.

(De: *Equinoccio)*

¡Qué quietud la del mar embravecido, la del cielo tormentoso, la del fuego en el bosque, comparadas con la loca, desenfrenada, frenética aceleración de este nacer y morir de hombres!

(De: *Equinoccio)*

Más que una flor, más que la noche, más que la lluvia, más aún que la Muerte, es mucho más bella, más silenciosa, más enigmática, una llave perdida.

(De: *Equinoccio*)

Nadie ha explicado satisfactoriamente lo que es la noche. Y mucho peor que nadie, del modo más brutal y rudimentario, los astrónomos, ¡Oh, qué tiene que ver la noche de los prostíbulos, y los templos cerrados, y los hospitales, con la noche de que hablan los astrónomos!

(De: *Equinoccio*)

¡Oh, volverse de bronce y que lo sienten a uno en un parque a ver jugar a los niños!

(De: *Equinoccio*)

Abruma esa importancia excesiva, ese no sé qué de reyezuelo en su trono, esa fatal sonrisa inmóvil, esa crueldad fingida del reloj en la pared. Con su corazón batiendo, sus brazos nunca quietos, su predestinación en los ojos; con su algo de féretro, de caja de música, de adivino, de asesino, de niño terrible...

(De: *Equinoccio*)

Contra un rincón, en el suelo, así te quiero. Con las llamas de tus cabellos vivas y el resplandor violeta de tus pómulos reflejado en el muro. Con las rodillas desnudas y las manos yertas, exánimes de tanto aferrarse a algo.

(De: *Equinoccio*)

Interroga la niña:
   —¿Qué es un hombre vulgar?
Y replica el niño:
   —Aquel que jamás será un fantasma.

(De: *Tapioca Inn*)

324

ROBERTO CABRAL DEL HOYO (1913)

NACIÓ en Zacatecas. Poeta de corte clásico —buen lector del Romancero, de Góngora, Garcilaso, Sor Juana Inés de la Cruz, Gorostiza—, es un exigente y espléndido compositor de sonetos, premiados, algunos, en un certamen, por José Gorostiza, Octavio Paz y José María González de Mendoza. Se ha dicho de él que siente y piensa "en sonetos". Incluido en la *Antología Hispanoamericana de la Biblioteca Nueva de Madrid* y también en *Ocho poetas mexicanos* (1955) de Alfonso Méndez Plancarte, no deja de extrañar su sistemática exclusión de las antologías de poesía mexicana. No deja de ser interesante apreciar cómo aborda un sonetista riguroso formas como el poema en prosa.

Obra: *Potra de nácar* (1966; Ed. Ecuador 0° 0' 0", Revista de Poesía Universal: México, 1967; recogido en: *Obra poética,* Fondo de Cultura Económica, Tezontle; México, 1980).

VIII

Aminta únicamente sabía llorar, pero de fuera adentro.

A sus orejas habían llegado los ecos de algún triunfal y ardoroso relincho, el rumor de un galope trepidante.

Iba adquiriendo una inmovilidad trágica, convirtiéndose en una estatua de ceniza.

El llanto no le asomaba a la cara; se le resbalaba lagrimales adentro, quién sabe a dónde, a los senos frontales, al fondo de los temporales, a las apófisis mastoides, al corazón; adonde se filtra cuando no quiere dejar verse.

Aminta no hacía más que llorar.

Pero sin lágrimas.

XV

A fuerza de abismarse en sus ojos, hasta el fondo, el hombre había llegado a adivinar en Gacela los más ocultos pensamientos.

325

¡Qué alegría la suya aquella tarde, al regreso de un prolongado paseo, cuando advirtió por primera vez que en ellos se iban desdibujando las alamedas, los encinares, los trigales, las viñas, los olivos; y que copiaban ya indeleblemente los maizales, el alado temblor de los pirules, la copa de penumbra del huizache, sus flores amarillas; la pétrea arquitectura de cactos y de agaves!

XVI

El hombre era un centauro.

En su barba herrumbrosa flotaban telarañas de siglos, polvo —lodo muerto— del amanecer del mundo. Hojas rotas, momificadas, de laurel antiguo se enredaban a sus crenchas. Zumo coagulado de las vides del Paraíso, goterones de miel seca de los panales áticos le pringaban el pecho. Podía galopar sin tregua por los grandes desiertos, sin que, apenas Gacela, lo alcanzaran. En el hueco tronco de una higuera, en el recodo más oculto de algún río musical, encontraría una lira para ser pulsada por sus dedos sarmentosos, entre sus brazos velludos, recios como ramas de encina centenaria.

Sus cantares evocaban las dulces montañas de Tesalia, los cortejos báquicos. Un ensordecedor estruendo de hierros, atabales y trompetas rebotaba contra los muros de Troya. O blandía Hércules su maza o la sangre envenenada de Nesos impregnaba la túnica de Deyanira. Y al lado de Quirón, el sabio; de Folos, el astuto, galopaba en cabalgata lujuriosa, bestial, agotadora, tras de la espalda virgen de Atalanta.

El hombre era un caballo.

Sus chispeantes cascos resonaban por todas las veredas de la Historia.

Un tiempo tuvo alas y tiró del carro de Apolo.

Había conocido de cerca a los ambiciosos insaciables: los crueles, los dominadores, los soberbios; a los visionarios magníficos, a los audaces, a los fuertes, a los grandes; a todos aquellos —cuyos nombres recordaba vagamente— que viven en la fama.

Supo de la gloria y del estrago.

Y un día cualquiera de éstos, harto ya de su estancia entre los hombres, se volvería a ocupar en los frisos del Partenón su sitio predilecto.

Así, soñando, oyéndolo hablar solo, Gacela aprendió del hombre la antigüedad del mundo.

XIX

Cuando todo estaba en la tierra deshaciéndose, Gacela y el hombre buscaban una nube para tálamo.

(De: *Potra de nácar*)

JOSÉ REVUELTAS (1914-1976)

NACIÓ en Santiago Papasquiaro, Durango. Dividió su vida entre la literatura y la acción política. Desde joven ingresó al Partido Comunista Mexicano, del que fue expulsado por discrepancias ideológicas. Asimismo se distanció del Partido Popular Socialista, del que había sido fundador. También fundó la Liga Comunista Espartaco, participó activamente en el movimiento estudiantil de 1968 y fue encarcelado varias veces por motivos políticos. En "El sino del escorpión", ensayo-poema en prosa, reflexión sobre la condición humana disfrazada y expresada con agudeza en metáforas y símbolos, se conjugan la calidad violenta de la prosa de Revueltas, su pasión, su pesimismo crítico, terrestre y ateo, y su ideal de comunismo universal: "¡Al fin y al cabo —escribió María del Carmen Millán sobre el mundo de Revueltas— todos los seres miserables del mundo se parecen entre sí!"

Obra: "El sino del escorpión", "La multiplicación de los peces", "Nocturno en que todo se oye"; en *Antología personal,* Fondo de Cultura Económica, Archivo del Fondo: México, 1975.

EL SINO DEL ESCORPIÓN

Ninguna maldición pesa sobre los escorpiones aparte la fatalidad de que todo mundo los considere como tales, de modo que se ven en la necesidad de vivir bajo las piedras húmedas y entre las hendiduras de los edificios, en los rincones sin luz, una vida enormemente secreta y nostálgica, después de haber devorado dulce y lentamente a su madre. Ahí están los escorpiones, sin saber nada de sí mismos, mientras otros animales cuando menos tienen una vaga referencia de su propio ser; pero los escorpiones no. En su tremendo mundo de sombras únicamente les está permitido mirar a sus semejantes, a nadie más. Y aun la enternecedora circunstancia de haber devorado a su madre les impide obtener la información que hubiese podido proporcionarles respecto al mundo, alguien de mayor experiencia que ellos.

Al escorpión sus semejantes lo trastornan y lo hacen sufrir de un modo indecible porque, sobre todo, no sabe si sus semejantes son diferentes a él en absoluto, no se le asemejan en nada, como suele ocurrir. Trata entonces de verse de algún modo y comprende que ninguna mejor forma de verse que la de ser nombrado. Pues él ignora cómo se llama y también que no puede ser visto por nadie.

Anhela al mundo. Trata de conocer a los otros seres de la naturaleza, en particular —ignorándolo— a los que menos lo quieren y menos lo comprenden. Se imagina que sería bello estar a su lado, servirles, adornarles la piel con su hermoso cuerpo de oro. Pero es imposible.

Así, sufre un sobresalto espantoso cuando, sobre la pared blanca —esa superficie lunar y ambicionada que tan enfermizamente le fascina—, se abate sobre él la persecución injusta y sin sentido, ya que no trataba de hacer mal a nadie. Su estupor no tiene límites: más bien muere de estupor antes de que lo aplasten, porque en cierta forma aquello le parece una alevosía indigna de aquel ser a quien tanto deseaba observar, contemplar y tal vez amar, ¿por qué no?, si ese ser, que lo hace con otros, se dignara darle algún nombre a él, al pobre escorpión.

Nadie ha podido explicarle —por supuesto— que esa secreción suya es veneno. ¿Quién podría decírselo? Ningún otro animal, ningún otro ser viviente podría decírselo, ya que, al sólo verlo, sin averiguar sus intenciones, lo matan enseguida y aún él mismo muere, si nadie lo mata, después de hundir sus amorosas tenazas en cualquier cuerpo. (Él piensa que aquello es un simple acto amoroso, unas nupcias en que se comunica con el mundo y se entrega desinteresadamente, sin que cuente siquiera con la parte del suicidio inesperado que tal acto contiene.) De aquí que entre los escorpiones no pueda existir la tradición; ninguno puede decir a sus descendientes: no hagas esto o aquello, no salgas bajo la luz, no aparezcas en las paredes blancas, no te deslices, no trates de acariciar a nadie, pues ninguno de ellos ha vivido para contarlo. Sufren de tal suerte la más increíble soledad, sin saber cuando menos que son bellos. Aparecen, cuando lo hacen, tan sólo por curiosidad de sí mismos: es el único ser de la naturaleza al que le está prohibido ser Narciso y sin embargo se empeña en verse, porque nadie se ve si no lo han visto, ni cuando, si lo ven, muere.

Como no pueden otra cosa y se pasan la vida escuchando lo que ocurre en el mundo exterior, los escorpiones se dan entre sí los más diversos nombres: amor mío, maldito seas, te quiero con toda el alma, por qué llegaste tan tarde, estoy muy sola, cuándo terminará esta vida, déjame, no sabría decirte si te quiero. Palabras que oyen desde el fondo de los ladrillos, desde la podredumbre seca y violenta, entre las vigas de algún hotelucho, o desde los fríos tubos de hierro de un excusado oloroso a creolina. Porque ellos, repetimos, no saben que se llaman escorpiones o alacranes. No lo saben. Y así, sin saberlo, luego se sienten requeridos por alguien en las tinieblas, entre besos húmedos o pobres centavos que suenan sobre una mesa desnuda, y salen entonces para ser muertos y para que se hable de ellos en los lavaderos donde las mujeres reprenden a los niños, y los niños de pecho devoran a sus madres apenas sin sentirlo. Aquello resulta un espantoso fraude —piensan los escorpiones—. ¿Para qué nos dijeron aquellas palabras que nosotros creíamos nuestro nombre? ¿Para qué llamarnos malditos, y eso de que ya no trajiste el gasto otra vez, ni aquello de andas con otro, ni lo absurdamente final de te quiero como a nadie en el mundo, si todo era para matarnos, si todo era para no dejarnos ser testigos de lo que amamos con toda el alma y que a lo mejor es el hombre?

LA MULTIPLICACIÓN DE LOS PECES

Cuando van por la calle los peces caminan apenas avergonzados de su vientre chino y pálido, al cuello su bufanda de espejo, silenciosos, un tanto furtivos en el aire. Empiezan entonces lentamente a respirar con un angustioso par de banderas a cada lado del cuerpo, igual que una barca que al mismo tiempo fuese paloma.

En seguida nace en ellos su antiguo rencor hacia los números, hacia las desastrosas máquinas de sumar, hacia los bancos y los encargados del orden. El horrible temor de que cada número sea una escama y que el mundo llegue a poblarse de esos pedacitos de luz fija, como si lloviera para siempre hasta quedar desnudos.

Entonces piensan en la injusta Multiplicación de los Peces, en ese castigo, en esa manera de reproducirse, sin deseo, a la que fueron condenados a la orilla del Tiberíades. Están condenados a ser peces tan sólo porque tienen sueños prohibidos. Pero podrían ser vacas, corderos, o llevar vestidos, hablar y sonreír.

Su martirio es no poder cerrar los ojos y sin embargo, detener el tranvía, sentarse, entregar una pálida tarjeta de identidad, sin nombre y sin dirección y más tarde sentir esa nostalgia de alas que los invade, sacudir los pies de un polvo que no tienen y otra vez el miedo. El miedo a que la ostra les pregunte a qué se dedican, de qué viven, cómo es que están allí tras del cristal, con esa mirada horriblemente puesta en lo que pasa, envueltos en el *aquarium* de su traje de malla, con una flor en ningún sitio.

Se les ve en los jardines, con ese año de no dormir que tienen, junto a las fuentes, reflexivos y atentos frente al agua, diciéndole palabras que ella no entiende, por qué es tan pequeña, por qué no se vuelve aire, planeta, por qué no es espacio, sino tan sólo una cama, un lecho donde no cabe sino un amante solo, desesperado, apretándose de respiración, con ese idioma que no se oye.

Los peces vienen multiplicados de ocho en diez, de diez en ciento, de cero en cero, y les angustia que nada pese encima de ellos.

Pero su terror comienza cuando el aire, el aire, el aire, es algo detenido y seco, algo donde no se puede respirar.

Algo donde nadie, nadie habita.

(De: *Antología personal*)

JUAN JOSÉ ARREOLA (1918)

"YO, SEÑORES, soy de Zapotlán el Grande. (...) Es un valle redondo de maíz, un circo de montañas sin más adorno que su buen temperamento, un cielo azul y una laguna que viene y se va como un delgado sueño." Cualquier oportunidad le resulta buena a Arreola para hacer poesía, porque para él no hay escisión rotunda entre la vida y la literatura. El inventario de ocupaciones de Arreola a lo largo de su vida es variadísimo y ha enriquecido sin duda su peculiar visión del mundo: vendedor ambulante, abarrotero, encuadernador, carpintero, mozo de cuerda, cobrador de banco, impresor, ajedrecista, corrector de pruebas, solapista, editor, traductor, comediante, profesor universitario, conductor de programas culturales en televisión, panadero y uno de los prosistas más finos en lengua española. Recibió el Premio Nacional de Literatura en 1976 y el Premio Internacional Juan Rulfo en 1992.

Obra: *Bestiario* (Universidad Nacional Autónoma de México: México, 1959; Ed. Joaquín Mortiz, "Obras de Juan José Arreola", México, 1972); *Palindroma* (Ed. Joaquín Mortiz, "Obras de Juan José Arreola", México, 1971).

PRÓLOGO

Ama al prójimo desmerecido y chancletas. Ama al prójimo maloliente, vestido de miseria y jaspeado de mugre.

Saluda con todo tu corazón al esperpento de butifarra que a nombre de la humanidad te entrega su credencial de gelatina, la mano de pescado muerto, mientras te confronta su mirada de perro.

Ama al prójimo porcino y gallináceo, que trota gozoso a los crasos paraísos de la posesión animal.

Y ama a la prójima que de pronto se transforma a tu lado, y con piyama de vaca se pone a rumiar interminablemente los bolos pastosos de la rutina doméstica.

(De: *Bestiario*)

EL RINOCERONTE

El gran rinoceronte se detiene. Alza la cabeza. Recula un poco. Gira en redondo y dispara su pieza de artillería. Embiste como ariete, con un solo cuerno de toro blindado, embravecido y cegato, en arranque total de filósofo positivista. Nunca da en el blanco, pero queda siempre satisfecho de su fuerza. Abre luego sus válvulas de escape y bufa a todo vapor.

(Cargados con armadura excesiva, los rinocerontes en celo se entregan en el claro del bosque a un torneo desprovisto de gracia y destreza, en el que sólo cuenta la calidad medieval del encontronazo.)

Ya en cautiverio, el rinoceronte es una bestia melancólica y oxidada. Su cuerpo de muchas piezas ha sido armado en los derrumbaderos de la prehistoria, con láminas de cuero troqueladas bajo la presión de los niveles geológicos. Pero en un momento especial de la mañana, el rinoceronte nos sorprende: de sus ijares enjutos y resecos, como agua que sale de la hendidura rocosa, brota el gran órgano de vida torrencial y potente, repitiendo en la punta los motivos cornudos de la cabeza animal, con variaciones de orquídea, de azagaya y alabarda.

Hagamos entonces homenaje a la bestia endurecida y abstrusa, porque ha dado lugar a una leyenda hermosa. Aunque parezca imposible, este atleta rudimentario es el padre espiritual de la criatura poética que desarrolla en los tapices de la Dama, el tema del Unicornio caballeroso y galante.

Vencido por una virgen prudente, el rinoceronte carnal se transfigura, abandona su empuje y se agacela, se acierva y se arrodilla. Y el cuerno obtuso de agresión masculina se vuelve ante la doncella una esbelta endecha de marfil.

(De: *Bestiario*)

EL SAPO

Salta de vez en cuando, sólo para comprobar su radical estático. El salto tiene algo de latido: viéndolo bien, el sapo es todo corazón.

Prensado en un bloque de lodo frío, el sapo se sumerge en el invierno como una lamentable crisálida. Se despierta en primavera, consciente de que ninguna metamorfosis se ha operado en él. Es

333

más sapo que nunca, en su profunda desecación. Aguarda en silencio las primeras lluvias.

Y un buen día surge de la tierra blanda, pesado de humedad, henchido de savia rencorosa, como un corazón tirado al suelo. En su actitud de esfinge hay una secreta proposición de canje, y la fealdad del sapo aparece ante nosotros con una abrumadora cualidad de espejo.

(De: Bestiario)

EL BISONTE

Tiempo acumulado. Un montículo de polvo impalpable y milenario; un reloj de arena, una morrena viviente: esto es el bisonte en nuestros días.

Antes de ponerse en fuga y dejarnos el campo, los animales embistieron por última vez, desplegando la manada de bisontes como un ariete horizontal. Pues evolucionaron en masas compactas, parecían modificaciones de la corteza terrestre con ese aire individual de pequeñas montañas; o una tempestad al ras del suelo por su aspecto de nubarrones.

Sin dejarse arrebatar por esa ola de cuernos, de pezuñas y de belfos, el hombre emboscado arrojó flecha tras flecha y cayeron uno por uno los bisontes. Un día se vieron pocos y se refugiaron en el último redil cuaternario.

Con ellos se afirmó el pacto de paz que fundó nuestro imperio. Los recios toros vencidos nos entregaron el orden de los bovinos con todas sus reservas de carne y leche. Y nosotros les pusimos el yugo además.

De esta victoria a todos nos ha quedado un galardón: el último residuo de nuestra fuerza corporal, es lo que tenemos de bisonte asimilado.

Por eso, en señal de respetuoso homenaje, el primitivo que somos todos hizo con la imagen del bisonte su mejor dibujo de Altamira.

(De: Bestiario)

AVES DE RAPIÑA

¿Derruida sala de armas o profanada celda monástica? ¿Qué pasa con los dueños del libre albedrío?

Para ellos, la altura soberbia y la suntuosa lejanía han tomado bruscamente las dimensiones de un modesto gallinero, una jaula de alambres que les veda la pura contemplación del cielo con su techo de láminas.

Todos, halcones, águilas o buitres, repasan como frailes silenciosos su libro de horas aburridas, mientras la rutina de cada día miserable les puebla el escenario de deyecciones y de vísceras blandas: triste manjar para sus picos desgarradores.

Se acabaron para siempre la libertad entre la nube y el peñasco, los amplios círculos del vuelo y la caza de altanería. Plumas remeras y caudales se desarrollan en balde; los garfios crecen, se afilan y se encorvan sin desgaste en la prisión, como los pensamientos rencorosos de un grande disminuido.

Pero todos, halcones, águilas o buitres, disputan sin cesar en la jaula por el prestigio de su común estirpe carnicera. (Hay águilas tuertas y gavilanes desplumados.)

Entre todos los blasones impera el blanco purísimo del Zopilote Rey, que abre sobre la carroña sus alas como cuarteles de armiño en campo de azur, y que ostenta una cabeza de oro cincelado, guarnecida de piedras preciosas.

Fieles al espíritu de la aristocracia dogmática, los rapaces observan hasta la última degradación su protocolo de corral. En el escalafón de las perchas nocturnas, cada quien ocupa su sitio por rigurosa jerarquía. Y los grandes de arriba, ofenden sucesivamente el timbre de los de abajo.

(De: *Bestiario*)

INSECTIADA

Pertenecemos a una especie de insectos, dominada por el apogeo de las hembras vigorosas, sanguinarias y terriblemente escasas. Por cada una de ellas hay veinte machos débiles y dolientes.

Vivimos en fuga constante. Las hembras van tras de nosotros, y nosotros, por razones de seguridad, abandonamos todo alimento a sus mandíbulas insaciables.

Pero la estación amorosa cambia el orden de las cosas. Ellas despiden irresistible aroma. Y las seguimos enervados hacia una muerte segura. Detrás de cada hembra perfumada hay una hilera de machos suplicantes.

El espectáculo se inicia cuando la hembra percibe un número suficiente de candidatos. Uno a uno saltamos sobre ella. Con rápido movimiento esquiva el ataque y despedaza al galán. Cuando está ocupada en devorarlo, se arroja un nuevo aspirante.

Y así hasta el final. La unión se consuma con el último superviviente, cuando la hembra, fatigada y relativamente harta, apenas tiene fuerzas para decapitar al macho que la cabalga, obsesionado en su goce.

Queda adormecida largo tiempo triunfadora en su campo de eróticos despojos. Después cuelga del árbol inmediato un grueso cartucho de huevos. De allí nacerá otra vez la muchedumbre de las víctimas, con su infalible dotación de verdugos.

(De: *Bestiario*)

EL BÚHO

Antes de devorarlas, el búho digiere mentalmente a sus presas. Nunca se hace cargo de una rata entera si no se ha formado un previo concepto de cada una de sus partes. La actualidad del manjar que palpita en sus garras va haciéndose pasado en la inconciencia y preludia la operación analítica de un lento devenir intestinal. Estamos ante un caso de profunda asimilación reflexiva.

Con la aguda penetración de sus garfios el búho aprehende directamente el objeto y desarrolla su peculiar teoría del conocimiento. La *cosa en sí* (roedor, reptil o volátil) se le entrega no sabemos cómo. Tal vez mediante el zarpazo invisible de una intuición momentánea; tal vez gracias a una lógica espera, ya que siempre nos imaginamos el búho como un sujeto inmóvil, introvertido y poco dado a las efusiones cinegéticas de persecución y captura. ¿Quién puede asegurar que para las criaturas idóneas no hay laberintos de sombra, silogismos oscuros que van a dar en la nada tras la breve cláusula del pico? Comprender al búho equivale a aceptar esta premisa.

Armonioso capitel de plumas labradas que apoya una metáfora griega; siniestro reloj de sombra que marca en el espíritu una hora de brujería medieval: ésta es la imagen bifronte del ave que emprende el vuelo al atardecer y que es la mejor viñeta para los libros de filosofía occidental.

(De: *Bestiario*)

EL ELEFANTE

Viene desde el fondo de las edades y es el último modelo terrestre de maquinaria pesada, envuelto en su funda de lona. Parece colosal porque está construido con puras células vivientes y dotado de inteligencia y memoria. Dentro de la acumulación material de su cuerpo, los cinco sentidos funcionan como aparatos de precisión y nada se les escapa. Aunque de pura vejez hereditaria son ahora calvos de nacimiento, la congelación siberiana nos ha devuelto algunos ejemplares lanudos. ¿Cuántos años hace que los elefantes perdieron el pelo? En vez de calcular, vámonos todos al circo y juguemos a ser los nietos del elefante, ese abuelo pueril que ahora se bambolea al compás de una polka...

No. Mejor hablemos del marfil. Esa noble sustancia, dura y uniforme, que los paquidermos empujan secretamente con todo el peso de su cuerpo, como una material expresión de pensamiento. El marfil, que sale de la cabeza y que desarrolla en el vacío dos curvas y despejadas estalactitas. En ellas, la paciente fantasía de los chinos ha labrado todos los sueños formales del elefante.

(De: *Bestiario*)

TOPOS

Después de una larga experiencia, los agricultores llegaron a la conclusión de que la única arma eficaz contra el topo es el agujero. Hay que atrapar al enemigo en su propio sistema.

En la lucha contra el topo se usan ahora unos agujeros que alcanzan el centro volcánico de la tierra. Los topos caen en ellos por docenas y no hace falta decir que mueren irremisiblemente carbonizados.

Tales agujeros tienen una apariencia inocente. Los topos, cortos de vista, los confunden con facilidad. Más bien se diría que los prefieren, guiados por una profunda atracción. Se les ve dirigirse en fila solemne hacia la muerte espantosa, que pone a sus intrincadas costumbres un desenlace vertical.

Recientemente se ha demostrado que basta un agujero definitivo por cada seis hectáreas de terreno invadido.

(De: Bestiario)

CAMÉLIDOS

El pelo de la llama es de impalpable suavidad, pero sus tenues guedejas están cinceladas por el duro viento de las montañas, donde ella se pasea con arrogancia, levantando el cuello esbelto para que sus ojos se llenen de lejanía, para que su fina nariz absorba todavía más alto la destilación suprema del aire enrarecido.

Al nivel del mar, apegado a una superficie ardorosa, el camello parece una pequeña góndola de asbesto que rema lentamente y a cuatro patas el oleaje de la arena, mientras el viento desértico golpea el macizo velamen de sus jorobas.

Para el que tiene sed, el camello guarda en sus entrañas rocosas la última veta de humedad; para el solitario, la llama afelpada, redonda y femenina, finge los andares y la gracia de una mujer ilusoria.

(De: Bestiario)

LA JIRAFA

Al darse cuenta de que había puesto demasiado alto los frutos de un árbol predilecto, Dios no tuvo más remedio que alargar el cuello de la jirafa.

Cuadrúpedos de cabeza volátil, las jirafas quisieron ir por encima de su realidad corporal y entraron resueltamente al reino de las desproporciones. Hubo que resolver para ellas algunos problemas biológicos que más parecen de ingeniería y de mecánica: un circuito nervioso de doce metros de largo; una sangre que se eleva contra la ley de la gravedad mediante un corazón que funciona como bomba de pozo profundo; y todavía, a estas alturas, una lengua eyéctil que va más arriba, sobrepasando con veinte centímetros el alcance de los belfos para roer los pimpollos como una lima de acero.

338

Con todos sus derroches de técnica, que complican extraordinariamente su galope y sus amores, la jirafa representa mejor que nadie los devaneos del espíritu: busca en las alturas lo que otros encuentran al ras del suelo.

Pero como finalmente tiene que inclinarse de vez en cuando para beber el agua común, se ve obligada a desarrollar su acrobacia al revés. Y se pone entonces al nivel de los burros.

(De: *Bestiario*)

LA HIENA

Animal de pocas palabras. La descripción de la hiena debe hacerse rápidamente y casi como al pasar: triple juego de aullidos, olores repelentes y manchas sombrías. La punta de plata se resiste, y fija a duras penas la cabeza de mastín rollizo, las reminiscencias de cerdo y de trigre envilecido, la línea en declive del cuerpo escurridizo, musculoso y rebajado.

Un momento. Hay que tomar también algunas huellas esenciales del criminal: la hiena ataca en montonera a las bestias solitarias, siempre en despoblado y con el hocico repleto de colmillos. Su ladrido espasmódico es modelo ejemplar de la carcajada nocturna que trastorna al manicomio. Depravada y golosa, ama el fuerte sabor de las carnes pasadas, y para asegurarse el triunfo en las lides amorosas, lleva un bolsillo de almizcle corrompido entre las piernas.

Antes de abandonar a este cerbero abominable del reino feroz, al necrófilo entusiasmado y cobarde, debemos hacer una aclaración necesaria: la hiena tiene admiradores y su apostolado no ha sido en vano. Es tal vez el animal que más prosélitos ha logrado entre los hombres.

(De: *Bestiario*)

EL HIPOPÓTAMO

Jubilado por naturaleza y a falta de pantano a su medida, el hipopótamo se sumerge en el hastío.

Potentado biológico, ya no tiene qué hacer junto al pájaro, la flor y la gacela. Se aburre enormemente y se queda dormido a la orilla de su charco, como un borracho junto a la copa vacía, envuelto en su capote colosal.

Buey neumático, sueña que pace otra vez las praderas sumergidas en el remanso, o que sus toneladas flotan plácidas entre nenúfares. De vez en cuando se remueve y resopla, pero vuelve a caer en la catatonia de su estupor. Y si bosteza, las mandíbulas disformes añoran y devoran largas etapas de tiempo abolido.

¿Qué hacer con el hipopótamo, si ya sólo sirve como draga y aplanadora de los terrenos palustres, o como pisapapeles de la historia? Con esa masa de arcilla original dan ganas de modelar una nube de pájaros, un ejército de ratones que la distribuyan por el bosque, o dos o tres bestias medianas, domésticas y aceptables. Pero no. El hipopótamo es como es y así se reproduce: junto a la ternura hipnótica de la hembra reposa el bebé sonrosado y monstruoso.

Finalmente, ya sólo nos queda hablar de la cola del hipopótamo, el detalle amable y casi risueño que se ofrece como único asidero posible. Del rabo corto, grueso y aplanado que cuelga como una aldaba, como el badajo de la gran campana material. Y que está historiado con finas crines laterales, borla suntuaria entre el doble cortinaje de las ancas redondas y majestuosas.

(De: *Bestiario*)

METAMORFOSIS

Como un meteoro capaz de resplandecer con luz propia a mediodía, como un joyel que contradice de golpe a todas las moscas de la tierra que cayeron en un plato de sopa, la mariposa entró por la ventana y fue a naufragar directamente en el caldillo de lentejas.

Deslumbrado por su fulgor instantáneo (luego disperso en la superficie grasienta de la comida casera), el hombre abandonó su rutina alimenticia y se puso inmediatamente a restaurar el prodigio. Con paciencia maniática recogió una por una las escamas de aquel tejado infinitesimal, reconstruyó de memoria el dibujo de las alas superiores e inferiores, devolviendo su gracia primitiva a las antenas y a las patitas, vaciando y rellenando el abdomen hasta conseguir la cintura de avispa que lo separa del tórax, eliminando cuidadosamente en cada partícula preciosa los mas ínfimos residuos de manteca, desdoro y humedad.

La sopa lenta y conyugal se enfrió definitivamente. Al final de la tarea, que consumió los mejores años de su edad, el hombre supo con angustia que había disecado un ejemplar de mariposa común y corriente, una *Aphrodita vulgaris maculata* de esas que se encuentran por millares, clavada con alfileres toda la gama de sus mutaciones y variantes, en los más empolvados museos de historia natural y en el corzón de todos los hombres.

(De: "Cantos de mal dolor", en Bestiario)

ARMISTICIO

Con fecha de hoy retiro de tu vida mis tropas de ocupación. Me desentiendo de todos los invasores en cuerpo y alma. Nos veremos las caras en la tierra de nadie. Allí donde un ángel señala desde lejos invitándolos a entrar: Se alquila paraíso en ruinas.

(De: "Cantos de mal dolor", en Bestiario)

CLÁUSULAS

I

Las mujeres toman siempre la forma del sueño que las contiene.

II

Cada vez que el hombre y la mujer tratan de reconstruir el Arquetipo, componen un ser mostruoso: la pareja.

(De: "Cantos de mal dolor", en Bestiario)

EL MAPA DE LOS OBJETOS PERDIDOS

El hombre que me vendió el mapa no tenía nada de extraño. Un tipo común y corriente, un poco enfermo tal vez. Me abordó sencillamente, como esos vendedores que nos salen al paso en la calle. Pidió muy poco dinero por su mapa: quería deshacerse de él a toda costa. Cuando me ofreció una demostración acepté curioso porque era domingo y no tenía qué hacer. Fuimos a un sitio cercano para buscar el triste objeto que tal vez él mismo habría tirado allí, seguro de que nadie iba a recogerlo: una peineta de celuloide, color de rosa, llena de menudas piedrecillas. La guardo todavía entre docenas de baratijas semejantes y le tengo especial cariño porque fue el primer eslabón de la cadena. Lamento que no le acompañen las cosas vendidas y las monedas gastadas. Desde entonces vivo de los hallazgos deparados por el mapa. Vida bastante miserable, es cierto, pero que me ha librado para siempre de toda preocupación. Y a veces, de tiempo en tiempo, aparece en el mapa alguna mujer perdida que se aviene misteriosamente a mis modestos recursos.

(De: "Prosodia", en *Bestiario*)

LA CAVERNA

Nada más que horror, espacio puro y vacío. Eso es la caverna de Tribenciano. Un hueco de piedra en las entrañas de la tierra. Una cavidad larga y redondeada como un huevo. Doscientos metros de largo, ochenta de anchura. Cúpula por todas partes, de piedra jaspeada y lisa.

Se baja a la caverna por setenta escalones, practicados en tramos desiguales, a través de una grieta natural que se abre como un simple boquete a ras del suelo. ¿Se baja a qué? Se bajaba a morir. En todo el piso de la caverna hay huesos, y mucho polvo de huesos. No se sabe si las víctimas ignotas bajaban por iniciativa propia, o eran enviadas allí por mandato especial. ¿De quién?

Algunos investigadores piensan que la caverna no entraña un misterio cruento. Dicen que se trata de un antiguo cementerio, tal vez etrusco, tal vez ligur. Pero nadie puede permanecer en la espelunca por más de cinco minutos, a riesgo de perder totalmente la cabeza.

Los hombres de ciencia quieren explicar el desmayo que sufren los que en ella se aventuran, diciendo que a la caverna afloran subterráneas emanaciones de gas. Pero nadie sabe de qué gas se trata ni por dónde sale. Tal vez lo que allí ataca al hombre es el horror al espacio puro, la nada en su cóncava mudez.

No se sabe más acerca de Tribenciano. Miles de metros cúbicos de nada, en su redondo autoclave. La nada en cáscara de piedra. Piedra jaspeada y lisa. Con polvo de muerte.

(De: "Prosodia", en *Bestiario*)

PROFILAXIS

Como es público y notorio, las mujeres transmiten la vida. Esa dolencia mortal. Después de luchar inútilmente contra ella, no queda más recurso que volver a Orígenes y cortar por lo sano sobre un texto de Mateo. A Pacomio, que aisló focos de infección en monasterios inexpugnables. A Jerónimo, soñador de vírgenes que sólo parieran vírgenes.

Salve usted de la vida a todos sus descendientes y únase a la tarea de purificación ambiental. A la vuelta de una sola generación, nuestros males serán cosa del otro mundo. Y las últimas sobrevivientes podrán acostarse sin peligro en la fosa común a todos los Padres del desierto.

(De: *Palindroma*)

CICLISMO

Se me rompió el corazón en la trepada al Monte Ventoux y pedaleo más allá de la meta ilusoria. Ahora pregunto desde lo eterno en el hombre: ¿Cómo puedo emplear con ventaja los tres segundos que logré descontar a mi país inmediato perseguidor?

(De: *Palindroma*)

DOXOGRAFÍAS

A Octavio Paz

Francisco de Aldana

No olvide usted, señora, la noche en que nuestras almas lucharon cuerpo a cuerpo.

Ágrafa musulmana en papiro de Oxyrrinco

Estabas a ras de tierra y no te vi. Tuve que cavar hasta el fondo de mí para encontrarte.

Cuento de horror

La mujer que amé se ha convertido en fantasma. Yo soy el lugar de las apariciones.

(De: *Palindroma)*

GUADALUPE AMOR (1920)

Nació en la ciudad de México. Cultivadora incansable del soneto en varios libros, saludada por Alfonso Reyes así: "¡Señores, nada de comparaciones odiosas! ¡Éste es un caso mitológico!", Pita Amor ha pasado de la popularidad y el mito en vida a un injusto olvido como poeta y prosista.

Obra: *Galería de títeres* (cuentos), Fondo de Cultura Económica, Letras Mexicanas; México, 1959.

LOS GLOBOS

Con sus blancos vestidos de piqué bordado en punto de cruz; con sus zapatos nuevos, con sus caras gordas de muñecas obedientes y con sus cuatro y cinco años apenas, estaban sentadas en la escalera del edificio esperando a sus padres, a sus nanas y a la vida.

Inocentes, sostenían unos grandes globos azules como el cielo.

Su presencia paralizaba el domingo. Eran tan frescas, tan reales que abolían la idea de la muerte.

Parecía que iban a soportar millares de domingos en la misma postura, con los mismos trajes, felices, colgadas de sus globos azules. Cielos irrompibles y eternos.

Pasó aquel domingo y por la noche sus globos marchitados perdieron para ellas su potencia de eternidad.

(De: *Galería de títeres*)

¡I í...!

La encontré en un descanso de la escalera y causaba ternura. Estaba junto a dos criadas mozas que parecían proteger su inmaculada limpieza. Esa mañana la habían bañado concienzudamente y causaba ternura.

345

Sus trenzas entrecanas parecían esculpidas en su rostro de chichicuilote indefenso.

No se había escatimado en la confección de su vestido de manta blanca almidonada ni medio metro de la tela para que la abundancia de sus faldas fuese definitiva.

El rebozo palomo oscuro coincidía con los listones que remataban su pelo.

Causaba ternura.

Unos toscos zapatos brillaban en sus pies con la frescura del dulce de zapote.

Parada junto a sus dos compañeras esperaba pacientemente que pusieran en movimiento tanta limpieza.

Cuando crucé el descanso de la escalera, bajó la vista. Yo acaricié sus mejillas áridas y del esfuerzo de su boca salió un sorprendido y tierno aullido: "¡I í...!". Y bajó la escalera con sus acompañantes.

La ternura quedó rondando por las escaleras.

(De: *Galería de títeres*)

EL LAGO

Iban los dos por el camino largo presintiendo absorta y valientemente la vida. Sus gabancillos deslavados los cobijaban confundiendo sus sexos. Eran hermanos, niña y niño.

Él la protegía con la más desvaída de las ternuras.

Los había dejado el camión muy cerca del bosque y se dirigían a contemplar el lago. Subirse en una canoa hubiera sido para ellos la felicidad más completa, pero solamente llevaban lo preciso para el viaje de regreso.

Bajo las frondas agobiantes revoloteaban sus modestas sombras y sus ojillos de mirlo contemplaron las copas de los árboles. Al llegar al lago, él la ayudó endeblemente a encaramarse en el viejo barandal para contemplar mejor a los gansos y a los cisnes. Sus sombras delgadas se quebraron grisáceas, entrañablemente en el agua.

(De: *Galería de títeres*)

AUGUSTO MONTERROSO (1921)

Nació en Guatemala y desde 1944 reside en México, donde ha publicado una obra versátil que ensaya los géneros literarios de manera siempre innovadora. *La oveja negra y demás fábulas* recibió el Premio Magda Donato en 1970, su *Antología personal* el Premio Villaurrutia y ha recibido importantes reconocimientos internacionales.

Obra: *La oveja negra y demás fábulas* (Ed. Joaquín Mortiz: México, 1969), *Movimiento perpetuo* (Ed. Joaquín Mortiz: México, 1972); véase también su *Antología personal* (Fondo de Cultura Económica, Archivo del Fondo: México, 1975).

LA FE Y LAS MONTAÑAS

Al principio la Fe movía montañas sólo cuando era absolutamente necesario, con lo que el paisaje permanecía igual a sí mismo durante milenios.

Pero cuando la Fe comenzó a propagarse y a la gente le pareció divertida la idea de mover montañas, éstas no hacían sino cambiar de sitio, y cada vez era más difícil encontrarlas en el lugar en que uno las había dejado la noche anterior; cosa que por supuesto creaba más dificultades que las que resolvía.

La buena gente prefirió entonces abandonar la Fe y ahora las montañas permanecen por lo general en su sitio.

Cuando en la carretera se produce un derrumbe bajo el cual mueren varios viajeros, es que alguien, muy lejano o inmediato, tuvo un ligerísimo atisbo de Fe.

(De: *La oveja negra y demás fábulas*)

LA OVEJA NEGRA

En un lejano país existió hace muchos años una Oveja negra.
Fue fusilada.

Un siglo después, el rebaño arrepentido le levantó una estatua ecuestre que quedó muy bien en el parque.

Así, en lo sucesivo, cada vez que aparecían ovejas negras eran rápidamente pasadas por las armas para que las futuras generaciones de ovejas comunes y corrientes pudieran ejercitarse también en la escultura.

(De: *La oveja negra...*)

EL ESPEJO QUE NO PODÍA DORMIR

Había una vez un Espejo de mano que cuando se quedaba solo y nadie se veía en él se sentía de lo peor, como que no existía, y quizá tenía razón; pero los otros espejos se burlaban de él, y cuando por las noches los guardaban en el mismo cajón del tocador dormían a pierna suelta satisfechos, ajenos a la preocupación del neurótico.

(De: *La oveja negra...*)

LA TORTUGA Y AQUILES

Por fin, según el cable, la semana pasada la Tortuga llegó a la meta.

En rueda de prensa declaró modestamente que siempre temió perder, pues su contrincante le pisó todo el tiempo los talones.

En efecto, una diezmilfrillonésima de segundo después, como una flecha y maldiciendo a Zenón de Elea, llegó Aquiles.

(De: *La oveja negra...*)

EL RAYO QUE CAYÓ DOS VECES EN EL MISMO SITIO

Hubo una vez un Rayo que cayó dos veces en el mismo sitio; pero encontró que ya la primera había hecho suficiente daño, que ya no era necesario, y se deprimió mucho.

(De: *La oveja negra...*)

CABALLO IMAGINANDO A DIOS

A pesar de lo que digan, la idea de un cielo habitado por Caballos y presidido por un Dios con figura equina repugna al buen gusto y a la lógica más elemental, razonaba los otros días el Caballo.

Todo el mundo sabe —continuaba en su razonamiento— que si los Caballos fuéramos capaces de imaginar a Dios lo imaginaríamos en forma de Jinete.

(De: *La oveja negra...*)

EL BURRO Y LA FLAUTA

Tirada en el campo estaba desde hacía tiempo una Flauta que ya nadie tocaba, hasta que un día un Burro que paseaba por ahí resopló fuerte sobre ella haciéndola producir el sonido más dulce de su vida, es decir, de la vida del Burro y de la Flauta.

Incapaces de comprender lo que había pasado, pues la racionalidad no era su fuerte y ambos creían en la racionalidad, se separaron presurosos, avergonzados de lo mejor que el uno y el otro había hecho durante su triste existencia.

(De: *La oveja negra...*)

EL PARAÍSO IMPERFECTO

—Es cierto —dijo melancólicamente el hombre, sin quitar la vista de las llamas que ardían en la chimenea aquella noche de invierno—; en el Paraíso hay amigos, música, algunos libros; lo único malo de irse al Cielo es que allí el cielo no se ve.

(De: *La oveja negra...*)

LA BUENA CONCIENCIA

En el centro de la Selva existió hace mucho tiempo una extravagante familia de plantas carnívoras que, con el paso del tiempo, llegaron a adquirir conciencia de su extraña costumbre, principalmente por las constantes murmuraciones que el buen Céfiro les traía de todos los rumbos de la ciudad.

Sensibles a la crítica, poco a poco fueron cobrando repugnancia a la carne, hasta que llegó el momento en que no sólo la repudiaron en el sentido figurado, o sea sexual, sino que por último se negaron a comerla, asqueadas a tal grado que su simple vista les producía náuseas.

Entonces decidieron volverse vegetarianas.

A partir de ese día se comen únicamente unas a otras y viven tranquilas, olvidadas de su infame pasado.

(De: *La oveja negra...*)

La vida no es un ensayo, aunque tratemos muchas cosas; no es un cuento, aunque inventemos muchas cosas, no es un poema, aunque soñemos muchas cosas. El ensayo del cuento del poema de la vida es un movimiento perpetuo; eso es, un movimiento perpetuo.

(De: *Movimiento perpetuo*)

EL MUNDO

Dios todavía no ha creado el mundo; sólo está imaginándolo, como entre sueños. Por eso el mundo es perfecto, pero confuso.

(De: *Movimiento perpetuo*)

EDUARDO LIZALDE (1929)

NACIÓ en la ciudad de México. Estudió con José Gaos en la Universidad Nacional Autónoma de México, donde luego fue él mismo profesor de Letras Hispánicas. Ha tenido una intensa actividad dentro de la difusión cultural en nuestro país. Recibió el Premio Villaurrutia en 1970, el Premio Nacional de Poesía de la Casa de la Cultura de Aguascalientes en 1974, la Beca Guggenheim en 1984 y el Premio Nacional de Literatura en 1988. Como Sabines, es uno de los poetas de acento más original y poderoso de la lírica mexicana de las últimas décadas.

Obra: *Manual de flora fantástica* (inédito; algunos textos han aparecido dispersos en revistas y suplementos literarios nacionales).

MANUAL DE FLORA FANTÁSTICA

I
CARNÍVORAS ROSADAS

Este encantador género de plantas, hijas de la Aurora, se especializan precisamente en jardines. Tal especialidad consiste, para decirlo de una vez, en su costumbre hipócrita de florecer, como quien no quiere la cosa, en los prados familiares, donde la fauna de los niños prospera con abundancia enternecedora y apetecible: sólo comen carne sonrosada. Su gusto cruel se agrava con este censurable racismo.

Tienen hojas transparentes —y rosáceas— que llaman al beso y la caricia sobre todo a los niños muy pequeños.

Florecen tarde, generalmente en invierno; y es entonces cuando su condición de lobos vegetales sale a la luz. Si uno acerca la vista al centro de sus flores, tan encendidas como las de la Nochebuena —pero eso sí, más bellas—, puede alcanzar el tufo lejanísimo de rastro o de matanza, y percibir las gotas de sangre fresca sobre los pistilos, como una baba dulce que juega en estos monstruos el digestivo y sápido papel de la memoria.

II
Chupaflores areniscas

Validas del proceso clorofílico de asimilación de la luz y atenidas al principio de que el hambre y la sed son malos consejeros, estas cactáceas que crecen en las más solitarias zonas de Altar, aunque son aparentemente ciegas y abstemias, han desarrollado el más agudo sentido ocular y distinguen a leguas a los seres vivientes de locomoción desarrollada.

Como ellas no pueden moverse, procuran llamar la atención del viandante con rojos frutos inconsistentes, paridos a la carrera, o borbotones fogosos de flores verdaderamente *hechizas* que pueden deslumbrar al peregrino sediento incluso en noches de luna llena.

Cuando un hombre se acerca, atraído por tales prometedores jugos (no fuegos) artificiales, la planta envilecida por el vicio vampírico de su soledad, no pierde la oportunidad de clavar un dardo al sediento que se encuentra a tiro de espina. Cada púa de esos nervudos tallos de la chupaflores es en realidad como la punta de una jeringa hipodérmica, hueca y adoctrinada para herir y succionar con rapidez la sangre del que se aproxima a devorar el fruto ilusorio.

El viajero inocente come el fruto y sufre el espejismo de su rehidratación momentánea. Un golpe de reconfortante avidez inflama su cerebro, pero es sólo la reacción que padece al perder varios litros de su sangre, y se aleja ebrio hacia el fondo del desierto, con medio tanque de menos en sus arterias, para morir cerca de ahí, lleno de amor por las cactáceas que son la última esperanza del sediento y el horror de los camellos —curtidas cactáceas animales— que miran a las chupaflores con fundada sospecha.

III
Supremum vultur

El aire y la carne son, si confiamos en ciertos biólogos, elementos de signo contrario. Algo debe haber de cierto en eso, porque existen más animales carnívoros terrestres que aéreos. Las aves de rapiña, leones del aire, panteras de la atmósfera, con ser numerosas, no ganarían la batalla si se enfrentara un ejemplar de cada una de ellas en el Madison Square Garden con ejemplares de cada uno de los carnívoros de la superficie.

De modo que, si el cociente respiratorio CO_2/O_2, según otros genios, es relativamente igual a 1 en los seres hervíboros, menor ligeramente en los omnívoros y todavía menor en los carnívoros, esto quiere decir que los seres que comen carne respiran menos, o mejor dicho: a más carne, menos aire. Y todavía mejor: dime cómo respiras y te diré cuánta carne comes. En fin.

Resulta que el profesor X, que era dado al exceso de carne pero no de res, sino de mujer, llegó a quejarse de falta de aire, y se puso a estudiar con profundidad los procedimientos naturales que permitían a un viejo chopo de su jardín respirar tan rotundamente en todas las estaciones del año.

Pero al examinar la aparente buena respiración del chopo advirtió que el cociente respiratorio del gran árbol era bajísimo para una planta, y aún más: que el famoso cociente respiratorio del chopo era más bajo que el de su perro Bob, que comía carne como loco.

Cuando el profesor llegó a la conclusión rigurosamente científica de que en efecto los carnívoros son más lentos que los herbívoros (véase al león junto a la gacela), que aquellos tienen menos aire, que la ceiba y el roble parecen más bien carnívoros, etc., el chopo de su jardín se había comido ya a la mitad de la colonia Narvarte.

Pero el profesor estaba más entusiasmado, como todo auténtico descubridor y hombre de ciencia, con las conclusiones de su investigación que con las consecuencias puramente locales de la misma (la desaparición de la especie humana en la colonia), y una mañana, pisando los restos óseos de su esposa y sus hijos al pie del árbol majestuoso, fue devorado por éste, que no había merendado bien.

El profesor murió en el éxtasis de la satisfacción profesional, pues al tiempo de ser devorado pronunció las siguientes palabras conmovedoras, ejemplo de disciplina académica, frente al mayor carnívoro del Universo: "Yo te bautizo Supremum Vultur".

IV

DROSERÁCEA DEMOCRÁTICA

Aunque sin duda alguna, el hampa de la vegetación (tema también de este libro) está formada por ejemplares pertenecientes al sector carnicero de la flora, ciertos individuos de ese estrato vegetativo han renunciado a su clase, gracias a una sorpresiva toma de conciencia social muy mal vista por el gang al que pertenecen.

Como los mariscos o las verduras, estas plantas se aficionaron de pronto al gusto inconfundible de gorilas y generales latinoamericanos, seguramente debido al humor fuerte de sus pulpas y a su peculiar abundancia en estos países de Dios.

Resultado: la droserácea democrática se ha convertido de la noche a la mañana en una temible arma de la guerra fría, pues según informan cronistas de la prensa independiente (?) los biólogos de los grandes países socialistas han tomado medidas enérgicas para estimular en Latinoamérica la proliferación de este admirable exterminador de gorilas, rico en pepsinas que le permiten digerir sustancias albuminoides (Manual de la Academia).

Pero también (dicen los mismos informantes) en los grandes países socialistas, y más en los pequeños, un grupo de escritores y científicos presos o recluidos a garrotazos en bellas casas de salud, aunque reconocen las evidentes ventajas del régimen socialista frente al capitalista, han decidido impulsar secretamente el cultivo de la droserácea, para que ejerza allá, por si las moscas, la tarea sanitaria que la caracteriza.

V

ADÚLTERA CONSORTE

Che! Confessarlo osate a me?
DON CARLO VERDI

Los textos oficiales de todas las religiones aceptan que el adulterio y el crimen son los pilares sobre los que descansa la historia de la humanidad, que ha corrompido con estos vicios deliciosos a las criaturas del reino animal y aun del vegetal.

El más inocente de los reinos era el de la flora (pues el mineral suele darle por las erupciones volcánicas y las hecatombes pompeyanas que conocemos), pero desde que descubrimos las veloces disposiciones de las plantas para toda clase de injertos y combinaciones genéticas la cosa cambió radicalmente.

Otro profesor dado a los experimentos fuera de serie, se ganó a pulso el divorcio de su excelente y bella mujer debido a la aventura que aquí se describe en pocas líneas:

Se enamoró perdidamente de la dulce cotiledónea, de aspecto arrebatadoramente humano, que había logrado cultivar en su invernadero. Las suaves redondeces y enloquecedoras tersuras o frutos de Barba Jacob malignos, secaron el seso del profesor que confesó a su esposa la infrahumana pasión que lo consumía.

Al principio, la mujer rió, divertida por la frustrada vena poética de su marido, pero estuvo a punto de matarlo a escobazos la noche que lo agarró con las manos (y no sólo con las manos) en la masa de la cotiledónea, que parecía disfrutar alegre y arbóreamente del suceso.

Antes de tramitar el divorcio, la esposa practicó a fondo el adulterio con seres de su especie, actitud que pareció entonces plenamente moral frente a las monstruosidades maniáticas de su consorte.

Todo pecado mortal engendra goces imprevistos y castigos infernales. El profesor vio incrementarse su prole con seres semihumanos, todos de sexo y aspecto femenino, hijas de Pan y de Adán, de las que tiene usted que cuidarse si no quiere recibir una desagradable (o agradable) sorpresa, cuando decida aventurarse pecaminosamente por las calles parisienses de la Madeleine o las indómitas aceras mexicanas de la avenida Insurgentes.

VI

EPÍFITAS VOLADORAS

La divinidad como el Estado (sí, amigo G. W. F.) es siempre mecanicista en sus tendencias teóricas y prácticas. Aspira a imponer reglas, a conectar poleas, bandas de precisión, sistemas infalibles de *feed back*. Así, el circuito ideado para el mantenimiento vital de las plantas se basa en un grupo determinado de leyes fijas, que las plantas acostumbran desobedecer cada vez que pueden.

Y entre las leyes de obligada obediencia para el reino vegetal figura aquella de que "todas las plantas vivirán privadas del don de la locomoción y tendrán raíces". Pero la divinidad no logró nunca hacer cumplir cabalmente la mencionada ley, como no fuera con arbolotes obesos, de maderas y savias borgoñonas, que con dificultad se moverían aun disponiendo de piernas, o con especies conservadoras de espíritu incorregiblemente sedentario. Muchas plantas hallaron la manera de burlar el principio inflexible: Unas, con el pretexto de que eran acuáticas y se mantenían ligadas a la superficie por la masa transparente de lagos y ríos, que les sirvieron de eficaces vehículos; otras, dejándose llevar quejumbrosamente por el viento, de rama en rama, y vagabundeando libremente por las selvas como inocentes harapos.

Entre las parásitas, como era de esperarse, se dieron finalmente las verdaderas inventoras de la aeronáutica floral, que se adelantaron varios billones de años a los hermanos Wright. Estas plantas, sometidas después del diluvio a una angustia que sólo puede compararse con la claustrofobia, desarrollaron un método autónomo de transporte, en un principio parecido al de Tarzán el hombre mono y más tarde, volando el tiempo, prácticamente igual que el de los volátiles.

Al iniciarse el experimento apenas era posible proyectar flores ligeras a diez centímetros del tallo, y no fue empresa ordinaria conseguir que alunizaran en sus cálices para no hacerse trizas. Dado el primer paso ya están dados los demás. El tiempo no existe después del primer paso.

Cuatro mil millones de años después, es decir al día siguiente, ya andaban por los aires robles alados de peso completo, junglas enteras, continentes vegetales que se confunden aún con las nubes cuando amenazan cielos oscuros, y multitudes de flores y vainas o láminas verdes que planean por la atmósfera confundidas con pájaros y mariposas.

Pero no hay que confiar en la inocencia ni en la belleza. En el fondo, la lucha de razas entre el reino vegetal y el animal es la más intransigente y genocida de todas. Uno de estos dos reinos ha de acabar con el otro, y no sabemos con certeza a cuál de los dos pertenecemos los hombres.

(De: *Manual de flora fantástica*)

SALVADOR ELIZONDO (1932)

Nació en la ciudad de México. Fue becario del Centro Mexicano de Escritores —del que luego ha sido asesor— en 1963-1964 y en 1966-1967. Fino prosista, en 1965 obtuvo el Premio Villaurrutia por su novela *Farabeuf o la crónica de un instante*, traducida a muchos idiomas, y en 1990 el Premio Nacional de Literatura. Es miembro de la Academia Mexicana de la Lengua y profesor de literatura en la Facultad de Filosofía y Letras de la Universidad Nacional Autónoma de México.

Obra: *El retrato de Zoe y otras mentiras* (Ed. Joaquín Mortiz: México, 1969), *El grafógrafo* (Ed. Joaquín Mortiz: México, 1972); puede verse también su *Antología personal* (Fondo de Cultura Económica, Archivo del Fondo: México, 1974).

LA MARIPOSA
(COMPOSICIÓN ESCOLAR)

Miro la agonía de una vieja falena destruida por el mediodía clarísimo. Agita, sobre el césped, las alas carcomidas y sólo las nervaduras deshilachadas se mueven a veces, espasmódicamente, como en una memoria torpe de aleteo. Me acerco a contemplarla. Es un simulacro perfecto de la descomposición de la materia orgánica. Parece que está muerta; pero mi cercanía provoca unos sacudimientos convulsivos y desfallecientes. Otra vez intenta incorporarse en un remedo impotente de vuelo; pero las alas decrépitas sólo se agitan como si fueran estertores.

La está devorando el dios del mediodía que sólo se alimenta de viejas mariposas.

La mariposa es un animal instantáneo inventado por los chinos. Estos objetos se fabrican, generalmente, de finísimas astillas de bambú que forman el cuerpo y las nervaduras de las alas. Éstas están forradas de papel de arroz muy fino o de seda pura y son decoradas mediante un procedimiento casi desconocido de la pintura secreta china llamado *Fen hua* y que consiste en esparcir sutilmente unos polvillos coloreados sobre una superficie captante o prensil formando así los caprichosos diseños visibles en sus alas. En el interior del cuerpo llevan un pedacito de papel de arroz con el ideograma *mariposa* que tiene poderes mágicos. Los fabricantes de mariposas aseguran que este talismán es el que les permite volar. Los que se ocupan de estas cosas, los letrados —censores o sinodales—, también algunos de nuestros generales que con frecuencia consultan el augurio llamado de la mariposa o *Pu hu,* para saber el resultado de las campañas que emprenden, dicen que las mariposas fueron inventadas, como todas las cosas que hay en China, por el Emperador Amarillo que vivió en la época legendaria del Fénix y a quien también se debe la invención de la escritura, de las mujeres y del mundo.

(De: *El retrato de Zoe y otras mentiras*)

EL GRAFÓGRAFO

a Octavio Paz

Escribo. Escribo que escribo. Mentalmente me veo escribir que escribo y también puedo verme ver que escribo. Me recuerdo escribiendo ya y también viéndome que escribía. Y me veo recordando que me veo escribir y me recuerdo viéndome recordar que escribía y escribo viéndome escribir que recuerdo haberme visto escribir que me veía escribir que recordaba haberme visto escribir que escribía y que escribía que escribo que escribía. También puedo imaginarme escribiendo que ya había escrito que me imaginaría escribiendo que había escrito que me imaginaba escribiendo que me veo escribir que escribo.

(De: *El grafógrafo*)

AVISO

i.m. *Julio Torri*

La isla prodigiosa surgió en el horizonte como una crátera colmada de lirios y de rosas. Hacia el mediodía comencé a escuchar las notas inquietantes de aquel canto mágico.

Había desoído los prudentes consejos de la diosa y deseaba con toda mi alma descender allí. No sellé con panal los laberintos de mis orejas ni dejé que mis esforzados compañeros me amarraran al mástil.

Hice virar hacia la isla y pronto pude distinguir sus voces con toda claridad. No decían nada; solamente cantaban. Sus cuerpos relucientes se nos mostraban como una presa magnífica.

Entonces decidí saltar sobre la borda y nadar hasta la playa.

Y yo, oh dioses, que he bajado a las cavernas de Hades y que he cruzado el campo de asfodelos dos veces, me vi deparado a este destino de un viaje lleno de peligros.

Cuando desperté en brazos de aquellos seres que el deseo había hecho aparecer tantas veces de este lado de mis párpados durante las largas vigías del asedio, era presa del más agudo espanto. Lancé un grito afilado como una jabalina.

Oh dioses, yo que iba dispuesto a naufragar en un jardín de delicias, cambié libertad y patria por el prestigio de la isla infame y legendaria.

Sabedlo, navegantes: el canto de las sirenas es estúpido y monótono, su conversación aburrida e incesante; sus cuerpos están cubiertos de escamas, erizados de algas y sargazo. Su carne huele a pescado.

(De: *El grafógrafo*)

DIÁLOGO EN EL PUENTE

—Lo sé; olvidaste el florecimiento de esa rosa.

—Es que florecían en mi mente abrojos; cardos del sueño.

—Pero olvidaste el sueño de la rosa.

—No; porque ahí estaba todavía la rosa del sueño.

—Cuando cruces el puente olvidarás el nombre de la rosa. Qué duda cabe de ello. Es así como tiene que ser aquel poema; ya sabes cuál...

—¡Bah! da igual. La noche es larguísima; como un camino...

—En efecto; como un camino hacia tierra adentro.

—O como el mar. Un camino que lleva a las islas.

—El sueño de la rosa es como una isla en el mar de la noche de tu sueño. Pero tu corazón —eso que en el sacrificio de la cúspide de la pirámide sería tu corazón— no está dispuesto a la azarosa travesía, ¿no es cierto?

—Antes sí; eso que tú llamas "mi corazón", el mío de mí, estaba dispuesto. Después me tocó la muerte. Ahora no sé nada.

—Esas palabras; con ellas podías agrietar los espejos. Entonces.

—Sí; pero ahora la lluvia ya no teme a mis palabras.

—Hay alguien que está escuchando detrás de la puerta.

—Detrás de todas las puertas está el mar.

—El mar o el diablo. Da igual.

—No sabes cultivarlo hábilmente; el silencio florece como la rosa...

—El silencio florece...

—Entonces yo quería, por el puro deseo, apresurar todas las cosas que sumadas hacían o configuraban la primavera. Íbamos al parque. En invierno. Paseábamos entre los setos que bordeaban las avenidas. Los diminutos silencios que se formaban, congelados, a veces, entre nosotros, como que eran propicios ¿verdad?....

—Sí; paseábamos tomados de la mano y la niebla...

—¿Por qué se te ocurre la niebla?

—Porque sí; porque el sueño es como una niebla en que medran rosas.

—No, el sueño es una calle estrecha sin salida.

—Entonces tú eres la rosa.

—Soy el sueño.

—Pero ¿por qué olvidaste aquel florecimiento de la rosa?

—Porque vino la muerte a despertarme.

—¿Fue entonces cuando hiciste aquel viaje al mar?

—Sí; fuimos juntos ¿no lo recuerdas?

—Tal vez ya había muerto.

—No; tu corazón latía como un océano...

—Pero no había más que silencio.

—Allí estaba la rosa.

—¡Ah, sí! la rosa que olvidaste.

—Cómo podía olvidar el sueño de la rosa.

—No lo sé, te habías extraviado entre los setos que formaban en un momento dado de aquel parque sombrío y solitario, un meandro geométrico. Todo, en aquella noche era como un laberinto. El dolor...

—El dolor es la rosa.

—Has roto el cristal de esa memoria. Cuando dije tu nombre entonces, sobre el puente, era como si tu ausencia —esa que ahora se cumple— se anunciara.

—Yo lo sé. Las despedidas siempre son tristes.

—Así es; pero tú sigues soñando en el río que corre.

—Es una manera de alejarme de ti.

—Pero se me queda el recuerdo de la rosa.

—El puente es una barca en el río. Esos que hablan apoyados en el parapeto del puente van hacia la quietud.

—Así es. Por eso olvidé el florecimiento de la rosa.

—Y el dolor de la rosa.

—Sí; yo soy la rosa.

(De: El grafógrafo)

SISTEMA DE BABEL

Ya va a hacer un año que decreté la instauración de un nuevo sistema del habla en mi casa. Todos somos considerablemente más felices desde entonces. No hay que pensar que lo hice porque el lenguaje que habíamos empleado hasta entonces no me pareciera eficaz y suficiente para comunicarnos. Prueba de ello es que lo estoy empleando aquí para comunicar, aunque sea en una medida remota e imprecisa, la naturaleza de esta nueva lengua. Además, su materia es esencialmente la misma de que estaba hecho el otro, ahora desechado y proscrito. Pero fueron, justamente esa eficacia y esa suficiencia del antiguo lenguaje las que me lo hicieron, al final, exacto, preciso, y sobre todo, extremadamente tedioso. ¡Qué estupidez trágica, me dije, qué aberración tan tenaz de la especie es la de que las palabras correspondan siempre a la cosa y que el gato se llame gato y no, por ejemplo, perro!

Pero basta con no llamar a las cosas por su nombre para que adquieran un nuevo, insospechado sentido que las amplifica o las recubre con el velo de misterio de las antiguas invocaciones sagradas. Se vuelven otras, como dicen. Llamadle flor a la mariposa y caracol a la flor; interpretad toda la poesía o las cosas del mundo y encontraréis otro tanto de poesía y otro tanto de mundo en los términos de ese trastocamiento o de esa exégesis; cortad el ombligo serpentino que une la palabra con la cosa y encontraréis que comienza a crecer autónomamente, como un niño; florece luego y madura cuando adquiere un nuevo significado común y transmisible. Condenada, muere y traspone el umbral hacia nuevos avatares lógicos o reales. Digo reales porque las metamorfosis de las palabras afectan a las cosas que ellas designan. Para dar un ejemplo sencillo: un perro que ronronea es más interesante que cualquier gato; a no ser que se trate de un gato que ladre, claro. Pensemos, si no, un solo momento, en esos tigres que revolotean en su jaulita colgada del muro, junto al geranio.

Todos aquí ayudamos a difundir la nueva lengua. Concienzudamente nos afanamos en decir una cosa por otra. A veces la tarea es ardua. Los niños tardan bastante en desaprender el significado de las palabras. Diríase que nacen sabiéndolo todo. Otras veces, especialmente cuando hablo con mi mujer de cosas abstractas, llegan a pasar varias horas antes de que podamos redondear una frase sin sentido perfecta.

(De: *El grafógrafo*)

EL PERFIL DEL ESTÍPITE

Es la hora en que el gato se relame los visos con ríspida lengua. Intempestivamente la escritura agitada del gorrión salpica el cuaderno rayado de la jaula y su nota agridulce y repentina turba el minucioso discurso del reloj. Las blancas geometrías de la ventana se postulan abiertas contra el gran muro que apenas las resuelve y por el que resbala la cuña líquida del cielo azul.

Es el momento justo, no más; el instante en el que todo el filo del sol se abate *allí,* sobre el perfil preciso de la palabra *estípite.*

(De: *El grafógrafo*)

JUAN VICENTE MELO (1932)

NACIÓ en Veracruz, donde reside actualmente. Estudió Medicina en la Universidad Nacional Autónoma de México y Dermatología en París. Gran melómano, ha ejercido la crítica musical con inteligencia y buen gusto, como se ve en su libro *Notas sin música.* Autor de varios libros de cuentos, su novela *La obediencia nocturna* fue vertida recientemente al francés.

Obra: *Los muros enemigos,* Universidad Veracruzana: Xalapa, México, 1962 (cuentos).

MÚSICA DE CÁMARA

Para José de la Colina

Una gota. Primero una sola gota: delgada, minúscula, incolora. Y en seguida un silencio largo como su encierro callado de años inmóviles. Y luego otra gota, otra, otra más, delgadas e incoloramente minúsculas, golpeando tan calladamente los cristales que apenas se pueden escuchar. Sonríe. La primera lluvia del año, lluvia fresca, monorrítmica, lluvia fina que parece lejana, soñada, inexistente; gotas delgadas que al unirse se vuelven azulosas. Sonríe nuevamente (esa sonrisa, la sonrisa casi olvidada). Mira los hilitos que descienden —llorones y verticales— por el ventanal; mira los jeroglíficos, los dibujos fugaces, el pronto cansancio de las gotas, su pereza, su lento escurrir por los cristales, su camino sin caricias por los cristales. Mira y sonríe, estira los brazos, dilata las aletas de la nariz. Se siente feliz. Se asusta de poder sentirse feliz.

Lunes. Ahora sí puede decirlo sin temor a equivocarse: lu-nes. El día empieza diferente a los otros, es diferente. El primer lunes después de tantos años. Se detiene en cada letra, escribiéndola con la lengua en el paladar, escribiéndola en el aire con el dedo índice. L-u-n-e-s.

363

El cuerpo de él se mueve. Y ella se retira, rápida, como si acabara de recibir una descarga eléctrica. Se retira de las piernas largas, del cráneo calvo, de las manos huesudas que se contraen y extienden, rítmicamente, dedo por dedo, como reptiles perezosos. Recorre el cuerpo flaco tirado boca abajo, el cuerpo largo, flaco y viejo, el cuerpo cerrado, sin secretos ni sorpresas, mudo cuerpo muerto, desarticulado cuerpo inútil.

Se levanta sin hacer ruido, evitando el roce de esa envoltura seca. Pega la cara al cristal, la resbala, la sube y la baja una y otra vez, despacio, escribe lunes con el dedo índice y persigue los hilillos verticales. Los dibujos fugaces, una y otra vez, los jeroglíficos, la lluvia minúscula y apenas pigmentada, la primera lluvia del año, lluvia de puntos apenas escuchados, de lunes y de formas, de aire fresco apenas azuloso e incapaz de mover las hojas. Escribe lunes y niega los otros días. Esa sonrisa, esa sonrisa casi olvidada.

A través del cristal la calle aparece deforme, distante, borrosa. Sus mejillas se llenan del tenue golpetear de las gotas. La calle ante sus ojos: quebrada, mil veces espiada. La calle cómplice de sus ojos, del cuerpo envuelto en esa piel roída de los codos, cómplice del cuarto de paredes sin pintura, de su rostro sin pintura, del cuarto desnudo pero cómodo, desnudo como el cuerpo inservible, cómplice de sus ojos proyectados a la calle, de su vieja sonrisa ya casi olvidada, del no saber qué hacer y de la ausencia de miradas otras, encubridora calle de sus no recuerdos y de sus movimientos circulares. Ella escribe lunes y destruye los otros días, los borra como borró todos los nombres otros y las otras voces.

El acre sabor del aire encerrado. Este cuerpo arrugado en los pliegues, en las rodillas y en los codos. Su cara que se desliza por el cristal, que se llena de agua, de dibujos, de signos, de palabras, de voces y nombres y de música. Llegan desbaratados, de aquí y de allá: los nombres inconexos con las letras rotas, las palabras con los secretos rotos, las voces rotas en su volumen y en su timbre, la música rota llega. Y ella toma todo: lo aprieta, lo atrapa, lo mira, lo pesa, lo revisa aquí y allá, de arriba abajo, lo desliza entre los dedos y en los ojos y por el cristal de la ventana. Borra todo lo no suyo, el cuerpo de ahora, el cuarto sin pintar, borra este encierro, este no hacer nada, este despiértate, camina, come, orina, come, acuéstate, fornica, duérmete, de todos los otros días. Lo borra a él, al de ahora, al que todos los días pregunta "¿Qué día es hoy?", al viejo cuerpo flaco, cuerpo cero, nada, nadie; los borra a él y a ella, a los dos, los encerrados, los siempre callados, que se despiertan, comen, orinan, duermen, fornican, en el cuarto sin pintura pero cómodo. Y amasa las voces, las palabras, la música de entonces, con dulzura y con las manos, los reconstruye a él y a ella, a los de entonces, los nunca nombrados.

La piel duele, pero ella despierta; duelen los muslos y el vientre y la vagina. Queman, raspan los recuerdos mojados de gotas jeroglíficos, los regresos mojados bañados de gotas jeroglíficos, las repetidas palabras jeroglíficas, los rechazos de los otros días y de ellos los de ahora y los charcos circulares de la calle, los recorridos en su cuerpo y en su rostro y en sus manos y en su nombre.

Él y ella. Primero no son figuras sino mezcla de colores dispersos. Primero son colores mezclados y líneas que no se tocan. Primero son líneas ya no extrañas y música escrita en muchos pentagramas. Primero son música en sordina y luego ellos. Un día de sol a la salida de la escuela, un día habitado de nombres y voces, un día en movimiento y en miradas calle a calle, un día en que ella camina sin dar vueltas y que un desconocido se acerca —se acerca, ya está junto a ella—, que se acerca en el momento preciso en que alguien nace o muere o mata o posee a otro alguien sin que ellos lo sepan, que se acerca —se acerca, ya está junto a ella— y sonríe y pregunta una pregunta sin sentido, que camina junto a su cuerpo de dieciséis años, su cuerpo nunca antes tocado, que camina calles junto a su cuerpo íntegro de fibras finas sin memoria y sin deseos, que camina y le cuenta tragedias, le cuenta comedias, le cuenta países y poemas, música escrita en un solo pentagrama. Y después: que se detiene en la misma calle —o en otra idéntica— que pregunta ¿Nos veremos? ¿Cuándo? Mañana, sí, mañana, a esta hora la misma exacta hora de este día no sospechado.

Ella amasa todo, con dulzura, doliéndole los muslos, los ojos, el vientre y la vagina. Amasa jeroglíficos y dibujos fugaces. Ahora más aprisa, con mayor fuerza. Todo llega en oleadas circulares, todo se vuelca, se aplasta, se rompe. Los días a su lado, conociendo su cuerpo, sus sueños, repitiendo su nombre, sus besos, rompiéndose las finas fibras. Llega la ciudad toda hablando de ellos, las caras que hablan de ellos, que pronuncian y suben y bajan los nombres de ellos, la ciudad toda con sus gentes, buenas gentes, cien mil voraces buenas gentes, ciento cincuenta mil furiosas y ofendidas buenas gentes, la ciudad estridente con sus tranvías abiertos y su calor y sus mujeres que ya no la saludan, sus hombres que sonríen y la miran, la ciudad y sus bocas que se mueven incansables. Llega la lucha de días, el combate, los dos contra todos, los dos heroicos, desafiantes, los dos altaneros, victoriosos. Doscientas mil buenas gentes que ya no los nombran. Soy feliz, somos felices. No inventamos nada: nos descubrimos, los rechazamos. No tenemos miedo. Es una vergüenza, dicen, eso dicen y nosotros somos felices. Fuera, lejos, sin jardines, sin calles, eso dicen y nosotros somos felices. Milmilmil buenas gentes voraces. Creen que han ganado: nos encierran, creen que han ganado, pero nosotros somos los heroicos triunfadores. Nosotros somos el amor, somos los desvelos en secreto, somos él y yo y nosotros encerrados, victoriosamente encerrados en un cuarto sin pintura pero cómodo un cuarto sin miradas otras ni otras voces, somos nuestros dos únicos nombres, los dos maravillosos entrecruzados fundidos nombres.

No más lluvia.

Primero se fue una gota —se perdió, se quedó prendida en otros ventanales—, después se fueron todas las gotas y se instaló un lento caminar de días en blanco, un frío enmohecer de articulaciones, un monótono caer de cabellos, un silencioso vaciar de secretos, un aburrido deshabitar de ellos mismos. Un borrarse, disolverse, desconocerse, un volverse ajenos. Despierta, come, orina, fornica, duerme. El encierro interminable de los días sin sopresas. El espío impasible de la calle. El acre sabor acre denso que se pega a la piel y a los labios, que se adhiere a la piel y a los labios, que se incrusta en los ojos y en la piel y en los labios. El observo asombrado y sin asombro de la calle vencedora.

El cuerpo hace un nuevo movimiento, solicita algo (agua); ella no responde.

Se desprende del cristal y se sienta al borde de la cama a continuar la espera de la muerte, a terminar la agonía del cuerpo. Espera con esa paciencia aprendida cada día y amasada sonámbulamente amasada entre los dedos. Los dedos de él se abren y se cierran, pero un momento llegará en que se queden quietos. Entonces se vestirá, se pintará la boca, abrirá la puerta sólo abierta a escondidas medio abierta, y caminará entre los charcos de la calle, caminará por el primer lunes mojado de lluvia fresca, delgada, tímida, caminará con sus zapatos mil veces reparados, llenándose de llamadas, de miradas calle a calle, al encuentro de un desconocido que se acerque a preguntarle preguntas sin sentido, que se acerque en el momento preciso en que alguien muere y nace y posee a otro alguien sin que ellos lo sepan, caminará al encuentro de palabras no dichas, de otras calles, de sus dieciséis años interrumpidos un día de sol a la salida de la escuela, al encuentro de una nueva, rotunda, feroz batalla victoriosa.

(De: *Los muros enemigos*)

PEDRO F. MIRET (1932-1988)

NACIÓ en Barcelona y llegó a nuestro país en 1939. En México estudió arquitectura, carrera que nunca ejerció porque nadie apoyó su proyecto de casas blandas, y produjo toda su obra narrativa y cinematográfica. Buen amigo de Luis Buñuel, Luis Alcoriza y Arturo Ripstein, fue autor de diversos guiones para cine y hasta escenógrafo en una ocasión, que le valió un Ariel. Murió en Cuernavaca, Morelos, un día antes de Navidad. Sólo recientemente ha empezado a reconocerse el interés y la importancia de sus relatos extraordinarios. Vivió al margen de la "vida literaria" y urdió su literatura desde fuera de la literatura: desde el cine, la arquitectura —nos cuentan que escribía parado en su restirador—, el dibujo, el ocio de los cafés. En México funda su propia línea: la de una literatura fílmica, onírica y a la vez realista, antiestilo, nunca predecible, siempre inquietante.

Obra: *Rompecabezas antiguo* (Fondo de Cultura Económica: México, 1981). Sus libros de cuentos más importantes son: *Esta noche... vienen rojos y azules* (Ed. Hermes: México, 1964) y *Prostíbulos* (Pangea/Instituto Nacional de Bellas Artes/Secretaría de Educación Pública, México, 1987).

NIÑO

Tiene tres años aunque nadie está seguro de ello. No, no es hijo de los porteros, más bien parece ser hijo de una hermana de la portera que lo dejó una temporada con ellos y cada vez viene menos... por largos periodos de tiempo se le deja de ver en la escalera y todos creen que ya no volverá más, pero un día lo vuelven a ver y es para siempre... va a la escuela por un tiempo pero pronto deja de ir... se le encuentra en la escalera, o sea a un paso de cada casa, pero siempre fuera de todas ellas... la escalera es un sitio fresco, se puede tender en los mosaicos y quedarse viendo fijamente al techo... al principio no distinguía cuándo los pasos de las personas que caminan dentro de los departamentos indicaban que las personas iban a salir o cuándo simplemente caminaban por ellos... cuando arriba se oye cerrar una puerta es señal de que alguien va a bajar y se levanta suspendiendo el juego, para ver quién es... a costa de verlo llega a ser familiar, el primer día no le dicen nada, pero más adelante siempre le dicen lo mismo... al principio le llamaba la atención lo que oía detrás de las puertas y a veces llamaba y se iba a esconder, pero lo sorprendieron, le riñeron y no volvió a hacerlo... llega a ser familiar el ruido que hace con su coche metálico sin ruedas arrastrándolo con la mano por los rellanos e imitando el ruido del motor, porque dice que cuando sea grande va a manejar uno. al principio molestaba a todos pero la gente se llegó a acostumbrar y nadie protesta... cuando sus ropas ya no se pueden llevar salen las de días de fiesta y éstas envejecen a fuerza de arrastrarse por las escaleras y corredores, y de nada vale que le digan que se va a ensuciar... a mediodía la escalera se llena de olor a comida y oye perfectamente cuando ponen los bisteces a freír más tarde suben muchos hombres que le preguntan si ya fue a la escuela y entran por las puertas... y parece mentira pero también oye el ruido de los cubiertos y cuando cae la cuchara en el plato y cómo las mujeres amenazan a los niños que no quieren comer... en la tarde, cuando entra el sol por las ventanas sin vidrio de la escalera, sobreviene el silencio y huele a restos de comida... los hombres vuelven a salir y le preguntan rápidamente si ya comió sin esperar respuesta... chupa la reja del pasamanos y sube al piso de arriba, se sienta en un escalón y finge manejar un camión, imitando los cambios de velocidad y el derrapar en las curvas... se tiende en el suelo y chupa el camión de lámina... algunas veces da un pequeño grito y como nota que hay eco en la escalera lo vuelve a repetir. después canta una canción de la que no se entiende ninguna palabra y que dura mucho tiempo. después mantiene una conversación y vuelve a arrastrar el coche... a medida que se va haciendo tarde sube y alcanza los corredores con sol, cuando ya es hora del crepúsculo sube a la terraza y mira a la calle... cuando empieza a anochecer se van encendiendo las luces de las ventanas de las casas de enfrente... antes le asustaba la ropa tendida que se mueve con el viento y más en las noches de luna en que la ropa blanca brilla.. oye gritar su nombre y dice que está en la terraza. le dicen que venga y él responde que ya va. sigue mirando a la calle... vuelven a llamarlo y él responde otra vez que ya va... no sabe por qué cuando es de noche tiene que bajar, pero así ha sido siempre.

(De: *Rompecabezas antiguo*)

GERARDO DENIZ (1934)

Nació en Barcelona, España, bajo el nombre de Juan Almela y llegó a México en 1939. En nuestro país ha vivido desde entonces y aquí ha publicado toda su obra (que consta de: *Adrede* —1970—, *Gatuperio* —1978—, *Enroque* —1986—, *Picos pardos* —1987—, *Mansalva* —1987; antología—, *Grosso modo* —1988—, *Amor y oxidente* —1992, *Mundonuevos* —1991—, *Op. cit.* —1992— y *Alebrijes* —1992; cuentos—). Excelente palindromista y traductor de diecisiete lenguas, empieza a ser reconocido como uno de los poetas más interesantes y renovadores de las letras mexicanas. Recibió el Premio Villaurrutia en 1992.

AZUL

Iban por la selva encharcada, sonora de aves y batracios. Iban tropezando en raíces, quitándose del rostro, con un alarido, lianas viscosas y heladas, seres vivos horribles, peligrosos quizá.

Poca luz, por los follajes y la niebla, llena de materias suspendidas, que se alzaba del barro cálido. Arriba, sobre las copas de los árboles, sobre los pájaros y los macacos, el sol luchaba con nubarrones oscuros, veloces.

La llave, un poco enmohecida, estaba sobre una hoja grande, de cinco dedos, verde insultante entre la penumbra. Sólo faltaba encontrar la puerta.

Siguieron adelante un par de horas. Se detenían a menudo. Manifestaban su melancolía poniéndose frente a frente, agarrados de las puntas de los dedos, alzando los rostros resignados e imitando el silbido de los trenecitos camoteros.

Entre helechos tupidos, en una roca musgosa oculta tras un tronco gigantesco, estaba la puerta, cuadrada, 75 x 75 cm. De valiente aluminio empañado. Ella la vio primero. Se sentaron en el suelo y sollozaron un rato.

La llave chirrió en la cerradura. Pero no era cosa de abrir de pronto. Entornaron apenas la puerta y por la rendija salió un rayo de luz tibia y seca.

Animados, abrieron, abrieron de par en par, deslumbrados. Casi a ras de suelo, entre hojas y tallos, por el agujero cuadrado se veía el cielo, espacio azul muy intenso, y nada en él.

Deliberaron a gestos cautelosos. Agarrándose del borde inferior, mientras ella lo sujetaba con las uñas —después de atarse bejucos a las piernas—, él se asomó.

La cabeza, luego más. Todo azul. Vacío hacia abajo, azul, insondable. Y hacia arriba, en vez del esperado techo de roca, nada tampoco. Azul igual, como al frente, a los lados.

Cuando tuvo medio cuerpo asomado, se dio cuenta de la ingravidez. Del lado azul se podía nadar por el aire. Entusiasmo. Ella aflojó los músculos y se asomó también. Muy azul. Todo.

Pausadamente, sin hacer locuras, fueron deslizándose al otro lado. Al fin quedaron suspendidos, agarrados del borde de la puerta. Rieron al fin.

Con los ojos entornados, soltaron poco a poco su asidero, hasta flotar felizmente. Nadaron unos metros. Todo era azul, sin nubes, sin sol, sin nada. El aire era luz azul, de tarde tranquila.

Probaron, corretearon, nadaron, juntos y separados. Se apartaron para lanzarse uno contra el otro, pero calcularon mal y se hicieron daño. Rieron más.

Abrazados, recordaron de pronto la puerta. Allí estaba, a unos pasos, un cuadrado como recortado en papel negro. Se les ocurrió algo al mismo tiempo.

Él nadó hacia el agujero. Se asomó, al revés ahora. La selva; algunos mosquitos revoloteaban ya del lado azul. Volvió a soltarse y paso detrás del agujero.

El agujero no existía. En una dirección era un boquete oscuro y cierto, por donde se oía cantar insectos y gotear agua, con todo un bosque, un mundo (y otro cielo, con sol) más allá.

Yendo detrás, por lo azul, no había nada ya. Ella lo veía cubierto en parte por el cuadrado negro. Él, en cambio, no advertía nada entre los dos. La vio acercarse impaciente y, presuroso, se puso frente a la abertura.

—Si perdiéramos de vista el agujero por pasar los dos detrás, nos podríamos quedar aquí para siempre. No hay arriba ni abajo, ni cómo orientarse ni medir distancias. Azul.

—Muy sencillo, medio mundo es nuestro. Alejémonos del frente de la puerta y nademos mirándola de vez en cuando.

Así lo hicieron. Tanto, que el cuadrado negro se volvió un punto distante. Alarmados, tornaron a acercarse. La puerta, veinte metros a un lado, presidía su delicia. La ropa flotaba en el espacio azul. Suspendido en el frente y en el pecho, el sudor no corría.

De pronto sonó un portazo metálico. Azul. Todo.

(Enero, 1975; inédito)

ESTRIGIFORME

El búho de mar *(Maxibubo marinus)* es la única ave genuinamente anfibia, dotada de dos respiraciones que funcionan alternativamente. En verano planea a altas horas de la noche sobre las aguas fosforescentes de los mares cálidos. En otoño se sumerge en las profundidades con un gemido casi inaudible.

Gris plateado, escamoso, orlado de verde opulento, acecha las espumas en busca de presas blancas. Al percibir en el viento terral un rumor lejano de hojas secas holladas por pies de cierva, muda el régimen de sus pulmones, describe un arco ancho, contando una vez más las estrellas fijas, y se zambulle en el mar amargo.

Brota de su pico bajo el agua una línea perpetua de burbujas. Dispersa con desdén los bancos de peces, devora mariscos y lucen sus sobacos nacarados. Florece a su paso el nardo marino. Durante meses desdeña el reposo, recorre incansablemente los dominios de la hondura. Sobresalta pólipos y medusas con su grito asordinado y aletazos sin piedad. Nadie sabrá en qué piensa.

Sobre los guyots se posa a veces con sus congéneres, en bandadas. Guardan silencio. Ni el tiburón abisal se atrevería a acercarse entonces. En el vacío que se hace en torno suyo saborea cada uno su soledad, y es cosa de verse tantos ojos redondos que evitan encontrarse con otros, tantas proezas de ayer, sin pronunciar, fulgiendo apenas en el orgullo intacto de las escamas.

Es noche cierta la noche submarina. Es remordimiento puro y sin esperanza. Pocas veces se iza el búho de mar a la superficie en esta temporada inclemente. Emerge, cuando mucho, durante unos instantes, aterra con su existencia atroz a cualquier náufrago que tirita flotando en una balsa, con diez galletas duras y media botella de ginebra, y vuelve a lo hondo.

Por momentos su vuelo sumergido parece moderarse. Detenido

en mástiles de galeones hundidos hace siglos, contempla el estrago que las incrustación caliza disfraza a medias. Discierne en los lentos arroyos de herrumbre el fruto de todo afán, y a veces, inclinándose, dobla con el pico alguna vieja moneda de oro y la deja caer sin mirarla.

Un día el hilo de burbujas se interrumpe. Con la vista siempre al frente, el búho de mar zumba hacia arriba, traspone la frontera y bebe la primera bocanada de aire del año. Con un estremecimiento queda seco. Arriba, la primavera aún fresca siembra sus ceremonias. El búho de mar se aparta. Roza a veces la cresta de las olas viajeras con la punta de un ala. Parece burlarse.

Duerme de día en alguna grieta del océano. Por la noche pone en práctica lo que tal vez le sugirió la estación pasada aquel implacable gusto de sal en la garganta: ostentaciones, miserias y varios genuinos actos malignos que se agotan pronto. Las sirenas lo aborrecen cuando irrumpe en las fiestas del plancton para derramar las copas, excrementar atuendos y corales y perderse en la tiniebla, indiferente.

Poco erótico, prefiere olvidar sus citas. Hiere más que besa, suspendido entre las nubes y el mar. Prefiere las noches de gran luna, y el desplome de su pareja desde mucha altura, hasta dejarla salpicada de espuma, rara vez fecundada. La ciencia, hasta ahora, no conoce el huevo. Pero el búho de mar no se extingue, porque no puede extinguirse. Se acerca con un graznido, como el de la cuerda del arco inmenso tensado de pronto por Odiseo. Sacudiéndose nervioso, por si le han puesto un acento, se acerca veloz, ya llega, ya pasa.

(Inédito)

JOSÉ DE LA COLINA (1934)

Nació en Santander, España, y en 1940 llegó a México, donde reside desde entonces. Ha desarrollado una labor clave en la crítica cinematográfica y literaria y en el periodismo cultural. Autor de varios libros de cuentos y director desde hace diez años de *El Semanario Cultural de Novedades,* tiene dos novelas en proceso y nos debe todavía a sus admiradores una recopilación de su obra dispersa en el periodismo, escrita con una prosa a la que son esenciales el juego, la sensualidad y la libertad de la imaginación.

Obra: "Retratos express" (no recogidos aún en libro); véase también: *Viajes narrados* (Universidad Antónoma Metropolitana, Molinos de viento núm. 81: México, 1993).

JOSÉ BERGAMÍN

Algo de vertical garabato, de alargadísima silueta, perfilado desde cualquier punto de vista, un trazo de tinta escurriéndose en la página del aire. Gran prestidigitador zancudo, casi a punto de mostrar el esqueleto, como si de tanto desvivirse por el aforismo, por la idea concentrada, reducida a lo verbal mínimo, se hubiera ido quedando en los huesos, haciéndose el esquema o, mejor, la cifra de sí mismo, el puro sostén alámbrico de la bergaminidad. En la afilada testa de pájaro viejo y burlón, esa cabeza que increíblemente ya tenía en sus juveniles tertulias de Pombo —según el cuadro premortem de José Gutiérrez Solana—, los ojillos, como coruscantes cabezas de clavo, defendían su decir, lo apoyaban más que las largas manos al final de los larguísimos brazos, que movía poco para que no se le enredaran.

Bergamín como un lancero que fuera su propia lanza, encorvado sólo para hacerse un puro signo de interrogación, avanzando la nariz de navaja. Fantasma vivo de espadachín palabrero sin más arma, pero qué afilada y vivaz arma, que su verbo, su gallarda y conceptista palabrería, su literatura de cohetes mentales, de cápsulas de radium, de razonamientos que se muerden la cola, de ideales hilos de araña, de refranes vueltos del revés, de lugares comunes vueltos insólitos, de falsas monedas de pronto legitimadas.

Como un discípulo simultáneo de Quevedo y San Juan de la Cruz, de Unamuno y Ramón Gómez de la Serna, escribía su prosa —la prosa que extrañamente danzaba sin respirar— recorriendo laberintos verboideográficos en busca del centro, de la idea fija en medio de las ideas giratorias. Filósofo injertado o enredado en poeta, con la cabeza a pájaros o a cohetes, pero sin pies de plomo.

En México no nos encontramos. No era fácil que coincidiéramos por nuestras edades, yo niño del exilio, él hombre maduro del exilio. Pero en Madrid, hacia 1979 o 1980, me lo encontraba por todas partes, en la Plaza de Santa Ana, en el restaurante de sobrinos de Botín, en un merendero de Las Vistillas o del Retiro, en los cafés del lado de sombra de la Plaza Mayor, cruzando él y cruzando yo la Plaza de Oriente; y luego, la última ocasión, en aquel mitin neorrepublicano en no sé qué local de Casa de Campo, donde él presidía la larga y habitadísima mesa, otra vez Bergamín convertido en panfletario llameante, antifranquista y antiposfranquista, republicano de hueso colorado e increíble corifeo de la ETA, soltando azufrosas gracejadas contra la reinaugurada monarquía, asestándole impiadosos juegos de palabras al rey Juan Carlos, gozoso de rehacerse una niñez terrible, de revivir su engarabitado luzbelismo, de recuperar algún sarampión político por recuperar la mocedad. Salió de aquel acto flanqueado de muchachas guapas que eran como sus muletas animadas, como laterales ángeles de la guardia que rodearan al arcángel de alas ennegrecidas de pólvora. Nada de extrañar aquella simpatía de Bergamín por la radicalidad y hasta por el terrorismo, si se sabía que ya antes, en tiempos de la guerra incivil, había amalgamado en él catolicismo y stalinismo, dogma y gracia, ángel y comisario. Qué naturalmente se unían los extremos, se aliaba lo inaliable en Bergamín, hombre de Dios, hombre del diablo.

(Inédito)

SALVADOR NOVO EN SU CAPILLA

Se sospechaba siempre que no era ya Salvador Novo, se le intuía siendo impunemente otro, algo se atisbaba en él de ese otro que vivía en su cuerpo un poco inhabitable, como un esqueleto excesivo, dentro de una carne no del todo cuajada, carne láctea y algo deshecha, y no por nada había dicho alguna vez (¿cuándo?) (¿lo dijo?) aquello de "los que tenemos manos que no nos pertenecen". Desde que abrazando una comodona celebridad y un dorado encanallamiento había renunciado a lo difícil glorioso, su mano que andaba entre los pucheros era acaso la misma, ¿la misma? que anualmente elaboraba un soneto como un postre verbal, una tarjeta postal en sus (ya sin límites) vacaciones de poeta. Desde su altura floja, su corpachón desanimado, su cutis casi infantil, aquel rostro de queso fresco se exaltaba en unos ojos excesivos, impúdicamente inocentes, incomprensiblemente vivos pero también blandos y con una indolencia casi bóvida. Como su ectoplasma pese a todo cercano, pero flotando en torno a él ya sin poder fijarse a su ser, el otro, el de antes, vale decir, el poeta, se iba evaporando poco a poco y sólo estaba quedándose en lo real visible su presencia de mayordomo anacrónico o de ujier de embajada polvorienta o de lo que al final de cuentas ya era: un *chef de cuisine,* un *maître* de restaurante. Si íbamos a comer a la Capilla se le veía surgir como de un baúl, en un traje ceremonioso negro y largo, ascendiendo en el incienso de un tenaz alcanfor: alto y desajustado Novo de puros ojos indecentes, dandy oficial momificado, vanidoso de peluquines y de anillos y de *mots d'esprit,* moviendo las manos como plantas acuáticas y viciosas en una lentitud autofascinada para describir, como un San Juan de la Cruz gastronómico (ya que no astronómico), un platillo de perversas suculencias. Con voz minuciosamente articulada, con voz intensamente gramatical, con voz de púlpito docente, silabeaba las frases, iba acoplando sílaba tras sílaba como tejiendo un divino texto frívolo, las manos y los ojos recorriendo las líneas como el que recita desde atrás de un facistol. El esplendor floral de un jardín coyoacanense se recogía un poco, las flores palidecían tímidas o enrojecían sofocadas ante la sola fluencia silábica de aquella voz profesoral de cenobita con retorcidas imaginaciones gustosas y acaso la mamá, la tan duradera mamá de Novo, pasaba al fondo diciendo "Ay, cómo quisiera que Salvador se casara antes de irme yo". Luego la mano sacerdotalmente enjoyada de un Salvador Novo que se dejaba ser el recuerdo de aquel que antes de quién sabe fue Salvador Novo, se demoraba en acariciar la cubierta de un libro como el pétalo de una flor o la mejilla de un imberbe soldado y en la piedra hermosamente opaca de uno de sus anillos había una chispa de luz sensual que había estado allí agazapada desde hacía mucho como un último deseo de ataque en el cerebro de la vieja pantera solterona.

(*Unomásuno*, domingo 18 de marzo de 1979)

PEDRO GARFIAS

Cada paso una empresa laboriosa, plantar el pie que echaba inmediatamente raíces en el asfalto y luego arrancarlo, desarraigarlo de allí, y otro paso, otra vez a punto de quedarse plantado en el suelo, y nuevamente el tirón: andar era eso para él. Empujar la noche céntrica de la ciudad de México, arraigándose y desarraigándose, buscando el espectro de su blanca Andalucía de tejas rojas detrás de la, ay, tan concreta realidad del cemento. Laberinto nocturno del exilio sin más ayuda para guiarse que esa brújula, esa llamita de soldado desconocido, encendida siempre en la noche espesa del cuerpo: el alcohol. Pedro Garfias caminaba masticando, rumiando, mascullando un verso una y otra vez reiniciado, una y otra vez sacado en limpio del borrador de la memoria, y la lamparita del vino, del ron, del tequila, lamía suavemente el corazón allá dentro o daba feroces tarascadas de dragón a las paredes del pecho. Duro de andar y dulce el cantar. Otro paso, Pedro, uno más. Jalar todo el peso oscuro del cuerpo, el animal cada vez más nocturno que se es. Otro paso, otro. Y otro verso y otro. Pedro no requería de papel ni de tinta ni de pluma, sólo aquella llamita en el plexo solar, alimentada con una copa que milagrosamente, cuando el milagro ocurría, surgía a la vuelta de la esquina. Y Pedro cambiaba coplas por copas, como un ropavejero de la poesía. Incierto el rumbo, pero la brújula señalando a la fuente inextinguible, "que bien sé yo dónde la fuente mana y corre": el alcohol.

Lo quisieron arrancar al alcohol, cuando aún se pensaba que era posible, y Juan Rejano le dijo que si seguía con aquella vida desordenada el Partido lo iba a expulsar. Terrible ramalazo de conciencia para Pedro. Esa noche recorría las cantinas, alimentaba la llamita y decía:

—A mi er Partío me quié echáaa... Pero yo... Yo fiée como un peerro...

Fiel como un perro al Partido que lo quería echar si no dejaba de beber. ¿Pero cómo soportar la ciudad siempre extraña que le

377

eclipsaba su blanca Andalucía? Y Pedro tiraba del cuerpo propio, la carne enmohecida, esponjosa, rancia de insomnios y delirios, y echando raíces y arrancándolas de cuajo se iba paso a paso, con las manos a la espalda, con el perfil a la vez de cuervo y de león en invierno, la melena gris de tiempo y de caspa, los ojos bifurcados, amarga la delgada boca. A veces levantaba una mano como una garra, torpona, y hacía el gesto de esbozar o acariciar un paisaje en el aire. (Como, ¿recuerdas?, en aquel anochecer en lo alto del templo de La Valenciana, Guanajuato, y fue el mismo gesto de pasar la mano por las lejanas y desnudas curvas de tierra tan mineral, como modelándolas para impedir que las deshiciera la noche.) Allá iba Pedro Garfias, con su patético gesto de sorber los mocos, con su mirada dispar. Envuelto en su aura de ardientes y baratos alcoholes y pese a todo cargado, cargado a muerte, de pólvoras no quemadas: torturado por aquellos romances de la guerra civil española que le circulaban aún por las venas endurecidas, intratables. Un juglar plebeyo, mercenario. En las tabernas los gachupines le pedían los poemas esperables de la Andalucía a flor de piel, mucho clavel y muchos pases de toreo y las más trilladas penas penitas penas. "Ahí viene Pedro Garfias —decía el gachupín de la barra—: es un gorrón de copas y se pone muy pesado cuando se acuerda de que es rojo, pero, coño, qué· versos más bonitos le ha hecho a Manolete y a Sevilla..." Y Pedro llegaba, se agarraba del mostrador para no ser llevado por su eterna resaca particular, esperaba el trago que le reajustara las vísceras, sentía crecer otra vez la llamita azul y magnífica y dolorosa allá dentro. Y pagaba con los versos previsibles, bonitos y fáciles, para chulapos y gachupos. Pero la llamita crecía, iba mordiendo el alma, remordiéndola, y Pedro se enfoscaba de pronto en un silencio de toro estrábico, quizá sorbía horrisonamente la eterna y empujona mocosidad que le venía a la nariz, los ojos parecía que se le disparaban aún más cada uno por diverso rumbo, la mano se levantaba como una blanda garra, rasguñaba el aire, y de pronto le empezaban a brotar los octasílabos naturales y hermosos, verdaderísimos, y se dibujaba en el aire la mirada azul de Jimeno, capitán republicano del batallón de Garcés ("¡Capitán, de la cabeza a los pies!") y la voz de Pedro se hinchaba como una ola de rugidos y carrasperas y sorbos y eructos e hipos, y las sílabas se alargaban y se abrían, la A era interminable, la O como un pozo sin fondo, y en los relentes de humo y de alcohol y de olés idiotas lanzados por alguien de la concurrencia, iba alzándose el romance como una lanza de luz, como una saeta, haciendo sangrar el aire, y de pronto allí estaban otra vez el humo y la pólvora, las silbantes balas, las restallantes banderas, un acre aroma de epopeya, un aura de 1936-39.

> Batallón de Villafranca
> que Villafranca has perdido
> ve afilando tu coraje
> a la par de tu cuchillo...

y allí estaba Pedro lamentable y grandioso, romanceando buenamente como ayer en las trincheras y finalmente ofreciendo aquella moneda todopoderosa que no sirve para comprar nada, la poesía, y la llamita creciendo hasta incendiar el cuerpo ya trabajado por la perfidia de los alcoholes, de la nostalgia, del desvelo.

(En: *Unomásuno,* domingo 26 de noviembre de 1978)

HUGO HIRIART (1942)

NACIÓ en la ciudad de México. Estudió escultura en la Esmeralda y filosofía en la Universidad Nacional Autónoma de México, pero se ha dedicado sobre todo a la literatura, el periodismo y el teatro, y actualmente dirige una compañía juvenil de dramaturgia. Sin embargo, en los textos que siguen da la impresión de montar escenografías miniatura, esculpir temas mínimos y filosofar en grande sobre ellos. Recibió el Premio Villaurrutia en 1972.

Obra: *Disertación sobre las telarañas*, Martín Casillas Editores: México, 1980; Fondo de Cultura Económica, Biblioteca Joven: México, 1987.

EL PÉNDULO

En una conferencia sobre el péndulo y el movimiento leída en el Bauhaus el año de 1920, Paul Klee propuso la construcción de un artefacto silencioso: "tomemos un cabello muy largo —uno de Melisanda, por ejemplo—, atémosle un peso muerto y dejemos que se columpie perezosamente..." La concepción del curioso e infatigable objeto se completa añadiéndole en calidad de peso muerto una sortija con una cabeza o un huevo, una uva moscatel, un pecesito disecado o un huevo de cocodrilo. Esta rítmica cosa cuya fabricación y contemplación propone Klee es portátil: puede colgar al anochecer de las ramas de una higuera (árbol de la lujuria), de un caldoso burdo y enorme o de una estatua ecuestre pintada de rojo (sería perfecto, pero imposible, que pendiera de la luna). Con estos gratos trabajos estamos apercibidos para recrearnos en los placeres estéticos del movimiento armónico simple y verificar una vez más que el periodo de oscilación es independiente de la amplitud. Hay otros péndulos, el burocrático rabo del reloj o ese mecánico que oscila de cabeza —llamado metrónomo— que dio lugar al atroz drama expresionista *La niña y la cadencia* (parte de la serie *Las afinidades de la dama y lo bestial*, estudiada también por Klee), por ejemplo, pero su sola mención desdora por analogía y contaminación conceptual la pureza del artefacto cuya sencilla construcción aconsejamos fervorosamente.

EL ALFILER

¿Esqueleto? No, cuerpo ascético y espíritu indagador; poblada teológicamente de ángeles la testa y mortificada la metálica carne erguida y solemne. La hermosa Melisanda escondía entre sus largos cabellos algunos alfileres ponzoñosos pintados de amarillo; el mimetismo es apropiado (también el símbolo de la serpiente que se oculta entre las flores): cabellos, alfileres, agujas (las obreras que cosen, las burguesas que tejen, las delincuentes que inyectan), púas, manecillas, dientes (de peine y de algunos peces), espinas, huesos, patas y antenas de insectos, alambres (transmisores y viajeros), floretes son de la misma familia, son cómplices, alcahuetes y encubridores los unos de los otros. Entre las preguntas que se suscitan podemos formular: ¿qué puerta precisa y delicada es aquella de la que el alfiler es la única llave? ¿Cuál caballero esforzado podrá empuñarlo? ¿Contra quiénes habrá de contender ese caballero que dote al alfiler de un sentido más precioso? ¿Cuántos apareamientos prodigiosos concebiremos si tomamos al alfiler en calidad de símbolo fálico? ¿En qué lengua está escrito el Kama Sutra de esas prácticas sutiles? ¿Se sabe de algún monarca chino cuyo cetro haya sido un alfiler? ¿Se ha perdido para siempre el arte de los decoradores de alfileres? ¿Qué diminuto mamífero los enarbola como cuernos? Pero, dejemos las preguntas. El maestro tatuador mira amorosamente sus sabios alfileres, a su derecha se extiende blanca y trémula la espalda de la muchacha en la que engendrará la araña carnívora que habrá de devorarlo; cumpliendo con su antiguo honor de artista, Tanizaki Junichiro se aplica con esmero a la tarea, y la muchacha entrecierra los ojos transportada de placer. El médico acupunturista se sienta al lado de su convulso, angustiado y rollizo alfiletero y decide principiar por la mano abierta. Dejemos los husos y abusos del alfiler, no hablemos ya de los constructores de tumbas de alfiler ni del guerrero normando que partía longitudinalmente alfileres de un golpe de sable, miremos al alfiler solo y aislado: ¿qué es? Es un monumento, un meditador de Giacometti, una estatua de Brancusi, un obelisco perfecto alzado en el bosque.

EL TABLERO

Dos a la sexta, cuatro al cubo, ocho al cuadrado, sesenta y cuatro casillas, un hormiguero de cuadrados: allí está el tendido, liso y quieto arlequín, la entidad maniquea, severa red, diáfano campo de las batallas perfectas e imperfectas, gran teatro del mundo y nido de la lógica. El tablero es un laboratorio de pensamientos de los doctores Frankestein, Mengele, Farabeuf, Vértiz, Fausto, Pangloss, Mabuse y del funesto Filligrana. Este último doctor y mago [pariente (hijo, primo segundo, abuelo, tío, padre, no se sabe bien) de aquel Cagliostro que abandonó París saliendo al mismo tiempo por sus cuatro puertas] fue inventor de un juego pavoroso del que se ignora casi todo. Dicen que cada partida dilataba más de veinte meses y se disputaba entre ochenta personas por bando; el tablero era muy hermoso, cada una de sus casillas estaba cuidadosamente pintada de un color diferente; se jugaba con sesenta y cuatro piezas, todas distintas; algunos estudiosos aceptan que en el primer movimiento del juego se tomaban una, dos o tres piezas de los rivales, pero otros explican que hasta el final de la partida todas las piezas sobrevivían en el tablero; se conservan los nombres de algunas piezas: rata de bronce, verdugo oblícuo, jaula de cantáridas, loco sombrío, trompo de colores, eunuco jaspeado, corazón ponzoñoso, pantera de yeso, juez enfermo, doncella perdida... La leyenda dice que Filligrana murió aplastado por una vaca a los ciento cuatro años de edad y que un tablero como el suyo fue rescatado de la tumba de Asurbanipal, el rey asirio cazador de leonas.

EL TÍTERE

En el principio es un caos informe confundido con la tierra. El alma de hilo infundida a la madera seca dotará de movimientos a la cosa. El primer principio de la vida del títere opera y algo, una especie de inquietud, se siente en el desperdigamiento insignificante. Allá va alzándose, momento solemne parecido a la creación del mundo, constituyéndose. El títere, como el embrión humano, camino hacia su ser final es muchas criaturas diferentes: bestia de cinco, seis patas, cabellos de medusa, una especie de alga que tiembla en el acuario, un pájaro de pelo, pluma y cuerno... Las rápidas configuraciones se suceden sometidas a necesidades extrañas. Pero al fin se han integrado los gigantescos átomos y algo ha cobrado vida. ¿Qué es? Un artefacto parecido a los anteojos, pero capaz de mayor movilidad. ¿Qué es? Una bicicleta, nuestro títere no es un muñeco, sino una bicicleta. El remoto dios del que cuelga la abandona. La bicicleta se desintegra en un brusco y grotesco proceso de involución. Reaparece el caos. El alma de hilo vuelve a inquietar el desperdigamiento inmóvil. El títere se va gestando. Nace. ¿Qué es? Un aro, un aro azul. Vuelve a desmoronarse. Revive del suelo. ¿Qué es? Un compás. Abajo otra vez, hasta el caos. Algo va surgiendo, creciendo, ¿qué es? Un ábaco con cuentas de plata. Se desordena y precipita. Un nuevo títere aparece elevándose. Es una campana de madera. Cae, se confunde. Se yergue casi sin tocar el suelo la abierta tijera de acero. Se deshace, se fragmenta, vuelven a la tierra sus elementos. Se reagrupan, van incorporándose, ¿qué se está formando? La bicicleta, la bicicleta otra vez.

Así, con el títere atado a sus largos cabellos, ejecutaba estas transmigraciones la bella Melisanda, titiritera maravillosa y teóloga heterodoxa.

LA CAJA DE MÚSICA

Mandolina de hierro, títere musical, geometría sonora, oh tú la bella arpista, canta tu canción inmaculada, que tus mútiples manos tañan la tensa cabellera y suenen los tambores de cristal, la concertada lluvia, el stacatto de navajas. Ésta es la legítima caja de música y no aquella falsa de la bella Melisanda de largos cabellos que fue activada por ratones. Es sencillo hacer concordar los engranes de la cantante con movimientos armoniosos de figuras danzantes, pero los entes mecánicos tienden a complicarse: el sombrío juguetero Alfieri fabricó una intrincada caja de música, del tamaño de un piano vertical, que producía puntualmente una de las prisiones tenebrosas de Piranesi (curiosamente el torturadero artificial ejecutaba música bailable de Offenbach, Strauss y otros veleidosos). El accidente se produjo: atrapado Alfieri de una manga por alguna de las incontables zarpas de los engranes, fue atraído a la prisión y sometido a los suplicios de dientes y rodillos; la máquina produjo una especie de papilla amarillenta de esas que constituyen el alimento de niños y ancianos. Menos abominables que la trituradora de Alfieri (que su hijo intentó patentar en vano) son los bosques de marfil con sus pájaros, árboles, flores, cazadores, perros y presas fabricadas en Praga. Pero la caja de música no está en el mundo de la naturaleza ni en el de los hombres: delicada emoción accionada por cuerda, apoteosis espiritual de los metales, la caja de música, viviente como la brújula, no admite en su ser nada generable y corruptible: sólo el gris adusto, lejos de la frivolidad de los colores; nada de clorofila ni de músculo, entraña o cuerno ni de ojo ni de flor, sólo piedra moldeada; sin calor inestable ni movimientos perecederos, sólo el frío de los altos cielos se precisa para que cante su voz de campanas infinitesimales, de aullidos de diamante y alaridos de estrellas.

LA ALFOMBRA

Dentro de la tienda posada en el desierto como un grillo de colores se halla la alfombra blasfema y politeísta que figura un monstruo, una doncella y un arroyo. El camellero la está mirando. El arroyo ya se ha desdibujado y sus aguas amarillas mojan la arena; la doncella abre los ojos. El camellero se queda quieto, esperando.

Así, inestables y mudadizos, son estos sueños tirados en el suelo, caminos portátiles, extendidos paisajes sublunares, mapas, pavimentos de hilo (crecidos en carneros prodigiosos que ostentan como vellón las alfombras ya tramadas y entintadas), y, sobre todo, bestias voladoras (en este sentido, piel de los pájaros).

LA MÁSCARA DE BRONCE

El fantasma recorre al fantasma, trepa por él, se suman y dejan ir, corren, se hacen idénticos, son uno y varios, fluyen, manan, dan alcance a otros, se enturbian y remansan, siguen cayendo, bañan las piedras y son desgarrados por flores y ramas, el fantasma sigue al fantasma, se aglomeran varios y persiguen a otro fantasma que se ondula y avanza, todos siguen corriendo.

Este fantasma es un río. El río es una lágrima de la muchacha que ríe con toda su alma. En la muchacha, en la lágrima, en el río navega un barco donde viaja Ulises que llora recordando Itaca y su lágrima es un mar. En la muchacha, en la lágrima, en el río, en la nave de Ulises, en la lágrima, en el mar, nada una ballena y en el vientre de la ballena Jonás llora y en su lágrima hay un golfo donde grandes barcos de remo y vela libran la batalla de Salamina. En la muchacha, en la lágrima, en el río, en la nave de Ulises, en la lágrima, en el mar, en la ballena, en la lágrima de Jonás, en uno de los barcos de remo y vela que libran la batalla de Salamina, las corazas bruñidas de dos guerreros han quedado frente a frente y han engendrado una serie interminable y efímera de reflejos. En los reflejos puede verse, infinitamente pequeña y repetida, una máscara de bronce.

EL MATAMOSCAS

A. *Aspectos estéticos.* Lo imagino así: de plástico amarillo, reposando en la oscuridad, cerca de los vasos de mermelada y de la colgante pierna de jamón. No ha nacido aún el Cezanne del matamoscas, pero ya llegará porque ese artefacto, más que la prolongación del brazo y la mano abierta, es una refinada escultura aerodinámica y flexible, un elegante *ready made* con cabeza de cuadrícula fina y cuerpo de fusta. El matamoscas pertenece al orden estético que incluye a la paleta, la sartén y la raqueta, sólo que puede tener colores más vivos y suntuosos que la paleta de caramelo, ser tan útil y vigoroso como la sartén y su trama constituye un encaje más fino que el de la raqueta. Por otra parte, ya se trabaja en la fabricación del matamoscas con sabor a caramelo italiano, dotado de cualidades de traste refractario y con encordado stradivari de tripa de gato que, en cierta medida, reunirá en un solo producto las ventajas de los cuatro útiles. Algunos estetas y decoradores lo recomiendan calurosamente y en calidad de objeto de ornato y aconsejan sea dejado por falsa casualidad sobre el negro piano de cola o confundido entre las begonias del florero o, sobre todo, gentilmente dormido en el suelo de la pecera. Los antiguos matamoscas de alambre retorcido y de red son preciadas piezas de coleccionista. No es la hora de hablar de sus usos cada vez más frecuentes en la peluquería y el ballet (el interesado puede consultar la antología *El pastel y el matamoscas*). Pero a fin de cuentas todo esto se degrada al uso y comercio del matamoscas, nosotros pensemos que ante todo un matamoscas es un matamoscas es un matamoscas es un matamoscas es un matamoscas...

B. *Aspectos deportivos.* Instrucciones: tómese el matamoscas por el mango, adóptese una actitud digna, marcial, elévese la mosca e iníciese la partida. Tiene usted dos saques, no golpee muy violentamente en el primero (en general ha de cuidarse la dulzura del golpe; recuerde que si destroza la mosca tendrá un tanto en su contra). Es siempre preferible recurrir al *drop shot* (o dejadita) y al globo que al *smash* iracundo por los riesgos antes señalados de aplastamiento de proyectil (consejo que desoyó el tenista apátrida Molina, conocido como el emperador del *smash*, que perdió todos los tantos de una partida por desaparición de mosca). Los jueces han de situarse perpendicularmente a la telaraña. No debe olvidarse que la esencia del juego es una cierta gracia o delicadeza y no ha de asestarse jamás el revés como si se tuviera en la mano una escafandra. Es particularmente necesario tener presente esto último en el juego más elegante: el juego con la mosca viva y las raquetas de seda con alma de aluminio. Donde quiera que esté la mosca hay un Wimbledon en potencia, esmerémonos.

C. *Aspectos morales.* En el prólogo al libro *La caza del mosco y la mosca* del Conde de Yebes, José Ortega y Gasset habla de la ética de la persecución de la "filosófica mosca revoloteante" (no dice nada del ponzoñoso mosco filosófico, del que podrían disertar E. Uranga y E. Villanueva, cuya picadura es narcótica de la razón). Entre los principios idealistas de Ortega figura que la "mosca ha de captarse y someterse en el aire" y que "sólo el positivismo y materialismo más groseros dan su consentimiento a que se la aplaste contra el muro, el vidrio, el cuadro de Velázquez o la mano de la amada". Menos anticuado y más científico que Ortega y el Conde de Yebes fue aquel lituano Lubezki a quien debemos la invención de ciento treinta y ocho matamoscas con formas y astucias diferentes (el más complicado de ellos estaba compuesto de más de tres mil piezas y el más curioso practicaba el exterminio de la mosca por la vía del amedrentamiento sistemático y el susto). Ya en las solitarias e interminables horas del manicomio Lubezki perfeccionó su técnica hasta llegar a refinamientos notables: su depurado procedimiento consistió en acabar con la mosca con un solo movimiento del dedo meñique. Esta exquisita ejecución la logró observando científicamente el despegue de la mosca: el animal se eleva siempre un poco sesgado y tanto el ángulo de despegue como el giro maniático pueden determinarse con gran precisión y preverse de suerte que la bestia se pueda estrellar de cara contra el alzado dedo meñique; será suficiente un insignificante movimiento del dedo para que la mosca ruede doblegada. A mayor pureza venatoria no se puede aspirar con fundamento. La celda de demente de Lubezki es hoy museo y en ella puede verse un matamoscas de plástico amarillo que el inventor conservó, entre sus fotos de familia, hasta el fin de sus días.

(De: *Disertación sobre las telarañas*)

SEXTA PARTE

LAS ÚLTIMAS GENERACIONES

ELVA MACÍAS (1944)

NACIÓ en Tuxtla Gutiérrez, Chiapas. Autora de seis títulos de poemas, ha desempeñado diversos puestos como promotora cultural: subdirectora de Casa del Lago, directora del Museo del Chopo, entre otros. Actualmente edita las colecciones discográficas "Voz viva de México" y "Voz viva de América Latina".

Obra: *Ciudad contra el cielo* (1992). Inédito y en prensa.

Sobre el humo de las torretas, como un lienzo apretado, se hace la noche de los pájaros.

La noche es siempre un gigante. Su vaho apaga el brillo y el rumor de multitudes, como alhajero de sándalo que se cierra.

Sólo una flama palpita como deseo escondido. Es la oración del sastre que cae como aguja en la tarima del terciopelo nocturno. Ahí, donde se alzan de día los cuerpos desnudos esperando el entallado de sus ropas.

Ah, ciudad que viaja para desconcierto de las caravanas. Ninguna cartografía señala su espesor de tejo sobre el polvo.

ELSA CROSS (1946)

NACIÓ en México. Desde 1978 se ha dedicado al estudio de la filosofía hindú, en Estados Unidos y en la India, donde vivió dos años; es profesora de esa materia en la Facultad de Filosofía y Letras de la Universidad Nacional Autónoma de México. Recibió el Premio Nacional de Poesía de Aguascalientes en 1988.

Obra: *Naxos* (1964-1965), recogido en: *Espejo al sol. Poemas, 1964-1981*, Secretaría de Educación Pública/Plaza y Valdés: México, 1988.

NAXOS

> *le entregó un hilo que él ató*
> *a la entrada del laberinto...*

> OVIDIO, *Metamorfosis*

Partes imperceptible y mudo. Como furtiva ráfaga rompes la claridad incierta de mi día.

Teseo súbito, veo que te disuelves detrás del laberinto en que me dejas.

Me has dado la sed, el viento y la arena que se escapa entre mis dedos: testimonios de tu estar intenso y repentino.

Yo me pierdo otra vez, me confundo en los últimos resquicios del peñasco, intocados y oscuros, reducidos a su exacta oquedad irremisible.

Percibo a mis espaldas la grave reiteración del mar en sombras, la ausencia de gaviotas. Y te aguardo callada, frente al desierto incesante, temblando como un desdibujado contorno de espejismos.

LAMENTACIÓN

Toi qui te meurs, toi qui brûles de chasteté
Nuit blanche de glaçons et de neige cruelle!

MALLARMÉ, "HÉRODIADE"

En horas inagotables y vacías largamente he visto sucederse la luna, inútil en su esplendor y en las noches en que debe ocultarse. Con qué dureza llega su palidez lasciva a tocar las ropas que me cubren, la habitación toda, sórdida y transparente, como mi lecho de virgen.

Qué ansia de nombrarte. Son a veces mis palabras como un río que perdiera su cauce. Y los que no entendieron de palabras verdaderas han de repudiarnos. Caerán sus amenazas a un pozo sin fondo. No oiremos los ecos.

Sol que estás, incesante, llega a mí. Quiero arder bajo tus rayos, conocer el más secreto de tus brillos. Ah, la descubierta transparencia de estos muros. Odio la blancura que les ha sido impuesta, odio su helada claridad de celda. Roca sin vida, flor de invernadero soy, ceniza de lamentaciones.

Escasos han sido los días señalados a tu encuentro. Qué innombrable dulzura sujetar tu cabeza, beber de tu aliento las palabras no dichas. Amor de cabellos negros y mirada triste; niño temeroso de la luz sufriendo en las tinieblas.

Han de inclinarse aún horas vacías e inagotables. Ay de los que aman sin poder eclipsarlas.

NOCHE

Siento que en vano he conocido aquello que te nombra, que no tendrá un cauce mi dolor acumulado. Te amo como al esplendor de cada día, y he visto desgarrarse la quietud que anticipa tu presencia.

Sólo existirán seres mutilados y lacios, máscaras de torpes gesticulaciones, de muecas sin sentido. Nada tendré fuera de ti.

Poseo tus palabras, todas las formas de mi ser habitas. Descubro tu rostro imprevisto en torno a cada instante de tu beso, en la tibia avidez de tu caricia. Tu beso contiene la noche.

Pero vuelve un vasto caer de silencios, y temo el dilatarse de una soledad desconocida; temo despertar triste a tu lado; temo la imagen de otra plenitud imperturbable.

EL ARTESANO

No he construido nuevas herramientas ni pude traer desde el pantano todo el barro que necesité para moldear mis vasijas, mis retablos y las pequeñas figuras alegres y pequeñas.

De nadie aprendí este oficio. Mi padre era labrador. Pero más me gustó siempre ir dando la forma que yo quisiera a un trozo de tierra humedecida. De mis propias manos hice salir jarrones que después he pintado de varios colores, arcángeles de alas espesas y el rostro de Antonia cuando lo vi por primera vez. Es ésta mi forma de labrar la tierra.

Pero al tiempo de los hijos fue preciso volver a cultivar el campo.

Una vez quise vender a otros los objetos que yo fabricaba. Muchos lo hacen así y de eso viven. Yo conozco la débil materia de sus piezas, su belleza quebradiza, pero mis cosas nunca se vendieron: eran "caras y estorbosas" dijo la gente y se fue a distintos lugares a comprar esas jarras relucientes y frágiles.

Después del trabajo, cuando no estoy fatigado, doy vida a un pequeño candelabro, o lleno de formas y colores la cadera circular de una vasija. Los dejo allí, los siento imperfectos, mal pulidos por mis manos inhábiles.

Todos los días voy cerca del pantano y acarreo agua durante muchas horas para regar la siembra. Y nada más miro el barro de lejos, y maldigo, y me devuelvo a mi campo, pensando, viendo los cerros que rodean el valle.

EL TRAYECTO

Para Lilia Cruz-González

Casi concluye otro ciclo de las estaciones. Dejé atrás, ondulando en la tierra, los restos de una piel más hermosa y más frágil. Me despojé de ella con una violencia tan desacostumbrada, que pude apenas cuidar de no arrancarme al mismo tiempo los ojos y sobre todo los colmillos. Ésta es la tercera vez que cambio de pellejo y ha sido la más dolorosa. Adivino que con mi nueva piel —por ahora fuerte pero de colores poco interesantes— podré resistir mejor la intemperie del largo suelo que estoy atravesando para no perecer.

Los horizontes vistos a lo lejos acumulan ríos, valles y senderos, árboles con cientos de ramas entre el verde de los matorrales y el cielo. Pero al tiempo de cursarlos es sólo una inmensa planicie devastada lo que hay frente a mi corazón voraz. Plantas esporádicas resucitan un mismo tono polvoriento. Y las posibles presas, alimento para mi espíritu, hace muchos días que han emigrado sin darme yo cuenta del lugar a donde ahora me dirijo.

Sintiendo el presagio de las primeras tormentas acelero mi paso y arrastro conmigo necios estorbos, de los que es difícil deshacerse. Pero confío en que pronto aparecerán indicios de algunos animalillos, y que al término del trayecto el largo horizonte revestirá nuevamente su esplendor.

Sólo cuando me detengo a descansar un poco cuento con algo de tiempo para añorar mi otra bella, inútil, cómoda piel de tintes violáceos y las presas que estaban justamente al alcance de mi lengua.

(De: *Naxos*)

FRANCISCO HERNÁNDEZ (1946)

Nació en San Andrés Tuxtla, Veracruz. Autodidacta. Obtuvo el Premio Nacional de Poesía de Aguascalientes en 1982 por su libro *Mar de fondo* (1983).

Obra: *Oscura coincidencia,* Universidad Autónoma Metropolitana: México, 1986; *En las pupilas del que regresa,* Universidad Nacional Autónoma de México, El ala del tigre: México, 1991.

MENSAJE

En el restaurante más oscuro del barrio chino encuentro este mensaje dentro de una galleta: "Mejor que tintinear como el jade es retumbar como las rocas".

(De: *Oscura coincidencia*)

EL ÚLTIMO VERSO DE GÓNGORA

Con Darie Novaceanu recorrí el Parque Hundido.
En sus pasos nerviosos se advertía la misma curiosidad que en sus ojos. De la voz a los gestos iban y venían señales y el cielo de estas tierras dejaba caer sobre nosotros su girasol sin polen.
Una mata de plátano lo entusiasmó como si fuera una columna dórica. Un cerezo encorvado le hizo pensar en cierta esquina de Bucarest.
Hacía mucho calor aquella tarde. Sin embargo, Darie se abotonó el cuello de la camisa y me dijo, sacudido por un ligero escalofrío:
—Basta recordar el último verso de Góngora para que nieve sobre los jardines...

(De: *Oscura coincidencia*)

CÉSAR VALLEJO AGONIZA
EN LA CLINIQUE GÉNÉRALE DE CHIRURGIE
95 BOULEVARD ARAGO

Mientras se aleja de la vida, César Vallejo piensa en una llama.
La habitación que ocupa tiene color de pus.
Una silla, un pequeño lavabo, el biombo y la claridad que logra traspasar la ventana reducen dimensiones entre suelo y techo.
Cubierto apenas por una sábana, Vallejo suda y soporta la fiebre.
De pie, tres hombres lo contemplan.
En la silla, una mujer se entretiene con el vacío de su escarcela.
Los hombres traen consigo el olor de la lluvia.
Vallejo tiene cinco días sin comer y sólo piensa en una llama que atraviesa el río.
Los hombres se acercan y levantan el cuerpo del poeta.
La mujer se aleja: llora de cara a la pared.
Los hombres, ya transformados en brujos, danzan alrededor del que se muere, vociferan extrañas letanías, queman esencias de brillantez granate, lo someten a repentinas succiones y pases magnéticos, hacen que camine por el mosaico frío, lo sientan en la silla, lo suben a la cama, leen su mano, cuentan sus dientes, trazan jeroglíficos en su espalda, le separan los párpados, encienden un cirio y lo pasan una y otra vez frente a las pupilas del hombre que, mientras se aleja de la vida, piensa en una llama que se ahoga.

EN LAS PUPILAS DEL QUE REGRESA

I. (LA LLEGADA)

Llegué al pueblo temprano, en esos momentos de leve escalofrío que nos sorprenden con los dedos hundidos en la tinaja del agua serenada. La frescura comenzó a despertarme. Recordé que nadie me había visto, ningún perro me enseñó los colmillos.

El sol abrió los párpados. En ellos se internaron espirales de humo que venían del basurero en llamas. Para llegar al río tenía que cruzar la barranca donde se incineraban desperdicios.

Caminé, a paso de ciego, con la mayor intensidad que pude. Los zopilotes que temí de niño eludían quemaduras saltando de un lado a otro: cómicos saltimbanquis de circo en la desgracia.

Crucé los montículos encendidos y con el humo denso picoteando el cabello y las pupilas, salí al camino trazado por las recuas. La maleza se abrió para dejarme pasar con la voluntad adormecida.

Nombres despreciados por botánicos pero repetidos en los socavones de las brujas, sonaban despeñándose dentro de mi cabeza: *manto de la Virgen, flor de culebra, palo de piedra, ojo de anteburro, hierba del susto, mano de sapo, chorro de sangre, peine de mico, lengua de garrobo, velo de novia, veneno del Diablo.*

Ya con el sol más alto, la brecha se abría hacia otros linderos y los setecientos o siete mil tonos de verde recortaban el vuelo de las garzas que, por completo ajenas a mis reclamos, fundaban en el aire su procesión de dagas fragmentadas.

La remembranza de viajes anteriores apareció en algún lugar de mi cuerpo. Me temblaban las piernas, que se iban por su cuenta en busca de otras posibilidades óseas. Mis manos mostraban la novedad de sus arrugas. Mi rostro fue una poza y enjambres de dípteros lo utilizaron como hervidero. Papalote sin hilo, voló mi piel a su aire. Ya nadie, nunca, podría verme. Lo que restaba de aquel cuerpo tenía consistencia de papel quemado. Pero yo sentía todo y lo miraba todo: la nervadura de las hojas, el desamparo de los tulipanes, la comunicación de las arrieras, el pánico del zanate.

Al entrar en el río, las piedras se ablandaron para estrecharme y hubo frutos que cayeron para probar mi ausencia. De la garganta de los pájaros salían los crujidos del puente. La espuma me cubrió con su sed de nevar a los vivos y en la ribera surgieron cercas de palo mulato para que mi respiración, que pesaba igual que un yelmo, encontrara reposo bajo la fronda y asideros que le impidieran rodar hasta los remolinos de la compuerta.
Una oleada de peces luminosos se transformó en cardumen de vidrios rotos. Río abajo se bañaba la voz de una muchacha. Frente a la cascada, detrás de los bejucos, nadaban tres nativos sabiéndose inmortales y violentos, libres como una casa donde nadie respira.

Con una piedra al cuello vi pasar mi infancia.

IV (La casa)

Esta es la casa donde nadie respira, este es el recinto donde el olor de las azucenas impregna mecedoras y pabellones, corbatas fungosas colgadas en anzuelos, escudos de linajes antiguos donde los gallos de pelea y la miel de caña hacían las veces de avanzada de mercenarios y pantanos fronterizos.

Esta es la casa donde la humedad cala huesos y agudiza el reumatismo de los fantasmas, que a mediodía salen de los libreros para fundirse a los retratos y ver la vida otra vez con el respaldo de una cara.

Esta es la casa donde las voces tienen cuerpo, donde se oye el susurrar de loas en labios de mujeres que alguna vez fueron de piedra y sollozaron bajo un guayabo en brazos de un amante de piedra.

Esta es la casa donde sólo las lágrimas tienen sombra, donde el sabor a yeso de los remordimientos desajusta postigos y remienda la lona de los catres plegados por el abandono.

Esta es la casa donde el olvido ha cavado su tumba, donde nadie se besa ni se injuria, donde la música no entra porque no hay muslos que se abran para recibirla ni extremadas rendijas por donde pueda penetrar el viento.

Esta es la casa que los ciegos evitan porque en ella se pulen urnas cinerarias, se escuchan disparos de escopeta, gritos desaforados y una revoltura de animales de monte que se azota contra las paredes presintiendo el regreso de los cazadores.

Esta es la casa y tengo que tocar a la puerta.

VI (El cementerio)

A medianoche me acerqué al cementerio. Un perro me mostró los colmillos y el último borracho en retirada se persignó al mirarme y desapareció.

De esta manera se presentaron las señales y un cuerpo semejante a mi cuerpo perdido se hizo cargo de la sombra que yo era.

Sentí en las piernas extraña fortaleza. Mis dedos regresaban de más allá del aire, mi piel bajaba lentamente de las nubes.

Tomé aliento recargado en el muro donde las salamandras beben el jugo de la luna, repetí siete veces el conjuro que se despeñaba dentro de mi cráneo y salté la barda del camposanto.

Con el impulso de la caída destrocé macetones colmados de margaritas artificiales y ángeles de mirada imprudente.

En ese momento reventó el huracán. Apenas pude asirme a la pala que me sirvió de ancla.

Así es el norte cuando llega sin avisar. Destruye arboladuras o carretas y se cuela entre las dunas de las cobijas hasta poblar los sueños de anguilas congeladas.

Las ráfagas sacan filo a la pala, cambian el rumbo de los ladridos, me llevan a la tumba del muerto que me espera. En cripta de mármol insular orquestan lechuzas y murciélagos.

El panteón huele a tigre, a cera, a óxido de linternas sordas.

Contra el soplo salvaje luchan las vetas del dagame, las rugosidades de la pomarrosa.

Zumban cables de luz en lontananza. De un terraplén a otro giran fuegos fatuos. Los terrones aún frescos y la cruz con el nombre atajan las insistencias de la búsqueda. Me detengo. El vendaval prende mis brazos, los torna poderosos y al ritmo que las rachas imponen, clavo la pala una y otra vez en busca del centro de la tierra. Cavo, cavo, cavo hasta llegar a la dureza del sarcófago sin aliento, sin llanto, sin gotas de sudor. Aparto lajas y gusanos. Saco los clavos retorcidos. Levantó la tapa y su gris perla.

Una hora después, con las dos manos, proyecto al cielo la hermosa calavera de mechones fosfóricos. El viento cesa. Los gallos comienzan a cantar.

(De: *En las pupilas del que regresa*)

ANTONIO DELTORO (1947)

Nació en la ciudad de México. Estudió Economía en la Universidad Nacional Autónoma de México. Trabajó un tiempo en la revista *Iztapalapa* de la Universidad Autónoma Metropolitana. Ha publicado en *Vuelta*, de cuyo Consejo de colaboración es miembro, y en otras revistas.

Obra: *Algarabía inorgánica*, La Máquina de Escribir: México, 1979; los poemas en prosa de la plaquette anterior fueron recogidos en *¿Hacia dónde es aquí?*, Editorial Penélope, Libros del salmón: México, 1984. Recientemente apareció *Los días descalzos* (Editorial Vuelta: México, 1992), que incluye los dos títulos anteriores.

CORRAL

A Vallejo

Una gallina asesina es la incubadora de la angustia, del vacío del no sé qué, del huevo vacío y sin costra, del agujereado por un pico espantoso que nos ha dejado tuertos para la felicidad. Tan torpemente como tropieza una y otra vez el apetito de la gallina sobre las piedras, así vamos nosotros, ciegos de un ojo, huevos empollados por el tufo, descascarillados por la náusea que se adivina.

Pípilas habladoras, ¿a quién?, ¿a nuestra angustia, al vacío polvoso y gris de un traspatio, corral de despropósitos, donde las gallinas tropiezan sin encontrarse?

En el cogote lenguas expuestas a la mugre, rojas, intensas, que no se deslizan por el amor, que no son ponedoras de palabras. Llevo su cacareo en las vísceras, su pico ciego y cruel en las entrañas, llevo su idiotez.

NOCTURNO DE LAS GALLINAS

En el corral vecino matan una gallina. ¿Cuántas habrán muerto esta noche? Ahora es un cerdo el que se queja del cuchillo. Noche de insomnio en la que se adivina entre las mantas la intemperie del frío. Noche en la que la muerte se cuela, entre las mantas, como un anticipo.

Ayer mismo, mientras cenábamos entre muchachas rubias, en la mesa vecina, el silencio y el grito se daban de picotazos. Una pareja ya metida en la edad se clavaba una y otra vez en la náusea y en el infarto. Él, rojo, gritaba con los ojos inyectados, llenándose el buche con grandes trozos de carne, había un gesto estúpido y cerril en su rostro gallináceo. Ella, triste y cruel, calva de plumas, no le miraba, silenciosa, aguardaba a que estallara. Él lo sabía, le hería su silencio, que era la envoltura perfecta del odio, su silencio presagiaba hemorragias.

Ahora otro cerdo es degollado. ¿Y nosotros, que pendemos del dolor, cabezas de cerdo atravesadas por un ojo por el gancho de la sorpresa, cómo sentimos todavía los picotazos? ¿Y ustedes, qué hacen ahí, entre las muchachas rubias y el degollado?

DESDE LOS CORRALES DE LA NOCHE

Las plumas de la angustia fueron gallinas, verdaderos ángeles caídos, estúpidos y crueles, torpes y esenciales. Las plumas de la angustia, mutiladas de unas alas que nunca se elevaron, están encerradas en las almohadas, en los pulmones blandos de las nubes más cobardes.

Alas de sangre, alas no de aire sino de tufo de corral, manchadas por la mezquindad del no elevarse, por el contacto con el piso, por el lodo y las lombrices. Plumas de promiscuos ángeles, de ángeles caídos.

Nos destrozan la cabeza picotazos de la asfixia, gallinas inválidas de aire; vienen de la muerte, vienen del corral del sufrimiento, vienen de gallinas vengadoras contra todo. Son los cacareos silenciosos que vomita la oscuridad. Son las pesadillas.

Al despertarnos angustiados, debajo de nuestra cabeza está la suavidad tranquilizadora de la almohada, cementerios de cadáveres que nos hablan a los sueños desde los corrales de la noche, los que queremos camuflar con la blancura.

El pescuezo morado y retorcido del sueño nos espanta, huyéndole, buscando bocanadas de intemperie, nos despertamos. Afuera, el insomnio, un ojo de gallina, sólo un ojo, grita al filo del cuchillo. Afuera, la madrugada.

ÁNGELES COBARDES

Tienen alas y no vuelan. Su mirada estúpida y cruel, su grotesco y ridículo estar aquí. Desterradas del infierno, insoportable su mezquindad para los seres grandiosos y soberbios. Ángeles caídos con las alas atrofiadas por la impotencia. A ciegas, sin saberlo, buscan con el pico sus infernales orígenes. Condenadas por su cobardía a la superficie, llevan en su carne, carne de gallina, el castigo. Muchedumbre de soledades en el corral que en venganza se matan a picotazos. Demonios desterrados, ángeles caídos, tienen alas y no vuelan, condenados por su cobardía a la superficie.

GALLINAS EN LA QUINTA DEL SORDO

Las gallinas se ríen por la noche cuando nadie las ve. ¿De qué se ríen las gallinas? ¿Por qué su risa secreta? Goya las vio reírse en las noches de Aragón. Viejo ya, sordo, pintaba al mundo a través de su risa macabra. Sordo, porque la risa de las gallinas no suena.

(De: *Algarabía inorgánica*)

GUILLERMO SAMPERIO (1948)

NACIÓ en la ciudad de México. Ha publicado ocho libros de cuentos. Fue director del Departamento de Literatura del Instituto Nacional de Bellas Artes y miembro del Fondo Nacional para la Cultura y las Artes.

Obra: *Gente de la ciudad,* Fondo de Cultura Económica: México, 1986; *Cuaderno imaginario,* Editorial Diana: México, 1990.

TERCA REDONDEZ

a Virginia y Bernardo Ruiz

Calvos, imprudentes y cínicos, cabeza de coco, de banqueta a banqueta asoman sobre el pavimento los topes. Necios, en hilerita, oreja con oreja, son la urticaria eterna del chapopote. Uno los supone primitivos hombres de fierro enterrados hasta las cejas, siempre sumisos, sabedores de la tierra y las lombrices, firmemente inquietos en el día, con redondos sueños de hule durante la noche. Son el otro rostro perfecto de los baches.

(De: *Gente de la ciudad*)

MENUDOS FUEGOS

Las cajas de cerillos vacías son hermosas, da lástima tirarlas porque son como una prolífica madre huérfana. Los cerillos son simpáticos, tan terribles como un incendio.

(De: *Gente de la ciudad*)

PARA ESCOGER

a Rubén Bonifaz Nuño

Las coladeras son bocas con sonrisas chimuelas. Las coladeras
han perdido los dientes de tanto que las pisamos. Sin coladeras la
vida sería demasiado hermética. Las coladeras están a nuestros
pies. Las coladeras son las bocas de fierro de la ciudad. Las pobres
coladeras están ciegas. Las coladeras son pura boca. Las coladeras
se ríen de los nocturnos solitarios. De coladera en coladera se llega a la colonia Roma. Las coladeras son amigas de los borrachos.
Por las coladeras se entra al otro Distrito Federal. Las coladeras
envidian a las ventanas. Las ventanas nunca miran a las coladeras. Las coladeras son simpáticas, aunque eructen muy feo.

(De: *Gente de la ciudad*)

ZACATE/ESTROPAJO

A Magaly Lara

La melena del zacate entra, sale, rodea, baja, raspa, lame, humedece, hace espuma, plaf, en la jabonadura, vuelve, ataca, escurre,
se desliza, quita y quita, se empequeñece, se va quedando calva, la
arrinconan, la juntan con otra melena, desaparece.

(De: *Gente de la ciudad*)

LA COLA

Esa noche de estreno, fuera del cine, a partir de la taquilla la gente
ha ido formando una fila desordenada que desciende las escalinatas
y se alarga sobre la acera junto a la pared, pasa frente al puesto de
dulces y el de revistas y periódicos, extensa culebra de mil cabezas,
víbora ondulante de colores diversos vestida de suéteres y chama-
rras, nauyaca inquieta que se contorsiona a lo largo de la calle y

da vuelta en la esquina, boa enorme que mueve su cuerpo ansioso azotando la banqueta, invadiendo la calle, enrollada a los automóviles, interrumpiendo el tráfico, trepando por el muro, sobre las cornisas, adelgazándose en el aire, su cola de cascabel introduciéndose por una ventana del segundo piso, a espaldas de una mujer linda que toma un café melancólico ante una mesa redonda, mujer que escucha solitaria el rumor del gentío en la calle y percibe un fino cascabeleo que rompe de pronto su aire de pesadumbre, lo abrillanta y le ayuda a cobrar una débil luz de alegría. Recuerda entonces aquellos días de felicidad y amor, de sensualidad nocturna y manos sobre su cuerpo firme y bien formado. Abre paulatinamente las piernas, se acaricia el pubis que ya está húmedo, se quita lentamente las pantimedias, la pantaleta, y permite que la punta de la cola, enredada a una pata de la silla y erecta bajo la mesa, la posea.

(De: *Cuaderno imaginario*)

SEIS LOMBRICES Y UNA COCHINILLA

LAS LOMBRICES

a

La lombriz es un pene de pies a cabeza. La lombriz es ciega y feliz. Cuando ama, es aún más ciega. La lombriz se viste de lombriz. Ella no escogió ser lombriz. En el momento en que brota de la negra tierra sudorosa, con los retorcimientos de su lenguaje de arabescos explica nerviosas reflexiones sobre el erotismo. Aunque lo aparente, la lombriz no es toda la verdad. Anda encuerada y no le da pena.

b

La lombriz de agua se utiliza como carnada para pescar armadillos y osos hormigueros; los pescadores que así proceden se ven ridículos con sus botas de hule trepados a los árboles de la zona norponiente de Yucatán.

c

El pez volador se ahorcó con una lombriz de tierra durante las últimas horas del amanecer. Es imposible, informa la misma fuente, ahorcándose con una lombriz de fuego, pero hay faquires que se las tragan y luego escupen peces voladores.

f

A medida que la gente se va haciendo vieja, se olvida de las lombrices. Las lombrices siempre están esperando a los niños; ellos las cortan en trocitos como cuando las mamás preparan salchichas con huevo, o las levantan hacia el cielo para leer sus contorsiones sensuales, o se la meten en una oreja a otro niño, o las aplastan cuando se aburren. Por esto las lombrices más experimentadas opinan que es bueno que la gente que se hace vieja se olvide de ellas. Sólo el poeta mete su cuchara en la tierra para las macetas.

LA COCHINILLA

La mejor defensa de la cochinilla es convertirse en perdigón inofensivo. La cochinilla es un pequeño invento antiguo que pasa inadvertido: por ejemplo, cuando se la descubre al levantar la piedra del jardín y corre presurosa, es una pequeñísima locomotora que avanza alocada sin vía precisa. Es un vehículo blindado de la primera diminuta guerra mundial. La cochinilla es una munición con patas. La armadura de la cochinilla anda horizontal, como si fuese preparada al ataque. En un diminuto museo, en el seno mismo de los bosques de Nottingham, a la orilla del Trent, se exhiben varios yelmos, corazas y panceras pequeñitos pertenecientes a armaduras antiguas que son cochinillas disecadas. Las piedras y losetas que cubren la hojarasca, los yerbajos, el pasto solitario o la tierra húmeda, son los tradicionales castillos de las embozadas cochinillas. Bajo la perfecta armadura de la cochinilla no hay nadie. A las cochinillas, la modernidad las tiene sin cuidado; viven serenas bajo la histórica loseta que las mantiene aisladas, oscuras, distantes, primigenias, promiscuas, ermitañas, honestas, justas, aceradas.

(De: Cuaderno imaginario)

LOS OJOS DE MARINE O SU ESPEJO

No me digas que no sabes a quién amas, no te hagas la extraviada en un archipiélago cuando me miras desde esas delicadas manzanas doradas que son tus ojos. No intentes decirme que esta mano que te toma un seno no es la mía ni que el cuerpo que se enreda al tuyo es de un hombre que no está aquí. No me digas que los pájaros que dejé en tu oído son palabras de otro continente; y si tuvieras razón y soy fantasma cuyo brazo de niebla abraza tu talle real y contundente, que su mirada resulte un paisaje de tarde que se tiene inútil en tu cuerpo delgado, inquietante.

No me des a entender que mi rostro es otro y que desde mis dedos nacen otras caricias porque entonces no sé si el mundo es éste y gira en aquel sentido, si tu nombre es Marine o alguno que viene de un pueblo medieval, cuyos rasgos sonoros se van desvaneciendo a través de la historia de los malos entendidos. Pero, insisto, tal vez siendo yo mismo, este Guillermo, sea a un tiempo la posibilidad de una fantasmagoría y en mí se encuentren incrustadas otras manos, varias bocas, múltiples miradas y entonces cuando te poseo es una multitud de sueños la que se disemina en ti. Quizá, este Guillermo unitario, amante del desconcierto, resulte al fin los hombres que esperas desde noches inmemoriales, tú, la bella Marine, la quebrantable, la de los labios para el beso imposible, tú, la que no sé quién es en esta agua inquieta en que te miras.

(De: *Cuaderno imaginario*)

DAVID HUERTA (1949)

NACIÓ en México. Estudió en la Facultad de Filosofía y Letras de la Universidad Nacional Autónoma de México. Tuvo a su cargo la redacción de *La Gaceta* del Fondo de Cultura Económica. Ha sido profesor invitado de diversas universidades norteamericanas y obtuvo la Beca Guggenheim en 1986.

Obra: *El jardín de la luz,* Universidad Nacional Autónoma de México: México, 1972.

EL SUEÑO DE LA CIUDAD

> *es más hermoso el sueño de la ciudad que el mío*
> JULES ROMAINS, "Je suis un habitant de ma ville"
> (traducción de Enrique Díez-Canedo)

Esos personajes astrosos, levemente horribles, que medran bajo los portales de barrios misérrimos. Figuras tambaleantes o rotundas en su heterogeneidad indumentaria, que aparecen y desaparecen mágicamente en los zaguanes de Peralvillo, o bruscamente iluminan las abigarradas banquetas de San Juan de Letrán, el dominio sombrío de la colonia Guerrero, la desvencijada calle —única y diversa— del arrabal arquetípico. Actores en busca de un director imposible, metáforas a la vuelta de la esquina; carne de presidio, siluetas para los aguafuertes de Giambattista Piranesi. Los veo y me pregunto en el confín de esta luz de ceniza si el sueño de la ciudad es más hermoso que el sueño de los hombres.

EXPLORACIONES

Pulso, fervor. La mano del que busca se hunde en torsos de luz; rescata del más árido silencio una cárcel de polvo. Agujas de neblina en el acoso del minuto impalpable. Exploraciones, días como afrentas; la mano que ciñe sueños claros, dádivas calcinadas, ominosos naufragios.

En la muda intemperie, estandartes de tiniebla. Se encienden muros, el desgaste despliega su avidez. De la cóncava ruina viene un sombrío linaje, un puntual deterioro. El tacto transparente busca bajo la emanación de signos de la pupila en sueños. La noche es una lúcida expiación.

Así la dársena reúne sus vivas navegaciones. Los flamboyanes agitan su incandescencia. Hay espigas ornadas de reflejos que el asombro ha tatuado. Abrazos en las habitaciones de coral de la bahía. Marfil marino en la fuerza obstinada que esculpe estaciones de vidrio. Fiesta, comunión, semejanza.

Vuelos que abren salones de larga claridad. Guirnaldas de ceniza sobre el agua. El verano se mira largamente en un espejo aterciopelado; prende sus lámparas en cantiles de seda. Rocas de la montaña como estatuas que arraigan en los declives de la brisa, diurnas elevaciones que deslumbran.

(De: *El jardín de la luz*)

ALBERTO BLANCO (1951)

Nació en Tijuana, Baja California. Es poeta, traductor, editor e ilustrador. Participó en el Festival Internacional de Poesía de la Ciudad de México 1987. Es autor de varios libros de poesía. Ha sido ilustrador de las portadas de la colección Letras Mexicanas del Fondo de Cultura Económica.

Obra: *Pequeñas historias de misterio ilustradas*, La Máquina de Escribir: México. 1978; *El largo camino hacia ti*, UNAM: México, 1980.

LA ESTATUA Y EL GLOBERO

Voy caminando de noche por el Paseo de la Reforma. A lo lejos veo venir a un globero, solo, en el magnífico escenario. Las luces de neón le dan un aire helado a la vista. Al aproximarnos, veo que se le suelta un globo de color rojo. Escapa y queda atrapado entre las altas ramas de los árboles, justo encima de la estatua de un general. Éste sostiene en la mano derecha un sable que brilla. Comienza a extender el brazo lentamente, lentamente, hasta que logra pinchar el globo. En vez de estallar, el globo se quiebra como si fuera de vidrio. El globero recoge los pedacitos luminosos. Me muestra un puñado: me veo reflejado con un rostro distinto en cada uno de ellos.

LA TINA MUSICAL

Estoy sentado en un estadio comiendo papas. En la bolsa viene de regalo un animalito de plástico. A mí me toca un pato. Le pregunto al tipo que está sentado junto qué animal le tocó. Me dice que le tocó un piano. Ríe al ver mi desconcierto. Me pregunta que si no sé qué es lo que tocan: yo le digo que no sé. Me comenta que siempre se confunde entre Ravel y Debussy. Escondo las papas con mucho cuidado, pero el papel suena horriblemente. La gente co-

411

mienza a verme, y yo estrujando la bolsa que truena cada vez más fuerte. De pronto el telón se viene abajo, cae yeso del techo y entra agua por todas partes. Al rato flotamos dentro del estadio. Alrededor, enormes juguetes de hule.

TAMBIÉN LOS ENANOS...

La cola de coches se extiende interminable. Subo los vidrios para no escuchar el infernal barullo de los claxons. Observo los coches que me rodean y veo que en todos ellos no hay más que niños pequeños. Los niños patalean y lloriquean: con las puntas de los dedos rayan los cristales. Se oye una explosión lejana... una nube de humo negro comienza a levantarse. Me doy cuenta de que todos los niños están fumando. El cigarro les da la apariencia de enanos. Pasa una motocicleta y se estrella en mi puerta. Me bajo a reclamar pero no hay a quién. Ahora los coches están igualmente vacíos. Me percato de que hay un silencio sobrecogedor. Subo lentamente al camión para ponerlo en marcha; cuando meto la velocidad siento palpitar bajo mi mano la cabeza de la muñeca.

(De: *Pequeñas historias de misterio ilustradas*)

Hojas de pino, rojas espinas que barren el camino, y me llevan con el aire fresco de la mañana al encuentro. Hemos hablado por teléfono, pero hubiera bastado con asomarnos por la ventana.

Rodeados de niños y mujeres que cuchichean sin descanso, subimos y bajamos las triples escaleras de Dante. Arriba la casa forrada de madera; ya pueden olerse los diseños alambicados de los tapetes persas.

Promete llevarnos a la cumbre para contemplar el vellocino eléctrico de la bahía. En unas cuantas horas conoceremos a la última ballena. Es extraña esta fauna y esta flora, este banquete para los ojos, esta cárcel de los sentidos:

Prefieren cultivar tomates, lechugas, calabazas... hacerse cargo de pájaros ultramarinos, de gatos faraónicos, antes que cultivar la sencilla flor de la amistad.

(De: *El largo camino hacia ti*)

412

ADOLFO CASTAÑÓN (1952)

NACIÓ en la ciudad de México. Ha desplegado una intensa actividad editorial, crítica y de creación literaria. Actualmente coordina las labores editoriales del Fondo de Cultura Económica y es miembro del Fondo Nacional para la Cultura y las Artes y de la mesa de redacción de *Vuelta*.

Obra: *El reyezuelo* (Ed. Tea: México, 1984; Taller Martín Pescador: Santa Rosa, Michoacán, 1987); *El pabellón de la límpida soledad* (Ediciones del Equilibrista: México, 1988; los primeros textos de este libro aparecieron en: *Fuera del aire*, La Máquina de Escribir: México, 1977).

A LA LUZ TRANSFIGURADA

La luz del día se columpiaba entre las copas de los árboles con la despreocupada exactitud de un equilibrista y, al resbalar por entre las hojas, producía una enredadera de fuego. Los árboles la saludaban, oscilaban a su paso, se inclinaban y parecían respirar al tiempo que hacían una graciosa reverencia a la luz que juzgaba a la espesura y discernía la enramada luminosa de la fronda. Vibraba inmóvil, contenía silenciosamente el incendio para acechar las sombras, se filtraba líquida por entre los follajes y, en algunas zonas, condensaba una bruma fulgurante que bañaba los arbustos y los contagiaba de su misma impalpable, dorada consistencia. También el aire se condensaba, su sabrosa humedad redondeaba un fruto intangible pero con aroma y al que se podía morder, cuyos jugos aéreos podían llenar de inocencia a cualquiera que los bebiese, inmateriales y transparentes, y cuyas semillas, envueltas en los cristales del rocío, prometían el despertar y la resurrección. No andaba lejos la infancia del día. La hora más frágil de la luz acababa de pasar y ahí estaba, intacta e invulnerada, la misteriosa mañana de todos los días. Los pájaros cortaban el aire sin volar y el manso relámpago de sus voces se enredaba en el árbol del silencio y lo hacía parecer más poderoso.

(De: *El pabellón de la límpida soledad*)

TARJETA POSTAL

Los ojos heridos por el fuego y con la fiebre el nacimiento de una nueva memoria. Como cuando algo cae al agua, los objetos que me rodean desaparecen. Hoy es esta fiebre serena en nada parecida al delirio. Del mismo modo que nieva, yo encuentro el acontecimiento: dulce, constante, día y noche. (Secretamente escurre lo irreparable.) De día, logro atravesar las calles de bruma, luego, inmóvil como si temiera romper algo, paso las tardes frente al fuego contemplando formaciones incandescentes. No tardan las imágenes y su denso deseo: esta tarde un amigo era atacado por tres hombres rubios. Mientras uno de ellos estrellaba contra el suelo su cabeza, los otros esperaban. Al acercarme desenvainaron sus cuchillos y sin violencia, casi con arte, abrieron la garganta de mi amigo. He pasado mucho tiempo asombrado de encontrar belleza en todo esto.

(De: *El pabellón de la límpida soledad*)

FUERA DEL AIRE

Ella era una mujer madura y yo uno de esos precoces solemnes que más tarde producen un fastidio imponderable. Nos sucedió lo que a tantas otras parejas dispuestas a resistir. Yo escupía con libertad a mis semejantes mientras ella continuaba considerándome *le meilleur sauvage* —el hombre bueno en el fondo y capaz de redimirse en cualquier momento. No cambié y así el desprecio por las carnes imperfectas como la repugnancia por todos aquellos que no eran tontos y al mismo tiempo simpáticos —nada peor que un imbécil desagradable— me acompañaron dondequiera. Mientras tanto nos atormentábamos como podíamos. Ah, la querida Elia. No pudo tener más ni estar mejor. Pero su carne dejó de ser tensa y su pelo murió hasta secarse en una maraña quebradiza. La edad pervertía su alma, arruinaba sus convicciones. Ajada la piel, parpadeó inconsolable, emprendió estudios y lecturas, ensayó su expresión con nuevos entusiasmos y se obligó a creer que la vida había sido "radicalmente distinta". Escrutaba a diario frente al espejo en busca del pliegue que anunciara lo último. La más delgada alegría le suscitaba achaques. Temía estar quieta o silenciosa; inmóvil, moría de terror. Dormíamos con el radio encendido y yo intentaba no desanimarla. Nos amábamos hasta lamentarlo. Entre sueños, la abrazaba para susurrarle al cuello palabras de escarnio. Ella se volvía hacia mí y se enroscaba agradecida entre mis brazos. Una noche de viernes, nos insultamos ebrios sobre la cama y por momentos compartimos la impresión de ser cadáveres locuaces navegando una corriente serena y unánime. Ah, la mañana de sol intensísimo en que, al despertar, nos encontramos caducos e incontinentes riendo aquella espléndida broma. Vimos en las manos temblorosas una vejez desarticulada. Vimos el estrago y reímos.

(De: *El pabellón de la límpida soledad*)

DE PASEO

No me paseo con frecuencia. Cuando camino tengo la impresión de quedarme pisoteando el suelo en el mismo lugar. ¡Cuántas veces he permanecido durante horas moviendo los pies en el mismo sitio! No me detengo hasta que la tierra gira bajo mis pies como si fuese una pelota.

(De: *El pabellón de la límpida soledad*)

CORREO CERTIFICADO

Desde hace mucho espero una carta. Todos los días, al levantarme, lo primero que hago es dirigirme hacia la puerta. Abro el buzón. Reviso la correspondencia. La carta que espero —lo sé— no será enviada por correo ordinario. Tal vez llegará de noche. Sin duda en un sobre blanco, sin estampillas. Mi nombre aparecerá desnudo, probablemente escrito a máquina. Los tipos —disparejos y con los perfiles de las letras algo estropeados o bien uniformes y bien cortados— me dirán algo sobre el carácter del mensaje. En el caso de que el nombre aparezca manuscrito y logre identificar al autor de la letra, tal vez ni siquiera necesite abrir el sobre para conocer el contenido de la carta. En cualquier caso, contendrá una sola hoja y en ella unas cuantas líneas lo dirán todo. No desconozco el contenido. Tampoco ignoro que cuando lo reciba nada cambiará realmente, pero su aparición constituirá en cierto modo un alivio. Sabré, al menos, a qué atenerme. Y no es que el mío sea un caso excepcional. Todo lo contrario. No seré el primero que reciba un aviso de ese orden . Tampoco el último, aunque, dicho sea entre nos, tal vez ni siquiera lo reciba. En la ciudad esos sobres aparecen a diario. A los hombres que los han recibido se les conoce por cierto aplomo, algo en la mirada. Sin embargo, también he sabido de muchas personas que recibieron con negligencia el aviso a una edad relativamente temprana y lo olvidaron sólo para acechar años después la llegada de un mensaje que habían recibido en su juventud sin prestarle ninguna importancia. Esa es mi verdadera inquietud.

(De: *El pabellón de la límpida soledad*)

EL MURO DE LA HISTORIA

Hacía mucho tiempo que intentábamos subir el muro. Lo hacíamos sin dificultad. Extraño muro, a veces hecho de piedras y tierra, a veces de ladrillo. Una fuerza nos impedía caer. Todo parecía indicar que el muro se encontraba al pie de una llanura pues, cuando llegaba a soplar el viento, una corriente ascendente nos recorría la espalda manteniéndonos pegados a él. Inútil renunciar a la escalada; inútil desistir. Bajar de allí nos tomaría tanto tiempo como terminar de subir y, quizá, aún más. Era posible que ya anduviésemos cerca del punto más alto, aunque desde donde estábamos apenas podíamos ver cómo el muro se curvaba en la cima. ¿Y si un día de esos caía el muro? Habíamos subido tanto que con toda seguridad caeríamos y caeríamos sin llegar a estrellarnos. A pesar del cansancio, el desaliento sólo alimentaba la inercia que nos mantenía subiendo con la boca seca por ese potro vertical. A veces, pensábamos en morir. Como si fuese una canción de cuna, tararéabamos entre dientes la tonadilla. Pero teníamos demasiado miedo. Aquella muralla al menos nos proporcionaba cierta seguridad, pues, si bien ignorábamos cuándo terminaríamos la escalada, encontrábamos algún consuelo en poder apoyar el pie entre ladrillo y ladrillo. Si algún día llegábamos a columbrar la cima, ¿quién de nosotros no desfallecería, quién sería capaz de resistir el amanecer? Era mejor no preguntar, no volver la cabeza hacia abajo; mantenerla erguida con los ojos puestos en lo alto. No importaba cuántos llegáramos a la cima. Casi todos habían desistido y, cuando había sido posible, habían agrandado, escarbándolo con las uñas, un escondrijo en el muro. (Por eso estaba sembrado de pequeños boquetes.) Aquí y allá había hombrecillos temerosos como cualquiera, pues todos sabemos que se necesita tanto valor para quedarse en un boquete como para seguir adelante.

El nuevo amanecer fue más terrible de lo que nos habíamos atrevido a pensar. Nos habíamos engañado: el muro no era tal. Habíamos llenado de cuerdas y clavos una vasta planicie.

(De: *El pabellón de la límpida soledad*)

ii. Mario se jacta de no tener perro. Tiene en su casa una mujer que ladra a los desconocidos, cuida el estado, cobra deudas, administra la maledicencia y suspende los pagos. Mario, entretanto, calla, pide y concede gracia. Sabe que cuando un perro es demasiado fuerte o nervioso, hay que caminar rápido. De otro modo, sería evidente que nos arrastra.

(De: *El reyezuelo*)

SAMUEL WALTER MEDINA (1953)

LA FICHA que inserta en su libro *Sastrerías* es la siguiente: "Nombre: Samuel Medina. Nacionalidad: Xalapa, 1953. Currículum: *Caballero, Siempre, Diario de Xalapa, Cosmos, El Popular, El Pregonero, El Gato.* Estudios: Hasta propedéutico".

Obra: *Sastrerías*, Ediciones Era, Serie Claves: México, 1979.

PAISAJE-V2-T3-77

A Gil

De pie en la oscuridad, mira la tónica ausencia de colores. Sus ojos enrojecidos de fatiga, llanto e indiferencia, apuntan detenidamente hacia ninguna parte. La soledad lo permea sin herirlo. Su angustia se ha ido sedimentando en el fondo de su vacío, sobre ella ha brotado lentamente la abulia, el tedio. Éste se agita al aparecer el punto blanco que está creciendo, acercándose. La posibilidad de ser transportado lejos de ahí, de no tener que dormir esa noche en la carretera, lo mueven hacia la mitad de ésta. Chance sí se me haga el ride. Cegada de focos, la grotesca armazón de metal y ruedas dobles, que lo comprime, orina sangre sed bilis detrito pus contra el pavimento, pasa, sin definirse claramente su forma de pipa petrolera. Una lechuza se une estridentemente a los grillos. Ladra un lejano perro, como susurro.

HOMENAJE A HELIO FLORES-V1-T3-77

A Dioz, genio del humor negro

Desde el árbol, mira las pajizas llanuras, ilesas de pastoreo, salpicadas de jacarandas desfoliadas, de almendros tropicales con el follaje al rojo. El sol de las doce le hace sudar. El calor aumenta la aspereza de la reata en el cuello, escoriándolo lentamente. Sus pies se mecen sin ritmo. Observa con atenta tristeza el rostro de su reloj pulsera. El cuero ya apestoso de los zapatos le oprime.

TELESCOPEIA-V1-T1-77

¿Qué forma tomará el charco de sangre? ¿Figurará su perímetro una circunferencia, un óvalo, un árbol? ¿Qué forma tomará el charco de sangre cuando me estrelle en la calle? Las llantas de un Volkswagen verde pasan sobre el charco y trazan dos franjas paralelas desde él hasta el lugar en que la velocidad les devuelve la limpieza.

FLASH-V1-T2-77

¡Aquí está el aquí! A las doce en punto estoy parado en el Ecuador: la luz es negra y me deslumbra y veo su sombra. Soy un negativo fotográfico. En el adverso sueño del eclipse soy revelado, despertado al trasluz de la muerte.

SED-V1-T3-77

Esa ninfa que, sumergida hasta los muslos en la directa tarde verde, cruza frente a mi ventana y va al manantial con su cubeta de plástico anaranjado, esa ninfa, cuyo padre es jornalero, 35 pesos diarios, peroyapadiciembreaichamba deaiatamarzo, tiene siete hermanos y una madre embarazada. Los mercaderes quieren sus caderas rítmicas para simbolizar, carnavalescamente palmeras de utilería, mi pobre trópico, quieren que oscile ante el peso de las cubetas, limpiándose el sudor junto a los mangos de espesa frescura, y llenan este verde dolor de hollywood y folklor. Os expulso de mi pobre trópico, que va por agua y suda y vende su sombra en los mercados, que astilla sus vértebras bajo el peso de un billete, que asesina sus sueños en el alcohol del sábado. Y aun las nubes son pulpa de caña y la luna es mórbida anona sin muslos. Pero la ninfa de mi trópico lujosamente sediento no es un símbolo y tiene una pequeña historia vacía y tierna y miserable y personal, sus ojos parecen negar el sol, se velan de anemia, de menstruación incipiente y de una no menos cenital melancolía. Su mirada es profunda como la de una fruta. Sus senos crecen a favor de alguna mano ya cercana, que la glorificará hasta el fondo de una noche de alcohol y sudor, pongaetocadico paquebailecóño, ésecompa ábreteotrocartón, y la crucificará de hijos que ella verá crecer, tostarse, ir por agua, volver, ir por agua, volver, edificansablemente una torre de agua en honor de la sed, insuficientemente, vigentemente sed.

INVENCIÓN DE LA RISA-V1-T2-77

Cuando se inventó, no sabían los hombres qué hacer con ella. Se ocupó durante un tiempo para celebrar guturalmente lo inesperado, lo insólito, el suceso sorpresivo, común o no, lo grotesco, lo sanguinario, lo absurdo, lo idiota. Después fue un arma de la ironía, cuando la humanidad hubo desbastado y organizado sus sentimientos básicos. Finalmente se usó como puerta al caos, a la histeria, a la angustia, al miedo. Se designaron especialistas en producirla. Se hizo un asunto oficial, presupuestado, feliz.

TRES AYES POR UN PLANETA MEJOR-V1-T2-77

¡Ay de esas olas que a toda costa quieren ser espuma! ¡Ay de esa arena que a toda costa quiere ser reloj de la humedad! ¡Ay de esa costa que a todo cielo quiere dejar de ser un límite entre dos titánicos fracasos y anudar el oro y la rabia para concretar una equílibre joya planetaria, en vez de este crisol donde riñen la bilis y la adrenalina bajo el sol del miedo! Repetición, repetición, repetición.

CILICIO-V1-T5-77

DISCIPLINANTE ALFA: tú, que escribes esto, eres basura bien medida, colmo de la ausencia, constelación de antagonías, vomitas aquí

tu ego para no suicidarte y, cuando pasa el peligro de la crisis melancólica, Poesía Valium, vuelves a beber tu vómito, cobarde, temes
la blancura, ladras, oras, escribes en la amnesia. ¿Ya te la creíste
de que poeta del pesimismo y que acá muy acá, no?, eres también
un instrumento del torpe juego de los banqueros, estabas en el
programa desde antes de nacer.

DISCIPLINANTE OMEGA: eres basura de las madrugadas que nunca
pudieron ser noches y pasan del crepúsculo al hastío y sin poder
más fracasan transparentemente en albas. Tratas de extirparte el
universo pellejo por pellejo, con el botiquín poético a la mano. Basura, masturbador empedernido, hipogrifo fugitivo de la realidad,
masoquista con red bajo el trapecio. No te mereces, eres una sombra, un pobre ombre sin hache. Eres un grito archivado en un dic-
cionario. Esfuérzate en sufrir para merecer la dulzona teta de la
lástima.

TORTURADO: decid de mí lo que queráis, sois creaciones, soys palabras. He anestesiado con mármol al silencio para que no lo osen
las palabras. Ved la palabra YO, tan técnica, para designar esta
APROXIMACIÓN A UN POBRE ACONTECIMIENTO.

No sé por qué, pero siempre que me niego me atino y siempre que
me afirmo me fallo. Cuando voy al espejo ya no estoy ahí. Me oigo
pasar muy lejos, como un tren en una acústica errónea. Para suici-
darme habría menester de aprender una irónica cinegética. Me atre-
veo. Me tocó un yo equivocado. Yo debía ser la más exacta de mis
definiciones y soy la más exacta de mis negaciones. No me explic-
co, no me sirvo para ser ni para nada, no me falto, no me necesito,
y aun así, verdugos, me suisoy.

DISCIPLINANTE ALFA: ¿no te dije que iba a salir con una de sus pa-
rrafadas inflables?

CONCIERTO BASADO EN LA PALABRA ASÍ-V1-T6-77

Así, ¿Así? Así. ¡¿Así?! Así. ¿por qué? ¿por qué así? ¿por qué precisamente así? ¿por qué? ¿por qué un SER así? SER, ok está bien,

no se puede a veces más que ser. SER, sí, ok, que sea, pero ¿por qué esto? ¿por qué? ¿por qué planetas esféricos y suntuosos papagayos, por qué olas repetitivas y adiposos hipopótamos, por qué galaxias, espirales, átomos de carbono y divididos corazones de naranja en gajos, por qué recogidos y uno tras otro empalmados pétalos de rosa Balmer? ¿por qué nieves seguidas de soles y relámpagos que dibujan concisamente la incoherencia? ¿por qué precisamente 22 cromosomas y una semilla en cada gajo? ¿por qué la salobre y áspera y seca y dulce y ebria búsqueda de la cópula, en la que dos ¿por qué dos? sexos caen sin polo ni estrella ni sexo, sólo magma, vegetación rabiando líquidamente, y por qué jugándose la nada un protozoo busca su óvulo, su doppelganger, su instantánea opuesta aceptación? No invoco a los ácidos y penumbrarios y eruditos, ni a los humores, hormonas o casuales y horrendas meteorologías. ¿Por qué ese huevo, esa concreción de la fortuna que omitió a millones para elegirlo? ¿por qué ese crecer para entrar al lugar de los que buscan la salida? dejando el crisol de ineluctables grabaciones y rieles intangibles que lo llevan a nacer hacia la duda, donde las palabras acechan. Palabras ¿por qué son así? éstas que son así como las escribo o de otro modo, así como las imprime este mecanógrafo de teclas verdes cuadradas con los vértices romos, que son así como las lees, la A muy abierta, muy ancha, muy inicial, la S serpenteando, suave, siseante como cobra, la I digital, incisiva, crispada en la punta por una seguridad, una confesión tipográfica de la locura universal, ¿por qué no acepto que todo sea así? ¿por qué este cuate así, con su cabeza ovoidal, su cuello corto y ancho, sus hombros doblados hacia delante, su nariz larga, su sinusitis, su reuma, con su ropa así raídamente clase media? ¿por qué así precisamente? ¿por qué este hombre así que escribe precisamente esto así en este mero instante? ¿por qué así? preocupado así por estas pendejadas, por el así y el por qué, acatarrado porque el ser es, porque el espacio es infinitamente náusea y oscuridad y las moléculas están hechas de reluciente pánico puro. Aquí está, sin nombre, miedoso porque está solo, ¿lo ves ahí tecleando así? sentado así, llorando por temer que ella no vuelva, llorando porque todo es así, dando vuelta al carrete de cinta entintada ¿por qué precisamente? así.

CARTA ABIERTA-V2-T5-77

Individuos, a caballo cada cual sobre su ego, grabados o a medio grabar, retumbantes, piececitas totales, ejes del motor, gusanos de oportuna fruta, islitas orgánicas, erguidas sumas de polvo tiempo y herencia, cavadores puntuales de sepulcros, ahorradores tembloro-sos de BANAMEX, pagadores de boletos, lectores de DUDA y READERS DIGEST, marcadores de teléfonos, ingestores de SABRITAS, espera-dores de autobuses, sesentainuevedores, lamedores de clítoris y fa-los, encendedores de cigarrillos, matinalmente viscosos onanistas, maldecidores del trabajo y el insomnio, voyeuristas indigestos de piernas femeninas, fabricantes de biberones, interrogadores de la dispersa taquigrafía estelar, opresores de palancas de excrementa-rios, insecticidas, contadores sudorosos de veintes, quintos y tos-tones, lavanderos de ángeles, horrendos amantes de la inocencia, rotadores, suicidas desayunando diariamente, prevaricadores de cinematógrafo, tiernas jinetes de macho delfín o firmes talladores de vaginas, bamboleadores jadeantes, analmente gozosos o vesti-das de cuero negro, ganadores de rifas, hermanos de cadáver, co-partícipes de mi totalidad, muertos, vivos y nonatos, agentes de mi circunstancia, fragmentos ajenos, representantes de mi plural ano-nimato de especie, Narciso mirándose en su individualidad múlti-ple, simulacros de cosmos, dignificadores de la ausencia, solicitan-tes de culpa, transparentes peces del tedio: miro vuestro rostro de televidentes.

PUTO YO-V1-T5-77

puto yo, porque me la han metido mis padres, me la ha clavado la SEP, los hijos de Apolo, la especie, porque me dejé estar abajo, puto por no tener ni paloma ni serpiente ni l uevos para alzar en la voz al Hombre, puto porque lo dejé asesinar, mis hormonas que-daron estáticas, como espuelas, ante la llaga que, mirando, queda del Hombre, la llaga que vigilan los enfermeros, haciéndola cica-trizar a golpes de VALIUM, mirando a veces por la llaga, viendo el escalpelo acercarse, viendo fluir mi alma por los caños domésticos, por los renglones fraudulentos, me hinco y escribo poemitas para descargar mi almita como buen putito, pobres putos, sin erección política ni poética, que se quedan sin voz, lamiendo el silencio, atados por la serpiente, que se quedan sin mirada, sin pantalones, agachados frente a la ramera que, sudorosa de insomnio, se abrocha los tirantes del consolador, óralemijo aver agáchatetantito averpáraloasí suavecito así sabroso, sí sí.

(De: *Sastrerías*)

HÉCTOR CARRETO (1953)

Nació en la ciudad de México bajo el nombre Héctor Contreras Carreto, pero eliminó el apellido de su padre, quien le aconsejaba saltarse las páginas de los libros para llegar más rápido al final. Estudió cine, artes plásticas y literatura. Ha obtenido el Premio Efraín Huerta (1980), el Premio Ra-1 Garduño (1981), el Premio Carlos Pellicer y el Premio Internacional Luis Cernuda de España (1991). Ha traducido poemas en prosa y en verso de Ledo Ivo (Material de lectura, núm. 136, UNAM). Ha trabajado en Literatura del Instituto Nacional de Bellas Artes e impartido un taller de poesía.

Obra: *La espada de San Jorge*, Premiá Editora, Libros del bicho: México, 1982; *Habitante de los parques públicos* (Conaculta, Luzazul: México, 1992).

VENGANZA

Si descubres, Pontiliano, que tu mujer tiene amante, córtale su larga y hermosa cabellera: así, todo mundo advertirá que ella posee un amante y tú una larga y hermosa cabellera.

(De: *La Espada de San Jorge*)

¿VOLVER A ÍTACA?

A Carlos Illescas

V

Mejor será no regresar jamás a Ítaca y ser amado y recordado por mis barbas aún frescas y mi pueblo me levante monumentos y leyendas en las calles y mi vida (esa misma) la contemplen en los cines y en los libros de la escuela y mi rostro circule en las monedas de Ítaca y entre los dedos seniles de Penélope.

(De: *La espada de San Jorge*)

425

PIES

a Margo Glantz

Pies: zapatos de piel humana.

Cuidemos nuestros pies: ellos son algo más que animales amaestrados: revelan nuestra casta, entre otras cosas; por eso las chinas esconden sus pies al hacer el amor y yo me ahogo en un mar de baba al contemplar tu pie, nadando en la pecera de charol.

Los pies de Ulises calzaron, durante diez años, sandalias de otro, equivocadamente. Los de Aldous Huxley cruzaron las puertas de la percepción y Karl Marx cubría sus pies con calcetines tejidos por las masas. ¡Ah! pero son también las armas secretas de las diosas: Marilyn, para hechizar manojos de falos, calzaba zapatillas de labios abiertos, exhibiendo las sonrientes uñas. Y habrá que recordar a Cenicienta: sus pies la rescataron de bosques grises.

Por otro lado, si usted los lleva de paseo al pasado, vístalos con borceguíes y polainas; si los lleva al paraíso, consiga coturnos; si va al infierno, botas de bombero.

Pero señor, señora o señorita, trate con amor a sus pies: son de piel legítima. Acarícielos, Mercurio se lo agradecerá.

(De: *La espada de San Jorge*)

RELOJES

El reloj es el guardapelo del tiempo.
Ramón Gómez de la Serna

Entiendo que existen varias formas de relojes: el de Haydn, por ejemplo, era una cajita musical guardada en el estuche del oído; el de Gómez de la Serna, una flor de metal; el de Proust, para volver a Ítaca, recogerá cada instante sembrado en el viaje. A la inversa, el reloj de Ray Bradbury marca las horas del futuro.

Hay también relojes secretos: el del doctor Freud se ocultaba en el bolsillo del deseo fijado. Los hay también un tanto flácidos (Dalí les ha quitado el sostén). Y hay, por qué no, relojes perfectos, como los muslos de Isadora Duncan.

Pero si usted no tiene reloj, no se asuste: los relojes son espejos que nos degüellan de frente: así los burgueses descubrieron su perdición en el reloj de Marx, y a Cortázar le regalaron *un pequeño infierno florido, una cadena de rosas, un calabozo de aire.*

(De: *La espada de San Jorge*)

EL DISFRAZ

Al caer el ocaso, recorro Allende. Cruzo Donceles y llego a la Primera Calle del Factor.

En la penumbra de un bazar centellea la bayoneta del soldado de plástico, abro un ejemplar de los *Clásicos ilustrados* y reaparece el antifaz que perdí en la mudanza.

—No están a la venta, resuena una voz cascada.

Pero la obstinación pesa lo mismo en la vieja balanza del sueño y la vigilia.

El aparador se transfigura en el atrio de San Hipólito.

Un arcángel, con las alas de vidrio humedecidas, desciende y me devuelve el disfraz extraviado.

(De: *Habitante de los parques públicos*)

LA PLAZA

Sin darme cuenta, me interné en un barrio viejo. Tal vez Coyoacán, tal vez Santa María la Ribera, la colonia Roma o el mismo Centro. Casonas antiguas transformadas en vecindades, tendajones y escondidos museos que permanecían con los portones libres al tránsito crepuscular.

Por una calle sin nombre llegué a una plaza. Bajo la sombra del caballo de bronce de Carlos IV persistía un picoteo de palomas. Las nubes se derretían en el fuego frío del cielo.

Me detuve en la fuente. Bajo el agua intocable, centelleaba un pez de piedra. A mi lado, un niño me habló:

—Este es un sueño y tú estás solo.

—Voy por Dana, dije, y corrí hacia el Zócalo.

Mientras salía del sueño, alcancé a entrever que, por Belisario Domínguez, Dana entraba en la plaza.

(De: *Habitante de los parques públicos*)

EL ESCONDITE

Entre el cortinaje y el vitral, Dios se esconde. Agazapado tras el sofá o bajo la cama, explora folletines de aventuras, ilustraciones de enciclopedia o arma miniaturas que brotan de los huevos de chocolate.

Otras veces el Niño Dios se pierde en el ropero de papá y mamá. Entonces el sombrero le cubre el rostro y sus pies navegan en una sola góndola de tacón. De pronto, por su mejilla resbala como relámpago frío la seda de una manga.

En otra cámara, ruge la aldaba del portón. El Niño Dios escucha un redoble de botas, el alocado baile de las llaves, el crujir de las maderas y la voz del tío Pedro, negando la entrada.

Pero antes de que se casen de nuevo candado y cerrojo, se filtran, sin el permiso y la advertencia del portero, las campanillas del carro de los helados y el grito feliz de los ángeles sobre una rama.

Por el ojo de la cerradura una pupila se dilata: en el centro yace una pequeña fuente. A su alrededor, niños y árboles corren, saltan y vuelan.

Un áspid trepa por el manzano que deja caen, sin culpa, sus esferas bermejas.

El Niño Dios no juzga: contempla cómo cae la noche, sin prisa.

(De: *Habitante de los parques públicos*)

VICENTE QUIRARTE (1954)

NACIÓ en la ciudad de México. Maestro en Letras Mexicanas por la Universidad Nacional Autónoma de México, es profesor de esta institución y antes lo fue en la Universidad Autónoma Metropolitana Azcapotzalco y profesor visitante en el Austin College. Ha publicado varios libros de poesía, varios de ensayos sobre Contemporáneos y Luis Cernuda, y uno de cuentos. Ha obtenido el Premio Nacional de Poesía Joven 1979 y el Premio Villaurrutia 1992. Actualmente es Director de Literatura de la Universidad Nacional Autónoma de México y fue jurado del Fondo Nacional para la Cultura y las Artes.

Obra: *El cuaderno de Aníbal Egea*, Cuadernos de Malinalco núm. 12: Malinalco, Estado de México, 1990; *El ángel es vampiro*, Ediciones Toledo: México, 1991.

EL CUADERNO DE ANÍBAL EGEA

V

Vivimos bajo el dominio del cuerpo. En medio de la tempestad que provocan sus demandas, el espíritu es un barco de vela tan frágil como el que bota un niño a la fuente del parque.

VIII

Cómo creer que lo engañamos al apagar las luces, al untarle de ajo las ventanas, al pedirle que vuelva al otro día. Cuando el amor decide, la muralla es de arena. Lo confirman la caída de Troya, las dos pasiones que enlutaron Verona, Felipe Carrillo Puerto —cicatriz de unos ojos en el alma— frente al pelotón que estaba por quitarle la vida.

XV

Calavera de azúcar, la ternura. Árbol de pan, vagina de diamante, calabaza en tacha, la ternura. Vieja bruja de dientes-huitlacoche,

429

diosa sonriente y bizca a la que damos furtivamente una limosna. Ella no sabe que el deseo ignora la ternura: la leona sólo sabe que la zebra es otro elemento para que sobreviva su propia orquesta de músculos y rabia, su maquinaria inocente de guerra interminable.

XVIII

Pasión es revelación: el relámpago que parte el cielo en dos mitades no repetirá la misma imagen.

XIX

El amor es Narciso e inflige sus mayores heridas en el cuerpo. Cuando lo encuentras, el único antídoto se llama Tiempo, ése que en el presente corre con lentitud agónica, sin esa sensación de eternidad y vértigo que la pasión imprime en su reinado.

XX

Victorias en presente, batallas donde lucen los pendones de seda, los charoles ardientes, los aceros pulidos. En sus cargas suicidas, el deseo desprecia al espíritu, pues sabe que a la larga le espera la derrota. Retumba la tierra bajo los cascos de la caballería.

XXI

Claro que duele el alma. Cuando amamos está más cerca que nunca de la carne.

XXII

Te besaron aquí. El agua y los jabones supieron de su espuma mejor en tu belleza, y sales creyendo que de tu carne se han borrado las caricias. Renacerá la herida con esa violencia del ahogado cuando sale a flote, una vez que el mar se ha cansado de tenerlo.

XXIII

Qué bueno ser mortales. Qué bueno volvernos polvo, tierra, huesos carcomidos. Qué bueno vencer por fin el apetito que se enciende, incansable, en los sentidos, como una ciudad de noche cuyas luces festivas ríen burlonas porque ya hemos gastado los boletos.

XXXII

Como los estibadores y las prostitutas, merecen descansar antes que nadie. Han cumplido su oficio y regresan grasientos, sucios, olorosos. Saben que el descanso del justo los llevará —flamantes y repuestos— al combate del día siguiente como si nada hubiera sucedido. Seres de fauna única, se saben gobernar por leyes propias. Les decimos trenes.

XXXIII

Cuando los trenes duermen en sus patios, sueñan con el primero, un tren de plata, luminoso y sin mancha, como el día en que Dios concluyó el mundo.

XXXIV

Los trenes mueven sus ejércitos de noche; anuncian su proximidad con un coro de lobos al unísono. Como la llave que gotea, los perros que ladran, la lluvia de madrugada, son consuelo para el insomne y el suicida. Prefieren la noche, para llorar a solas y en voz alta. Lloran por la ciudad vencida, por orgullo. Se saben ejemplares póstumos de una raza de hierro más perdurable y digna que la humana.

XXXV

Afina los oídos en mitad de la noche; adivina su voz en tu cama sin nadie. Ellos velan, aunque duermas. Y si ya no los oyes, aprende sus paréntesis: no hay silencio más puro que la estela del tren en la memoria. Cuando su sirena calla y se apagan sus notas, el silencio se templa en el espacio con la permanencia de lo que ha sido. Como la cama adúltera cuyas sábanas limpias ya no tienen la mejor agonía de los amantes, pero aún se estremece en el recuerdo, la niebla entre las vías mantiene la pureza de todo lo que sabemos inminente. Conserva su silencio en tus oídos, para que bien escuches cómo afina la música del día. Purifícate en él, como un agua de plata que trasmina tus huesos hasta el alma.

(De: *El cuaderno de Aníbal Egea*)

PRELUDIOS DE NOVIEMBRE

II

¿Qué parajes hostiles, qué vampiros de seda vislumbras en tus viajes, que dibujas tu miedo en cada gesto? Entras en el orgasmo como quien dice vete de una vez pero quedando, no me dejes conmigo en este vértigo. Y me pierdo contigo para no volver a pensar que hay tierra firme, sino un largo tifón que nuestros libros llaman el presente. Hay una zona oscura en tu gramática cuando dices "qué miedo" y luchas contra la bestia, sin saberlo. Exhausta de tu propia violencia, cuando en tu rostro otra vez navegan los veleros, sabes que el animal somos nosotros, un animal que ya nos habitaba antes de que mis ojos hallaran espejo en tu mirada, y tu carne inocencia en mi deseo.

(De: *El ángel es vampiro*)

PRELUDIO PARA VENCER AL MARTES 13

Invoco los malos vientos; el terror de niños insomnes a punto de perderse en el naufragio; los nortes que azotan los muros en el puerto y al irse depositan esa lepra del mar que se mete en el alma de las cosas.

Conjuro al gato negro —sombra de la sombra— que causó la desgracia de mi estirpe al cruzarse en el paso de mi abuela; bajo la nube que presagia al martes 13 pongo el retrato más triste de mi padre, niño abandonado a su pequeña historia, difuso su semblante, clara su condición de torturado.

Abro la puerta a la ola de tinta que nos sabe inundar a los Quirarte: llovernos, empaparnos, humillarnos, dejándonos la lucha por consuelo. Me planto —valiente escapado de una baraja de la lotería— con todos los amuletos que me otorgas: tus presentes perfectos, conjugados en besos que se encienden en tu ausencia, el sudoroso neón de los hoteles; el sabor de tus muslos, que me devuelve al ansia adolescente, jadeante de amor en los zaguanes de la ciudad antigua.

Y aletean por el aire —Poesía— legiones de tus ángeles en celo. Los embosco y derribo, para que me revelen el lugar donde nacen tus palabras, cuando rompes amarras y te entregas a la pantera fiel de tu lujuria. Poseedora de todos los tréboles benditos, pata de conejo para el pobre, que la luz de tu cuerpo inunde esta miseria. La desgracia mayor del martes 13 no me roba el anhelo de esa fiebre donde nace el relámpago de oro.

(De: *El ángel es vampiro*)

FABIO MORÁBITO (1955)

Nació en Alejandría, Egipto, de padres italianos. Vive en México desde 1969. Es investigador del Instituto de Investigaciones Filológicas de la Universidad Nacional Autónoma de México y miembro del consejo editorial de *Acta poética* y de *Vuelta.* Ha escrito ensayos (*El viaje y la enfermedad,* 1984), poesía (*Lotes baldíos, 1984; De lunes todo el año,* Premio de Poesía Aguascalientes, 1991) y cuentos (*La lenta furia,* 1989).

Obra: *Caja de herramientas,* Fondo de Cultura Económica: México, 1989.

LA ESPONJA

Si en un plano colocamos cierto número de pasillos y galerías que se cruzan y se comunican, obtenemos un laberinto. Si a este laberinto le conectamos por todas partes, arriba, abajo y a los lados, otros laberintos, es decir otros planos de pasillos y galerías, obtenemos una esponja. La esponja es la apoteosis del laberinto; lo que en el laberinto es todavía lineal y estilizado en la esponja se ha vuelto irrefrenable y caótico. En la esponja la materia *galopa hacia afuera,* repelente a cualquier centro. Es dispersión pura. Imaginemos una manada de animales que huye del ataque de un felino y, dentro de esa manada, a un grupo de individuos situados bastante lejos de la fiera pero no por ello menos aterrorizados. Ese trozo de manada marginal pero no periférico, cargado de terror pero relativamente a salvo, es una esponja, mezcla de delirio e invulnerabilidad.

Es esa mezcla lo que nos hace sentir que la esponja es la herramienta menos dueña de sí misma, la más exterior, la que no guarda nada y la más nirvánica. Sus miles de cavidades y galerías son como la disgregación que en cualquier estallido precede a la pulverización final; su asombrosa falta de peso es ya un principio de caída y ausencia. Frente a eso, la ligereza de una pluma de ave tiene escaso mérito; está demasiado conectada con su pequeñez; es una ligereza que se constata pero que no sorprende. La de la esponja, en cambio, es una ligereza heroica.

Esa ligereza es prueba de su total disponibilidad y entrega. Incluso, de tan extrema, esa entrega parece tomar la forma de una rapacidad insaciable. La esponja chupa y absorbe, pero no tiene ningún receptáculo fuera de ella misma en donde guardar lo absorbido. No tiene aparato digestivo. No procesa nada, no retiene nada, no se adueña de nada. Tan sólo es capaz de prestarse hasta el último retículo.

¿Para qué? Ni ella lo sabe. Por eso no habla, confabula. El agua la invade como una consigna que nadie entiende pero que todas sus galerías repiten con apuro propagándola como un incendio. Ninguna boca queda muda. La esponja es acrítica. De ahí lo fácil que es penetrarla por arriba y por abajo, hurgar hasta sus últimos escondrijos y aligerarla de todos sus secretos. Basta volverse agua. ¿Y quién no se vuelve agua frente a una esponja? Miremos al hombre que tiene una esponja en la mano, cómo la manosea y la observa; está mimando, sin quererlo, los movimientos del agua. Y el agua no se halla nunca tan dueña de su expresión, de su voz, como dentro de una esponja. Su principal ocupación, que, como indicó Bachelard, es caer, encuentra en la esponja, en ese escenario concentrado y tangible, una experiencia cabal de todos sus quehaceres y aptitudes, como en un laboratorio. Lo que hace la esponja con sus mil ramificaciones es frenar la caída del agua para que el agua se nombre a sí misma sin dificultad, limpia y humanamente. En la esponja el agua recobra fugazmente manos y pies, tronco, dedos y cartílagos, o sea un germen de autoconciencia, y *vuelve a sí misma* después de cumplir con una tarea concreta: escudriñar a fondo, sin errores ni olvidos, un cuerpo que permanecía seco. Plenitud no sólo del agua sino del amor.

Pocas cosas, pues, tan de cabo a rabo como la esponja. Es el anonimato en su forma más pura. No tiene carácter, es decir hábitos, manías, reincidencias, callosidades, enfurecimientos. Su dibujo capilar es ecuánime y democrático, no hay ahí obstrucciones como tampoco vías rápidas, atajos, o brechas; cada membrana y cartílago participan con la misma intensidad en la actividad en común. Es como si la materia, por una vez, hubiera renunciado a cualquier acumulación de fuerza en algún punto, a la menor superposición de residuos; como si se hubiera empeñado en fraccionar el menor asombro de ganglio, de veta o de nervio; como si a través de tortuosos cálculos, rodeos, idas, vueltas y repasos incesantes hubiera acabado con toda adiposidad e inercia y terquedad; con toda estupi-

435

dez. Resultado: una materia ágil y despierta, recorrible y pronunciable. Y algo más; una materia sin poder, ignorante en el sentido más puro, no ajena a la emoción.

La mitad de la mitad de la mitad; he aquí la pequeña ley que rige a la esponja. Una ley que la esponja lleva a cabo con una obstinación y un rigor admirables, y que quiere decir, sin más, la partición al centésimo, al milésimo o a lo que haga falta para neutralizar cualquier intento de sedimentación, de tribalización, de patriarcado. Siendo que su pasión es la confabulación y el jolgorio, la lubricación y el bombeo, lo que necesita son bifurcaciones y desvíos, y desvíos de desvíos, y ramales de ramales de ramales; todo fraccionado, todo a la mitad de la mitad, todo en giro, todo femenino, todo ya.

De ahí su vocación de filtro, de destilante. El filtro, como se sabe, es una caída frenada al milésimo, una herramienta de disuación; disuade frenando y mareando. Es un interrogatorio. La culpa, que es siempre un botín, un fardo ilícito, queda al fin en evidencia y neutralizada en forma de grumo. Lo que permanece es la esencia, la pobreza inicial, pues un filtro no es otra cosa que un viaje a contrapelo en busca del comienzo perdido. Es pues un recordatorio, quizá una confesión. Y, paradójicamente, la esponja es la expresión de la desmemoria. Ya lo hemos dicho: no admite sumas ni acumulaciones. Es franciscana. Y otra cosa: tiene temperamento atlético; no puede permitir que nada se enfríe, que envejezca. Así, aunque no lo queremos, cada vez que exprimimos una esponja, en los cartílagos y tendones de nuestra mano se insinúa el secreto deseo, que nunca nos abandona, de rehabilitarnos a fondo, de ser otros, disponibles y ligeros como el primer día. Pues no cabe duda de que el primer día era sencillamente eso, una esponja.

EL TRAPO

El trapo generaliza. Nada de finezas con él. Nada de que yo pensé, creí, me dijeron, que esto y lo otro. ¡Al diablo! Es lo que exclama siempre el trapo: ¡Al diablo! No se anda por las ramas. Borrón y cuenta nueva. ¿Qué haríamos sin el trapo? Nos sofocarían nuestras escorias. Para salvarnos tendríamos que desplazarnos, dedicarnos al nomadismo. El trapo, en cambio, ayuda a establecernos. Es el pequeño viento del hogar, lo que aligera la casa. El brillo que deja en lo que toca es parte del brillo del primer asentamiento, del primer encantamiento. Levanta toda la negligencia reunida, es el silencioso e incansable reedificador del primer día. Cada trapeada dice: "¿Se acuerdan?" Trabaja por absorción, por frotación, por reunión, por empuje, por simple asimiento. Cada trapeada realza lo sustancial y pone en su debido lugar a lo secundario y adjetivo. El trapo ama, venera los nombres. Es el perro guardián de los títulos; todo lo que es atributo, efecto, emanación, transpiración, lo saca de quicio, le parece una gran pérdida de tiempo; es más, le parece *el* tiempo, que es lo que aborrece sobre todas las cosas. Es parmenidiano. Ama el ser fijo, el ser esencial. Cada trapeada, si pudiera, excavaría un foso en torno a cada cosa, la dejaría más alta y más visible, más ella misma. Es la pasión del trapo: aislar, desbrozar, dejar más erguido. En suma, volver a nombrar. Pues el trapo tiene capacidad de asombro, de estar como si acabara de aparecer. Es el extranjero de la casa, el enviado de un mundo servicial que carga con el polvo y la basura del nuestro. Pero ese mundo no es otro planeta, es el fuego, el fuego que es siempre otro mundo, extranjero, lejano, mágico. El trapo es un subordinado del fuego; es un fuego a la mano, es una de las pequeñas divinidades del fuego. Es un fuego aplicado.

Como el fuego, obra por cerco, por sofocación. Desmantela entornos, corta vecinazgos y ligaduras, deja en asedio, a secas, sin aire; borra lo que es rebaba derivativa, pacto, apellido; sustrae del contexto, deja todo carente de procedencias, en condición de epitafio; hace, pues, subrayados, de ahí su movimiento pendular, de ida y vuelta; pone en cursivas, como el fuego, sin crear nada. Es más, para el trapo hay demasiado creado, demasiada paja y repetición; si por él fuera, el mundo se reduciría a bien pocas cosas, pero todas esplendentes, altivas y memorables; el mundo como un amplio museo de pisos lustrosos.

El trapo, pues, ama los orígenes. Cada trapeada es una inmersión en el origen. Y puesto que el origen se aleja, el trapo se ve obligado a frotar y frotar, atravesando más capas para recuperar la cosa original, la cosa como es. Trapear es remontarse. El trapo no conoce el adelante, sólo progresa en el pasado. Cuando trapeamos, detenemos el mundo, nos inclinamos sobre nuestras posesiones, las acercamos al fuego, las volvemos a fijar en su sitio. "¡Fuera los otros!", exclama el trapo. ¿No es la misma exclamación secreta de la chispa que desata un fuego, el mismo recogimiento brutal, la misma introspección violenta? La chispa es un recado del origen, por eso sólo el animal que hace fuego, el hombre, es capaz de adueñarse de su medio, sólo él es capaz, en cada fuego, de robar algo profundo. Lo mismo el trapo; todo lo que recubre el origen, que lo embadurna, desata su acaloramiento; pues una vez que entra en acción, el trapo es furia, pillaje, bandolerismo.

Trabaja por nubarrones; mil órdenes lo embeben, es un caldo de órdenes. Nada se endurece en él, nada da un paso atrás. Imaginemos a un gran número de hombres apostados sobre unos riscos; a una señal, se echan al mar unos tras otros, zambulléndose cada uno sobre los calcañares del vecino, en la misma espuma, como tantos guijarros tirados por una mano. Así funciona el trapo, por alarma, por deslave costero, por manotazo invernal. Sin el concepto de costa el trapo no existiría; de haber puras superficies continuas bastaría con escobas y recogedores; ¿qué hace el recogedor sino poner un límite al tonto optimismo de la escoba, decirle alto, aquí se acaba la suciedad, aquí se acaba la tarea, el monólogo y el chismorreo? El trapo no ignora nada de esto. Su movimiento a arco, pendular, asmático, sabe de lo trunco y esquinado del mundo, sabe en consecuencia aprovecharse de esa provincianidad, de ese regionalismo pululantes. Se le encomiendan siempre tareas concretas, brillos específicos, esmeros localizados. Lo demás no es de su incumbencia; y es por ahí, por los costados, donde tira su carga de irresolución. Ya lo hemos dicho: trabaja por razzia costera. Puede incluso decirse que el trapo, puesto que las cosas tienen esquinas y bordes, no resuelve ningún problema, sólo los posterga o los encomienda a otros. La escoba, la jerga y el cepillo son algunos de los encargados de soliviar los tiradores del trapo. De ahí ese sentimiento de fatuidad que nos produce ver a alguien trapeando. ¡El polvo no se acaba, sólo se despeña!, quisiéramos gritar. Y sin embargo, cuando el trapeo ha terminado, nos sentimos mejor. Sentimos que es justo que todo se haya desmoronado por los márgenes con tal de que la faz de lo que nos rodea relumbre plenamente. Porque somos sentimentales. Y es a media altura, en el corazón de las cosas, ahí donde el trapo se ha sumergido, que sentimos que el fuego del primer día, el que nos da un hogar, se sostiene más puro y a sus anchas.

(De: *Caja de herramientas*)

JAIME MORENO VILLARREAL (1956)

NACIÓ en la ciudad de México. Trabajó en la redacción de *La Gaceta* del Fondo de Cultura Económica y actualmente lo hace en la de la Biblioteca de México. Es autor de ensayos *(La línea y el círculo,* 1981; *Linealogía,* 1988), aforismos *(Fracciones,* 1980), relatos, ensayos breves y poemas —escritura fragmentaria— *(La estrella imbécil,* 1986; *Música para diseñar,* 1991). Participó en el volumen colectivo —Moreno Villarreal, Morábito, Castañón— *Macrocefalia* (1988).

Obra: *La estrella imbécil,* Fondo de Cultura Económica: México, 1986.

El pensamiento sólido se produce corrientemente entre los 36.5 y los 37.0°c. El mercurio es el único metal en estado líquido a esa temperatura. Arriba de los 40° suele sobrevenir el delirio. Entonces, veloz, Mercurio se dilata bajo la lengua cuando la fiebre libera al pensamiento de la idea, transmutándolo en un buen conductor.

Recorría los mercados, los tianguis, las ferias escrutando todos los puestos donde las vendían. Ocasionalmente compraba alguna que sumaba a su colección. De pueblo en pueblo, sabía distinguir no sólo el lugar de procedencia, sino el taller donde se cociera cada una y, la mayoría de las veces, el nombre del maestro que la había moldeado. Tierra, mezclas, barniz, esmalte, orejas, volumen, cada detalle permitía el justo aprecio a su erudición.

Fue en Uruapan donde un domingo había de encontrar la olla perfecta. Sobre la banqueta del zócalo, entre vasijas corrientes, se asentaba rotunda. Sobrepuesto al sudor frío, pidió al marchante que se la mostrara. En sus manos la tuvo como el pensamiento al arquetipo. No cabía duda, ésa era. La compró a un precio inverosímil y finiquitó así sus exploraciones. Por supuesto, a nadie dijo una palabra del asunto y, desde ese día, no volvió a dejarse ver por plazas y tenderetes. Qué pena, comentaban los artesanos que lo extrañaron entre sus puestos, ahora que empezamos a cocer ollas perfectas.

Mi cabeza es un teatro de sombras chinescas. Atrás de la pantalla de seda debe haber algo que produzca esa luz que la alumbra. Jamás sabré exactamente qué es ni dónde está ese bulbo, ni por qué irradia sin descanso. Hasta ahora sólo he advertido que mientras más distante de mí se halla un deseo y más cerca de esa fuente de luz, mayor es su sombra. ¿Será un deseo antiguo el que logre por fin apagar ese anhelo?

Dos caras tenía Jano, pero de él conocemos sólo dos perfiles. ¿Por qué las antiguas monedas representan a este dios, que podía ver para adelante y para atrás al mismo tiempo, como si mirara en cambio a ambos costados? ¿Por qué no aparecía un rostro en el anverso y otro en el reverso de las monedas?

La representación pictórica del dios debió imponer la costumbre de los dos perfiles por ser los dos frentes técnicamente irrealizables. Por otra parte, el acuñador de la moneda debía reservar el revés en su beneficio. Sin embargo, yo no desecharía la idea de que en esas monedas Jano, en efecto, vea hacia adelante y hacia atrás y no a los lados.

Corrientemente, se acepta que el frente de una moneda es la cara en la que su valor se halla expresado. Eso lo impone el uso. Supongamos que para el tallador romano la pieza tuviera otro frente: su canto. Los perfiles de Jano estarían, entonces, grabados en el perfil de la moneda.

Dice Séneca que Jano era un experto en examinar las cuestiones en todos sus aspectos, "hacia adelante y hacia atrás". En el trato comercial, su presencia sería una advertencia: cordura en el intercambio. Los perfiles grabados en una cara de la moneda darían a entender que el dios está atento como testigo frontal de la operación y mira a ambas partes cuando pasa de una mano a otra.

Un anciano lento y jorobado va a cruzar la avenida. Domingo por la mañana, avenida vacía de un solo sentido. El viejo no cruza por la esquina, voltea a la derecha mientras camina, por si viniera un coche. Perpendicular a su camino, por su izquierda viene una camioneta en reversa, lenta, jorobada, pegada casi a la banqueta frontera. Es domingo por la mañana, ni uno ni otra se ven. Describen su trayectoria con cautela mirando que no vaya a venir un imprevisto. Se encuentran exactamente en la pierna ósea, en la cromada defensa. Yo, que lo presencié, soy el único que puede reconstruir la fatalidad: vi al hombre cruzar la avenida y a la camioneta dar reversa. Pensé que sucedería, así pensaba muchos segundos antes de que sucediera. Yo conducía el único auto que venía por la avenida. A mí me miraban cuando no se veían.

El olor del agua empolva sus filos en el aire. Resina de los nublazones. Los ojos que sólo se dejan conocer cuando se ensombrecen, ahora se adivinan. La tarde es una veta de carbón locomotora. Cristales que cruzan hacia sus refugios espejean bajo la luz y bajo la negrura. Estúpidamente, porque una cae, cae la otra gota. Gotas. A cuentas primero, después a cuestas, la lluvia toma el hábito ojival bajo los arbotantes del alumbrado público. El cielo resuena en el relámpago: instantes detrás, el relámpago truena.

Contrahecha en los charcos, la mancha del cielo se deslava en negro, teñida sobre láminas de asfalto barniza las aceras de cemento fresco. Quienes no tienen a dónde llegar se esparcen como si fueran a casa. Remolino de navieros, nadie mira más allá de su laguna. Súbitos lugares, los paraguas condensan otro cielo. Alguien que se demora bajo un vano seguirá ahí después del final de todo, porque la espera es larga y los semáforos se extinguen como saurios antediluvianos.

Pero no hay desastre, sólo edificios. La tarde admite su edad frente a la novedad del agua y deja caer al piso un espejo interminable. Remeda por igual el granizo a la polilla y a la naftalina, anda viendo a ver a qué le atina. En el sillón de cables que la mece, una ventisca se arrellana. Ni quién la mueva. No hay desastre, sólo hay hidropesía. Nervaduras varicosas diseñan sobre la ropa de los empapados, mientras una alcantarilla devuelve glifos al habla corriente. Quien busca en esto nuevos signos, sólo estorba el rencor grave y agudo de los cláxones. Otro relámpago imprime un negativo fotográfico.

(De: *La estrella imbécil*)

LUIS MIGUEL AGUILAR (1956)

NACIÓ en Chetumal, Quintana Roo. Poeta, crítico y ensayista, actualmente es subdirector de la revista *Nexos*.

Obra: *Todo lo que sé*, Cal y arena: México, 1990.

DE PUERIL ELOCUENCIA
(UN POEMA NO ESCRITO)

(Dos fragmentos)

Debo a la conjunción de "Tlön, Uqbar, Orbis Tertius" y la llegada de un hijo, el descubrimiento de que la cópula y los espejos son confortantes porque aumentan los dominios del agua: en la crecida él se lanza sobre el depósito que desbordan los canales azules; ella lo ve mamar como quien viera un lago.

*

Las calles se llenan de concernimientos y casi no hay conocido que no sepa de un embarazo aledaño. Por supuesto que tal cosa es producto del ojo y el oído interesados y no hay por qué sorprender indicadores de un *baby-boom* en lo que es coincidencia o normalidad no atendida otras veces. Como en los libros: no hay por qué darles el lugar de magias leves o magnetismos mínimos a las líneas alusivas. Son meras fijaciones o convocatorias de cosas ya recogidas; pero bien que mal tengo en la cabeza una cuna de citas.

LA PIEZA

Un hombre y una mujer, sentados. La mujer tiene un jarro de licor sobre el muslo izquierdo y lo sostiene con la mano derecha. Tiende el brazo izquierdo sobre el hombro del amante cuyo brazo derecho, a la vez, cruza por la espalda de la mujer, y con la mano izquierda se lleva una vasija a la boca. Es seguro que la mujer (tiene el pecho descubierto) llenará de nuevo la vasija en cuanto se vacíe. Ambos sonríen —él acaba de decir algo antes de beber— y la mujer lo mira con una curiosidad cercana al estrabismo. Llevan años así, en la tolerancia que no requiere enunciación porque está más allá de todo acuerdo. Ahora la mujer le servirá el siguiente trago. El primero que hable de amor, rompe la pieza. Es la primera piedra que aprendí a pulir contigo. La imantación de las otras, que al cabo de la vida te ofrezco, dependió también de tu dictado.

ALABANZA

Alabo a doña Luisa, hemerógrafa de tijera y alfileres, con problemas arteriales, extraviadora universal de peinetas, consumidora incansable de cafiaspirinas.

Porque se divorció a los treinta años "por edicto" y no volvió a comprometerse con ningún otro hombre, considerando que no aguantaría más que otro berraco se le echara encima y le diera órdenes, y se entregó por completo al arte de la costura.

Porque llegó a leer la baraja y predijo cárceles, abandonos, divorcios inexplicables y reencuentros imposibles, hasta que un día quemó la baraja y explicó su decisión indicando que el conocimiento de las cosas futuras "no puede tener otro origen que el del mal".

Porque la noche que mataron a Pedro Pérez ella dijo desde antes: "Mataron a Pedro Pérez".

Porque la tarde en que el impensable Enrique Vidal mató al primo y cuñado que lo hostigaba, porque ya no quería más con la cabra loca de su prima y esposa, ella dijo desde antes: "Enrique Vidal mató a su primo Enrique Alegre".

Porque una vez en que cortaba telas sobre su mesa de trabajo, la oí balbucir *Cielito lindo* con música de *La Zandunga*.

Porque varias veces la oí hablar sola, reconviniendo a su hermano.

Porque había tenido otras vidas y en Asturias describía lugares y cosas que habían estado decenios antes de que ella naciera: su abuelo le preguntaba al más viejo del lugar y el viejo ratificaba los recuerdos metempsicósicos de ella.

Porque una adivina le dijo que en su vida anterior ella había sido una mujer infiel, y que por eso no tendría —y no tuvo— suerte en su matrimonio de esta vida.

Porque el día en que los astronautas llegaron a la luna, ella pasó junto a la televisión y dijo que todo eso era mentira, que estaban en cualquier desierto de por ahí, y que los sajones sólo buscaban *embobar* a la gente.

Porque dice que los sajones odiarán siempre a los latinos debido a que Julio César los bajó y sacó del cerro bárbaro en que habitaban, y los llevó a Roma y los hizo desfilar por la Vía Apia, vestidos con sus *pieles feroces*, junto con otras fieras exóticas, y los volvió material de circo, y ellos gruñían de envidia y deslumbramiento ante la grandeza de la civilización latina.

Porque mientras hace vestidos preciosos, ella viste de un modo casual y estrafalario.

Porque en épocas de frío usaba pantalones guangos bajo el vestido gris y abombado.

Porque dice cosas como de Heráclito: "La flexibilidad es la resistencia de la guayaba".

Porque una de sus fotos de juventud despacha una belleza fuerte, sin transacciones.

Porque de pronto sentía como una sacudida, como una imantación de la mano hacia la pluma, y sobre largos rollos de papel de estraza, que usaba para hacer patrones de vestidos y precisar los cortes de las telas, escribía cosas que le eran dichas por voces imprecisables.

Porque una vez estas voces le dijeron que debía hacer otra cosa: tocar el piano, pintar, dedicarse al arte, ya que estaba perdiendo el tiempo en la costura.

Porque una vez estas voces le dijeron que escribiera y publicara lo que le iban a dictar: una historia con ambientación rusa sobre una mujer que se llamaba Nayir.

Porque en la *recepción* de esta historia agotó rollo tras rollo y, como en otros dictados que tomaba, al final no sintió ningún cansancio.

Porque nunca publicó la historia de Nayir y nunca la dio a leer debido al temor de que le dijeran que era una joven tonta y que eso ya había sido escrito: ¿quién le aseguraba que los espíritus, al dictarle a ella, no la estaban engañando para atraerle el descrédito?

Porque la he visto resolver las peores dificultades con un vaso de leche hervida.

Porque me ha dicho que no hay nada mejor para despejar el cerebro que un vaso de agua fría y luego una taza de café.

Porque me dio un termo para que tenga siempre café caliente en caso de que pueda necesitarlo.

(De: *Todo lo que sé)*

JORGE ESQUINCA (1957)

Nació en la ciudad de México pero desde muy niño reside en Guadalajara, Jalisco. Traductor de poesía en lenguas francesa e inglesa y autor de varios títulos de poemas, obtuvo, con María Palomar, el Premio Nacional de Traducción por su versión de *La rosa náutica* de Merwin y el Premio de Poesía Aguascalientes por *El cardo en la voz*. Con Juan Palomar edita en Guadalajara la colección ¿Águila o sol? de poemas en prosa en hojas volantes.

Obra: *El cardo en la voz,* Joaquín Mortiz, Premios Bellas Artes de Literatura: México, 1991; "Topo de cielo", ¿Águila o sol?: Guadalajara, 1992. La edad del bosque, UAM-Margen de poesía, 17, México, 1993.

DINTEL

Entre la paciencia de la piedra y el silbo cortante del mistral. Entre la zarza —enjambre de voces— y el pozo de la sombra en el espacio. Entre el deseo que permanece —relámpago en un bosque de espejos— y la red vacía del pescador sin amparo. Entre esto que miras aparecer mientras tú desapareces. Entre la noche del cardumen constelado y el día que planta sus árboles a la vera del tiempo.

    ¿La parábola o el emblema? ¿El vértigo o la imagen?

    Semillas para el fiel de la balanza.

(De: El cardo en la voz)

ORNITOLOGÍA

El trayecto de los pájaros tiene su cifra en el fondo de la bañera azul. Abandonada como una minúscula cisterna entre los helechos del patio, la bañera no descansa. Al contrario, vigilante, aguarda el paso de los pájaros. Se mantiene de tal manera inmóvil que se diría un pozo de cielo en pleno patio. Pero es otro el negocio de la bañera azul. En el fondo —bajo una leve capa de agua— se dicta una bitácora, se perfila un plan de vuelo. Ni una sola nube asoma en el agua serenada de la bañera, ni un solo trébol gasta en ella su añoranza. Y es que en la luz del mediodía se dibuja una inminencia de gorriones. Un menudo redoble de plumas en el tambor del instante. Pero nada acontece. Y la bañera azul es el pensamiento de un niño que vuelve a casa luego de una aburrida clase de álgebra, a mitad del verano, bajo un cielo vacío de pájaros.

(De: *El cardo en la voz*)

LAS MEIGAS

A Mariángeles Comesaña

Estas dos mujeres, que aparecen cara a cara en la entraña lunar de la fotografía, han guardado silencio por un instante. Buscan establecer una comarca propicia para reconocerse, para saberse ambas aprendices, ambas detentadoras de un antiguo poder.

Nada parece turbarlas en el borroso interior de la fotografía; nada parece interponerse entre ellas y el deseo de mirarse, una a otra, largamente, ahora que el instante es un destello que se prolonga entre las dos, una rama del árbol mayúsculo bajo el cual permanecen detenidas, mirándose en silencio.

Sin embargo, una duda ensombrece la taimada contemplación: si cada una de estas blancas mujeres, naturalmente enlutadas, fuera la viva imagen de la otra, ¿qué sería de nuestro mundo?

(De: *El cardo en la voz*)

CANZONETTA

Tu voz de novicia ya se aleja del páramo. Nada puedo ofrecerte ahora que la estación se desliza en tu regazo como una paloma herida. Tú extiendes el mantel de las posibilidades que me están vedadas para siempre. El metal de los días que cae pesadamente

447

sobre mi alma no logra apagar tu voz, agua recién llovida, leve serpiente que corre entre las zarzas.

Me llama el viento en la boca del pozo. El gesto perdido con que tus pies agitaban el aire para decir mi nombre. Nada me pertenece salvo lo que se ha consumado. La distancia que nos aparta es la única herencia que guardamos para el mundo. Fuimos un puro vaivén sobre las alas de lo que nunca tendríamos. Toda mirada es el reverso de una sombra —y la fidelidad hace su casa entre las zarzas.

La estrella pródiga es la sola conquista del silencioso en la llanura. Otra vuelta del aspa en la piel de la palabra irremplazable. Tú eras la fugitiva alcanzada: la hierba se inclinaba en la llanura cuando abrías tu falda. "No llevo más nombre que tu cuerpo", decías. Te llamé hermana en el corazón del misterio, pulso de nuestra sangre. Ahora visto tu ausencia —esta prenda clara— y mi voz se deshila como una laboriosa madeja entre las zarzas.

(De: *El cardo en la voz*)

EL CARDO EN LA VOZ

Tras el primer rumor del manantial se abre la noche. En el interior del cardo crece un latido que habrá de ser —acaso—floresta de la voz.

Junto a la fuente el pájaro es una astilla luminosa. Su reflejo dice más que las palabras.

Para que el canto fuese manifestación del Ser en el mundo bastaría con el silencio. Escribir será sólo coronar un fragmento del milagro y asistir a su dispersión en el torrente.

Tras el primer rumor del manantial se abre la noche. Su latido es un pájaro.

(De: *El cardo en la voz*)

TOPO DE CIELO

Para Alonso, en su llegada

La luna es una boca de sombra. Aun cuando brilla, en su más plena redondez, lanza dentelladas de tiniebla. La luna es el topo en la entraña del cielo, avanza hacia el sol que nunca ve pero intuye como un pulso magnífico. Vivo en el vientre de mi madre, arropado por una cálida penumbra, mecido por la muelle marea de su corazón constante. Nada sé del eclipse que se avecina, ni del equinoccio de otoño en el que habré de nacer un poco más tarde. Ahora estamos de vacaciones en la costa, cerca del Pacífico. Lo sé por este rumor salino que circula en mis venas. Durante el eclipse mi madre mirará, de vez en cuando, a través de una lentilla, hacia el cielo. Mi padre hará fotografías de la luz que filtran las palmeras; las imágenes conservarán la boca de sombra, el avance del topo celestial que yo —ciego también— aún no he visto, pero puedo adivinar. Un enorme zanate perderá el rumbo y chocará, sin hacerse daño, en un vértice de la palapa. Mi hermano mayor —como todas las criaturas elementales— tendrá un poco de miedo, que pasará pronto. Y yo sabré que he de nacer un mes antes de lo previsto, topo ligero en el vientre de mi madre, he de abrirme paso hacia la luz más cierta, inmutable y central, como su corazón.

(De: *La edad del bosque*)

FRANCISCO SEGOVIA (1958)

NACIÓ en la ciudad de México. Comenzó a publicar desde muy joven. En 1976 recibió la beca Salvador Novo para escribir poesía. Fue miembro fundador de las revistas *Cuadernos de literatura* y *Anábasis*. Ha publicado varias plaquettes y libros de poemas. Ha hecho estudios de especialización en literatura en la Universidad de Cambridge, Inglaterra, y en Barcelona, España.

Obra: *Conferencia de vampiros*, Cuadernos de La Orquesta: México, 1987.

POEMAS

1

La he amado tanto, y de tal modo, que he encontrado en el amor resaca, un pudor de amante avergonzado, una vergüenza de amar en mi libertad a la obediencia, y de ser yo quien ama, y de tener la libertad engrandecida porque obedece.

Temo que el amor ame a la ley y que toda la naturalidad de los amantes sea una mecánica idéntica a la gravedad o a la inercia; que amor y naturaleza sean una misma cosa.

La he amado tanto, y con tanta fuerza, que he creído que la fuerza de este amor se podía tocar... Y si obedecer era la mayor grandeza de mi libertad, quería entonces anularme, desaparecer, desentenderme. A veces me quedaba encerrado en mí mismo, distraído, como esperando que el amor fuera capaz de convertirme en una taza, un vaso, un objeto cualquiera. Pensaba que la obediencia respondía a una orden: me ocultaba, me desentendía; creía que se trataba de un ser dócil como los objetos, amable y silencioso, útil y delicado. Amarla como la aman las cosas.

Creí que la fuerza del amor era una materialidad maciza y no un medio, que la obediencia respondía a una orden y no que era una fidelidad...

Ha quedado en mí la zozobra de esta infidelidad a mi mujer.

El hábito hace al monje, la costumbre al crucificado... Yo he resuelto la consumación de un destino. Le dije: Anda, ve a la rueca a deshilar la distancia. Se lo dije porque yo sabía qué era entonces la distancia... Yo puse besos en los quicios, en las piedras, en la sal. Yo puse besos en las azoteas, en el almidón, en todas las gramíneas, en las manos, en los papeles... Anda —le dije— ve y acércanos la distancia. Ella se fue. Y, cuando hubo vuelto, me puso la distancia entre las manos. "¿Qué vamos a hacer con esto?" Ella preguntó y yo respondí: Vamos a inventar la justicia... Entonces yo me puse a amasar, a estirar esa pelotita de distancia. Hice un cilindro que se iba adelgazando y estirando a medida que yo lo rotaba entre mis manos. Así creció esa materia de distancia hasta que casi se hizo infinita. Esto tardó mucho tiempo.

Sólo cuando terminé ella dijo: ¿Eso es la justicia? Entonces dije yo: He estado mucho tiempo haciendo una sola cosa; tanto que hacer esto se me ha convertido en costumbre, en algo normal; ésta es la norma y hacerla ha sido bueno. Esta norma es la regla que mide... Entonces ella puso sus dos manos sobre la distancia, tomó firmemente con cada una ese cilindro, y lo trozo... Ahora —dijo— he inventado la venganza. Y nadie podrá negar que la venganza es justa. Ahora, querido, hemos inventado el destino.

(En: *Vuelta* 56, julio de 1981)

FE DEL DESPRENDIDO

El alma no tiene dueño. Pero si viene el agrimensor habrá que reconocer que nuestra alma es nuestra. Y que la mida. Y si entonces lo vemos pedalear en una bicicleta inmóvil, podremos estar seguros de que ha venido el afilador y de que está afilando la gubia que nos pondrán mañana en las muñecas. Una navaja cóncava, brillante como un espejo. Si mañana está nublado, entonces no hay caso: nos moriremos sin remedio. Pero si hay sol nos van a hendir con esa navaja las muñecas y nos van a cambiar la sangre por luz. De todos modos la vida no es de nadie y lo que arriesgamos no tiene dueño.

Pero si el agrimensor viene de noche y afila su filo a la luz de la luna, entonces es que seguramente nos quiere convertir en hombres-lobo. Y entonces hay que correr. Porque no está bien que alguien nos quiera convertir en bicho sin alma. Y que uno no sea dueño de su alma no quiere decir que deba dejarse convertir en un desalmado. Entonces hay que romperle los rayos a la bicicleta del afilador, porque su bicicleta es como un radar y con los rayos junta la luz.

Pero si el agrimensor sólo quiere tu sangre y te muestra los colmillos, dásela: al cabo la sangre no es de nadie.

(De: *Conferencia de vampiros*)

RAZÓN DEL AMOROSO

El amor no tiene cuerpo. Pero elige uno u otro cuerpo para incubarse y cundir. Como los males endémicos, va ocupando cada parte del cuerpo, contagiando a los órganos desde los tejidos, a los miembros desde los órganos, al tronco desde los miembros. Y por fin sacia el tope del cuerpo. Infecta entonces la respiración y el pensamiento, cunde en ellos como el asma y agota sus funciones.

Como los genios de *Las mil y una noches,* la enormidad del amor puede reducirse a la capacidad de una botella. Y eso es algo que bien debe tenerse en cuenta. Cuando una mujer o un hombre muere en la plétora del amor, su cuerpo se cierra y apresa dentro de sí toda la plenitud que lo ocupaba. El amor durará en el cuerpo todo el tiempo que el cuerpo dure sin descomponerse.

Por eso los aborrecidos vampiros se aficionan a coleccionar cadáveres.

(De: *Conferencia de vampiros*)

EXPLICACIÓN DEL DECORADOR

Como el malo, el buen gusto es definitivo.

Un hombre que tiene debilidad por llenar de espejos la sala de su casa es incorregible. La excentricidad de su mal gusto puede llevarlo muy lejos; hasta hacer que los coloque de tal forma que pueda verse reflejado en todos ellos al mismo tiempo. Es así como el mal gusto llega a ser indeleble y por completo macabro.

La mera diferencia que existe entre el buen gusto de la antigua nobleza italiana y el mal gusto de la medianía norteamericana da miedo.

Pero el buen gusto también es incorregible. Cualquier europeo regularmente culto se horrorizaría frente a los empapelados, los cristales cortados o las lámparas de casi cualquier norteamericano. En lo que se refiere a los espejos, la aristocracia los detesta. Pero únicamente los espíritus más refinados se han negado a ellos hasta el punto de perder su reflejo. El miedo —y a veces mucho más que eso: el horror— al mal gusto los ha hecho desaparecer de los espejos.

(De: *Conferencia de vampiros*)

INTERVENCIÓN DEL PURISTA

La idea corriente de que los vampiros humanos se metamorfosean en vampiros zoológicos es ridícula. ¿O vamos a imaginarnos al Conde viajando entre Transilvania y Londres con el puro batir de sus dos alitas membranosas? Sería poco digno de su seriedad.

El vampiro zoológico sólo se explica como convención. Los hombres lo odian con saña. Porque es un hecho que está mucho más al alcance de sus debilidades que el Conde. Por eso los identifican. Para sentirse seguros y para rebajar la nobleza del Conde. ¿O vamos a creer, de veras que la más perfecta encarnación del Mal puede ser detenida por el simple golpe de una escoba bien atinada?

(De: *Conferencia de vampiros*)

PRIMERA FE DEL HERMANO

Ya lo habíamos buscado entre las matas, sin hallarlo. Entonces nos dijeron que estaba colgado de un pirul grande y espeso que hay junto al camino que saca del pueblo. Y allí estuvimos, hurgando entre las ramas que nos tapaban un poco el sol y otro poco lo dejaban deslumbrarnos. Fue mi hermana Leonor la que lo descubrió, colgado, casi sin moverse, como un fruto muy pesado del color de las berenjenas. Yo corté la cuerda y cayó con un golpe seco sobre la tierra. En las ropas y en la piel se le habían pegado unas hojas como costras y nos costó trabajo quitárselas cuando lo limpiamos. Tenía la boca llena de aserrín y un agujero en el pecho, por donde le sacaron el corazón. En el pueblo nos dijeron que los que lo agarraron le tenían miedo y que por eso fueron en bola, armados de machetes y escopetas. Alguno le mostró la cruz antes de que lo mataran.

Mi hermana Leonor se acuerda mucho y todavía llora y le da rabia. Yo sólo tengo maldecido el movimiento del pirul contra la luz. Pero me acuerdo de todo cuando miro cómo relumbra el sol en el agua o cómo les brillan las escamas a los pescados. Entonces me digo que a mi hermano tuvimos que enterrarlo sin corazón. Y es como si no lo hubiéramos enterrado.

(De: *Conferencia de vampiros*)

VÍCTOR HUGO PIÑA WILLIAMS (1958)

Nació en la ciudad de México. Estudió Letras Hispánicas en la UNAM. Ha obtenido varias becas nacionales. Trabajó en el Fondo de Cultura Económica, fue coordinador del área editorial de *La Orquesta* y actualmente es editor de la revista *Casa del tiempo.*

Obra: *Argumento de corazones obstinados,* Los libros del fakir, núm. 84: México, 1986; *Navíos de piedra* (colectivo), Ediciones de la revista Punto de partida, Universidad Nacional Autónoma de México: México, 1987; *De tal palabra,* El ala del tigre, Universidad Nacional Autónoma de México: México, 1991.

LOS AMANTES

Los amantes nos miramos hasta aceitarnos el cuerpo, hasta enlodarnos los ojos, hasta hacer de las manos un ahogo, de nuestra respiración un tacto, una arquitectura palpatoria. Los amantes poseemos la figura de lo que no estuvo ni estará en ninguna parte. Renunciamos a nuestra vida y a nuestra muerte. Los amantes nos enculcamos la saliva como si tocáramos los cuerpos del alma y del hambre. Somos la hazaña unitaria de la carne y el humo. La ubre de la oscuridad. El mordisco de quien ha perdido la boca. Los amantes somos la lujuria que ha cruzado el espejo.

(De: *Argumento de corazones obstinados*)

CONJURO

Aunque ahora poseo al fin un grito para ahuyentarme en la oscuridad, y al tiempo una oscuridad para seguirme los ojos de cerca hasta llegar a la nuca empecinada, me sustituyo el cuerpo con mi cuerpo y consagro el cáliz de la mucha errancia. Y me crío cuervos. Para no creer lo que me cuento, para apenas imitar las evoluciones de la arcilla en la piel del vacío, para no arderme demasiado cuando me ajusto cuentas y resulto ser el hombre del saco roto y la memoria de zapatos lustrosos.

(De: *Navíos de piedra*)

EL MALENTENDIDO

Así parece. El amor es un malentendido, un periplo que se permiten los astros elaborados en nosotros. Por eso, cuando yo te ame nuevamente en otra vida —que siempre es ésta— detendré mi carne en tu cepo; conmutaré las penas de tus asesinos, asesina; otra vez te tumbaré sobre tus propios sorbos, en mis gargantas, jabonadura de un nuevo mundo, achaque de recienamado y de maldito por la boca postrera del cuerpo que somos.

Con tal que no descubras las cuerdas inútiles de tal instrumento, pulso obstinado; con tal que no espigues estas notas que son mi bienhadada basura, mi mala cabeza (toda tortura y rapiña). Con tal que no se aclare el malentendido, que no descubras que mi amor te ama y no.

(De: *Navíos de piedra*)

REYERTA

I

La viruta de la vida arma su lío parvo con un como hilo que no teje, que con su alma de laúd alisa un éter recóndito, un cardo de interminable regreso.

Entonces —rincón y junta de héroes— ardor, venas y cavilaje poseen y pactan. Y ahí las rodillas son un buen juego de naipes; cuando el oficio es no levantarse de la espléndida caída. Y porque todo calla por nosotros.

(De: *De tal palabra*)

A LO MEJOR EL CILICIO

Tiene por bienhechora esa rabia de sacarle por fin vela en el entierro al espinazo pensativo del cilicio, que es algún modo dócil de hablar sin boca del hacia dónde del adónde. Nada más, tal vez, que la garrida violencia de zurcirse en el astro de la propia carne un jirón de ergo y otro de etcétera. Y nunca acabar con el ahora del agorero que medio mata y medio vive de las cuentas del rosario de una ciudad que aquí —ni más acá ni más allá de este ecuador indeciso de cilicio— se tiene en ciencia de rincones, su bubón lapídeo de imágenes celadas y perdidas, y su número enterizo de atizar todos los guarismos, los de aquellos que en alguna catacumba ebria aprendieron a decir nuestro y a repetir tuyo. A decir nuestro país de mirra y carboncillo.

(De: *De tal palabra)*

PARA VIVIR NUESTRO CUENTITO

Rápido el cuentito se descarría por la ladera de los buscapiés unánimes, ese barranco como entraña que oculta un corazón viejamente descendido, rasero de lo que cabe cercenado al descubierto. Todo fácil adivinar que tal es su forma tontuna, tropellosa de llegar a ahorcarnos a cada cual la personajía, y tejernos después —sólo después— la soga dispareja que nos acogote muellemente, que nos reduzca al llanto orfebre del que no llora y se mastica la garganta.

Para vivir, nuestro cuentito escudriña lo natural de la muerte natural, y en el sendero de esa investigación va despertando a murmurosos hidalgos que se saben de memoria una epopeya que matar. Las consecuencias todos las conocemos: el cuentito nos bautiza con su mano ciega los párpados, y se cubre con el sayal de contarse cuento, de plegariarse cuenta.

Pasaje a pasaje, entonces, cada caduno vamos dando el tirón al hilo tolondro de indispensables marionetas, ícaros de buenas alas y de peor vuelo de no sé qué plan maestro. Y cuando hace falta, rechinamos de firme los dientes contra el pasamanos que va a puro ir del pomo aluzado del Principio al pomo cristálido del Fin, pasamanos pues hiriente porque iriente: pasamanos sustanciado en el metal contrito de la última crisopeya.

El cuentito entretanto no cesa de reverberar (cosa de puridad sin silueta o intangible homúnculo de soñar) y de lustrar con paños de héroe peregrinas armas en desvanes de otro cuento. Sobre todo, no deja de afectar su gesto alongado y genitivo de tiempo corriente y acatervado de creaturas. Y apenas sabemos eso.

(De: *De tal palabra*)

CARMEN LEÑERO (1959)

Nació en la ciudad de México. Ha colaborado en *Vuelta*, *La Gaceta del Fondo de Cultura Económica* y otras publicaciones. Es poeta y cantante de rock. Durante 1989-1990 tuvo una beca del Conaculta para escribir poesía.

Obra: *Birlibirloque*, Fondo de Cultura Económica, Cuadernos de la Gaceta núm. 39: México, 1987.

No he de armar tangos, narraciones ni poemas; sólo aerodinámicas escobas sobre las cuales cabalgar fuera de Aquí.

De pronto, amas de casa se montan en escobas y recorren los espacios nocturnos bajo el influjo lunar. Sus consignas tienen resquemor de maleficio, y de aquelarre, sus terturlias. El fabuloso conjuro incendia Salem, y quienes vuelven la cabeza quedan convertidos en estatuas de sal. La misma con que sazonan guisos para servir a la mesa del poder diurno.

Estoy tejiendo a lápiz una chambrita con hilo placentario *wash and wear*, para los hijos engendrados en mi mente: nueva y espléndida matriz, felizmente virgen, donde germina la historia del porvenir bañada en dulces arroyuelos de materia gris y asepsia. Útero ideal. Pulcro y platónico espacio de la muerte.

Como cáscaras de cebolla, el mar sobre la laguna, el croar de la luna sobre las hojas, y tus caricias, una tras otra, fingiéndome.

459

La empatía entre los cuerpos lleva a una inercia de imitación: cuando salimos apresurados del hotel, a media tarde, traías uno de mis aretes puesto.

Era tardísimo para andar de amores. Sin embargo, él se desnudaba parsimonioso ante mis ojos. No olvidó quitarse ni el reloj: "Para que no te rasguñen las horas", dijo.

Si vuelves a mirarme con ternura, morirás de espanto. (Es un consejo.)

Ayer objetos de tu amante fetichismo, hoy empieza mi cuerpo a deformarse, a caérseme el cabello, a dislocarse mi sonrisa. Resultado de la imagen que tus ojos ausentes me devuelven, viéndome tristemente reducida a tu cariño de perfectas dimensiones, a tu sentido racional de mi existencia.

Ese temblor de entonces, cuando me amaste, debí haberlo pulsado para destruirte.

Ábranse cántaro como látigos tus grietas. Desángrese el mar, y llueva su pegajosa humedad sobre la espalda de vírgenes lagunas.

Están los campos vacíos. Flores asoman tímidamente sus corolas silvestres. Hierbas espinosas se inclinan ante la muerte. Se oye gotear el rocío sobre un charco diminuto. Sopla un viento seco, con aliento de moribundo. De pronto, un graznido estridente en el corazón de quien observa: una parvada de garzas que eleva su chisporrotear alado desde el alma.

Mi madre es una alondra que canta en el nacimiento de la oscuridad más caudalosa. Pero no sólo alondra, sino la más hermosa voz con que se humedecen los ojos del silencio. Pero no sólo hermosa, sino la única que a la deriva navega con su canto el río Nihilo.

Mi madre es la única canción de alondra perdida y atrapada en la red de mimbre que conforma la vía láctea, acunando a los planetas. Desde la ribera escucho su llanto de recién nacida: el arrullo con que me duerme al alba. Ay, que mi cuerpo fuera su abrazo que lo cobija, mis oídos su voz que los consuela, mi pensamiento su canto de alondra pidiendo que nos rescaten de las aguas.

No sube el sueño hasta los ojos; se halla entretenido bajo las plantas de los pies, que en malos pasos andan.

La vida me entra y me sale por la boca. Por la boca, los besos, las ideas, la humedad y el sustento. Por la boca, el vómito y la sed. También la sonrisa, la mueca, las mentiras y el consuelo. La llamada al silencio, el canto.

Tiempo, culebra alevosa y maldita. Cuanto más alerta estamos, más sigilosa te deslizas para atacarnos en el desértico tic-tac del corazón.

Una tormenta viene detrás de mí, clausurando mis asuntos, firmando mis garabatos en el aire, llorando mi olvido, limpiando mis huellas, apretando el paso.

(De: *Birlibirloque*)

ÍNDICE

Primera Parte
ANTECEDENTES MODERNISTAS

Tercera Parte
CONTEMPORÁNEOS Y LOS EXILIADOS ESPAÑOLES

Cuarta Parte
OCTAVIO PAZ Y LOS POETAS

Quinta Parte
JUAN JOSÉ ARREOLA Y LOS PROSISTAS POETAS

Sexta Parte
LAS ÚLTIMAS GENERACIONES

Este libro se terminó de imprimir y encuadernar
en el mes de diciembre de 1993 en Impresora y
Encuadernadora Progreso, S. A. de C. V. (IEPSA),
Calz. de San Lorenzo, 244; 09830 Mexico, D. F.
Se tiraron 2000 ejemplares.